塞拉斯叔叔

UNCLE SILAS: A TALE OF BARTRAM-HAUGH

〔爱尔兰〕谢里丹·勒·法努 著　　薄振杰 译

人民文学出版社
PEOPLE'S LITERATURE PUBLISHING HOUSE

Sheridan Le Fanu
Uncle Silas: A Tale of Bartram-Haugh

图书在版编目(CIP)数据

塞拉斯叔叔/(爱尔兰)谢里丹·勒·法努著;薄振杰译.—北京:人民文学出版社,2016
(域外聊斋)
ISBN 978-7-02-011730-7

Ⅰ.①塞… Ⅱ.①谢… ②薄… Ⅲ.①长篇小说-爱尔兰-现代 Ⅳ.①I562.45

中国版本图书馆CIP数据核字(2016)第127801号

责任编辑:卜艳冰
特约策划:邱小群 骆玉龙
封面插画:杨 猛
封面设计:高静芳

出版发行 **人民文学出版社**
社 址 **北京市朝内大街166号**
邮政编码 **100705**
网 址 **http://www.rw-cn.com**

印 刷 **山东德州新华印务有限责任公司**
经 销 **全国新华书店等**

开 本 **890毫米×1240毫米 1/32**
印 张 **15**
字 数 **459千字**
版 次 **2016年11月北京第1版**
印 次 **2016年11月第1次印刷**

书 号 **978-7-02-011730-7**
定 价 **49.00元**

如有印装质量问题,请与本社图书销售中心调换。电话:010-65233595

献给最亲爱的

吉福德伯爵夫人[1]

以表

尊敬与钦佩

1 吉福德伯爵夫人，即海伦娜·塞琳娜（Helena Selina，1807—1867），词作家。她是爱尔兰著名剧作家理查德·布林斯利·谢里丹（Richard Brinsley Sheridan）的孙女，作者勒·法努的堂姐，谢里丹三姐妹中的一员。三姐妹中最著名的是记者兼作家卡罗琳·诺顿夫人（Lady Caroline Norton），原名卡罗琳·伊丽莎白·谢里丹。她在《泰晤士报》上就小说《塞拉斯叔叔》写过评论。※（注释说明：本书中带有 ※ 的脚注均为企鹅经典 2000 年版《塞拉斯叔叔》原文注释，其余为译者注。）

目　　录

第一卷

第二卷

第三卷

作者前言[1]

作者作此简要说明，以帮助读者了解成书过程。本书成书之前，已经有过两次发表。首先是以《爱尔兰女公爵秘闻一则》为标题，发表在一家期刊上，篇幅很短，全文仅仅 15 页，而且距今时隔已久。第二次发表时换了一个标题，篇幅也有所增加。[2] 值得指出的是，这两次发表都没有产生太大影响。鉴于此，作者认为，本书读者大多没有读过本文。即便有人读过，估计也未必留有深刻印象。尽管如此，作者生怕被指重复发表，欺骗读者，故作此说明，予以澄清。

沃尔特·司各特爵士[3] 的威弗利小说系列[4] 无一不涉及死亡、犯罪，而且富有神秘元素。其中，《艾凡赫》《清教徒》《肯尼沃斯城堡》设置悬念，营造恐怖氛围，将流血、犯罪巧妙组织起来，跌宕生姿，扣人心弦。与本系列其他小说不同，《古董家》和《圣·罗南温泉》着眼于描写现代人的生活场景和时代风尚。无论是《古董家》中壁贴挂毯的房间、洛弗尔与麦金泰尔上尉的决斗、洛弗尔的家世秘密、老女佣埃尔斯佩思之死、渔夫马克尔巴基特的溺水而亡、沃德父女因为潮汐突至而被困于悬崖下面，还是《圣·罗南温泉》中同母异父兄弟布尔默与泰瑞尔之间离奇曲折的爵位与爱情之争以及泰瑞尔的失踪之谜……对这些跌宕

1　1864 年 12 月，本说明作为后记在《都柏林大学杂志》发表。※

2　1838 年 11 月，作者以《爱尔兰女公爵秘闻一则》为标题，作为利默里克郡达姆库兰教区的牧师弗朗西斯·帕赛尔所述内容的一个组成部分，匿名发表在《都柏林大学杂志》上。后来，经作者修改，以《堂兄妹》为标题，匿名发表在《鬼怪故事集》上。参阅本书导言第一部分。※

3　沃尔特·司各特爵士（Sir Walter Scott，1771—1832）：英国小说家、诗人，欧洲历史小说之父。

4　1814 年，沃尔特·司各特爵士匿名出版小说《威弗利》（Waverley），然后以“威弗利作者”作为笔名接连发表《清教徒》（1816）、《古董家》（1816）、《艾凡赫》（1819）、《肯尼沃斯城堡》（1821）、《圣·罗南温泉》（1824）。这些小说世称“威弗利小说系列”。本书作者勒·法努将其视为自己作品的先驱。※

起伏、动人心魄的画面留有印象的读者不难理解，若将司各特爵士的小说扣上“奇情小说”[1]的帽子，无疑是一种亵渎。

对于有人不假思索，便将本小说《塞拉斯叔叔》贴上“奇情”的标签，作者认为，这是不负责任之举。[2]事实上，本小说《塞拉斯叔叔》虽然文笔不及威弗利小说系列，但在叙事构架和寓意内涵方面与其并无二致。

与众多文艺工作者一样，作者衷心感谢新闻界的批评和帮助。无可否认，带有悲剧色彩的历史传奇小说是由司各特爵士开创的小说流派。本作者相信，为了防止将“奇情”这个文学术语滥用于在叙事构架和寓意内涵方面与司各特爵士创立的历史传奇一致的小说创作上，新闻界一定会对其作规范使用。

谢里丹·勒·法努

1864 年 12 月

1 奇情小说（sensation novel）：与哥特小说（Gothic novel）类似，充满惊悚、煽情、悬疑、罪行等剧情元素，但更偏向以人们比较熟悉的家庭生活作为场景。

2 参阅本书导言第一部分。※

导 言

◎ 维克多·塞奇

一、简介：成书前后

约瑟夫·谢里丹·勒·法努（1814—1873），英裔爱尔兰作家，新教徒，家住都柏林，主要读者为爱尔兰读者和英国读者。他与前辈乔纳森·斯威夫特[1]、查尔斯·马杜林[2]以及后贤奥斯卡·王尔德[3]和乔治·萧伯纳[4]一样，都是凭借杰纳斯[5]式的双重文化背景成就了各自的事业。1864年7月至12月，勒·法努的第五本小说《塞拉斯叔叔》首次在《都柏林大学杂志》上连载。同年年底，英国出版商理查德·本特利将《塞拉斯叔叔》以三卷本的形式首次出版。

在爱尔兰，勒·法努身兼新闻记者、杂志作者、小说家（以撰写恐怖小说为主）等多重身份。作为一名小说家，他一心想把作品打入英国市场。19世纪40年代，勒·法努模仿沃尔特·司各特爵士[6]，创作了《公鸡与锚》（1845）和《布里恩上尉的财产》（1847），先后发表在《都

---

1 乔纳森·斯威夫特（Jonathan Swift，1667—1745）：英国十八世纪政论家和讽刺小说家。代表作《格列佛游记》（1726）等。

2 查尔斯·马杜林（Charles Maturin，1782—1824）：爱尔兰十九世纪哥特小说家、剧作家。代表作《流浪者梅莫斯》（1820）等。

3 奥斯卡·王尔德（Oscar Wilde，1854—1900）：英国（准确来讲是爱尔兰，当时由英国统治）十九世纪最伟大的作家与艺术家之一，以剧作、诗歌、童话和小说闻名。

4 乔治·萧伯纳（George Bernard Shaw，1856—1950）：爱尔兰戏剧家，“二十世纪的莫里哀”。代表作《圣女贞德》（1923）等。

5 杰纳斯（Janus）：罗马神话中的天门神。由于头部前后各有一张面孔，亦称两面神，司守门户和万物的始末。

6 参阅“作者前言”第一页注释3和4。

柏林大学杂志》上，但他并没因此而成为爱尔兰的沃尔特·司各特。这两部作品描写的是17至18世纪爱尔兰民族斗争这一主题，主要关注宗教（天主教与新教）矛盾、民族矛盾问题。《布里恩上尉的财产》是在宗教（天主教与新教）矛盾、民族矛盾有所缓和的时候完成的。爱尔兰大饥荒[1]期间，英国当局无所作为，约翰·米歇尔（1815—1875）、托马斯·米格尔（1823—1867）等人率众抗议。1847年，勒·法努选择站在他们一边。1848年，在威廉·史密斯·奥布莱恩的领导下，青年爱尔兰运动爆发。约翰·米歇尔因煽动暴乱被检举。1852年，勒·法努在争取获得卡洛郡保守党议员提名时失利，从政希望破灭。与此同时，他的个人生活也陷入了困境。妻子苏珊娜遭受六年精神疾病折磨之后，于1858年病逝，具体死因不明。我们可以从勒·法努日记的只言片语中，看出他内心的愧疚与失落。[2]毋庸讳言，当时的勒·法努进入了他人生的黑暗期：一个无名律师，一个失败政客，一个失意文人，一个需要抚养三个孩子的鳏夫。1861年，他买下《都柏林大学杂志》所有权，身兼杂志出版商和编辑两个职位。然而，他文学抱负未变，一直努力将其小说打入英国市场。

《塞拉斯叔叔》问世于勒·法努成名的起步阶段，改编自《爱尔兰女伯爵秘闻一则》[3]，保留了其中的两个看点：（1）女主人公因为父亲而吃了很多苦（“父亲”改成了“父亲的遗嘱”）；（2）“密室的秘密”。这一构思应该为勒·法努所首创。然而，埃德加·爱伦·坡[4]的系列杜宾侦探小说《莫格街谋杀案》[5]中的密室谜案更加令人耳熟能详。在《塞拉斯叔叔》出版后接下来的九年时间里，他一口气创作了九部小说，其中有几部也像《塞拉斯叔叔》一样，由其早年创作的短篇故事改编而成。

勒·法努写作《塞拉斯叔叔》时，已是天命之年。虽然已经发表了很多部作品，却依然名不见经传。接手《都柏林大学杂志》后，勒·法

1 爱尔兰大饥荒（Great Irish Famine）：俗称马铃薯饥荒，发生于1845—1852年间。这7年时间内，英国统治下的爱尔兰人口锐减了接近1/4。

2 参阅W.J. 麦科马克的《谢里丹·勒·法努与维多利亚时代的爱尔兰》（1980/1991），附录3，第291—300页。关于勒·法努的政治态度及其作品与其他小说的联系，可参阅“小说与政治”一章，第103—110页。

3 1838年11月发表于《都柏林大学杂志》，讲述的是爱尔兰牧师珀塞尔寻宝的故事。

4 埃德加·爱伦·坡（Edgar Allan Poe，1809—1849）：美国19世纪诗人、小说家和文学评论家。代表作《乌鸦》（1845）等。

5 1841—1842年刊登于《格雷厄姆杂志》。

努继续进行小说创作，并形成了自己的作品发表模式，即先在《都柏林大学杂志》上连载，然后重新编写，打入英国市场。《墓地旁的屋子》（1863）和《维尔德之手》（1864）这两部作品，均以此种方式创作而成。

读者对这两部作品的反响好坏不一。《墓地旁的屋子》以都柏林菲涅克斯公园为背景。虽然糅合了许多创作手法，故事情节荒诞离奇，但读者反响平平。出版商理查德·本特利认为，勒·法努的小说要想打入英国市场，故事发生地须设定在英国，发生时间设定为“现代”，并就此与勒·法努签署了协议。因此，《维尔德之手》的故事发生地为德比郡巴克斯顿附近的一个乡村——他和妻子苏珊娜度蜜月的地方。《塞拉斯叔叔》的故事发生地也是德比郡[1]。当然，这与作者熟知兰开夏郡[2]（与德比郡相毗邻的一个比较富庶的地区）的女巫传统[3]也有关系。

《塞拉斯叔叔》自问世以来，其体裁就备受争议。勒·法努在该小说的“前言”部分已经提到，《塞拉斯叔叔》不是“奇情小说”，而是司各特式的历史传奇小说。他这样说道：

> 司各特的“威弗利小说”经典系列个个包含死亡、犯罪或一些神秘元素。之所以没人将其视为“奇情小说”，是因为司各特在创作“威弗利小说”时建立了一套基本规则。事实上，很多小说并没有违反这些规则，却被胡乱贴上了“奇情小说”的标签。也许应该给他（即作者）一个抗辩的机会。

按照那些“低俗报道”的说法，在维多利亚时期，凡是能够引起读者生理反应的小说即为“奇情小说”。换言之，“神经”所接受的刺激等

---

1 德比郡（Derbyshire）：位于英国中部，北部为高原，中部为丘陵，南部有较为开阔的河谷平原。面积 2631 平方公里，首府马特洛克（Matlock）。

2 兰开夏郡（Lancashire）：位于英国西北部，西邻爱尔兰海，面积 2903 平方公里。该郡为英国工业革命的发源地。

3 参阅《兰开夏女巫》（1848）一书。本书讲述了流行于兰开夏地区（特别是彭德尔山等地区）的传奇故事和迷信传说。每年都会有人为纪念女巫而爬彭德尔山。若想了解当地的美丽风景和迷信传说，可参阅《兰开夏女巫》第二卷第三章“鬼怪峡谷”第 250 页。至于英国对女巫的狂热，可参阅基思·托马斯的《宗教与魔法的衰落》（1971）一书。1604 年，詹姆士一世颁布《巫术法令》，许多女巫遭到审判和迫害，这部法令直到 1738 年才被废除。

同于大脑产生的反应（引发思考、唤起感想）。毫无疑问，勒·法努不想让其读者仅仅停留在低俗的感知层面而效法沃尔特·司各特，创造了“英式悲情传奇”这一小说形式。

勒·法努的努力，给小说评论家们提供了一些暗示，也为该体裁日后的发展奠定了基础。勒·法努的二表姐卡洛琳·诺顿女士为《泰晤士报》撰写了一篇洋洋洒洒的书评，用了大半篇幅来讨论该小说的体裁问题。她认为，《塞拉斯叔叔》是一部名副其实的奇情小说，“情节发展不存在必然性，而人物角色之间却有着必然的联系”。在她看来，奇情小说是当代现实主义的一种表现形式。

针对《塞拉斯叔叔》究竟属于现实主义小说还是传奇小说这一问题，《周六评论》刊登了一篇文章，其作者含蓄地表达了《塞拉斯叔叔》之所以算不上是一部“威弗利小说”的理由（勒·法努一定不会同意）：

> 整部小说结构紧凑。勒·法努并没有像沃尔特·司各特爵士那样，通过灰色基调来烘托小说中扣人心弦的故事情节。也许他认为，完全没有必要占用一个章节来描写乡村礼仪或文物知识。为了产生伦勃朗[1]画作那样的效果，勒·法努喜欢先将舞台变暗，然后瞬间将其照亮。通过光影的变化，从主角到配角，所有角色都或多或少显得怪异神秘。普通的英式乡村房屋，在他笔下，俨然成为了名副其实的奥特兰托城堡。[2]
>
> 即便勒·法努摆脱了“奇情小说”这一标签，也并非因为他是司各特的追随者。遗憾的是，这位评论家视司各特为现实主义作家，而非传奇小说作家，使得人们更倾向于将勒·法努定位为当代奇情派，而非司各特派。
>
> 我们并不反对这一说法。只是在我们看来，真正的悲情传奇

1 伦勃朗（Rembrandt Harmenszoon van Rijn，1606—1669）：荷兰画家，欧洲 17 世纪最伟大的画家之一。

2 参阅《周六评论》，1865 年 2 月 4 日，第 146 页。《奥特兰托城堡》（1765），作者为贺拉斯·沃波尔。

> 小说不是《古董商人》，而是《奥多福的秘密》。勒·法努先生与拉德克里夫夫人[1]的共同之处多于沃尔特·司各特爵士。勒·法努先生对风景的描写与那位名噪一时的女作家颇为相似。阴森可怖的走廊往往是事发地的首选。此外，两人的作品都充斥着相同的梦魇效果，最大程度突显了恐怖主题。这些都是奇情文学作品的基本特征。

这位评论家认为，与同时期的奇情文学作家，比如威尔基·柯林斯[2]、查尔斯·詹姆斯·利弗尔[3]、亨利·伍德夫人[4]、玛丽·伊丽莎白·布雷登[5]等相比较，勒·法努作品主题单一，略显老套。严格意义上讲，《塞拉斯叔叔》应该是一部哥特小说。勒·法努应该是一位“哥特式”奇情文学作家。勒·法努对此未作回应，而是将话语权交给了评论家。他的这一做法，使得《塞拉斯叔叔》在维多利亚后期的诸多恐怖小说中，成功占据了显眼而且有利的位置。与其他评论家们相比，《雅典娜神庙》的书评人（很可能是杰拉尔丁·朱斯伯里[6]）对该小说的光影效果、宗教主题以及悲剧的必然性更为敏感，引领了评论该小说的主流：

> 作者的艺术想象力体现于作品的每一个细微之处，营造出了一种类似轻音乐的意境。可以肯定的是，当读者读完该小说回家睡觉，常常会被自己的影子吓到。这部力作值得推荐。

《塞拉斯叔叔》既具有恐怖色彩，亦不乏幽默效果，给勒·法努带来了前所未有的声誉。这样一来，他一般不可能再去碰恐怖小说之外的

---

1 拉德克里夫夫人（Mrs. Radcliff，1764—1823）：英国女作家，以写浪漫主义哥特小说见长，代表作《林中艳史》（1791）、《奥多芙的神秘》（1794）等。

2 威尔基·柯林斯（Wilkie Collins，1824—1889）：英国侦探推理小说家，代表作《月亮宝石》（1868）等。

3 查尔斯·詹姆斯·利弗尔（Charles James Lever，1806—1872）：爱尔兰小说家，代表作为《达文波特·杜恩》（1859）等。

4 亨利·伍德夫人（Mrs. Henry Wood，1814—1887）：英国小说家，代表作《伊斯特·琳妮》（1861）等。

5 玛丽·伊丽莎白·布雷登（Mary Elizabeth Braddon，1835—1915）：英国小说家，代表作《奥德利夫人的秘密》（1862）等。

6 杰拉尔丁·朱斯伯里（Geraldine Jewsbury，1812—1880）：英国小说家、专栏作家、学者。

其他小说类型。[1]

作为恐怖小说大师，勒·法努的名气与日俱增，再加上奇情文学的标签得以确定，《塞拉斯叔叔》受到了读者的追捧。1871年，《塞拉斯叔叔》第四版得以发行。19世纪末期，亨利·詹姆斯[2]借他笔下的一位人物之口这样评论说，若要躲在一座破旧不堪、咯吱作响的乡下老房子[3]里看书，《塞拉斯叔叔》应该是第一选择。该小说的1904年、1913年版本均有更新，1926年成为世界经典。1923年，M.R. 詹姆斯[4]出版文集《克劳夫人的鬼故事及其他》，选录了勒·法努的作品，并给予高度评价。当然，这非常有助于勒·法努的大名在20世纪20年代以后得以流传。[5] 1931年，S.M. 伊利斯出版《威尔基·克林斯、勒·法努及其他》，重提"奇情文学"这一概念。同年，《塞拉斯叔叔》被改编成戏剧。[6]事实上，自20世纪三四十年代起，该作品版本多种多样，包括删减本（甚至还被收录于基础英语读本），也包括1940年企鹅系列丛书。当然，《塞拉斯叔叔》也不乏其他形式的改编。1976年，更斯博罗电影公司出品了一部黑白电影。它还被改编成连续剧和舞台剧：1991年，BBC电视台制作连续剧《黑暗天使》，由彼得·哈蒙德执导，彼得·奥图尔主演，背景设在一座真实、阴森可怖的诺福克乡村旧房子里。1996年，Method & Madness 公司迈克·阿尔佛雷德担任编剧、制片人和导演，将其改编成一部舞台剧，并在伦敦汉姆史密斯的利里克剧院上演。

1946年，普利切特[7]在《小说欣赏》一书中指出："勒·法努笔下的鬼故事最能打动人——感觉合情合理，点点滴滴铭记于心。"[8]令人遗憾的是，直至第二次世界大战结束，人们才注意到其中的爱尔兰元素。1947年，克

1 勒·法努1866年写信给本特利，谈论他的小说《尽在黑暗》：尽管吉福德小姐认为《尽在黑暗》是我写过的最好的小说，但我现在明白了，为公众提供对你的期望不同的东西，绝非明智之举（麦科马克，《谢里丹·勒·法努》，第233页）。

2 亨利·詹姆斯（Henry James，1843—1916）：继霍桑、麦尔维尔之后，19世纪美国最伟大的小说家、文学批评家、剧作家和散文家，心理分析小说的开创者之一，代表作《美国人》（1877）等。

3 亨利·詹姆斯写作《骗子》（1888）的时候，可能读过《塞拉斯叔叔》。他这样写道："勒·法努的小说适合作为乡村床头读物，尤其在后半夜阅读。"

4 M.R. 詹姆斯（M.R. James，1862—1936）：英国学者，著有《铜版画》（1904）等。

5 关于勒·法努与M.R. 詹姆斯的关系，参阅《英国鬼怪故事研究》（1980）。值得一提的是，M.R. 詹姆斯全面系统地研究了勒·法努的作品，并为其全部作品编写了目录。

6 H.J. 斯宾塞的手稿现收藏于英国图书馆。

7 普利切特（Pritchett，1900—1997）：英国作家与评论家。

8 普利切特还说，《塞拉斯叔叔》"虽形式有些争议，但仍不失为一部优秀小说"。

雷瑟特出版社再次出版《塞拉斯叔叔》，伊丽莎白·鲍恩为其作序[1]，其中的爱尔兰元素开始受到关注。作为盎格鲁—爱尔兰新教徒，伊丽莎白·鲍恩注意到，该作品实际上反映的是，盎格鲁—爱尔兰新教徒的住所——爱尔兰老房子——的萧条与衰亡，揭示的是地主与佃户之间的冲突与矛盾。将故事发生地设在英国，未免有些差强人意。她的敏锐直觉被学术研究成果所证实。事实上，勒·法努自始至终都在描写爱尔兰。这种创作手法，玛利亚·埃奇沃思[2]、马图林都曾运用过。1963年，W. C. 埃登斯在誊写勒·法努与本特利的往来书信时发现，勒·法努一直恪守着他与本特利签订的君子协定。[3] 20世纪70年代之后的评论，尤其是W. J. 麦科马克的精彩评论[4]，才将《塞拉斯叔叔》与其作品的写作背景联系起来，从而大大增加了这部维多利亚时期伟大作品的可信度。

二、体裁：哥特与心理

在维多利亚时期，评论家们并不承认（也许没有发现），他们为安·拉德克里夫的自我暗示以及《塞拉斯叔叔》中的哥特式故事情节作了注解。比如，当莫德在巴特拉姆庄园中黑暗、漫长的走廊中探寻逃跑之路时，将自己比作拉德克里夫《林中艳史》（1791）中莫特家族的一员。当她茫然无措地查看窗户时，则便像“传奇故事中的犯人”（第三卷第18章）。这样一来，作者在肯定莫德是该传奇故事的女主角的同时，似乎又将其加以否定。如果说《塞拉斯叔叔》是一部哥特小说[5]，那么小说主人公的一举一动就应该明确体现这一点。

---

1 这篇序言也把《塞拉斯叔叔》看作恐怖小说，收录于鲍恩撰写的《综合印象》（1950）一书。

2 玛利亚·埃奇沃思（Maria Edgeworth，1768—1849）：英国爱尔兰裔作家，著有《拉克伦特堡》（1800）等。

3 参阅W.C. 埃登斯的博士论文《谢里丹·勒·法努：维多利亚时代及其出版商》（1963），第164页。

4 除了《谢里丹·勒·法努与维多利亚时期的爱尔兰》之外，也可参阅W.J. 麦科马克撰写的《从伯克到贝克特》（1985/1994）和《风流人物》（1993）。

5 哥特小说（Gothic novel）：该小说类型起源于18世纪后期的英国，囊括现当代灵异小说、恐怖小说，甚至恐怖性经典小说，开山鼻祖是霍勒斯·沃波尔（Horace Walpole，1717—1797）。它常以古堡、荒原、废墟等环境为背景，气氛阴森、神秘，充满悬念，充斥着暴力、复仇和死亡元素。18世纪90年代，哥特小说逐渐演化为两个分支。一个分支是恐怖型哥特小说，其特点是坚持传统手段，并在此基础上融入病态的邪恶，以增加神秘、恐怖效果。比如，马修·刘易斯（Matthew Lewis，1775—1818）的《僧人》（*The Monk*，1795）。另一个分支是感伤型哥特小说，其特点是保留古堡场景，抛弃过分的神秘成分和极度的恐怖气氛，使故事得出合乎逻辑的解释。比如，玛丽·拉德克利夫（Mary Radcliffe，1764—1823）的《尤道弗的奥秘》（*The Mysteries of Udolpho*，1794）。

民间故事、哥特小说、心理小说的确有所不同，但又往往不容易区分。《塞拉斯叔叔》借用了许多民间故事：《蓝胡子》《小红帽》《糖果屋》(又名《汗泽尔与格莱特》)、《美女与野兽》，等等。比如，它借用了《蓝胡子》中的这个故事情节：小女孩被关在由怪物掌控的城堡中。怪物外出时，严禁她打开其中一间屋子。生活在19世纪40年代上流社会的十七岁女孩莫德，作为民间故事及传奇小说（哥特式或其他体裁）的读者，把自己与《蓝胡子》中的小女孩联系起来，以说明女性好奇心的危害：

> 为什么这种形式的欲望——好奇心——如此令人（包括人类的祖先亚当和夏娃）难以抵挡？常言道，知识就是力量。虽然知识种类繁多，究其实质，均为隐藏在人类灵魂深处、探求未知的种种欲望。对我来说，探求未知的欲望，是指由父亲下达的禁令所激起的对于家庭隐情难以名状的兴趣。一些事情越被禁止，越能激发人们探求的欲望。(第一卷第2章)

“禁令”是民间故事的基本要件[1]，也是推动故事情节发展的原动力。莫德的所有故事几乎都可以归类于《圣经》中“人类堕落”的故事。我们无法抗拒莫德的故事。就连莫德本人也无法抗拒她自己的故事。毫无疑问，这些故事都是我们（包括莫德在内）“人类”的故事，尤其是女人的故事（严格意义上说，“人类的祖先”应该是亚当，此处是夏娃）。我们被好奇心、权力以及“人类灵魂深处的欲望”所驱使，最终陷入堕落的境地。“探求的欲望”是原罪的标志。探求意味着倔强与任性，表现在莫德自我反思时所提到的，在她，也在我们所有人心目中的那个“老男人”(即未得重生的亚当)(第二卷第14章)。直至最后我们才发现，塞拉斯叔叔就是那个“老男人”的化身。这就是莫德始终无法真正了解他的主要原因。他早已植入她的心中，成为她灵魂的一部分。在小说开头部分，奥斯汀·鲁廷告诉莫德柜子钥匙的场景，是关于《蓝胡

---

1 参阅弗拉基米尔·普洛普的《民间故事形态学》(1922/1968/1990)，第三章（作用2和3：为主角设置规定，禁止被违反）。

子》和童话禁令的又一体现：

> 父亲停顿了一下，看着我的脸，就像是在看一幅画。
>
> “他们会的——嗯——我最好换用其他方式——不同的方式。对！——这样她就不会起疑心——也就不会胡乱猜想了。”
>
> 父亲看看钥匙，又看看我。突然，他把钥匙猛地举起来，说道，“孩子，你看！”过了一会儿——又说，“**记住这把钥匙！**”
>
> 这把钥匙造型奇特，和其他钥匙不太一样。（第一卷第1章）

在这里，钥匙既有字面意思又有象征意义。对维多利亚时期的人们来说，钥匙象征着女性的家庭责任。这段文字无疑迎合了维多利亚时期读者的口味。蓝胡子把城堡的所有钥匙都交给了年轻的妻子，但禁止她使用其中的一把。在《荒凉山庄》（1853）中，狄更斯将埃丝特对于詹狄士钥匙的联想表现得淋漓尽致。莫德与埃丝特的不同之处在于：对她父亲来说，她是一个不真实的存在。他“看着我的脸，就像是在看一幅画”。他自言自语，好像她根本就不存在。在某种程度上，她并不在场。在场的只是父亲所欣赏的一幅“画像”。这生动地展现出父亲对莫德的忽视，以及莫德“爱丽丝梦游仙境”般的孤独处境。

与夏尔·佩罗[1]故事中的原型有所不同，不是莫德自己强行打开柜子，而是鲁吉耶女士替她打开了父亲办公桌的抽屉。“蓝胡子”的形象也被分解成了兄弟两人：奥斯汀和塞拉斯兄弟两人欲将莫德囚禁在黑暗的巴特拉姆庄园中。[2]

莫德形容自己内心深处的焦虑时，借用了“薄膜”这一比喻，不仅表现出她对五光十色的外部世界的模糊认识，也是她自己内心世界的真实写照：

---

1 夏尔·佩罗（Charles Perrault，1628—1703）：法国儿童文学之父、诗人，代表作《鹅妈妈的童话——旧时光的故事》（1697）、《蓝胡子》（1697）等。

2 W.J. 麦科马克在《谢里丹·勒·法努与维多利亚时期的爱尔兰》中提出，这两个形象的象征本质有所不同——“在某种程度上，塞拉斯是奥斯汀的死魂灵”。

> 人的焦虑好比一层层隔膜，剥开表皮——最外面的那层，通常被认为是灵魂与上帝之间唯一的隔膜——却发现又多了一层新的隔膜。从物理学上讲，声音的传播需要媒介。同样道理，灵魂与自然界的沟通同样需要媒介。要实现与自然界中的光和空气进行接触，就得剥开这“一层层隔膜”。(第三卷第9章)

鲍恩认为，《塞拉斯叔叔》是一部心理小说[1]，一部讲述莫德的情感与恐惧的心理小说，而且远远超越了维多利亚时期的同类小说。那层脆弱而又微妙的“薄膜”，同样象征着读者的阅读过程。随着阅读的不断深入，那些在叙述者心里几近透明的“薄膜”，也在读者心中渐渐明朗。同样，文本中的现实与幻觉、传奇与童话，在现实生活中全都存在。民间故事与哥特小说在19世纪尚未问世。事实证明，它们是解释现实中恐惧与惊悚的最好方式。噩梦是一部真实的小说。即使是老套的法庭场景，画面仍旧扣人心弦，就像《蓝胡子》一样，内容反映现实。

塞拉斯·鲁廷扮演着“蓝胡子”的角色，时而坏，时而不坏，这就是他的魅力所在。[2]当然，这也与他的血统有关。勒·法努借用《蓝胡子》哥特式的故事情节，生动描绘了贵族、族长和地主阶级——代表各自利益——在最后关头，为了能够让自己手中的权力与财富保持长久一些，不惜牺牲年轻一代。达德利、莫德和米莉（包括梅格·霍克斯）因此而成为了牺牲品。

三、风格：喜剧与怪诞

《塞拉斯叔叔》包含许多喜剧成分，夹杂在暴力、恐怖的情境之中。这种创作手法，当时并不被同时代的评论家们所认可。小说中提到了很多18世纪的喜剧作品，特别是理查德·布林斯莱·谢里丹、奥立

---

1 心理小说不是一个统一的文学流派，也没有公认的统一的定义。它源于18世纪的感伤文学，开创者为19世纪的法国作家司汤达（Stendhal，1783—1842），在20世纪发展为意识流小说。

2 玛丽娜·沃纳在《妖怪，请留步》(1997）一书中对鬼怪寓言故事的评论不仅涉及心理，而且与社会政治有关。在食人族鬼怪魅影之下，跳动着生物无尽的欲望。在内心深处，充满了对子孙后代的忧虑。

弗·戈德·史密斯和小乔治·科尔曼[1]的作品，均包含很多深层含义。塞拉斯最后一次试图说服莫德接受达德利的求婚时，提到了谢里丹：

> “可怜的谢里丹——一个有趣的家伙！像他这样优秀的家伙已经死光了——就是他借马勒普太太之口这样说，‘刚开始时有些厌恶，可到最后却截然相反。’这听起来好像一个笑话。说到婚姻，相信我，的确如此。谢里丹和奥格尔小姐就是一个很好的例子。初次见面时，奥格尔小姐对谢里丹印象并不好。然而，仅仅过了几个月，一切都变了。她已经是非他不嫁了。”（第三卷第5章）

理查德·布林斯莱·谢里丹[2]是勒·法努的叔祖，也是勒·法努家族的一匹黑马。1792年，谢里丹的生活中发生了一件极为诡异的事情——勒·法努显然知道这件事——《塞拉斯叔叔》出现过一段类似的情景。德·让利斯夫人和她的女儿帕米拉，还有奥尔良公爵的女儿阿德莱德，一起去伦敦拜访谢里丹。在返回多佛的途中，马车竟然神不知鬼不觉地改变了行驶路线，可把她们给吓坏了。德·让利斯夫人认为，这完全是谢里丹蓄意所为——故意让她们返回伦敦，以便和她的女儿成亲。当然，也不排除其他更加可怕的政治阴谋。[3]勒·法努在小说《玫瑰与钥匙》中再次借用这起事件，营造恐怖效果。芬坦·奥图尔在近年所作的传记中，暗示了谢里丹的政治图谋要比人们想象的更具破坏性。[4]这与勒·法努效忠于国家的想法恰好相反。

邪恶的阴谋情景融入喜剧成分，使得《塞拉斯叔叔》的整体风格变得模糊不清。此外，荒诞的故事情节同样也夹杂着喜剧成分。比较典型的例子就是秃顶的鲁吉耶女士，在斯卡斯代尔教堂的公墓前大跳《死亡

---

1 莫德多次引用戈德·史密斯的《委曲求全》（1774），两次将塞拉斯的房间说成是剧场的舞台。塞拉斯也提到了谢里丹的《斯卡巴勒之行》（1777）。关于科尔曼的介绍，参阅本书导言第五部分。

2 谢里丹（R.B. Sheridan，1751—1816）：英国戏剧作家。奥斯汀、塞拉斯与谢里丹在《造谣学校》（1777）中塑造的两兄弟查尔斯（Charles）和约瑟夫（Joseph）几乎一模一样：一个善良，一个伪善。

3 对这一事件的不同解读，可参阅加布里埃尔·德·布罗格利的《德·让利斯夫人》（1985）第228页。若从谢里丹的角度解读，可参阅麦科马克的《风流人物》第61页。

4 参阅《叛国者》（芬坦·奥图尔，1997）。

之舞》。这一场景既滑稽又骇人，与狄更斯的手笔如出一辙：

> “我是停尸房女士——死亡之家夫人！我要介绍我的朋友尸体先生和骷髅先生和你认识。快，快，凡人姑娘，我们一起玩玩，啊哈。”她嘴巴张得很大，发出可怕的叫喊，然后把假发和草帽往后一推，露出了一个光秃秃的大脑袋。她大笑不已，就是一个疯子。（第一卷第 7 章）

鲁吉耶女士露出光秃秃的大脑袋，究竟是在进行哥特式表演，还是在自我嘲弄？事实上，只要你大声地读一读，便能感受到这一幽默效果。[1]

小说中多次出现方言、俚语以及鲁吉耶女士令人心神不宁的暗语，还有她那蹩脚的英语。与在《都柏林大学杂志》发表的那个版本相比，勒·法努三卷本的怪诞和幽默成分有所减少。此外，米莉这个人物形象改写幅度较大。她与莫德初次见面时的精彩说辞大都被删除。正文注释[2]中有几个原文选段，可帮助读者了解作者所作的修订。

四、视角：天真少女

《塞拉斯叔叔》采用的是第一人称叙事手法。这种手法看似简单，但要把叙述者的内心独白自然、流畅地表述出来，需要相当高的写作功底和技巧。利弗、布拉登和伍德等作家（柯林斯除外）特别注重其作品给读者带来奇情上的惊悚刺激，而勒·法努这位玄学派作家[3]擅长悬疑渲染，善用迂回曲折的写作手法来营造惊悚氛围。小说中的部分惊悚内容，就连莫德本人也捉摸不透。

---

1 奥克利上尉和达德利·鲁廷的对抗同样表现出幽默和怪诞的现实主义：达德利这个小个子乡下土包子竟打掉了身材高大的陆军上尉奥克利先生的牙齿，磨坊主迪肯·霍克斯则在一旁呐喊助威。

2 参阅本书导言第八部分。

3 玄学派作家（a metaphysical writer）：玄学派是 17 世纪英国文坛出现的一个诗歌流派，代表人物有约翰·多恩、安德鲁·马维尔等。

就小说的情节而言，主人公莫德的叙述视角比较灵活，这与狄更斯《远大前程》(1865)中的皮普较为相似。年近四十的莫德在回忆她童年和少女时期的经历时，更多的时候只是单纯叙述，很少解释，以引发读者的无限遐想。《塞拉斯叔叔》既是一部回忆性自传，又是一部教育性小说。[1]莫德是一位生活在愚昧、神秘（爱尔兰人的理解）而且“黑暗”（在小说中专指“邪教”）的世界中的孤独少女。文中许多关于“黑暗”的哥特式言辞，都体现在莫德自己的叙述中。

莫德在成长过程中，大多数时候都由仆人照顾，接受的是正统的英国国教思想教育。她很少与外人接触，而且父亲和叔叔相继退出了英格兰圣公会[2]，成为斯威登堡[3]的信徒。在她眼中，周围都是“邪教”分子，处处都是异端邪说。当然，莫德的想法不一定都正确，判断也时常出现错误。但是，为了更好地理解这部小说，读者在阅读时，需要站在莫德的角度进行思考。例如，在第一卷第1章中，莫德敲门后无人应答，于是擅自闯进父亲的房间，看到了让她百思不得其解的一幕：

> 也许他们太专心了，没有听见我的敲门声。我误以为房间没人，便推门进去了。一进房间，只见父亲坐在椅子上，没有穿外套和马甲。拜尔利先生则跪在父亲身旁一个凳子上，面对父亲，黑色半头式假发紧贴父亲的满头白发。旁边桌子上摊开的一大本书想必是关于神学的。看见我这个不速之客，身材瘦削的拜尔利先生急忙站起身来，迅速把什么东西藏到他胸前的口袋里。

拜尔利先生到底往口袋里藏了什么东西？为什么他们看起来紧张不安？年幼的莫德搞不明白。读者如果站在她的角度去想，也是一头雾水。后来，腊斯克女士听克莱医生（牧师）讲，拜尔利先生是“一个有

---

1 教育性小说（A novel of education）：又称教养小说。在启蒙运动时期产生于德国。通常以年轻主人公的成长、发展经历为主题。代表作品有歌德的《威廉·迈斯特的学习时代》等。

2 英格兰圣公会（The Church of England）：英国国教，也叫英格兰安立甘教会，是英国在宗教改革中建立的民族教会，传播到了爱尔兰、苏格兰和英属殖民地。英国坎特伯雷大主教为各国圣公会的名义教宗。

3 斯威登堡（Emanuel Swedenborg，1688—1772）：瑞典科学家和神学家。新耶路撒冷教会（Church of the New Jerusalem）或新教会（New Church）成员被称为斯威登堡教徒（Swedenborgians）。

名的斯威登堡教巫师”(第一卷第 1 章)。莫德据此推断，他们是在搞一些异端宗教活动。随着阅读的继续深入，读者很快发现，拜尔利先生其实是一名内科医生，于是不难作出推断：拜尔利先生当时是在给父亲测心率，放进口袋的应该是一个心率表。他们之所以紧张并赶她出去，是因为拜尔利医生已经诊断出父亲长有一个动脉瘤，而且随时都有生命危险。他们不想让年幼的莫德知道。事实上，那本“关于神学”的书很可能是一本医学书籍。莫德误解了拜尔利先生。

毫无疑问，读者对于小说的理解，一是基于莫德自己的主观判断，二是基于对莫德的客观认知。莫德出身于维多利亚时代一个呆板的男权家庭，整日独自生活在恐惧之中，从父亲（乃至莫妮卡表姐）那里接受到的信息很少。恰如她自己所说，“对那些令人惊奇的事情知之甚少”(第一卷第 1 章)。在她“有限的观察中”，那些“人物（figures）”（勒·法努喜欢用“figure”这个词指代画像里的人物以及小说中的角色)，就像西洋镜中的画面，一闪而过(第一卷第 3 章)。莫德喜欢使用“朦胧”这个词。她仿佛是透过朦胧的面纱来观察这个世界。她在诺尔的养兔场遇上了几个行为诡异的人，险遭绑架。莫德后来回忆道，“仿佛窥见了万魔殿[1]的景象”(第一卷第 17 章)。

莫德的认知犹如一个钥匙孔，读者需要透过这个小孔窥探小说里的世界。莫德所犯的最大错误在于，对塞拉斯抱有幻想。莫德喜欢画像上的他——画像上的塞拉斯一脸忧郁——直至后来接触到他本人——这一形象一直萦绕在她的脑海里，挥之不去。当她和莫妮卡观看塞拉斯八岁时的那幅椭圆画像时，莫德口中的莫妮卡表现得令人惊悚，“‘这张脸很奇特。’她低声说道，眼睛盯着画像，就像在看棺材里的死人。”(第一卷第 12 章）在刊载于《都柏林大学杂志》上的那个版本中，勒·法努说的是“就像看到了棺材里的死人”。使用“在看”使得“死亡”与画像之间的距离又近了一步。然而，年幼的莫德所看到的，仅仅是画像的表面，其深层含义不得而知。哥特小说中的画像往往具有深层含义。例如，小说中出现的那幅椭圆画像，影射的是哥特式的反面人物——塞拉

1 万魔殿（Pandemonium）：地狱的首府，元首撒旦和恶魔们召开会议的地方。参阅弥尔顿的《失乐园》。

斯——靠吸食人血、莫德的血为生这层含义。

即便读者受到了莫德的误导，在其通读全文后，也不难发现莫德视角的两面性。[1]第一，小说以莫德后来的认知推翻她之前的认知。第二，小说借别人的认知来表现莫德的认知。比如，在斯卡斯代尔教堂墓地，鲁吉耶女士丢下莫德，一个人跳起舞来，场面既滑稽又惊悚。虽然莫德没有亲眼看到，但她告诉读者，那是三年后她“从别人那里听来的”。（第一卷第 8 章）

当然，这不仅仅是为了制造悬念，也是作者与读者开的一个玩笑，是一种戏剧性反讽形式。莫德被父亲灌输了捍卫“家族男子的荣誉”这一思想。当她极力为叔叔辩护时，反讽效果达到了顶点。作为读者，这种阴谋一眼就能看穿，莫德却被蒙在鼓里。当达德利提出，只要给他两万英镑就可以帮她逃走时，莫德怒火中烧。达德利“带着输了游戏和赌博的表情”耷拉着脑袋，可见他当时的绝望（第三卷第 9 章）。年幼的莫德不明所以，还匆匆跑到叔叔那里告状。

五、线索：时间与回忆

故事情节往往以回忆为主，这是奇情小说的一大特点。从许多作家的作品中可以看出，[2]故事发展往往基于过去所发生的某个（些）诡异事件，反过来又影响着人物现在的处境。在《塞拉斯叔叔》这部小说中，查克先生的离奇死亡，就起到了这样的作用（文中并未明确给出查克的死亡时间。据推测，大概应介于 19 世纪 20 年代末到 30 年代初）。《塞拉斯叔叔》一书有三个明显的时间段（节点）：（1）1864 年，小说发表年份，也是叙事开始年份；（2）1842 年至 1845 年，主要情节发生的

1 韦恩·霍尔（Wayne Hall）对这种两面性视角的艺术效果做过如下解读：“‘我疯了吗？’莫德·鲁廷问自己，‘这一切都是梦，还是真的呢？’这些问题值得我们认真考虑。一方面，这些问题增加了我们对莫德作为叙事者的信任。既然她能提出这些问题，就说明她没有疯。另一方面，我们比莫德有优势：对于恐惧，她总是怀疑自己在做梦。尽管不完全了解真相，但我们知道，她不是在做梦。然而，由于我们缺少预见性，往往是事情发生数年后，莫德才讲给我们听，将我们一步步引入她自己的所谓‘真实’经历之中。这种只在最后时刻才揭示事情真相的创作手法贯穿了整部小说。”（《爱尔兰颂》，1986，第 59 页）

2 参阅《地下室的杀人狂魔》（威妮弗蕾德·休斯，1980），第 20 页；帕特里克·布兰特林格的文章“‘奇情小说’中的‘奇情’是什么？”，《19 世纪小说》37（1982），第 1—28 页。

时间段；（3）1790 年至 1815 年左右，塞拉斯的青年时期，包括被莫德誉为充分表现塞拉斯的“轻盈优雅”的全身像创作时期（1800—1804）（第一卷第 5 章）。

毫无疑问，上述三个时间段（节点）中最早的一段 1790 年至 1815 年左右，为英国历史上的摄政时期。[1] 出生于 1771 年的塞拉斯，是这一时期的代表人物。他靠鸦片、赌博和哥哥的救济，一直苟延残喘到 19 世纪 40 年代。腊斯克认为，那幅画像创作于“四十年前”（第一卷第 2 章），也就是说，大约在 1800 年至 1804 年间。有人认为，该画像的原型是喜剧作家小乔治·科尔曼（1762—1836）。他曾经以《蓝胡子》为原型，改编了一部戏剧，并于 1796 年在伦敦特鲁里街皇家歌剧院成功上演。他的剧作《合法继承人》在《塞拉斯叔叔》第三卷第 4 章中也有提及。此外，科尔曼还是勒·法努父亲的朋友。画像中的人物，在奥斯汀·鲁廷眼里“既非常不幸又极端可恶”。当然，也可能是对乔治·罗姆尼[2] 影响巨大的威廉·贝克福德（1759—1844），即小说《瓦塞克》（其英文版出版于 1786 年）的作者。他隐居遁世，形象非常符合莫德的表述——“优雅，穿着世纪初流行的古朴服装”（第一卷第 2 章）。[3] 贝克福德是议会辉格党成员，也是英国最大一笔财产的继承者。他与威廉·考特尼的同性恋情使其饱受诟病。后来，两人不得不离开英国，去欧洲大陆生活。（读者可以认为，那幅椭圆画像就是罗姆尼所描绘的威廉·贝克福德勋爵年轻时的模样。）[4] 此外，奥斯汀在游说莫德重塑鲁廷家族的荣誉，洗清家族的耻辱时（第一卷第 19 章）也提到过考特尼家族的名言：“我哪里做错了？我做错什么了？”

塞拉斯的另外一个原型是年轻时的理查德·布林斯莱·谢里丹。与其相似的不是外貌而是气质。谢里丹潇洒放纵，生有一双迷人的眼睛，在辉格党中频频遭受流言蜚语的攻击。种种迹象表明，与他哥哥奥斯汀

---

1 英国摄政时期广义上指的是 1795—1837 年间，狭义上指的是 1811—1820 年间。本文指的是后者。

2 乔治·罗姆尼（George Romney，1734—1802）：与托马斯·庚斯博罗（Thomas Gainsborough）、乔舒亚·雷诺兹（Sir Joshua Reynolds）并称英国三大肖像画师。代表作有《戴草帽的汉密尔顿小姐》（1875）等。

3 这两种描写都可在刘易斯·麦尔维尔的《威廉·贝克福德》（1910）的卷首插图和第 174 页中找到。卷首插图被错误地命名为贝克福德（其实是康特奈）。

4 关于康特奈座右铭的详细讨论，参阅 W.J. 麦科马克的《从伯克到贝克特》。

一样，塞拉斯也加入了辉格党[1]，因而被保守党所疏远。奥斯汀认为，塞拉斯案件是一场“政治阴谋”（第二卷第4章）。如果说塞拉斯是辉格党成员，那么他一定是一个既高调又古板的摄政派辉格党成员。谢里丹负责为罗金厄姆派辉格党做宣传。早期的传记作者把他描述为一个反派人物。19世纪60年代，为了挽回他的声誉，勒·法努的表亲达弗林勋爵聘请自由记者弗雷泽·瑞，参考家族档案为谢里丹撰写了一部传记。19世纪50年代，勒·法努通过书信，与达弗林勋爵交流过这位叔祖的情况。勒·法努在小说中写道，塞拉斯的穿着打扮明显带有古朴风范，看上去很像谢里丹。而且，塞拉斯所遭受的诋毁与谢里丹非常相似。谢里丹应该是塞拉斯的原型之一。

勒·法努没有明确标明时间。小说的时间线索较难把握。鲁吉耶女士来到诺尔，小说的主要情节由此展开。莫德那时大概只有十七岁。在第二卷第3章，拜尔利先生说，莫德还有三年多才满二十一岁，才能享有继承权。莫德离开诺尔，来到巴特拉姆庄园时，很难推测时间已经过了多久。但这一点很重要，因为米莉不可能一夜之间就从一个野丫头变成一个讨人喜欢的小堂妹。在第三卷第4章，莫德只有十九岁。如果说父亲去世后，莫德在巴特拉姆庄园总共生活了一年，那么她应该是十九岁半。根据第三卷第16章，塞拉斯就在这个时候写信批准，鲁吉耶女士带着莫德乘坐火车前往多佛，写信日期是1845年1月30日。（我们由此推断，1864年，莫德写作该故事时应该是三十八岁。她生了好几个孩子，但并非所有孩子都活了下来。）

19世纪40年代，政治和宗教局势开始变得紧张起来。英国宪章运动[2]、新教徒和天主教徒的解放运动爆发，法国和德国都爆发了大规模的人民起义。爱尔兰遭受大饥荒，青年爱尔兰运动在1848年爆发。许多

---

1 辉格党和托利党是17世纪晚期到19世纪早期英国两大对立的政治派别。18世纪时对立尤其尖锐。托利党人是传统的乡绅、地主和国教徒，他们反对宗教宽容和外交纠葛；辉格党人则由拥有土地的贵族和金融界富裕的中产阶级组成。1714年，托利党人支持的安妮女王驾崩后，辉格党人推举乔治一世为国王并实现了五十年的统治。在法国大革命和反法战争期间，很多较为温和的辉格党人脱离了辉格党人身份转而支持托利党政府。小说中塞拉斯好像对辉格党教义存在质疑，没有正式成为辉格党人。（关于谢里丹，请参阅E.M. 巴特勒的《谢里丹：一个鬼故事》（1931），第48页及第300—310页。）

2 宪章运动是一场英国工人阶级要求改革议会的运动，因为威廉·洛维特1838年起草的《人民宪章》而得名。《人民宪章》有六项要求：确定男子普选权；设立平等选举区；以投票方式进行表决；议会每年选举一次；规定议员薪俸；取消议员候选人财产要求。1838—1848年期间，英国因为这些问题而动荡不安。

英国中产阶级新教徒开始担心社会革命随时爆发，革命之年即将到来。塞拉斯因此想送达德利去当兵。在宗教方面，英国国教也存在许多问题："牛津运动者"（或者是圣公会中赞同罗马天主教教义的一些人）被幽默地称为"费尔菲尔德牧师"，因为"他们一边与新教徒斗争，一边忙于牛津运动"（第一卷第 20 章）。1845 年，牛津运动的领袖约翰·亨利·纽曼跑去罗马，被当时的媒体斥为卖国贼。

当德·拉·鲁吉耶女士哼唱起《卡马尼奥拉》（法国大革命时期颇具代表性的歌曲之一）时，不禁让人联想起法国大革命以及"老波尼"（拿破仑·波拿巴的绰号）在 19 世纪初期带来的种种威胁。"德·拉·鲁吉耶"这个名字，很容易让人联想起卡通片里，在断头台旁编织红色便帽的法国女人。莫德描述的那个"一脸忧伤、高高瘦瘦的女人"（第一卷第 14 章）非常容易让人联想到，当听到拿破仑扬言要在 1859 年入侵英国[1]时人们的恐慌。19 世纪 50 年代早期，勒·法努在给他嫂子的一封信中，以开玩笑的方式提到，15 万法国人已经上路。[2]

六、信仰：正教与异教

"我信的是正教，其他人信的都是异教。"乔纳森·斯威夫特的这个玩笑实际上是在期望自 19 世纪中叶以来建立的新教分裂瓦解。勒·法努的家庭具有加尔文宗[3]的背景。父亲是一位爱尔兰教会教长，是胡格诺派[4]教徒。勒·法努在他有生之年（即 1868 年）亲眼目睹了父亲所

---

1 参阅 R.E. 齐格的"全副武装的维多利亚人：1859 年入侵之恐慌"，源自《今日历史》（1973），第 705—714 页。若从爱尔兰人的角度，请参阅 R.V. 科莫福德的"英法紧张局势与芬尼共和主义的起源"，源自《联合王国下的爱尔兰：向 T.W. 穆迪致敬》（1980）。关于其欧洲背景，请参阅 A.J.P. 泰勒的《争夺欧洲霸权的斗争：1848—1918）》（1954），第 103 页。

2 说到政治，他们已经卷入如此险恶的混乱中，我禁不住猜测他们接下来还会怎么样——总之，和莫里斯上尉的想法一样，我希望那 15 万"全副装备"的法国人不会在伦敦出现。至少这些"礼貌"的匪徒不会到达什罗普郡（这是勒·法努写给身在什罗普郡的贝西·班纳特的信中部分内容，1851 年 9 月 6 日；《班纳特集》中未公开的信，布拉泽顿图书馆，利兹市）。

3 加尔文宗（Calvinism）：泛指完全遵守约翰·加尔文《归正神学》及其长老制的改革派宗教团体。基督教新教的三个原始宗派之一。

4 胡格诺派（法语：Huguenot）：16 至 17 世纪兴起于法国的新教教派，归正宗的一种。胡格诺派自称"改革者"，主要成分为反对国王专制，企图夺取天主教会地产的新教封建显贵和地方中小贵族，以及力求保持城市"自由"的资产阶级和手工业者。

在教会的没落。《塞拉斯叔叔》反映了维多利亚时期宗教派别的兴衰。1829年天主教解放运动爆发、1831年宣誓法案[1]、结社法案废除[2]后的一段时期，人们对英国国教的质疑声越来越大。在爱尔兰尤为强烈。19世纪40年代，小型宗教派别开始公开活动。在一些偏远地区，圣公会信徒、牛津运动者以及天主教徒相互猜疑并发生争斗。这种情况一直持续到了60年代。腊斯克在给寄居在巴特拉姆的莫德写信时，便提到了“反对者的举动”（第二卷第15章）。她认为，这些人中最极端的，要属神秘主义者伊曼纽尔·斯威登堡。有趣的是，当面对斯威登堡教派的新耶路撒冷圣殿时，即便是反对派卫理公会[3]的信徒们，也会因为他们共同的基督教信仰，而站在圣公会一边，尽管这样的联盟并不牢固。莫妮卡作为正统的新教徒，言辞犀利地对莫德说：“他们可能都被诅咒了。亲爱的，这可不能大意。”（第一卷第9章）“这一切是真善美，还是什么巫术邪说？”（第一卷第22章）这一问题加大了莫德对于斯威登堡教派的疑惑。

除去德比郡，斯威登堡教在中世纪的英国其他各郡也存在很多争议。勒·法努也许想到了布莱克本郡和兰开夏郡。1854年，在这两个地方都修建了新耶路撒冷圣殿，从而在当地的报纸《布莱克本准则》（由圣·彼得教堂圣公会牧师创办）上引发了激烈的争论。很快，卫理公会和天主教会也加入到论战当中。斯威登堡教则不断为自身辩护，进行回击。

莫妮卡表姐言辞犀利的话语，针对的显然是异端邪说。在几个重要的教义方面，斯威登堡新耶路撒冷教与新教[4]观点对立，而卫理公会、浸信会[5]和圣公会则观点一致。对于莫德和莫妮卡，乃至小说中的其他

---

1 英国资产阶级革命复辟时期议会通过的法案之一。该法案是对国王任命官员权力的极大限制，有效地排除了非英国国教徒担任公职的可能，一定程度上确保了英国国教地位不失。

2 一种强制性法案，目的是为了禁止那些不愿宣告《神圣盟约》非法无效，起誓不背叛英王，按照安立甘会形式领受圣餐的人担任市镇公职。1763年的《宣誓法案》扩充了结社法案的规定，禁止那些没有宣誓国王至上，效忠国王，宣告反对化质说的人担任任何民事职务或军职。

3 卫理公会（The Methodist Church）：由基督教新教卫斯理宗的美以美会、坚理会和美普会合并而成的基督教教会。

4 新教（Protestantism）：16世纪宗教改革运动后，相对于天主教会、东正教会等势力的基督教概念，包括直接改革自罗马教廷的路德宗、加尔文宗、安立甘宗三大教会。19世纪传入中国。

5 浸信会（Baptists）：又称浸礼宗，17世纪从英国清教徒独立派中分离出来的一个主要宗派，因其施洗方式为全身浸入水中而得名。该宗派反对婴儿受洗，坚持成年人始能接受浸礼，实行公理制教会制度。

人来说，最重要的问题莫过于“未来世界如何”（第一卷第3章），尤其是关于教义中的死而复生问题（甚至塞拉斯也“老是寄希望于来世”（第一卷第19章），futurity 意为“来世”）：

> “啊，死亡，你是恐惧之王！在你面前，我们身体颤抖，精神低迷。纵使双手合十，哭叫着要改过自新也是枉然。1800年前，你的名字刚刚诞生，我们的信念也随之而生。我们坚信，穿过残破的穹顶，是那圣诞星的光芒。”（第一卷第25章）

“残破的穹顶”指的是耶稣基督的坟墓。穹顶上面的石头已被风雨侵蚀。在小说的开头部分，有一位不知姓名的斯威登堡信徒，试图告诉莫德她母亲的下葬之处。和站在耶稣基督墓前的抹大拉的玛利亚[1]一样，莫德产生了疑惑，“妈妈在哪儿？人们把她弄哪去了？”（第一卷第3章）。“残破的穹顶”暗示了圣·保罗[2]的悖论：躺在坟墓里的我们，会再次站起来。莫德尝试着用正统思想去战胜对身体死亡的恐惧，却一再表现出自己信仰脆弱的一面：对身体死亡的极度恐惧。

该小说援引了大量《圣经》典故和关于死而复生的祷文。文中常见的隐喻大都源自圣公会对圣·保罗《新约·圣经》使徒书（《哥林多前书》和《哥林多后书》）的解释：掩埋在坟墓里的尸体，会在安息日的最后一天复活，成为灵性身体，播种腐尸，收获新生。该小说呈现了多种多样的复活形式。比如，塞拉斯从昏迷中醒来，梅格·霍克斯大病痊愈。另外，莫德在给莫妮卡表姐写完信后，“小心翼翼把信装好。仿佛这无声无息的信函，能够穿破它的腊衣。”[3]（第三卷第12章）莫妮卡则借用圣·保罗的“来自天堂的居所”来安慰莫德。（第二卷第1章）。

针对这条教义的含义（身体的重要性问题），基督教徒争论了若干世纪。斯威登堡教徒认为，物质中蕴藏着精神世界。在他们看来，这条

---

1 抹大拉的玛利亚（Mary Magdalene）：一直以一个被耶稣拯救的形象出现在基督教的传说里。也有人说她可能是耶稣世间最亲密的信仰伴侣，或者说她是未被正史记载的深得耶稣教诲精髓的门徒。

2 圣保罗（St. Paul）：基督教早期领袖之一，被天主教（大公教会）封为使徒，也是基督教正教会（东正教）安提阿牧首区首任牧首。

3 语出自莎士比亚《哈姆雷特》第一章48场。哈姆雷特对其父亲的魂魄说，“请告诉我，您神圣的尸骨……是如何冲破包裹您的蜡衣。”在这里暗指重生。

教义是在向物质世界作出妥协。[1] 就像拜尔利医生在莫德父亲的灵柩前对她说的那样，从死亡的那一刻起，身体就被抛弃，依靠灵魂自由移动。肉眼可见的身体，仅仅是包裹着精神的皮囊。从精神层面看，灵魂是永恒的，在生死之间是连续不间断的。

斯威登堡教徒认为，宇宙是连接物质世界和精神世界的纽带。精神世界真实存在，物质世界（包括身体）则是精神世界象征意义上的反映。在任何时候（包括死亡时），无论是从物质世界转换到精神世界，还是从精神世界转换到物质世界，仅仅是"视角"不同而已。因此，莫德通过电影放映机获得的朦胧感知，也来自真实世界。斯威登堡告诉读者，他和天使交谈时的所闻所见：当他进入另一个世界时，天使给他的眼睛做了一次"神奇的手术"，剥落了他的视网膜。[2] 只有这样，他才可以从"内部视角"看世界。这正如深受斯威登堡影响的威廉·布莱克所说，他"透过眼睛，而不是用眼睛"来看世界。

莫德熟知《圣经》，也非常了解斯威登堡的《天堂与地狱》。在小说的最后一段，莫德似乎重现了《天堂与地狱》中的场景。她起初畏惧鬼神，害怕死亡。这也许是她天生受到新教高教会派正统信仰的影响。历经种种磨难之后，也许是受其孩子（文中所提到的"天使"）夭折的影响，她采取折衷态度（"先见之明"——第三卷，结论）。最后，莫德似乎是想更多了解关于"物质世界是精神世界的影子"这一观念的内容，她将塞拉斯的伪善比作约翰·卫斯理的仁慈（第三卷第 20 章），极具讽刺意味。

1865 年，《雅典娜神庙》书评人对《塞拉斯叔叔》中提到的斯威登堡教做了如下评论：

> 作者巧妙借用了斯威登堡教的教义，给小说读者留下了许多

---

1 维多利亚时期斯威登堡教徒与圣保罗的争论。可参阅《保罗与斯威登堡》（R.N. 沃纳姆，1877），也可参阅本书第一卷第 22 章注释。

2 关于天使给斯威登堡的眼睛做手术一事，请参阅《天堂与地狱》：天使博爱众生，帮助人们重焕生机，且永远不会离开人们。如果一个人精神状态良好，那么终究一天他会离开天使。当他离开时，上帝的仁慈之光将会照亮他。在此之前，他什么也看不到，只能思考。下面是手术过程：天使脱去他的视网膜，帮助他睁开眼睛，就好像刚刚从睡梦中醒来，然后便有了视力。他看到了似有似无的景象。这种似有似无的景象是天空的蓝色。后来，有人告诉他，不同的人会看到不同的颜色。在这之后，就会感觉似乎有什么东西慢慢从脸上剥离。当这个手术完成时，这个复苏的人就会被带入精神世界。（1851 年 S. 诺贝尔牧师第二次翻译，第 213—450 行。）

> 想象空间，也赋予了小说所有宗教信仰所必须提到的仁慈与敬畏。小说中有一个场景：莫德父亲的朋友及精神导师拜尔利医生，带莫德去拜祭她母亲的陵墓——多么高尚的品德。然而，当那个法国老女人——小说中一个魔鬼形象的人物——把莫德带到同样的地方时，场景却变得极为恐怖。直至莫德回到家中，才让读者松了一口气。两个场景的区别在于，描述场景的字里行间所渗透出来的气氛截然不同。共同之处在于，都不是突发事件，体现了莫德在其守护天使和魔鬼两者之间的彷徨与挣扎。事实上，这正是贯穿整个故事的一大主题。

这段评论虽然在细节上存在着问题（带莫德去拜祭她母亲陵墓的并非拜尔利医生，而是一个不知姓名的“人”），但其观点却不容忽视，即这两个事件形成了鲜明的对比。此外，评论中彰显的斯威登堡教派，与小说中呈现的斯威登堡教派有所不同。腊斯克女士称那位匿名斯威登堡教徒为“带来黑暗者”（第一卷第3章）。只有将莫德恐怖而扭曲的童年合理化，才能得出这一结论。关于莫德，书中提到，“他给我讲的故事，完全不同于腊斯克女士讲的《圣经》寓言故事[1]。尽管当时我年纪还小，对属灵[2]一说认识不清，但并不相信”（第一卷第3章），换句话说，认为它是异端邪说。莫德由仆人抚养长大，从小遭受异端邪说与正统思想的双重困扰。她对拜尔利医生偏见很大。尽管拜尔利是她的守护天使，但他“低级”（宗教信仰小众，社会地位不高）（第一卷第16章），“身穿安息日服装，言谈举止就像格拉斯哥工匠一样粗俗”（第一卷第23章），是腊斯克女士口中的“巫师”（即邪恶的魔鬼）。也许，莫德和莫妮卡都无法接受拜尔利医生的信仰（和社会地位），然而，她们慢慢发现，他是一个好人，一个真正的朋友。

因此，小说中许多恐怖和黑暗的“哥特式”描写，并非体现于斯威登堡教派本身，而是体现在莫德的痛苦和莫妮卡的怀疑上。此外，与拜

---

1 耶稣善用比喻讲道施教，他讲的每一个故事都与某个属灵真理有关。

2 属灵（spiritual meaning）：基督教名词，意思是一个人尊主为大，其思想、言语、行为都不违反上帝的心意；而“不属灵”就是以自我为中心，与自己的欲望相妥协。语出《新约·罗马书》：“如果神的灵住在你们心里，你们就不属于肉体，乃属于圣灵了。人若没有基督的灵，就不是属于基督的。”

尔利相比，塞拉斯则是一个伪斯威登堡教徒。他通过吸食鸦片，假装已感受到真正的斯威登堡教徒想要感受到的世界。此外，他和那位可笑的魔鬼代理人“停尸房夫人”一样，冷血无情。针对塞拉斯吸食鸦片的问题，老仆人怀亚特拙劣地模仿起莫德最喜欢的圣·保罗的一句话：“他死了吗？好吧，他就像门徒保罗一样——他的这种垂死状态，已经持续好多天了。”（第二卷第2章）听到老怀亚特口出此言，莫德不禁打了个冷战：也许塞拉斯真的是在玩生死轮回的把戏。

七、延伸阅读

关于研究勒·法努的主要成果，有这样两本书：《谢里丹·勒·法努》(迈克尔·孟拉，1971)和《谢里丹·勒·法努研究》(盖瑞·威廉·克劳福德，1995)。

对于研究勒·法努的学者来说，《谢里丹·勒·法努与维多利亚时期的爱尔兰》(W.J. 麦科马克，1980/1991)一书不可不读。该书第五章“塞拉斯叔叔：象征的家园”，对本小说的内容及其对斯威登堡教义的激进观点作了详尽分析。关于这部小说与现实主义之间的关系，可参照《风流人物》(W.J. 麦科马克，1993)。

伊丽莎白·鲍恩撰写的评论文章《塞拉斯叔叔》，与本小说同名，很值得一读。尤其是其对于心理“内部状态”的把握方面的见解，非常具有启发性。这篇评论文章收录于《综合印象》(伊丽莎白·鲍恩，1950)。

关于勒·法努对于“男性”与“女性”的哥特式讨论，可参阅《住在老房子里的女孩：哥特式维多利亚小说》(艾莉森·米尔班克，1992)一书。关于《塞拉斯叔叔》与清教[1]的关系，朱利安·莫伊纳罕撰写的文章《英—爱文学中的政治元素》值得一读。该文章收录于海因茨·柯

1 清教，基督教新教派别之一，16世纪出现于英国。该派要求以加尔文（Calvin）学说为依据改革英国国教会，承认《圣经》为唯一权威，反对国王和主教的专制。主张清除国教会所保留的天主教旧制度，简化仪式，提倡过勤俭清洁的生活，故名清教。后来，分为长老派与独立派。因为遭受迫害，大部分清教徒都逃亡到了美国。所以，提起清教徒，一般指的就是美国的清教徒。

索编写的《英—爱文学研究》，第43至53页。亦可参阅《恐怖小说与清教》(维克多·塞奇，1988)，以及马乔里·豪斯撰写的文章“从《塞拉斯叔叔》一书看英—爱传统婚姻观”。该文收录于《19世纪文学》第四十七辑第164至186页。关于《塞拉斯叔叔》和奇情小说的关系，可参阅帕特里克·兰特林格撰写的文章《谈奇情小说中的“奇情”》，该文收录于《19世纪文学》第三十七辑第1至28页。

八、正文注释

理查德·本特利于1864年底出版的三卷本第一版（简称三卷本）与同年7月至12月在《都柏林大学杂志》上连载的版本（简称杂志本）有些不同。三卷本基于对杂志本的修订，但勒·法努并没有对修订内容进行详细介绍——大部分内容比较琐碎——仅仅作了简要概括。概而言之，修订原因主要有以下三点：

第一，因为急于发表，有一些表述尚未最后确定。例如，达德利起初名叫乔治。另外，cheaile原为child，体现不出鲁吉耶女士的恶作剧性格。这都在三卷本中做了相应修改。

其次，为了增加悬疑效果，有些地方也进行了修改。例如，在第一卷第12章，莫德和莫妮卡表姐在观看塞拉斯八岁时的画像。三卷本是这样写的：“我盯着表姐看了一会儿，又看了看那个小男孩。相框中的他看起来是那么的文雅、漂亮，却又是那么的不吉祥。”之前，勒·法努把“小男孩”写作“谋杀犯”。

通过这几个例子不难看出，本特利版本的这一变化。此外，“哥特”效果及夸张程度有所减弱，但表达更加确切。例如，在第一卷第18章中，有这样一个场景：莫德站在搁脚凳上，藏身在暗处，亲眼目睹鲁吉耶女士偷偷打开她父亲的书桌。这个地方进行了很大修改：（1）“我默默盯着这个幽灵，甚至有那么一瞬间，我们四目相对，**仿佛还交换了眼色**”。这句删去了粗体部分。（2）“死死盯着这个可怕的身影，**像是在凝视鬼魂**”。这句也删去了粗体部分。（3）“她那死一般的扭曲表情”删减成了“她那扭曲的表情”。（4）尽管鲁吉耶女士消失了，但“蜡烛的余光映照着她那女巫般邪恶的脸庞，一直在黑暗中飘浮游荡”。原来的表述为“不时地浮现在我眼前”。显而易见，修改后表达更加简练、有力、准确，也增添了几分幽灵效果。这或许是模仿维多利亚时期戏剧作品的结果。

第三，为了方便读者阅读，排版形式有所改变。具体变化如下：

1. 正文第 1 页添加了“第一卷”的字样（二、三卷也做了同样处理）。

2. 章节用阿拉伯数字表示（非罗马数字），章节或题目后面删除句号。

需要指出的是，与杂志本相比较，三卷本对于米莉的描写明显减少，具体体现在细节和语言方面，这显然对于米莉这个人物形象的塑造有所影响。比如，

1. 第二卷第 8 章“梅格·霍克斯”的开头，莫德和米莉首次一起散步。杂志本是这样写的：她没戴手套，手上拿了一根结实的拐杖。我们散步时，她用拐杖杀死了一只兔子。看来她很擅长“投掷”。三卷本则修改为：她没戴手套，手里拿了根棍子。

2. 三卷本完全删除了杂志本中对于米莉爬树情节的描写：

> “什么？牛仔？”我问道。
>
> “‘马裤’——嗬，嗬！这是我给他起的绰号。他叫‘缰绳’，但我管他叫‘马裤’。瞧瞧上面——你有没有看到他们在戳乌鸦窝？——可真高啊，不是吗？——它的下面倒是有些可以攀爬的地方。就是没有树枝可抓——呃，好家伙！”
>
> 确实太高了。让人感到头晕。
>
> “你不喜欢爬树。只有把两腿儿夹紧，才不会掉下来。小姑娘，我上去过——去年 12 月——我现在不敢了。‘当家的’不让爬了。汤姆·马裤以前也爬过，仅仅爬到那个突出来的地方。太小儿科了。我爬得可比他高多了。连‘钉子头’都为我叫好。”
>
> “米莉，你不会是在众目睽睽之下，爬得那棵树吧？”
>
> “没错儿，就是在众目睽睽之下——那又怎样？”米莉碍于面子反驳道，“‘马裤’穿的衬裤，我也穿。我的那些衬裤质量没得

说，非常宽松。我总是在它外面再套上几层。”

另外，在杂志本中，米莉的说辞比梅格·霍克斯更加粗俗不堪。三卷本对其进行了修改。比如：

（1）I'll gi' thee a claw（看我不撕了你）改为 I'll give you a knock（看我不揍你）。

（2）and he'll make old Pegtop whop ye（他会让老钉子头揍你的）改为 and he'll make old Pegtop bring you to reason（他会让老钉子头教训你的）。

（3）I've a mind to break your teeth wi' a stone（我真想找块石头砸死你）改为 I've a mind to shy a stone at you（我真想拿石头砸你）。

整体上讲，该版本的出现是基于对三卷本的修改。对于三卷本中出现的印刷错误，比如，ding-dong，tout（to 'tous'），writtenin 所进行的修改，参考的是 1865 年一卷本。对于三卷本中出现的连字符使用混乱问题（比 如，Bartram-Haugh 和 Bartram Haugh；bed-room 和 bedroom；up-stairs，up stairs 和 upstairs），单词拼写不一致问题（比如 grey 和 gray）也做了纠正。另外，在三卷本的目录中，第二卷和第三卷的内容尽管也占据了两个页面，但第二个页面的目录出现了内容颠倒问题，也已予以更正。在杂志本和三卷本中，第二卷第 15 章的题目都是 Dudley Ruthyn's Acquaintance，在后来的版本中改为了 Another Cousin's Acquaintance，但本版本将其改为了 In Which I Make Another Cousin's Acquaintance。

第一卷

第1章

诺尔的鲁廷[1]

时值初冬——大概是 11 月的第二周——一个漆黑的夜晚，阵阵狂风在参天大树和被藤蔓遮盖的烟囱之间时而呜咽，时而怒号，吹得窗户“噼啪”作响。一间阴森森的老房子，一个旧式壁炉。炉膛里滚圆的优质原煤和干得爆裂的木材恰到好处地混在一起，火苗欢快地跳跃着。茶几上摆放着一个烛台，灯火婆娑。黑色的护墙板由小块乌木粘贴而成，直达房顶，幽光闪闪。墙上挂着几幅照片和许多老旧的人物画像。画像大小不一，神态各异。有的脸色苍白、表情冷漠，有的长相秀美，有的温文尔雅、气质不凡。这间屋子就是我们家的客厅。当然，它不同于现代意义上的客厅，房间长度有余宽度不够，面积虽大房形不佳。

一个姑娘坐在茶几旁边，沉浸在思考之中。她刚满十七岁，看上去却比实际年纪小得多。她身材高挑，体形纤细，一头浓密的金发，一双深灰色的眼睛，表情忧郁、伤感。这个姑娘就是我。

房间里还有一个人——这座房子里我唯一的亲人——我的父亲。父亲出身于一个老牌的名门望族。除了诺尔，他在很多地方都有住宅，但大家都叫他诺尔的鲁廷先生。鲁廷家族高傲自大、目中无人。在他们眼里，所有获得准男爵爵位的人，至少有三分之二不如他们身份高贵、血统纯正。为此，他们甚至拒绝接受准男爵的爵位，据说连头衔都不要。关于这个家族的种种传言，我知道得并不很多，而且都是小时候茶余饭

---

1 鲁廷（Ruthyn）：威尔士北部的一个小镇，勒・法努在那里有亲戚。勒・法努常用地名命名其作品中的人物，也用自己家族中的人名命名地名。※

后，围坐在火炉边闲聊时，从老仆人那里听说来的，内容支离破碎，真假难辨。

我爱父亲。父亲也爱我，对此我深信不疑。他行事古怪，就连表达父爱的方式都与众不同。我是凭借着小孩子的直觉感受这种爱的。父亲早年野心勃勃，梦想能够在官场有所作为。然而，聪明能干的他却一败涂地，能力不如他的人反倒混得风生水起。后来，心灰意冷的他去了国外，做鉴宝、搞收藏。回国后，先后在文学协会、科学协会、慈善机构的基金会和董事会做事。因为不喜欢在这些变相的政府机构当差，父亲索性跑到了乡下。当然，他不是去那里做户外运动，而是像一个在外地求学的学生，今天在这里住几日，明天在那里待几天，过起了与世隔绝的生活。

父亲结婚晚。母亲长得很美，但去世得早，撇下我们父女俩相依为命。有人告诉我，中年丧妻对于父亲的打击很大——他变得行为古怪，沉默寡言，脾气也更加暴躁。塞拉斯叔叔——父亲的弟弟——名声不佳，让他很头疼。当然，他对我还是一如既往地好。

此时此刻，父亲正在客厅里来回踱步。客厅的一端有个拐角，光线不好。父亲有个习惯，踱步时沉默不语——这让我想起了夏多布里昂[1]的父亲，在其家族领地贡堡[2]的一个宽大的房间里来回踱步的情景。父亲走到拐角，几乎完全消失在黑暗之中。过一会儿又出现，犹如一幅以黑暗为背景的画像。几分钟后又不见了。这一切都悄无声息。

不了解父亲的人，看到他长时间来回走动，而且一声不响，很可能会感到害怕。的确有些吓人。有时候，父亲一整天都和我说不上一句话。我爱他，对他既尊敬又惧怕。

父亲在来回踱步，而我却在回想一个月前我们家发生的事情。在诺尔这个小地方很少出什么大事儿。但凡我们家有个风吹草动，就会引起人们的好奇和猜疑。父亲基本上闭门不出，偶尔骑马出去溜达溜达，

1 夏多布里昂（V. F. de Chauteaubriand，1768—1848）：法国早期浪漫主义作家、政治家、外交家、法兰西学院院士。其自传《墓畔回忆录》(*Memoires d'Outre-Tombe*) 的第一部分，有其父亲在家中来回踱步的情景描写。※

2 贡堡（The Château de Combourg）：位于法国西北部的布列塔尼 (Brittany)。夏多布里昂在此度过了他三岁以后的童年时光。

几乎从不离开诺尔半步。接待来访客人的次数也少得可怜，一年最多两次。

父亲之所以隐居起来，是因为他自视清高而且吃穿不愁。他信奉宗教。虽然还没有达到狂热的程度，但对他的隐居生活还是有所影响的。他退出了英格兰圣公会，加入了某个怪里怪气的宗教，我没有记住它的名字。听说他老人家最后变成了一个斯威登堡教徒[1]。父亲本人从来没有亲口对我说起过。

每个礼拜日，我都会同女管家腊斯克女士以及我的家教，乘坐一辆古旧的马车，去当地的教区教堂。牧师说话坦率，谈到父亲时直摇头，说父亲“是没有雨的云彩，随风飘荡；是游荡的星辰，幽暗为其永远存留”[2]。父亲及其牧师却不这么认为。尤其可气的是，他对自己的选择非常满意，觉得前途很光明。腊斯克女士头脑简单，心直口快。在她看来，和其他斯威登堡教徒一样，父亲妄称自己能够进入灵界，跟天使交谈，这完全是白日做梦。

我心里很清楚，腊斯克女士指责父亲自命不凡，完全是出于主观臆测，随意作比，没有任何根据。但是，倘若抛开其宗教观念过于正统不谈，她绝对是一个忠于主人的好管家。

一天早上，我看到腊斯克女士身穿黑色绸质服装，正在猎房（当时就是这么叫的）里忙着准备迎接客人。猎房的墙上张贴着挂毯。挂毯上绘制的狩猎图，出自于沃弗曼斯[3]之手。图中有英勇的男人和优雅的女士，还有勤快的侍从。人追兽跑，鹰飞犬吠，热闹非凡。只见腊斯克女士翻箱倒柜，忙得不亦乐乎。她一边在查看亚麻布是否够用，一边指挥着大家干这干那。

“腊斯克女士，什么客人要来？”我问道。

她只知道客人的名字叫拜尔利。他应父亲之邀来吃晚餐。父亲想让

---

1 斯威登堡教徒（Swedenborgian）：神秘主义者伊曼纽尔·斯威登堡的追随者。参阅本书导言第四部分注释和第六部分。※

2 语出《新约·犹大书》1：12—13：“这样的人在你们的爱席上与你们同吃的时候，正是礁石。作为牧人，他们只知喂养自己，无所惧怕，是没有雨的云彩，被风飘荡；是秋天没有果子的树，死而又死，连根被拔出来；是海里的狂浪，涌出自己可耻的沫子来；是流荡的星，有墨黑的幽暗为他们永远存留。”此处“是秋天没有果子的树，死而又死，连根被拔出来”也暗示鲁廷家族的败落。※

3 沃弗曼斯（Wouvermans，1619—1668）：荷兰著名画家，画作以风景和打猎场景为主。※

他在我们家多住些日子。

“亲爱的，想必他也是个斯威登堡教徒。我向克莱医生（也是个牧师）问起过他。克莱医生说，确实有一个拜尔利医生，一个很有名的斯威登堡教巫师——没错，一定是他。”她回答道。

我对斯威登堡教徒不太了解，一方面听说这些人懂巫术，令人敬畏；另一方面又觉得他们行为怪异，让人讨厌。

拜尔利先生来得很早。晚饭前有足够的时间整理穿戴。我是在客厅见到他本人的——又高又瘦，肤色黝黑，脸又短又尖。他身穿黑色衣裤，头戴假发，鼻子上架着一副眼镜，脖子围着白色围巾，看上去有些不搭。拜尔利先生不停地揉搓着双手。看到我，他微微点了点头，显然没有把我当大人对待。然后，他顺手拿起一本杂志，坐在炉火前，跷着二郎腿，翻看起来。

我记得很清楚，当时感到很没面子，而他本人却对此浑然不觉。

拜尔利先生并没有在我家住很长时间。我不知道他此次来访的目的，对他也没什么好印象。他就像一个勤快的乡下人，整天忙忙碌碌，要么散步、骑马，要么看书、写信，一刻也闲不下来。

他的卧室和更衣室就在走廊那边，正好对着父亲的房间。在父亲房间的前厅里，摆放着一些神学书籍。

拜尔利先生来我们家的第二天，我想看看，父亲的玻璃水杯是否还在前厅的桌子上。因为不知道屋里有没有人，我先敲了敲门。

也许他们太专心了，没有听见我的敲门声。我误以为房间没人，便推门进去了。一进房间，只见父亲坐在椅子上，没有穿外套和马甲。拜尔利先生跪在父亲身旁的一个凳子上，面对父亲，黑色半头式假发紧贴父亲的满头白发。旁边桌子上摊开的一大本书，想必是关于神学的。看见我这个不速之客，身材瘦削的拜尔利先生急忙站起身来，迅速把什么东西藏进他胸前的口袋里。

父亲也站了起来，脸色从来没有这么难看过。他指着房门，异常严肃地对我说道：“出去！”

拜尔利先生神情诡异，令人费解。他面带微笑，把双手搭在我的肩上，轻轻地推着我朝房门走去。

我马上明白过来，一句话也没说，转身走向房门。身材高瘦、肤色黝黑、笑容夸张的拜尔利先生跟在我的身后，关门，上锁。然后，两个斯威登堡教徒又开始了他们的神秘活动。

我当时就认为他们是在诵读害人的咒语。一想到这个身穿不太合身的黑色外套、脖子围着白色围巾的拜尔利先生，我就感到害怕。我甚至认为，父亲对他言听计从，基本上成了一个傀儡。想到此，我就更害怕了。

我对拜尔利先生一无所知。这个高高瘦瘦的大祭司高深莫测的微笑背后，究竟隐藏着什么阴谋诡计？另外，父亲那天的样子一直萦绕在我的脑海中，给我的感觉是，他正在向这个黑衣男人忏悔，但又不是很像。我反复琢磨，想破了脑袋也没弄明白，这俩人究竟在搞什么鬼。一想到这事儿，我就心烦意乱。

我没跟任何人提起我的烦心事儿。直到第四天早上，阴险狡诈的拜尔利医生离开我们家后，我才放下心来。至少神经不再绷得紧紧的了。

听人说，只有你先主动和幽灵说话，它才会搭理你。如果真的是这样，约翰逊博士[1]倒真的像个幽灵[2]，但父亲绝对不像。在这个家里，尽管只有我们父女俩相依为命，除非他先开口，我很少有胆子敢主动和他讲话。小时候，我并不觉得这有什么不对劲儿。后来慢慢长大了，开始走亲访友，才知道其他家庭并没有这样的规矩。

当我靠在椅子上胡思乱想时，隐约觉得父亲正在向我走来，回转，消失。他的行为举止和以往没有什么不同，只是外貌特别了些，身材粗壮，脸膛宽大，表情严肃。他身穿宽松的黑色天鹅绒外套和马甲，看上去虽然不再年轻，但身体却很硬朗——根本不像一个年过七旬的老人。

一开始，我并不知道父亲就站在我的身边，连一码[3]远的距离都不到。我抬起头来，看到了他那张宽大的、满是皱纹的脸。他也在注视着我。

父亲见我看他，先是继续看了看我，然后用一只粗糙的大手，拿起

---

1 约翰逊博士（Dr. Samuel Johnson，1709—1784）：英国著名文学家、辞典编纂家，英国18世纪中叶后文坛领袖。

2 海斯特·司雷尔·博奇在其文章“约翰逊轶事”中说，是托马斯·泰尔这样调侃塞缪尔·约翰逊的（龙比亚，1884：85）。托马斯·泰尔是塞缪尔·约翰逊的一个好朋友。※

3 码（yard）：英制中丈量长度单位。1码＝0.9144米。

了一个沉重的烛台，另外一只手示意我跟他走。出于好奇，我二话没说就跟他去了。

他带我穿过烛火通明的大厅，经过后面的楼梯进入休息室，最后来到了他的书房。

父亲的书房又长又窄，两头各有一扇窗户。窗户又高又窄，还拉着暗色的窗帘。整个房间只有一支点燃的蜡烛，光线昏暗。那个年代，书房门口的左手边通常摆放着一台老式印刷机或者一个橡木雕花橱柜。父亲在门口稍作停留，先是看了看左手边，然后走到橡木雕花橱柜跟前，停了下来。

父亲举止怪异，经常心不在焉。他喜欢自言自语，跟自己说的话，比跟其他所有人说的话都要多。

"她不会理解的。"他一边低声说道，一边用问询的目光看着我，"不，她不会。是不是？"

他从胸前的口袋里掏出来一大串钥匙[1]，大概有五六把。他皱着眉头看着其中的一把，不时地拿到眼前打量着，用手指摩挲着，认真考虑着。

我太了解他了，一直没敢吭声。

"他们很容易受到惊吓——是这样的。最好换一种方式。"

父亲停顿了一下，看着我的脸，就像是在看一幅画。

"他们会的——嗯——我最好换用其他方式——不同的方式。对！——这样她就不会起疑心——也就不会胡乱猜想了。"

父亲看看钥匙，又看看我。突然，他把钥匙猛地举起来，说道，"孩子，你看！"过了一会儿又说，"记住这把钥匙！"

这把钥匙造型奇特，和其他钥匙不太一样。

"好的，先生。"我一直称呼他"先生"。

"它能打开这个橱柜。"他迅速把钥匙插进橱柜门上的锁眼里。

"白天它一直插在这儿。"话音未落，他又把钥匙放回口袋，"看见了吗？——晚上就在我的枕头底下——听见了吗？"

---

1 作者的这一灵感来自《蓝胡子》(*Charles Perrault*，1697)。蓝胡子杀害了自己的前六任妻子，他交给第七任妻子一串钥匙，其中就包括城堡下面一个小房间的钥匙，但他嘱咐妻子一定不能打开那个房间。※

“是的，先生。”

“记住这个橱柜——橡木做的——紧挨着门——左手边——能记住吗？”

“能，先生。”

“只可惜你是个女孩儿，年纪又小——唉，女孩儿，小小年纪——没什么想法——做事轻率。嗯，记住我嘱咐你的话了吗？”

“是的，先生。”

“一定要记住。”

他转过身来，全神贯注地看着我，好像突然间做出了一个重大决定。一时间我觉得他已经下定决心，要告诉我更多的事情。可一瞬间，他又改了主意。过了一会儿，他缓慢而且严肃地说道：

“我对你说的话，不要告诉任何人，否则我会不高兴的。”

“绝对不会，先生。”

“好孩子！”

“除非，”他继续说道，“我不在的时候，拜尔利医生——那个戴眼镜和黑色假发，长得瘦瘦的先生，上个月在我们家住了三天，你想起来了吗？——会来找你要这把钥匙的。记住，是我不在的时候。”

“是的，先生。”

他吻了一下我的额头，说道：

“咱们回去吧。”

于是，我们父女俩默默地回到了客厅。室外电闪雷鸣，犹如一架巨大的风琴奏响的一曲挽歌。

第2章

塞拉斯叔叔

回到客厅，我坐回到椅子上，父亲又开始来回踱步。也许是呼啸的大风唤起了他的思绪，也许是出于其他什么原因，反正他那天晚上健谈得出奇。

大约半个小时过后，父亲走了过来，坐在炉火旁的高背扶手椅上，几乎和我面对面了。他像往常一样，先是盯着我看了一会儿，然后说道：

“这样下去可不行——必须得给你找个家教了。”

每当遇到这种情况，我都会放下正在阅读的书籍或其他手头的事，静静地听他讲话。

“你法语和意大利语说得不错，但德语不行。音乐也许不差——这方面我是外行——相比之下，我觉得你绘画应该最好。对，就是这样。我相信，现在有学问的女士——优秀的家庭女教师，比我小时候素质更高，知识更全面。有了她们的帮助，等到明年冬天，你就可以去法国和意大利了。到时候，你就会由一个黄毛丫头变成一个有教养的女士啦。”

“谢谢，先生。”

“一定要给你找个老师。埃勒顿小姐走了将近半年了——这样下去可不行。”

他停顿了一会儿。

“那把钥匙放在哪？能打开哪个橱柜？拜尔利先生会问你的。你只能告诉他一个人。”

“可是，”就算这样一件小事儿，我也唯恐不能让他感到满意，“先生，到时候你不在——我找不到钥匙怎么办？”

突然，他对我笑了笑——笑容很灿烂但不温暖——我很少看到父亲这样的微笑，转瞬即逝，虽然有些神秘但是足够和蔼。

“你问得很好。孩子，看到你这么机灵，我很高兴。你不用担心，我早就想好了。到时候你自然会知道如何找到它。也许你已经注意到了，长期以来我一直不和外人来往。想必你会认为，我没有朋友。你几乎是对的——对，几乎，但不全对。我有一个很可靠的朋友——就一个——我曾经对他有过误会。不过，现在误会消除了。”

我心里在想，这个人是不是塞拉斯叔叔。

“他很快就会来见我。我不知道他来的具体时间，也不能告诉你他的名字——但是，你很快就会知道的。我不想让别人知道这件事。我必须离开家和他外出一段时间。我不在家时，你不会害怕吧？”

“你答应他了，先生？”我的好奇心以及对父亲安危的担忧，胜过了对父亲的敬畏。他听后倒也没生气。

“嗯，——答应？——没有，孩子。我不能拒绝他，必须听他的。他一来，我就走，别无选择。总的来说，我还是很喜欢这次旅行的。——听着，我是说，我很想出去走走。”

他的脸上再一次露出了神秘、和蔼的微笑，同时也掺杂着一些严肃和悲伤的情绪。这些话深深地印在了我的脑海里。尽管时隔多年，我依然记忆犹新。

父亲说话颠三倒四，缺乏连贯性。不了解他的人可能不太习惯，以为他思维混乱。我从来不这么认为。他既然这么说，就一定会有人来找他。对他来说，这次短期旅行意义非凡。这位朋友一到，父亲就马上和他一起出发。父亲跟我唠叨了半天，虽然内容有点儿支离破碎，但我完全能够明白他的意思。

你根本无法想象，我的日子就是这样过的：要么跟父亲进行这样的谈话，要么自己一个人独处。尽管有时跟父亲的这种 *tête-à-têtes*[1] 让我感到沮丧，甚至有些害怕，但我已经慢慢适应了。我从来没有怀疑过父亲对我的爱。腊斯克女士上了岁数但人很好，我们无话不谈。跟老女佣

---

1 法语：亲密的交谈。※

玛丽·坎斯聊天也很开心。我每周还会到街坊四邻那里串串门儿。有时，家中也会有客人来——但我必须承认，在诺尔，这种事情不太经常发生。

若想从父亲那里打听到更多消息，看来是不可能了。我便开始考虑，如何才能够有新的发现。这位即将到访的客人会是谁呢？究竟是谁这么有本事，居然能够让我深居简出的父亲，毅然扔下他心爱的孩子和书籍，像个骑士一般，即便毫无胜算，还是勇敢地踏上征程？除了塞拉斯叔叔，我真的想不出还有第二个人——我从来没见过这位神秘的至亲，也很少听人说起他。即便偶尔听到，也大都语焉不详。我只知道，他生性邪恶，遭受过很多不幸。父亲也很少说起他。每次提起他，父亲立马变得若有所思，神情凝重。只有一次，我从父亲口中听出了他对塞拉斯叔叔的态度。父亲所说甚少，我只能凭空想象这个谜一般的人的模样。

事情就是这么巧。我十四岁那年，有一天，腊斯克女士正在橡木饭厅里清除织锦座椅上的污垢。我站在旁边，饶有兴致地看着。她干活时需要弯着腰，时间一久，就会感到脖颈酸痛。这时，她便停下手头的工作，坐下来休息，两眼看着挂在墙壁上的一幅画。

那是一幅全身画像。画的是一个非常帅气的年轻小伙儿。他肤色黝黑，身材瘦削，气质优雅，衣着不太时尚。[1]我觉得，应该是本世纪初时兴的装扮——巧克力色外套，软皮马甲，白色皮裤，长筒皮靴。他头发长长的，一直梳到脑后。

画面上的人神情坚定，气质不凡，绝非花花公子之流。一看见这幅画像，人们大都赞不绝口——“英俊潇洒的小伙儿！”“这小伙儿看上去聪明伶俐！”他身边有一只意大利灵缇犬[2]，身后是一些细高的柱子和一面华丽的大窗帘。尽管长相俊美，背景奢华，他那瘦削的鹅蛋脸上不乏阳刚之气，一双又大又黑的眼睛炯炯有神，非常特别。简而言之，阴柔之美与阳刚之气兼而有之。

---

1 据说这幅肖像是乔治·罗姆尼 (George Romney) 为威廉·贝克福特（William Beckford）而作。参阅本书导言第五部分。※

2 灵缇犬（Greyhound）：又名格力犬。原产于中东地区，是世界上奔跑速度最快的狗。

“这是塞拉斯叔叔吗？”我问道。

“是的，亲爱的。”腊斯克女士目光炯炯，神色平静地看着画像。

“他很帅。腊斯克女士，你觉得呢？”

“是的，亲爱的——他是很帅。这幅肖像画于四十年前[1]——具体日期在他脚边颜色较暗的地方。我敢说，能够经得起四十个岁月磨蚀的人不多啊。”腊斯克女士笑了笑，幽默之中不乏嘲讽。

我们看着这个脚蹬长靴的花样美男，沉默了片刻。我又问道：

“腊斯克女士，为什么爸爸老是因为塞拉斯叔叔发愁呢？”

“说什么呢，孩子？”忽然传来了父亲的声音。我吃了一惊，环顾四周，看到父亲就在附近。因为不知作何回答而面红耳赤，我禁不住后退了一步。

“没关系，亲爱的。”察觉到了我的惊慌失措，他温和地说道，“我听到你在问，我为什么老是因为塞拉斯叔叔而发愁。我不知道你为何有这样的疑问。事实上，你叔叔很聪明，只是没有用到正地方。他年轻的时候犯过错，闯过祸。虽然也后悔，但至今尚未真正认识到其严重性。她还问你什么了？”父亲突然向腊斯克女士发问。

“没有了，先生。”腊斯克女士语气礼貌但用语呆板，并且一直恭恭敬敬地站在那里。

“孩子，你现在没有必要，”他继续说道，“了解塞拉斯叔叔的事情。把他从你脑子里删除掉。也许将来有一天，你会知道的——是的，真正了解了——你就明白，那些恶棍是怎么伤害他的。”

说完这些，父亲转身走了，快到门口又说道：

“腊斯克女士，如果你现在方便的话，我们谈谈。”看到父亲向她招手，腊斯克女士小跑着，跟他去了书房。

我想，一定是父亲给腊斯克女士下达了命令，并让她将命令传达给玛丽·坎斯。从那以后，我就再也没有听她们谈起过塞拉斯叔叔。每当我说塞拉斯叔叔怎样怎样时，她们既不阻止，也不掺和，只是有些局促不安。当我逼问她们有关塞拉斯叔叔的事情时，腊斯克女士便会不高兴，有时还会发火。

1 本小说创作时间的一个线索。据其可以推测，本故事发生于18世纪40年代初。※

这反而激起了我的好奇心。那个身穿皮裤、脚蹬长靴、身材颀长的人物肖像被很多神秘的光环所笼罩。长相英俊的他对着我微笑，似乎在嘲笑我那没有得到满足的好奇心。这让我非常恼火。

为什么这种形式的欲望——好奇心[1]——如此令人（包括人类的祖先亚当和夏娃[2]）难以抵挡？常言道，知识就是力量。虽然知识种类繁多，究其实质，均为隐藏在人类灵魂深处、探求未知的种种欲望。对我来说，探求未知的欲望，是指由父亲下达的禁令所激起的对于家庭隐情难以名状的兴趣。一些事情越被禁止，越能激发人们探求的欲望。“禁果格外甜”就是这个道理。

1 好奇心（*Curiosity*）：《蓝胡子》的主旨之一，即警告人类远离“好奇心”这一恶癖。※

2 人类祖先一般指亚当，此处兼指夏娃。夏娃诱惑亚当为世界带来灾难。好奇心被认为是女性的恶习。参阅本书导言第二部分。※

第3章

一张新面孔

就这样，父亲把他藏在橡木橱柜里的秘密告诉了我。两周后的一个夜晚，我坐在客厅里宽大的窗子旁边，看着外面的景色，东思西想，神情忧郁。当时客厅里只有我一个人，火炉旁的灯光几乎照不到我所在的位置。

窗外经过修剪的花草，从南向北呈斜坡状，缓缓伸展到栽种着一些英国名贵树木的宽阔地带。这些英国名贵树木或丛生，或散种，灰白色的月光把其投影泼洒在花草树木之上。远处连绵起伏的山坡上也有这样的树木，郁郁成林。我亲爱的妈妈就长眠在那里。

空气似乎静止了。银白色的雾气静静地飘浮在地平线上，仿佛落了霜一般的星星，眨巴着亮晶晶的眼睛。这样的场景，岂能不让悲者更悲？如梦似幻，悔恨好似雾气一般交织在一起。面对这样的夜景，回忆与期许一起涌入我的脑海，就像是从遥远的地方传来的古老而甜美的歌声。我的目光停留在远处阴森丰茂的树木上。父亲神秘的暗语，即将到来的客人，祸福未知的旅行，无不令我黯然神伤。

所有与父亲所信宗教有关的事情，包括教派的组织机构，在我看来都是那么的神秘可怕。

妈妈去世时，我还不满九岁。我记得非常清楚：在举行葬礼两天前，一个个子矮小、身材瘦削、肤色黝黑的男人来到了诺尔。他的眼睛又大又黑，表情非常严肃。

那段时间，处于悲痛之中的父亲大多数时间都和这个人待在一起。腊斯克女士过去常常抱怨说：“好心的克莱牧师已经做好准备，随时待命。让人感到奇怪的是，主人却一直和来自伦敦的那个骨瘦如柴的家伙一起为夫人祷告。可能那个身材矮小、肤色黝黑的狂妄家伙真的能够帮到主人什么吧。”

妈妈葬礼结束后的第二天，父亲莫名其妙地让这个身材矮小、肤色黝黑的家伙陪我到户外散步。父亲为我请的家庭教师病了，家里一团乱麻。我敢说，所有女仆都在偷懒，而且肆无忌惮。

记得当时我对这个身材矮小、肤色黝黑的家伙心有敬畏之感，但绝对不是害怕。他虽然神情悲伤但待人温和，我觉得他是一个好人。他带我去了一个花园——我们称之为荷兰花园——花园四周建有护栏，花园前部的诸多雕塑矗立在万花丛中。鲜花五颜六色，就像铺开的地毯。我俩都没有说话，踏着宽大的卡昂石[1]台阶进了花园，径直来到护栏跟前。我们所在的地方护栏底座很高，我个儿矮，看不到外边的风景。他拉着我的手说，“孩子，你看看那边儿。哦，你看不到。我能行——让我来告诉你都看到了什么，好吗？一个小木屋，屋顶尖尖的，在阳光照耀下金光闪闪。屋子四周树木高大，枝叶茂盛，树荫遍地。窗户及墙边栽种的灌木正在开花。花的名字叫不上来，颜色很漂亮。还有两个小孩子在玩耍。如果我们朝着他们所在的方向走，用不了几分钟，就能赶到树下和他们一起玩了。然而，我所说的这一切，对我来说，只是脑海中的一幅画；对你来说，则是我讲的一个故事。走吧，孩子，我们现在马上出发。”

我们从右边下了台阶，沿着草坪并肩前行。草坪的两边是常青树墙，高大整齐。这时，太阳已经下落到地平线了，我们的行走路线被两边的常青树荫遮盖得严严实实。突然一个左拐弯，我们便完全沐浴于夕阳之下，置身于他刚才所描绘的情景之中了。

“小男子汉们，这是你们的家吗？”他向孩子们问道。孩子们点了点头，小脸红红的。他把双手伸开，放在身后的一棵树干上，倚在上面，淡然一笑，冲我点了点头，说道：

“你看，你现在可以亲眼看到刚才浮现在我脑海里的景象、亲自体验到我刚才给你讲的故事了吧。来吧，亲爱的，我们还有一段路要

---

1 卡昂石（Caen stone）：一种米黄色石料，因为产自卡昂而得名。※

走呢。”

我俩再次沉默不语。树林中那段路程很漫长，和我从远处看到的一样。一路上，他不时地让我停下来休息，给我讲一些发人深省的小故事。他所讲的故事完全不同于腊斯克女士给我讲的《圣经》寓言故事。[1]尽管当时我年纪还小，对属灵[2]一说认识不清，但并不相信。

就这样，我陪着这位身材矮小、肤色黝黑、“狂妄”神秘的家伙穿过了整个树林。一路上虽然有点儿害怕，但也觉得很有趣儿。让我意想不到的是，在树林深处的斜坡上，我们看到了一座灰白色的庙宇。该庙宇支柱林立、四面有门，台阶上长满了青苔。前天上午，我是亲眼看着苦命的妈妈被掩埋在这里的。一看到它，我的悲痛就像那被打开闸门的泉水，喷涌而出。我伤心地哭着，嘴里不停地念叨着：“噢，妈妈，妈妈，狠心撇下我的妈妈！”我面对着两个人发疯似的哭喊着，一个是再也听不到我声音的妈妈，一个是在我旁边默不作声而且神秘兮兮的他。距离妈妈坟墓十步远的地方有个石凳子。

“孩子，坐到我这里来。”这个表情严肃的黑眼睛男人，用手杖指着对面建筑物的中间部分，温和地对我说道，“你看，那边是什么？”

“噢，那——那不是埋妈妈的地方吗？”

“不是，是那个有许多石墩的石墙。它太高了，把你我的视线都挡住了。我们根本看不到外边的东西。但是——”

他提到了一个人的名字。当我对他的信条以及天启说[3]有了了解之后，我才知道，那个人就是斯威登堡。在我看来，这个名字很像童话里会法术的人。这样的人原来就住在这个树林里。当他继续谈论这个话题时，我开始有些害怕了。

“斯威登堡可以看到。他既可从石墙上面看到，也可透过石墙看到。他已经把我们想知道的事情告诉我了。他说，你妈妈不在这里。”

“她被人带走了！”我再次哭喊起来，满含泪水的眼睛盯着石墙。虽然由于心烦意乱而一个劲儿地直跺脚，却不敢走上前去。“啊，妈妈

---

1 参阅本书前言第六部分注释。※

2 参阅本书前言第六部分注释。

3 天启说（revelations）：上天的启示。

是被带走了吗？她在哪儿？他们把她带到哪里去了？”

在一个灰蒙蒙的早晨，抹大拉的玛丽亚站在耶稣的坟墓前，对于耶稣遗体的不翼而飞，心中充满疑惑。我下意识的这些发问，和玛丽亚当时心中的疑惑性质上基本相同。[1]

“你妈妈还活着。只是距离我们太远，她既听不见，也看不见我们。斯威登堡既能听到，也能看见她，并把他所知道的一切告诉了我，就像刚才在花园里我把远处小孩子、小木屋、大树以及花草的情况告诉你那样。和刚才一样，我现在同样会告诉你。我希望，我俩可以一起去个地方，就像刚才去看大树和小木屋一样。你一定能够亲眼看到。我说的都是实话。”

我害怕他带我穿过树林，进入那个能够看见死人的离奇之地。

他一只胳膊肘抵住膝盖，一只手撑着额头，遮挡住他那俯视的双眼，并一直保持着这种姿势。他向我描绘了一幅美丽的图景：日光美丽，光辉闪耀。在高高的群山当中，妈妈正沿着山间小路向上攀登。她兴高采烈，步履轻盈。山顶与天空同色。居住在那里的人们不仅长相与生前无异，[2]而且同样衣着美丽、华贵。妈妈就生活在那里。当他描述完毕，看我感到好奇而且脸色苍白时，便站起身来，拉住我的手，微笑着说了一句他之前曾经对我说过的话：

“走吧，孩子。我们现在马上出发。”

“噢，不，不，不——现在不行。”我害怕极了，极力反抗。

“亲爱的，我说的是回家。我们步行是到不了那个地方的。唯有通过死亡之门，才可以到达那里。不论男女老幼，那是所有人的最后归宿。”

“死亡之门在哪里？”我小声问道。在回家的路上，我紧紧抓着他的手，偷偷四处张望。他凄然一笑，说道：

“早晚有一天，你会找到的。就像神使夏甲的眼睛明亮，让她在野

---

1 语出《新约·约翰福音》20：11—13 及其他福音书：在耶稣下葬后，抹大拉的玛丽亚来到耶稣的墓前，意外发现耶稣的尸体不翼而飞。就在她万分悲痛之时，耶稣复活了。虽然当时抹大拉的玛丽亚心中十分困惑：“耶稣的尸体怎么会不翼而飞？”但她并没有询问她的陪同。参阅本书导言第六部分。※

2 基督教认为，人们死后进入天堂时，衣着和相貌不会发生任何变化。

外找到一口水井一样。[1] 我们每一个人，也能看到死亡之门在面前打开。走进去，然后就能获得新生。”

在这次外出散步后很长一段时间内，我一直非常不安。当我把这一切讲给腊斯克女士听时，她的反应让我更加不安了。腊斯克女士的反应很吓人——嘴唇紧闭，两手摊开，眼睛上翻。她气呼呼地叫嚷着：“玛丽·坎斯，你好大胆子！我们家小姐在阴森森的树林中乱跑，你也不管不问！在荒郊野外，那位神秘兮兮的家伙，没有带我们家小姐去看恶魔，没有吓着我们家小姐，已经是万幸了。”我心里很明白，腊斯克女士表面上是在骂玛丽，其实是在警告我。

事实上，我对斯威登堡教徒的了解，基本上是通过腊斯克女士不太准确的话语获得的。在我幼年时期，有两三个斯威登堡教徒闯入过我的生活，但他们就像西洋镜[2] 画片中的人物，一闪而过，这就是我仅有的认识。因此，无论是过去还是现在，整个世界在我看来都是黑暗的。他们写过许多关于未来世界如何如何的书籍。我读过其中一本，名字叫《天堂与地狱》[3]。仅仅读了一两天，吓得我就把它搁在一边了。无论其创始人是否能够真的看见灵界，对我来说，只要知道他们只是在解读、证实，而不是想替代《圣经》所言就足够了。虽然父亲也认同他们的看法，但一想到《圣经》的权威并没有被冒犯，我就开心了。

我用手托着脑袋，眺望着那片阴森森的树林。在月光的映照下，黑一块、白一块的。在我和那个幻想家散步后相当长的一段时间里，我一直在想，那被神奇魔力隐藏起来的死亡之门，还有那令人惊叹的鬼神之地究竟坐落于何处？一想到这些，我对于父亲访客的猜想，就会变得更加狂乱。我难过极了。

---

1 参阅《旧约·创世记》21：9—21：夏甲是亚布拉罕的情妇，生下儿子后被放逐于旷野。就在儿子即将渴死的时候，神的使者显灵，让她看到了一口水井。※

2 西洋镜（magic-lantern）：一种民间的游戏器具，匣子里面装着画片儿，匣子上放有放大镜，根据光学原理进行暗箱操作可以看放大后的画面。※

3 《天堂与地狱》（*Heaven and Hell*）：伊曼纽尔·斯威登堡所著。该书分为三个部分：第一部分讲述天堂的光景，第二部分讲述人死后的光景，第三部分讲述进地狱的光景。※

第4章

鲁吉耶女士[1]

突然，我看见草坪上站着一个人——一个身穿灰白色外套的女人。在月光下看，整个人几乎都是白色的。她身材高大，举止怪异，令人很不舒服。

看到她硕大、凹陷的五官，我感到陌生、恐惧。就连她的微笑，也让我感到浑身不自在。发现我在看她，这女人“咯咯”地笑了起来，声音一定很刺耳——隔着窗子，我听不太清楚——只见她双手与胳膊并用，在比划着什么。

见她快要走到窗子跟前时，我飞快地跑回到火炉旁边，使劲按铃叫人。见她丝毫没有离开之意，害怕她会破窗而入，我急忙从客厅大门跑了出去，正好在门厅里撞见了男管家布兰斯顿。

“窗子那里站着个女人，”我气喘吁吁地说，“快，快去把她赶走！”

如果我说的是个男人，大腹便便的布兰斯顿会马上召集一队男仆过来。听说是个女人，他只是严肃地点了点头，说道：

“是，小姐。”

布兰斯顿朝窗子走去，一副威严的样子。

他好像对那个女人也没有什么好感。距离窗子还有好几步远，他就停下了脚步，厉声盘问道：

“你，干什么的？”

---

1 鲁吉耶女士（Madame De La Rougierre）：该名字暗指两样东西，老鸨（Madam）和脂粉（Rouge）。举止文雅且有教养的女子是不涂脂抹粉的。文中还用它来暗指法国大革命，参阅本书导言第五部分。※

那个女人回答得很简短，但我没听清，只听见布兰斯顿回答说：

“我不清楚，女士。这事儿，我一点儿也不知情。你沿着那条路走，就能看见通向大厅的台阶。我这就去向主人报告，有他的吩咐才行。”

那女人又说了些什么，还用手指了指。

“对，就是那儿。没错儿。”

布兰斯顿先生慢腾腾地进了门厅，走到我面前，双脚外撇，表情严肃，话语中带有些许疑问的语气：

“小姐，她说是你的家庭教师。”

“家庭教师！我的？”

布兰斯顿很有教养，强忍着笑意。他想了想，说道——

“也不是没有可能，小姐，我看，最好还是去问问主人吧？”

征得我的同意后，这位肥胖的男管家迈开大步，朝爸爸的书房走去。

我站在门厅里，紧张得喘不过气来。像我这样年纪的女孩子都很清楚，遇到这种情况会是一种什么感觉。过了几分钟，我听到腊斯克女士过来了。我猜，她是从爸爸的书房那边儿过来的。她一边快步行走，一边小声抱怨——每当她有内幕消息要“透露”时，就喜欢玩这种鬼把戏。我本来想和她说说刚刚发生的这件事，一看她正在气头上，就知道说也无益。她也没有来找我的意思，迈着急促有力的步伐，穿过门厅走了。

那个讨厌的女人果真是父亲为我请来的家教吗？难道就让她管着我——天天和她待在一起，看她狰狞的面孔，听她在我耳边尖着嗓子喋喋不休？

就在我下定决心，去找玛丽·坎斯了解一下情况时，从书房那边传来了父亲的脚步声。我悄悄溜回客厅。由于着急，心跳得很厉害。

父亲走进客厅，像往常一样，先是微笑着，轻轻地拍了拍我的小脑袋，然后便默默地在房间里走来走去。我心急如焚，如坐针毡，恨不得立马知道那个女人的来意。然而，由于对父亲又敬又怕，硬是没敢问出口。

过了一会儿，父亲走到窗前，停住了。窗帘是我拉上的，只有百叶窗处于半开半闭的状态。他眼睛看着外面，陷入了沉思，可能是在考虑我想知道的事情。

将近一个小时过后，父亲突然告诉我，那个女人，也就是鲁吉耶女士，是他给我请来的新一任家庭教师，并大力举荐说，她一定能够胜任。他话儿不多，这是他的一贯风格。听到这个噩耗，我的心猛地一沉，心想这下可全完了。我讨厌她，害怕她，对她没有丝毫信任感。

事实上，除了害怕她脾气不好，担心她滥用职权之外，她硕大的五官，虚假的笑容，月光下和我打招呼时的怪异举止，也让我心有余悸，难以释怀。

“好了。我的莫德小姐，希望你能喜欢这个新来的家教——但我做不到，至少目前还不能。”腊斯克女士说得很坦率。当我回到房间，她正在等我。“我讨厌法国女人，觉得她们很假。她晚餐是在我的房间吃的。吃起饭来狼吞虎咽，简直就是一只骨瘦如柴的野兽。对了，还有她睡觉的那个样子。要是你亲眼看看她的丑态就好了。我安排她住在钟房[1]的隔壁——以便她准点守时。我从来没有见过这号人，鼻子又大又长，脸颊凹陷。天哪！还有那张嘴！就像《小红帽》[2]中的大灰狼——我说的都是真的，小姐。”

腊斯克女士说话连讽带刺，玛丽听了，笑得前仰后合。她非常钦佩腊斯克女士的这副本领，而自己却笨嘴拙舌，不擅此道。

“玛丽，赶快铺床。她很随和——的确如此，我说的是刚才——所有新来乍到的都是这样。我不喜欢她，小姐——是的，不喜欢。真是奇了怪了！为什么英国上流阶层喜欢雇佣诡计多端、心眼又坏的外国人做家庭教师，却不聘请真诚的英国女士呢？主啊，原谅我吧！在我看来，所有外国人都一个德行。”

第二天早上，我就见到了鲁吉耶女士。她个子很高，有些男性化，脸色多少有些苍白。只见她身披紫色丝绸，头顶蕾丝小帽，又黑又多的头发与其憔悴、苍白的皮肤根本不搭。她下巴凹陷，前额和眼睑四周满是皱纹。她先是笑着冲我点了点头，然后，瞪着一双狡黠的眼睛，默默

---

1 钟房（the clock-room）：英国古代专门用来报时的房间。房内装有钟表，每过一刻钟都会报时。在巴特拉姆庄园，起床、用餐等都要打铃。

2 《小红帽》(*Red Riding-Hood*)：德国童话作家格林兄弟创作的童话故事。故事中的主要人物小红帽常被人们用来比喻天真幼稚、容易上当受骗的孩子。※

打量着我，神色沉着，笑容坚定。

“怎么称呼你——小姐的名字是？”这位高个子陌生女人问道。

“莫德，女士。”

“莫德！名字很好听。嗯，很好。亲爱的莫德一定很乖——对吗？我非常喜欢你。亲爱的莫德，你都会些什么——音乐、法语、德语，啊？”

“是的，都只学了一点儿皮毛。刚刚开始学用地球仪，老师就走了。”

在我说到地球仪时，冲她点了点头，示意她身边摆放着的东西。

“噢，对——这些地球仪，”鲁吉耶女士用一只大手，将其中的一个旋转了一下，“*Je vous expliquerài tout celà à fond.*”[1]

我发现，鲁吉耶女士真的非常乐意，把她所“知道”的一切都讲给我听。然而，她所谓的“解释”（她就是这么说的）晦涩难懂。每当我听不懂，反复询问她时，她就会失去耐心，开始发火。没过多长时间，我即便不懂也不问她了。她怎么说，我就怎么听。

鲁吉耶女士的行为举止与众不同，令人吃惊。她脸上常常挂着一种怪怪的微笑（这样的微笑，我之前提到过），盯着我看上半天，还常常把她那粗大的手指放在唇边，就像波特兰花瓶上的依洛希斯女祭司[2]。对于像我这样容易产生紧张情绪的女孩子来说，她太可怕了。

她有时接连坐上一个小时，一会儿瞧瞧壁炉里面，一会儿看看窗子外面，其实她什么都没有看见。她的脸上常常出现一副胜利者的表情——近乎微笑——绽放开来，狡黠、怪异。

总而言之，对于我这样年纪，容易紧张不安的女孩子来说，她绝对不是一个好的 *gouvernante*。[3] 特别值得一提的是，她兴高采烈时反而比其情绪低落时更让我害怕。我会在下文，说给你听。

---

1 法语：我要把我所知道的一切都讲给你听。※

2 1810 年，第四代波特兰公爵将其珍藏的波特兰花瓶捐献给大英博物馆。依拉丝莫斯·达尔文（Erasmus Darwin）最早将该花瓶上面手指放在唇边的戴帽女子称为依洛希斯女祭司（Eleusinian priestess）。※

3 法语：家庭女教师。

第5章

传言与事实

在英国，所有住老宅子的人，包括仆人和年轻一辈，都相信有幽灵一说。在诺尔，也有关于鬼影、怪声和一些不可思议之事的传闻。安妮女王执政时期[1]的美人雷切尔·鲁廷喜欢英俊潇洒的诺布洛克上校。上校在低地国家[2]遇害后，雷切尔·鲁廷悲伤过度，郁郁而死。据说，每当夜幕降临时，雷切尔就在屋子里走来走去，还发出声响：身上绫罗绸缎的"沙沙"声，高跟鞋的"哒哒"声，在卧室门前的走廊里逗留时的叹息声。而且，在风雨交加的夜晚，有时还能听到她的抽泣声。当然，人们只是闻其声，未见其人。

还有一位"火把男"[3]，头发乌黑，面色阴沉。他身材瘦削，一袭黑衣，手举火把。火把烧得不是很旺，火焰呈深红色。书房是他经常现身的地点。与"雷切尔夫人"（女仆们是这么叫她的）不同的是，人们只见其人，未闻其声。他每次现身时，脚步无声，恰似投射在地板或地毯上的影子。人们凭借其火把发出的微弱火光，隐约能够看到他的身体和脸庞。只有受到侵扰时，他才会让火把熊熊燃烧，并不时在头顶上方挥舞一下，火焰惨淡吓人。这是一个可怕的预兆，预示着某个危机或灾难即将来临。但是，这种事并不经常发生，百年难得一遇。

---

1 安妮女王执政时期（Queen Anne' s time）：1702—1714 年。※

2 低地国家（The Low Countries）：是对欧洲西北沿海地区的称呼，广义上包括荷兰、比利时、卢森堡以及法国北部与德国西部，狭义上则仅指荷兰、比利时、卢森堡三国。

3 火把男（link-man）：这里是指曾经在鲁廷家当差的一位男仆，而不是随便一个在路灯出现前，为路上行人点起火把照明的人。※

我不知道，鲁吉耶女士是否听说过这些事情，但她说的一席话，确实把我和玛丽·坎斯吓坏了。她曾经问过我们，是谁在她卧室外面的走廊里走动？她听到了那个人走路时衣服发出的声音，下楼梯的声音以及长长的喘气声。据她说，这种情况接连发生过三次。其中两次她只是在黑暗中站在门口倾听。另外一次，她大着胆子，问了一声是谁。那个人没有回答，转过身来，并以远远快过常人的速度朝她冲了过来。她非常害怕，赶紧逃进屋里，关死房门。

据说，第一次听说这种事情，神经很受刺激。听得多了，这种非常特别的刺激之感没了。听完鲁吉耶女士的讲述，我的感觉也是如此。

仅仅过了一个星期，我也同样遭遇了一次。那天晚上，房间里照明用的蜡烛快要烧完了，玛丽下楼去取夜明灯，剩下我一个人躺在床上睡觉。还没等到她回来，我就睡着了。醒来时，发现蜡烛已经熄灭了。突然，我听见有人迈着轻轻的脚步向我走来。我起身下床——满脑子只想着是玛丽回来了，而把幽灵的事给忘了——打开房门，希望看到她手里的蜡烛发出的亮光。然而，室外一片漆黑，我听见，附近有人赤着脚踏在橡木地板上的声音，似乎是什么人给绊倒了。我大喊了一声："玛丽。"没人回答。只听见，走廊另一端传来人的喘息声以及走路时衣服的摩擦声。这些声音上楼后渐渐消失。我吓得要死，赶紧跑回房间，"砰"地一声关上房门。关门声把玛丽给惊醒了。原来，她在半个小时之前就回来，已经上床睡觉了。

这事发生后，又过了两个星期，诚实的老姑娘玛丽·坎斯告诉我说，因为一扇窗户老是"咯吱咯吱"作响，她便早早起床修理，无意中看到书房的窗子有亮光，时间大约是凌晨四点左右。她发誓说，她看到百叶窗的缝隙里透射出强烈的亮光，还不停在晃动。一定是愤怒的"火把男"拿着火把在他头顶上挥舞。

这些怪异事件让我变得越发紧张不安。那个讨厌的法国女人，则利用我对神秘的超自然力量的畏惧，步步为营，不费吹灰之力便实现了对我的控制。

我发现，对于新来的人，腊斯克女士的观察往往是正确的。没过多久，鲁吉耶女士就撕去了伪装，其性格的阴暗面冲破了她千方百计用以掩盖的迷雾，暴露了出来。她显然没有以前那么好脾气了，变得很危险，很可怕。

尽管如此，她一直保持着一种习惯，就是《圣经》不离身。早晨和晚上的祷告也特别严肃、认真。另外，她经常去找父亲，借一些斯威登堡写的书来看，而且态度毕恭毕敬。在讨好父亲方面，她的确花了不少心思。

一般来说，如果天气不好，我们就不外出散步了，只是在客厅窗前宽阔的平地上，来回溜达溜达。有时候，她面带愠色，不太高兴。转眼间，又轻轻拍打着我的肩膀，满脸堆笑，声音柔和地问我，"亲爱的莫德，你累吗？"或者"亲爱的莫德，你冷吗？"

她变得这么快，一开始，我很吃惊，有时候都吓我一大跳。她给我的感觉就是一个精神病患者。后来，一个偶然的机会，我发现了其中的原委：只有当父亲从书房的窗子里看着我们时，她才会对我嘘寒问暖、温柔体贴。

我真的不理解这个女人的所作所为，只是出于迷信而有些害怕她。我非常讨厌黄昏后和她一起待在教室里。有时候，她眉头紧皱，嘴角耷拉，看着炉火，在角落里一坐就是半天。见我看她，表情立马儿改变。先是无精打采地用手撑着脑袋，然后又开始翻看《圣经》。其实，她根本不是真的在读，而是继续打着她那不可告人的小算盘。那本书摊开在那儿，半个小时过去了，一页未动。

倘若她跪着时，真的是在祈祷，书摆在面前时，真的是在阅读，那我不仅从心里为她感到高兴，而且会觉得她更加聪慧，更有人味儿。我怀疑，她只是表面上做做样子。当然，只是怀疑而已，没有证据。

教区牧师对她评价很高，说她谦和有礼，对我的学业尽心尽力。她利用一切机会，想方设法向外人表明，她对我是多么的关爱。

在父亲面前也同样如此。她总在寻找各种借口，向他汇报我读书的情况。我明明一直温顺乖巧，她却向父亲告状说，我不听话，爱发脾气。她这样做的目的就是先把我控制住，继而控制我们全家。我以前老是觉得她不好，现在看来一点儿也没有冤枉她。

有一天，父亲把我叫到他的书房，批评我说：

"你给鲁吉耶女士添了好多麻烦，太不应该了。像她这么尽职尽责的老师可不多啊。你说说看，她为何老是向我抱怨你不听话，不礼貌，还要我同意她惩罚你？别害怕，我没有同意。这么温和的人提出这样的要求，也足以能够说明点什么吧！我不强求你喜欢她，但你必须尊重她，听她的话——我非常希望你能够做到这两点。”

“但是，先生，”面对如此不公正的指控，我鼓足勇气说道，“一直都是老师说什么，我就做什么。而且，我也从来没有对她说过一句失礼的话。”

“孩子，这只是你的一面之词。出去，好好反省反省。”

父亲指着门口，满脸的不高兴。我感到很委屈，走到门口转回头来，想对他再说点儿什么，但什么也讲不出，只好嚎啕大哭起来。

“好了，不哭了，小莫德——今后好好表现就行了。好了——好了——不哭了。”

父亲吻了一下我的额头，轻轻地把我推出门外，关上了房门。

在教室里，我鼓足勇气，非常诚恳地向鲁吉耶女士进行解释。

“你这孩子就是顽固不化！”鲁吉耶女士非常严肃地低声说道，“亲爱的莫德，朗读这三章——对，《圣经》这三个章节。”

我不知道，鲁吉耶女士为什么非要我朗读这三章。等我读完，她拖着长长的腔调说道：

“亲爱的，把这人类文化的瑰宝背一遍。”

篇幅非常长。我强忍着满腔怒火，完成了这项学习任务。

腊斯克女士非常讨厌鲁吉耶。有一次，她告诉我说，我的这位老师利用各种机会偷喝红酒和白兰地——她老是假装胃疼，向她索要这些东西。腊斯克女士说得可能有点儿夸张，但我相信这是真的。鲁吉耶女士找各种借口，要我替她去向腊斯克女士要白兰地喝。这种情况有过好几次。腊斯克女士却只同意给她药片和芥末。两人由此结下了梁子。

我觉得，嫉妒鲁吉耶在这个家日益增长的影响力，也是心直口快的腊斯克女士讨厌她的原因之一。一听说鲁吉耶女士要去书房找父亲，我就感到害怕。对我来说，所有这一切就是一种折磨。对于一个孩子来说，这样的一天真的是太漫长了。好在他们不长记性。

第6章

妈妈的坟地

我不经意间在走廊拐角看到的，鲁吉耶女士的两个小动作，进一步加深了我对她的猜疑。有一天，家中静悄悄的，鲁吉耶女士以为我出去了。她把耳朵贴在父亲书房（父亲卧室隔壁的起居室）的锁眼上，同时眼睛紧紧盯着楼梯口，生怕有人会突然出现。她嘴巴张得老大，眼睛瞪得溜圆，似乎想要把她所看到的一切一口吞掉。看到她这副模样，我吓得赶紧退回到一个隐蔽处躲藏起来，恶心得直想呕吐。她俨然一个巨大的爬行动物。我想，真该找个什么东西来砸死她，但又不敢，便悄悄溜回了房间。不一会儿，我心中一种愤怒的情绪油然而起，竟然迈着轻快的脚步走了回来。她大概是听到了我的脚步声。当我走到走廊拐角时，她已经走下楼梯一大半了。

“噢，亲爱的宝贝，找到你我太开心了！既然你都穿戴好了，那我们就到外面逛逛吧。”

就在这时，父亲书房的门突然打开了。腊斯克女士兴高采烈地从里面走了出来。就连她那深色的皮肤都透出一种活力，变得红彤彤的。

“鲁吉耶女士，主人已经同意，你来我这里领取白兰地了。这样一来，我就省事了。免得我整天劳心费神看管了——真的。”

鲁吉耶女士礼貌地笑了笑，但笑容很假，因为受到羞辱而充满了愤恨。

“你现在可以自己去储物室拿，也可以派布兰斯顿帮你去拿。”腊斯克女士大声说，“如果你真的喜欢喝，最好还是自己去买！”

说完，腊斯克女士便急匆匆向后面楼梯走去了。

这件事并没有就此作罢，一场你死我活的战斗开始了。

鲁吉耶女士非常喜欢下等侍女安妮·魏世德，并经常劝我把一些不再穿用的衣物送给她，通过小恩小惠笼络她。在鲁吉耶女士眼里，安妮就是一个天使。

腊斯克女士一直在密切注视着鲁吉耶女士的一举一动。有一回，安妮把一瓶白兰地藏在围裙里，偷偷带上楼时，被她发现了。安妮惊恐万分，说了实话。原来这酒是鲁吉耶女士托她去镇上买来的，正要送到她卧室去。听完这番话，腊斯克女士把酒没收，把安妮带到了父亲面前。父亲听说此事，立即派人把鲁吉耶女士叫来。鲁吉耶女士不遮不掩，回答得轻描淡写。她说，她这是为了治病，并拿出某某医生给她开的一个便条式样的药方。药方上有鲁吉耶女士的病情说明，告诉她说，如果胃疼一犯，就立刻取一汤匙白兰地和几滴鸦片酒混合服下即可。一瓶白兰地可用一到两年。就这样，她把她的“药用”白兰地要回去了。

说到评价女人，也许女人对女人的评价更加公正。男人对女人的评价往往偏高。这也许是因为大多数女人在与男人交往时更加坦诚，而男人对女人的认识多为假象。究其原因，我也不是很清楚，可能上帝就是这么安排的。

就这样，鲁吉耶女士轻松搞定了腊斯克女士对她的“指控”，赢得了这场“大战”的胜利。

由于在这场“大战”中大获全胜，鲁吉耶女士心情非常舒畅。在她眼里，空气香甜，风景迷人，一切都是那么美好。我们去那里？走这边？去哪里、走哪边都成！

我非常看不惯鲁吉耶女士那种小人得志的样子，便暗暗下决心，尽可能少和她讲话。然而，小孩子的这种决心并不能坚持很久。还没有等到进入树林，我就开始和以前一样，滔滔不绝地和她聊起来了。

“我不愿到这片树林来，鲁吉耶女士。”

“为什么？”

“可怜的妈妈葬在这里。”

“这里有她的墓碑？”鲁吉耶女士急切地问道。

我点了点头。

“你的理由好奇怪啊！莫德，难道只是因为妈妈埋葬在这里，你就再也不想靠近它了？如果鲁廷先生知道了，他又会说什么呢？这样不行！我陪着你走，哪怕走上一小段也行。”

尽管非常不情愿，我还是勉强同意了。

我们沿着林中一条青草繁茂的小路走了没有多久，就来到了母亲的坟前。

鲁吉耶女士似乎格外好奇。她坐在坟墓对面的斜坡上，单手托腮，神情有些呆滞。

“真是令人伤感——多么庄严肃穆啊！”鲁吉耶女士小声嘟囔着，“高贵的坟墓！让人难过至极。亲爱的莫德，来到这里，你一定会想起亲爱的妈妈的。这是新写的碑文——不是吗？”碑文的确看起来很新。

“我累了——亲爱的莫德，要不你来朗读一下。严肃，慢点儿读，好吗？”

快走近墓碑时，我无意中回头看了一眼，碰巧看到鲁吉耶女士满脸都是鄙夷和嘲弄的神情。我吓了一大跳。她赶紧假装咳嗽，企图蒙混过去。当她确定已经被我识破，索性大笑起来。

“亲爱的莫德，快到我这里来。我只是在想，人们为死者所做的一切——修墓——立碑——真的很愚蠢！等我百年以后，才不要立碑、修墓呢——什么都不要。最初，人们把坟墓看成死者的住所。后来，却发现只是生者太愚蠢罢了。我鄙视人们所做的这一切。亲爱的，你们诺尔家中，有鬼魂出没吗？”

“什么？”我吓得脸红一阵、白一阵的。我害怕鲁吉耶女士。她这突如其来的质问，让我有点儿不知所措。

“听安妮·魏世德说，那里经常闹鬼。看看这个地方，太黑了！鲁廷家很多人死后都埋在这里，——不是吗？周围树木又高又密，附近根本不可能有人。”

鲁吉耶女士的眼珠子滴溜溜乱转，似乎期待什么神秘的东西。其实，她本人已经够神秘的了。

“我们赶紧回去吧，鲁吉耶女士。”我忽然害怕起来，感觉恐惧正从四面八方涌来。一旦控制不住，屈服于恐惧，一定会迷失自己。“赶紧走吧！马上！鲁吉耶女士，我害怕。”

“不，我们再待一会儿。你过来挨着我坐。你也许感到奇怪，

machère——un gout bizarre，vraiment！[1]——我就喜欢待在有死人的地方——就像这儿一样寂静的地方。我既不怕死人，也不怕鬼魂。亲爱的，你见过鬼吗？"

"鲁吉耶女士！别说了。求求您了。"

"你这个小傻瓜！不用害怕。我见过。昨天晚上还亲眼看见一个，长得像只猴子[2]，瞪着一双白色的大眼睛，双臂绕膝，蹲在角落里。从脸上看，长得很像一个邪恶的老人。"

"快走吧，鲁吉耶女士！你别吓唬我了。"我又怒又怕。

鲁吉耶女士笑了笑，比哭还难看，说道：

"好吧！小傻瓜！如果你真的害怕，我就不讲了。我们说点儿别的吧。"

"好的，好的，赶紧说点儿别的吧。"

"你父亲是一个大好人！"

"他人非常好——特别善良。鲁吉耶女士，我不知道为什么害怕他。就连'我很爱他'这句话，都不敢对他说。"

说来也奇怪，这次与鲁吉耶女士的亲密交谈（其实毫无亲密可言）完全是出于恐惧而转移话题。之所以这样做，是看她似乎还有一丝悲悯之心，希望能够借此将其激发出来。

"几个月前，不是有个伦敦来的医生见过你父亲吗？他们都喊他拜尔利医生。"

"是叫拜尔利医生。他在我们家住了一段时间。鲁吉耶女士，我们该回家了吧？走吧，求您啦。"

"马上就走。莫德，你父亲是不是身体不太好？"

"不—— 他身体很好。"

"那他得的是什么病？"

"病！他没有得病。鲁吉耶女士，难道你听说他生病了？"我急忙问道。

---

1 法语：亲爱的——这别有一番味道，真的。※

2 参见勒·法努的短篇故事集《透过晦暗的玻璃》（1872）中"绿茶"一文。该作品描写的是一个职员被猴子魂魄纠缠的故事。※

“没有，*ma foi*[1]。我什么也没听说。既然医生来了，那肯定是因为他身体不舒服吧。”

“拜尔利医生是个神父，一个斯威登堡信徒。爸爸身体很好。请他来肯定不是为了看病的。”

“亲爱的，听你这么说，我太高兴了。你要知道，你爸爸这么大年纪了，可你还这么小。噢，是的——他年纪大了，世事无常。亲爱的，他立遗嘱了吗？像他这样富有的人，尤其是这般岁数的，应该立遗嘱了。”

“不用着急，鲁吉耶女士，爸爸身体好着呢。”

“他真的没有立下遗嘱吗？”

“不知道。”

“哈哈，小捣蛋，你故意不说——你只是装傻。是的，是的，其实你什么都知道。来，告诉我！你要知道，这可是为了你好。他是什么时候立的遗嘱？都写了些什么？”

“鲁吉耶女士，我真的什么都不知道。爸爸到底有没有立下遗嘱，我不敢乱说。我们还是聊点儿别的吧。”

“莫德，立遗嘱要不了鲁廷先生的命。他不会因为立了遗嘱，就会提前躺进这块墓地。但是，如果他不立遗嘱，你就可能会失去一大笔财富。你懂吗？”

“我真的不知道。即便立好了，他也从来没跟我说起过。我只知道他非常爱我——这就足够了。”

“哈哈！你一点儿都不傻。——你肯定一清二楚。来，赶快告诉我，你这个小顽固！统统告诉我。不然的话，我就掰断你的小手指头。”

“遗嘱的事，我什么都不知道。鲁吉耶女士，你太让我伤心了。我们还是谈点儿别的吧。”

“你肯定知道，你必须告诉我，*petite dure-tête*[2]。再不说，我真的要掰断你的小手指头了。”

说着，鲁吉耶女士突然伸出手，抓住我的小手指头，使劲儿一掰。

1 法语：我保证。※
2 法语：小鬼头。※

我疼得“嗷嗷”直叫。狠毒的鲁吉耶女士大笑起来。

“你说不说？”

“我说，我说！放开我！”我痛得尖叫起来。

她并没有立刻松手，而是边掰边笑，笑声非常刺耳。最后，她终于松开了我的手指。

“你要做个乖孩子。无论你知道什么事儿，都要告诉关心你的老师。你哭什么，小傻瓜？”

“你弄疼我了——我的小手指头快要断了。”我抽泣着说道。

“小傻瓜！揉一揉，吹一吹，再亲一下就好了！你太娇气了！我再也不和你玩了——再也不了。我们回家。”

鲁吉耶女士生气了，一路上都没有跟我说话，也不回答我的问题，装出一副高傲且被激怒的样子。

这件事情过去时间不长，她就又恢复了原来的样子。尽管她还是抓住遗嘱问题不放，但是不再像过去那样简单粗暴，开始注意方式、方法了。

这个可怕的女人为什么如此关注父亲的遗嘱呢？这和她有什么关系吗？

第7章

斯卡斯代尔

我觉得，除了腊斯克女士敢与鲁吉耶女士公开叫板，并随时有发生猛烈争吵的可能外，我们家的其他女仆多多少少都有点儿害怕这个面露凶气的法国女人。

有时候，腊斯克女士在我房间里偷偷对我说：

“她到底是哪里人？法国人还是瑞士人，会不会是加拿大人？我记得小时候见过一个加拿大女人，也是瘦高个儿！她和谁住在一起？她的家人在哪里？我们对她几乎全然不知，对她的了解还赶不上个孩子。当然，老爷肯定做过调查，知道她的底细的。好像安妮·魏世德和她私交不错。她老是喋喋不休，内容无所不包。我喊她鲁赫坡夫人。我得多给她安排点事儿干。请原谅我这么说，小姐，这个老女人就是一个猫女[1]，绝对不会错的。这个坏女人的狐狸尾巴迟早会露出来的。我发现，她偷喝医生给老爷开的药酒后再加上水。所有女仆都害怕她，认为她不是女巫就是魔鬼，绝对不是一个善茬儿。对此，我一点儿也不觉得奇怪。她冲你发火后的第二天早上，凯瑟琳·琼斯发现，她睡觉时竟然连衣服都不脱。无论她耍什么花样儿，都是在吓唬你，故意让你紧张不安，一定是这样的。”诸如此类的话。

是的，我真的紧张不安，而且越来越严重。这个损人不利己的法国女人，好像也觉察到了这一点，故意吓唬我，并以此为乐。我甚至担心，她会偷偷躲藏在我的房间里，晚上出来吓我。我夜里老做噩梦，梦

1　猫女（cat）：既可指“令人讨厌的，喜欢八卦的女人”，亦可指“醉醺醺、发酒疯的妓女”。※

里总少不了她。不仅如此，在我睡不着的时候，这种难以名状的恐惧感犹如藤蔓般悄悄滋长，把我紧紧缠绕。

一天晚上，我梦见鲁吉耶女士带我去父亲的书房。她一路上不停地嘟囔着什么，我一点儿也没听清楚。她一手拉着我，一手将蜡烛高高举过头顶。在这万籁俱寂的夜晚，我们两个踮着脚尖快速行走，一副鬼鬼祟祟的样子。最后，我们在父亲特意嘱咐过我的那个橱柜前停了下来。橱柜的门上插着钥匙。鲁吉耶女士在我耳边嘟囔着一些莫名奇妙的话儿。我怀着万分愧疚之情，拧动钥匙——橱柜门打开了。父亲竟然站在里面。只见他脸色苍白，面带愠色地瞪着我。只听他大声喝道："该死！"鲁吉耶女士手中的蜡烛骤然熄灭。我大叫一声，在黑暗中猛地惊醒过来。在接下来的一个小时时间里，我一直处于一种歇斯底里的状态。

只要事情与鲁吉耶女士有关，都会引起女仆们的热烈讨论。她们对她又恨又怕，心中暗暗猜测，等鲁吉耶女士慢慢在主人那里站稳脚跟儿，一定会把腊斯克女士赶走，或许还能坐上她的位子，然后再来个大换血。我觉得，腊斯克女士心里也是这样想的。

我突然记起，一个吉卜赛人模样的小贩来过诺尔。当时，我和凯瑟琳·琼斯正站在院子里。他把货物放在院子门口低矮的栏杆旁边。

他带来的物品琳琅满目：丝带、棉线、丝绸、袜类、蕾丝，竟然还有一些劣质珠宝。这对一向很少有陌生人光顾的诺尔来说，可是一件大事情。当他一样样摆开他的货物时，鲁吉耶女士闻讯从房间里走了出来。小贩冲鲁吉耶女士笑了笑，向她问好，竟然叫她"小姐"。还说，没想到会在这儿碰到她。

鲁吉耶女士的神情非常不自然，回谢了他，说道，"很好"。我还是第一次看到她表现得如此"局促不安"。

"东西真漂亮！"鲁吉耶女士说，"凯瑟琳，快去告诉腊斯克女士。她说想买剪刀和蕾丝来着。"

凯瑟琳很不情愿地走了。接着，鲁吉耶女士对我说："亲爱的，我的钱包就放在屋里的桌子上了。你取钱包的时候，把我的一起拿来。"

不一会儿，凯瑟琳便把腊斯克女士给喊来了。终于有机会知道这个法国老女人的秘密了！她们很狡猾，假装在挑选货物，等到鲁吉耶女士买完东西，带我离开后，便开始向小贩子打听鲁吉耶女士的情况。小贩守口如瓶，说他什么都不知道，根本不承认曾经见过鲁吉耶女士。他说，“小姐”是他对法国女人的一个通称，没什么特别意义。他从未见过她。不过，他倒是挺喜欢这个法国女人的，因为她帮他拉了一些生意。

看到小贩闪烁其词、遮遮掩掩，腊斯克女士和凯瑟琳都很生气——什么东西都没买他的——真是一个愚蠢的家伙。

鲁吉耶女士肯定已经把他给收买了。据说，四下无人的时候，鲁吉耶女士一边假装在看货物，一遍把脸埋在丝绸和威尔士毛呢[1]里面，快速地说着什么，同时把钱偷偷掖在货物下面。这一切全被马夫汤姆·威廉姆斯看在眼里。真相迟早会大白于天下的。

正当她们在跟小贩纠缠的时候，我和鲁吉耶女士去了宽广、泥泞的牧羊场散步。牧羊场位于诺尔和斯卡斯代尔教堂之间。自从上次去树林中的墓地散步回来后，我就再也不像以前那么害怕她了。鲁吉耶女士也比以前更爱沉思，更加寡言少语，并很少用法语和学习内容刁难我了。每天散步成了我们的必修科目。两英里之外，有个地方风景很美。我提着小篮子，里面放上三明治，作为午餐。准备一到那里，就立即开饭。

我们本来出发得就晚，连一半路程都还不到，鲁吉耶女士就已经累得走不动了，平常绝对没有这种情况。我们只好就近坐在路边休息。鲁吉耶女士用鼻子轻声哼唱着一首诡异的 *Bretagne*[2] 民谣，描写的是一个猪变女人的故事：

> 这女人非猪非人，
> 半死不活，
> 没有人的模样。
> 她的左手左脚摸起来暖暖的，
> 她的右手右脚死尸般冰凉！

1　威尔士毛呢（welsh linseys）：一种劣等亚麻面料。※

2　法语：布列塔尼，英文作 Brittany，法国西北部的一个地区。下文所述的诡异民谣，可能是翻译过来的一个版本，其源无从查考。※

她唱起歌来如同丧钟鸣响，
猪儿怕了，躲得远远的，
女人怕了，站得远远的。
她既可以一年零一天不眠，
也可以僵尸般一月不醒。
没人知道她以何为食？
是橡子还是肉？
有人说她是猪变的，
那猪来自加大拉海。[1]
猪头人身恶魔的灵魂。

有人说她是永世流浪的犹太人[2]的妻子，
因吃猪肉违反律条，[3]
获罪印记成猪的脸。
此刻就是惩罚到来的最后期限。

她就这样哼唱着，歌词冗长反复。我越想赶紧启程，她就越是磨磨唧唧不肯起身。我只好耐着性子等着她。她眼睛看着远方，不时地看表，并偷偷朝我们要去的方向瞥了一眼，好像在等待着什么。

最后，她唱够了，站起身来，默默地往前走。我看到鲁吉耶女士又向特里斯沃斯村瞥了一两眼。这个村子就在我们前方靠左的位置。袅袅炊烟正从半山腰上冒出来。我感觉到她在观察我。她问道："那边冒烟的是什么地方？"

"是特里斯沃斯村，鲁吉耶女士。那边还有个火车站。"

"噢，这是一条铁路吗？距离我们这么近，我却一点儿也不知道。它通向什么地方？"

---

1 加大拉海（the sea of *Genesaret*）：见《新约·马太福音》8：28—32，耶稣来到加大拉（Gadarene），遇见两个被鬼附身的人，鬼看到耶稣后进入了猪圈，猪群突然全部冲下山崖，投在海里淹死了。※

2 永世流浪的犹太人（Wandering Jew）：指该隐（Gain），圣经中弑弟的恶人，被上帝惩罚，必须永远飘荡流离，见《旧约·创世记》4：1—24。※

3 犹太教禁止吃猪肉。

知道答案后，她再次安静了下来。

斯卡斯代尔教堂景色不错，但让人觉得有些怪异。微微起伏的牧羊洼地，紧挨着宽阔的峡谷。峡谷中有一条明晃晃的小溪。溪流来自一座废弃的修道院前面的草地。几棵大树散落在四周。高高挂在树枝上的乌鸦窠臼空空的。鸟儿寻觅食物去了远方。这里别无他物，只有孤独。

鲁吉耶女士深深吸了一口气，笑了笑。

“宝贝，过来，过来。我们去教堂。”

我们顺坡而下，好像进入了一个与世隔绝的地方，令人悲伤、孤寂。鲁吉耶女士却变得亢奋起来。

“快来看啊，太多墓碑了！有一两百个呢。你不喜欢死人吗？我来教你如何喜欢他们。今天，我就死在这里半小时，和死人住在一起。我喜欢这样。”

我们来到小溪边。走过几个垫脚石，便可越过溪流到达对面了。教堂的矮墙就在眼前，两侧建有台阶。

“快来啊！”鲁吉耶女士抬头大喊，像要呼吸新鲜空气一般，“我们马上就到了。你会像我一样喜欢他们。你会看到五个死人。*Ah*, *ça ira*, *ça ira*, *ça ira*[1] 赶紧过来！我是停尸房女士——死亡之家[2]夫人！我要介绍我的朋友 *Cadavre* 先生和 *Squelette* 先生[3]和你认识。快，快，凡人姑娘，我们一起玩玩，啊哈。”她嘴巴张得大大的，发出可怕的叫喊。然后，把假发和草帽往后一推，露出了一个光秃秃的大脑袋。她大笑不已，就是一个疯子。

“不，鲁吉耶女士，我不去。”我奋力把手挣脱出来，向后退了两三步。

“你不去墓地！天啊！*wat mauvais gout*！[4]天不早了。看，太阳马上就要下山了。宝贝，你想去哪？我可不想待在这里，陪着你。”

---

1 法语：奥，它很顺利，很顺利，很顺利。出自法国大革命时的歌曲《卡马尼奥拉》(*La Carmagnole*)。※

2 死亡之家（Deadbouse）：鲁吉耶女士从法语 La Morgue 直译过来，把鸨母和食尸鬼合二为一。该段作者精心设计，巧妙利用中世纪交响诗《骷髅之舞》(*danse macabre*)，又名《死亡之舞》(*dance of death*)。《骷髅之舞》(1874)作者为卡米尔·圣·桑。乐曲是根据法国诗人亨利·扎里斯的一首奇怪的诗写成，旋律采用了中世纪末日审判的圣咏《愤怒的日子》的曲调，给人以阴阳怪气的感觉。

3 法语：Cadavre 指尸体，Squelette 指骷髅。

4 法语：真没品位！※

“我就在这里，哪里也不去。”我虽然很害怕，但真的气坏了。我知道，她夸张的表演、疯颠的举止都是在吓唬我。因为恐惧，我反倒变得更加愤怒了。

鲁吉耶女士提起裙子，走过垫脚石，摇头晃脑地大步跨过台阶，嘴里哼唱着那支诡异的歌谣。她的腿又长又细，好像参加五朔节[1]的女巫。她在墓碑和坟墓中跳跃着，或严肃庄重，或彬彬有礼，并且不时地咧嘴大笑。

1　五朔节（Walpurgis）：欧洲传统民间节日。时间为每年的4月30日晚至5月1日凌晨。※

第8章

神秘的烟客

鲁吉耶女士做梦也没想到，三年后，我会知道她那天在墓地的所作所为。确切地说，不是我亲眼所见，而是根据别人的片言只语推断而知的。尽管如此，我还是很想说给大家听听。记得当时，我独自坐在溪流边一块光滑的石头上，吓得脸色通红。鲁吉耶女士回头看看我，确定我看不到她了，才放慢脚步，左转弯向废墟走去。尽管她是第一次来这里，但好像对此地一点儿不陌生。她转过墓地拐角，看到一个年轻人嘴里叼着短柄烟斗，正坐在一块墓碑的边角上。他留着络腮胡子，皮肤略呈棕色，面孔还算英俊，有些发福，头戴一顶圆圆的毡帽[1]，绿色圆边礼服[2]上带有镀金的纽扣，与背心和裤子实在是不搭。看见鲁吉耶女士走过来，他并没有把烟斗拿开，也没有起身站立，而是习惯性地板着脸儿，冷冷地看着鲁吉耶女士，微微点了点头。

“哈，达德利，你来了！看上去气色不错嘛。就我自己一个人，我们的朋友在墓地外面的小溪边坐着呢。为了不让她知道你我认识，我是一个人来的。”

“你迟到了一刻钟。老婆子，让我久等了。”年轻人朝地上吐了一口痰，然后半开玩笑地说，“我不喜欢你叫我达德利。你再这样叫我，我就喊你奶奶。”

“嗯，那好！就叫你达德吧。那小姑娘长得很漂亮，正是你喜欢的

---

1 毡帽（jerry hat）：流行于 19 世纪 40 年代。※

2 圆边礼服（cutaway coat）：下摆裁成圆角的礼服。

类型。腰肢纤细，牙齿雪白，眼睛黑黑的，很漂亮，手脚也美。要多美有多美！”

鲁吉耶女士不怀好意地笑了笑。

达德利一口接一口地吸着烟斗。

“接着说。”达德利点了点头。

“我教她弹琴、唱歌。她的嗓音很好听。”

说到这里，她停顿了一下。

“嗯，这可不好。我讨厌女人尖着嗓子唱仙女、花草什么的。女人唱歌就像猫儿叫春！真想一枪毙了她们。”

达德利终于把烟抽完了。现在可以谈正事了。

“你最好先过去看看她，然后再做决定。你沿着河边走，会看到她的。”

“我要考虑考虑。不论如何，不能不看货就付钱。也有可能，我压根儿就看不上她呢。”

鲁吉耶女士气得连方言都用上了，冷笑道：

“说得好！不过，你很快就会明白，不是所有人都像你眼眶子这么高。”

“你是说，还有别人喜欢她？”年轻人瞥了这个精明的法国女人一眼，神情有些紧张。

“我是说——我的意思是——”这个女人故意停顿了一下，以示戏弄。

“老婆子，少跟我来这一套。快点儿说，不然我就走了！赶紧说，真有别的小子对她有意思？”

“你说得很对。不仅有，还不少呢。”

“嗯，你这样觉得，我也这样觉得，我们都这样觉得，但又能怎么样？你告诉我，上完你的课后，这小姑娘在家都干些什么？她今后有什么打算？这个惹人爱怜的小家伙儿。”他把象牙手杖柄放在嘴边，慵懒地笑了笑，看人的眼神也放松下来。不过，眼神里带有一丝嘲弄。

鲁吉耶女士大笑起来，样子有些吓人。

“老婆子，我只是开个玩笑，一个玩笑而已。何乐而不为呢！我不知道，她为什么急着嫁人？怎么就不能等等。我就不着急，一点儿也不想早早找个老婆管着我。作为男人，结婚前，要先享受一下人生的乐趣才行。我的精彩人生才刚刚开始。一旦结了婚，无论赶集、上店、礼拜还是聚会，去哪里都得带着她。老天哪！听说她还是一个贵格会[1]教徒。要是再有了孩子，肯定会被拖累死的。”

“哈，你说得太对了！你一直都是这样——这样理智。既然这样，我就和那小姑娘先回家了。你去找梅格·霍克斯吧。再见，达德，再——见！”

突然，马骚动了一下，这下可惹怒了年轻人。他没好气地怒吼道：“你小点声儿，行不行？你这个笨蛋！谁说我不去看了？你明明知道我为什么来这儿。我这人心直口快，心里想什么就说什么，从不黏黏糊糊、口是心非。再说，这有什么不能说的？我要是喜欢这个女孩儿，才不会磨磨叽叽呢。当然了，喜不喜欢还是我说了算。是她过来了吗？”

“不是。不是她。”

鲁吉耶女士跑回拐角处看了看，发现没有什么人来。

“你从那边走。只能从远处看看她。她这人老是紧张兮兮的，蠢得要命。”

“噢，你们平时就这样相处吗？”达德利在墓碑上弹了弹烟灰，把土耳其烟斗装进衣兜。“再见，老婆子。”他握了握鲁吉耶女士的手，“还有，等我走后你再过来。我可不会演戏。你要是装出一副不认识我的样子，彬彬有礼地喊声‘先生’，我会笑喷的。再见！如果你还想见我的话，就要准时来，记住了。”

他习惯性地找他的狗。事实上，他这次出门，没有带狗，只有杰克·布莱德利和他作伴，为下周即将举行的障碍赛作准备。而且，为了掩人耳目，他还特意乘坐三等车厢。

他用手杖将两边的荨麻拨开，迈着大步走了。鲁吉耶女士转身往回走，走到墓地的空地上，一个我站起身就能看见她的地方，就像欣赏艺术品一样，聚精会神地看着这片废墟。

---

1 贵格会（Quaker）：又称教友派或者公谊会，是基督教新教的一个派别。该教创立于1652年，创始人为乔治·福克斯（George Fox，1624—1691）。“贵格”是英语“Quaker”的音译，意为“颤抖者”。该教要求克制、寡欲，反对调情和轻佻的举止。※

过了一会儿，我听到有脚步声沿着小路传来。只见一个身穿绿色圆边礼服的绅士，拄着拐杖过来了。他停下脚步，毫无礼貌地盯着我看了一会儿，然后，转身走开了。

他拐进山谷就不见了。我松了一口气，刚站起身来，忽然看到鲁吉耶女士就站在不远处的废墟那儿，也就不怎么害怕了。此时此刻，太阳的余晖洒落在小山丘上，我觉得该回家了。我不知道要不要喊一声鲁吉耶女士。这个女人体内似乎总有一种悖逆情结。她常常不分青红皂白，拒绝任何要求，即便是她力所能及之事、举手之劳。

这时，那个身穿绿色圆边礼服的绅士又回来了，大摇大摆地向我走来。

“我说，小姐，我刚才在这附近掉了一只手套。请问，您看见了吗？”

“没有，先生。”我往后退了一步。我当时的样子一定是又怕又恼。

“小姐，一定是掉在了你的附近。”

“真的没有，先生。”

“小姐，真的无意冒犯。你没有把它藏起来吗？”

他的话，让我感觉非常不舒服。

“别害怕，小姐。只是和你开个小小的玩笑而已。我不会搜你身的。”

我大声喊道：“鲁吉耶女士，鲁吉耶女士！”他吹了个口哨，跟着我喊：“鲁吉耶女士，鲁吉耶女士！”一听无人回应，接着说道：“她一定是聋了，要不早就听见了。小姐，代我问候这位鲁吉耶女士，跟她说，你的确是个美人！”他大笑着，向我抛了个媚眼，大步走开了。

总而言之，这次远足特别不愉快。鲁吉耶女士大口吃着我带来的三明治，并不时地称赞我做的三明治好吃。我心里不舒服，一点儿胃口也没有。等回到家中时，我已累得不成样子了。

“这么说，明天有位夫人要来拜访我们喽？”鲁吉耶女士真是无所不知，“她怎么称呼来着？我都给忘了。”

“诺利斯夫人。”我回答道。

“诺利斯夫人，真是个奇怪的名字！她肯定很年轻吧？”

“应该有五十岁了。”

“天啊！这么老啊。她很有钱吗？”

“这我不清楚。她在德比郡有房产。”

“德比郡。英国的一个郡，对吧？”

“是的，鲁吉耶女士。”我笑了笑，“我都和你说过两次了。”我又把地理书上列出的主要城镇和河流，给她重复了一遍。

“啊哈，确认确认嘛！宝贝，她是你的亲戚吗？”

“是我爸爸这边的表亲。”

“能帮我引荐引荐吗？我会感激你的。”

鲁吉耶女士已经开始像英国人一样，喜欢结交那些带头衔的人士。也许，如果外国的头衔也像我们英国人一样代表着权利，他们也会像我们一样，喜欢攀附结交这些有头衔的人士。

“可以。”

“你不会忘了吧？”

“不会。”

鲁吉耶女士当晚提醒了我两遍，生怕我忘记答应过她的事儿。她对这件事倒是十分上心。然而，世事难料，往往不尽如人意，流感风湿折磨得她下不了床。现在除了热毛巾和詹姆斯粉[1]，她什么都不关心了。

鲁吉耶女士病得连头都抬不起来。她感到很 *désolée*[2]，嘴里嘟囔道，“亲爱的，诺利斯夫人要在这里待多久？”

“应该待不了几天吧。”

“老天啊！真是太不走运了！真希望明天我能好起来。噢，我的耳朵！亲爱的，快帮我拿点鸦片酒来！”

我们就这样结束了谈话。鲁吉耶女士把她的脑袋，埋在了红色的旧喀什米披肩里面。

---

1 詹姆斯粉（James’s powder）：传统上用于治疗头疼宿醉的药物。※

2 法语：惋惜，可惜。※

第9章

莫妮卡表姐

诺利斯夫人如期而至。和她一起来的还有她的侄子，奥克利上尉。

他们是在快要吃晚饭的时候来到的，有足够的时间到房间整理整理着装。玛丽·坎斯一边给我梳头，一边大讲特讲她在走廊上遇到年轻英俊的奥克利上尉的情景。当时，上尉正带着侍从去房间，看见她立即绅士般地予以避让，笑起来样子非常迷人。

我那时年龄还小，而且还没有同龄女孩子们成熟。我不得不承认，玛丽·坎斯的话，让我有些心动。虽然表面上不露声色，心里却暗暗揣想着这个军人的模样。那天晚上刻意把自己打扮了一番。我到达客厅时，诺利斯夫人早就到了，正在喋喋不休地和父亲说着什么——她实际年龄并不大，只是我们这些年纪小的人称呼她为长辈。她精力充沛、聪明睿智、漂亮大方，穿着也很得体——紫色绸缎上镶着蕾丝，灰色秀发上戴着什么——不是帽子，或许称之为发饰更为准确——明亮简单、高贵典雅。

她身材高挑，不胖不瘦，结实挺拔，眼神和蔼亲切。她站起身，快步走了过来，笑着跟我打招呼，就像年轻人一样热情奔放。

“我的小表妹！”她高声喊叫着，热烈亲吻我的脸颊，“知道我是谁吗？你的表姐莫妮卡，莫妮卡·诺利斯。见到你真是太开心了！上一次看见你的时候，你还没有裁纸刀大呢。快到灯前来，让我好好看看。长得像谁呀？啊，亲爱的，真像你的母亲，但鼻子像艾尔默。嗯，好看。眼睛很美！还是像母亲。奥斯汀，莫德长得一点儿也不像你啊。”

父亲看了她一眼，脸上带着我许久未见到的笑容。笑容中有些精明敏锐、愤世嫉俗的味道，但又不失敦厚与和善。他说道："这样不是更好吗，莫妮卡？"

"也许我不该这么说。不过，奥斯汀，你长得真得不怎么好看。哎呀，这小姑娘不愿意了！真是个孝顺孩子！别生气，莫妮卡表姐说的句句是事实。你爸爸长得就是不怎么好看。奥斯汀，快告诉她是不是这样？"

"我才不呢。我干吗承认自己丑啊？英国法律可没有这种规定[1]，莫妮卡。"

"是的，没有规定。要是这孩子连自己的眼睛都不相信，怎么相信我呢？她手指细长、漂亮，双脚也很美。她多大了？"

"你多大了，宝贝儿？"父亲把问题抛给了我。

她又开始评论我的眼睛。

"这才是纯正的灰色——眼睛大大的，目光深邃而轻柔——非常特别。还有那长长的睫毛，妩媚动人！亲爱的，你肯定能够入选《美人图》！等你正式进入社交圈后，诗人们一定会为你疯狂的，哪怕只为了赞美你漂亮的鼻子！"

值得一提的是，听到疯癫、健谈的莫妮卡表姐这样说，一向沉稳的父亲竟然也活跃了许多。凭我以往的经验看，父亲虽说算不上喜悦，但至少他骨子里就有的那种压抑、死板少多了。他对这位客人滔滔不绝的俏皮话儿，表现出明显的兴趣和赏识。

有了众人的陪伴，父亲明显开怀了许多。相比而言，他平常的那种孤僻是多么的病态啊。对于父亲来说，我绝不是一个好的陪伴者。我既不如同龄女孩们成熟，又早早习惯了父亲古怪的行事方式，只是默默相守，从不乱问问题、打乱父亲的思路。对他单调苦闷的生活方式，也没有表现出丝毫不满。

我惊讶于父亲的幽默。尽管这个口无遮拦的表姐，对父亲的"人身攻击"让我感到非常不快，但父亲竟然被他表亲的尖酸话语给逗乐了。不仅如此，我以前总觉得这个镶着黑色饰板、挂着油画、古色古香、形状奇特的房间刻板压抑、死气沉沉，现在也变得不那么讨厌了，反倒有

1 根据英国法律，被证明有罪前都无罪。因此，没有人会自己主动认罪。※

些让人喜欢了。

这时，奥克利上尉走了进来。见到他，我仿佛见到了遥不可及又心生向往的时尚世界。那个光怪陆离的世界，我只在流动图书馆[1]的三卷本《福音书》[2]里面读到过。

奥克利上尉黑色卷发，连鬓胡子，五官像女性一样秀气。他嘴唇丰润、曲线冷酷，眼神犀利、冰冷，足以显现出他的放荡不羁。他相貌英俊，举止优雅，浑身上下散发着基督馨香，[3]好像来自另外一个世界，一半是人一半是神。我长这么大，还从未见过，甚至连做梦都没有梦见过，让我如此着迷一位骑士。

我那时尚且年幼，缺乏人生阅历，根本不会分辨好人和坏人。况且，他英俊潇洒，言谈举止也让我感到耳目一新，和镇上那些体面人家的帅哥俊男相比，真是胜过千倍万倍都不止。

当我得知，他的休假马上结束，后天就要离开时，别提有多失望了。我对他已经百般不舍。我俩相识时间虽短，但很投缘，已经是无话不谈了。

我有些害羞，但不忸怩。这位年轻人见多识广，幽默、迷人，能够得到他的青睐是我的荣幸。显而易见，他也在百般取悦我，博我欢心。我敢说，用我能够听懂的语言给我讲述一些前所未闻的人和事，并且能让我捧腹大笑，一定比我想象的要困难许多。

莫妮卡表姐一直在和父亲聊天。虽然父亲沉默寡言，基本没有回应，但是莫妮卡表姐能说会道，聊天照样可以进行。只要有表姐在，哪怕像我们家这么寡言少语的地方，也会变得热闹起来。

后来，为了让这两位绅士深入交流，我和莫妮卡表姐去了客厅。其实，他俩并没有什么可谈的。

“过来，亲爱的，坐我旁边。”诺利斯夫人一屁股坐在椅子上，“快

---

1 流动图书馆（the circulating library）：现代图书馆的前身，18 世纪便有了雏形，19 世纪流行于英国，主要用来满足大众读书需求。实行会员制，会员需缴纳一定的费用（通常是年费）才能借阅。

2 三卷本《福音书》（three-volumed *gospel*）：1820—1845 年间银叉派小说（silver fork novel）的代表作。银叉派小说又叫时新派小说（fashionable novel）。其作品主要描写上流社会之风，为初进社交界的上流社会年轻女子的时尚《圣经》。※

3 语出《新约·哥林多后书》2：15—16：“无论是在得救的人身上还是死亡的人身上，都有基督馨香之气。对这等人，就作了死的香气叫他死；对那等人，就作了活的香气叫他活。”※

点儿给我说说，你们爷俩过得怎么样？我记得他以前挺开朗的，也挺有趣，真的。可现在却死气沉沉的。整天把自己关在屋子里，脑子里净想些乱七八糟的东西。这些是你画的吗，宝贝儿？”

“是的，画得不好。放在大厅橱柜里的那几幅还可以。”

“我觉得，画得挺好的！亲爱的，你还会弹琴？”

“会点儿。自我感觉还行。”

“肯定错不了。过会儿弹上一曲给我听听。你们父女俩平时都干些什么呢？宝贝儿，你看起来很迷茫。嗯，我敢说，这大房子里没有什么消遣活动。你千万别成了修女，更不能成为清教徒。你爸爸信什么教来着？第五王国派[1]还是什么？我都给忘了。告诉我叫什么，亲爱的。”

“爸爸是斯威登堡信徒。”

“对，我把这个可怕的名字给忘了，斯威登堡教，就是它。我不知道这些人脑子在想什么。大家都说他们是异教徒。亲爱的，他没有让你也加入吧？”

“我每个周日都去教堂。”

“谢天谢地，斯威登堡教这个名字太难听了，他们很可能都被诅咒了。[2] 亲爱的，这可不能大意。真希望奥斯汀能够信点儿别的什么教。人活着，就要好好享受生活。我宁愿没有信仰，也不愿信仰一个让我今生来世不得安宁的宗教。可有些人偏偏喜欢体味痛苦，死后继续浇灌培育这痛苦。奥斯汀就是这样一个可怜的人儿。哈哈哈！小姑娘怎么这么严肃？你是否觉得我是一个臭嘴子啊？你就是这么想的。也许你是对的。亲爱的，谁给你做的裙子啊？你真是个小可爱！”

“我和玛丽·坎斯设计完后，交给腊斯克女士去定制的。我很喜欢它。大家都说好看。”

听我把话讲完，莫妮卡表姐突然大笑起来。莫妮卡表姐见惯了伦敦的最新时尚，一定是觉得我穿得不入流。她笑得那么忘情，眼泪都流下来了。看到我一脸茫然、自尊心受伤的样子，她笑得更厉害了。

---

1 第五王国派（Fifth Monarchy Men）：基督教清教徒中最激进的一派。该教认为，基督复临迫在眉睫，以武力协助基督恢复统治是他们的任务，反对任何形式对政府的效忠。※

2 指斯威登堡教被视为异端。该处揭示了莫妮卡表姐代表的正教思想对斯威登堡教的排斥。※

“好了，你千万不要生你表姐的气啊！”她一边笑着，一边站起身，给了我一个拥抱，并在我额头轻轻吻了一下，还拍了拍我的脸颊，“你要知道，你表姐莫妮卡是一个口无遮拦，嘴德不好的人儿。她非常爱你，不要仅仅因为她嘴臭而生气。你们三个人——腊斯克女士，玛丽·坎斯，聪明美丽的你，坐在一起，简直就是《麦克白》里的三个女巫。突然，奥斯汀进来了——就像麦克白一样——说道：‘你们在干什么？’你们三个一起回答道：‘在干什么？不知道啊！’[1]说实话，奥斯汀这次真该受罚。怎么能把你交给那些满脑子都是古怪念头的老女人打扮教导呢？她们是不是太老了？她们要是知道了，肯定要骂我了。我一定要好好说说你爸爸。亲爱的，你要知道你是继承人，不能整天穿得像个小丑。”

“爸爸打算送我去伦敦。鲁吉耶女士和玛丽·坎斯陪我一起去。如果拜尔利医生同意的话，爸爸也会陪我去。到那时候，我就会有很多新衣服穿和很多好东西吃啦。”

“嗯，那是最好不过了。谁是拜尔利医生？你爸爸生病了？”

“不，不，他没病，一直就是这个样子。你看他像个病人吗？”我急切地问道，心中有些害怕。

“亲爱的，他看起来一点儿也不像个病人，只是那个医生——他叫什么来着？——是干什么的？他是医生、牧师还是兽医？你爸爸出门干吗向他请示？”

“我也不知道。”

“他是不是也是斯威登堡教徒？”

“我觉得是。”

“噢，明白了，哈哈！可怜的奥斯汀去伦敦，也必须向他请假。无论那个拜尔利医生同不同意，你爸爸都该陪你去。让那个法国女人全权打理你的生活，肯定是不行的。亲爱的，她叫什么名字？”

“鲁吉耶女士。”

---

1 语出《麦克白》第四卷第一章。莫妮卡表姐的这一连串调侃，让莫德感到非常不自在。※

第10章

鲁吉耶装病

诺利斯夫人接着问道，“亲爱的，她怎么不给你做裙子？我赌一个畿尼[1]，这女人肯定是个裁缝。她什么衣服都不给你做吗？”

“我真的不知道，她是否会裁缝，也不关心这事儿。腊斯克女士说，她是我的家庭教师，修身教师[2]。”

“还修身教师呢？装腔作势，一个家教还能高贵到不做衣服给你穿？那她到底会做什么？我敢说，她啥也不会教，只是瞎胡闹！还好，她没有教坏你。我得见见她。亲爱的，她在哪里？快带我去会会这个鲁吉耶女士。现在就去！”

“她病了。”我还在为她嘲笑我的衣服而恼羞不已，竟然让我这位见多识广的亲戚笑成这模样！我现在满脑子只有一个念头，赶紧找个地方躲起来，绝对不能让英俊潇洒的奥克利上尉，看到我穿这身衣服的模样。

“病了？什么病？”

“感冒，发烧，还有关节炎，她自己是这么说的。”

“哦，感冒了。在卧床休息吗？”

“没有，只是待在房间里不出来。”

“亲爱的，我非常想见见她。告诉你，我想见她，并非仅仅因为好

1　畿尼（guinea）：英国的旧金币，面值一镑一先令。

2　修身教师（a finishing governess）：特指教育富人家 12—17 岁女孩儿的家庭教师，以帮助这个年纪的女孩儿成为一名真正的淑女。

奇。更主要的是，我想亲眼看看，这个女教师到底是个什么样的人。家庭教师对你的成长来说至关重要。她既可能是你的良师益友，也可能对你有百害而无一利。更糟糕的是，你俩朝夕相处，她会把一些坏习惯传染给你。她会教坏你的语音语调，带坏你的行为举止，天知道她还会干什么。亲爱的，把管家叫来，告诉她，我要见见这位鲁吉耶女士。”

“我还是亲自去吧。”我担心腊斯克女士和这个尖酸刻薄的法国女人打起来。

“好的，亲爱的。”

我赶紧跑开了。幸好，奥克利上尉还没有回来。

在去鲁吉耶女士房间的路上，我一直在想，我的裙子真的那么可笑吗？那些油嘴滑舌的公子哥们也没嘲笑过我啊！有时，还得到夸奖呢。虽然如此，我心里还是很不舒服，脸上发烫。像我这样年纪的姑娘，应该很容易体会到，遇到这种情况该会是怎样一种心情！

鲁吉耶女士住得较远。我在路上碰到了行色匆匆的腊斯克女士。她身后还跟着一个女仆。

“鲁吉耶女士的病情怎么样了？”我问道。

“哪有什么病啊。”腊斯克女士冷冷地说，“依我看，她是没病装病。一个人吃得比两个人都多！我多么希望，也能像她那样，躲在房间里，啥活儿都不干。”

我走进屋子，看见鲁吉耶女士正坐在椅子上，确切地说，斜躺在火炉边低矮的扶手椅上，伸着两根长腿，脚搁在门栏上，身旁放着一套咖啡用具。看见我来了，她匆忙把书塞到裙子底下，眼神疲惫地看着我。要不是腊斯克女士刚刚给我打过预防针，我肯定会被她的样子迷惑的。

“鲁吉耶女士，感觉好些了吗？”我走到她面前，询问道。

“好多了，宝贝儿！不用太担心。大家都对我很好，照顾得也很周到。这杯咖啡就是腊斯克女士刚刚送来的，那个可怜的女人！为了让她高兴，我勉强喝了一小口。”

“感冒好点了吗？”

她疲倦地摇了摇头，手肘支在椅子上，三个手指撑着额头，轻叹了一声，眼角余光看着下方，一副神情沮丧的样子，看起来好笑极了。

“*Je sens des lassitudes.* ***I am console and oblige*** *des bontés*, *ma chère*, *que vous avez tous pour moi.*[1]”说完，她看了我一眼，低下了脑袋。

“诺利斯夫人想见您。就几分钟，可以吗？”

“*Vous savez les malades* **see never visitors**.[2]”她语气很尖酸，但我感觉她那一瞬间突然又充满了活力，“我不能与任何人交谈。*je sens de temps en temps des douleurs de tête.*[3] 还有耳朵。我的右耳 *parfois*[4] 痛得厉害。现在又开始痛了。”

她身体蜷缩，双眼紧闭，两手捂住耳朵，口中发出了低沉的呻吟声。

就算我毫无心机，仅凭直觉，我也能感觉到鲁吉耶女士是在演戏。只不过她演技太差，有点儿过了。她英语说得很好，只是为了装病，才故意用模糊的外国土话的。我鼓起勇气说道：“噢，鲁吉耶女士，如果能够撑得住，您最好还是抽出几分钟，见见诺利斯夫人。”

“明明知道我耳朵痛得厉害，还非要我和陌生人见面。太残忍了。莫德，想不到你会如此过分。你死了这条心吧。真的不行。我是真的不舒服，否则绝不会推辞的。”

鲁吉耶女士拿出了她的看家本领，掉了几滴眼泪，用手紧捂耳朵，声音虚弱地说：“莫德，你行行好！告诉你的朋友，我现在真的身体很不舒服。别来烦我了。我想一个人躺会儿。啊，疼死我了，坐都坐不住。”

此时此刻，我也只好说几句安慰她的话。我敢说，她一定是在夸大其词。我一个人回到了客厅。

我刚一进门，就听到诺利斯夫人说：“奥克利上尉来过了。他一晚上没有和我们在一起。想必是去打台球了吧。”

怪不得我路过台球室时，听到里面有台球发出的“砰砰”的声响。

“我一直在跟莫德说，她有多可恶。”

“莫妮卡，你对莫德可真上心。”爸爸说。

“那是当然。说真的，你再找个人把婚结了。奥斯汀，如果你想有

---

1 英语（加粗部分）和法语：我感觉四肢乏力。亲爱的，你们的关心和照顾让我倍感开心，非常感谢！※
2 英语（加粗部分）和法语：你应该知道病人是不能够会客的。※
3 法语：脑袋痛，一阵儿一阵儿的。
4 法语：有时，时而。

个人照看莫德，带她出去玩玩，谁最适合呢？她穿得破破烂烂的，你难道看不见吗？这么漂亮的一个小姑娘，打扮得这么土！真是可惜了！一个聪明的女人可以让她大放异彩的。”

对于莫妮卡表姐的挖苦取笑，父亲表现得异常宽容，脾气出奇地好。我们大家都非常害怕父亲，而她却好像享有很大的特权。万万没想到，生性严肃、呆板的父亲竟能听得进她的打趣，容得下她的调侃。

“这就是你给我的建议吗？”父亲问喋喋不休的莫妮卡表姐。

“嗯。奥斯汀，这对我可一点儿好处都没有。还记得小基蒂·威顿吗？就是二十八年前，我劝你娶的那个身价十二万英镑的女人。她非常富有，而且好相处。可那时候，你死活不愿意和她结婚。我告诉你，她已经换了两任丈夫了。”

“幸好我没当第一任。”

“好吧。她的财产多得数不过来。她的第二任丈夫，一个俄国商人，把财产都留给了她。她又没有什么亲人。对你来说，绝对是再婚的最佳人选。”

“莫妮卡，你总是在为别人牵线搭桥，”父亲停顿了一下，“你的这个建议不可取。我想，应该换一种方式来照顾莫德。”

我长长松了一口气。女人害怕再婚是一种本能。所有鳏夫多多少少都有点儿问题。在我的记忆里，尽管父亲外出次数很少，但每当他外出时，无论是去城里还是去别的什么地方，腊斯克女士都会这样对我说：

“如果有一天，他突然领回家一个年轻妻子，我一点儿不奇怪。亲爱的，你要有思想准备。”

父亲温和地看了她一眼，又疼爱地看了我一眼，如同往常一样，默默地朝他的书房走去了。

我对莫妮卡表姐建议父亲再婚一事非常反感。我最担心的事情，莫过于有个继母了。好心的腊斯克女士和玛丽·坎斯常常告诉我，她们关于继母的看法，从而大大增加了我对这个“入侵式”人物的排斥感。我猜，她们也是为了自己的利益，不想家中生事。而且，早早给我打个预防针，也没什么不好。

一直生莫妮卡表姐的气，我根本做不到。

“亲爱的，你爸爸是个怪人，”她说道，“我丝毫不介意。你也一定不会。怪人，怪人，亲爱的——他绝对是个怪人！”

看她轻轻拍打着额头的一角，表情淘气而滑稽，我强忍着没有笑出声来。

“对了，亲爱的，我们的那位裁缝朋友怎么样了？”

“鲁吉耶女士耳朵痛得厉害，不能有幸与您见面了。”

“有幸！胡说！我倒想看看，那女人到底是个什么货色。你说她耳朵痛？可怜的人啊！好吧，亲爱的，给我五分钟，就能治好她的病。我也时常耳朵痛。到我房间来，给她带上几瓶药。”

她点亮蜡烛，身手矫健地爬上楼梯，我紧随其后。拿了药，我们一起来到鲁吉耶女士的房间。

可能我们刚刚爬上楼梯，走路脚步有些沉重。经过走廊的时候，鲁吉耶女士好像就已经听到了我们的脚步声。只听她猛地关上门，胡乱地摸索着把手，好像门栓出了什么问题。

诺利斯夫人敲了敲房门，喊道：“开门，让我们进去！我这里有药，保你吃了管用。”

屋子里面非常安静。莫妮卡表姐推开房门，只见鲁吉耶女士躺在床上，身裹蓝色的被单，脸埋在枕头里，全身没有一个地方露在外面。

“也许她睡着了？”诺利斯夫人绕到床边，弯下腰去看她。

鲁吉耶女士依旧一动不动。莫妮卡表姐把两小瓶药放在桌子上，屈身来到床边，用手轻轻把她脸上的遮盖物掀开。鲁吉耶女士咕哝了一声，转过脸去，把被单裹得更紧了。

“鲁吉耶女士，是莫德和诺利斯夫人。我们是来看看你的耳朵的。快让我看看。被单裹得这么紧，肯定没有睡着。来，让我看看。”

第11章

鲁吉耶之谜

如果鲁吉耶女士早点儿说“我耳朵现在不疼了，你就让我睡一会儿吧”，也就不会如此尴尬了。然而，鲁吉耶女士假装自己精疲力尽，已经睡着了，所以她既不能出声说话，也无法用力扯住被子，一时不知该如何是好。突然，莫妮卡表姐抓住被子一角，猛地一拉，居高临下看着这个“病”人。还没等我看清楚床上躺着的人是谁，向来乐呵呵的莫妮卡表姐脸色凝重，双唇紧闭，很不高兴。被角从她手中滑落下来。

“这就是鲁吉耶女士？”诺利斯夫人惊呼道，声音充满鄙视。我从来没有看她有过如此震惊的一副表情。

鲁吉耶女士坐起身来，满脸通红。谁叫她把被子裹得那么严实？她并没有看诺利斯夫人，目光向下瞟了一眼，样子非常吓人。

我又惊又怕，泪水夺眶而出。

“家教小姐，好久没见！原来你已经结婚了。改了新名字，我都认不出了！”

“是的，诺利斯夫人，我结婚了。我还以为，所有认识我的人都知道呢！我嫁得很体面，丈夫对我很好。我根本不需要靠做家教来维持生计。不过，我做家教没有碍你什么事吧？”

“希望没有。”诺利斯夫人冷冷地回答道，脸色有些苍白。她仔细打量着家教泛红的脸颊和额头，面带疑色。鲁吉耶女士则直挺挺地站在她的面前，两眼看着地面，似乎有些局促和不悦。

“我想，你已经把你的过去，向这里的主人——鲁廷先生——一五一十地交代清楚了吧？”莫妮卡表姐问道。

“是的。毫无隐瞒。我又没做过坏事儿，没什么好交代的。想知道什么，让他问我就是！”

“很好，小姐。”

“如果您不介意的话，请叫我夫人。”

“抱歉，我忘记你已经结婚了，夫人。我会把你的历史，全都讲给他听的。”

鲁吉耶女士斜着眼睛一笑，令人讨厌的脸上掠过一丝诡异的嘲讽。

“我个人从来没有做过什么见不得人的事情。我尽职尽责，恪尽职守。这场戏演得毫无意义——不过对于一个病人来讲，这还真是一剂良药。天哪！受到这么亲切友好的关注，我何德何能！”

“现在看来，小姐，不，是夫人，你并不需要什么治疗吧。你的耳朵和脑袋好像没有什么毛病。”

诺利斯夫人说的是法语。

“夫人，您只是一时转移了我的注意力，并不能让我免除病痛的折磨。我只是个低贱的家庭教师。像我这样的人，生病也不能表现出来。只可以死去，绝对不能生病。”

“走吧，亲爱的莫德，让病人好好休息。一切顺其自然。她现在根本不需要什么三氯甲烷和鸦片。”

“夫人，您就是包治百病的良药。对于治疗耳朵疾病，效果尤其明显。如果夫人您允许的话，我很想安安静静地睡上一觉。”

“我们走，莫德。”诺利斯夫人没有再看床上那张愁眉不展却又面带笑意的黝黑脸庞，“让你老师好好休息。”

“满屋子都是白兰地的味道。亲爱的，她喝醉了。”诺利斯夫人狠狠地关上了房门。

我敢确定，我当时一定非常震惊。对于当时的我来说，莫妮卡表姐对鲁吉耶女士的这一指责，令人难以置信。

“小笨蛋！”莫妮卡表姐冲我笑笑，吻了一下我的脸颊，“按照你的逻辑，就没有人能够想到她会喝醉。好吧，学无止境。去我房间喝杯茶吧。那些先生们应该都已睡下了。”[1]

1 参阅莎士比亚的《哈姆雷特》第一卷第5章第166—167页。※

我们在炉火旁喝着茶，非常惬意。

过了很长一段时间，莫妮卡表姐突然问道：“鲁吉耶女士来了多长时间了？”

“大概十个月了。好像是二月初来的。”

“谁介绍的？”

“我不知道。爸爸很少和我讲话。”

莫妮卡表姐点了点头，双唇紧闭，眉头紧皱。

“太奇怪了！”她说道，“怎么会愚蠢到这种程度！”她停顿了一下，“她人怎么样？你喜欢她吗？”

“很喜欢——是的，挺喜欢的。您没有看出来吗？我也挺害怕她的。我知道她也不想这样。不知什么原因，我就是害怕她。”

“她没打过你吧？”莫妮卡表姐愤愤地说。我喜欢她的这种表情。

“噢，没有！”

“也没虐待过你吧？”

“没有。”

“你说的都是真的，莫德？”

“嗯，我以我的名誉保证。”

“你说的话，我一个字也不会告诉她的。我只是想让你知道，你要是受了委屈，我可以帮你。可怜的小表妹。”

“谢谢你，莫妮卡表姐。她真的没有虐待过我，真的。”

“也没威胁过你，孩子？”

“没有，没有。没有威胁过我。”

“那她是怎么让你感到害怕的，孩子？”

“这个嘛，我真的，真的不好意思说，怕您笑话。我不知道她是不是在故意吓唬我。你相信这世上有鬼吗？我总觉得她身上好像有鬼似的。”

“鬼！有没有鬼我不知道，但她身上的确有股邪气。我是说，她这个人心术不正，不是吗？我觉得，她现在没有感冒，身上也不痛不痒，只是通过装病，逃避和我见面。”

我想，莫妮卡表姐一见面就直呼她的名字，她们之间肯定有什么过节，只是不愿告诉我罢了。

“你们以前就认识，对吧？”我问道，“她到底是什么人？”

“她自称鲁吉耶女士。应该是她的法语名字。”诺利斯夫人笑了笑。我听着很不舒服。

“啊，亲爱的莫妮卡表姐，赶快告诉我，她……她是坏人吗？我好害怕。”

“亲爱的莫德，连你都不知道，我怎么能够知道呢？我确实见过她，而且我也不太喜欢她。你放心，明天上午我会和你爸爸谈的。亲爱的，不要再问了。我说了，你也不会感兴趣的。而且，我也不想再说她了，不说了！”

莫妮卡表姐轻轻拍了拍我的脸颊，笑着吻了我一下。

“哎呀，你就告诉我吧。”

“现在不能，一个字都不行！你这个好奇的小女人。事实上，我知道得也不多，我主要想和你爸爸谈谈。我相信，他会做出正确的选择。你不要再继续追问了。我们还是谈点儿更有意思的事情吧。”

在我看来，莫妮卡表姐好像已经成竹在胸了。尽管她年纪已经不小了，但跟我在郡里所见到的那些说话慢条斯理、做事无懈可击的年轻女士们相比较，显然更像是一个少女。在她面前，我不再害羞了。我们无话不谈。

“莫妮卡表姐，您肯定知道她的底细。你就是不告诉我罢了。”

“小调皮，如果表姐是那种信口开河的人，就会立即告诉你。我可从来没有说过，我知道她的底细。告诉我，你刚才为什么会提到鬼怪？”

她听完我的亲身经历，没有笑，显得特别严肃、认真。

“她经常写信、收信吗？”

我亲眼见她写过很多信。在我的印象中，她好像只收到过一两封回信。

“你是玛丽·坎斯吗？”莫妮卡表姐问道。

玛丽正在摆弄窗帘，回过头来，向表姐恭恭敬敬地行了一个屈膝礼。

“你在服侍我的鲁廷表妹，是吧？”

“是的，夫人。”玛丽彬彬有礼。

“有人陪她睡觉吗？”

“有，我，夫人。”

“没有其他人？”

“没有，夫人。”

“她的老师不陪她吗？”

“不陪，夫人。”

“亲爱的，你确定？”诺利斯夫人把问题抛给了我。

“嗯，确定。”我回答说。

莫妮卡表姐看着壁炉中跳跃的火焰，晃了晃手中的茶水，抿了一小口，陷入了深深的沉思之中。我看着壁炉，心里七上八下，焦虑不安。

“我喜欢你的面相，玛丽·坎斯。我敢肯定，你是一个好人。”她突然掉头对着玛丽，面带笑容地说，“亲爱的。有你照顾莫德，我就放心了。奥斯汀现在睡了没有？”

“应该还没有。他现在不在书房就在卧室。晚上，他总是一个人读书或者做祈祷，而且不喜欢别人打扰。”

“嗯，当然现在不能去打扰他。明天早上和他谈，应该更合适。”

在我看来，诺利斯夫人考虑问题很全面。

“亲爱的，听说你害怕鬼怪。”莫妮卡表姐脸上没有了笑容，转过头来对我说道，“如果真的是这样，来，我教给你怎么办。其实不必紧张。如果是我和玛丽·坎斯住在这里，我会把炉火烧旺，插好门。明白吗，玛丽？晚上插好门，亮着灯。好好照顾她。我的这个小表妹还没长大。千万不要让她独自一个人睡，明白吗？还有，一定要记得插好门。早点儿睡。今年圣诞节，我会寄给小表妹一份小礼物，当然也有你的一份。玛丽，晚安！”

玛丽非常开心，很有礼貌地退出了房间。

第12章

椭圆形画像

我们各自又喝了一杯茶，沉默了好大一会儿。

“不要再鬼呀神呀的了。你这小丫头可真迷信！不用怕。”

说完，莫妮卡表姐快速地环视着整个房间，好像在寻找什么东西。她把目光停留在一个椭圆形状的画像[1]上。这是一幅法式风格的画像，画风优雅，色泽鲜艳。画像中的小男孩，头发金黄浓密，眼睛大大的，目光柔和，五官精致，表情腼腆。

“真是奇了怪了，我小时候见过这幅画像。当时就觉得，他身上穿的衣服和留的发型已经过时。画中人的年纪应该比我大一些。我今年都快五十岁了。亲爱的，画得真漂亮！我敢说，一定出自某位法国名画家之手。这个头发金黄浓密的小男孩会是谁呢？一个神秘的小家伙。果有其人吗？”

“我从来没听说过。可能是上个世纪的人吧。楼下还有一幅画。我想请教您几个问题。”

“嗯。”诺利斯夫人心不在焉地回答了一声，仍然呆呆地看着画像。

“是塞拉斯叔叔的全身像。我想问问关于他的事情。”

一提到他的名字，表姐迅速看了我一眼，眼睛充满了诧异之情。

“你是说塞拉斯叔叔？亲爱的，真奇怪！我也在想他呢。”她笑了笑。

1　椭圆形画像（oval portrait）：在哥特小说中一直就有关于神秘画像“复生”的传统。在埃德加·爱伦·坡的《椭圆形画像》（*The Oval Portrait*，1842）一书中就有相关情节，而且被强化并赋予了扭曲的吸血鬼形象。※

“我在想，这个小男孩会不会是他啊。”

莫妮卡表姐动作麻利地跳上一把椅子，手里拿着蜡烛，仔细查看着这幅画像的边边角角，看看有没有标有名字或日期。

“不会是在背面吧？”她自言自语。

莫妮卡表姐把画像取了下来。画像的背面什么也没有，只有用钢笔写的意大利文。虽然已经和褪色的木板混掺在一起，但字迹依稀可辨：

“塞拉斯·艾尔莫·鲁廷，*AEtate viii*[1]，1779 年 5 月 15 日。”

“太奇怪了！我记得见过这幅画像，却完全不记得这孩子是谁。肯定没人告诉过我！如果有人对我说过，我肯定记得。这孩子长得太与众不同了！”

表姐弯下身子，一手举着蜡烛，一手搭凉棚，上上下下、仔仔细细地看着画像，似乎想凭借这幅椭圆形画像，解开什么谜团。

我想，一定是这个孩子的长相，让她感到疑惑不解。这里面一定隐藏着什么高深莫测的秘密。过了好大一会儿，她才抬起头来，眼睛盯着画像，叹了口气。

“这张脸很奇特。”她像是在对着死人说话，“把它挂回去吧！”

这个椭圆形相框，就像斯芬克斯狮身人面像[2]一般，再次被放回到原来的地方。相框中的那个金发碧眼、长相诡异的神秘小男孩，满脸笑容，似乎在嘲笑我们的智商。

“这张脸与其说是英俊，倒不如说是诡异。我感觉，画像中的那个孩子身体不太好，很瘦弱。这个全身像却是阳刚英俊。我总觉得他是一个大人物，是一个难解之谜。从来没有人对我详细介绍过他，我只是胡乱猜测。”

“亲爱的莫德，不仅是你，他引起了很多人的猜测与遐想。我不知道他是什么人。他在你爸爸心目中的分量好像很重。他能力非凡，经历坎坷，但没有给你爸爸帮过什么忙。至于其他，亲爱的，我只能说，他既不是什么大人物，也没有什么奇特之处。听表姐一句话，这个世界上

---

1 拉丁文：8 岁。此处是日期线索。如果塞拉斯生于 1771 年，1845 年他应该是 74 岁了。参阅本书导言第五部分。※

2 斯芬克斯狮身人面像（sphinx）：位于埃及。据说是仿照埃及法老胡夫的脸型雕刻的。

品德崇高的人并不多见。”

“请把您所知道的与他有关的事情，统统告诉我，莫妮卡表姐。不要拒绝！”

“你为什么这么想知道呢？都是一些令人不开心的事情。”

“我想听嘛！如果都是些高兴的事情，就太俗套了。我喜欢听冒险传奇，也喜欢听生死危机，还喜欢听悲惨经历，最喜欢听的是志怪奇谈。你是知道的，爸爸从来不对我讲这些事情，我也不敢问他。这倒不是说他对我不好。不知道是怎么回事，我就是害怕他。腊斯克女士和玛丽·坎斯也不告诉我，尽管她们知道很多事情。”

“亲爱的，知道这些东西，对你没什么好处。当然，也没什么坏处。”

“当然没什么坏处。我迟早会知道。你告诉我，总比让我从陌生人那里听来要好吧。”

“这倒也是。你真是个聪明的小女孩。告诉你也无所谓。”

我们又各自冲了一杯茶。我依偎在炉火旁边，一边抿着嘴喝，一边听诺利斯夫人讲。她的表情活灵活现，故事听起来更加离奇。

“其实也没什么可讲的。塞拉斯叔叔现在还活着，对吗？”

“啊，当然了，就住在德比郡。”

“看来，你对他有些了解，小淘气！你父亲很有钱。塞拉斯叔叔是他的亲弟弟，一年却只有一千多镑的收入。如果他年轻时不贪图玩乐，认真对待婚姻的话，他现在收入也一定非常丰厚，起码比公爵的儿子们挣得多多了。他年轻时是一个——无可救药的 *mauvais sujet*[1]。你懂我的意思吧。我不是在说他坏话，都是事实。他年轻时整天纸醉金迷。和其他年轻人一样，沉溺于赌博不能自拔，还老是输钱。你父亲替他还赌债还了很长一段时间。我敢说，他年轻时挥霍无度、恶贯满盈。我想，他自己也不会否认。听说，他现在已经有所悔悟了。”

我抬头看了看椭圆相框里那个忧郁的小男孩。那时他只有八岁，几年后却变成了一个“挥霍无度、恶贯满盈的小伙子”，而现在则变成了

1 法语：坏蛋。※

一个饱经沧桑、偏居一隅的老人。我心中在想，铁杉和香罗兰[1]是如何从一颗小小的种子，慢慢发芽长大的，天国是怎样基于小小的美好，逐渐建构起来的，人心之恶是怎样从一些芝麻大的小事，变得一发不可收拾的。

“奥斯汀，也就是你爸爸，曾经对他特别好，真的特别好。可能没人对你说起过，你爸爸是个怪人。他一直不肯原谅你叔叔选择的婚姻。你爸爸比我更了解那个女人。我当时年龄小，只知道有很多关于他妻子的流言蜚语，也没人和她交往。有很长一段时间，你爸爸和你叔叔两人完全断绝了来往。非常奇怪的是，当人们后来想让他俩彻底决裂、老死不相往来的时候，他俩的关系反而缓和了。你听到过关于你叔叔的事情吗？我指的是，特别值得注意的事情？”

“没有，我什么也没听到。您继续说吧。”

“好吧，莫德，故事既然开讲了，我就把它讲完吧。当然，不告诉你可能更好。后来又发生了一件事情。那件事震惊四方——人们怀疑他杀了人。”

我盯着表姐看了一会儿，又看了看那个小男孩。相框中的他，看起来是那么的文雅，漂亮，但却非常不吉祥。

“是的，亲爱的，”她紧紧盯着我的眼睛，“谁能想到他会沦落到这种地步？”

“可怜的人！塞拉斯叔叔肯定，肯定是被冤枉的吧？”我问道。

“当然了，亲爱的。”莫妮卡表姐表情很奇怪，“但是，有些事情一旦被人怀疑做过，那就像真的做过一样糟糕。乡绅们都怀疑他。他就是跳进河里也洗不清了。你要知道，他们本来就不喜欢他，他的政治性言论惹怒了他们，[2]而他们对待他妻子的方式，也让他心怀不满——在我看来，可怜的塞拉斯根本就没有把他妻子当回事儿——他经常惹怒那些乡绅。你爸爸的家族荣誉感非常强。他从来没有怀疑过你叔叔。”

“啊，怎么会这样啊！”我痛哭流涕。

---

1 这两种植物具有象征意义。铁杉有毒（处决苏格拉底，用的正是此毒）；香罗兰象征与恋爱无关者。※

2 作者暗示塞拉斯是辉格党，高调守旧。原型为作者的叔祖理查德·布林斯莱·谢里丹（1751—1816）。参阅本书导言第五部分。※

“就是这样，莫德·鲁廷，”莫妮卡表姐微微一笑，点了点头，“你能否想象得到，当时你爸爸有多么生气。”

“他肯定很生气。”我大声叫道。

“亲爱的，你很难想象，他当时有多么生气。他请律师起诉侮辱你叔叔人格的人，但没有一个律师接受聘请。你叔叔也想请律师起诉他们，但律师根本不和他照面。他四处碰壁。后来，你爸爸去找部长，恳求他委任你叔叔到镇上做个副职，或者在乡下给他安排个差事儿。你爸爸在政府的影响力很大。除本镇外，在其他两个镇[1]的影响也不小。部长害怕惹事上身，不敢把你叔叔留在当地，便给他安排了个去殖民地的差事，你爸爸不同意。你要知道，在当时去殖民地，就意味着流放。他们给你爸爸贵族爵位作为补偿，他拒不接受，并且为了这个不惜与执政党决裂。事实上，你爸爸所做的这一切，都是为了维护你们家族的声誉。你爸爸坐拥巨额财产，但并没有分给你叔叔多少。你爸爸结婚前是个十足的自由主义者。老艾尔默夫人说，他曾经发誓，让塞拉斯一年的收入不超过五百镑，直到现在都没改变，而且只允许他住在那个鸡不生蛋、鸟不拉屎的地方。”

“你们住在同一个郡。你经常见到他吗，莫妮卡表姐？”

“最近一段时间没有见到他。”莫妮卡表姐心不在焉地“哼”了一声。

---

1 此处“镇”指的是“腐烂选区”。其行政长官并非由选民选举产生。这一制度在 1832 年得到改革。※

第13章

奥克利上尉

第二天一大早，我穿上巧克力色外套和长筒靴，再次来观看我最喜欢的那幅全身画像。除了莫妮卡表姐的片言只语，我对画像上这个忧郁古怪的塞拉斯叔叔一无所知。毫无疑问，莫妮卡表姐隐瞒了很多事实，但我已经有所了解了。有那么一瞬间，我甚至在那张神秘的脸上看到了一丝悲伤。

他是个 *roué*[1]，到处惹是生非。纵然有千错万错，但始终是个人物！一双大眼睛目光深邃，激情暗涌，只可惜没给他带来什么好运。从他那薄薄、精致的嘴唇上，我看到了圣骑士[2]的勇气：他“以自己的方式战斗”，与本郡的土豪乡绅对抗。尽管势单力薄，但誓死捍卫鲁廷家族的荣誉。他的鼻子也很精致，鼻孔朝上，带着些许讽刺意味，让我看到了他的文人风骨。他傲视本郡土豪乡绅，在政治上受到孤立，遭到报复，饱受流言之苦。他的眉毛和嘴唇让我看到了他在横眉冷对下的淡然。在我眼里，他是一个浪子，但更是一位英雄，一名烈士。我站在画像前面，以少女的好奇和钦佩注视着他，既有愤怒、遗憾，也充满了希望。希望在将来的某一天，尽管我是个女孩儿，也能够用言语和行动，为这位饱受诟病的勇敢战士洗脱罪名。突然，我脑海里出现了圣女贞德[3]的

1　法语：浪荡公子。※

2　圣骑士（Paladin）：最初是指查理曼大帝麾下 12 名最杰出的骑士（Twelve Peers），现泛指那些在史实中或传说中行侠仗义且品行卓越的骑士。※

3　圣女贞德（Saint Joan）：生于 1412 年，是一个有远见的农家女孩。她得到“上帝的启示”，带领法国军队对抗英军的入侵。1431 年被俘，被英格兰当局控制的宗教裁判为异端和女巫罪，在火刑柱上被烧死。1920 年被封为圣女。※

形象。我想，别的女孩子也会是这样的反应。那时的我从来没有想过，有一天，我的命运真的和这位叔叔那错综复杂、不可思议的命运紧密相连。

奥克利上尉的声音打断了我的思绪。他的声音从敞开的窗户那边传来。早上阳光明媚，奥克利上尉倚在窗台上，手里拿着帽子，笑着伸头往屋内张望。

“早上好，鲁廷小姐。这个地方可真好，环境优美。房间布置得很漂亮、很浪漫。我喜欢这幢都铎式建筑[1]风格的老房子！对了，你昨天晚上对待我们可不怎么样，太不够意思啦。恕我直言，你做得有些过分！我听诺利斯夫人说，你跑出去和她喝茶了。我真的不想让你知道，我有多么生气，毕竟我在这里待不了很长时间啦。”

我非常腼腆，但绝不是一个只会傻笑的村姑。我是继承人，有身份，绝非等闲之辈。我的自负给我安全感，遇事坦然自若。这可能让人误以为，我很清高或者很无知。我用无所畏惧且又充满疑惑的眼神看着他。他接着说道：

“鲁廷小姐，我向你保证，我是认真的。你不知道，我多想见到你。”

他停顿了一下。我双眸低垂，面颊绯红，样子很傻。

“真是不巧，我的假期已过完了。今天就该走啦。也不知道诺利斯姑姑让不让我走。”

“我？亲爱的查理，我可没打算留你。”一个清脆的声音从旁边的一个窗户传来，是诺利斯夫人，“你怎么会那么想呢，亲爱的？”

说完，莫妮卡表姐把头缩了回去，关上窗户。

“可怜的诺利斯姑姑，她可真是个怪人，”奥克利上尉小声嘀咕道，然后大笑起来，“我一直没有弄明白她喜欢什么，如何讨好她。她性情温和，定期到镇上去，但一般不去。她家里充满了欢声笑语，你根本想象不到。”

这时，门开了，诺利斯夫人走了进来，“查尔斯，你是知道的，”她

1 都铎式建筑（white and black houses）：流行于英国都铎王朝，以半木结构（half-timbering）著称。通常木头涂成黑色，墙刷成白色。※

说道，“你可不能忘了去斯诺德赫斯特。你给他们写过信。你只有今天晚上和明天一天时间了。听说，你还问猎场看护人哪里有沼泽地，就是那个身穿紧身裤子、棕色皮肤的大胡子。莫德，是他吧？你可不能光想着打猎啊。很抱歉，不能再留你了。斯诺德赫斯特的人在等你。好了，查理，赶紧关上窗户，鲁廷小姐会吃不消的。还有，午宴结束后，最好让他们从镇上给你叫辆车子来。”紧接着，诺利斯夫人对我说，“莫德，亲爱的，快过来。是不是早饭铃响了？你爸爸怎么不买个锣？全是铃声，让人很难区分呀！”

奥克利上尉还在原地徘徊。我没理他，笑着和莫妮卡表姐走了。心想，为什么老女人这么难相处呢？

来到大厅，莫妮卡表姐的表情有点儿奇怪。她和蔼地对我说，“亲爱的，不要接受他的求爱。查尔斯·奥克利是个穷光蛋。对他来说，找个家财万贯的女继承人再好不过了。查理对此心知肚明，他一点儿都不傻。我当然也希望他能够找个富婆。但是，希望归希望。他想娶你，简直就是癞蛤蟆想吃天鹅肉。”

我非常喜欢看《纪念册》《纪念品》和《珍藏品》[1]这一类的书，以及与圣诞礼物有关的传说。精美的封面和版画，就像一汪清泉，年年浸润着英国。大量优雅矫情的诗词如牛奶般滋养着文学，文学的种子在此孕育发芽。我有一本小册子，里面记载着我在这方面的观察和想法，都是匆匆记下的一些即时感悟。有一天，我灵光乍现，反复琢磨韵律和格调之后，写下了下面的文字，还在后面签上了自己的名字——

> 如果说嫉妒能够动摇年轻人的热情，影响过来人的劝告，难道女性心中就没有这一根深蒂固的情绪吗？她们不会嫉妒年轻人的感情吗（天知道，她们会被怎样的悲伤所笼罩）？那些她们不可能再经历，甚至不可能再产生的感情。反过来，年轻人不会因为受到这种足以扼杀感情的嫉妒而扼腕叹息吗？
>
> 莫德·艾尔莫·鲁廷

1 《纪念册》《纪念品》和《珍藏品》：为庆祝圣诞节专门写给儿童看的诗歌及故事合集，每年出版一次。※

“他没有向我求爱，”我尖刻地说道，“在我看来，他并没有失礼。我对他的去留毫无兴趣。”

莫妮卡表姐眼神怪怪地看着我，笑意渐增，最后“哈哈”大笑起来。

“亲爱的莫德，总有一天，你会看清楚这些伦敦公子哥的嘴脸的。他们爱财如命。虽然花钱大手大脚，心里却非常清楚，钱财是个好东西。”

吃早饭时，父亲给奥克利上尉说了打猎的去处，告诉他说，如果想去迪尔斯福德，驾车只需三十分钟。如果去得早的话，还可以自己挑选猎犬。

上尉狡猾地冲我笑了笑，又看了看他姑姑。我的心提到了嗓子眼儿，希望表现出丝毫不感兴趣的样子，但是没有成功。莫妮卡表姐不动声色。

“亲爱的查理，携狗带鹰，打猎捕鱼，这些事情你就不要再想了。我这么说话，可能会让大家扫兴。他今天下午必须赶到斯诺德赫斯特。查理，你今天非走不可。一言既出，驷马难追。”

父亲礼貌地表达了一下遗憾，希望下次有机会一起去打猎。

“包在我身上。如果您想见他，给我写封信就行。只要你们高兴，我就让他找时间再来拜访，或者我下次来时带上他。我随时随地都能找到他。是不是，查理？大家都高兴点儿。”

莫妮卡与奥克利的姑侄感情比较特殊。她对他出手很大方，时不时地给他点儿钱花。他对她很尊重，为人处世常常迁就姑姑的意愿。我对他这种唯莫妮卡表姐马首是瞻的做法，非常看不惯，对莫妮卡表姐的专制霸道也很厌恶。

他刚刚离开房间，诺利斯夫人毫不顾忌我的存在，直截了当地对爸爸说：“不要让这个年轻人再来你们家了。今天早上我发现，他和小莫德在聊天，而且滔滔不绝。他在这个世界上真的一文不名，太厚颜无耻了！你很清楚，这种荒唐事时有发生。”

“过来，莫德，给爸爸说说，他是怎么夸奖你的？”父亲问道。

“他一直在夸奖这栋房子，没有夸奖我。”我心里非常恼火。

“对，对，这就对了！房子，他爱的就是这栋房子。”诺利斯夫人说道。

“觊觎鳏夫的遗产，射手丘比特才采取了行动。”

“噢，我不太明白。”父亲有些疑惑。

“哎！奥斯汀，你忘了你没有再婚。”

“这我知道。”

“所以说，这句话里的‘鳏夫的遗产’说的就是你留给莫德的财产。我当然希望他好，但是也不想把我小表妹的幸福交到一个穷光蛋手上。奥斯汀，这也是你需要结婚的另外一个原因。你根本不懂这些事儿，一个聪明的女人一眼就能看明白，并能阻止悲剧的发生。”

“确实如此，”父亲苦笑了一下，“莫德，你要努力成为一个聪明的女人。”

“她会变得非常聪明的，现在还不到时候。奥斯汀·鲁廷，如果你自己不去物色一个老婆，很可能会有人找上门来。”

“我听不懂你在说什么，莫妮卡。我都让你给说糊涂了。”

“是的。你周围都是饥饿的鲸鱼，正张着大嘴，瞪着大眼，瞅着你呢。你到了男人被鲸鱼活吞的年龄了，就像约拿[1]那样。”

“多谢你的提醒。不过，即便对于鱼来说，这也不是什么愉快的结合。过不了几天必定会破裂。不是我非要这么说，一是没有人想把我扔向那怪物之口，二是我自己也没打算往那里面跳。莫妮卡，这世界上根本就没有什么怪物。”

“这可难说。”

“我敢肯定，”父亲冷冷地回答道，“你忘了我已经多大岁数了，忘了我和小莫德已经一起生活多长时间了。”他笑了笑，摸了摸我的头发。我想了想，叹了一口气。

“年纪大小和干不干蠢事没有因果关系。”诺利斯夫人说道。

“不要再说蠢话了，莫妮卡。我们扯得太远了。难道你没发现，单纯的小莫德已经被你的玩笑吓到了吗？”

我确实被诺利斯夫人吓到了，但不知道父亲是怎么看出来的。

“不管是依然健康还是生了疾病，依然清醒或者发了癫狂，我都不

1 约拿（Jonah）：希伯来先知，被鲸鱼吞噬。※

可能再次结婚了。请你不要再提这件事了。”

我觉得，父亲这话不是说给诺利斯夫人，而是刻意说给我听的。诺利斯夫人冲我恶作剧般地笑了笑：“好吧，莫德，可能你是对的，后妈很危险。我应该事先问问你对这事的看法。”她看着我的眼睛，欢快友善地继续说道，“我以我的人格担保，我再也不会敦促你爸爸再婚了。除非你有此意。”不知什么原因，我眼睛里噙满了泪水。

这是诺利斯夫人卖给我的一个大大的人情。她非常善于给朋友们提建议，并插手他们的事情。

“奥斯汀，我相信直觉。直觉比理性管用。虽然你和莫德反对我的看法，但我有我的理由。”父亲冷冷一笑，以示回应。

莫妮卡表姐亲吻着我说：“我一直都是自己做主，有时都忘了还有害怕和嫉妒这回事了。去找你老师吗，莫德？”

第14章

鲁吉耶告状

诺利斯夫人说得没错儿，我确实想去看看鲁吉耶女士。其实，每次看到鲁吉耶女士，我都会有一种难以名状的恐惧感。昨天晚上，我觉得，诺利斯夫人和鲁吉耶女士不止早已认识，俩人还有过节。从那时起，我的恐惧感就越发严重了。

“真的想去你老师那儿看看?”莫妮卡表姐问我这话时，神情有些焦虑。说话的语气好奇、严肃，好像突然想起了什么令人扫兴的事情似的，声音中带着些许古怪和冷漠。我爬着黑色油漆楼梯，心不在焉地向着鲁吉耶女士房间走去。表姐那怪怪的腔调在耳边回荡，幽怨沉思的神情在眼前浮现。

那天早上，鲁吉耶女士没有下楼来教室，也就是我的书房。她故伎重演，装作旧病复发。通向她房间的走廊，黑暗、安静。我越走，越觉得心里瘆的慌。总算来到了门口。我定了定神，鼓起勇气抬手敲门。

就在这时，就像幻灯里的人物一样，门“咔嚓”一声打开了，鲁吉耶女士全身裹得严严实实的，猛然间出现在我的面前，脸上堆着令人不寒而栗的假笑。

“亲爱的，你在干什么?”她眼神恶毒、狡黠，笑容虚伪、做作。这种假笑比她冷不丁地突然出现，更加令人恐惧不安。“你干吗偷偷摸摸的?你是怕不小心吵醒我，才这么轻手轻脚的，是吗?看到了吧，我根本就没睡觉。你来这里偷听偷看，就是想知道我怎么样了，对吧?

Vous êtes bien aimable d'avoir pensé à moi[1]！呸！”她开始对我冷嘲热讽，“诺利斯夫人为什么不来？她亲自通过锁眼打探岂不更好？*Fi donc*[2]，我没有什么好隐瞒的！想看就来看吧，谁来都行！”她猛地把门一推，转过身去，大声吼叫了一句我没有听懂的话，气冲冲地大步回屋了。

“鲁吉耶女士，我不是来刺探信息或故意打扰您的。请您不要这样想，也不要这样说！请您不要含沙射影！”我气极了，身体也不再因为紧张而颤抖了。

“亲爱的，我说的是诺利斯夫人。她老是无缘无故和我作对。等你长大了就会明白，人人都有死对头。我俩相互看着不顺眼。来，莫德，你跟我说实话，是不是那个该死的诺利斯夫人派你来的？是不是，小可爱？”

我俩站在屋子中央。她又一次当面质问我。

我很愤怒，否定了她的质问。鲁吉耶女士很狡猾。她眯起眼睛，上下打量了我一番，说道：“你真是个好孩子，非常坦率。我就喜欢你这一点。我亲爱的莫德，那个女人——”

“诺利斯夫人是我爸爸的表亲。”我冷冷地回了一句。

“你不知道，她有多么恨我。她利用一些毫不知情的人的天真，三番五次想要害我。”

说到这里，鲁吉耶女士掉了几滴眼泪。我发现，她眼泪来得很容易。我早就听说过这种人，但亲眼见过的就她一个。

没有人比鲁吉耶女士更懂得审时度势了。那天，她一定误以为，诺利斯夫人会在离开诺尔之前，把她的丑事全都抖露出来，那么，其秘密将大白于天下。她变得像个孩子似的，异常坦率：

“*Et comment va monsieur votre père aujourd'hui* ?”[3]

“挺好的。”我代父亲向她表示了谢意。

“诺利斯夫人要在这里待多长时间？”

“我也不清楚，好像还要待些日子。”

---

1 法语：你们真好，这么关心我！※
2 法语：唉！（感叹词）
3 法语：你父亲今天怎么样？※

“很好，我的小可爱。我觉得身体好多了，可以继续上课了。莫德，Je veux m’habiller[1]，你先去教室等我。”

鲁吉耶女士向来不怎么梳洗打扮，这次却突发奇想，愿意坐到梳妆台前，收拾收拾她那张苍白瘦削的老脸。

“太可怕了！我的脸好苍白啊。*Quel ennui*[2]！就病了这么两三天，怎么变得这么憔悴！”

她有气无力地朝着镜子瞥了几眼。当看到阳台的窗户时，皱了皱眉头，神情中有一丝好奇。不过，这神情刹那间就消失不见了。她卧在躺椅里，一副无精打采的样子。我想，她可能是因为梳洗打扮感到劳累了。

出于好奇，我问道，“鲁吉耶女士，您为何老说，诺利斯夫人不喜欢您？”“亲爱的莫德，这可不是我在捕风捉影瞎猜。呵呵，绝对不是！*Mais c’est toute une histoire*[3]，就算告诉你，你也不懂。等你长大了，就会明白的。仇恨愈是强烈，愈是没有理由。现在时间不早了，我的小可爱，我要换衣服了。*Vite*，*vite*！[4]去教室等我，我马上就来。”

鲁吉耶女士有一个破旧的化妆盒，里面装着她的秘密。我起身去了教室。被称为教室的房间，就在鲁吉耶女士卧室的下面一层。从那里向外看风景，同楼上看到的没什么两样。我突然想起，刚才鲁吉耶女士从窗户里向外观望的情形，我也向窗外看了看，正巧看到莫妮卡表姐在门廊里散步。为什么刚才鲁吉耶女士向外看时会有那样的表情，我现在全明白了。我非常好奇。等上完课，就去找莫妮卡表姐问问到底是怎么一回事儿。

我正坐在书桌旁边看书，忽然听到门外有动静，心想，肯定是鲁吉耶女士趴在门外偷听呢，听完后就会进来的。过了一会儿，她并没有推门进来。于是，我悄悄走到门口，猛地把门拉开，发现门口竟然空无一人，走廊里也没人。就在这时，我听到楼梯栏杆那儿传来“沙沙”的声音。跑到楼梯边一看，只见鲁吉耶女士身穿丝绸裙子，正在往楼下走。

---

1 法语：我洗漱一下。※
2 法语：真烦人。※
3 法语：说来话长。※
4 法语：快点，快点！※

我想，鲁吉耶女士肯定是向那个握有她把柄的女人求饶去了。我饶有兴致地看着莫妮卡表姐在门廊前的空地上大步流星地走来走去，等待着好戏上演。大约过了八九分钟，也没见到鲁吉耶女士的身影。

“坏了！她肯定是找我爸爸去了。”由于对鲁吉耶女士极度不信任，我非常担心她会在和爸爸交谈时，满嘴谎言，阳奉阴违，颠倒黑白。

“不行，我要去爸爸那里看看！那个可怕的女人！绝对不能让她在我眼皮子底下撒谎！”

我敲了敲爸爸书房的门，径直走了进去。父亲靠窗坐着，面前的桌子上摊开着一本书。鲁吉耶女士则站在桌子的对面，用手绢捂着嘴小声啜泣着，一双狡黠的眼睛噙满了泪水。见我进来，她偷偷瞥了我一眼，仍然伤心地啜泣着。这个一脸忧伤、高高瘦瘦的女人，表面上柔弱怯懦，实际上，正用她那双狡猾的眼睛暗中观察父亲的神情。父亲并没有看她，双手托腮，看着天花板。他虽然谈不上生气，但显然不太开心，有点儿要发火的样子。

“鲁吉耶女士，你应该早点儿告诉我，”我听父亲说，“你要知道，我不想被蒙在鼓里。”

鲁吉耶女士尖着嗓子，用一种哀怨的语调喋喋不休地诉说着。父亲点头示意她先打住，转身问我有什么事儿。

“我来找鲁吉耶女士去上课。我在教室里都等了大半天了。”

“嗯，她一会儿就去。”

我只好先回到教室，什么消息都没有打探到，还憋了一肚子气。我一屁股坐到椅子上，满脸愁云，根本没有心思学习。

鲁吉耶女士进来时，我连眼皮都没抬。

“好孩子，你在看书呢！”她向我走来，步履很轻盈。

“没有。”我没有好气地回答道，“我不好，更不是个孩子，而且我也没在看书。我在思考！”

“太好了！”她的笑容让我无法忍受，“思考很好。小可怜虫，你好像不开心啊！可怜的老师和你爸爸说了几句话，你可千万别嫉妒啊！你这个小傻瓜，我可都是为了你好。亲爱的莫德，不管你高兴不高兴，我都会告诉你爸爸。”

“鲁吉耶女士！你！”我非常生气，已经忍无可忍，朝她大声吼叫起来，而这正好遂了鲁吉耶女士的心意。

“我本来是不想说的，可你爸爸鲁廷先生非要我说，真的。而且，我所说的都是事实。其他人知道不知道无所谓，只要鲁廷先生知道就行。”

我无言以对。

“过来，小莫德，你干吗这么生气？我们应该成为好朋友，这样对你我都有好处。我们为什么要吵架呢？这多无聊！难道你真的认为不和你父亲沟通，我就保不住这份家教工作吗？你要是这么想，就太愚蠢了！小莫德，我很想和你成为好朋友，你愿意吗？我们俩做好朋友吧，你说呢？”

“只有真心相互喜欢的人，才能成为朋友。鲁吉耶女士，喜欢是发自内心的，而不是通过讨价还价得来的。我喜欢每一个真心对我好的人。”

“亲爱的莫德，我也是这样想的。我俩在很多方面都很像！你今天感觉怎么样？你看起来有点累了，我也觉得很疲惫。今天的课就不上了，你说呢？我们可以去花园里做做健身操[1]。”

看到我对她的提议没有异议，鲁吉耶女士情绪非常高涨。和其他人一样，当事情顺利时，她就变得容光焕发。[2]虽然说不上是打心眼里高兴，起码心情比刚才要好得多。

运动做完后，我和莫妮卡表姐散步。鲁吉耶女士回房间了。

女人一旦好奇起来是非常执着的。莫妮卡表姐却轻而易举地打消了我心中的种种疑问。我觉得，她这么做纯粹就是觉得好玩儿。当我们换好衣服，准备吃晚饭时，她突然神情严肃地对我说：“莫德，我很抱歉。我不该让你看出来，我和你的家教有过过节，也不该让你知道，我手里握有她的一些把柄。其实，这些事情我只要告诉你爸爸一个人就行了，但我一整天都没见着他的人影。也可能是我有些小题大做了。关于她做的那些坏事儿，我手里并没有确凿证据，严格意义上讲，根本就没有证

1 健身操（la grace）：此处应系笔误，正确写法是 Les graces，是一种用呼啦圈或者细长杆进行的游戏，后来发展成了一种美体运动，所以被称为健身操。※

2 容光焕发（sulphureous）：原意是硫磺的，含硫的，后引申为凶恶的，令人毛骨悚然的。作者这里也许是取其字面意思，暗讽鲁吉耶女士的黄颜色皮肤。※

据。当然，无风不起浪，凡事必有因。总有一天，我会把一切都说给你听的。你现在不要再问了，别再继续追究了。”

那天晚上，莫妮卡表姐和父亲坐在茶桌旁边，听我弹《灰姑娘序曲》[1]。忽然，我听见莫妮卡表姐嘴里在不停地说着什么，非常激动，似乎有些生气。我停止弹琴，屏气凝神，侧耳倾听。乐曲余音袅袅，慢慢消失了。

他们的交谈随着我的琴声而起。现在琴声已停，可能是因为情绪激动，竟然没有发现。父亲一副平时生气时的模样：合死面前的书本，倚着椅子的靠背，一身傲气。他脸色通红，眼神犀利，满脸的惊讶与愤怒。忽然，父亲的一句话引起了我的注意：

“是的，诺利斯夫人，我知道你心存怨恨！可你的情绪有失你的身份！”父亲说道。

“我知道你所谓的情绪指的是什么！就是无理取闹，对吧！”莫妮卡表姐神色凝重地反击道，“奥斯汀，你怎么不分青红皂白。眼睛瞎了吗？”

“不分好坏的是你。完全是病态的偏见，让你变得不明是非。莫妮卡，你有证据吗？什么证据都没有。我不是堂吉诃德[2]，我可不能冲着没影儿的东西舞刀弄剑。”

“你怎么能够这样？对于这件事情，你不能犹豫不决。你想过这件事的严重性吗？”

父亲皱了皱眉头，没有吭声。他表情严肃，两眼瞪着表姐。

“看来通过在门口钉马掌、贴咒符来驱除恶魔是不管用了。”诺利斯夫人脸色苍白，非常生气，“你已经为魔鬼打开了房门。你也不看看，孩子都被吓成什么样子了。”突然，诺利斯夫人看到了我，停嘴不说了。

父亲站起身来，瞥了我一眼，那眼神让我不寒而栗。他嘴里嘟嘟囔囔地朝着门口走去，看起来非常不高兴。莫妮卡表姐默默看了我一眼，脸色通红，嘴里咬着她那纤细的黄金十字架。她可能心里正在犯嘀咕：

---

1 《灰姑娘序曲》(*Cenerentola：La Cenerentola*)：作曲家吉奥阿基诺·罗西尼(Gioacchino Rossini，1792—1868)于1817年创作的歌剧。※

2 堂吉诃德（Quixote）：西班牙作家塞万提斯于1605年和1615年分为两个部分出版的同名小说《堂吉诃德》中的主人公。※

我到底听到了多少。

父亲出去时，把门关上了。突然，他又推开门，看着莫妮卡表姐，语气平和地说："莫妮卡，你到我的书房来一下。我知道，你很关心我和小莫德，非常感谢你的好意。你必须理性地看待一些事情。我相信你会的。"

莫妮卡表姐抬起头，一句话也没说，只是朝我摆了摆手，便跟在父亲身后出去了。我一个人留在房间里，心中充满了疑惑。

第15章

善意的警告

我一个人呆呆地坐在那里，一边“听”，一边琢磨。由于距离父亲的书房很远，我什么也听不见。五分钟过去了，他们谁也没有回来。十分钟，十五分钟过去了，依旧不见人影。我走到炉火旁边，蜷缩在躺椅上，看着火炉里的灰烬。我并没有像小说里的人物那样，眼前走马灯似的，闪过过去或未来的一幕幕场景或者 *dramatis person*[1]。然而，看着跳跃的火光，我眼前出现了许多幻觉，仿佛看到了壮丽的血红色城堡和耀眼的金黄色山洞、火蜥蜴[2]、落日，还有烈焰国王的宫殿，所有这一切在塑造着我的幻想同时，也被我的幻想塑造着。我的眼皮越来越重，一股睡意袭来，便昏昏沉沉地睡了过去，慢慢进入了梦乡。忽然，我听到了莫妮卡表姐的声音，睁开眼睛，发现她正两眼直勾勾地盯着我。我有些茫然无措地看着她，她脸上的笑容更加和蔼了。

“亲爱的莫德，快起来！天不早了。上床去睡吧。”

我站起身来，觉得清醒了一些，发现莫妮卡表姐脸色不好，似乎什么地方不对劲儿。

“来，点上蜡烛，我陪你上楼。”

我和莫妮卡表姐手拉着手，走上楼去。我十分困倦，她则沉默不语，一路上我们谁都没有说话。到了我的房间，玛丽·坎斯还在等候，茶已经沏好了。

1　拉丁语：演员表。※

2　火蜥蜴（salamander）：神话中长相似蜥蜴的生物，据说能够在大火中生存。※

“让她退下吧。我有几句话，要和你单独说说。”诺利斯夫人说。

玛丽转身朝房门走去。

诺利斯夫人看着玛丽走出了房门。

“我明天一大早儿就走。”

“这么着急走，干什么？”

“亲爱的，我不能再待了。其实，我今晚就该走。只是因为太晚了，所以改在明天早晨。”

“我不要你走。不要！”我大声叫喊道，心中非常失落，顿时感到四周的墙壁黑压压地向我扑来。想到又要过往日那种毫无生气的生活，我感到非常恐惧。

“我也舍不得你，亲爱的莫德。”

“那你就再待一段时间，好不好？”

“不行，莫德。我烦透奥斯汀了，简直快要被他气死了。真是难以想象，你爸爸做事居然这么不用脑子，愚蠢透顶又非常危险！该说的我都和他说了。我必须再嘱咐你几句：莫德，你不能再把自己当小孩子了，必须尽快成熟起来。什么都不要怕，要勇敢，千万不要再天真了，一定要记住我的话。那个女人，她叫自己什么鲁吉耶。按照目前的情况看，她肯定是你的敌人。我敢说，你慢慢就会发现，她城府极深，胆子极大，而且做事不择手段。永远不要放松对她的警惕。你明白我说的话吗，莫德？”

“明白。”我喘了一口气，直视着她的眼睛，就像听到了鬼神的警告，满腹惊恐和疑惑。

“你一定要管住你的嘴，控制好你的行为，甚至要注意你的表情。自我控制很不容易，但你一定、一定要谨言慎行。当然，表面上要一如既往。不要和她发生争吵，更不能向她透露任何事情，特别是关于你爸爸的事情。和她在一起，要时刻保持警惕。不论何时何地，都要提防着她点儿。万事留心，守口如瓶。明白吗？”

“嗯。”我低声回答道。

“感谢上帝，你身边有一群善良忠诚的仆人，而且她们都不喜欢她。你绝不能把我对你说的话，告诉她们，半句都不可以。一来怕她们嘴巴不牢，容易泄露出去，二来怕她们和她吵架时容易说漏嘴。那样就会对你很不利，知道吗？”

“知道了。”我叹了口气，坚定地看着她。

“还有，莫德，不要让她靠近你吃的东西。”

莫妮卡表姐面色苍白，冲我微微点了点头，然后转脸看向别处。

我呆呆地看着她。

“你不用害怕，但也不能拿着不当回事儿。希望你能保护好自己。我现在只是在怀疑她而已。也许根本就不是我想象的那样。你爸爸认为我是神经过敏，也许是，也许不是。总会有一天，他会看清她的真面目。你千万不要和他谈论这个话题。他是一个古怪的人，当他的偏见和情绪暗中作祟的时候，就不可能明智地做出判断。”

“她做过什么坏事吗？”我感觉自己快要晕过去了。

“那倒没有。亲爱的莫德，我从来没有这样说过，别害怕。只是就我以前所知道的事情来说，这个人不怎么样，没有原则。在诱惑之下，这种人什么坏事都能干得出来。不管她有多么邪恶，你也只能心里清楚，并时刻予以提防。她非常狡猾，是个彻头彻尾的利己主义者。千万不要让她抓住机会。”

“亲爱的莫妮卡表姐，求求你，别离开我。”

“亲爱的，我真的不能再待下去了。刚才我和你爸爸大吵了一架。他早晚会明白谁是谁非的。我先离开一段儿时间，让他好好想想。他误解了我，我俩吵得很厉害，彼此没给对方留什么脸面。我不能再待下去了。如果我现在要求带你去我那里住上一段时间，他肯定不会同意。亲爱的莫德，我向你保证，用不了多久，事情一定会有好转的。看到你现在警惕性提高了很多，我非常欣慰。她就是一个背信弃义的小人。你要时刻提防着她。在表面上不要表现出不信任、不喜欢她的样子，更不能给她任何权力。想给我写信，什么时候都可以。我一定会回来的。聪明的小丫头，按照我说的去做。我会尽快想办法，把这个可恶的女人弄走。”

第二天早上，莫妮卡表姐吻了我一下，又交代了几句，并给父亲留下一封告别信，便匆匆离开了。此后很长一段时间，都杳无音信。

诺尔又恢复了往日的沉闷，生活比以前更无聊了。诺利斯夫人待在这儿的那段时间，父亲多多少少还过着像正常人一样的日子。自她走后，他变得比以前更加沉默孤僻、郁郁寡欢了，不过对我还是一如既往的温和。至于鲁吉耶女士，我没什么特别要说的。读者朋友们，如果你碰巧也是一个年纪不大、胆子又小的女孩子，那么你一定能想象到，我当时的恐惧不安，理解我当时的想法及痛苦。时至今日，我都不敢回忆这段痛苦的过去。当时，这痛苦有口难言、如影随形。它夜间伴我入眠，清晨随我苏醒。我在睡梦中梦魇连连，白天精神恍惚。我现在有时都在怀疑，我是怎么忍受折磨，度过那段神经紧绷的日子的。

接下来的几个星期，诺尔风平浪静。鲁吉耶女士不再像以前那样歇斯底里地折磨我了，还常常提醒我记住"我们是朋友"这句誓言。她站在窗边，像个小女孩一样，用她骨瘦如柴的胳膊，环抱住我的腰，微笑着亲切地和我说这说那。我则勉为其难地回抱一下她。她有时八卦一下年轻的小伙子们，有时向我炫耀一下她的风流韵事，有时还会开上几句玩笑。看着她咧着嘴巴，露着蛀牙，滔滔不绝的样子，我感觉就像在遭受一种酷刑。

她还老是把我们去斯卡斯代尔教堂散步那件事挂在嘴边，说那次散步多么惬意、舒心，还再三提议我再去一次。你们能够猜得到，我肯定是不同意的。那次散步，真的是糟糕透了。

一天，我正在房间换衣服，准备出门散步。善良的女管家腊斯克女士来到了我的房间。

"亲爱的莫德小姐，斯卡斯代尔教堂太远了。您看起来气色不是很好，非去不可吗？"

"去斯卡斯代尔教堂？"我重复了一遍，"我最讨厌那个地方。谁说我要去斯卡斯代尔教堂？不去。"

"原来这样啊？我听那个鲁吉耶说，您要去。"腊斯克女士解释道，"她让我准备一些水果和三明治，说你们要去斯卡斯代尔教堂……"

"根本没有的事儿。"我打断她说，"我最讨厌去那个地方。"

"真的？"腊斯克女士小声说，"你也没有让她准备吃的？看来，是她在撒谎！她到底想要干什么，出于什么目的？"

"我也不知道。反正我不去。"

"对，亲爱的，您当然不能去。这女人一肚子坏水。听汤姆·福克斯说，她去农夫格雷家里喝过几次茶。难道她想嫁给他？"腊斯克女士一屁股坐下，大笑起来。

“竟然觊觎一个年轻人。他可怜的妻子过世不到一年。”

“我不知道，也不关心。腊斯克女士，也许你误会她了。我要下楼了。”

只见鲁吉耶女士穿着宽松的裙子，手提篮子，朝我走来。她用裙裾遮挡着篮子，既没说要去斯卡斯代尔教堂，也没有告诉我篮子里装的什么。只是若无其事地一边说话，一边走着。

我们就这么走着，不一会儿就到了牧羊场的台阶那儿。我停下了脚步。

“鲁吉耶女士，走得够远了。我们去公园，看看鸽子园吧？”

“亲爱的莫德，你这个小傻瓜，干吗去那么远的地方啊。”

“那我们回家吧。”

“再往前走走，今天走的路程不远。运动量太小，鲁廷先生会不高兴的。我们沿着这条路继续往前走。你什么时候不想走了，咱们再回去。”

“鲁吉耶女士，你想去哪儿？”

“没有什么特别想去的地方。走走看。莫德，走到哪，算哪。”

“这是去斯卡斯代尔教堂的路。”

“那地方多美啊！咱们不必非走到教堂。”

“鲁吉耶女士，我们今天还是不要出这牧羊场吧！”

“快走吧，莫德，别犯傻了。你到底想干什么，小姐？”这个强悍、粗鲁的女人脸都气绿了。

“鲁吉耶女士，谢谢您的好意。我不想爬台阶。就想在这里待一会儿。”

“我怎么说，你就得怎么做！”她吼叫了一声。

“放开我的胳膊。你弄疼我了。”我大声叫喊道。

她那瘦骨嶙峋的大手，紧紧地抓住我的胳膊，想要用蛮力把我拽过去。

“放开我！”她抓得我很疼。

“哈！”她愤怒地大叫一声，邪恶地狞笑着，手一松，顺势一推，我便重重地摔在了地上。

我站起来，身上摔得生疼。虽然我心里害怕她，但这一次真的是愤怒极了。

“我要去问问爸爸，你有没有权力这么虐待我。”

“我做了什么？”鲁吉耶女士一阵冷笑，大声说道，“我可是竭尽所能在帮你。你非要摔倒，我有什么办法？你们这些淘气的大小姐就是这样。自己不小心受了伤，还要责怪别人。你爱怎么说就怎么说吧，你以为我会害怕吗？”

“很好，鲁吉耶女士。”

“你到底走不走？”

“不走。”

她恶狠狠地瞪着我。我眼泪汪汪地看着她。我站在原地一动不动，只是眼睛盯着她，就像黑夜里盯着猫头鹰的瘦小猎物一样。

“好了，你最乖了。你是个好学生！最懂礼貌，最听话了，最善良了！我就要去斯卡斯代尔教堂。”突然，她一改嘲讽的语调，凶狠地对我说，“有种你就留下试试。必须跟我去，听见了吗！”

我违背她命令的决心，从来没有如此强烈。我纹丝不动地站在原地，看着她大步远去。她挎在手上的篮子来回摆动，像是要用它把我的头敲碎似的。

她很快冷静了下来。看我还站在台阶那里，一动没动，于是停下脚步，恶狠狠地瞪了我一眼，示意我跟上她的脚步。看我态度非常坚决，她沉默了一下，转过脸去，摇了摇头，不知拿我如何是好。

突然，她像一头发怒的野兽，发疯似的跺脚，再次示意我跟上她的脚步。我依然站在原地一动不动，但心里害怕极了，不知道她会采取什么样的暴力手段来对付我。她气得满脸通红，摇头晃脑，怒气冲冲地向我走来。我惊恐万分。心里就像打着一面小鼓，等待着即将到来的风暴。她步步紧逼，走到台阶跟前，突然停了下来，龇牙咧嘴地看着我。就像是一个法国掷弹兵[1]，刀已出鞘，却又不敢刺向敌人。

---

1 法国掷弹兵（French grenadier）：掷弹兵是17世纪中叶欧洲陆军的一个兵科。法兰西第一帝国的近卫掷弹骑兵，高大英俊，身经百战。他们因为身材高大而被称为“高鞋跟”（The high heels）。本书作者勒·法努在此借女主人公莫德（Maud）之口，对身材高大的鲁吉耶女士进行了调侃。※

第16章

拜尔利医生

我做错什么了？她有必要发这么大火吗？我们以前经常发生类似的分歧，她也只是对我冷嘲热讽，取笑戏弄。她从不觉得自己粗鲁无礼，反而洋洋自得。

“今后你来当老师，我来当学生。我听你指挥，行吧？你说去哪儿溜达，我们就去哪儿。你长本事了！我们走着瞧！我要把这件事报告鲁廷先生，反正我是无所谓。一切交由鲁廷先生定夺。如果他请我来约束他宝贝女儿的行为，确保她身体健康的话，那他就得赋予我指挥他女儿的权力。我要问清楚，咱俩到底谁说了算，*voilà tout*[1]！”

我虽然心里害怕，却很坚定。我敢说，我当时的样子非常郁闷。她用手拍拍我的脸颊，连哄带骗。劝我听她的话，不要给她出难题，做个“乖孩子”。她以为，只要用花言巧语哄哄我，我就会俯首就擒。

她一边抚摸我的手，轻拍我的面颊，一边好言安抚我，甚至想要亲亲我。见我躲开了，她咧开大嘴，皮笑肉不笑地说：“听话，你这个小傻瓜！”

“鲁吉耶女士，”我突然抬起头，看着她的脸，问道，“你为什么非要去斯卡斯代尔教堂呢？”

她不高兴地皱了皱眉头，显得有些局促不安。

“什么为什么，你在说什么啊？谁说的必须去斯卡斯代尔教堂！你这个小傻瓜，我想去教堂，是因为那儿漂亮啊，仅此而已！小傻瓜！你

1　法语：就这样。※

不会以为，我会杀了你，把你埋在教堂的墓地吧？”

说到这儿，她大声笑了起来，就像东方民间传说里的食尸鬼[1]。

“亲爱的莫德，别再说傻话了。你让我往东，我就往东。你让我往西，我就往西。你是个懂事的小姑娘。*Alons donc*[2]，我们愉快地散散步，可以吗？”

我依然一动不动，并非因为固执、任性，而是有一种恐惧感笼罩着我。我很害怕。没错儿，很害怕，也不知道害怕什么，反正就是不想和鲁吉耶女士去斯卡斯代尔教堂，仅此而已。我相信我的直觉。

她紧咬嘴唇，神情黯然，恨恨地瞥了一眼远处的斯卡斯代尔教堂，知道今天是去不成了。她脸色铁青，面带怒意，宽大的嘴唇挤出一丝假笑，夹杂着一些嘲讽。这个女人一两分钟前还是满脸堆笑，在台阶上亲切温和地说着她那标志性的 *blarney*[3]，也就是爱尔兰人口中的奉承话，现在却是这副嘴脸。一点儿也不夸张，她的脸已扭曲变形，满是愤怒和失望。我的心猛地一沉，死亡的恐惧笼罩着我。难道她想毒死我？她提的篮子里装的什么？我看着她那张恐怖的老脸，有那么一刻觉得自己快要疯掉了。为什么爸爸和莫妮卡表姐把我丢给这个可怕的恶魔？我怒火中烧，尖叫起来，胡乱挥舞着自己的拳头。

“噢！别闹了，太丢脸了！”

鲁吉耶女士的脸色缓和了很多。她看到我大发脾气，大概是害怕了。我这一招对爸爸不管用。

“过来，莫德。你应该学会控制情绪。你不想去教堂完全可以，我只是提议一下。好啦，你愿意去哪儿，我们就去哪儿。你说去哪儿？去鸽子园？你刚才不是说想去嘛。*Tout bien*[4]！你看，我什么都依你。走吧！”

于是，我们穿过树林，朝鸽子园走去。我一路上沉默无语，心里很

---

1 食尸鬼（Ghoul）：阿拉伯传说中的怪物，一种住在沙漠中能够变化成动物的恶魔。它们劫掠坟墓，以死者尸体或者幼儿为食，亦会将旅人诱至沙漠荒地中杀害并吞噬。

2 法语：我们走吧。※

3 爱尔兰语：口才很好，奉承话。在英国爱尔兰科克郡（Cork）布拉尼城堡（Blarney Castle）的墙上有一块巧言石（Blarney Stone），相传吻过这块石头的人都能说会道。※

4 法语：很好。

害怕，就像即将被爸爸抛弃在森林中的汉瑟和葛丽特[1]一样。鲁吉耶女士也没有说话，一副若有所思的样子，时不时瞥我一眼，看我冷静下来了没有。她自己的情绪倒是恢复得很快。毕竟她世故圆滑，善于见风使舵。走了不到一刻钟，她脸上的不快就已经烟消云散了，表情也恢复了以往的光彩。她甚至边走边哼起了小曲儿。接着，她又开起了玩笑，嬉闹起来，只可惜我没有情绪。不管她说什么笑话，我都没有反应。等我们到达那座破旧的砖塔——以前的一个鸽舍——她变得越发欢乐起来，手里挥舞着篮子，蹦蹦跳跳地唱着歌。

在破旧的砖墙和藤蔓下面，她"扑通"一声坐在地上，打开篮子，邀我共享美食，但我拒绝了。她自己狼吞虎咽起来，很快便吃光了带来的食物。看来我怀疑她会在食物里下毒，真的是冤枉她了。

各位读者，千万别被这个女人表面的愉快蒙蔽了双眼。她可没有原谅我，绝对没有。在我们回家的路上，她没有再对我说一个字。直到我们快到家时，她才对我说："莫德，你先在公爵花园待上两三分钟。我要去书房找你父亲谈谈。"

她昂着头，脸上挂着得意的微笑，一副趾高气扬的模样。我没有阻拦她，装作比她还傲慢、严肃的样子，转身下了台阶，朝着那个古雅的小花园走去。

我惊喜地发现爸爸竟然也在那儿。我朝他跑过去，大声喊道："爸爸！"——犹豫了一下——"我能和您谈谈吗？"

他冲我笑了笑，很严肃却很亲切。

"好的，莫德，你说吧。"

"爸爸，是这样的。我求求您，把我和老师的散步区域限制在牧羊场内。"

"为什么呢？"

"超出那个范围，我就感到害怕。"

"害怕，"他重复了一遍，皱着眉头看着我，"你最近收到诺利斯夫人的来信了吗？"

---

1 汉瑟和葛丽特（Hansel and Gretel）：他们兄妹两人和父亲一起走在树林里，而父亲正打算抛弃他们。参阅《格林童话》（*Grimms' Fairy Tales*）。※

“没有。爸爸，已经两个多月没有收到了。”

父亲沉默了一会儿。

“你害怕什么，莫德？”

“那天鲁吉耶女士带我去了斯卡斯代尔教堂。爸爸，那个地方太吓人了。她一路上老是吓唬我。我不敢跟着她去教堂的墓地。她自己进去后，留下我一个人坐在小溪边。一个粗鲁的男人走过来和我搭讪，还嘲笑我。我快被吓死了。那个男人一直赖着不走，直到鲁吉耶女士回来。”

“那个男人长什么样，年轻的还是上了年纪的？”

“是个年轻人。看起来像是一个农民，特别没礼貌。我不想搭理他。他站在那儿，一个劲儿地和我搭讪。鲁吉耶女士也不管不问，只是站在旁边，笑话我胆儿小。爸爸，我跟她在一起很不舒服。”

他看了我一眼，目光很犀利，然后若有所思地低下了头。

“你说，你跟她在一起不舒服，而且感到害怕。这到底是怎么回事？她还做了什么？”

“我也说不上，爸爸。也许是因为她老吓唬我。还有咱们家的那些仆人，他们也都很害怕她。”

父亲点了三两下头，嘴里咕哝道：“一群废物！”

“今天，就因为我不愿意再和她去斯卡斯代尔教堂，她就对我大发脾气。我害怕她，我——”说到这儿，我眼泪突然掉了下来。

“好了，好了，小莫德，别哭了。请她做家教，是为了你好。如果你真的感到害怕，即便是因为自己愚蠢的想法而害怕，那也照你说的办。从此以后，你们就在牧羊场内散步好了。我会告诉她的。”

我嘴里说着“谢谢”，眼泪却不听话，一个劲地往下流。

“莫德，不要被你的偏见蒙蔽了双眼。女人的判断往往都不准确。我们家就有人深受偏见之苦，应该引以为鉴。”

那天晚上，在客厅里，爸爸突然对我说道：“莫德，我今天早上收到一封伦敦寄来的信。看来我要提前动身了。我们得分开一段时间了。别怕，我走后，就不用鲁吉耶女士照顾你了。可能需要一个亲戚来照顾你。不管怎样，小莫德会想爸爸的，对吗？”

他语气温和，面容慈祥，眼含泪水，微笑着看着我。这种前所未有的柔情感动着我。我心情复杂，惊讶、欣喜和爱意交织在一起，在我的心中生根发芽。我站起来，抱住父亲的脖子，低声哭了起来。我觉得，他也流泪了。

“您说有人要来，而且您还要和他一起走。是不是比起我来，您更爱他。”

“不是的，亲爱的，不是这样的。我害怕他。小莫德，我不想离开你。”

“那您不要在外面时间太久。”我恳求他。

“亲爱的，不会的。”他叹了一口气。

我还想继续追问。他好像看透了我的心思：“不要再说了，留在心里吧。莫德，我以前和你说过的那个橡木橱柜，钥匙在这儿。”说着，他举起钥匙给我看了看，“你还记不记得，我曾经告诉过你，在我走后，如果拜尔利医生来了，你该怎么办吗？”

“我记得，爸爸。”

他的语气突然变了，我又开始拘谨起来。

没过几天，拜尔利医生就来到了诺尔。除了我父亲，大家都很惊讶。他只在诺尔待了一个晚上。

他和父亲在楼上的书房里密谈过两次，而且父亲看起来非常沮丧。每当提到斯威登堡教徒，腊斯克女士都骂他们是“败类”，并对我说：“就是他们让你父亲变得摇摆不定。要是那个长得像鬼一样的黑衣瘦高个儿，继续在他房间进进出出的话，他就坚持不了多久了。”

那天晚上，我一夜未眠，一直在想父亲和拜尔利医生之间到底有什么不可告人的秘密。事情绝对不止他俩信奉一个奇怪的宗教那么简单，肯定还有什么更严重的事情困扰着父亲。虽然不知道具体原因，显然是拜尔利医生给父亲带来了痛苦，我对他厌恶至极。

那是一个灰蒙蒙的早晨，在靠近楼梯口的昏暗过道里，我迎面碰上了那个讨厌的医生。他依然身着光亮的黑色礼服。

如果我不是那么讨厌他，没有被他的来访弄得心烦意乱，我绝不会有勇气和他搭话。他那神秘瘦削的脸上带着一丝狡诈，看起来是那么的卑贱[1]，像是一个盛装出席宴会的苏格兰工匠。一想到我父亲，那个高雅

1 这种说法显示出莫德对拜尔利医生的成见。原文“low”既可指社会地位低微，也可指宗教地位低微。※

的绅士，因为他而饱受痛苦，我不由地怒火中烧。没有像往日一样寒暄而过，我在他身边停下脚步："拜尔利医生，我能问你一个问题吗？"

"当然可以。"

"你就是我爸爸在等的那位朋友吗？"

"我不太明白您的意思。"

"就是那个要和我爸爸一起外出一段时间的朋友？"

"不是我。"医生摇了摇头。

"是谁？"

"我真的不清楚，小姐。"

"为什么爸爸说你知道呢？"

医生看上去很茫然。

"你能告诉我，他要在外面待很久吗？"

拜尔利医生似乎被我的话给搞糊涂了。他仔细打量着我那困惑的脸庞，暗淡的眼神带着几分探究的意味。他回答说："小姐，我确实不知道，您误会了。说实在的，我真的什么都不知道。"

他停顿了一会儿，接着说："他从来没有和我提到过您所说的那位朋友。"我猜他之所以这样说，是因为他想隐瞒真相。这么说来，我以前的猜测也许有一部分是对的。

"拜尔利医生，求求你告诉我，爸爸的那个朋友是谁？他们俩到底要去什么地方？"

"我向您保证，"他语气有些古怪，不耐烦地说，"我真的不知道。您说的都是一些无稽之谈。"

说完，他转身要走，看起来有点儿恼火和不安。

突然，我灵光一闪，心中有了一个大胆的猜想。

"医生，我再问一句，"那是一个近乎疯狂的问题，"您认为……您认为我爸爸的精神有问题吗？"

"精神有问题？"他看着我，目光敏锐而好奇，大笑起来，"呸，呸！我的老天！在英格兰，没有比您爸爸心智更健全的人啦。"

说完，他点了点头，走开了。尽管他一再否认，我坚信他有秘密瞒着我。那天下午，拜尔利医生离开了诺尔。

第17章

归途中遇险

上次吵架之后一连好几天，鲁吉耶女士几乎没怎么和我说话，也没怎么给我上课。当然，她也没有再强求我，陪她去诺尔之外的地方散步。毫无疑问，父亲已经和她谈过了。

不管怎么说，诺尔也是挺大的一个地方。如果把诺尔全部逛一遍，即便是体力很好的人，也会吃不消的。好在我们只是偶尔走远一点儿。

鲁吉耶女士一连几周郁郁寡欢，好像灵魂出窍，恶魔附体一般。今天她突然恢复了往日的精气神儿，变得和蔼可亲起来。看到她这个样子，我根本无法安下心来，不知道她又要打什么鬼主意。恰逢冬季，白昼越来越短。当时夕阳已经西沉到了地平线，洒落在田野里养兔场上的余晖，催促着我和鲁吉耶女士赶紧回家。

一条狭窄的马路横穿公园的一片荒地，一直通向远处的大门。顺着这条偏僻的道路走着，我突然发现，前面停着一辆马车。待我走近一点儿，看到一个车夫正倚着马儿站着。他又瘦又高，一脸狡黠，朝天鼻十分夸张，就像讽刺画家伍德沃德[1]调侃图克斯伯里[2]的绅士时画的那种鼻子，盯着我使劲儿瞅。一位戴着时尚软帽的女士从车里探出头来，也盯着我看。她头发乌黑柔顺，脸颊白里透红，眼睛炯炯有神，体态丰满，但面相凶巴巴的，似乎在对谁发脾气。当我们经过马车时，她好奇地盯

---

1 伍德沃德（Woodward）：乔治·穆塔尔·伍德沃德（1760？—1809），讽刺画家，出生于德比郡，他的画作多以乡下人为题材，幽默以粗俗和夸张为主。※

2 图克斯伯里（Tewkesbury）：英格兰西南部格洛斯特郡（Gloucestershire）的一个集镇。

着我上下打量，肆无忌惮。

他们可能是迷路了。这种情况以前曾经发生过：一位客人应邀来我们家，顺着公园的那条马路走到这里，结果转悠了几个小时也没能找到我们家。

“他们一定是迷路了。鲁吉耶女士，你去问问，是不是在找我们家啊。”我低声说。

“*Eh bien*[1]，他们早晚会找到的。我可不愿意跟马夫说话。*Allons*[2]！”

经过他们身边时，我还是忍不住问了一句：“你们是去拜访鲁廷先生吗？”

车夫站在马头附近，整理着马具。

“不是，”他一口否定，并冲着马戴的眼罩怪笑了一下，然后又换了种礼貌的语气说道，“不是的，谢谢您，小姐。我们正要出去野餐，马上就走。”

说完，他又冲着刚刚整理好的马具笑了起来。

“多管闲事！快走！”鲁吉耶女士冲我吼叫了一声，拽着我的胳膊上了台阶。

我们一路穿过养兔场——一些高低起伏的小山丘。此时此刻，太阳已经下山了，周围一个个拉长的影子与红彤彤的落日余晖形成巨大的反差，阴森森的，有些瘆人。

越过这些小山丘后，前面不远处出现了三个人影。一个身材颀长，歪戴着高顶礼帽，穿着厚重的白色大衣，扣子一直扣到下巴。一个又矮又壮，裹了件深色外套。他们两人吸着雪茄，不时交谈几句。我刚刚看到他们时，明明是面对着我们的。但当我们走近他们时，却已转过身去背对着我们了，并且不约而同地放下了手中的雪茄。还有一个人正在收拾盛装野餐食物用的篮子，一副在吃野餐的模样。看到我们走了过来，他站起身来。这人前额凹陷，眼睛细小，鼻梁扁塌，鼻翼宽大，下巴方正，面目可憎。他的脑袋就像子弹头一样，尖尖的，板寸头，罗圈腿

---

1 法语：得了吧。
2 法语：走吧。

儿，高筒靴。见到他的那一瞬间，我立刻想起了《笨拙周报》[1]里面描写的那个江洋大盗。我还曾一度怀疑过，这个世界上是否真的有那种模样的人呢。那个男人站在篮子跟前，皱着眉头，盯着我们看了看。突然，他抬脚勾起地上的皮帽子，用手接住，扣在头上，遮住了眉毛。他向同伴炫耀说："嘿！先生们，怎么样？"此时，我们正好经过他的身旁。

"还凑合。"穿白色大衣的高个子男人用手臂碰了一下矮个子男人。

矮个子男人转过身来，脖子上挂着一条松松散散的长围巾。他看起来既腼腆羞涩又优柔寡断。高个子男人狠狠给了他一肘子，打得他踉跄了几步。他显得有些生气，咒骂了几句。

穿白色大衣的高个子男人挡住了我们的去路。他一手放在胸前，一手摘下帽子，咧着嘴狂妄地笑着，醉醺醺地迎着我们走来。

"女士们，你们来得正好。再晚五分钟，我们就走了。与你们相遇是我们的荣幸，特别是遇见小姐您。我猜你们是姑侄？母女？祖孙？我猜得对吗？嘿！你，好好先生，别着急收拾。"他冲着那个长着朝天鼻的丑八怪大声嚷道，"给我们拿个杯子，再来瓶柑桂酒[2]。你怕什么，小甜心？这位是'罗利宝勋爵'，连只蚂蚁都不敢伤害，是不是，罗利宝？我是西蒙·唐邦爵士，[3]之所以叫这个名字，是为了向老西蒙爵士致敬。夫人，我身材高大、修长，当然，也很温柔。我说，宝贝儿，等你了解我后，你还会发现，我就像糖棒一样甜，是不是，罗利宝？"

"鲁吉耶女士，赶紧告诉他们，我是鲁廷小姐。"我吓得不知所措，急得直跺脚。

"别说话，莫德。你要是发火，他们有可能会伤害我们。我来对付。"鲁吉耶女士小声说。

他们向我们聚拢过来。我向后瞥了一眼，发现那个凶巴巴的丑八怪就在我身后一两米的地方，举着胳膊，伸着一根手指，似乎在给前面的人打暗号。

"别说话，莫德。"鲁吉耶女士用可怕的口吻小声命令道，这时候只

---

1 《笨拙周报》(*Punch*)：维多利亚时代中期（17 世纪 60 年代）伦敦出版的适合中产阶级趣味的幽默戏剧杂志。该杂志充满怪诞讽刺、阶级和种族偏见。爱尔兰农民被描绘成类人猿。※

2 柑桂酒（curaçoa）：多拼写为 curaçao。一种加入酸橘皮的酒，味道甘甜。※

3 西蒙·唐邦爵士（Sir Simon Sugarstick）：Sugarstick 意为糖棒。

能听她的了，“他们可能喝醉了，镇定点儿。”

我很害怕，害怕极了。他们距离我们越来越近，似乎一伸手，就能搭到我的肩膀上。

“先生们，你们想干啥？行行好，放我们过去吧。”

我发现，挡路的矮个子就是那天在斯卡斯代尔教堂调戏我的那个人。我拉着鲁吉耶女士的胳膊，小声说：“咱们跑吧。”

“莫德，安静点儿。”

“听我说，”高个子男人很绅士地把高高的帽子正了正，“这次我们可逮到你了。为了公平起见，只要你答应我一件事，我就放你走。小姐，你不用害怕，我拿我的名誉和灵魂发誓，我们绝不会伤害你。对吧，罗利宝？我叫他罗利宝，是开玩笑，他真名叫史密斯。好了，罗利，咱们先向史密斯夫人引荐一下这俩小俘虏，然后就放她们走。我向你保证，史密斯夫人就坐在马车里，要不史密斯先生怎么能这么规矩呢！这件事对你来说容易得很。最后再来杯柑桂酒。我们好聚好散。就这么定了。来吧！”

“莫德，照他说的去做，不然，我们麻烦就大了。”鲁吉耶女士在我耳边嘀咕道。

“不要。”恐惧难以自抑。

“小姐，你会和这位夫人一起过来的，是不是？”那位史密斯先生说道。

鲁吉耶女士拽着我的一只胳膊。我奋力将其挣脱，拔腿就跑。高个子男人迅速张开双臂，将我圈起来捉住，就像是在闹着玩儿一样。他的力气太大了，弄得我浑身生疼。一番徒劳的挣扎过后，我彻底吓傻了。鲁吉耶女士一直在喊：“莫德，你这个笨蛋，快跟我来，看看你干的蠢事！”我开始尖叫起来，一声接着一声。高个子男人放声大笑，还不住发出喝倒彩的声音。他用手绢捂住我的嘴，试图不让我喊叫。鲁吉耶女士也在一遍遍地训斥我，要我“闭嘴”。

“不如让我背着她吧！”从我身后传来了一个粗哑的声音。

我害怕极了。就在这时，我听见远处有呼喊声。这几个人立马安静下来，看着声音传来的方向。那声音越来越近。于是，我铆足了劲儿，准备扯开嗓子大声喊叫。不料，我身后的那个无赖伸出大手，一把捂住了我的嘴。

“是猎场看守人，”鲁吉耶女士大声惊呼，“有两个人呢，我们得救了。谢天谢地！”她开始大声喊叫戴克斯。

我只记得我被松开了，于是，赶快跑了几步。我看到戴克斯端着枪，脸贴着胳膊，在做瞄准姿势。我说：“别开枪，会伤到我们的。”

鲁吉耶女士也尖叫着，奔跑了起来。

“你去大门那边儿，锁上它。我随后就来。”戴克斯对着另外一个猎场看守人喊道。那人立刻动身跑开了。此时此刻，那三个无赖已经全部退回到马车里面去了。

我感到脑子一片混乱，万分惊恐，一阵眩晕。

“鲁吉耶女士，你带小姐赶紧离开。我去帮帮比尔。”

“不，不，你不能走！”鲁吉耶女士大声喊道，“我快要晕倒了。说不定附近还有其他坏蛋。”

就在这时，忽然听到一声枪响。戴克斯快速拿起枪，循着声音跑过去了。

鲁吉耶女士一面催促我快跑，一面惊慌失色地大喊大叫。还好，之后再没遇到其他什么危险，我俩安全回到家中。一进门，就在大厅撞见了父亲。听完鲁吉耶女士的描述，他顿时火冒三丈，叫上几个仆人夺门而去，打算在公园大门那里截住那伙人。

父亲出去快三个小时了，还没回来。我心急如焚，如坐针毡，真的不敢想象这几个小时会发生什么。可怜的比尔，那个猎场看守人已经被抬回来了。看到他身体受了重伤，我更加担心了。

原来，比尔打算截住那三个男人。他们一起围攻他，缴了他的枪，并用枪打伤了他。比尔竭力反抗，又遭到了他们的毒打。这帮人心狠手辣、残暴无情。看来绝不是打打闹闹那么简单，一定是早就计划好了。大家也都认为，他们是蓄意而为。

父亲追赶那伙人，一直到了卢格顿火车站。他们在那儿搭火车逃跑了，连马匹和马车都扔了不要了。

鲁吉耶女士吓得够呛，也许是在装模作样。父亲就那伙人的细节进一步询问我们时，她的叙述和我的回忆出入很大。鲁吉耶女士固执己见，能言善辩。尽管猎场看守人佐证了我的描述，父亲仍然半信半疑。

或许父亲也不想继续追查那伙人。即使想尽千方百计查到他们，抓住他们，也没有证据控告他们，反而会招人非议，自找麻烦。

鲁吉耶女士变得脾气暴躁，喋喋不休，动不动就泪如雨下，还常常跪在地上一个劲儿地感谢上帝，让我们虎口脱险。虽然我们一起患过难，她还顺道代我对上帝表示过谢意，但一想到这件事，就对我横加指责：

“你真是愚蠢至极！不仅不听话还冥顽不化。如果当时按照我说的去做，结果会好得多。那些人喝醉了。和一群醉汉发生口角多么危险啊！马车里那位夫人那么善良，和她在一起，肯定安然无恙。我们本来可以平安无事的。都是你，非要反抗，把他们惹急了，自然就动粗啦。可怜的比尔，他被打伤都是因为你。”

鲁吉耶女士责骂我的言语越来越狠毒。

有一天，腊斯克女士和玛丽·坎斯来到我的房间。腊斯克女士愤愤地低声骂道：“禽兽！听她这么个叫喊法儿、祈祷法儿，我倒想知道她是否知道内情。说不定，她和那些流氓就是一伙的呢。自打我记事儿起，诺尔就没有出现过这种事儿。这个老巫婆一来就发生了。这个大骨架、秃头、冷血的老巫婆一会儿笑，一会儿哭，还四处打探消息。真是个假惺惺的法国老女人！”

玛丽·坎斯补充了一条，腊斯克女士肯定又接着话茬儿继续说了，不过我没有听见。不管腊斯克女士这番话是不是捕风捉影，都莫名其妙地影响到了我。恍惚间，她的话让我想起了那天见到的 *Pandemonium*。[1] 我们遇到危险时，鲁吉耶女士那些奇怪的言行真的是在保护我吗？她提议去斯卡斯代尔教堂，会不会是出于某种不可告人的目的？她在算计什么？这件事她又参与了多少呢？她会如此背信弃义、假仁假义吗？我曾经这样猜测过，但无法确定。此时老管家尖刻的言语点醒了我，加重了我对鲁吉耶女士的怀疑。

腊斯克女士走后，我从胡思乱想中回过神来，哀叹了一声，打了个寒战，顿觉危机四伏，心惊胆寒。

“啊！玛丽·坎斯，”我失声叫道，“你说，她真的认识他们吗？”

1 希腊语：万魔殿。参见约翰·弥尔顿《失乐园》（1667 年）第一卷 752—798 行 / 节。※

“你说谁啊，莫德小姐？”

“鲁吉耶女士真的认识那几个坏人吗？啊，不，她不认识。你说她肯定不认识。我都快要疯了，玛丽·坎斯。我这是过的什么日子啊，老是担惊受怕。”

“好了，莫德小姐。别再胡思乱想了。她怎么会认识那些人呢？绝对不可能的事儿。腊斯克女士也只是随便说说而已。”

我真的很害怕。我怀疑鲁吉耶女士是那伙人的同谋。他们先是在兔场围攻我们，后来又打伤了猎场看守人。我怎么才能逃离她的魔爪呢？她还要恐吓我、伤害我到什么时候？

“她恨我，她恨我，玛丽·坎斯。不害死我，她是不会善罢甘休的。啊！谁来救救我？快快把她赶走！啊，爸爸，爸爸！等到事情无法挽回的时候，您会后悔的。”

我哭哭啼啼，揉搓着双手，一筹莫展。善良老实的玛丽·坎斯试图让我平静下来，但根本无济于事。

第18章

午夜的书房

诺利斯夫人的警告，一直在我脑海里挥之不去。难道我注定无法摆脱那个可怕的鲁吉耶吗？我下定决心，一次次请求父亲解雇她。父亲在其他事情上一般由着我，但在这件事情上，他表现得非常冷淡，一直没有松口。原因之一是，他觉得我受到了莫妮卡表姐的怂恿，其他原因不得而知。就在这时，我收到了莫妮卡表姐从什罗普郡[1]的某庄园寄来的一封信。我很高兴，快速浏览了一遍，发现信中竟然只字未提奥克利上尉。我把信扔在桌子上。信写得干巴巴的，完全不像是一个女人写的。

过了一会儿，我又仔细读了一遍，感觉字里行间，情真意切。莫妮卡表姐告诉我，她收到了父亲写给她的一张便条，“希望她原谅他的无礼”。虽然心里还在憋气，但她说，就算是为了我，原谅他了。还说，等一有空闲，她就来诺尔，带我去伦敦逛逛。尽管我还太小，不便在社交场合公开露面，但出去走走，一来可以摆脱美杜莎[2]鲁吉耶女士，二来可以看看外面的世界，开开眼界，长长见识。

“是诺利斯夫人写来的吧。有什么好消息？”鲁吉耶女士总能知道，家里谁收到信了，还能猜得出是谁寄来的。

“诺利斯夫人寄来两封信，一封给你，一封给你爸爸。她挺好吧？”

---

1 什罗普郡（Shropshire）：英格兰人口最稀疏的乡间地区之一。作者勒·法努在什罗普郡有亲戚。他去安格尔西岛和南威尔士度假时会在此小住。小说中的巴特拉姆庄园距离此地很近。※

2 美杜莎（Medusa）：希腊神话中的女怪物。头上长满毒蛇。人看她一眼，就会变成石头。※

“很好，谢谢。”

鲁吉耶女士时不时地、试探性地问我一些问题。而且，只要她感觉有一点儿不如意，就闷闷不乐，一副凶神恶煞的模样。

那天晚上，只有我和父亲两个人。他突然合上书，问我：“我今天收到诺利斯夫人的来信了。我一直挺喜欢她。尽管她不是一位巫师，有时候还死脑筋，执迷不悟，但偶尔也会说出一些有道理、值得考虑的话来。莫德，她跟你说过什么时候，你能成为这里的女主人吗？”

“从来没有。”我看着父亲满是皱纹却又和蔼可亲的脸庞，心中有些困惑。

“哦，我以为她会说呢。她爱唠叨，是那种想起什么说什么的人。真让人头疼。我也不知道该拿她怎么办好。”

他叹了口气。

“跟我去书房，小莫德。”

父亲举着一根蜡烛，我们穿过大厅和走廊。走廊墙壁颜色很深，过道光线昏暗，拐角处黑乎乎的。又是晚上，挺吓人的。我们来到一间怪异偏僻的屋子。男仆女佣口中的很多可怕故事，就发生在这个地方。

我认为，父亲带我到这个房间，是想告诉我一些秘密。就算他真的想过，现在可能已改变了主意。

父亲在那个橱柜前停下了脚步，嘱咐我谨慎保管橱柜的钥匙。我以为他还会解释一下原因，但他径直走向了办公桌。父亲一直锁着他办公桌的抽屉。他点燃蜡烛，看了我一眼：“莫德，等一会儿，我有重要的事情要告诉你。拿着这根蜡烛，先自己看会儿书吧。”

我没有吭声，接过蜡烛，选了一本版画集，躲到了我喜欢的一个角落里。这是壁炉旁边一块呈凹形的地方，另一边被一个大的旧橱柜围住，中间形成了一小块空地儿。空间虽然狭小，待在里面却非常舒服。我以前常常躲在这里面玩儿，一玩就是半个小时。我在里面放了个小凳子，手拿蜡烛看书。我不时地抬头看看父亲，他时而写写画画，时而凝眉沉思，看上去有些焦虑。

时间一分一秒地过去了，父亲依旧埋头于案前，一直没有搭理我。我困意渐浓，不住地打瞌睡。慢慢地，眼前的一切越来越模糊，睡过去了。

时间应该过了很久。我醒来时，发现蜡烛已烧完了。父亲走了。他把我给忘了。留下我一个人在这又黑又小的空间里。我感到一阵寒意，身体有点僵硬，一时都忘了自己身在何处。

我是被吵醒的，而且这声音越来越近。我惊恐万分，害怕极了。有人在走廊里走动。我听到了地板的“嘎吱”声，衣服窸窣作响的声音，以及人的呼吸声。我蜷缩在角落的最里面，屏气凝神，竖起耳朵，仔细听着。

突然，书房门开了一个小缝，一束光亮进来，照在天花板上，形成了一个颠倒的L形。门外的脚步停了下来，那人轻轻敲门。过了一会儿，听见里面没人回应，便缓缓把门推开。我倒想看看这个“火把男”长得到底什么样。等我发现那人竟然是鲁吉耶女士时，却不怎么害怕了。她身穿灰色绸衣，正是白天穿的那件，她称之为中国丝绸。除了赤着脚外，她穿得很板正。只见她伸直胳膊，把蜡烛高高举过头顶，脸色苍白，嘴巴紧闭，皱着眉头，仔细搜寻着整个房间。

尽管我一直盯着这个幽灵。甚至有那么一会儿，我们的眼神已经对视了，但是由于我藏得严严实实，没有被她发现。

我坐在那儿，大气不敢出，眼睛不敢眨，死死盯着这个可怕的人。她胳膊向上伸展，强光和暗影在她身上形成一道道阴影，就像女巫在施展魔力，等着符咒应验一样。

很明显，她神情紧张，嘴唇紧咬，看起来就像死人一样呆头呆脑。我清楚地记得她当时的表情。她好像在倾听着什么。为了不被她发现，我一动不动。慢慢地，我心中的恐惧变成了愤怒。她眼睛搜寻着屋子里的各个角落，不时地歪着脖子，趴在房门上听听，生怕外面有什么动静。

她手拿蜡烛，走到父亲的办公桌前。她终于背对着我了，我长长地喘了一口气。我看见她正在试用一把钥匙——应该不是别的东西——还看见她吹了吹钥匙上的凹槽。

她手拿蜡烛，又到门口仔细听了听，然后踮着脚尖，轻轻走了回来。不一会儿，她就打开了爸爸的办公桌，小心翻阅着里面的文件。

她中间还停顿了两三次。溜到门口，几乎把头贴在地上，仔细听着，然后返回来继续翻看文件，一张又一张，有条不紊，有的还读得非常仔细。

在她偷窥爸爸文件的漫长过程中，我害怕极了，一动也不敢动，唯恐被她发现了。她一旦发现自己罪行败露，什么坏事都能做得出来。

她有时会把一份文件读上两遍，还发出一些声音，比钟表的滴答声还小。有时读到某封信或便笺时一阵窃喜，一副饶有兴趣的样子。

大约过了半个小时，鲁吉耶女士终于看完了爸爸的文件。这段时间对我来说简直是度日如年。突然，她抬起头来，仔细听了听动静，把文件放回原处，关上抽屉，“咔哒”一声上锁，然后迅速熄灭蜡烛，偷偷溜出了房间。蜡烛的余光映照着她那女巫般邪恶的脸庞，一直在黑暗中飘浮游荡。

你们肯定会问，鲁吉耶女士偷窥父亲文件的时候，为什么我噤若寒蝉，一动不动？那时的我，胆小怕事，对那个老女人存有莫名的畏惧，根本没有勇气和力量和她搏斗，只能选择风险最小的举动，即逃离房间。那时的我，就是一只躲在常春藤下的小鸟，不敢搞出动静，只能眼看着白色猫头鹰飞来飞去，捕食猎物。

她在的时候，我不敢动弹；她走后一个多小时，我仍然龟缩在藏身之处，唯恐她还躲在周围，或者折回来抓住我。

第二天早上，我发起了高烧，你们肯定不会对此感到惊讶。然而，让我万万没有想到的是，鲁吉耶女士竟然来到床前探视我。对于昨天晚上发生的事情，她丝毫没有愧疚之意。她那天梳妆整齐，打扮得花枝招展，原本没打算来看我。

她坐在我的身边，用她那只干尽坏事的手帮我整整被角。她嘘寒问暖，一副忧心忡忡的样子。受骗的丈夫晚上发现妻子是食尸鬼后，再次遇到她时那种惧怕之情。[1]我现在完全体会到了。

尽管生病身体不舒服，我还是起身下床去找父亲。父亲就在我卧室旁边的房间里。我关上门，走到他的身旁，说道：

“爸爸，有件事我必须要告诉您！”我都忘记了称呼他“先生”，“我要告诉您一个秘密，但您不能告诉别人。我们可以去您的书房吗？”

父亲发现我的表情与平常不一样。他站起身，吻了下我的额头，

---

1 参阅《一千零一夜》第一卷的《魔法王》：丈夫发现妻子和“一个穿着破破烂烂的老黑人”睡在一起。※

说："别害怕，莫德。别相信那些无稽之谈。无论发生什么，我的孩子，我都会保护你安全平安的。跟我来，孩子。"

爸爸牵着我的手，走向书房。关上房门后，我们来到屋子一角靠近窗子的地方。我死死抓住他的胳膊，小声说道："先生，你不知道和我们住在一起的那个人多么可怕。我说的是鲁吉耶女士。如果她来了，千万别让她进来。她会猜到我正在告诉您什么事情。如果让她知道了，一定会杀了我的。"

"好了，好了，孩子。别胡说八道了。"爸爸脸色苍白，但眼神非常坚定。

"哦，不，爸爸。我真的害怕极了。诺利斯夫人就是这样想的。"

"哈！愚蠢也会传染。我知道莫妮卡的想法。"

"我是亲眼所见。爸爸，昨天晚上，她偷了您的钥匙，打开了您办公桌的抽屉，翻看里面的文件。"

"偷了我的钥匙！"父亲眼睛盯着我，感到不可思议。他又重复了一遍我说过的话，"既然偷了钥匙，她还敢继续留下来？"

"她打开抽屉，翻看了好长时间。如果您不相信，您现在就把抽屉打开，看看有没有被翻看过的痕迹。"

父亲看着我，不再言语，满脸困惑，但还是打开了抽屉，把里面的文件拿起来，含糊不清地发了几声感叹，陷入了沉默。

他坐在办公桌前的椅子上，要我坐到他旁边的椅子上，仔细地回忆一下，然后将我所看到的一切告诉他。我便把昨晚所看到的，统统给他讲了一遍。父亲聚精会神地听着。

"她拿走什么文件了吗？"父亲边翻看那些文件边问。可能是在找最有可能被偷的文件。

"没有，我没看见她拿走什么东西。"

"很好，真是个好孩子！莫德，继续保持警惕，一个字也不要对别人讲，包括莫妮卡。"

别人说的话，我可能不当回事儿。父亲交代我的事情，特别是他表情如此严肃时，交代我的事情，我一定会铭记在心。我默默保证，绝对不跟别人说。

"莫德，你和鲁吉耶女士相处得不太融洽，老是要我赶她走，我一直没有同意。她竟敢做出这种事情，她确实该走了。”

父亲摇了摇铃。

“告诉鲁吉耶女士，让她马上来见我。”

几分钟后，鲁吉耶女士敲门走了进来，面带微笑、彬彬有礼，像邪灵一般再次出现在我的面前。就是这个人，昨晚吓得我魂飞魄散。

父亲站起身来，像平时一样和蔼可亲。他让鲁吉耶女士坐在对面椅子上，直奔主题。

“鲁吉耶女士，请交出那把钥匙，就是那把打开我书桌抽屉的钥匙。”

说完，父亲从金色笔盒里拿出钢笔，放在解雇合约上。

鲁吉耶女士发觉事情不对劲儿，前额发紫，脸色苍白，嘴唇泛白。她有两次试图开口回答，但都没有说出话来。我倒想看看她这次如何狡辩。

鲁吉耶女士避开父亲的目光，眼睛看着地面，嘴唇紧闭，脸颊扭向一边，样子很奇怪。

突然，她站起身来，两眼盯着父亲，清了两次嗓子，理直气壮地说：“鲁廷先生，我不知道您在说什么？您是存心侮辱我吗？”

“别再演戏了，鲁吉耶女士。我必须要回那把钥匙。珍惜这个机会，乖乖地交出来。”

“您这么说有何凭据？”鲁吉耶女士质问道。一眨眼功夫，她就变得和以前一样，脾气暴躁而且巧言善辩。

“鲁吉耶女士，我不是吓唬你。昨天晚上有人看见你进入这个房间，打开书桌的抽屉，偷看了里面的信件和文件。你现在马上把那把钥匙和其他你不该有的东西交出来，否则的话，事情就不只是解雇你那么简单了。我会采取措施。你知道，我是法官，可以搜查你，包括你的行李和楼上的住处，起诉你的罪行。你应该明白，拒不承认只会让事情变得更糟。请你立刻交出钥匙，否则我就对你不客气了。我是认真的。”

父亲话说到这里，稍稍停顿了一下，便站起身来，伸手去够拉铃的绳子。鲁吉耶女士立刻转到桌子这边，伸手去阻止父亲。

“我交，我交。鲁廷先生，一切按您说的办。”

说话间，鲁吉耶女士完全崩溃了。她先是哽咽着说了一堆乌七八糟的话，声音颤抖着乞求父亲宽恕她的不良行为，一副悲恸欲绝、可怜巴巴的样子，然后满面羞愧地从怀里拿出钥匙，上面还拴着一根小绳。看她哭成这个样子，父亲有些心软了。他接过钥匙，试着打开抽屉。尽管锁芯做得十分精密，还是轻易就被打开了。父亲摇了摇头，看着她的脸，说道：

“请你告诉我，这把钥匙是谁做的？这是把新钥匙，应该是专门为这个锁配制的。”

鲁吉耶女士不想再说什么。为了转移话题，她再次陷入所谓的悲伤之中，不断地自我谴责，乞求父亲能够从轻发落。

“这个嘛，”父亲说，“我说过，只要你交出钥匙，我就不为难你。我说话算数。给你一个半小时收拾你的东西。时间一到，马上离开。我会让腊斯克女士把工钱给你。还有，如果你再招惹什么事情，不要牵扯到我。对你来说，现在离开再好不过了。”

鲁吉耶女士样子非常狼狈。她抑制住难过的情绪，愤愤地擦干眼泪，完全没有了先前的礼貌，径直走向门口。她在门口停了下来，转身瞥了父亲一眼，脸色苍白，牙齿咬着嘴唇。关门时，手握房门拉手，站了一会儿，又狠狠瞪了父亲一眼。不过，她这次稍微有些变化，一脸的不屑和轻蔑，冷笑一声，很不礼貌地将头一扭，“哼”了一声，用力摔门而去。

第19章

爸爸的嘱托

腊斯克女士一再告诫我，鲁吉耶女士对我恨之入骨。虽然鲁吉耶女士尽力掩饰她的这种情绪，但直觉告诉我，她始终不怀好意。尤其是她在离开书房时看我的那一眼，似乎蕴含着非常奇怪的情绪。在她离开我们家前，我无论如何都不想再见到她。

当然，在她离开我们家那天，我也根本不想和她道别。我戴好帽子，披上斗篷，悄悄地出门了。

我的闲逛去处隐蔽、幽静。即使在此深秋季节，树木仍然枝繁叶茂。蜿蜒曲折的小路隐匿在树丛之中，地面上树根凸起，交织缠绕。虽然此处离家不远，却是一处林草丛生的荒芜、偏僻之地。流淌在森林中的一条小溪，影影绰绰，波光粼粼。野生草莓和其他森林植物点缀于地面。小鸟的婉转之声和鼓翼之音使得树影也变得欢快起来。

我在这个风景如画的僻静之地待了整整一个小时，忽然，听到远处传来马车启程的声音，是鲁吉耶女士离开我们家了。谢天谢地，我高兴得手舞足蹈，几乎要放声高歌了。我深深地呼了一口气，透过树枝间的空隙，抬头看着那清澈湛蓝的天空。

似乎冥冥之中已有安排。就在这时，我觉得鲁吉耶女士的气息就在耳畔。她那双瘦骨嶙峋的大手搁在我的肩膀上，与我四目相对。我吓得后退了几步，半天说不出一个字儿来。

小时候，我们不懂得如何约束制止恶劣行径，也不知道面对丧心病狂之人如何保护自己。我孤身一人在如此幽静、隐蔽的地方，被最可怕的敌人抓住，那可真的是什么事都可能发生啊！

“吓着你了吧？”她轻声慢语，阴笑满面，“你做了什么亏心事？你为什么伤害可怜的鲁吉耶女士？哎，我算是知道你这个小丫头的厉害了。呵，难道不是吗？*Petite carogne*[1]，哈哈！”

我惊慌失措，张口结舌。

“听我说，亲爱的小傻瓜，”她抬起食指，对着我指指点点，“你别以为假装无辜，就可以一了百了。你干的坏事，无论大小，我都看在眼里，记在心里。你这个小魔鬼。我问心无愧。如果我解释给你父亲听，他一定会说我做得对。你更得要感谢我的大恩大德。然而，现在我还不能泄露天机。”

她每说一句话，便停顿一下，好像在强调她的话中之意。

“那件事，如果我给予解释，你父亲必然会恳求我留下来。我不能留下。尽管这里有舒适的住宅，有能干的仆人，有你父亲愉快的陪伴，还有你，我的甜心小强盗。”

“我得先去趟伦敦。嗯，那里有我的好朋友！我会出国待上一段时间。我最亲爱的莫德，我保证，无论我在哪里，都会记得你的。哈！是的，我肯定会想念你的。”

“虽然我不能一直陪伴在你的身边，但我会知道你的一切事情。你不用管我是怎么知道的。反正，一切尽在我的掌控之中。亲爱的莫德，我向你保证，在将来某一时间，我会以你能够感受到的方式，来表达我的感谢之情。你懂的。”

“马车还在紫杉树栅栏边等着呢，我得走了。你万万想不到，会在这里见到我吧。或许，我以后还会突然出现。很高兴我们有机会进行告别。再见！亲爱的小莫德。你放心，我会想念你的，会报答你对可怜的鲁吉耶女士的善意之举的。”

她抓起我垂在身体两侧的双手，不是整个握住，而是仅仅把我的拇指握在她宽阔的手掌里，使劲来回摇晃，同时眼睛瞅着我，就像是在密谋什么诡计。她突然开口说：“我想，你是不会忘记我的。我也会不断提醒你。我希望，你能从这次分别中得到快乐。”

她盯着我看了一会儿，邪恶的脸上满是嘲讽。突然，她点了点头，

---

1 法国北部方言：卑鄙的小东西。

痉挛似的摇了摇我那被她握住的拇指，转身拎起裙摆，露出瘦削的脚踝，大步跨过弯弯曲曲的树根，直奔紫杉树那边。直到她完全消失在远方，我才回过神来。

鲁吉耶女士的离开，并未对父亲产生任何影响。不过，诺尔的其他人却很高兴。我恢复了活力，精神也好了许多。阳光欢快地跳跃着，花儿纯洁无瑕，鸟群的鸣啭和鼓翼之声在我听来也欢快起来。大自然的一切都变得让人赏心悦目。

喜悦过后，眼前不时闪过鲁吉耶女士朦胧的身影。她走之前对我发出的威胁之声，再次回荡在我的脑海中，恐惧和痛苦也随之而来。

“哼，她真是厚颜无耻！”腊斯克女士尖声说道，“小姐，您没必要为这件事情烦恼。她这种人就是这副德性。这种无赖在事情败露、被扫地出门的时候，都会用各种方法去威胁那些老实人。比如，那个猎场看守人马丁，还有那个男仆杰维斯，我记得很清楚，他们都曾发誓要报复，但之后他们又几时出现过？他们尽管非常恶毒，但只是嘴上说说而已。不过，要是被鲁吉耶抓住机会的话，她什么坏事都会做出来。不要担心，她不会再有什么机会了。她只能咬着指甲，发发恨罢了。哈哈！”

听了她这番话，我心里宽慰了许多。尽管如此，鲁吉耶女士邪恶的笑容还是时常出现在我的眼前，使我陷入恍惚之中。一次，我感觉一位身着黑色褶裙、面容模糊的命运女神[1]牵起我的手，引领我走向一条可怕的探索之路。等到惊醒过来，才意识到鲁吉耶女士已经离开很长一段时间了。

然而，她离别时对我的恐吓还是有作用的。她鬼魅般的面孔，成功地扰乱了我的情绪，使我在睡梦中也不得安宁。

毋庸置疑，我还是感受到了一种无法言喻的解脱。我一边兴致勃勃地给莫妮卡表姐写信，一边很想知道父亲给我制定了怎样的计划：是继续待在家里，还是去伦敦，或者是出国。对于出国这件事，我有着一种莫名的恐惧：害怕出国会遇到鲁吉耶女士。这对我来说，出国无异于我

---

1 命运女神（Fate）：希腊神话掌管万物命运的三位女神，即阿特洛波斯（Atropos），克洛托（Clotho），拉克西斯（Lachésis）。鲁吉耶女士被类比为专司切断生命之线的阿特洛波斯。※

自投罗网。

我不止一次说起过，我父亲是个怪人。到目前为止，你们也已经看到，他所做的一些事情，确实令人难以理解。如果他变得更加坦率些，也许就没有那么古怪，也说不准会更古怪。长期以来，深深影响我的事情，对他没有任何作用。就像鲁吉耶女士离开这件事，在我看来，是一件了不得的事情。事实上，全家人只有他无动于衷。当然，父亲再也没有提起过鲁吉耶女士。现如今，父亲在工作上的确有了新的顾虑和麻烦。我不清楚，这是否与解雇鲁吉耶女士有关。

“莫德，我一直在为你考虑，为你担心。这么多年来，我从来没有这么苦恼过。为什么莫妮卡·诺利斯不能更理智一点儿呢？”

在大厅里，父亲叫住我，说了这句让我摸不着头脑的话。接着，他又说了一句“会弄清楚的”就走了。难道他从鲁吉耶女士的卑劣行径中，嗅到了什么危险吗？

又过了一两天，我在荷兰花园，看到父亲站在去阳台的台阶上。他一边向我走来，一边朝我招手，示意我过去。

“小莫德，你一定感到很孤单吧。我已经给莫妮卡写过信了。她擅长从小事入手，给人建议。也许她会来我们家住上一段时间。”

听到这个消息，我喜不自胜。

“我们应该向世人证明，他的品性是好的。这一点你应该比我更感兴趣。”

“谁的品性，爸爸？”我冒失地问了一句。

由于习惯于孤僻寡言，父亲总是误以为别人已经知道他的所思所想，却不知道他其实还什么都没有交代清楚。

“谁的？你塞拉斯叔叔的。按照自然规律，他肯定要比我离开这个世界晚些日子。到那个时候，就由他来代表我们整个家族。莫德，你愿意为恢复家族的声誉做出一些牺牲吗？”

我的肯定回答虽然简略，脸上的表情却是非常坚定的。

父亲露出了赞许的微笑。这微笑足以让苍老的伦勃朗[1]那沟壑纵横

1 伦勃朗（Rembrandt，1606—1669）：荷兰 17 世纪伟大的现实主义画家，善于利用光影的明暗对照来捕捉并描绘人脸上那种微妙且转瞬即逝的表情。※

的脸庞容光焕发。

“莫德，我跟你说，如果能够在我有生之年把这件事情解决，我绝对不会把它拖留在我死后再做。*ubi lapsus，quid feci*？[1] 我原来的想法是，将这一切留给时间，让时间来证明它。*Tempus edax rerum*[2] 的确能够做到这一点。或许小莫德愿意为恢复家族声誉尽自己的一份力量。这可能会让你作出一些牺牲。这个牺牲指的不是财富。我们家族的声誉不能再败坏下去了，必须尽快洗刷掉这个耻辱。小莫德，这个任务光荣而艰巨。你愿意接受吗？”

“嗯，愿意。爸爸，我愿意！”

我再次看到了那伦勃朗式的微笑。

“莫德。这件事有一定风险。你要做好充分的思想准备。如果这样，你还愿意接受吗？”

我再一次表示了同意。

“莫德·鲁廷，不愧为我们鲁廷家族的后代。这件事不能再拖了。必须尽快去办。千万不要让莫妮卡·诺利斯那些人吓到你。”

父亲最后这句话，让我惊诧不已。

“你还是远离他们的好——他们那些愚蠢的想法，对你的严峻考验[3]可能如同地狱一般恐怖。做这件事光有满腔热情不行，你还必须有足够的勇气。”

“我想，我有勇气做任何事情。”

“很好，莫德。今天早晨我收到了一封来自伦敦的信函。再过几个月，也可能时间更短，我必须离开一段日子。我不在的时候，你肩上的担子就更重了。你要敢于担当，保证不把我说的话，告诉莫妮卡·诺利斯。如果你确实管不住自己的嘴，就直接告诉我，我不让她来就是。还有，不要和她谈论你塞拉斯叔叔的事情。我讲这些话都是有原因的。你

1 拉丁语：出自考特尼家族的格言，意思是：“我有什么错？我做错了什么？”考特尼家族位于爱尔兰的利默里克郡。勒·法努曾经在此居住。这句格言是在考特尼家族失去德文郡伯爵爵位时说的。后来，家族被威廉姆·贝克福德（塞拉斯的原型之一，参阅本书导言第五部分）的丑闻所连累。奥斯汀引用这句格言与其家族荣誉感密切相关。※

2 拉丁语 *Tempus edax rerum* 的缩写，词典义为“时间，吃东西的人”。※

3 严峻考验（ordeal）：古代日耳曼人的审判模式。受审者要接受一系列危险重重的测试（参见莫德在本书第一卷第 20 章的想法）。奥斯汀在一封密信中明确将莫德的监护权交给弟弟塞拉斯。此举是为了“维护家族的名誉”而对莫德进行的一次严峻考验”（参阅本书第二卷第 4 章）。※

听明白了吗?"

"明白了，爸爸。"

"你塞拉斯叔叔，"父亲突然激动起来，这么大年纪的一位老人说话音调如此之高，挺吓人的，"蒙受着常人难以容忍的诽谤。我说这话，并非出于对他的同情。现在，他已经成为了一名虔诚的教徒。但是，信教并不是让一个人默默承受冤屈。我听说，宗教对他影响很大。虽然无辜，但他对所受冤屈毫不在意。他这样做是不对的，容易引起人们的误解。鲁廷家族又不能自己出面替他申冤。我跟他说过应该怎么做，还主动为这事儿提供财力支持，但他不愿意按照我说的去做。事实上，他从来都不接受我的建议，一意孤行，犹如漂浮在污浊不堪、阴暗沉闷暗礁区的一叶小舟。当然，我这么做，也并非全是为了他。他名声不好，让我们整个家族蒙受耻辱。我一直渴望能够洗刷这个耻辱，并一直在为此努力。我相信，这事儿对他影响不大。他生性懦弱，比我还能逆来顺受。莫德，比起我对你的关心，他对子女的关心更少。他是一个空想家，老是寄希望于来世。我和他完全不一样。在我看来，照顾好身边的人，是我的责任和义务。一个古老家族的秉性和影响力是一笔特殊的遗产，非常神圣却也容易被侵蚀。他对这笔遗产不以为然，放任不管，差点儿将其彻底毁掉!"

这是父亲一生和我说过的最长的一段话。他继续说道:"没错，莫德，我们，你和我，会做到的。我们会在家族史上写下一笔。只要世人公平、公正，我们就一定会成功说服他们，恢复我们家族的声誉。"

他向四处张望了一下，看看有无他人。

"我们今天谈得够多了。莫德，我对你的表现很满意。你一定会做得比我更好。孩子，你先走，爸爸想一个人在这里坐一会儿。"

如果说通过今天这次谈话，父亲开始对我另眼相看的话，我对他也有了一个新的认识。我以前一点儿也不知道，父亲的躯体里还有那么多激情在燃烧。更不知道，那张严肃呆板、病态苍白的脸庞能够如此精神抖擞、热情洋溢。在我离开时，他正坐在台阶旁一把颇具乡村风格的椅子上。刚才谈话时的情绪，在他脸上仍然清晰可辨:脸颊通红，眉头紧皱，嘴唇紧抿，眼神炽热。看得出来，他的情绪依然很激动。不知什么缘故，他的这种表情，却让我感到一丝害怕和不安。

第20章

爸爸去远行

威廉姆·费尔菲尔德先生是克莱牧师的助理，有点儿秃顶，鼻梁高挺，身材纤瘦，举止文雅。和父亲谈话后的第二天，他来到我们家，要我对父亲的遗嘱进行确认。我们的交谈很快就结束了。然后，他就去了父亲的书房，一直到午饭时间，他们的谈话才结束。

刚刚吃完午饭，这位牧师便和我面对面聊了起来。“鲁廷小姐，和你父亲聊天很有意思，非常有意思。”他背靠椅背，一只手放在桌子上，手指优雅地握着红酒杯，脸上笑容灿烂，“你还从来没有与住在巴特拉姆[1]的叔叔塞拉斯·鲁廷先生见过面，对吧？”

“没有。从来没有。”

“噢，是这样。你们家的人相貌很相似。是的，家族成员长得很像。如果没有记错的话，客厅里悬挂的那幅肖像，应该是玛格丽特女士吧？就是上周三，你带我去看的那幅。她和你叔叔长得像极了。真的，非常像。你要是见过你叔叔的话，一定会同意我的说法的。”

“这么说，你认识他？”

“噢，亲爱的，没错儿。我非常了解他。这是我的荣幸。我曾经在费尔特拉姆做过三年的助理牧师。在那段漫长的日子里，我有幸结交了你叔叔——一位虔诚的基督徒——而成为巴特拉姆的常客。我从未想到会有如此殊荣。你叔叔令我感到钦佩。我称他为巴特拉姆的鲁廷先

1　参阅本书第二卷第6章注释。

生。我可以明确告诉你，我敬仰他，犹如敬仰圣人一般。[1]当然，不是对教皇的那种敬仰，而是我们教会所应允的最高层次的敬仰。他是一个以信仰为生[2]的人，全身心投入于他的信仰之中，堪称虔诚与慈悲的典范。鲁廷小姐，我经常为上帝对万物玄妙而神秘的安排感到惋惜。恕我直言，上帝本不该让你叔叔跟他哥哥，也就是你令人尊敬的父亲，分开的。如果不分开，你叔叔无疑会拥有比现在更大的影响力和机遇。克莱牧师和我一致认为，如果是那样的话，你叔叔去教堂的次数可能会更多。"他轻轻摇了摇头，透过他那副蓝色钢化平光眼镜看着我，脸上的笑容既有些悲伤，又有些自得。他抿了一小口雪莉酒，若有所思。

"您经常见到我叔叔吗？"

"是的，鲁廷小姐，我们经常见面，地点大多是他的宅邸。他的健康状况很糟糕。他是个遭受病痛折磨的可怜人，可能你已有所了解。亲爱的鲁廷小姐，你可记得，上个星期天，克莱医生说过这样一句富有哲理的话：'病痛虽然像乌鸦一样预言着不幸，[3]忠诚之士被它缠上则会充满力量。'"

"他经济状况不佳。"与其说这位助理牧师是一个受过良好教育的人，倒不如说是一个善良的人，他继续说道，"他在经济上遇到了一些困难，再对我们给予资金和物资上的支持有些力不从心。我曾经真心实意地对他说过，被他拒绝比得到别人的帮助更让我感到高兴。我能真切地感受到他的情感以及情感的表达。"

"是我爸爸让您把叔叔的事告诉我的吗？"我突然想到了这个问题，就随口说了出来。刚一说完，我便觉得有点儿难为情了。

他看上去有些吃惊。

"不，鲁廷小姐，当然不是。噢，亲爱的，你想多了。午饭前的谈话，只是我和鲁廷先生的一次普通谈话而已。他既没让我跟你聊你叔叔的事儿，也没让我跟你谈其他事儿，鲁廷小姐。"

---

1 信徒向天主教圣人祷告，圣人代为传达给上帝。※

2 语出《旧约·约伯记》22：23："你若归向全能者，从你帐篷中去除不义，则必得建立。"此处是指塞拉斯从过去"罪孽"中的"蜕变"。※

3 语出《旧约·列王纪上》17：4—6："耶和华对以利亚说，'你从此往东走，藏身于约旦河东基立溪旁。你要喝那溪中的水。我已吩咐乌鸦供你食物。'于是，以利亚听了耶和华的话，来到约旦河东基立溪旁。乌鸦早晚给他送饼和肉来吃。他喝着溪中的水。因为没有下雨，过了些日子，基立溪干枯了。"※

“我以前并不知道，塞拉斯叔叔对宗教如此虔诚。”

他微微一笑，把头抬起，又无奈地摇了摇，似乎是因为我对叔叔一无所知而感到遗憾。随后，他又低下头，看着我说道：“无法否认，我们对于教义的个别观点，持有不同理解，但这并不重要。重要的是，他是一个教徒。与现代意义上的教徒有所不同，他是严格意义上的真正的、虔诚的教徒。但愿像他那样的人越来越多！哎，鲁廷小姐，也许以后连教皇也会跟他志同道合。”

威廉·费尔菲尔德是一位反对异义者[1]的保守分子，不折不扣的激进牛津运动论者[2]。我觉得他是一个好人，而且绝对是坚守教义之徒。这次谈话，让我对塞拉斯叔叔有了新的看法。这些看法与父亲之前说过的话，不谋而合。塞拉斯叔叔的这些信念和经年累月的磨练，必定会让他以一种更加平和的心态，面对世间的不公，甚至向命运妥协。

你也许会这样认为，我小小年纪，家境殷实，整天过着与世隔绝的生活，理应无忧无虑。但是，你也看到了，我与鲁吉耶女士一起生活的那段时间，过得一团糟，生活充满了恐惧和忧虑。即便现在，我也会时时心中不安，对父亲之前简略提及的所谓“严峻考验”，有种难以言表的不祥之感。

父亲将其称为“严峻考验”。我不仅要全身心投入，还要有一往无前的勇气。如果没有这种勇气，在这场“严峻考验”中定会落荒而逃，后果不堪设想。这究竟会是一场什么样的“严峻考验”？那个温顺谦卑的老人似乎已经不太在意他过去所蒙受的冤屈，而是一味沉浸于未来。父亲要我这么做，并不是为了还他清白，而是为了维护我们家族的声誉。

有时候，我也会因为轻率接受这项任务而感到后悔。我不能确定，我是否有足够的勇气去完成它。趁着现在为时未晚，我是否最好全身而退？这个想法让我进退两难。我应该怎样面对父亲呢？这场“严峻考验”难道不重要吗？我难道不是经过深思熟虑才接受这项任务的吗？我难道

---

1 异义者（Dissenters）：革新派新教徒。※

2 牛津运动论者（Tractarians）：牛津运动是十九世纪中期由牛津大学一些教授发动的宗教复兴运动，又称书册派运动。该运动主张恢复教会昔日的权威和早期的传统，保留罗马天主教的礼仪，对英国国教的保守倾向影响甚大。

没有完成这项任务的义务吗？或许父亲已经采取了一些措施。不过，假如可以重新选择，我不会将自己置身于这场“严峻考验”之中。顺其自然吧。你可以感觉到，我虽然斗志昂扬，但胆气不足。当时的我仅仅是个神志不清、头脑发热的小姑娘，自认为勇气十足，其实一直胆小如鼠。

我的内心在激烈挣扎，一边是信心满满，不愿继续懦弱下去，一边是不相信自己，想要退却逃避。

大凡肩负使命但力所不能者，都不得不忍受这样的痛苦。他们需要磨练其意志，具备冒险精神和自我牺牲精神，还要克服自己的胆怯。或许只有这些人，才能够理解我心中的痛苦。

我有时自我安慰说，我可能过分夸大了这次“严峻考验”的危险。如果父亲真的认为危险太大，自然不会让自己的女儿卷进去。目前这种局面，让我感到非常恐惧。尤其是当危险看不见、摸不着的时候，我的恐惧感便会加倍。

我急于了解事情的原委，包括父亲即将开始的旅行：去哪里，和谁去，以及对我隐瞒这个秘密的缘由。

那天，我收到了善良可爱的莫妮卡表姐的来信。她在信中说，她两三天内就会到达诺尔。我本以为父亲听了会非常高兴，万万没有想到，他看起来却是一副漠不关心、情绪低落的样子。

“据说莫妮卡这个人不好相处。你居然能够和她合得来，真得谢天谢地。要是她说话多注意一些分寸，我会很乐意让她在诺尔多住上一段时间，陪伴你。”

我想，父亲一定是因为什么事情而烦恼。上一次，我和他在花园里说话，当谈到塞拉斯叔叔时，他很激动，脸都涨红了。今天，他脸上又一次出现了那种奇怪的红晕。父亲即将开始的这次旅行，必定有让他感到痛苦之处，甚至可能是恐惧。我打心底里希望快点儿解开这些疑团。

那天晚上，父亲早早跟我道了晚安，上楼去了。我在床上躺了一小会儿，便听到他拉铃的声音。这是很不寻常的。紧接着，传来了男仆里德利和腊斯克女士在走廊说话的声音。我没有听错。我不知道自己为什么既吃惊又兴奋，鬼使神差地用手肘支起身子，偷听了起来。他们说话的声音微小而平稳，就像向人问路或给人指路一样，并不像遇到紧急情况那样慌张。

然后，我听到里德利跟腊斯克女士道了声“晚安”，朝着走廊那边的楼梯走去。我由此推断，他今天的活儿干完了，一切顺利。我再次躺下，心跳不止，聆听着可能是错觉的脚步声，心中涌起了一种不祥之感。

就在我快要睡着的时候，听到铃声又响了。几分钟过后，腊斯克女士沉重的脚步声穿过走廊。我用心听着。我听到或自以为听到父亲和她在说着什么。今天一切都很反常。我把手肘支在枕头上，趴着身子听着，心“怦怦”直跳。

腊斯克女士在走廊里大概走了一分钟，最后在我的房门前停了下来，轻轻地扭动着房门把手。我吓了一跳，问道：“谁？”

“小姐，我是腊斯克。哎呀，您还没睡吗？”

“爸爸病了吗？”

“生病！没有的事儿。你爸爸身体很好，感谢上帝！我在找一本黑色硬皮小册子，之前错把它当成祈祷书拿给了你。哈，果然在这儿。你爸爸现在想看。我还得去书房，到C架给他找第15号书[1]。小姐，快帮我看看这本书的名字。我的眼睛看不清，也不敢再去问他。”

腊斯克女士找书相当熟练。她经常为父亲干这事儿。当她弄明白那本书的名字后，手里拿着那个黑色硬皮小册子，去书房找书去了。

腊斯克女士走后，过了很长一段时间，我都快睡着了。突然，重重的倒地声伴随着腊斯克女士刺耳的尖叫声，把我惊醒。她的尖叫声充满了慌乱与恐惧。我慌忙起身，叫醒玛丽·坎斯：“玛丽，你听到了吗？怎么了？好像出事了。”

只听“哐当”一声，不知什么东西从楼上掉了下来，震得房间的地板随之抖动起来。就像某个大块头从房顶上落下来，在其庞大的身躯着地的一刹那，整间屋子都为之一动。出于本能，我哭喊着跑向门口，“快来人！救命！救命！”玛丽·坎斯站在我的身旁，吓得魂飞魄散。

我不知道到底是怎么回事。所发生的事情很吓人，让人头皮发麻。腊斯克女士的尖叫声还在持续着，丝毫没有减弱，但听不清楚叫喊的内容。我想，她也许被锁在了房间里。就在这时，父亲疯狂的拉铃声响彻

1 书房书架上的标记，“C”架第15本书。※

整个房子。

“有人要杀他！”我哭着大声喊道，跌跌撞撞地穿过走廊，跑到父亲的房门前。玛丽·坎斯紧紧跟在我的身后。她脸色惨白，惊慌失措，踉踉跄跄地呼喊着救命。那一幕，至今还历历在目。

“是这里！来人！救命！救命啊！”我一边大声喊叫，一边用力推门。

“推，使劲推啊！天哪！他堵在门口了！”腊斯克女士的哭喊声从里面传了出来，“使劲推，我拽不动他！”

我在门外用尽九牛二虎之力，仍然无济于事。不一会儿传来了脚步声，人们朝这边儿跑来，并大声喊“不要着急，坚持住！我们来了，没事的”诸如此类的话。

我和玛丽都是穿着睡衣跑出来的，实在不方便见人，所以，在人们赶到之前先回房间了。我开着房门，一直站在门口，仔细聆听着外面的动静。

紧接着传来了撞门的声音。虽然腊斯克女士的尖叫声，随着撞门的节奏渐渐平息下来，但仍然恸哭不止。人们七嘴八舌，声音很清晰，就好像在我房间里说话一样。接着便是一阵诡异的安静。他们刻意压低了声音，我听不清楚他们都在嘟囔什么。也许那扇房门已被他们撞开了。

“玛丽，怎么回事，到底出了什么事？”我不知道，到底发生了什么可怕的事情，吓得要命，惨白的双手紧紧攥住裹在肩上的厚毛毯。心中的恐惧使我茫然无助。我只想知道到底发生了什么事儿。

没人给我答案。我听到的只有门外那些人低沉压抑的说话声，挪动沉重躯体的声音。他们显然在忙于什么重要的事情。

腊斯克女士朝我房间走了过来，脸色苍白得如同幽灵一般，一副疯疯癫癫的样子。她将瘦长的双手搁在我颤抖的肩膀上，说道：“亲爱的莫德小姐，您现在必须回到床上去，不要站在这里。亲爱的，您什么都会明白的，但不是现在。乖孩子，赶快上床吧！”

那个恐怖的声音是怎么回事？是谁闯入了父亲的房间？是那个让父亲为了一场未知的旅行而丢下我的来访者，还是那个人人都要接待的访客——死神？

第21章

贴心的表姐

父亲的突然辞世，对我而言，简直就是晴天霹雳。其实，拜尔利医生早已诊断出，父亲心脏附近有一个动脉瘤。虽然看不出有破裂迹象，但随时都有可能夺去父亲的生命。父亲表面上冷漠、专横，但内心却热情、善良。其实，他很清楚自己的病情，知道自己所剩时间不多，但他始终没有告诉我，而是骗我说，他要外出旅行。我做梦都没有想到，父亲奔赴的却是生命的终点。这个谎言，悲怆凄凉，令我永世难忘。我无法接受他已经永远离开我这一事实，就连四乡八邻也感到十分震惊。消息刚一传开，人们便炸开了锅，都不相信他真的已经去世了。我坚持派人去城里请一位高明医生来，给他做检查。

“莫德小姐，尽管已经无济于事，我还是会遵照您的吩咐去请医生。你要是亲眼看看他，就会明白的。玛丽·坎斯，你快点儿下楼去通知托马斯，就说小姐让他马上进城，去请艾尔维斯医生。”

对我来说，等待医生到来的每一分钟都是煎熬。当时，我满脑子里只有一个念头：就是父亲没死的话，如此拖沓也会让他丢掉性命的。我也不知道都说了一些什么，只是不停地大喊大叫。腊斯克女士对我说道：

“小姐，要不你进来看看你爸爸吧，你真的应该亲眼看看他。他在一个钟头前，就已经死去了。他浑身是血，床单都湿透了。你要是亲眼看看，肯定会害怕的。”

“哦，腊斯克女士，我不看，不看，不看！”

“就一眼好吗？”

“哦，不，不，不看。我不看！”

“人死如灯灭。看不看都无济于事。小姐要是不想看，那就算了。要不你躺在床上休息一下？玛丽·坎斯，好好照顾小姐。我到外面去看看。”

我心神不宁，就像丢了魂儿似的在房间里走来走去。那个夜晚寒意刺骨，但我一点儿也感觉不到，只是一个劲儿地哭：“玛丽，玛丽，我该怎么办啊？我到底该怎么办啊？”

天快亮的时候，医生才赶到。我早就穿好衣服等着他了。亲爱的父亲就躺在他的房间里，我却不敢靠近半步。

我走出房间，到走廊里等候艾尔维斯医生。他大衣紧扣，拎着帽子，秃头锃亮，正跟着仆人神色匆匆地走来。我感到浑身冰凉，心猛然一跳，好像一瞬间冻僵了似的。

我听到，他在问询站在父亲房间门口的仆人，声音低沉、坚定：“病人是在这儿吗？”

看见仆人点头，他就走了进去。

“您不是要见医生吗，莫德小姐？”玛丽·坎斯问道。

玛丽的话提醒了我。

“谢谢玛丽。是的，我必须见见他。”

几分钟后，我见到了艾尔维斯医生。他态度恭敬，神情悲伤，看起来就像是一个殡仪员。关于父亲死亡的原因，他坦言相告：“你爸爸死于靠近心脏的大动脉破裂，属于不治之症。得这种病的人大多饱受病痛折磨，十分痛苦。像他这样猝死的病人并不多。而且，他得这病已经有些日子了。从这个角度来说，已经很不错了。”他还说了一些安慰我的话语。事实上，他能够做的也只有这些了。最后，他从腊斯克女士那里收取了出诊费，带着淡淡的伤感，礼貌地与我们告别。

回到房间，我再次陷入失去父亲的悲恸之中。大概过了一个多小时，我才慢慢平静下来。

我从腊斯克女士那儿得知，那天晚上，父亲的状态似乎比平常要好很多，还让腊斯克女士给他找书看。父亲有阅读的习惯。当他读到好的段落时，便会摘录下来。腊斯克女士给他送书过去的时候，父亲正在做笔记。他接过书，搬了把椅子，踩在上面去书架上拿书，却一不小心从椅子上重重摔了下来，也就是我听到的那声巨响。父亲当场就不省人事了。他摔倒的地方正好靠近门口。外面的人推不开，腊斯克女士一个人在里面也拉不动。难怪她那么害怕。要是我的话，早就吓得晕过去了。

死亡之神最终还是把这一家之主给带走了。老宅子里到处都笼罩着压抑冷寂的气氛，大家心情都很沉重。

我已经记不清楚自己是如何度过那些日子的，也不愿意再去回忆。我仅仅记得，他们帮我穿上黑色的丧服，戴上厚厚的黑色绉纱。诺利斯夫人来了，负责处理丧礼的大小事宜，恰恰我对这些事情一无所知。除此之外，她还替我写信。莫妮卡表姐既贴心又能干，的确给我帮了大忙。虽然她这个人有些毛病，和她的优点比起来，也算不了什么。在我最伤心、最绝望的时候，是她给了我抚慰。从此以后，我对她一直怀有感激和敬佩之情。

悲恸油然而生，令人无法控制。在莫妮卡表姐的童年记忆中充满了父亲的影子。她知道很多关于父亲的事情，一一为我讲述。

对于死去的人，尽管曾经真实地存在过，也会慢慢从我们的生活中消失。和他们相关的计划、设想和希望同样不复存在，留给我们的只有回忆。现在，我要告诉大家，应该怎样去安慰一个痛失亲人的人：多和他们讲讲死者，他们会认真倾听，也会自己说起死者的故事。通过聆听、诉说，他们会变得高兴起来，有时甚至会忘掉痛苦而大笑起来。我发现这种方法很有效。这样一来，突如其来的“灾难”便不再那么恐怖。我们的眼睛所看到的不再仅仅是悲剧，心里想到的不再仅仅是痛苦，饱受煎熬的我们会得到一种催眠[1]般的抚慰。

莫妮卡表姐的关心，让我的心情好了很多。她的担当、细心和善良，让我越发喜欢她了。

我没有忘记父亲叮嘱过的那把钥匙。父亲生前对它看得那么重，睡觉时把它放在枕头下，其他时间放在口袋里，而且一而再、再而三地嘱咐我。果然，我在父亲的口袋里找到了那把钥匙。

“亲爱的，那个恶毒的女人竟敢私自打开你爸爸的抽屉，而他竟然没有惩罚她。这可是盗窃啊！”

1　奥地利内科医师弗朗兹·梅斯梅尔（1734—1815）的系统疗法奠定了现代催眠术的基础。※

“诺利斯夫人，爸爸把她赶走了。不必再提她了。我的意思是说，至少我不用再害怕她了。”

“亲爱的，我是你表姐，叫我莫妮卡就行，不然我可生气了。当然，她已经被赶走了，你再也不用害怕她了。我可不像你，心慈手软。我巴不得那个老巫婆被送进监狱做苦力。你说，她当时在找什么？她到底想偷什么？我倒是觉得能够猜出个一二来。你先说说，你是怎么想的？”

“她可能想找什么文件，或者偷些钱物，我说不上来。”我回答说。

“我觉得，她最想偷的，是你爸爸立下的遗嘱。”

“她一定是冲着遗嘱去的。”莫妮卡表姐接着说道，“前几天，纽约有一个离奇的案子，听说没？她肯定是冲着遗嘱去的，这可是事关家产归属的大事。如果被她得手，你得花很多钱才能要回来。亲爱的，要是你想去书房，打开那个橱柜看看，我现在就陪你去。”

“不能去。我答应过父亲，要把钥匙交给拜尔利医生。父亲说，只有他才能打开那个橱柜。”

莫妮卡表姐“哼”了一声，也许是出于惊讶，也许是对我说的话不以为然。

“你最近给他写信了吗？”

“没有，我不知道他的地址。”

“不知道他的地址？不会吧！”诺利斯夫人有点儿恼火。

我真的不知道他住哪里，宅子上下没有一个人知道。大家以前还争论过，他究竟上了哪辆火车，到底是北上还是南下。为此，我还专门派人去火车站打听过很多回，最终还是没能搞清楚他的去向。如果拜尔利医生是个恶魔，一旦被隐秘的咒语唤醒，就会给我们带来前所未有的黑暗。

“亲爱的，你打算等多久？你可以先打开你爸爸书桌的那个抽屉，看看里面有什么有价值的东西。说不定，还能找到拜尔利医生的地址或其他什么线索。谁知道呢？”

我同意了莫妮卡表姐的提议。我们俩一起下楼，打开了父亲书桌的抽屉。尽管我们这样做，是对父亲嘱托的一种不尊重，但抽屉里很可能存有父亲没有来得及说出的东西。只要一打开，有些秘密就很可能大白于天下！

我们把整张桌子搜了一个底朝天，也没有发现什么有用的东西，只找到一些 *litera scripta*[1]、笔记本、碎纸片以及私人信件。

桌子上放着两封信，父亲还没来得及封好。一封是写给诺利斯夫人的，一封是写给我的。写给我的那封只是父亲的温情告别，并没有交代其他事情。看到这封信，难过再次涌上心头，我的心情久久不能平静。

我沉浸在思念父亲的悲恸之中，并没有注意到表姐看信时的反应。她走到我的身边，温柔地亲了我一下，两眼噙满泪水。每次看到我伤心，她都会这样。过了一会儿，她说道："记得你爸爸总是这样说。"然后，她给我讲了父亲常说的一些话，有睿智的，有幽默的，全都是一些安慰人的话。每讲完一个，她就会告诉我，父亲是什么时候说的。她一边回忆，一边讲述。听着听着，我暂时忘记了悲伤，不再感到绝望，一半是因为那些关于父亲的美好回忆，一半是因为莫妮卡表姐的良苦用心。

另外，还有一个大信封，上面写着"后事处理意见"。其中有这么一条："我去世后，请立刻把这个消息刊登在德比郡和伦敦的各大报纸上。"这一条，我们已经做了。遗憾的是，这封信上也并没有提及拜尔利医生的地址。

除了那个柜子没找过之外，我们把其他地方都翻遍了。翻箱倒柜，就是没有找到遗嘱或类似遗嘱的文件。我敢肯定，遗嘱就放在那个柜子里。遵照父亲的嘱托，只有拜尔利医生才能打开那个柜子。无论如何，我都不能自己打开它。

在翻看父亲的文件时，我们还发现了两扎信，整整齐齐地捆在一起，都是塞拉斯叔叔写来的。

莫妮卡表姐低头看着那些信，偷偷地笑了。这笑容是讥讽？还是预示着诸多谜团即将揭晓？

这些信的内容有些奇怪，既有用语粗鄙的责备抱怨，也有义愤填膺的慷慨陈词，还有不少大言不惭的荒谬言论。有些信件本身就是一篇祈祷文，以赞美诗[2]结尾，没有署名。有些信件则表达了对宗教近乎狂热

1 拉丁语：文学手稿。※

2 赞美上帝的短诗，尤其在礼拜仪式中使用。※

和疯狂的看法。我觉得，他绝对不会将信中的内容跟善良的费尔菲尔德先生说。信中体现的不像是英国国教教义，倒像是斯威登堡的观点。[1]

我神情严肃但饶有兴趣地读完了这些信。莫妮卡表姐似乎没有为之所动，自始至终都是一个表情，神情淡然，嘴角上扬，一脸的不屑与鄙视，就好像已经对塞拉斯叔叔了如指掌，而今只是作为消遣，复习复习罢了。

“塞拉斯叔叔是一个宗教信仰坚定的人吗？”我问道。

莫妮卡表姐脸上的表情，让我觉得有些陌生。

“嗯，的确很坚定。”她盯着这些信，眼皮都没抬一下。脸上还是挂着那种尖刻诡异的微笑。

“你心里不是这么想的吧，莫妮卡表姐？”我又问道。

她抬起头，眼睛盯着我：“你为什么这么说，莫德？”

“我看你一直在笑。读信的时候，一副不以为然的样子。”

“我有吗？”她说，“是你想多了。莫德，其实我对塞拉斯一点儿偏见都没有，是你爸爸误会我了，也不知道他是怎么想的。塞拉斯不是一个等闲之辈。他这人神秘莫测，就像是斯芬克斯的后代。我真的不了解他。”

“我也是这种感觉。关于塞拉斯叔叔，我只听你说过一些他的情况。爸爸不喜欢我打听他的事情，仆人们也守口如瓶。我充其量就是看着他的画像，想象一下他是个什么样的人。”

“你爸爸写给我的这封信，给我的感觉好像一道禁令，但又不完全是。到底是个什么东西，我也说不上来。”

莫妮卡表姐一脸疑惑地看着我。

“千万不要害怕你塞拉斯叔叔。一旦你对他产生了恐惧感，就不能通过你爸爸对你的严峻考验了。虽然现在还不知道考验的内容，但很快会弄清楚的。我知道，害不害怕不是你说了算的。但是，一旦你打心里产生了畏惧感，事情就不好办了。”

她又拿着父亲留给她的那封信仔细地看了起来，一边研究笔迹，一边嘴里嘟囔着上面这些话。我猜，这些话应该是她从信中读到的。

1　斯威登堡宣称，他曾直接与天使对话。参阅本书导言第六部分。※

“亲爱的莫德，你知道，你爸爸所谓的考验是什么吗？”她问我，表情严肃而又急切。

“不知道，表姐。我知道自己胆子小，时常怀疑自己是否具有这份勇气，但我已经认真考虑过了。不管这个使命是什么，我都会遵守承诺，承担起这份责任。”

“我真的不是吓唬你。”

“怎么会是吓唬我呢？我为什么害怕？你是不是有什么事情瞒着我？请告诉我。”

“不，亲爱的，我不是那个意思。我，我也不知道，我到底是什么意思。你爸爸比我更了解你塞拉斯叔叔。说实话，我一点儿都不了解他。再说，我也没有机会了解。”她停顿了一下，接着说道，“你不知道你爸爸让你做什么吗？”

“哦！莫妮卡，我知道了。你认为他真的杀了人。”我也不知道为什么突然冒出这么一句话来，脸色瞬间变得异常惨白。

“我才不信这种无稽之谈呢，你这个小傻瓜。莫德，今后不要再说这种吓人的话了。”她站起身来，脸色苍白，面带愠色，“我们出去走走吧！亲爱的，锁好这些文件。如果明天拜尔利医生还没有来，你就派人去请克莱牧师，让他好好找找遗嘱。遗嘱上面一定会有线索。莫德，你要知道，塞拉斯是你的叔叔，也是我的表叔。来，亲爱的，戴上帽子。”

我们出去散步了。

第22章

爸爸的棺材

我们散步回到家中，发现家里来了一位客人。经过窗户时，看到他正坐在客厅里。虽然只是第一次见面，他给我的印象非常深刻。那人三十五六岁，浅色头发，肥头胖脑，穿着灰色旅行服，做工不是特别好。他看起来阴险狡诈，举止笨拙，一点儿也不像一个绅士。

布兰斯顿看见我们回来了，便走上前来，告诉我们来客人了，并呈上那个人的介绍信。我和表姐便在走廊上看了起来。

“是你塞拉斯叔叔写的。”莫妮卡表姐指着信，对我说道。

“小姐，准备午餐吗？”布莱斯顿问道。

“准备吧。”我回答道，“表姐，再仔细看看这封信。”

这封信内容有点儿奇怪，上面写着：

> 亲爱的侄女，在此悲痛时刻，你还惦记着我这个年老孤独的叔叔，我衷心感谢。

父亲死后，我给塞拉斯叔叔写过几封短信。第一封通知他父亲的死讯，之后的几封，脑子混乱，我自己都不知道说了些什么。

> 在这痛失亲人的时刻，我们是多么珍视亲情，渴望亲友的同情。

接下来是一段法文诗，我只认识*ciel*和*l'amour*[1]这两个单词。

你父亲的去世，让我们整个家族都沉浸在悲痛之中。真是世事难料啊！虽说我比你父亲年轻几岁，但身体非常虚弱，日子过得浑浑噩噩。在这个世界上，我就是一个多余的人，毫无用处。我唯一能做的事情就是——祈祷，唯一的希望就是——死亡。你父亲身体健壮，心地善良。对你我来说，这么重要的一个人却跟上帝走了！他走了，除了低头默哀"愿上帝的旨意被奉行"[2]，我们还能做什么呢？我老泪纵横，双手颤抖着写下这封信。我一直远离尘嚣，对世事漠不关心，以为尘世间再也没有什么事，能够让我感到心痛了。虽然我以前沉迷享乐，生活堕落，但现在是一名苦行僧，而且感到一种前所未有的满足。虽然经济拮据一直是我最大的敌人，但它无法再让我变得贪得无厌。感谢造物主能够减轻我的罪孽，允许我按照上天的戒律潜心悔改。对于金钱和享乐，我早已不再留恋。在我人生剩余的日子里，我只想远离争斗、抛却忧愁，努力做到心无旁骛。为了得到救赎，我信赖乐善好施的上帝。我坚信，只要有了他的指引，任何事情都会得到妥善解决。亲爱的侄女，如果在你孤独绝望、需要帮助的时候能够帮到你，我感到非常高兴。我的宗教导师建议我，委托别人参加你父亲的遗嘱宣读仪式。亲爱的侄女，这位绅士经验丰富、知识渊博。我想，可能对你有所帮助，因此派他去听从你的调遣。他是阿切尔和斯莱公司的新合伙人。平时我做小生意，都是交给他去打理的。能否让他在诺尔住上一段时间？事情虽小，但又不得不做。我就写了这么一小会儿，就已感觉力不从心了。唉！我的哥哥啊！我悲痛万分！我过去那段充满罪恶的日子，知道的人也不多了。即便会有被揭露的一天，我还是会为我亲爱的侄女活下去。我知道，即便她地位显赫，腰缠万贯，也买不到像我这样一位亲切、忠诚

1 法语："天空""爱"。

2 语出《圣经》中的祈祷语"Thy will be done, in earth as it is in heaven"。(你的旨意行在地上，如同行在天上。)※

的亲人和朋友。你父亲的在天之灵可以安息了。

塞拉斯·鲁廷

“太贴心了!”我感动得热泪盈眶。

“嗯。”莫妮卡表姐不冷不热地附和了一声。

“你不这么认为吗?”

“哦!贴心,非常贴心,”她还是不冷不热地附和我,“也许是别有用心。”

“怎么别有用心了?”

“我说话虽然直率了点儿,有时候还常常胡说八道,但俗话说得好,‘旁观者清’。是的,塞拉斯现在是很伤心,但绝对达不到他说的那种程度。他很同情你,但他更同情他自己。他需要钱。而你,他的亲侄女拥有一大笔钱。他派他的律师来,目的是为了你爸爸的遗嘱,而你却要为其律师提供食宿。塞拉斯考虑得非常周全,滴水不漏。总而言之,这封信写得感人肺腑,看似很贴心,实际上有着不可告人的目的。”

“哦,莫妮卡表姐,就算塞拉斯叔叔处心积虑算计我,也不可能选择这种时候吧。你根本没怎么见过他,这样说他,有点儿过分吧。”

“亲爱的,我跟你说过多次了。我虽然性情多疑,但绝非信口开河。我是没怎么见过他,但我对他没有偏见。我巴不得他能够像你想象得那么好。”

看看,难道这还不是偏见吗?偏见肯定有。就连我,也对他有偏见了。可能我们女人都是宗派主义者,老是偏袒一方。这种本性让我们变成了支持者而不是判断者。我想,如果执拗少一分,友善便能多一分。

黄昏时分,我独自坐在客厅的窗户旁边,等候莫妮卡表姐的到来。

那天晚上,太阳一眨眼就落山了。就像刚刚下过一场暴风雨,云团一簇簇倾斜着。我想,它们也会感到害怕吧。大概是天气的原因,一股超莫名的力量步步紧逼,似乎要将我完全吞噬。我感到焦虑、害怕。那是父亲去世后,我度过的最难受、最可怕的一个夜晚。

我被恐惧包围着,第一次对信仰充满了疑虑。和父亲来往的斯威登堡教徒到底是些什么人?他们对父亲干了什么?为什么父亲这么快就去世了?那个暴脾气、戴假发、黑眼睛的拜尔利医生又是何方神圣?我们大家都不喜欢他，还有点儿怕他。他总是来无影，去无踪。我猜，他可能是在用一种神秘的力量隐藏其行踪。这一切是真善美还是什么巫术邪说[1]？哦，我亲爱的爸爸，您一切都好吗？

莫妮卡表姐走了进来。看到泪流满面的我，她默默地吻了吻我，陪我在房间里踱步，尽其所能安慰着我。

“莫妮卡表姐，我想再见爸爸一面。你陪我一起去，好吗？”

“最好别去了，亲爱的。如果他还活着，那是再好不过了。亲爱的，你应该很清楚，再看一眼既不能让他复活，而且你更难受。”

“我确实很想再见爸爸一面。哦！难道你不能陪我一起去吗？”

她同意了。我们拉着手，踏着深沉的暮色走上楼去。我们在黑黑的画廊尽头停了下来。我喊了声腊斯克女士，心里害怕起来。

“莫妮卡表姐，你跟她说，我们要进去。”我悄悄说道。

“诺利斯夫人和小姐想再看看鲁廷先生，对吗？”腊斯克女士轻轻地将钥匙插进锁眼，神情怪异地扫了我一眼。

“亲爱的莫德，你确定要这么做吗？”

“确定。”

腊斯克女士举着蜡烛，第一个走进屋子，烛光与几缕暮光在昏暗中交织在一起，映照在一副巨大的黑色棺木上。她站在旁边，看着那副棺木，神情肃穆。此时此刻，我再一次没有了勇气，向后倒退了几步。

“腊斯克女士，小姐不想看了。”莫妮卡表姐急忙说道，“小莫德，我们离开这里。”她继续对我说，“亲爱的，你做得很对。这样你会感到舒服些。”她催促我赶快离开。我们回到了楼下。那副巨大的黑色棺木，在我脑海中挥之不去。我对死亡产生了一种新的恐惧。

我一点儿都不想再去看父亲了。那个房间让我害怕极了。在随后一个多小时时间里，我感受到了一种前所未有的恐惧与绝望。

莫妮卡表姐把床搬到了我的房间，玛丽则搬到了隔壁的更衣室。我第一次体会到对于死亡之人的敬畏感。我似乎看到父亲走进房间，或是开门来看我。这些幻觉让我心神不宁。我和表姐各自躺在床上，我久久不能入睡。屋外的风声也变得悲戚起来，屋里细碎的声响不时地惊醒

---

1 巫术邪说（a heresy and a witchcraft）：圣公会普遍认为，斯威登堡的教义有许多与正教教义相悖。※

我。脚步声，敲门、开门声，都让我心惊胆战，难以入眠。

风势渐渐变弱，各种杂音也慢慢消失。我疲惫不堪，终于睡着了。忽然，从走廊传来的声音把我给惊醒了。我坐起身来，屏息静听。我知道，一定是睡了很久了。外面，风基本停了。

是鬼鬼祟祟的脚步声。我轻声唤醒莫妮卡表姐。我们听到，停放父亲尸体的房间被人打开了。有人溜了进去，关上了房门。

“这是怎么回事？我的天呐！表姐，你听见了吗？”

“听见了，现在才半夜两点啊！”

在诺尔，人们十一点就上床睡觉了。腊斯克女士胆子没有这么大，绝对不可能这个时候独自一人进入那个房间。我们叫醒玛丽·坎斯，三个人屏住呼吸，仔细听着，已经没有任何声响了。我之所以把这些事写下来，是因为当时的情形实在是太吓人了。

我们三个人探出头去，排成一条直线，偷偷朝走廊看去。月色透过窗户洒下片片光亮。爸爸的房间窗户紧闭，一片漆黑，只能看到锁眼透出来的烛光。我们低声议论着。忽然，房门打开了，昏黄的烛光照射出来，一个神秘的身影从里面走了出来，竟然是拜尔利医生。他身体瘦削，步伐笨拙，身穿黑色外套。那外套简直就像一副套在他身上的棺材。他手举蜡烛，口中念念有词，像是在祷告，又像是在告别。他回头看了一眼那间黑黑的屋子，眼神忧郁而无力，接着小心翼翼地锁上房门，又停下来静静地听了一会儿，然后就离开了。烛光将他忧郁阴沉的身影，投射到天花板和过道的墙壁上，形成一个巨大、扭曲的影子，渐渐地在又长又黑的过道里消失，淡出了我们的视线。

老实说，我真的吓坏了，就跟亲眼看到恶魔在干邪恶的勾当一样。莫妮卡表姐肯定也会有相同的感受。她把头缩回房间，立刻就把房门反锁上了。我们都以为看到的是拜尔利医生的魂魄，但谁也没有吭声。第二天早晨，我们的第一个话题就是拜尔利医生的到来。看来，人们的谈话内容，在白天和在晚上，还是有很大不同之处的。

第23章

承诺的兑现

其实，拜尔利医生昨天夜里十二点半就到了。我们的房间在诺尔老宅的最里面，距离门厅很远，所以没有听到叫门声。后来，有个睡得迷迷糊糊的仆人披上衣服去开了门。只见门口站着一个高高瘦瘦的男人，身穿光面黑色外套，这人正是拜尔利医生。他的行李箱放在台阶上，车马在树丛中若隐若现。

他走进来，样子比往日更为严肃。

“我是拜尔利医生。你们在等我来，对吧？先把看管遗体的人叫来。我要马上看看鲁廷先生的遗体。”

拜尔利医生独自在后厅坐了下来。偌大的后厅仅仅点着一根蜡烛。随后，腊斯克女士被叫了过去。正在熟睡被叫醒，她很生气，边抱怨边穿衣服，然后走下楼来。当她走到这位不速之客面前时，恼怒立马变成了恐惧。

“你好，女士。这次来访真让人悲伤。停放灵柩的那个房间有人守护吗？”

“没有。”

“这样更好，破除陋习。他在哪个房间？——已经不再是‘他’了啊！[1] 我要去为他祷告一番。还有，我住哪个房间？能麻烦你，先带我去住的房间看一看吗？待会儿，我自己回房间，不用等我了。”

---

1 奥斯汀·鲁廷已经去世，躺在房间的是他的尸体（body）。英文指代“body”用人称代词“it（它）”而不是用“he（他）”，故拜尔利医生说“已经不再是‘他’了”。

家仆提着行李箱，和腊斯克女士一起，带领拜尔利医生去看了看房间。他只是朝里面看了看，并环视了一下四周，记下了房间的具体位置。

“谢谢你们！好了，我们走吧。这边走？让我看看。先右拐、再左拐。鲁廷先生过世好几天了，入棺了么？”

“是的，先生。昨天下午就入棺了。”

腊斯克女士越发害怕起眼前这个人来。他那瘦削的身躯包裹在黑亮的外套里，眼中闪烁着狡黠而又可怕的光芒，修长的手指向前摸索着，像是在探路。

“你们没有盖上棺盖，没有钉棺，对吧？”

“还没有，先生。”

“那就好。我必须看着他的脸祷告。他去了他要去的地方，而我仍旧留在尘世之中。他已经进入了灵魂世界，而我还囿于肉体之中。我们之间有片混沌之地连接着两个不同世界，那就是心灵感应。[1] 通过这片混沌之地，天堂之光与人间之光相互映照。这道上帝荣耀的光辉之神奇非人力可控，它是雅各的梯子，[2] 神的使者通过它上来下去。对于一直为自己居于肉体凡胎所困的人们来说，那是玄之又玄的神秘。对于那些进入灵界的人来说，却是一目了然。他们能够解读神的启示。好了，谢谢，把钥匙给我就行了。请把蜡烛留给我，这根长的。不，一根足够，谢谢！请记住，一切都是你的意愿。你为什么看起来很害怕的样子？你的信仰呢？你难道不知道灵魂一直萦绕在我们身旁么？何必害怕尸体呢？灵魂才是一切，肉体什么都不是。[3]”

“您说得很对，先生。”腊斯克女士站在门口，对他深深鞠了一躬。

拜尔利医生的这番话，把腊斯克女士吓得毛骨悚然。腊斯克女士发现，距离尸体越近，拜尔利医生就越发口若悬河，充满激情。

“记住，当你觉得自己独自一人处于一片黑暗之中的时候，事实上，

---

1 拜尔利医生认为，斯威登堡教义中的死后复活或“肉身升天”完全是基于物理学中的光学原理，因为斯威登堡在信奉神秘主义之前是一名科学家和工程师。※

2 语出《新约·创世记》28：12：“（雅各）梦见一个梯子立在地上。梯子的一头顶着天，神的使者在梯子上上来下去。”雅各（Jacob）是先驱亚伯拉罕 (Abraham) 的子孙。※

3 语出《新约·约翰福音》6：63：“叫人活着的乃是灵，肉体是无益的；我对你们所说的话，就是灵，就是生命。”耶稣如此斥责犹太人和他的门徒不虔诚。※

你正站在剧院的中心。剧院就像天上的星空一样宽广。只有一个观众，一个无人能与之相抗衡的观众，在璀璨的光芒中注视着你。因此，即便你在肉体上是孤独的，感觉被黑暗所笼罩，你也要想象自己身处光明之中，身边拥有众多见证者[1]看着你前行。你就尽管朝前走。时间一到，立马会从肉体凡胎中解脱出来。那副躯壳是尘世的俗物。"

他高举蜡烛，走到停放父亲尸体的房间门口，一边说一边向灵柩致意。黑暗中，巨大的棺椁只能隐约看到轮廓。

"在天上，你与喜乐相伴，有房子为你遮风避雨，而且不会赤身裸体。[2]那些败坏别人的人，自己必然遭遇败坏。[3]好好考虑考虑吧，晚安！"

这位斯威登堡教徒兼医生手举蜡烛，进入了房间，关上房门，将那静物画[4]般的幽暗灵柩，连同自己棱角分明的黝黑面孔，一同与外界隔绝开来。房门外一片漆黑。腊斯克女士害怕极了，赶紧跑回了自己的卧室。

第二天一大早，腊斯克女士就跑来告诉我说，拜尔利医生正在客厅等候，问我是否有话要对他说。我已经梳洗打扮完毕。虽然以我当时的情绪，根本不适合与一个陌生人会面，我还是拿了那个橱柜的钥匙，跟着腊斯克女士下了楼。

她打开客厅房门，恭敬地说道，"先生，鲁廷小姐来了。"

我面色苍白，身穿黑色垂褶长裙，显得身材更加高挑纤瘦。刚一进门，我便听到了叠放报纸的沙沙声，紧接着便是离我越来越近的脚步声。

拜尔利医生走到我面前。我没有说话，向他深深施了一礼。

他紧紧抓住我的手，和我亲切握手，并像以前那样好奇地盯着我看。他身上的黑色光面外套极不合身，非常难看，再加上他那犀利、阴

---

1 语出《新约·希伯来书》12：1："我们既然有这么多的见证人，如同云彩围绕着我们，就应当放下一切重担，脱去容易缠累我们的罪，真心忍耐，奔向那摆在我们前头的路程。"※

2 语出《新约·哥林多后书》5：2："我们在帐篷里叹息，心里想着从天上来的房屋，好像穿上了衣服。"此处引用是为了支撑斯威登堡的学说。※

3 语出《新约·彼得后书》2：12："这些人好像没有灵性，生来就是畜类，以备捉拿宰杀的。他们毁谤所不晓得的事情。败坏他人的时候，自己必遭败坏。"※

4 双关语。一指死亡，二指哀悼者和棺材的明暗对比。荷兰油画家戈特弗里德·斯哈尔肯 (1643—1706) 和杰勒德·道 (1613—1675) 的油画中常常利用光与影的交错描写场景。※

暗、狡猾的嘴脸，整个人粗俗得就像穿着安息日服装的格拉斯哥[1]工匠。我想把手抽回来，但他握得紧紧的，而且一直抓着不放。

他的表情还是那样严肃，阴沉的脸上透着果断、机敏，还有亲切——给人一种精明可靠的感觉——还有些苍白。能够看得出来，他在控制自己的情绪。他对我表示同情，并希望得到我的信任。

“小姐，你还好吧？”他一字一顿地说，“一年前，你父亲奥斯汀·鲁廷先生郑重委托我一件大事。今天，我是来兑现承诺的。我与鲁廷先生神交已久，非常敬重他。小姐，听到我这样说话，你会感到惊讶，对吗？”

“是的，先生。”

“小姐，我是医学博士。和圣·路加[2]一样，既是牧师又是医生。我还做过商人，但现在的职业似乎更适合我。上帝给你关上一扇门，同时也会为你打开一扇窗。生命的长河暗流涌动。我时常在想，我们这些人，如何才能安全到达彼岸而不被卷入波涛之中？最好的办法就是，过河前不要看太远，看着脚下的石头足矣。虽然河水可能会打湿你的双脚，但上帝是不会让你溺水的。至少，我就从来没有溺过水。”

拜尔利医生抬起头，坚定地摇了摇。

“小姐，你生来就拥有巨大的财富，这是极大的神恩与信任，也是极大的磨练。千万不要就此认为，自己永远无忧无虑、毫无烦恼了。你遭遇到的麻烦，不会少于可怜的伊曼纽尔·拜尔利[3]。人生在世必遭磨难，正如火星飞腾。[4]鲁廷小姐！我会在人行道上失足摔倒，你乘坐的豪华马车也会翻倒在大马路上。这世间除去债务和贫困，还会有其他麻烦。谁能断言自己永远没病没灾？谁能知道他的脑子什么时候会出问题？谁又能知道，在上流社会的圈子里，会有怎样的磨难在等着他呢？前方道路上会有什么样的敌人？又会有什么样的流言蜚语败坏你的名声？哈！哈！真奇妙！上帝就是这样公平，不可思议的天命！哈！

---

1 格拉斯哥（Glasgow）：苏格兰港口城市。

2 圣·路加（St. Luke）：《路加福音》的作者。

3 伊曼纽尔（Emmanuel）：拜尔利医生是伊曼纽尔·斯威登堡的追随者。此处用伊曼纽尔·拜尔利作为自己的名字，以示自己是个不折不扣的斯威登堡教徒。※

4 语出《旧约·约伯记》5：7。※

哈！”他摇头大笑。我觉得他话中带有嘲讽，嘲讽钱财不能保我免受世间之苦，而他似乎对此毫不同情。

拜尔利医生继续说道：“金钱做不到的事，通过祈祷可以做到。请记住这一点，鲁廷小姐。我们必须全心全意进行祈祷。即便荆棘丛生，陷阱遍布，顽石塞途，我们也不必畏惧。上帝派使者照看我们。[1]上帝眼观六路、耳听八方，他的使者多不胜数。他们会用双手将我们托起。”

我忽然想到了什么，插嘴说道：“我爸爸只有你一位顾问医生？”

他看着我，目光犀利，黝黑的脸上微微泛起红晕。也许，他肆意夸大了自己的医术。我说话的语气带有一些轻蔑的味道。

“如果没有其他顾问医生，他的病情可能会更加糟糕。鲁廷小姐，我诊断过很多重症患者，经验丰富，你父亲的死绝对不是我的过错。事实也能证明，我对鲁廷先生病情的诊断是正确的。你父亲的顾问医生不止我一个，克莱顿·巴罗先生给他看过病。他的看法和我完全一致。他住在伦敦，你可以写信证实一下。恕我冒昧，这不是眼下着急要做的事。鲁廷先生生前曾经对我说过，我会从你这里拿到一把橱柜上的钥匙，就是他书房里的那个橱柜，里面存放着遗嘱。哈哈！谢天谢地。遗嘱里可能写了葬礼应该怎么办，最好马上宣读遗嘱。你打算请哪些人来一起见证遗嘱宣读？”

“谢谢，不用请任何人。先生，我相信你。”

我想，我足够坦率直白。尽管他的嘴唇依旧抿得很紧，却笑得非常亲切。

“鲁廷小姐，您放心，我不会让您失望的。”他沉默了半天，继续说道，“你还很年轻，需要一个帮手。这个人必须有处理此类事务的经验。让我想想。神学院院长克莱牧师就住在这附近吧？他住在镇上？非常好。负责房地产的丹弗斯先生也必须过来。还有格里姆斯顿——你看看，我知道所有这些人的名字——格里姆斯顿，一个律师。他虽然没有参与拟定遗嘱，但他为鲁廷先生做了多年私人律师，我们必须让他过来。你是知道的，这份遗嘱篇幅不长，但内容非常奇怪。我曾经劝告过鲁廷先生，但他非常固执。你也知道，他一旦做出决定，谁都难以改

1 语出《旧约·诗篇》91：11：“因为他要为你吩咐他的使者，在你行走的道路上保护你。”※

变。他读给你听过吗？”

“没有，先生。”

“哦，他告诉过你，遗嘱与你有关，也与你叔叔，即巴特拉姆的塞拉斯·鲁廷有关，对吧？”

“不，没有。”

“唉！我真希望他已经跟您说起过。”

说这话时，拜尔利医生的神情变得凝重起来。

“塞拉斯·鲁廷先生是位虔诚的教徒吧？”

“哦，非常虔诚！”我回答道。

“你见过他很多次么？”

“不，我从来没有见过他。”

“嗯？那就更奇怪了！他人不错，对吧？”

“是的，先生。他是个好人。”

我说话时，拜尔利先生一直盯着我看，目光犀利却焦虑不安。随后，他低头垂目，看着地毯上的花纹，好像有什么坏消息要告诉我。沉默半晌之后，他的视线又重新回到了我的脸上，不以为然地说道：“他差点儿就加入了我们，信奉斯威登堡了。就差那么一点儿。他与我非常要好的朋友——亨利·福尔斯特[1]——志趣相投。人们称呼我们为斯威登堡教徒。我敢说，过不了多久，人们就不会再这么叫了。鲁廷小姐，我觉得下午一点钟比较合适，刚才提到的这些绅士必须都要到场。”

“好的，拜尔利医生，我会邀请他们。在宣读遗嘱时，我想让我的表姐诺利斯夫人一同参加——你不会反对吧？”

“当然不反对。我至今不知和谁一起执行遗嘱。当时我本应该拒绝接手这件事的，现在后悔已经晚了。鲁廷小姐，有件事你一定要相信我：你父亲拟定各项条款时，并没有征求我的意见。有一项条款非常奇怪。我得知后曾竭力劝阻，但无济于事。遗嘱本来还有一项奇怪的规定，我极力反对——我有权这样做——你父亲就把它给删除了。除此之外，在制定遗嘱的过程中，我没有干预。你必须要相信我的话，相信我是你的朋友。毫无疑问，这也是我的责任。”

---

1 亨利·福尔斯特（Henry Voerst）：荷兰人名。小说中虚构的人物。※

说到最后几个字时，他再次垂下眼帘，好像是在自言自语。我向他表示感谢之后，就走开了。

等我快到走廊时，才开始后悔刚才没有问清楚遗嘱里到底写了什么。遗嘱似乎把我和塞拉斯叔叔紧紧联系在了一起。我差点儿返回去再问问拜尔利先生。想到一点钟很快就到了——至少他会这么认为——也就算了。随后，我便到楼上的“教室”去了。现在我把那里当作客厅，莫妮卡表姐正等着我呢。

“亲爱的，你还好么?”她迎上前来，吻了吻我。

“莫妮卡表姐，我很好。”

“莫德！你面无血色，出什么事了？病了吗？还是被吓到了？你在发抖。没错儿，你被吓着了。”

“我真的非常害怕。拜尔利医生告诉我说，可怜的父亲在遗嘱里写了一些东西，与塞拉斯叔叔和我有关，但没有说具体内容。他看起来焦虑不安，一副很害怕的样子。我觉得一定不是什么好事。我真的很害怕，好怕，好怕。哦，莫妮卡表姐，你不会离开我，对不对?”

我哭得像个孩子似的，张开手臂，搂住她的脖子，紧紧地拥抱着她。我们互相吻了吻对方。我孩童时无忧无虑的生活一去不返了。

第24章

爸爸的遗嘱

一想到下午一点钟就要宣读遗嘱，正式揭晓我未知的宿命，我内心的恐惧便不能自胜。或许在别人看来，这种恐惧产生得毫无道理，我却不这么认为。我一向行事冲动，而且事后常常自责。这的确是我的一个弱点。

拜尔利医生提到父亲遗嘱中一条特殊条款时，所显露出的忧虑神情，让我的畏惧感陡然增加。我曾经做过一个噩梦，梦见许多张可怕的面孔，产生的恐惧难以形容，而且至今挥之不去。现在，历史将会再次重演——透过拜尔利医生灰黄的脸色和阴沉的眼神，我又一次看到了不祥的预兆。

"亲爱的，"莫妮卡表姐说，"你可真是个傻孩子。他们又不能砍你的头。人啊，挺奇怪，老喜欢用钱财来衡量损失。拜尔利医生也不例外。不要怕，即便损失点儿钱财，也无所谓。"

听了诺里斯夫人的话，我安心了许多。不过，我觉得，她自己心里还是没有底，不能彻底放松下来。

书房壁炉上方，摆放着一个小小的法国造钟表。我不停地盯着它看。每一分钟都是度日如年。终于熬到十二点五十分了，还有十分钟。

"亲爱的，我们下楼到客厅去吧？"莫妮卡表姐也变得和我一样不安起来。

我们一起下了楼。走到楼梯口的大窗户时，不约而同地停下了脚步。从那里可以看到外边小路上的行人。在浓密的树荫下，丹弗斯先生正骑着他那匹灰色高头大马，缓缓而行。他从马上下来，在楼门口徘徊。教区助理牧师驾着马车，载着克莱牧师，以标准的教徒姿态朝他慢慢走来。

克莱牧师下了车，和丹弗斯先生握了握手，交谈了几句。助理牧师抬头瞥了窗户一眼（大多数人都会忍不住朝那边望去），便驾着马车走了。

我看着克莱牧师和丹弗斯先生，就像病人看着要给自己持刀做手术的医生一样。他们在门口的台阶上徘徊了一会儿，同样抬头看了窗户一眼，转身进门。我禁不住后退了几步。莫妮卡表姐看了看表，说道："还有四分钟。我们是不是该进去了？"

等先生们进去后，我们也起身下楼。我听见克莱牧师在谈论格林德莱斯顿大桥危险的现状，心想，在这令人伤感的时刻，他怎么还能想起这种事情。该疑虑至今还留存在我的记忆中。我依然清楚地记得，他们悠闲地走过来，止步在铺着橡木地板的走廊拐角处。克莱牧师一边听丹弗斯先生细致的描述，一边拍打着大理石头像，顺便还把威廉·皮特[1]那不听话的头发捋了捋。然后，他们继续往前走。突然，走廊里响起了响亮的擤鼻涕声。凭直觉，应该是克莱牧师干的。

我们刚刚到达客厅，布兰斯顿就进来了。他告诉我说，先生们已经到了，都在书房等着呢。

"亲爱的，走吧。"莫妮卡表姐说道。我挽着她的胳膊，来到书房门前。我先进去，她跟在后边。先生们见我来了，立刻安静下来，从座位上站起身来。克莱牧师走过来，神情严肃地和我打招呼。虽然只是简单的寒暄，声音很低沉，但是听起来很亲切。父亲过着与世隔绝的生活，和邻里交往不多。即便是在场的这些人，对他比较了解的人，也没有几个。

在人们的印象中，父亲虽然过着与世隔绝的生活，但口碑很好，没有人说他高不可攀，真可谓一个奇迹。他讨厌会友和社交，但乐于助人。比如，他喜欢打猎，花钱在多勒顿养了一群猎狗。每当到了狩猎时节，庄园周围的猎人都可借用这些猎狗打猎。向他借钱，即便毫无理由，他也从不拒绝。基金会，联谊会，慈善机构，运动协会，农业基金……无论什么组织，只要有益于本郡老百姓，他都会慷慨解囊。他每

---

1 威廉·皮特（William Pitt，1708—1778）：第一代查塔姆伯爵，演讲家、政治家。※

天都要拿出几个小时写回信。当然，在这些回信中，他的支票薄可是作了很多贡献。很久以前，他接受任命，担任本郡首席治安长官，但很快辞职了。从此，他拒绝担任何凸显个人地位的职位。他出席公众集会，聚餐以及其他类似场合，要么慷慨解囊，要么提交一封表示友好的文采飞扬的书信，而他本人从不露面。

本郡有头有脸的绅士都说父亲有能力，很优秀。之所以在政治上失意，是因为父亲清高孤傲，不善于溜须拍马、献媚巴结的缘故。如果父亲小气吝啬，不能与庄园周围的人处好关系，在处理公共事务方面没有过人之处，我敢说，他的与世隔绝只会被人视为不可理喻，甚至还可能招人嫉恨。

作为父亲品格高贵、心地善良的最好证明，我没有理由不把这样的评价记录下来。不然的话，父亲很有可能被人误认为一个厌世者或者一个傻子。他为人慷慨，天资过人，但因为妻子早亡，官场失意等一系列打击而沮丧消沉，并且随着年纪的增大，愈发孤僻、任性起来。

说来奇怪，甚至单从克莱牧师诚挚而又郑重的问候声中，我都能看得出乡亲们对父亲怀有的复杂情感，其中不乏敬畏之情。

一阵寒暄过后，黯然神伤的我看上去面容憔悴、苍白。尽完礼节之事，我这才有时间观察一个陌生人。这个人就是塞拉斯叔叔派来的那个代表，阿切尔和斯莱公司的初级合伙人——三十六岁，体态肥胖，面无血色，看上去阴险狡诈。在我看来，一张苍白肥胖的脸再加上一副邪恶阴险的表情，实在让人厌恶。

拜尔利医生站在窗前，低声与格里姆斯顿律师交谈着。

我听见好心的克莱牧师对丹弗斯先生小声说道："那不是拜尔利医生吗？我说的是，戴着黑色假发，站在窗边，与艾贝尔·格里姆斯顿交谈的那个。"

"是的，就是他！"

"样子好奇怪。他是斯威登堡教徒吧？"克莱牧师问道。

"据说是。"

"嗯，这就对了。"克莱牧师穿着高筒靴，跷着二郎腿，十指交叉，拇指对碰，表情严肃，好奇地打量着这个异教徒，想必正在进行思想斗争吧。

拜尔利医生和格里姆斯顿先生一边交谈，一边缓缓离开了窗边。拜尔利医生语调古怪阴冷："不好意思，鲁廷小姐，可不可以指给我们看一下，你父亲留下的这把钥匙是开哪个柜子的？"

我指了指那个橡木橱柜。

"谢谢，小姐。"拜尔利医生边说边试着开锁。

莫妮卡表姐嘴里嘀咕道："哎呀，真麻烦！"

那个初级合伙人，粗短的双手插在口袋里，从格里姆斯顿先生的肩膀上探过肥头，露出胖脸，两眼紧紧盯着柜门。

拜尔利医生没用多长时间就把柜子打开了。只见里面有一个漂亮的白色信封，朱印封口，粉带捆扎。信封上有父亲的亲笔题字——"诺尔奥斯汀·R. 鲁廷的遗嘱"。日期字体很小。信封的一角有行注解："本遗嘱由伦敦沃本大街的律师——冈特，霍格以及哈切特遵照本人指示制定。"

"先生们，请让我看一下背书[1]。"塞拉斯叔叔的那个代表紧绷着脸，低声说道。

"这不是背书。你仔细看看，这是写在信封上的遗嘱备忘录。"艾贝尔·格里姆斯顿粗声粗气地说道。

"多谢！知道了。"他从外套口袋里，掏出个一本长长的带扣笔记本，用铅笔记了下来。

大家小心翼翼地割断捆扎信函的带子，打开信封，取出遗嘱。我的心慢慢地膨胀开来，一直到了嗓子眼儿，然后又重重地落回到原处。

遗嘱开启的整个流程，由拜尔利医生负责。他说："格里姆斯顿先生，您比较专业，麻烦您为我们大家读一读，边读边解释，尽可能简单明了。我就坐在您的旁边吧。"

"遗嘱内容虽然不多，"格里姆斯顿先生把信纸翻了过来，"但是考虑得很周全。这里还有一个附录。"

"我以前没有看到过。"拜尔利医生说。

"这是一个月前刚刚加进去的。"

"哦！"拜尔利医生戴上眼镜。塞拉斯叔叔的代表坐在他的身后，

---

1 背书（Indorsement）：法律术语，指标注在票据或其他法律文件背面的签名或其他说明性文字。

脸却挤到了他和格里姆斯顿先生之间。

正当艾贝尔·格里姆斯顿清清嗓子，开始宣读遗嘱的时候，这位代表突然插话道："作为遗嘱人亲弟弟的代表，请允许我要一份遗嘱副本。希望这位能够代表遗嘱人的年轻女士同意。"

"等到遗嘱鉴定结束后，你要多少份都行。"格里姆斯顿先生说。

"怎么？我不可以要份副本吗？"

"我们只是反对不按常规出牌。"格里姆斯顿先生回答道。

"依我看，应该是你不愿意给别人提供便利。"

"必须按照我说的办。"格里姆斯顿先生坚持道。

"那好吧。"叔叔的代表斯莱先生嘀咕了一声。

格里姆斯顿先生开始宣读遗嘱，斯莱先生则在他那硕大的记事本上做了详尽的笔记。

父亲在遗嘱中先是说，本人，奥斯汀·艾尔莫·鲁廷，感谢上帝给了我健全的心智，美好的回忆。然后说，他的有形资产（比如房屋、存款、金银器具、画作等）和无形资产（比如版权、租约权、复归权[1]等）由以下四个人——依波利勋爵，潘罗斯·克雷斯维尔，威廉·艾尔默准男爵和汉斯·伊曼纽尔·拜尔利医生掌管。听到这里，莫妮卡表姐"啊"了一声。拜尔利医生插话道："诺利斯夫人，我们四位受托人的麻烦大了。以后你就知道了。继续吧。"

格里姆斯顿先生继续宣读遗嘱。遗嘱表明，几乎所有财产都归于我的名下，只留给他唯一的弟弟，塞拉斯·艾尔莫·鲁廷一万五千英镑，叔叔的两个孩子每人三千五百英镑。另外，立遗嘱的人死后，塞拉斯可以租赁的方式，继续享用现有农场，并且允许他在有生之年，租用德比郡巴特拉姆庄园的宅邸及附属土地。租赁费每年五先令。其他规定，诸如禁止土地荒芜等，都写进了租约里。

"不好意思，既然你们已经看过遗嘱了，我想了解一下与继承人唯一的叔叔，也就是与我的委托人，有关的不动产馈赠[2]条款。"斯莱先生

1 复归权（reversion）：法律术语。指在土地租赁关系结束后，该土地的权益复归出租人所有；是依据法律规定而产生的一种将来权益。※

2 馈赠（devise）：法律术语。指通过遗嘱的方式，将不动产赠与国家、社会或法定继承人以外的人的一种民事法律行为。※

询问道。

“遗嘱中没有更详细的叙述，不知道附录里还有没有说明。”拜尔利医生回答道。

附录根本就没有提到塞拉斯叔叔。

斯莱先生一屁股坐回到椅子上，咬着铅笔头不停地冷笑，为他的委托人感到失落。丹弗斯先生后来对我说，斯莱先生非常期望通过遗产分配可能引发的诉讼挣上一笔。丹弗斯先生还说，那个人刚入律师行业不久。他真搞不明白，塞拉斯叔叔怎么会委派一个这样的人前来。

到目前为止，对于遗嘱正文内容，大家均表示没有异议。附录内容主要是分给佣人财产的明细。父亲在附录中对莫妮卡表姐给予了赞扬，并赠与给她一千英镑。父亲还说，起草遗嘱时，他曾打算赠与拜尔利先生三千英镑，但被拜尔利医生拒绝了。考虑到拜尔利医生作为遗嘱受托人，需要费心应对许多棘手的事情，最终还是在附录里注明，将这部分财产赠给他。

当然，父亲曾向拜尔利医生透露过的遗嘱的特殊内容也揭晓了。这是一个荒唐的安排——委任塞拉斯叔叔作为我唯一的监护人，全权对我行使父母亲职责，直至我年满二十一岁。在此期间，我住在巴特拉姆庄园，由他照管。此外，遗嘱中还说，在监护期间为了支付我的生活费、教育费和其他开销，四位受托人必须每年支付给塞拉斯叔叔两千英镑。

这就是父亲遗嘱内容的全部。说实话，除去要我离开诺尔这一点，我对爸爸的遗嘱还是很满意的。自从记事以来，我一直对塞拉斯叔叔有着一种说不出的好奇感，很想见见他。这样安排，倒是合我的心意。更何况还有和我年纪相仿的米莉森特堂妹。我一直孤单无伴，也没养成淑女的气质和习惯，就是那种后天养成的矜持、冷漠的举止。她和我一样。要是我们能够一起散步、读书，成为好朋友，那该有多好！一个全新的地方，一座神秘的老房子，或许给我年轻的生命带来些许改变。你瞧，我的这个白日梦做得多美！

四封同样的信件，上面盖着朱红印章，分别写给刚才遗嘱中提到的四位受托人。还有一封写给我叔叔——巴特拉姆庄园的塞拉斯·艾尔莫·鲁廷先生。斯莱先生提出，由他把信转交给塞拉斯叔叔。拜尔利医生认为，还是通过邮局更为稳妥。塞拉斯叔叔的这位代表为此又开始小声质疑拜尔利医生的做法。

此时此刻，我丝毫没有不安的感觉。我看了看莫妮卡表姐，期望在她的脸上也能看到相似的神情。令我吃惊的是，她脸色苍白，看上去非常生气。我两眼盯着她的脸，脑子里一片空白。难道她不满意这个遗嘱？这种疑惑尽管只有在阅历多了变得成熟后才会有，但年轻时，脑子里偶尔也会冒出来。诺利斯夫人不是这种人。她非常富有，无儿无女，慷慨直率，从没想过要从爸爸的遗嘱中分到些什么。她的这种表情出乎我的预料，让我十分害怕。

突然，诺利斯夫人站起身来，抬着头，咬着苍白的嘴唇，清了清嗓子，高声问道："拜尔利医生，遗嘱就这些内容吗？"

"就这些，没有别的了。"他点了点头。接着，又和丹弗斯先生、艾贝尔·格里姆斯顿说起话来。

"万一……万一我的小表妹在二十一岁前不幸去世，其财产应该归谁？"诺里斯夫人鼓足勇气接着问道。

"啊？这个啊，财产应该由她的法定继承人和直系亲属继承吧。"拜尔利医生转向了艾贝尔·格里姆斯顿。

"哦，是这样的。"格里姆斯顿律师若有所思地说。

"那究竟是谁呢？"表姐继续追问。

"这个嘛，是她的叔叔，塞拉斯·鲁廷先生。他既是法定继承人，也是直系亲属。"艾贝尔·格里姆斯顿补充说道。

"谢谢您！"

克莱牧师穿着立领单排扣的外套，走到我的身边，弯下腰，握住我的手。他那满是皱纹的手非常温暖。

"鲁廷小姐，请原谅我的冒犯。不久，您就要和我们这些人说再见了。我们都舍不得您。希望您多回来看看。还有，关于你父亲在遗嘱中做出的那个特别安排，我为您感到高兴。我的助理牧师威廉姆·费尔菲尔德，在你叔叔所在的教区生活了好几年。他和你叔叔交流过几次，也很欣赏他。你叔叔是个真正的基督徒，一个绅士，一个令人尊敬的人。这不是很好吗？我还能够再说什么呢？对你来说，这样的安排可谓最好的选择。"他的腰弯得更低，眼睛就要闭上了，脑袋使劲摇晃着，"我夫人希望，能够在您离开诺尔之前和您道道别。她在家恭候您的光临。"

紧接着，他又冲我深深地鞠了一躬。我好像一下子变成了一个重要人物。然后，他谨慎体贴地放下我的手，就如同放下了一个精致的陶瓷茶杯。我真的不知道该说些什么，于是，礼貌地欠了欠身。大家都冲我鞠躬，我也一一回礼。莫妮卡表姐低声催促我道：“快走吧！”便拉着我离开了房间。她的手冰凉，有些湿润。

第25章

叔叔的来信

莫妮卡表姐没有说话，默默陪我走进“教室”，轻轻掩上房门。

“听着，亲爱的，”她面色依旧苍白，激动地说道，“这无疑是一个善良但不明智的安排。如果不是亲耳听到，我绝对不会相信这是真的。”

“你指的是，安排我去巴特拉姆庄园这事？”

“是的，没错儿。你必须在你塞拉斯叔叔的监护下，度过成长过程中最关键的一段时间。我的宝贝，你是不是也为这事感到不安？”

“没有，真的没有。我没有为此感到不安。”我回答道。

“亲爱的莫德，难道你那可怜的父亲不知道，这样安排后果多么严重？”她说道，“我告诉你，后果严重，非常严重，不能这样做。如果有可能，我一定会制止它。”

对于诺利斯夫人的极力反对，我不太理解。我看着她，期望能够得到明确的答案。她沉默不语，右手有节奏地敲打着桌子，一双炯炯有神的眼睛盯着手指上的戒指，脸色苍白，一副若有所思的样子。我不禁开始怀疑，她是不是对塞拉斯叔叔抱有成见。

“他不是很富有。”我试图打破沉默。

“谁？”诺利斯夫人问道。

“塞拉斯叔叔。”

“那是当然。他欠了一屁股债。”

“那，为什么克莱先生对他的评价那么高呢？”我追问道。

“别提克莱先生了。他是我见过的最能胡说八道的人。我真受不了他这样的人。”

我试图回想，克莱先生究竟说过哪些话。除了他代我叔叔写的有点儿像朗诵的悼词，其他什么都想不起来。

“丹弗斯这人不错，一位优秀的会计师，这一点我敢保证。他给人的感觉要么城府很深，要么就是个傻瓜——我觉得更像一个傻瓜。至于你的代理律师，我想，他应该知道他的职责和利益所在。他会去协商这件事的。他们中间最棒、最精明，也是最值得信赖的，就是那位戴着黑色假发、长相粗犷的空想家。他不停地看你，莫德。我最喜欢他的那张脸，虽然看上去丑陋、粗糙，狡猾，但是我敢说，他是个正直的人。他能够明辨是非——一定能。”

莫妮卡表姐的这番评论，着实让我有点丈二和尚摸不着头脑。

“我会跟拜尔利先生谈一谈。我相信，他会同意我的看法。我们必须好好讨论讨论，如何加以补救。”

“遗嘱中还有什么我不知道的内容吗，莫妮卡表姐？”我有些局促不安，“这件事你怎么看？希望你能够告诉我。”

“我倒没什么特别的看法。只是觉得，一座荒凉古旧的庄园，一位一贫如洗而且众叛亲离的老人，对你而言，尤其是对你的成长而言，是极为不利的。这一切来得太突然了。我要跟拜尔利先生好好谈谈。可以打个电话吗，亲爱的？”

“当然可以。”我拨通了电话。

“他什么时候离开诺尔？”

“我也说不上。腊斯克女士去送他。据她说，他计划六点半离开诺尔，前往德拉克莱顿火车站，搭乘夜班火车。”

“可不可以让腊斯克代我给他捎个信儿，亲爱的？”莫妮卡表姐问道。

“当然可以。”

“请转告他，我希望在他走之前，占用他几分钟时间，和他谈谈。”

“表姐，”我把双手搭到她的肩上，急切地望着她说，“我知道，你是打心眼里为我好。你难道不想告诉我理由吗？知道真相总比蒙在鼓里好受些。”

“好吧，亲爱的，我不是告诉你了吗？你将在孤单寂寞中度过你人生最关键的一段时间，缺乏关爱和管教。这样的安排有百害而无一利。可怜的奥斯汀怎么能够想出这种馊主意呢——虽然我不该这么说他，也可能事出有因——不管出于什么原因，他做出这样的决定，令人难以置信。我从来没听过如此愚蠢而糟糕的监护安排。我是不会袖手旁观的。”

就在那时，腊斯克女士告诉诺利斯夫人，在拜尔利先生离开诺尔之前，她随时可以去见他。

“现在就去。”这位精力充沛的表姐站起身来，照着镜子匆忙整理了一下仪容。无论遇到什么情况，无论要见什么人，女人出门前必须做的一件事，就是照镜子。过了一会儿，我听到她在楼梯口吩咐布兰斯顿，要他通报拜尔利先生，说她在客厅等他。

她一走，我便开始琢磨起来：父亲的安排再自然不过了。为什么莫妮卡表姐会如此大惊小怪呢？我的叔叔，无论曾经是一个什么样的人，如今已经浪子回头——成了一名虔诚的教徒——只是有点儿严肃而已。

如果叔叔是一个严格执行纪律的可怕老头儿，张口闭口都是《圣经》上的长篇大论、教义问答以及生搬硬套的布道说教，而且，对于插科打诨和不敬不孝的行为，他还有一整套的惩罚措施，那么，我即将被送去的地方，无疑是一个恐怖的、与世隔绝的管教所。在那里，我生平第一次将受制于严厉乃至苛刻的规训。

不谙世事、循规蹈矩！难道他和我在书中读到的那些人一样？铁锁和钥匙，粗茶淡饭，还有孤独！整日整夜坐在上了锁的古宅里。古宅人迹罕至，漆黑一片，阴森可怖。在这样的地方过上一夜还不得吓个半死！如果真是这样，不就可以解释父亲的踌躇不决和莫妮卡表姐的极力反对了吗？想到这里，我心中突然乌云密布。

一旦孩子心中掠过一丝可怕的念头，他满脑子就会全是这种恐惧感，根本不去考虑其发生的可能性或原因。纵然这一切都是我的想象，我忽然对其深信不疑。

我“扑通”一声，跪倒在地，祈求上天的救赎——祈祷莫妮卡表姐说服拜尔利先生，祈祷大法官[1]、郡长或者其他人能够来救救我。当表姐

---

1 大法官（Lord Chancellor）：全称为“英国大法官”（Lord High Chancellor of Great Britain），既是内阁法务大臣，也是英国议会上院（贵族院）议长，并负责管理英格兰和威尔士的法庭。※

回来的时候，我已经深深陷入痛苦的泥沼中，无法自拔。

“可怜的小傻瓜！你在胡思乱想些什么？”她哭着说。

待我将心里话一五一十地说给她听后，她才破涕为笑，说道：

“亲爱的宝贝，塞拉斯不会如此尽心尽责。到了巴特拉姆庄园，你终日无所事事，可以尽享自由，想让人管也没人管。亲爱的，我所担心的，不是他对你的严厉管教，而是放任自流。”

“亲爱的莫妮卡表姐，你所担心的不仅仅是放任自流吧。”我松了一口气。

“的确不止如此，”她立即回答说，“我真心希望我的担心是多余的。能够避免的事情，最好不要让它发生。现在，我们也该花点儿时间想想别的事情了。说说拜尔利先生吧。我没有从他那里得到明确答复。他嘴上虽然没有这么说，但我敢断定，在这件事情上，他和我的看法是一致的。他还说，那些好人，也就是他的合作托管者们，不会给他找麻烦，或把什么事情都推给他。莫德，我们不能跟他争吵，或者说他坏话。虽然他长得又丑又糙，有时还很莽撞无礼——我相信他不是故意冒犯，或者说有些不拘小节。另外，他说话、做事非常谨慎。我非常看好他。”

我们想了很多，也聊了很多。谈到伤心事时，我那善良的表姐总会停下来安慰我。每当我悲伤不已，哭哭啼啼时，她都会耐心地开导我。随后，我们看了一会儿励志书籍。困苦之时，人们总是以此作为慰藉。最后，我们去紫杉花园走了走。那是一个僻静的院落——一个古色古香的小花园。

“好了，亲爱的，我必须走了。再不走，大家会以为我人间蒸发了。我还有好几封信要写呢。”

诺利斯夫人走后，我和玛丽·坎斯一直闲聊到喝下午茶时分。玛丽·坎斯能把父亲那些陈芝麻烂谷子的事儿倒背如流。谈及他的为人和喜好时，并不过多掺杂个人情感，也不进行评价，只是一种单纯的崇拜。悲伤的时候，有玛丽这种人陪伴，那是再好不过的了。

在平淡快乐的时光中追忆逝去的悲恸，并非一件容易的事。感谢上帝，时间可以消解痛苦。关于那段日子，能够记起的痛苦经历，无外乎那么一两桩。虽然它们早已随风而去，却一直在提醒我，不要忘了那段坎坷的岁月。

第二天是父亲的葬礼。尽管令人痛苦，但人人无法逃脱。在一片窃窃私语声中，死者被身着黑衣的亲友悄悄送走，没有挣扎，不说再见，长眠于旷野，孤独凄凉。无论是春花秋实，还是夏雨冬雪，冷暖不知，饥渴不觉。“啊，死亡，你是恐惧之王！在你面前，我们身体颤抖，精神低迷。纵使双手合十，哭叫着要改过自新也是枉然。1800 年前，你的名字刚刚诞生，我们的信念也随之而生。我们坚信，穿过残破的穹顶，是那圣诞星[1]的光芒。”

整座房子空荡荡的。没有主人——没有管事儿的！只剩下失去父亲的我和我那莫名其妙的自由。有些东西只有失去了，人们才会懂得它的珍贵。在这种情况下，我想，大多数人都能体会到我的悲伤和沮丧。

父亲的房间被清理一空。床铺拆了，窗帘卸了，家具搬走，地毯撤掉，窗户敞开，房门上锁。今后相当长的一段时间内，父亲的卧室和前厅不会再有人居住了。这里的每一个改变，都如同无声的责备一般，撕扯着我的心肺。

那天，我看到莫妮卡表姐一直在哭。那是我第一次在诺尔看到她哭。我倍受感动，更加喜欢她了。我常常哭着哭着，看到别人在哭，自己就不哭了。我也不知道为什么。不知道，其他人是否也有过这样的经历。

按照父亲的意思，葬礼一切从简，低调、不铺张。旁名外姓者也有参加。诺尔的很多租户跟着灵车到了陵墓。父亲被安葬在母亲旁边。令人憎恶的葬礼、让人心烦的一天就这样结束了。我虽然很伤心，但已经不是那么悲痛欲绝了，心情也稍微平复了一些。

时值深秋，暴风骤雨奏响了秋日的挽歌，向着寒冬进军。我一直非常喜欢这种气势恢宏却又难以名状的乐曲，咄咄逼人，如泣如诉，带着一种自由而孤寂的气质。

晚上，我们静静地坐在诺尔家中的客厅里，听着风声和雨声。我收到一封来信，黑色封印，深黑色镶边，好像寡妇的黑绉纱。信封上的笔迹，我不熟悉。等到打开后才发现，原来是塞拉斯叔叔写来的。信的内容是这样的：

1　圣诞星（Star of Bethlehem），又名伯利恒之星。指耶稣降生时，指引东方三博士找到耶稣的一颗星星。

我最亲爱的侄女，当你看到这封信时，可能正是我挚爱的哥哥、你亲爱的父亲奥斯汀入土为安的日子。因为相隔太远而且疾病缠身，不能亲自前去葬礼悼念兄长，请原谅。我相信，你在这个最孤单无助的时刻，想起还有我，你的叔叔，应你刚刚去世的父亲在遗嘱中的嘱托，替他照顾你，你心中应该感到宽慰一些。虽然我不够完美——配不上这份重任——但我有一颗诚挚的心。我们应尽快进入到这种崭新、密切的关系中。只有这样，我的良心、你的安全，才会有处安放，对大家都有个交待。亲爱的侄女，为了迎接你的到来，我这边需要做一些简单的安排。在这期间，你暂时住在诺尔。我会为你详细规划旅途的一切，尽量做到最方便、最舒适。我衷心祈祷你的这份苦难能够早日圣化，祈祷我们在新的责任关系下被支持，眷顾，指引。我无需再提醒你，我现在已经是你的**监护人**了。这就意味着，咱们现在是父女关系了。你一定要记住，在收到我下一封书信之前，待在诺尔，其他地方不要去。

亲爱的侄女，我永远都是你最亲爱的叔叔和监护人。

塞拉斯·鲁廷

又及：代我向诺利斯夫人问好。我知道她在诺尔。我想说的是，我有理由担心，一个对你叔叔有成见的女士，对被监护人你来说，不是一位理想伙伴。你不要和她说我的事——那会影响你对我公正、恭敬的评价——我并不是在利用我的特权，阻碍你们交往过密。

当我读到附言时，脸颊像挨了一记耳光似的火辣辣地疼。对我来说，塞拉斯叔叔至今仍然是个陌生人。他的威胁来得很突然，显然是父亲的遗嘱发挥了效力。

我一言不发，把信递给了表姐。刚开始读时，她还面带笑意。然而，读到附言时，恰如我所料，脸色大变。她一边用拿信的那只手敲打着桌子，一边面红耳赤地大声喊道：

“这老头子怎么这样说话呢！太没礼貌了！”

稍稍停顿了一下，诺利斯夫人仰着头，皱着眉，抽了抽鼻子：

“我本来没打算说他，现在不得不说一说了。我想说什么就说什么，你让我在这里待多久我就待多久。莫德，不用害怕他。我们就是‘交往过密’了，怎么着？我多么希望他也在这里，让他亲耳听听！”

莫妮卡表姐将杯子里的茶一饮而尽，继续说道：“我现在感觉好点了！”她长长地舒了一口气，挑衅似的笑了笑，“我真希望让他亲耳听听我的想法！”

“幸好他写了附言。我在我自己家里，他无权干涉。”我不假思索地说，“我不会听他的。这多少让我看清楚了我目前的处境。”

我叹了口气。诺利斯夫人马上走过来，温柔而充满爱意地亲吻了我。

“莫德，这事儿真蹊跷，就好像他有顺风耳一样。你明白我的意思吗？从写信时间上看，在他昨天写这个附言时，我正在计划说服拜尔利先生，让你在我的监护下长大。莫德，我现在更有必要这么做了。人们对塞拉斯的人品有看法，那完全是他自己惹的。为什么非要让你作出不必要的牺牲呢？他已经没有几年的活头了。人们对他的怀疑，无论真假，都会随他一起长眠于地下。这是大家都心知肚明的事儿，为什么可怜的奥斯汀还要立遗嘱，要你去证明呢？证明他坚信塞拉斯的清白？可怕的暴风雨！房间都在颤抖。你喜欢这种声音吗？过去在多米斯特，人们常常称之为‘狩猎之声’！”

第二卷

第1章

叔叔的故事

每当谈起那个与我的命运莫名其妙地联系到一起的谜一般的人物——殉道者——天使——魔鬼——塞拉斯叔叔时，我就倍感恐惧。天空中的雷声，恰似猎犬发出的吼叫，又好像我幻想中激昂、磅礴、超自然的音乐伴奏。

“暴风雨来了，”我一边说，一边看着响雷的方向，尽管百叶窗和窗帘全都关闭着，“今天晚上，树木全都向一个方向倾斜。大风是从那片树林吹来的，那片埋葬着我父母双亲的浩瀚孤寂的树林。墓穴——潮湿、黑暗、孤寂——躲藏在风暴下面。啊，在这样的夜晚想起这些东西，太可怕了。”

莫妮卡表姐若有所思，望着响雷的方向，轻轻地叹了一口气：“人们虽能看到肉体死亡，却总是想不到灵魂可以永生。我相信，他们是快乐的。”她又叹了一口气，“要是人人这么洒脱就好了。真的，莫德，这太令人沮丧了。我们是唯物主义者，却偏偏不这样去想。忘了它该有多好，人的肉体不能永存。人的肉体在一定的时间和空间内而存在——就像一部机器，在运行过程中故障频现、最终坏掉。遗体被孤置是造物者的意愿。裹它所用的布，是其临时居所。正如圣保罗所言，那是‘来自天堂的居所’。亲爱的莫德，我们总是胡思乱想，其实尸体里面什么都没有。那些冰冷的肉身只不过是他们先于我们遗弃的临时居所而已。你说这场大风是从那边的树林刮过来的。如果真是这样，这场大风也是从巴特拉姆庄园吹来的。它越过烟囱，穿过树林，也吹拂过那个神秘的老头儿——那个知道我不喜欢他的塞拉斯。我猜，他是住在城堡里的老巫师，整日唆使手下的魂灵乘风来打探我们的消息，然后回去向他报告。”

我抬头聆听着风的声音。它忽高忽低、忽近忽远，穿过黑暗与孤寂。我的思绪飘向了巴特拉姆庄园和塞拉斯叔叔。

“这封信，”我说道，“给我一种奇怪的感觉。他是一个严厉的老头儿——对吗？”

“我上次见他已经是二十年前的事了，”诺利斯夫人回答道，“从那以后我再也没有去过他家。”

“是在巴特拉姆庄园出事前吗？”

“是的，亲爱的——在那之前。那时，他还没有改过自新，全然一副颓废的模样。奥斯汀对他很好。丹弗斯先生说，塞拉斯不知悔改，一次又一次将他哥哥给他的钱财挥霍一空，实在令人费解。亲爱的，你要知道，他嗜赌成性。想要帮助一个赌徒，一个不走运的赌徒——有些人一向不走运——无异于想要填满一个无底洞。顺便提一句，我前程似锦的表侄查尔斯·奥克利也赌博。后来塞拉斯搞投机买卖，欠下的债全靠你那可怜的父亲来还。他还弄丢了银行里的一样东西，搞得银行上下鸡犬不宁，很多乡绅也因此蒙受损失——来自约克郡的那位可怜的哈里·沙克尔顿先生，不得不卖掉了自己的半数资产。可是，你那善良的父亲还是一如既往地帮助他，直到他成家——我都觉得他已经无药可救了，帮也是白帮。”

“我的婶婶去世很久了吗？”

“有十二或十五个年头了吧——或者更久——她比你母亲去世得早。她过得很不开心。我相信，如果再给她一次机会，她绝不会嫁给塞拉斯。”

“你喜欢她吗？”

“不喜欢。亲爱的，她是一个粗鲁、低俗的女人。”

“塞拉斯叔叔的妻子，粗鲁、低俗！”我不禁大吃一惊。塞拉斯叔叔整日出入于上流社会——在他那个年代也算得上一个富家子弟——正常情况下，本应该娶一位家里有钱有势的妻子。我把自己的想法如实地告诉了表姐。

“是的，亲爱的，本该如此。亲爱的奥斯汀本可以帮他找到一个好人家的媳妇，但他却选择了登比旅店老板的女儿。”

“真叫人难以置信！”我大声喊道。

“这算什么，亲爱的——还有让你更想不到的呢。”

“什么？！——一位上流社会的绅士娶了一个——”

“酒吧女招待！——事实就是如此。”诺利斯夫人说道，“据我所知，像他这样自毁前程的上流社会人士不在少数。”

“所有这些不都证明了叔叔不谙世故吗？”

“根本不是不谙世故，而是道德败坏。”莫妮卡表姐冷笑着回答说，“她外表俊俏。相对于她的身份和地位而言，漂亮得出奇。她很像纳尔逊子爵[1]的情妇汉密尔顿夫人[2]——长得像花瓶一样美丽，为人却低俗、愚蠢。公平地讲，他起初只是想玩弄玩弄她，但她非常狡猾，坚持要和他结婚。那些喜欢美女的男人，猎艳欲望过于强烈。无论付出什么代价，他们都会义无反顾。”

我根本听不懂这些所谓的世俗心理，免不了要被诺利斯夫人嗤笑了。

“可怜的塞拉斯！当然，他也与命运抗争过。度完蜜月后，他曾经想过结束这段婚姻。但是，威尔士的教区长和身为旅店老板的岳父大人比他强势，而且那位年轻女士有把丈夫牢牢拴住的本事。”

“我听说，她是因为伤心欲绝才死的。可怜的人啊。”

“她是婚后十多年去世的。是不是因为伤透了心，还真不好说。她一定是遭受虐待而死的。那天晚上她喝了很多酒。听说威尔士女人有酗酒的毛病。不知道她要是没喝那么多，会不会死，酗酒后大概什么也不知道了。她非常爱吃醋，吵架也很凶。有那么一两年，我还经常去巴特拉姆庄园。那件事情发生后，我就不再去了。那原本是根本不可能发生的事情。我觉得，可怜的奥斯汀一定不知道事情的严重性。后来，就发生了查克先生那档子麻烦事儿。你是知道的——他在巴特拉姆自杀了。”

“我从未听说过。”我们两个沉默了片刻。她直勾勾地看着炉火。窗

---

1 纳尔逊（1758—1805），英国18世纪末及19世纪初的著名海军将领及军事家。

2 汉密尔顿夫人（Lady Hamilton，1761—1815）：纳尔逊的情妇。素有“英伦第一美女”之称。在英国公众中声名狼藉。※

外的暴风仍在咆哮，老房子又开始颤抖起来。

“塞拉斯叔叔也是爱莫能助啊。”我打破了沉默。

“哦？是吗？爱莫能助。”她冷冷地说道。

“所以说，塞拉斯叔叔——”我不敢再往下说了。

“有人怀疑，是他杀了查克先生——”她接上话茬。

又是一阵长时间的沉默。窗外暴风肆虐，就好似狂怒的暴徒在朝着受害者大声怒吼。一种令人厌恶的感觉压得我喘不过气来。

“你没有怀疑他吧，莫妮卡表姐？”我的声音抖得厉害。

“没有，”她回答得很干脆，“我之前告诉过你了。我没有怀疑他。”

又是一阵儿沉默。

“莫妮卡表姐，要是，”我向她身边靠了靠，“你也没有说过塞拉斯叔叔施巫术，派魂灵借风来偷听就更好了。你没有怀疑他，我很高兴。”我顺势把我冰冷的手塞到她手里，看着她的脸，想弄清楚她到底是什么表情。她低下头，用冷酷傲慢的眼神瞪着我，我是这么觉得的。

“当然。我从来没有怀疑过他。别再问我那个问题了，莫德·鲁廷。”

她说这话时，眼神中闪过的是家族优越感，还是什么？我吓坏了——感觉受到了伤害——“哇”地一声大哭起来。

“亲爱的宝贝儿，你哭什么啊？我刚才发火了吗？我真不是有意的。”她一边说，一边用胳膊搂住我的脖子。刚才还冷酷无情的诺利斯夫人，一瞬间又变回了那个善良可爱的莫妮卡表姐。

“没有，没有，真的——我只是觉得惹您生气了。还有，我一提起塞拉斯叔叔就紧张，最近老是想起他。”

“我也是。明明可以想点儿更好的事情。我们试试吧。”诺利斯夫人说道。

“我还是想多了解一下查克先生。我想知道，到底是什么事情致使塞拉斯叔叔的仇敌想利用查克先生的死对他造谣中伤。这对谁都没有好处，还给别人带来巨大痛苦。我认为，塞拉斯叔叔就是这样被毁掉的。还有，你我都知道，我亲爱的父亲也深受这件事情的影响。”

“亲爱的，人言可畏。据县里的人讲，你叔叔早在那件事发生之前就已经臭名昭著了。事实上，他是一匹害群之马。关于他有很多不好的传闻。他的婚姻无疑也是个劣势，这你是知道的。当巴特拉姆事件发生时——所有不待见他的人都说是他干的。”

“那件事过去多久了？”

“啊，好久了吧。那时你还没出生呢。”表姐回答道。

“那他们现在还怀疑他吗——这事还没完吗？”我觉得，毕竟事情已经过去那么久了，再大的事也该忘掉了。

诺利斯夫人微微一笑。

“亲爱的表姐，把这件事情的来龙去脉告诉我吧。您想起多少就说多少。查克先生是谁？”

“亲爱的，查克先生是个‘赛马场上的绅士’——这只是一种叫法——典型的伦敦佬，既没背景也没教养，仗着自己有几个臭钱，勾搭喜欢猎犬和赛马的年轻姑娘。那帮伦敦佬非常了解他，但其他人就对他知之甚少了。当时，他正在马特洛克[1]赛马，你叔叔邀请他去巴特拉姆庄园。于是，那个人，忘了是犹太教徒还是异教徒了，管他是什么徒，可能觉得应邀前去巴特拉姆庄园挺荣幸的。”

“我觉得，对他来说，能收到像塞拉斯叔叔那种身份和地位的人的邀请，确实是件荣幸的事。”

“也许吧。然而，他的妻子就不像他那么受人尊重了。其实，人们很少看到她。她天天都在卧室里喝得醉醺醺的。可怜的女人！”

“太悲哀了！”我高声喊道。

“据说，她喝的是杜松子酒。花钱不多，不碍手碍脚，而且说不定哪天就会喝死了。塞拉斯不但不生气，反而挺高兴。但是，你那可怜的父亲一直不同意这桩婚事，并为此停止了对塞拉斯的钱财支援。于是，穷困潦倒的他，像头饿狼般扑向了这个腰缠万贯的伦敦赌徒，企图赢走他所有的钱。我现在给你讲的都是后话了。不知道赌博持续了几天。在这期间，查克先生一直住在巴特拉姆庄园。查克以为可怜的奥斯汀会为塞拉斯欠下的赌债埋单，于是比赛中一掷千金大把下注。两人赌得天昏地暗，常常通宵达旦。这些事情，我都是后来知道的。审讯过后，塞拉斯就把‘供词’公之于众了。一时间在各大媒体引起了轩然大波。”

“查克先生为何自杀？”我问道。

1 马特洛克（Matlock）：英国英格兰中部城镇，德比郡首府。

“我先告诉你一些众所周知的事情吧。开赌的第二天晚上，你叔叔和查克先生在客厅里一直玩到凌晨两三点，就他们两人。查克先生的仆人住在费尔特拉姆的鹿首旅馆，对巴特拉姆庄园那天晚上所发生的事并不知情。第二天早上六点钟，他遵照主人的指示，早早来到了房间门口等候。房间的门反锁着，钥匙插在锁孔里，这一点后来成为非常重要的线索。他多次敲门都无人应答，把门强行撞开后发现主人倒在床边的一片血泊之中。据说，查克先生的喉管被人割断了。”

“太可怕了！”我大叫起来。

“确实很可怕。你叔叔知道后大吃一惊。他一边保持事发现场原状，一边马上派手下人去找验尸官。自己还干起了太平绅士[1]的活儿，趁热打铁给查克先生的仆人做了笔录。”

“这样做有什么不妥吗？”我问道。

“我也没说不妥。”诺利斯夫人冷冷地回答道。

1 太平绅士（Justice of the Peace）：也译作治安法官。一种源于英国的职衔。由政府委任民间人士担任，负责处理一些较为简单的法律案件，防止非法刑罚，维持社区安宁。

第2章

汤姆·查克

在审讯过程中，所有陪审员中好像只有来自呼啸森林[1]的曼沃林先生一个人认为，查克先生是他杀而不是自杀。

“他凭什么这么说？”我愤然说道。

“嗯，说查克先生是自杀，确实能够找到很多证据。窗户是紧锁着的——那天晚上九点钟，女仆关好后就再没有打开过。而且房子建造得很高，窗户又在三楼，即便架上梯子也够不着。还有，整座房子呈中空四方形，院子居中，面积不大，查克先生住的房间窗户朝着院子。进入院子的那扇门已多年没有打开过。门被反锁，钥匙插在锁孔里，外面的人打不开，根本进不去。”

“既然事实明摆着，那还怀疑什么？”我问道。

“找到了一些自杀的证据，并不等于说不存在他杀的疑点。找不到任何他杀的线索，也不等于说完全排除了他杀的可能。首先，查克先生上床睡觉时，似乎处于醉酒状态。有人还听见他在房间里唱歌，咋咋呼呼的——不像是要自杀的样子。其次，虽然是在他右手附近的血泊中发现了他的剃须刀（别说亲眼见了，听起来就让人害怕），但刀口却在他左手手指上，快要伤到骨头了。另外，他记录下注的备忘录也不见了。这事挺蹊跷。他穿金戴银，钥匙挂在钥匙链上。我在赛道上见过他，多么不幸的人啊！他和你叔叔下了马，还在赛道上一起散步呢。”

“他看起来像个绅士吗？”我打听道。我敢说，若是换成其他年轻

---

1 呼啸森林（Wail Forest）：作者虚构的一个地名。

姑娘也会这么问。

“他看起来更像一个犹太人，亲爱的。他身材魁梧，内穿棕色大衣，外披丝绒斗篷，黑色卷发垂肩，络腮胡须浓密。抽一口雪茄，向空中吐一个烟圈，样子挺吓人的。看到塞拉斯跟这样的人在一起，我还是挺吃惊的。”

“找到钥匙后有什么发现吗？”我问道。

“用钥匙打开他的旅行专用书桌[1]，发现里面有一个小漆盒。小漆盒里面的钱比想象中少了很多——少得离奇。你叔叔说，其中一些钱是他前天晚上赌博赢走的。他还说，查克喝得醉醺醺地，向他抱怨道，赛马赢来的钱仅仅拿到了一小部分，都快输光了。查克先生的备忘录里似乎没有关于这次赌博的记录。有人说他有时不作记录——大家对此意见不一——而且所有记录中没有一条涉及塞拉斯，这并非个例。他与另外两位颇有名望的绅士之间的交易也没有记录。”

“当然不是了，事实就是这样。”我说道。

“嗯，还有一个问题，”她继续说道，“查克先生自杀出于什么动机呢？”

“这个问题不难分析吧。”我打断她。

“据说，他曾经向人暗示过，他在伦敦惹上了麻烦。有些人说他确实摊上事儿了。有些人则认为他只是在开玩笑，啥事儿没有。审讯期间，曼沃林提出的问题引起了办案人员对塞拉斯的怀疑。”

“什么问题？”我问道。

“记不清楚了。反正这些问题惹恼了你叔叔，双方为此闹得很不愉快。曼沃林先生认为，有人进过查克的房间。但是，从门进不去，爬烟囱也不可能——靠近砖石烟道的顶部有个铁杠拦着。房间的窗子对着院子，院子小得很，还没舞厅大。他们下去检查过，地面非常潮湿，也没有发现脚印。最后得出的结论是，查克先生把自己关在房间里，用剃须刀割喉自尽。”

“是的，”我说道，“查克先生的房间密不透风——门窗都反锁着。没有任何迹象表明有人进出过他的房间。”

---

1 旅行专用书桌（travelling desk）：集公文包和写字桌功能于一体。

“没错儿。几个月后，谣言愈演愈烈。于是，按照你叔叔的要求，对房间的墙壁进行了检查。结果拆了护墙板，并没发现什么通向房间的暗道。”

“结束这些诽谤中伤的答案就是根本不存在他杀的可能性，”我说道，“这些谣言全是无中生有！真可恶！”

“虽然不能断言塞拉斯有罪，但是牵扯进来毕竟不是什么好事儿。你看，查克先生坐过牢，声名狼藉。这起事件又骇人听闻。人们对此议论纷纷，巴特拉姆庄园丑闻因此而雪上加霜。没过多久，事态便急剧恶化。”

莫妮卡表姐停顿了一下，努力回忆着什么。

“在伦敦的赌徒之间有些令人不快的传言，说查克生前写过两封信，没错儿——是两封。两个月后，收信人把这两封信刊登了出来。他想借机讹钱。一开始只是在伦敦的赌徒们中间流传。后来，那两封信一公开，举国哗然，各家媒体争相报道。第一封信倒没什么，第二封却让人感到困惑不解，甚至惊恐不安。”

“表姐，信上怎么说的？”我低声问道。

“信我读过，只是时间过去太久，记不清楚了，只能告诉你一个大概。两封信都是用俚语写的。有些地方读起来简直就跟看职业拳击赛一样晦涩难懂。你还是不读的好。”

我接受了她的忠告。诺利斯夫人继续说道：

“风太大了，呼呼直响，恐怕你听不清楚我说话。你听着，那封信上明确写着，他，查克先生，在巴特拉姆庄园赢了不少钱。你叔叔没钱还他，给他打了欠条。他在信中提到了欠款的确切数目。我记不清是多少了，只是记得数字大得惊人，让我倒吸了一口冷气。”

“塞拉斯叔叔输钱了？”我问道。

“是的，而且当时没有钱还，于是给查克先生打了那些所谓的欠条，承诺将来还他。查克把欠条和钱一块锁了起来。这实际上是在暗示，塞拉斯杀死查克是为了逃债，同时还卷走了查克很多钱。”

“我只记得大概，”诺利斯夫人停顿了一下，接着说道，“信是查克先生遇害当天晚上写的。在那么短的时间内，塞拉斯不大可能把钱赢回来，可他一直声称自己不欠查克先生一分钱。信中提到了塞拉斯欠债的明确数额。查克还提醒那个收信人，即他的代理人，不要走漏了风声。塞拉斯只有从他富得流油的哥哥那里弄到钱后才能还债。此外，查克明确表示，他应塞拉斯的请求，将这事保密。那封信真的蛮棘手的。而且，查克在信中情绪激昂，全然不像一个想要结束自己生命的人。一时间舆论四起，那信引起的轰动效应超乎你的想象。当然，塞拉斯还是勇敢地站出来面对了——是的，带着极大的勇气和魄力。只可惜他的雄心壮志没有用对地方！唉，唉，太可惜了。塞拉斯明确指出，信是伪造的，查克喜欢吹大牛（尤其是在写信时），赌博之事完全是一派胡言。他还提醒大家，人自杀之前精神容易亢奋。他还含沙射影地提到了查克的家人以及他们的性格，语气强硬但也委婉得体。他严词批驳反对者，说他们诽谤中伤，毫无根据。”

我问是用什么形式进行澄清的。

“以书信的形式，印成了小册子。人们对它赞赏有加，说它信手拈来，妙笔生花，铿锵有力，而且援笔立成。”

“是他平时写信的风格吗？”我天真地问道。

莫妮卡表姐笑了。

“噢，亲爱的，绝对不是！自从他公开宣布信教开始，写的都是些大话、空话、废话。你父亲把你叔叔写给他的一些信件给我看过。有时候，我真的觉得塞拉斯的写作水平越来越差。我相信，他之所以这样写，只是想表现得更像一个信徒。”

“我猜，有很多人支持他吧？”我说。

“我倒不这么认为。乡里乡亲全都反对他。你没必要追问什么原因，事实就是如此。在我看来，要想改变德比郡那帮绅士们对他的看法，仅仅凭借他个人的力量简直比登天还难。没有一个人支持他。凡事皆有因果。你叔叔对他们发动了猛烈抨击，说他才是这场政治阴谋的受害者。我记得很清楚，出事后，他发誓戒掉赛马以及所有与其相关的嗜好。人们对此嗤之以鼻，说他狗改不了吃屎，还是等着自食其果吧。”

“因为这打的官司吗？”我问道。

“大家都盼着呢。双方互相谩骂。我觉得，塞拉斯的反对者一直都在等候证据，好定他的罪。但是这么多年过去了，那些了解巴特拉姆庄园悲剧的情况、公开声讨、竭力孤立塞拉斯的人，多数已经死去了。案子迟迟没有进展，不过你叔叔依然是被大家孤立的对象。起初他很愤怒，铁了心要跟整个郡的人斗到底——碰到他们时，恨不得挨个揍一顿——现在已经完全变了样。用他的话说，就是收起了他的雄心抱负。”

“他开始信教了。”

“他别无选择。欠了一屁股债，而且孤立无援。他自称是个虔诚的信徒，还说自己病得很厉害。你父亲意志坚定、说到做到。自从塞拉斯执意坚持那门 *mésalliance*[1]，他就再也没有帮过他。在这之前，你父亲一直替他支付费用，还给他一些贴补。他认为，受到伤害的人需要有所依靠，还想着把他弄进议会。要么是他比你父亲更清楚自己的处境，要么是他不相信自己的能力，抑或是他身体状况的确不佳，反正最后他以信教为由拒绝了。我认为塞拉斯是对的。没有什么比让一个曾经千夫所指的人再次获得大众的认可更困难的事了。何况他已经很久没跟社会接触了。你父亲的想法根本行不通。”

“我的孩子，这都几点了！”诺利斯夫人看着悬挂在壁炉顶上的路易十四式钟表，突然叫喊起来。

差不多凌晨一点了。雨小点儿了。跟晚上早些时候相比，我对塞拉斯叔叔少了几分焦虑，平添了几分自信。

“你觉得他这个人怎么样？”我问道。

诺利斯夫人一边望着炉火，一边不停地用手指敲着桌子。

“亲爱的，我不懂形而上学，也不懂巫术。我有时候相信超自然的力量，有时候又不信。我不了解塞拉斯·鲁廷这个人，也就无法评价他。有时候，也许降临在这个世界上的不是人的肉体，而是裹着肉体外衣的人的灵魂。不仅是他的那个悲剧，而且他的一生——从早年到晚年，对我来说都是一个谜。我曾经尝试去了解他，但终究还是徒劳一场。我敢肯定，有那么一段时间他非常堕落——简直是无恶不作——放荡，轻浮，诡秘，危险。我甚至一度认为，可怜的奥斯汀几乎完全受他摆布。结婚后，他的这种能力便消失殆尽，不复存在了。是的，我不了解他。他就像我在噩梦中常常看到的那张脸，变化无常，有时笑容可掬，更多时候阴险可怕，让我摸不着头脑。”

1　法语：与社会地位或门第低于自己的人缔结的婚姻。※

第3章

艰难的抉择

听莫妮卡表姐讲完塞拉斯叔叔的故事后，我静静地坐了一会儿。脑海里浮现出这样一幅情景：塞拉斯叔叔头戴五彩花环，登上了胜利的战车。伴随车马悦耳的响铃声，全郡上下齐声高呼："无罪！无罪！英勇！万岁！"所有美德——诚实、理性、良知，全部闪耀在人们的脸上——大家神态各异——人行道上，窗户里，屋顶上，无不挤满了人。突然，教堂大门敞开，从里面走出来一支管风琴圣乐合唱队，唱着颂扬和感恩之歌。教堂里钟声响起，教堂外锣鼓喧天，鞭炮齐鸣——一片欢乐祥和的气氛。塞拉斯·鲁廷站在战车上，一副骄傲、悲伤、阴郁的神情，与周围欢快的气氛格格不入。跟在他身后的一个奴仆，瘦骨嶙峋，脸色苍白，在他耳边嘀咕着什么。与此同时，我与全郡民众不停高喊："无罪！无罪！英勇！万岁！"当我从幻梦中惊醒过来时，眼前只有诺利斯夫人那严肃、若有所思的脸庞。窗外，暴风仍然在孤独地哀嚎着。

莫妮卡表姐太好了，陪伴了我这么久，想必已经有些乏味。她开始说起自己家里的事情，很明显她想要离开诺尔了。我的心顿时一沉。

我知道自己当时非常焦虑不安，但那种感受简直难以描述，直到现在也不知道怎样去形容。对于塞拉斯叔叔的疑惧撼动着我的信仰，而这件事本身就是对神明的亵渎。我还不能确定像这样的疑虑、晕眩，也许，还有情绪的波动，是否就是我苦难的本源。

我感觉不太舒服。诺利斯夫人出去散步了。有时候，她走得很远却一点儿也不感到疲倦。夕阳西沉，玛丽·坎斯给我送来一封刚刚收到的信件——塞拉斯叔叔的来信。我的心跳得厉害，不敢打开那黑色的漆封。我在脑子里把所有可能的坏消息都先过了一遍，然后才拆开信封。塞拉斯叔叔信上要我为巴特拉姆庄园之行做好准备。如果我愿意，可以随身带两个女仆。具体日期及详细路线会在下一封信中给予说明。离开诺尔前，要妥当安排好一切。最后，他祈祷自己能够凭良心完成好照顾我的职责和义务，祈祷我可以本着同样的态度，与他建立起崭新的叔侄关系。

环顾一下我的房间，想到很快就要离开，竟有些不舍起来。这座老房子——亲爱的，亲爱的诺尔，我怎能离开你，离开这熟悉的风景与气息，离开和你有关的一切去到一个陌生的地方！

我手里拿着塞拉斯叔叔的来信，长长地叹了一口气，走下楼梯来到客厅。此时已是黄昏时分，我在窗前驻足片刻，望着窗外那片熟悉的树林。夕阳西下，夜幕降临，白色的雾气笼罩着树木纤黄的枝叶。一切看上去都是那么伤感。那些羡慕这位年轻的巨额遗产继承者的人们，根本无法体会此时她心中的压力，以及对死亡的恐惧。对她而言，若是能跟这种生活说再见，将会是一件多么开心的事情！

天黑得很快。西部的天空出现了一团乌云，夕阳的光线透过云缝反射出淡淡的金属光泽。诺利斯夫人还没回来。

客厅里光线阴暗。在几束亮光的照射下，一个黑影出现在关着窗帘的窗框上。

突然，黑影移动，地板发出“吱嘎吱嘎”的声音——原来是拜尔利先生。

我吃了一惊，没想到他竟然会出现在这里。我站在昏暗中看着他，尴尬之余有点儿害怕。

“还好吗，鲁廷小姐？”他一边说着，一边伸出了手。那双手手指纤长、干枯发黄，就像干尸一样。因为光线不太好，他又俯下身子向我靠近了一些，“这么快又在这里见到我，相信你一定很惊讶，是不是？”

“我不知道您已经到了。很高兴见到您，拜尔利先生。但愿没有发生什么不愉快的事情。”

“嗯，小姐，没有。遗嘱已经对外公布，我们会逐步落实。我之所以今天来这里，是因为有两三个问题要问你。你想清楚了再回答我。诺利斯夫人还待在这里吗？”

“是的。她出去散步了，还没回来。”

“很高兴她还没走。我认为，她的看法很正确。我的职责要求我把我的想法告诉你。如果你改变了主意，我也会尽我所能帮助你。记得你那天曾经说过，你对你叔叔一点也不了解？”

“是的，我从来没有见过他。”

“你知道为什么你父亲指定他做你的监护人吗？”

“我觉得，他是想借此表明叔叔能够担此重任吧。”

“的确如此，但是这份责任的性质非同寻常。”

“我不明白你的意思。”

“如果你在二十一岁之前死了，你的全部财产就要归他一个人所有——你明白吗？——况且他还享有对你的监护权。这意味着你得住在他家，由他照顾，听他的话。你现在明白为何不同寻常了吧？你父亲当时把遗嘱念给我听时，我就持有异议。你什么意见呢？”

我犹豫了一下，也不知道自己是否完全听懂了他的意思。

“小姐，我越想越觉得这样办不妥。”拜尔利先生冷静而严肃地说道。

“仁慈的上帝！拜尔利先生，您不会认为我待在自己叔叔家不如待在大法官家安全吧？”我看着他的脸，突然大声喊道。

“小姐，这样的安排对你非常不利。你难道真的不明白吗？”他稍稍迟疑了片刻，回答说。

“假如他不是这样想的呢？如果他想到了这一点，没准儿会拒绝的。”

“话是这么说——他不会拒绝。这是他的来信。”——拜尔利先生递给我一封信——“他已经正式宣布接手此事。我认为，他自己心里很清楚。小姐，你也知道，你的叔叔塞拉斯·鲁廷——名声不太好。”

“您指的是——”我挑起了话头。

“我指的是查克先生的死，就死在巴特拉姆庄园。”

“嗯，我听说了。”我回答道。拜尔利先生谈起这种事情竟然如此从容。

“我觉得查克先生的死与他脱不了干系。当然，也有很多人并不这么认为。”

“拜尔利先生，可能就是这个原因，爸爸才让他做我的监护人的。”

“小姐，毫无疑问，就是为了给他辟谣。”

“如果他顺利完成对我的监护，那些造谣的人还有什么话说呢？”

“嗯，要是一切进展顺利，当然对他有益，但事情往往比预想得要复杂。小姐，我们设想一下，万一你没成年就死了呢？人终有一死，还有三年多的时间你才成年。未来的事谁能说得准？你明白吗？想想人们到时候会怎么说。”

“您应该知道我叔叔信教吧？”

“知道。小姐，那又有什么关系？”

“他——他受过严重的打击，”我继续说道，“他遁世已久，很虔诚。如果不信，您可以去问问我的助理牧师，费尔菲尔德先生。”

“小姐，我丝毫不怀疑它的真实性。我只是在假设未来可能发生的事情——一个意外，就像天花、白喉这种病。这类事情时有发生。你要知道，三年零三个月是一段很长的时间。你去巴特拉姆庄园，以为自己有大把的青春，殊不知，主可能会说：‘无知的人哪，今日必定要你的灵魂。’[1]你去后——你的叔叔，塞拉斯·鲁廷先生，一个臭名昭著的人，为了得到全部遗产，会祈祷些什么呢？”

“拜尔利先生，听起来您是一位虔诚的教徒？”

他笑而不答。

“您知道，叔叔也是一位虔诚的教徒，也感受过信仰对一个人的影响。您难道不觉得他值得信任吗？您难道不觉得他会抓住这个机会来证明自己的清白和我爸爸对他的信任吗？您难道不觉得我们应该让所有的后果和意外都任凭主来安排吗？”

“这一切都是上天的安排。”——我看不清楚他的表情，只见他低着头，用拄杖在地毯上来回划着什么，拜尔利先生小声说道，“你叔叔理应背此恶名。我们必须保持头脑清醒，理性、谨慎地处理此事。像你这样与天意抗争，很可能会把自己推向苦海。你应该好好权衡一下——我知道，你肯定有反对的理由。如果你下定决心让诺利斯夫人来照顾你，

1 语出《新约·路加福音》12：20。※

我会竭尽全力帮你实现。”

“必须得经过叔叔同意，不是吗？”我问道。

“是的。但也不是完全没有希望。”

“我没有听明白。”

“我的意思是，比如，他可以获得你的赡养费？”

“我们错怪塞拉斯叔叔太多了，”我说道，“跟道德价值相比，那份赡养费对他来说又算得了什么？如果接受赡养费意味着道德沦丧，我敢肯定他会拒绝接受的。”

“无论如何，我们可以考验考验他。”拜尔利先生说道。尽管光线很暗，我还是察觉到他的脸上掠过一丝笑意。

“也许吧，”我说，“我不愿相信他动机龌龊。尽管这似乎很愚蠢，但他毕竟是我的亲人，我也没有办法，先生。”

“这是一件非常严肃的事情，鲁廷小姐，”他回答道，“你年纪太小，还不知道这件事情的严重性，慢慢你就会明白的。诚如你所言，他虔信宗教，但他的住所并不适合你。那是一片荒凉之地——主人是被驱逐之人，一桩惨案又搞得人心惶惶。诺利斯夫人说得对，在那里生活给你造成的创伤会影响你的一生。”

“没错儿，莫德，”诺利斯夫人不知何时走了进来，说道，“——莫大的创伤。拜尔利先生，你好吗？ 那幢宅子是个是非之地。对于住在里面的人，人们也是讳莫如深。小莫德对此却一无所知。”

“太可怕了！——太残忍了！”我大声叫喊起来。

“亲爱的，听起来的确令人不爽，但事实就是如此。你会自觉不自觉地回想起查克先生的故事，回想起那栋房子以及你塞拉斯叔叔在这之前遭受的非议。你必须果断地拒绝让他做你的监护人。你爸爸出于强烈的家庭责任感，从一开始就对此事考虑不周，而且所作所为也丝毫不能够帮你叔叔挽回他在人们心目中的地位。我和拜尔利先生都不同意你去巴特拉姆庄园。事实上，没人愿意去巴特拉姆认识塞拉斯，或跟他有什么联系。你爸爸的这个安排愚蠢、残酷至极。”

“不管怎样，我希望人们能够理解我爸爸的想法。”

“大家对你爸爸的想法早就一清二楚了，”诺利斯夫人回答说，“但这丝毫不影响他们的看法，尽管有些人自认为和奥斯汀一样伟大，甚至更加伟大。可怜的奥斯汀长期与世隔绝，将现实抛在脑后，想要证明他的立场，只是自以为是的痴人说梦而已。我知道，他最后也开始动摇了。我想，如果再多给他一年时间的话，遗嘱中就不会有这部分内容了。”

“如果他现在能够开口说话，还会坚持当初的决定吗？无论如何，这都是一个错误，受害者是你，他的孩子。万一你在你叔叔监护期间不幸身亡，不仅立遗嘱的人愿望破灭，还会在全国范围内掀起一片质疑与责难，丑闻重提，那问题可就大了。”

“我相信，拜尔利先生会安排好一切的。事实上，我认为，说服塞拉斯放弃对你的监护权并非难事。莫德，记住我的话，如果你不同意让他试一试，将来你会后悔的。”

虽然他们两人看待这个问题的角度不同，方式不同，但同样公正无私、不偏不倚，同样精明敏锐、深谋远虑。他们极力劝阻我，动之以情，晓之以理。我看看这个，看看那个——一阵沉默。这时，蜡烛送来了，我们可以看清彼此了。

“鲁廷小姐，要不要我去和你叔叔谈谈，”拜尔利先生说道，“就等您一句话了。你叔叔作为这件事情的关键人物，由他自己来判断其利益是否得到妥善考虑是最好不过的了。我认为，他能够看清事实，接受规劝。”

“我现在不能回答——让我想想——让我好好想想。亲爱的莫妮卡表姐，谢谢你对我这么好。还有您，拜尔利先生，真的非常感激！”

拜尔利先生此刻正在忙着翻看他的笔记本。对于我的致谢，他连点头也没有顾得上。

“我后天就要到伦敦。从这儿到巴特拉姆庄园有近六十英里的路程，铁路只有二十英里，其余四十英里需要越过德比郡的群山。坐马车太远，寄信太慢。但是，只要您同意我们的意见，我后天早上准能见到塞拉斯先生。”

“你一定要答应——一定，亲爱的莫德。”

“我哪能这么快就做出决定呢？啊，亲爱的莫妮卡表姐，我现在心烦意乱！”

“你根本用不着做决定，决定留给他去做。他比你考虑得周全。你一定要答应。”

我再一次在她和拜尔利先生之间左顾右盼。我用胳膊搂住她的脖子，紧紧地抱着她，大哭起来：

“啊，莫妮卡表姐，亲爱的莫妮卡表姐，给我出出主意吧。我是个令人讨厌的家伙。你一定要帮帮我。”

直到现在，我才知道我是多么优柔寡断。

“说什么呢，亲爱的，我已给过你建议。我非常郑重地建议过你了。”她回答道，语气带着笑意，接着赶紧补充道，“如果你真的觉得我是爱你的话，我恳求你一定要听从我的建议。请你相信，塞拉斯叔叔比你考虑得更周全，而拜尔利先生比你更了解你父亲的想法和意图。他们会仔细商讨。你最好把决定留给塞拉斯叔叔去做。”

“我应该说——是？”我不知所措，只是将她抱得紧紧的，亲吻着她，哭着说道，“啊，告诉我——告诉我说，是。”

“是的，当然，是。拜尔利先生，她同意您善意的提议了。”

“我可以这么理解吗？”他问道。

“没错儿——是的，拜尔利先生。”我回答说。

“您做出了一个明智而又正确的决定。”他语气轻快，如释重负。

“拜尔利先生，我忘了说了——还望见谅——您今晚务必在此留宿。”

“亲爱的，他不能在此留宿，”诺利斯夫人打断我，“路途漫漫，不宜久留。”

“吃过晚餐再走也不迟。不是吗，拜尔利先生？”

“先生，你知道这是不行的。”表姐断然说道，“亲爱的，对他就不必客套了。他现在就得跟我们说再见了。再见，拜尔利先生。希望很快就能有你的好消息。别等到回到城里再来信。跟他说‘再见’，莫德。拜尔利先生，请到走廊里来，我还有几句话要跟你说。”

她催促他出了房门，只剩下我一个人感到既惊恐又疑惑。虽然不太满意自己的决定，但心意已决。

我站在原地，望着他们的背影，就像个傻瓜一样。

过了几分钟，诺利斯夫人回来了。她已经送拜尔利先生走了。为了让他尽快在我的视线内消失，让我的决定——如果算是我的决定的话——覆水难收，其食宿问题在去巴特拉姆的途中自己解决。

“亲爱的，我要为你鼓掌。”莫妮卡表姐一回来便热情地拥抱我，“你是个聪明的小家伙。你做了应该做的事情。”

“我希望是这样。”我结结巴巴地说道。

“希望？这是明摆着的事儿。”

布兰斯顿进来报告，晚餐已经准备好了。

第4章

监护权之争

餐室里灯光明亮。我和诺利斯夫人在餐桌就座。诺利斯夫人如释重负，兴奋之态溢于言表。她把她小时候对于我父亲的记忆一股脑儿讲给我听。尽管其中多数我早已听过，但总是百听不厌。

尽管如此，拜尔利先生与塞拉斯叔叔即将在巴特拉姆进行的会晤不时地牵动着我的思绪。我的仓促决定，可能会造成很大影响。现如今，我由于不能确定自己的选择是否正确而感到阵阵心悸。

经历了一番反躬自省，我敢说，莫妮卡表姐比我更了解我的个性。她知道我优柔寡断，而且做事容易冲动。所以，她非常担心，我会突然反悔派拜尔利先生出使巴特拉姆。

出于此意，她想方设法转移我的注意力。一个话题讲完马上换另一个。每当我旧事重提，她要么尽量回避，要么巧妙化解，可谓煞费苦心。

那天晚上，我躺在床上辗转难眠，自责不已，最后坐起身失声痛哭起来。由于优柔寡断，我听从了拜尔利先生和莫妮卡表姐的建议。我是否背弃了和父亲的约定？我这样背信弃义，会不会将塞拉斯叔叔置于万劫不复之地？

诺利斯夫人匆忙将拜尔利先生送走无疑是一个明智之举。可以肯定的是，如果他明天一早还在诺尔的话，我一定会收回我的决定。

那天，我在书房发现了四封信件，这让我本已不太平静的内心再起波澜。看字迹应该是出自父亲之手。还有一句说明：信件副本，收件人——本人遗嘱指定受托人之一。下面便是那四封密函的内容，也就是遗嘱宣读当天激发了我和诺利斯夫人好奇心的那些文字。具体内容如下：

> 本人指定一直住在巴特拉姆庄园，郁郁寡欢的舍弟塞拉斯·鲁廷作为爱女莫德的唯一监护人。如果爱女莫德在成年之前不幸身亡，那么我的所有财产都将由他继承。
>
> 作为最了解他的兄长，我对他充满信心，认为他不会辜负子孙后代，可以担此重任。爱女莫德在他那儿一定会受到亲生父亲一般的照顾。另外，若非穷困潦倒、轻率鲁莽，恐怕他也不会招惹诸多绯闻。那些出于政治目的而捏造的荒谬谣言根本站不住脚，必将在这次考验过后不攻自破。
>
> 看在咱们多年交情的分上，请在我过世之后将此意愿公布于众，并以你的正义感作为担保。如有可能，将此昭示天下。

其他几封信的内容也都大同小异。我的心像灌了铅一样沉重，身体因恐惧而开始颤抖。我都做了些什么？我辜负了父亲的良苦用心，也让他挽回家族声誉的努力付之东流。我是一个临阵脱逃的胆小鬼。啊，仁慈的上帝，我竟失信于死者！

我手里攥着信，面无血色，转身冲到客厅，把信交给莫妮卡表姐。从她的表情看，好像是被我的样子吓坏了。她什么话也没有说，匆忙看完那封信后，大声叫喊道：

“亲爱的孩子，就这些？我倒希望你找到了另一份遗嘱，而将所有烦恼抛诸脑后。亲爱的莫德，你这是怎么了？这些东西你我都知道啊。可怜的奥斯汀的良苦用心，我们都很清楚。你怎么就是不明白呢？”

“啊，莫妮卡表姐，父亲是对的。现在看起来，一切都是那么合情合理。而我——啊，都是我的错！——我不能一错再错。”

“亲爱的莫德，不要再执迷不悟了。拜尔利先生至少在两个小时以前就已经在巴特拉姆庄园见到你叔叔了。你已经无法阻止了。就算能够阻止，你又是为了什么呢？难道你不觉得应该征求一下你叔叔的意见吗？”

“他已经有了答案。他在写给我的那封信中已经说得很明白了。拜尔利先生——啊，莫妮卡表姐——他去唬弄我叔叔了。”

“傻孩子，别胡说！拜尔利先生为人善良公正，不会做违背良心和正义的事情。他不是去唬弄他，而是摆事实供他参考。很多人在承担责任前，往往过于草率、考虑欠佳，再加上他独居已久，与世隔绝，疏于与世人交流。我真的觉得他应该在引祸上身之前全面认真地斟酌一番。”

诺利斯夫人义正辞严，字字铿锵有力，仿佛一位逻辑学家。然而，我不得不说，相同的内容，她一遍又一遍地重复。尽管把我给搞懵了，但并没有说服我。

“我不知道自己为什么会去那个房间，”说这话时，我心里充满了恐惧，“也不知道为什么会走到橱柜那儿。那些信一直放在那里，之前从未见过，今天却被我一眼就看到了。”

“亲爱的，你到底想说什么？”诺利斯夫人问道。

“我的意思是——有一种力量指引着我去那儿，那就是父亲对我的召唤，就仿佛他伸出手在墙上写下文字一般。”我几乎是尖声叫喊着，将这个疯狂的想法和盘托出。

“亲爱的，你有点儿神经质了。想必是昨晚没有睡好，太累了。我们出去走走吧。呼吸一下新鲜空气对你有好处。我向你保证，你很快就会明白我们是正确的，并由衷地为自己的所作所为而感到高兴。”

我的心情已经平复，但她还是没有说服我。那天晚上做睡前祷告时，我感觉良心受到了谴责。做完祷告，我躺在床上，倍感焦躁。每个神经敏感的人都有过这样的经历：一闭上眼睛，脑海中就会不自觉地浮现出各种可怕扭曲的面容，一个接着一个，挥之不去。那天晚上，萦绕在我脑海中的是我父亲的面容——时而脸色苍白、轮廓分明，时而如玻璃般透明，时而似满是皱褶的尸体，唯一不变的是那恶魔般狂怒的奇怪表情。

逃离可怕幻象的唯一办法就是起身坐着，看着月光。最后，筋疲力尽的我在不知不觉中睡着了。在梦里，我听到父亲在床帐外面一字一句地说：“莫德，我们去巴特拉姆庄园吧，要迟到了。”

我从睡梦中惊醒，父亲的召唤似乎还在房间里回荡。我觉得，父亲就站在床帐的外面。

令人辗转反侧的这一夜终于过去了。第二天一大早，我就像个鬼魂似的，穿着睡袍站在诺利斯夫人的床边。

“我听到了父亲的命令，”我说，“莫妮卡表姐，父亲没有离开我们。他命令我去巴特拉姆庄园。我会去的。”

她看着我的脸，微微一笑。我知道，我的焦虑踌躇让她倍感困扰。

“莫德，你多虑了。”她说，“很有可能是塞拉斯·鲁廷对拜尔利先生的游说无动于衷，依然坚持让你去巴特拉姆庄园跟他住呢。”

“但愿如此！”我大声叫喊道，“即便他反悔了，我还是会去的。即便他硬要把我赶走，我也要去。我要为自己失信于父亲的行为赎罪。”

再有好几个小时信函才能到达。对我们两人而言，多等一秒都是煎熬。对我来说更有甚之。终于，布兰斯顿拿着邮袋来了。信封大大的，盖着费尔特拉姆的邮戳，收件人诺利斯夫人——寄件人拜尔利先生，寄出的时间是昨天。我们一起看了信函，大意如下：

尊敬的诺利斯夫人，

今天，我在巴特拉姆庄园见到了塞拉斯·鲁廷先生。他义正辞严地表明了他的态度，绝不放弃监护权，不同意将鲁廷小姐托付他人抚养。至于理由，首先是他必须尽职尽责。他声称，绝不能因为计较个人得失而辜负哥哥的信任。况且，他是鲁廷先生唯一的弟弟，继承监护权天经地义。其次，应代理受托人之请而放弃监护权，意味着公开自我谴责，会影响到他个人的名声。见他心意已决，我也不便多说。他还说，接待莫德的工作已经安排妥当，过几天就会派人过去。我认为，我最好还是回趟诺尔，在鲁廷小姐走之前，向她提供一些力所能及的建议，协助她解雇仆人，登记财产。另外，在她离开的这段时间，房屋和庭院的维护事宜也要早做打算。

谨上

汉斯·拜尔利

我无法跟你形容表姐当时的表情。看完信，她非常沮丧，甚至有些愤怒。她抽了抽鼻子，用一种异常冷酷而压抑的声调说道：

“好了，你现在满意了吧？”

“不，不，不。我不是这样想的——我心里一点儿也不高兴。亲爱的莫妮卡表姐，你是我唯一的朋友。但是，我要对得起良心。你不明白这是怎样的一种折磨。我是最不开心的那个人。我有一种不祥的预感但无法言表。我害怕极了。莫妮卡表姐，你不会不管我，对吗？”

“对的，亲爱的，永远不会。”她伤心地说。

“只要有时间，你就来看我，对吗？”

“是的，亲爱的，如果塞拉斯同意的话。他肯定会同意的。”看到我脸上露出了恐惧的表情，她匆忙补充道，“我向你保证，我一定会尽我所能。没准儿他还会同意让你时不时地去我那儿小住几天。毕竟相距不远，只有六英里——半个多小时的车程。虽然我讨厌巴特拉姆，讨厌塞拉斯——是的，讨厌塞拉斯，”她重复了一遍以回应我惊讶的表情，“但我会去巴特拉姆看你——当然，如果他同意的话。你是知道的，我都好多年没去那个鬼地方了。虽然不太了解他，但我觉得他好像喜欢抓住别人的过错不放，不管别人是有意为之还是无心之过。”

是怎样的旧仇宿怨令莫妮卡表姐对塞拉斯叔叔抱有如此成见呢？——我认为，这种评价既不公正也不客观。听着这些话，塞拉斯叔叔在我心中神圣而高大的形象开始土崩瓦解。但出于对父亲的尊重，即使听到再多对他不利的言辞，我仍然会排除一切疑虑，保持对他的信任。事实证明，我错怪了诺利斯夫人，以为她由于气急败坏而蓄意伤人，跟所有女性一样感情用事。

这样一来，由莫妮卡表姐来照顾我的计划就此化为泡影了。假如父亲安排莫妮卡表姐照顾我，那该有多好啊！无论如何，她愿意与住在巴特拉姆庄园的塞拉斯叔叔“破冰”的承诺还是给了我一丝安慰，我们开始接受现实。

第三天早上，早餐吃得很晚。诺利斯夫人正在读一封信，边看边笑，饶有兴致。过了一会儿，她抬起头来，举着信的那只手放在了茶杯旁边。

“你肯定猜不到信中提到谁了。”她歪着头，调皮地笑着说。

我的脸“腾”地一下红了——从额头到两颊，甚至红到了手指尖。她要说的会不会正是我心中所想的吧。她一脸顽皮地笑着。不会是奥克利上尉结婚了吧？

“我确实不知道是谁。”我回答道，欲盖弥彰。

“是啊，我已经看出你不知道了。你脸红的样子实在太可爱了。”她故意逗我说。

“我真的不知道。”为了挽回仅有的那点儿自尊，我故作镇定，脸却越发红了起来。

“你猜猜呗？”

“猜不出。”

“好吧，要我告诉你吗？”

“随你便。”

“好，我告诉你吧——我给你念上一页，你就知道了。你认识乔治娜·范肖吗？”

“乔治娜夫人？不认识。”

“不认识也没关系。她人住在巴黎，信是她写来的。她这样说——让我找找在哪里——‘昨天，你猜怎么着？——真是活见鬼了！——你一定要听一听。我哥哥克雷文昨天非要我跟他一起去莱巴商店，就在格雷沃[1]旁边那条狭小的古董街上。那是一间非常好玩的老古玩店。我们进去时，顾客不多。店里古玩各式各样，令人应接不暇。过了好大一会儿，我才发现，店里站着一个高个子女人。她里穿灰色丝绸，外披黑丝绒斗篷，头戴一顶巴黎风软帽。顺便说一句，帽子是新款的，你一定喜欢——上市仅仅三周时间——优雅大气，不知道怎么形容。我敢肯定，在莫尼兹[2]也可以买到。顺便说一句，我找到你要的蕾丝了，希望你能喜欢。’好吧，这段省略过去——听下面的内容，”她接着读道：

“‘你一定想知道那个带着新款软帽、披着丝绒斗篷的神秘女人是谁。她坐在柜台边的凳子上，不是想买东西，而是在贩卖盒子里装的宝石和饰品。有个男的逐个拿起来看。我猜，应该是在估价。我走近仔细一看，发现一个小小的珍珠十字架上至少镶了六个成色上乘的珍珠。我正准备收入囊中，她看了我一眼，认出了我——事实上，我们认

1 格雷沃（Greve）：巴黎的一个地名。莱巴商店（Le Bas）为作者所虚构。※
2 莫尼兹（Molnitz）：作者虚构的一个地名。

识——你猜她是谁？估计给你一个礼拜的时间你都猜不出。我可等不及了，就不卖关子了。她就是在埃尔沃斯顿[1]，你指给我看的那个令人讨厌的布拉思迈尔[2]小姐。我一直记得那张脸——她似乎也记得我，看见我马上转过身去了。而且，竟然用面纱遮住了脸。'"

"莫德，你是不是跟我说起过，你的珍珠十字架就是那个讨厌的鲁吉耶在这里做家教时不见的？"

"是的。可是——"

"可是她和布拉思迈尔小姐有什么关系呢？你想问这个吧？——她们是同一个人。"

"啊，我明白了。"我回答道。冤家消失一段时间后突然又有了消息，这多少让我有些惴惴不安。

"我马上给乔吉回信，让她把那个十字架买下来。肯定是你的，我敢拿性命担保。"诺利斯夫人语气非常坚定。

就连仆人们对于鲁吉耶女士也颇有微词。他们一点儿也不避讳，直言控诉她惯于偷盗，劣迹斑斑。就连受她宠爱的安妮·魏世德也常常私下暗示，鲁吉耶女士用我的一块蕾丝，跟吉卜赛小贩对换法国手套和爱尔兰府绸[3]。

"等证据确凿，我就让警察把她捉拿归案。"

"到时候，你可千万别让我去法庭作证啊。"我既开心又害怕。

"亲爱的，不会的。有玛丽·坎斯和腊斯克女士两人作证就足够了。"

"你为什么这么讨厌她？"我问道。

莫妮卡表姐往椅背上一靠，抬眼看着天花板，考虑了好大一会儿，最后自己笑了出来。

"其实，说出来不太容易。也许，不是什么光明正大的理由吧。我就是讨厌她。我还知道，你这个小伪君子，也跟我一样讨厌她。"我们都笑了。

---

1 埃尔沃斯顿（Elverston）：莫妮卡表姐的住宅所在地。

2 布拉思迈尔（Blassemare）：Blab 在德语中意思是"淡颜色的"。Blaser 在法语中意思是因为喝了烈性酒而变得冷漠。mare 是湖或海的意思。莫妮卡表姐用它称呼鲁吉耶女士，意在讽刺鲁吉耶女士嗜酒如命。※

3 府绸（poplin）：一种质地细密、平滑而有光泽的平纹棉织品。

“你一定要把她的故事讲给我听。”

“她的故事?”莫妮卡表姐重复道,“我对她几乎是一无所知。跟她只是在乔治娜说的那个地方,有过几面之缘。关于她的一些负面传闻,我不知真假。我只知道,她对你不好,喜欢干偷鸡摸狗的勾当。”——(莫妮卡表姐以前总说她是明抢)——“光这些罪行就足够判她死刑。我们出去走走吧。”

出去散步时,我再次提起了鲁吉耶女士,却没打听到什么新鲜事儿——也许她根本就没有值得一听的故事吧。

第5章

再见，诺尔！

诺尔家中所发生的一切都在暗示，距离我离开此地，已经为时不远了。拜尔利先生如约而至。他和丹弗斯先生对于宅邸如何安置交换了意见。房子除外，庭院和花园由腊斯克女士代管，猎场看守人以及几个室外工作人员留任。玛丽·坎斯作为贴身女仆陪我去巴特拉姆庄园。其他仆人全部遣散。

“千万不要和玛丽·坎斯分开，”诺利斯夫人不容置辩地说道，“如果你叔叔让你独自一个人去，千万不能答应。”

她翻来覆去就这一句话，恨不得一天说上八遍。

“坎斯为人诚实正直，与你非常亲近，值得信赖。无论你走到什么地方，尤其是在巴特拉姆那种地方，当你感到孤苦无依时，这些品质非常可贵。千万不能让他们用一个邪恶的法国年轻制帽工把她给替换掉。”

莫妮卡表姐还时不时地唠叨上两句，搅得我心神不宁，胆战心惊。比如，她会问：

“我知道坎斯待你真诚。但她足够机灵吗？”

或者，冷不丁地冒出一句：

“希望坎斯能够处乱不惊。”

或者，一脸焦虑地说：

“坎斯识字吗？万一你病了，她会写信吗？”

或者问我：

“她能准确地捎口信吗？”

又或者：

“她是一个足智多谋的人吗？万一遇到紧急情况，她能够安之若素，处乱不惊吗？”

这些问题可不像我此处所写的那样，一口气问完，而是穿插在我们平时的谈话中。它们大多是在莫妮卡表姐沉默良久或摇晃脑袋时突然提到的。虽然问题数量不多，就这么几个，但莫妮卡表姐那沉思、忧郁的表情，使我隐约感觉到了潜在的危机。

莫妮卡表姐满脑子想的另外一件事就是我丢失的那个珍珠十字架。她分别给玛丽·坎斯、腊斯克女士和我做了笔录。我本以为她只是一时兴起，直到真正见识到她是如何有条不紊地对我们进行问讯时，我才发现她是认真的。

因为我马上就要离开诺尔了，所以她决定留下来陪我，直到我去巴特拉姆庄园的那一天。日子一天天过去，眼看离别在即，她变得越来越温柔、越体贴。那段日子对我来说既幸福又伤感。

拜尔利先生，虽然还住在这里，除了下午茶时间，几乎看不见他的人影。他起得很早，吃饭时总是一个人。而且由于公事繁忙，吃饭时间也不固定。

在他到访的第二天晚上，诺利斯夫人终于逮到机会，询问他去巴特拉姆的所见所闻。

“你跟他见面了？”诺利斯夫人问道。

“是的。得知我的来意后，他在他的房间里接待了我。当时，他身穿丝质睡衣和拖鞋，整个人状态不好。”

“说点儿有用的。”莫妮卡表姐直截了当。

“他拒绝了我们的提议，而且说得头头是道，难以辩驳。在我看来，他心意已决。再说什么都是徒劳——这个话题显然已经无法继续进行了。”

“好吧。他现在又改信什么教了？”

“关于这个话题，我们倒是聊了一大会儿。他对斯威登堡了如指掌，赞成通信者教义[1]。碰到同道中人便迫不及待地想要交流交流。说实话，我没有料到他对这个话题这么感兴趣。他读的书可真不少。”

---

1 斯威登堡认为，人世间的一切都能在天国和地狱中找到对应之物。参阅《天堂与地狱》第87—115页。※

“你建议他放弃监护权时，他生气了吗？”

“没有。他自己坦言最初也有这方面的顾虑。他生活习惯已经养成，而且年事已高，身体又不太好，再加上巴特拉姆庄园地处偏远之地，缺少良好的教育条件，所有这些都困扰着他。他几乎想要放弃监护权。然而，我在信中所说的那些理由坚定了他的信念。他说，什么也不能使他动摇或者让他质疑自己的选择。”

在拜尔利先生述说他在巴特拉姆庄园与塞拉斯叔叔会面的整个过程中，莫妮卡表姐不断地发出“呸呸”的声音以及阵阵冷笑。在我看来，更多的是出于恼怒而不是轻蔑。

拜尔利先生的一席话让我倍感欣慰，增强了我的信心，让我一时间又回到了从前。巴特拉姆庄园能比诺尔偏僻到哪儿去？米莉森特堂妹跟我差不多大，还能玩不到一块儿？难道我在德比郡的旅居生活，就没有可能成为我一生当中美好的回忆？倘若老是沉溺于可怕的想象中，无论何时何地都不会开心啊！

塞拉斯叔叔的召唤如期而至，离开诺尔的日子屈指可数。

临行前一天晚上，我又去看了看塞拉斯叔叔的全身画像，最后一次伫立在画像前，饶有兴致地端详了很久，他在我脑海中的样子反而比以往更加模糊不清。

有一位如此富有而且慷慨的哥哥给予他支持与帮助，自己又相貌出众、才华横溢，按道理讲，这位画中人应该无事不能，无人不敬。事实上，他又是一种什么情况呢？一个穷得叮当响，人见人躲的老头儿。他住在一座并不属于自己的房子里，孤苦无依，以堕落为伴，屡遭世人白眼。

我凝视着眼前的画像，凭借记忆使他在我脑海中的样子更加清晰。仿佛那个明天我要见到的人现在就站在我的面前。

这一天终于来到了——在诺尔的最后一天——离别的一天，充满好奇与不舍的一天。我的马车已经准备好，就停在门口。莫妮卡表姐的马车刚刚离开，正奔向火车站。在她离开前，我俩相拥而泣。她的脸庞还历历在目，她的安慰与承诺还声声在耳。清晨寒气未消，玻璃窗上布满了冰花。早餐吃得很简单，我只喝了一杯茶。整座房子看起来好奇怪！没铺地毯，无人居住，几乎所有房间的门都上了锁。除了腊斯克女士和布兰斯顿，其他仆人都不见了。客厅的门敞开着，一个女佣正在拖地。再看上最后一眼——谁知道这一去多久呢？——这个老房子。行李已经装上了马车。我让玛丽·坎斯先上车，哪怕再多停留一秒都是好的。这一刻终究还是来到了。我和腊斯克女士在走廊里拥吻告别。

"亲爱的莫德小姐，愿上帝保佑你！千万别难过。记住，时间过得很快，一眨眼就过去了。到时候带回一位翩翩公子——谁知道呢？找个惠灵顿公爵[1]那样的好男人作丈夫。我会管好家里的一切，等您回来。如果您允许的话，我还会去德比郡看望你和玛丽。"等等。

我吻过腊斯克女士的手，与她道别。她站在走廊门外的台阶上，微笑着，擦拭着泪水。我上了马车，布兰斯顿关好车门。马车奔跑起来，不明所以的小狗们摇着尾巴，高兴地跑着追赶，但被布兰斯顿叫住赶回了家。它们耳朵竖着，尾巴低垂，不时地回头顾盼，迷惑又惆怅。我由衷地感谢它们的好意，但又感觉自己像个异乡人，十分凄凉。

那天早上，阳光明媚，万里无云。考虑到乘火车只能行走二十五英里，而且由马车改火车太麻烦，我们决定全程六十英里都走驿道——如果你有一颗追求自由的心灵，这将是一次非常愉快的旅行。虽说乘火车可以看到更壮丽、更开阔的风景，但真正启发和教育我们的却是近在眼前的景色——金黄色的麦捆，古旧的篱笆果园，老城的四衢八街——或体态丰腴，或老态龙钟，或慈眉善目，或面目狰狞，或享受奢华，或苦不堪言，或斗志昂扬，或无精打采—形形色色，三般九等之人。比概览真实，比野史生动。

我们经过了那片幽暗的树林——对我而言，它看起来阴森可怖——里面满是坟墓，我亲爱的父母亲就长眠于此。看着这阴郁的森林，我的心隐隐作痛，心情无法平静。随着马车的前行，它渐渐从我的视线中消失。

整个上午我都没掉一滴眼泪。当马车载我离开诺尔时，善良的玛丽·坎斯哭了。诺利斯夫人也哭着亲吻祝福我，承诺尽早来看我。腊斯克女士消瘦黝黑的脸庞颤抖着，两颊挂满泪珠。而我，那个本该心情最

---

1 惠灵顿公爵（Duke of Wellington，1769—1851）：英国著名军事家、政治家。1815 年，在滑铁卢战役中抗击并战胜了不可一世的拿破仑。※

沉痛的人，反倒没有掉一滴眼泪，只是因为激动兴奋而面色苍白。我四下环顾着周围熟悉的一切，一点儿也不理解此去一别的含义。

马车行驶到一座古老的大桥，高大的柳树静静地伫立在桥的两旁。从桥上回望诺尔——我最热爱的地方——看到它房舍排排，草地连绵，树木挺拔。眼看着它渐渐远去，我的眼泪终于像断了线的珠子一般落了下来。直到高高的山峰阻挡视线良久，我才默默地将眼泪擦干。

我们来到驿站更换马匹。对于一个长期过着与世隔绝生活的年轻人来说，来到一个陌生的地方，见到崭新的景色，不免有些兴奋。

我和玛丽·坎斯都是第一次离开诺尔，还以为巴特拉姆庄园快要到了。听完塞拉斯叔叔派来迎接我的人的话后，我们大失所望——他更像是一个马夫而不像是仆人。他代表我的监护人塞拉斯叔叔照顾我们，并负责看管行李。快到一点钟的时候，他告诉我们，还要走四十英里才能到达，其中包括最难走的一段路，即翻越德比郡的山地。

善良的玛丽·坎斯此刻已经擦干眼泪。我们一起翘首期盼，希望尽早到达巴特拉姆庄园。除了期待，我还有点儿紧张。在一间舒适的小客厅小憩过后，我们便继续赶路。

旅途中行进最慢的便是那段长长的山路了。马车作“Z”字形行走，就如同水手通过转换方向避开迎面扑来的风浪一样。我忘记那片掩映在树林中的建筑群叫什么名字了——它应该算不上是一个村庄。由于道路难走，我们在那里又找了四匹马和两个驾车人。至于在那儿还干了一些什么事，只能说我和玛丽·坎斯悠闲地喝了点儿茶，买了些姜饼[1]。姜饼看上去很好吃，但吃起来味道却不怎么样。

走山路时速度非常缓慢。遇到陡峭的地方，我们只好下车步行。我之前从未爬过山，非常兴奋。蕨草、石南遍地，山下村落一览无遗，空气纯净，薄暮氤氲，若隐若现，令我痴醉。

太阳落山时，我们正好到达山顶。举目四望，薄雾聚积，暮色渐沉，一轮圆月西挂天空，大地万物朦朦胧胧。我让塞拉斯叔叔派来迎接我的人指指巴特拉姆庄园所在的位置，努力看了半天，一无所获。看来，到达巴特拉姆庄园，见到它的主人，至少还要等上一两个小时。

---

1 姜饼（gingerbread）：一种薄而脆的酥饼，通常用姜、面粉、蜂蜜、红糖、杏仁、蜜饯果皮及香辛料制成。

这时，银白色的月光洒满了大地。我们沿着石南丛生的荒野继续行进。当下到半山腰时，恰巧路过一个吉卜赛人的露营地。只见两三个又低又矮的帐篷前面，熊熊燃烧的篝火上架着一口大锅。几个又黑又瘦又丑的老巫婆和一个长相甜美的小女孩注视着我们。一些头戴奇形怪状的帽子，围着颜色刺眼的丝巾，身穿花里胡哨的马甲，脚踩高帮松紧鞋的人，懒里懒散地站在我们的对面。这是我第一次见到吉卜赛人的露营地。

我打开前窗，命令赶车人把马车停下来。

“他们是吉卜赛人吧？”我问道。

“是的，小姐。”塞拉斯叔叔派来迎接我的那个人回答道。只见他瞥了他们一眼，脸上带着一副奇怪的笑容，一半是蔑视，一半是漠然。德比郡的农民在发现邻居偷鸡摸狗时，脸上就是这种表情。

第6章

巴特拉姆庄园[1]

就一眨眼的功夫，那个长相甜美的小女孩微笑着站在了马车窗子跟前。她个子高高的，头发眼睛乌黑，牙齿如珍珠般亮白，美得让人无法言说。她说话口音很特别，彬彬有礼地提出要给坐在车里的女士们算算命。

我之前从未亲眼见过这个流浪的种族——他们是神秘与自由之子。眼前的小女孩如此美丽洒脱！看着他们简陋的居所，想到漫漫长夜，我不禁惊诧于他们的自立，禁不住自卑起来。她向我伸出她那只东方人特有的修长之手。

“好的，你给我算算吧。”我本能地向她报以微笑。

“给我点儿钱，玛丽・坎斯。不行，这些不够。”我把她掏出来的六个便士给塞了回去。我听说占卜师预言的好坏和顾客的诚意有关，而且决心要去巴特拉姆的我非常希望听到好的预言。“给我五个先令[2]。”我坚持道。老实的玛丽非常不情愿地拿出了一个五先令银币。

猫一般机灵的小美人儿接过银币，礼貌地道了声“谢谢”，然后将其飞快地藏了起来，就像那钱是她刚刚偷来似的。然后，她拿起我摊开的手掌，仔细地端详起来。出乎我意料的是，她说我喜欢一个人，他会变得非常富有，我应该嫁给他。我很害怕她会说出奥克利上尉的名字。她又说，我有好几个敌人，可能会与我共处一室，但他们伤害不了我。

1　巴特拉姆庄园（Bartram-Haugh）：作者虚构的一个地名，文中塞拉斯叔叔（Uncle Silas）的府邸。

2　先令（shilling）：英国货币单位，等于 12 便士（penny）或者 1/20 英镑（pound）。

她还说，我将目睹血光之灾，但受害人不是我，最终我会很幸福，就像童话里的女主角一样。

难道这个举止怪异的小骗子在提及我的敌人时，已经从我脸上看到了我内心的恐惧，并想利用我的弱点有所图谋？这很有可能。只见她从裙子上拔出一枚长长的黄铜别针，别针的顶部有个圆珠，递到我面前说，这是她外婆留给她的，她绝对不能失去它，但我也很需要一枚这样的别针。然后，她满嘴跑火车，跟我炫耀这个别针有多么神奇。它的厉害之处在于，如果你把它插在毛毯上，不管是老鼠、猫、蛇——她还说了两个名词，应该是吉卜赛方言，一个是邪恶的灵魂，另一个是“会咬断你喉咙的家伙”——都无法靠近你的身体或者伤害你。

她告诉我，那个别针就是有这么大的魔力，但她只有这一个，整个吉卜赛营地只有她有。我要想据为己有，需要不惜一切代价。惭愧的是，我居然真的付给她一个英镑，买了这个黄铜别针！这笔交易在一定程度上反映了我的性格，那就是绝不放过任何机会。我总是把这理解为，“如果现在不把握住，将来一定会后悔”。同时，这也说明了那段时间我有多么恐惧和不安。无论如何，我得到了她的别针，她拿到了我的钱。我敢说，当时我比她还要高兴。

这女孩是我人生中碰到的第一个女巫。她站在河边的大路上，微笑着向我们道别。我们驾起马车飞快前进。斑驳的火光，昏暗的人群和驴车，在月光下依稀可见。

此时此刻，想必他们正围坐在篝火旁，一边吃着用偷来的家禽煮的晚餐，一边讥笑着我的愚蠢，并为自己是这个优越族群的一分子感到无比自豪。

玛丽·坎斯见我胡乱花钱，便埋怨我说：

“小姐，你真的吓到我了！瞧瞧那帮人那副德性！无论老的还是少的，不是小偷就是流浪汉。”

“不能这么说人家。找人算命，不多掏钱就算不好。玛丽，应该快到巴特拉姆了。”

马车正在一个陡峭的斜坡上作“Z”形螺旋上升，对面流淌着一条蜿蜒的河流，陡峭的高地与之平行。高地上覆盖着一片森林，阴森可怖。月光倒映，河面上波光粼粼。

"真是个美丽的地方。"玛丽·坎斯正在大口咀嚼三明治，听到我说话，整了整帽子，从车窗往外看去。然而，除了我们正在攀登的石南丛生的斜坡，其他什么也看不到。

"嗯，小姐，想必是的。这里山好多——不是吗？"

说罢，诚实的玛丽身子向后一靠，继续啃她的三明治去了。

下山时马车速度很快。我估摸着快要到巴特拉姆了。我在车里尽可能站起身来，越过赶车人的脑袋看着前方。这一刻马上就要来了，我又急又怕。当马车快速穿过狭窄的山谷，一片林木丛生的平原在我们眼前铺展开来。

马车继续急速前进，就像飞起来了一样。一路驶过，我感觉到一些变化。道路一侧是破旧的灰色围墙，墙上长满了杂草，另一侧则是美丽的白蜡树墙，一点儿也不对称。

最后，赶车人收缰勒马，我们驶进了一个由围墙圈起的半圆形庄园，停在一扇巨大的铁门前。铁门前有一对高高的白石支墩，上面杂草遍布、藤蔓丛生。巨大的飞檐上有遮蔽物和支撑物。鲁廷的铭牌经历过多年的雨雪冲刷，如今已快磨平，看上去斑驳陆离，如同身材魁梧的哨兵们，手挽着手，阻挡我们通向这个神秘的城堡——铁门上华丽的装饰就好像他们白色长袍上垂下的布料。

随从跳下马车，推开大门，一条宽阔笔直的林荫大道出现在我们的面前。大道与房子前厅宽度相等，两旁是高大的乔木。整个大道用白色的石头铺成。这些白色的石头应该就是德比郡盛产的卡昂石。

这就是巴特拉姆，塞拉斯叔叔就住在这里。进去时，我紧张得无法呼吸。皎洁的月光洒满了老房子前面的白石大路。我们不仅可以看到房子豪华的装潢，有凹槽的房柱和门道，美丽多彩的雕刻，装有栏杆的阳台，也可以看到褪色生苔的前厅。两棵大树在最近的一次风暴中被连根拔起，倒在地上。枯黄的枝叶在风中摇曳，但永远不可能再次生绿。它们趴卧的地方，即庭院的右侧，跟林荫大道一样，也是杂草丛生。

所有这一切使得巴特拉姆庄园看起来非常凄凉。眼前的衰败景象与其昔日的富丽堂皇形成了鲜明的对比。

二楼的一个大窗户闪着红色亮光，我看到有人从里面探出头来向外张望，转眼又不见了。这时，突然传来一阵猛烈的犬吠声。几只狗从半开着的侧门跑进了院子，引起一阵骚乱。塞拉斯叔叔派来迎接我的那个人从马车后座跳下，叫喊着用鞭子将它们赶走。马车在宅邸门前停了下来。

随从刚把手放到门环上，门就打开了。借着微弱的烛光，我看到了三个人——一个瘦骨嶙峋，弯腰驼背的老头儿，系着白色围巾，身穿深色外套，手扶大门站在那里。那件外套有些大，像是借穿了别人的衣服。一个体态丰腴的漂亮姑娘，身穿短裙，脚蹬短靴，虽大腿粗壮但脚踝很美，站在中央；还有一个邋里邋遢的女仆，像是年老的女佣，站在姑娘的身后。

虽是举家列队欢迎，但效果一般。混乱之中，随从小心放下行李箱，冲着站在门口的那个老头儿和庭院里的狗不停地大声喊叫。老头儿一边说话一边用手比划，动作僵硬，浑身颤抖。我压根儿没有听到他在说什么。

“有没有可能——那个看起来尖酸刻薄的小老头儿就是塞拉斯叔叔呢？”

我猛地一怔，又觉得塞拉斯叔叔身材没有这么矮小，于是松了一口气。马车上的人们一路舟车劳顿，他们却不闻不问，倒先关注起行李来了，做事风格着实让人看不太懂。然而，我并未因为受到冷落而伤心。本来就惶恐不安的我，巴不得多拖延一会儿时间。我小心翼翼地坐回车上，偷偷地观察着外面的一切，而他们却看不到我。

“你能不能告诉我，我堂姐在不在马车上？”那个体态丰腴的年轻姑娘大声喝问着，重重地跺了跺脚。

在啊，我当然在啊。

“为什么不叫她下车，你这个笨蛋，啊？”

“‘鸡杂’，你跑步过去，快把莫德姐姐接下来。巴特拉姆欢迎你。”她喊出这句问候语时，声音异常嘹亮，而且重复了好几遍，我甚至没来得及把窗户落下来，跟她说声“谢谢”。“我应该亲自扶你下来——你是一条好狗，你不会咬莫德姐姐的。”（这是她对一只巨型獒犬说的。那只獒犬似乎也有一些激动，不停地用脑袋蹭她。现在，情绪已经稳定下来。）——“我不敢下台阶，‘当家的’[1]不让。”

1 当家的（the governor）：塞拉斯叔叔的儿女对他的称呼。

那个被叫作“鸡杂”的仆人打开车门。那个随从，也就是“跑腿的”——后一个称谓应该更适合他——走下台阶，浑身颤抖得很厉害，甚至比我后来见到塞拉斯叔叔时抖得还要严重。我下了马车，站在门阶上迎接我的那个直率的年轻姑娘看到了我。

她给我了一个大大的拥抱以示欢迎，并重重地亲吻了我的两颊，她称之为致敬，随后拉着我进了走廊，一副非常开心的样子。

“我敢保证，你一定累坏了。那个老家伙是谁？”她对着我的耳朵急切地说道，把我的耳朵都快震聋了，“就是那个女仆！那个老太婆——哈哈！哎呀！太不公平了！看她穿得多么好！黑色的丝绸斗篷和绉纱[1]。我穿的是斜纹棉布，只有周末才能穿上这七窟窿八眼子的破裙子。噢，太惭愧了！你一定累坏了。他们说，诺尔离这儿挺远的。我对那里知道一点儿，但只限于‘猫与小提琴’[2]，靠近伦南路。上来吧，你想进来跟‘当家的’聊聊吗？就是我爸。你知道的，他最近有点儿头脑不太清楚。”我明白，她是说塞拉斯叔叔身体不好。“礼拜五那天他感觉神经痛——大概是这个毛病——风湿病引起的，他把老‘鸡杂’找了去。现在他在自己的房间里坐着呢。或许你想先看看你的卧室。听他们说，你这一路长途跋涉，挺累的。”

我的确更想先去卧室。我的那个堂妹一边滔滔不绝地说个不停，一边明目张胆地打量着我，一点儿不怕被我发现。她先是死死盯着我的脸，反复端详，接着用拇指和食指捏捏我的裙子，仔细抚摸，然后逐一查看我的项链和其他首饰，最后拿起我的手，看了看我的手套和戒指。玛丽·坎斯就站在我的身后。当然，在她打量我的同时，我和玛丽也有充分的时间来观察她。

虽然我不知道给她留下的印象如何，但我眼中的米莉堂妹长相要比她的实际年龄小很多。她体态丰腴，腰肢纤细，浅色的头发比我的还要浅，蓝蓝的眼睛又圆又大，看上去很漂亮。她说话嗓门很大，像银铃一般，笑起来前仰后合，走起路来大摇大摆、摇头晃脑。虽然粗鲁专横，

---

1 绉纱（crape）：一种古代纱织物。这种纱因表面自然绉缩而显得凹凸不平，看上去很厚实。

2 猫与小提琴（Cat and Fiddle）：英国路况最差的山路之一。该路介于巴克斯顿（温泉胜地）、德比郡、麦克莱斯菲尔德（柴郡的一个小镇）和柴郡之间，因位于山顶的“猫与小提琴旅馆”而得名。※

大大咧咧，但坦诚直率，有副好心肠。

如果说我的穿着尚且跟不上潮流，那莫妮卡表姐又会怎么看待米莉呢？正如米莉自己所说，她很苦恼，身穿黑色斜纹棉布裙，而且裙子的长度几乎跟巴伐利亚扫帚女巫[1]的裙子一样短。她脚穿白色长棉袜，黑色皮靴带着皮扣，鞋底显然对于一位小姐来说过厚了，厚得让我想起在《笨拙周报》上看到的那双漂亮的登山靴。还有一点需要补充，她抚摸我裙子的那双手很漂亮，但肤色晒得过黑了。

“你叫什么名字？”她向玛丽点头致意。玛丽也在看她，出于嫌恶，眼睛瞪得又圆又大，就像一个一直生活在内陆的老姑娘第一次看到捕获的鲸鱼一样。

玛丽只是向她行了个礼，我代其作答。

“玛丽·坎斯，”她重复了一遍，接着说道，“欢迎你，坎斯。我该怎么称呼你呢？所有仆人我都喊绰号。我喊老贾尔斯‘鸡杂’。刚开始的时候，他一点儿也不喜欢这个称呼。可现在我一叫他，他会立马儿答应。我喊露西·怀亚特‘拉穆尔’，是因为有部意大利歌剧名叫《拉穆尔的露琪亚》。”话一说完，她便大笑起来，声音大得让我无法忍受。事实上，米莉堂妹说得不对，不是拉穆尔，而是拉美莫尔才对。突然，她向我眨了眨眼睛，大喊一声“拉穆尔”。

一个头戴后部很高帽子，长得很像哈伯德大妈[2]的干瘦老太太礼貌地回答道：“是，小姐。”

“所有行李和物品都拿下来了吗？”

“拿下来了。”

“好的，我们走。我该怎么称呼你呢，坎斯？让我想想。”

玛丽不卑不亢的说：“您想怎么称呼，就怎么称呼吧。”

“那可不行，坎斯。既然你的声音沙哑得像青蛙一样，那我就暂时叫你‘坎兹’吧。就这么定了。跟我来，坎兹！”

米莉堂妹用手揽着我，推着我往前走。在上楼时，她松开手，从我

---

1 巴伐利亚扫帚女巫（Bavarian broom girls）：巴伐利亚是德意志一州名。传说那里有很多女巫，而女巫又被认为可以骑着扫帚满天飞，所以有“巴伐利亚扫帚女巫”一说。

2 哈伯德大妈（Mother Hubbard）：《哈伯德大妈和狗》（*The Comic Adventures of Old Mother Hubbard and Her Dog*，1805）一书中的主人公，作者 J. 哈里斯（J. Harris）。书中有许多童年歌谣。

身后打量我的穿着。

突然，她拍了我的裙子一下，大声喊道：“哎呀，我的姐姐！带着裙撑走路不方便，赶快把它扔掉吧。小姑娘，我们才刚刚跳过第一个灌木丛。”

听到这话儿，我几乎笑了出来。她面部表情严肃，穿着打扮土气，尤其是她的说话方式，古怪得让我难以形容。

我们攀爬的楼梯宏伟壮观，带有精雕细琢的橡木扶手，楼梯平台处每根巨大的柱子顶部，都有一个盾牌和带纹章的持盾者雕像，墙壁上贴着华丽的镶板。大厅和楼道都没有点灯，仅仅依靠指引道路的那支蜡烛所发出的微弱光线，我无法看清楚整座房子。如果是在白天，这点儿光线还勉强凑合。

我们脚踩深色的橡木地板，来到了我的房间，终于能够亲眼看一看这座贵族式样的大房间了。房间的两扇窗户，跟我在诺尔的房间窗户一样巨大。窗框跟门框一样，全都经过精雕细琢。带有污渍的深色窗帘拉了一半。壁炉很大，炉台上同样刻有精美的图案。我惊呆了！我从来没有住过这么豪华的房间。

然而，我不得不说，房间里配备的家具却与房间的华丽程度并不匹配。一张法式睡床，一块大约三码大小的地毯，一张小桌子，两把椅子，一个梳妆台，没有衣柜，也没有衣橱。家具轻便小巧，全都刷成了白色，跟房间的建筑面积和风格一点儿也不搭，而且全都集中摆放在房间一侧，其他地方空荡荡的。米莉堂妹跑去向塞拉斯叔叔汇报我们的情况。她把塞拉斯叔叔称做“当家的”。

这时，玛丽·坎斯大声说道：“莫德小姐，真没想到迎接我们的竟是这样一个人。您见过这样的小姐吗？她还不如我更像这个家族的一员呢。苍天呐，你看她穿成什么样子了！唉！”说着，玛丽遗憾地摇了摇头，嘴里发出啧啧声，我忍不住笑了起来。

“还有这些破烂家具！唉！”她又发出了啧啧声。

过了几分钟，米莉堂妹回来了。带着些许好奇，她帮我整理箱子，并把我的珠宝放进柜子里。这些柜子很像壁柜，嵌在墙里，装有大大的橡木门，钥匙就在门上。她虽然嘴上说我的珠宝这不中那不好，羡慕之情却难以掩饰。

就在我着急去厕所时，她也没有停止对我评头论足，真是让人哭笑不得。

“你头发颜色比我的深——这一点不好，是吧？——人们都说我的头发颜色好。我也不知道到底好不好。你说呢？”

我欣然表示同意。

“我的手要是再白一点那就更好了——就是你刚才拍的那个地方，但那是手套，我非常讨厌手套。我想让我的手再白一点儿，尽管它们已经很白了。”

“我在想，你和我谁更漂亮呢？我真的不知道——你说呢？”

听到这话，我立马笑了出来。她也有点儿脸红，这是我第一次看到她有一点点害羞。

“我感觉，你要比我高出半英寸——你说呢？”

我整整比她高出一英寸，于是毫不犹豫地予以承认。

“你确实挺漂亮的，是吧，坎兹？不过你的裙子都快到脚底了，真的！”

她先看了看我的裙子，又看了看她自己的，然后用她类似登山靴的鞋后跟使劲儿踢了几下，测测相差多少。

“难道说我的裙子太短了吗？”她说道，“那边是谁？噢，是你吗？”她大声喊道，仿佛哈伯德大妈正站在门口，“进来吧，拉穆尔。你难道不知道自己很受欢迎么？”

拉穆尔走进来通知我说，塞拉斯叔叔在等我，他已准备好跟我见面了。我的堂妹米莉森特带我去见他。一瞬间，堂妹的怪异行为所带来的滑稽感全都消失不见了，取而代之的是畏惧感。一想到马上就要见到塞拉斯叔叔，我非常激动。虽然他已上了年纪，体弱多病，但他还是那个我多年以来一直想见的人。

第7章

见到叔叔了

我觉得，尽管程度可能有所不同，举止怪异的米莉堂妹此时也一定会感到害怕。那个干瘦的老仆人“拉穆尔”举着蜡烛前面带路，我和米莉堂妹肩并肩，沿着走廊，朝塞拉斯叔叔的房间走去。一路上，她神情严肃，缄默不语。

快到房间时，米莉在我耳边说道：

“千万不要弄出大的动静。‘当家的’耳朵比鼬鼠还灵。”

她自己也是踮着脚尖儿，小心翼翼地走着。我们在靠近楼梯口的一个房门前停了下来，“拉穆尔”用她患有风湿病的指关节，轻轻地敲了敲门。

房间里传出清晰而且富有穿透力的声音，是塞拉斯叔叔叫我们进去。“拉穆尔”打开房门。我终于站在了塞拉斯叔叔的面前。

房间的四面墙壁都用护板装饰得很精致，一位老人独自坐在房间的尽头，旁边是燃着微火的壁炉。他身前的小桌子上面摆着一个银烛台，竖着四根蜡烛，身后是深色的挂壁板，烛光照在他的脸上和身上。整个人就好似一幅精美的荷兰肖像画。有那么一会儿，周围的一切全都黯淡无光，我眼睛里别无他物，只有他。

塞拉斯叔叔有着大理石雕塑般冷峻可怕的面容，虽已年过花甲，眼睛却炯炯有神，两鬓垂下的发绺已经银白，细如绢丝，长度及肩，但眉毛依然黑黑的。我越看越觉得奇怪。

他站起身来，又高又瘦，有一点儿驼背，从头到脚一抹儿黑。他身披一件肥大的黑丝绒外套，与其说是外套倒不如说是一件长袍。宽松的袖口露出了白色衬衫。衬衫袖口的纽扣上镶着贵重的钻石，别提多老派了。

根本无法用语言来形容眼前这个幽灵一般的人物，黑白色调，神圣肃穆，面无血色，目光如炬，威严可畏，表情扑朔迷离，意思不明——是嘲讽，痛苦，残酷抑或坚韧？

他微笑着向我走了过来，眼神炽热地凝视着我，开口说话的声音虽清脆、柔和，但让人感觉冷冰冰的。至于说了些什么，我过于紧张没怎么听清。他握着我的双手表示欢迎，然后，亲切地拉着我坐到他的身旁。他问了我很多问题，但我只听懂了一半。

“这是我的女儿。你们已经见过面了，我就不多做介绍了。你和她相处一段时间后就会慢慢发现，这个孩子敦厚善良，热情可亲。至于仪表、举止，恐怕咱们的‘米兰达’似乎更适合与‘卡利班’，而不是年老体弱的‘普洛斯彼罗’为伍[1]。我说得没有错吧，米莉森特？”

一番奚落过后，塞拉斯叔叔目光严厉地注视着堂妹，等待她的回答。米莉此刻已经涨红了脸，不安地看着我，希望得到一些提示。

“谁是‘米兰达’？‘卡利班’、‘普洛斯彼罗’又是谁？我没有听明白。”

“很好，亲爱的！”叔叔笑得弯下了腰，“看到了吧，亲爱的莫德，你的妹妹莎士比亚读得太少！倒是对其他剧作家更熟悉一些。她对野丫头[2]很有研究！”

塞拉斯叔叔对堂妹的态度非常粗暴，语言也很刻薄，让人很难接受。在我看来，这件事要怪也要怪他，根本怪不到堂妹身上。

“你看看这个可怜的孩子，既没有受过良好的教育，也没有高品位的朋友相伴。一所好的法国女修道院学校可能会点石成金。我想尽快送你们过去。与此同时，我衷心希望我们可以笑对坎坷，相互关爱。”

塞拉斯叔叔讪讪一笑，朝米莉伸出了他那苍白瘦削的手。米莉立马

---

1 米兰达（Miranda）、卡利班（Caliban）、普洛斯彼罗（Prospero）：莎士比亚戏剧《暴风雨》中的人物。年迈的魔法师普洛斯彼罗与女儿米兰达漂流到一个充满魔力的荒岛上，而卡利班是岛上唯一的土著居民。塞拉斯把巴特拉姆庄园比作那个荒岛，将自己比作普洛斯彼罗，米莉比作米兰达，达德利比作卡利班。※

2 野丫头（Miss Hoyden）：理查德·布林斯利·谢里丹的作品《斯卡巴勒之行》中的人物。用于形容粗鲁无礼，没有教养的女孩子或妇女。※

从椅子上跳了起来，战战兢兢地接住他的手。他轻轻握着她的手，再次说道："是的，我非常诚挚地希望我们能够笑对坎坷，相互关爱。"他松开米莉的手，就像是从马车车窗里丢出去一些他不想要的东西一样。然后，他把手放到椅子扶手上，转过身来面对着我。

可怜的米莉对于这突如其来的致歉，显然有些手足无措。幸好叔叔马上转移了话题，我和堂妹都松了一口气。他不时地表现出对我的担心和忧虑，怕我舟车劳顿，问我要不要吃点儿饭或喝点儿茶。但他只是嘴上说说而已，说完马上就忘了。随后，他问起我爸爸的疾病和症状，但我回答不上来，只能跟他讲讲爸爸的一些生活习惯。这样的对话简直就是拷问，我备感煎熬。

塞拉斯叔叔担心的是导致他哥哥去世的器质性疾病很可能是家族遗传性的。也就是说，他关心的是他自己还能够活多长时间，根本不是在关心他哥哥的死活。

对于这个老人来说，剩下的日子已经不多了。然而，我后来发现，塞拉斯叔叔对生命的渴望非常强烈。想必我们（并非所有人）都见过这样一些人。他们不仅命不遂心，而且苦不堪言——虽然肉体饱受折磨，却拼命想多活几年。老人也有，年轻人也有。

他们不停地眨巴着眼睛，目光呆滞，需要来回走动才能不再打盹儿，就像一个困得睁不开眼睛但拒绝上床睡觉的孩子。虽然已经筋疲力尽，精神恍惚，站立不稳，连保持清醒都非常痛苦，口中却说还没到时间，一点儿也不困，还能再坚持一个小时，直到在母亲的怀里睡着了都不改口。真是有趣。事实上，人类大都如此。对我们人类来说，死亡即是长眠，而大自然就是我们善良的母亲。即便已经到了生命尽头，却努力抵挡床铺的诱惑。俗话说，双鸟在林不如一鸟在手，即便此鸟已经铩羽暴鳞，病入膏肓。当然，最终还是应大自然之召唤，陷入无梦的长眠之中。

塞拉斯叔叔吟诵了一段纪念他的兄长的悼词，辞藻华丽，很有感染力。我觉得，他非常擅于表达自己，而其子女却没有遗传到他的这种能力。他的言辞中不乏佐证引文，有时还提到法国花卉，语言高雅优美。他的用词让人感到舒适，轻快，并且语义明确，充满魅力，令人称奇。

塞拉斯叔叔告诉我，对于一个人来说，身体健康最为重要，教育也要排在它的后面。健康的身体则离不开新鲜的空气和体育锻炼，离不开青年时期打下的坚实基础。在巴特拉姆期间，我应该以健康为重，尽情地在花园里游玩，在树林中徜徉。巴特拉姆是一座自由的殿堂。

塞拉斯叔叔还告诉我，他的生活非常悲惨。因为身体不好，医生这也不让他吃，那也不让他喝。就连晚餐时喝杯啤酒、吃些羊排都成了非分之想。他只能喝点儿可恶的低度葡萄酒，吃一些现在年轻人不愿吃的东西以维持生命。

他一边愤怒地说着，一边指着靠墙的那张桌子。桌上子的银制托盘里摆着一瓶长颈白葡萄酒和一只粉色的薄玻璃酒杯。

他表示要是他的病情没什么好转，他就干脆自己做主，想吃什么就吃什么。

他还指着他的书架，告诉我说，在留住巴特拉姆的这一段时间，这些书我可以随意翻阅。令人失望的是，这个承诺也是一张空头支票。最后，他觉得我一定累坏了，便站起身来，亲了亲我，并把手放在一本又大又厚的《圣经》上面。书内夹着两个宽宽的丝线书签，一根是红色的，另一根是金色的。我猜，一根标示的是《旧约》，另一根标示的是《新约》。这本《圣经》放在一张小桌子上。桌上摆放着一根点燃的蜡烛、一瓶古龙水，一个镶有宝石的金笔筒，一块问表[1]，一根表链和一枚印章。房间里的每一个物件看起来都价格不菲。塞拉斯叔叔语重心长地对我说道：

“你要记住，这本书里有你父亲的信仰和价值，也有我唯一的希望。亲爱的侄女，无论何时，你都要把这本书作为神谕去遵从。”

他把瘦削的手放在我的头顶，为我祈祷，并亲吻了我的额头。

“诺-阿！”堂妹米莉突然叫了一声。我吃惊地看着她，几乎把她给忘了。她坐在一张老式的高椅上，圆圆的眼睛眨巴着，表情呆滞地望着我们，穿着靴子的腿晃来晃去。很显然，她刚才睡着了。

“对于诺亚[2]，你有什么想说的吗？”叔叔委婉地挖苦道。

---

1 问表（chased repeater）：怀表的一种，银制表壳上刻有饰纹。问表，也称打簧表。一般是通过表壳上的按钮或拨柄，可以启动一系列装置发出声响，以报告当时的时间，取名于“我问它答”的报时功能。

2 诺亚（Noah）：《圣经》中的人物。

“诺-阿，”她用同样笨拙的声音又重复了一遍，“我没打呼噜吧？诺-阿。”

叔叔笑了笑，冲我耸了耸肩，脸上充满了厌恶之情。

“晚安，亲爱的莫德。”然而，他转向堂妹，怪声怪调地说道，“亲爱的，醒醒吧，看看你姐姐要不要吃点儿东西？”

他把我们送到门口。我们拿起“拉穆尔”留在门外的蜡烛便离开了。

“我非常害怕‘当家的’。怕极了！我刚才打呼噜了吗？”

“没有，亲爱的，至少我没听到。”我禁不住笑着回答。

“好吧，就算刚才真的没打，也和打了差不多。”她反省道。

可怜的玛丽·坎斯正坐在火堆旁边打盹。没过多久，食物和茶就送来了。米莉跟我们一起吃了起来。她胃口很好。

“直到现在我的心还在‘咚咚’地跳。”米莉说道，这时她又恢复了本来的样子，“要是被他逮到打瞌睡，他很可能会把笔筒朝我头上扔过来。天呐，真的很疼。”

回想一下刚才那位举止优雅、谈吐不凡的老绅士，再看看眼前这个行为怪异的莽撞少女，我简直不敢相信他们竟是一对父女。

我发现，堂妹不但没有学到叔叔的社交手段，甚至连气质风度也不像叔叔——她在这个家里没有受到任何教育——每天只是在这个大房子里到处乱窜。我从未见过像她这样举止与自己的出身如此不相符的人——她关于阅读和写作的那点儿知识，也是无意中从一个不愿费心教她礼貌礼节，甚至更喜欢看她笑话的人那里，断断续续学到的。看到可怜的堂妹那出人意料的表现，我才意识到，相比遗传，后天的教育是多么的重要。

我躺在床上，回想这一天所发生的事情。怪事接二连三，感觉就好像过了一个月。塞拉斯叔叔的样子老是浮现在我的眼前。他的嗓音清脆、温和，与其年纪极不相符，举手投足既体贴又温柔，还有他的那副神态，高兴抑或痛苦，令人难以捉摸。今天，我终于亲眼见到了他本人。对我来说，他已不再是一个幻影。然而，在我的心目中，他与幻影又有什么区别？我一闭上眼睛，他就出现在我的脑海。一袭黑衣，面色灰白，两眼凹陷，目露凶光！就像拉开窗帘时，突然看到一个鬼魂。我既害怕又痛苦。

对我来说，塞拉斯叔叔仍然是一个谜团。他那张活生生的脸，并不能全部展现他的过去，就像一幅肖像画不能预示所有未来一样。他仍然是一个谜团，一个幻影。想着想着，我睡着了。

玛丽·坎斯睡在更衣室里。更衣室的门靠近我的床，门是开着的，以保护我免受鬼魂的侵扰。突然，她把我叫醒。当我反应过来自己身处何地时，便一下子从床上跳了起来，迫不及待地向窗外窥视。从这里可以俯瞰庭院和大路，但是中间隔了好几道窗户。窗子的正下方是两棵巨大的菩提树，已被大风连根拔起，趴卧在地上。昨晚坐马车来的时候，我已经看到了这番景象。

清晨的日光将整座宅邸的荒凉颓败暴露得更加清楚。倘若走近来看，愈发令人震撼。整个院子荒草丛生，人迹罕至。在离院子中央较远的地方，杂草就更多了。窗子下面，沿着墙向左，是一片繁密的荨麻丛。大路上也长满了杂草，只有中间一条窄窄的小道，还能显示出这是一条路。院子里精雕细琢的栏杆因为长满了青苔，也已经看不出它本来的颜色，还有两个地方直接裂开了。趴卧的大树更显颓败，只有小鸟在枯枝败叶间跳来跳去。

我还没有梳洗完，米莉妹妹就来了。吃早餐的时候就我们俩。“这样更好。”米莉说道。有时候，塞拉斯叔叔和她一起吃早饭。报纸没到时，他就“一直拿她开玩笑”，“有时候都把她说哭了”。即便这样，他不但不停止取笑，反而会“变本加厉”，有时差人强行把她拖回房间。“他这样做，能行吗？能行吗？能行吗？”她穷追不舍，步步紧逼，非要逼我回答。虽然没有为她打抱不平，但我告诉她，我非常喜欢她。为了证实我的话，我亲了她一下。

“你可能认为，他可以这样做，我不怪你。我知道你害怕他。昨晚，他无论如何都不应该在你面前那样嘲笑我。我完全不理解，他为什么要那样做。作为一个父亲，他合格吗？”

这是一个更令人尴尬的问题。我又一次亲吻了她，告诉她，我不能在背地里说叔叔的坏话。

听我这么说，她先是盯着我看了一会儿，然后没心没肺地笑了起来。她看上去开心了很多，甚至开起了她父亲的玩笑。

“有时候，当助理牧师来我们家时，他就把我叫过来——他可虔诚了——他们诵读《圣经》，向上帝祈祷，呵——不是吗？小姑娘，你也会像我一样经历这些事情的。也许我并不很讨厌这样做。不，我讨厌！”

我们在一间小得像壁橱一样的房间里吃着早餐。这个房间远离大客厅，显然空置已久。餐具十分简单，家具也很简陋。不知道是什么缘故，我还是非常喜欢它。可能是人们都喜欢刚开始的时候，日子过得“艰苦”一点儿吧。

第8章

梅格·霍克斯

初来乍到，我对一切都充满了好奇。还没来得及在这座宏大的老房子里好好逛一逛，米莉就吵着要带我去“黑莓山谷”玩。去“黑莓山谷”的路程大致相当于我在诺尔散步时行走的距离。

尽管父亲定期派人对房顶、窗户、砖石及木质建筑进行修缮，然而，偌大一座房子，藤蔓丛生，一片死气沉沉。抬眼看，尽萧瑟，到处是蜘蛛网，令我顿生哀惜之情。在这样一个巨大的建筑物中行走，很容易迷路。这种感觉令我既恐惧又兴奋。我想起了拉德克利夫夫人小说中描写的那个被森林环绕的古宅——拉莫特一家的避难所[1]——寂静的楼梯，昏暗的过道，空空荡荡的贵族式套房。

我和米莉妹妹准备去户外走走。穿过几道走廊，她带我来到一扇大门前。门外是长满杂草的露天阳台。走过一段楼梯，就是一个院子。院子里大树参天，矮草丛生。米莉心情很好，一路上说个不停。她身穿短裙，脚踏登山靴，帽子看上去已经有些年头了，手里拿着一根棍子，没戴手套。她讲述的内容很像是一个小男孩的假期回忆，让我感到非常新奇。她用词蹩脚，听起来不太顺溜，常常令我忍俊不禁笑出声来——很明显，她不高兴我笑她。

她对我说，她的弹跳力很好。冬天和男孩子打雪仗，比赛溜冰，她的速度最快，能够超越男孩子两根棍子的距离。

---

1 拉德克利夫夫人（Mrs. Radcliffe）的小说《林中艳史》（1971）中描写的一座哥特式城堡，即拉莫特（La Mote）的家。在莫德看来，塞拉斯叔叔家就像拉莫特的家一样，与世隔绝，颓废荒凉。※

对于这一类话题，我很感兴趣。

院子里一片荒芜，明显疏于打理。转眼间，我们进入了一个非常漂亮的大花园。那里假山连绵，古木林立。最后，来到了一个风景如画的幽谷。块块青石在花草丛中偷偷探出脑袋来，柔软的草地隐匿在银白色桦树的阴影下。在雾色茫茫的夜晚，在荆棘丛中，在橡树下，精灵王和他的女儿正骑着骏马恣意遨游。[1]

我敢肯定，到目前为止，这个谷中的黑莓丛是我见过的最好的。树上结满了果实，让人垂涎。我们边摘黑莓边聊天，非常开心。

因为时间过去太久的缘故，米莉言行的许多细节我都记不清了，故无法予以详细描述。不过有一点可以肯定，我几次三番因为憋笑而颤抖不已。

然而，好笑的背后却是心酸。

我慢慢发现，虽然米莉妹妹天赋很好——嗓音甜美，听觉敏锐，绘画才能更是让我自叹不如，但其文化水平和一个普通的挤奶工人不相上下。听起来令人难以置信！

可怜的米莉从小就没有读过几本书。她告诉我，她曾读过一本厚厚的乔治三世[2]前期学校的训诫。塞拉斯叔叔命令她，每个周日都要读上一个小时。每次读书时，她都呵欠连天，唉声叹气。这本书的确非常枯燥。这也许是她读过的唯一完整的一本书。尽管如此，她却比那些读过半个图书馆的人聪明十倍。当我看到米莉言行令人捧腹，我决定尽全力帮她——只要她乐意，我定会倾囊相授——就像寄宿学校所做的那样，尽可能让她的谈吐更加得体。巴特拉姆庄园地处偏僻之所，几乎与世隔绝。尽管之前我对此已经有所耳闻，但一想到我要在这里住上很长一段时间，心里害怕自己也会变得像米莉一样。

我的第一次巴特拉姆之旅刚刚开始，不能一直待在这里吃黑莓。于是，我们便起身继续前行。不一会儿，就来到了林木繁茂的山谷——周围环绕着起伏的山地。有些地方形状好似海湾和港口，有些好似断裂的

---

1 语出德国大诗人歌德的诗作《精灵王》(*The Erlking*)。※

2 乔治三世（George III，1738—1820）：1760 年登基为大不列颠国王及爱尔兰国王。1801 年 1 月 1 日，因为大不列颠及爱尔兰组成联合王国而成为联合王国国王，直到 1820 年驾崩。※

海角，尽头是茂密的丛林。

广阔的山谷被高高的木栅栏围了起来。木栅栏虽然看上去有些破旧，但是非常坚固。

栅栏上的木门同样简陋但也结实得很。门口站着一个女孩，斜靠着柱子，一只胳膊搭在门上面。

这个女孩不高不矮，中等身材——走近了看要比在远处看高一些。她头发乌黑，额头宽阔，牙齿整齐洁白，一双黑黑的大眼睛炯炯有神，虽然脸部较短，腰腿粗壮，肤色黑得像个吉卜赛人，但整体来说不难看。她身穿暗红色羊毛裙，外罩一件深绿色短袖夹克，肘部以下的胳膊部分都露了出来。她阴沉着脸，眼神机警。当我们走近时，她连屁股都没有抬，只是透过黑密的睫毛，撇了我们一眼。

“她是‘钉子头’的女儿。”米莉告诉我说。

“谁是‘钉子头’？”我问道。

“磨坊主——看到没有，那就是磨坊。”她用手指着远处一个漂亮的建筑物说道。只见山丘的顶部有一座风车。高过树顶的山丘仿佛山谷中央的一座小岛。

“‘美女’，今天没去磨坊吗？”米莉大声喊道。

“没去。”那个女孩无精打采地回答说。

“梯子呢？”米莉问道，“栅栏上的梯子怎么不见了？”

“可不是吗。”那个身穿暗红色羊毛裙的美丽女孩咧嘴一笑，露出满口洁白的牙齿。

“谁干的？”米莉又问道。

“反正不是你，也不是我。”

“肯定是‘钉子头’，你爹干的。”米莉愤怒地叫喊道。

“可能是吧。”

“门也给锁上了。”

“是的——锁上了。”她不耐烦地重复道，挑衅地斜了米莉一眼。

“‘钉子头’在哪？”

“可能就在那边吧。我哪里知道？”

“钥匙呢？”

“在这里。”她边说边拍了拍自己的口袋。

“你竟敢不让我们进去？开门，你这个小贱人，快点儿给我开门！”米莉跺着脚大声叫喊道。

“钉子头”的女儿只是冷冷一笑。

“马上给我把门打开！”米莉又喊了一嗓子。

“我就不开。”

我本来以为米莉会暴跳如雷，但她没有。她露出了疑惑和好奇的表情——那个女孩的言行举止大大出乎她的意料，让她疑惑不解。

“你这个笨蛋，犯什么病了？其实我完全能够爬过这个栅栏的。快点儿给我把门打开。不然的话，你会后悔的。”

“别惹她了，亲爱的。”我害怕她们打起来，恳求道，“可能是有人不让她开门。是这样吗，善良的小姑娘？”

“看来你比她聪明多了，”她略带赞赏地说道，“你猜对了，小姑娘。”

“谁不让你开？”米莉叫喊道。

“我爸爸。”

“果然是那个老‘钉子头’。太好笑了！主人居然被自己的仆人锁在了自己的家门外。”

“我爸爸不是你们的仆人！”

“噢，姑娘，你这话是什么意思？”

“他是老塞拉斯的磨坊主。跟你们有什么关系？”

说着，她纵身一跳，脚踩门锁的搭扣，轻松翻进了大门里面。

“姐姐，你也能像她那样吗？”米莉在我耳边悄声说道，不耐烦地用胳膊肘顶了我一下，“你来试试。”

“不，亲爱的——咱们还是回去吧，米莉。”我开始打退堂鼓了。

“等着瞧吧，小丫头。如果我把这事告诉‘当家的’，你就死定了。”米莉冲着那个女孩叫道。“钉子头”的女儿站在门里边的一个树桩上，面无表情、镇定自若地看着我们。

“尽管你百般刁难，我们还是能够过去的。”米莉叫道。

“不可能！”

“你凭什么这么肯定，小贱人？”米莉问道。面对那女孩的蔑视，她并没有我想象的那么愤怒。我一直在恳求米莉回去，但她根本听不进去。

“和你一起的那个小姑娘可不像你这只野猫——这就是理由。”这个身强力壮的看门人说道。

“等我进去后，看我不揍你。”米莉说道。

“说不定谁揍谁呢。”她狠狠地甩了甩她的小脑袋。

“米莉，咱们走吧。你不走，我可走了。”我恳求道。

“不能就这样认输，”她使劲抓着我的胳膊，小声说道，“你必须翻进去。看我怎么收拾她！”

“可我翻不进去啊。”

“我把门踢开，你就可以进去了。”米莉开始用她笨重的靴子，猛踢那结实的栅栏。

“踢呀，踢呀，用力踢呀！”那个身穿暗红色羊毛裙的女孩笑着大声喊道。

“你知道这位小姐是谁吗？”米莉突然大声说道。

“是一位长得比你漂亮的姑娘。”女孩回答说。

“她是我的堂姐莫德——来自诺尔的鲁廷小姐——她的钱比维多利亚女王还多。有‘当家的’罩着她。他会让老‘钉子头’教训你的。”

那个女孩冷冷地看了我一眼。我觉得她好像对我有点儿好奇。

“看他怎么收拾你。”米莉威胁道。

“你赶紧给我回来。”我一边说，一边拉她往回走。

“你到底让不让我们进去？”米莉问了最后一遍。

“你们休想踏进这院子半步。”她用大拇指掐着小指的指端，比出极小的一段，轻蔑地笑了笑，露出了洁白的牙齿。

“我真想拿石头砸你。”米莉叫喊道。

“来呀，我会还手的。小姑娘。你还是小心点吧。”说着，她捡起像板球那么大的一块圆石头。

我好不容易拉着米莉走开，才躲过一场恶战。同时，我也对自己的胆小笨拙感到内疚。

“跟我来，莫德。河水不深，我们沿着河边走。”米莉说，“她太无礼了——不是吗？”

等我们走后，那个女孩把钥匙套在手指上转着圈儿，慢悠悠地朝着一间茅屋走去。就是那把钥匙，差点儿引起一场战争。不一会儿，茅屋就被一座林木丛生的山丘挡住了，我们只能看到屋顶。

河水很浅，我们贴着栅栏的一侧，很容易就走出去了。米莉恢复了平静。我们漫步走着，变得开心起来。

我们沿着河岸一直向前走，渐渐地，矮小的灌木变成了参天大树，紧密地簇拥在一起。最后，我们进入一片树林。洪水已把一座老旧的危桥给冲断了。一座房子的残骸漂浮在河面上，随着河水奔向更远的地方。

“噢，亲爱的米莉！”我尖声叫道，“多么美丽的画面啊！我想画幅素描。”

“你会画画？——那就画吧——这里有块石头，干净、平整。过来，坐在上面。你看上去累坏了。你画，我坐在你的旁边看。”

“米莉，我确实累坏了，坐一坐，休息休息。现在缺笔少纸，画不了。这里的风景实在是太美了。咱们明天再来吧。”

“明天还不一定有什么其他事呢！你今天就画。我可能霸道了点儿，但你今天一定要画。没有纸笔，你抽屉里有。我这就回去拿。”

第9章

迪肯·霍克斯

我虽百般推辞，但无奈她态度坚定。她说，她可以抄近道，走附近的石阶回家，以最快的速度把我的铅笔和画纸拿来，来回只需十五分钟。说罢，她便蹦蹦跳跳地跑上了那湿滑的不规则的石阶。我远远地望着，她的白色长袜和登山靴在石阶间来回穿梭，却不敢跟上前去。于是，我转身回到那块“干净、平整”的石头上，坐了下来，享受着这片大森林的寂静、悠然。灰白色的断桥又高又长，阳光照射着它的残骸，发出些许光亮。参天大树三五成群，蛰伏在四周，在这片昏暗的景色中肆意生长。简直就是一个世外桃源。

在这种地方，翻看一本德国民间传说，那可是再合适不过了。森林中昏暗的树丛和寂静的角落，似乎都是那些可爱的小精灵和小妖精们的声音和身影。

正当我身处这寂静之中，浮想联翩、思绪万千的时候，突然听到身体右侧有什么动静。我扭头一看，只见一个身材矮胖的人，拖着木制假肢的一条腿，正吃力地朝我走来。他头戴一顶破旧的宽沿毡帽，身穿一条松松垮垮的短裤，外罩一件破破烂烂的军大衣。他眼睛不大，又黑又亮，闪着凶光，脸已晒成老橡树的颜色，而且满是皱纹。黑色头发从帽子后面跑出来，都快垂到他的肩膀了，乱蓬蓬的。他一瘸一拐地向我走来，不时地挥舞着手里的拐杖。由于用力过猛，头发来回晃动。整个人简直就是一只蓄势待发的野公牛，令人望而生畏。

我情不自禁地站起身来，又惊又怕，觉得这个拖着木制假肢的独腿老兵，就是传说中的恶魔扎米埃尔[1]。

他边走边喊——

“喂，你！——你怎么会在这里？你是谁？”

他喘着粗气，步步逼近，不时吃力地拉起陷进草地里的木腿，又气又急。当他在我面前站定的时候，黝黑的脸上沾满了尘土。他的鼻子又扁又塌，喘气时鼻孔一张一合，就跟鱼鳃一样。他长得丑极了，脸上写满了愤怒。

“这个地方是你想来就来的吗？你想来就来，想走就走，想得美！你到底是谁？——你是谁？我在问你话呢。是谁带你来这里的？快说，胆小鬼！”

他张开大嘴，露出一口满是烟渍的黄牙，疾言厉色。虽然很骇人，但也激怒了我。这一刻我突然来了精神，有了勇气。

“我是来自诺尔的鲁廷小姐，塞拉斯·鲁廷先生，你的主人，是我的叔叔。”

“噢！”他叫喊道，语气温和了许多，“如果塞拉斯是你的叔叔，那你是来这里跟他一起住了。你是夜间来的——嗯？”

我没有回答。我看上去一定是既生气又厌恶。

“你怎么会一个人在这里？我真搞不懂。米莉没有来陪你？也没有其他人跟着你？不管你是不是莫德，没有塞拉斯的允许，我是不会让任何人进入到栅栏里面的。你可以把我迪肯·霍克斯的话带给塞拉斯，说我坚持自己的立场——我一定会亲自告诉他——我会告诉他——我每日每夜、尽心尽力守在这里，就是为了提防那些偷猎者、小偷和吉卜赛人。他们净干些偷鸡摸狗的勾当。如果没点儿规矩，他们就要胡作非为了。小姑娘，我没有一看到你就拿石块砸你，你应该感到庆幸才是。”

“我会向塞拉斯叔叔告你的。”

“告吧，小姑娘。你迟早会明白，犯错的人是你自己。你既不能说我放狗咬你，也不能说我拿石块砸你——我没有吧？你有什么好告的呢？”

---

1 扎米埃尔（Zamiel）：德国作曲家卡尔·马里亚·冯·韦伯（1786—1826）的代表作《魔弹射手》中的魔鬼名字。西方怪兽、可恶之人的代名词。文中多次出现，均指迪肯·霍克斯。

我怒火中烧，不愿再和他多费口舌：

“你最好离我远点儿。”

“我也正有此意。我会记住你说过的话——你是莫德·鲁廷，来这里跟你叔叔住在一起。我会记住你说过的话，虽然我并不关心这些。我现在只想知道梅格给你开门了没有？”

我没理他。就在这时，我看到米莉大步跳跃着，踏着那些不规则的石阶向这边跑来。我着实松了一口气。

“嘿，‘钉子头’，你在干吗？”她一边跑，一边喊。

“这人太无礼了。你认识他，米莉？”我问道。

“这就是‘钉子头’迪肯啊。从来不洗澡的脏兮兮的老霍克斯。小姑娘，你可以听听‘当家的’对他的评价——哈哈！他会跟你说的。”

“我什么都没说，什么都没做——尽管我应该做点什么，事实就是这样——她必须承认。我没对她说什么难听的话。倘若她自己编造一些，我也不在乎。我告诉你，米莉，我早就看穿了你的那些鬼把戏。你别想逃过我的法眼。看你还敢不敢再往牛身上扔石头。”

“别吹牛了。来啊，我奉陪到底。”米莉喊道，“真希望在你刚才数落莫德堂姐的时候，我也在场。如果维尼[1]也在的话，她会抓住你的木腿把你撂倒。”

“呵呵，让她照顾你倒是挺合适的。”那老男人冷笑了一声。

“闭嘴，赶紧走开！”米莉大声叫喊道，“不然的话，我就叫维尼来打断你的木腿。”

“啊哈！说得容易。维尼可不像你这么坏，不是吗？”他连讽带刺地说道。

“去年复活节，维尼把你的木腿踢断了。你忘了？”

“是马踢的。”他扫了我一眼，低声咆哮道。

“根本不是那么回事儿——是维尼干的——你在床上躺了一个星期。木匠又给你做了一条新腿。”米莉笑得前仰后合。

“我没工夫和你磨牙。你们给我听着，我会向塞拉斯报告的。”临走时，他把手放在皱巴巴的宽沿毡帽上，傲慢地对我说道：

---

1 巴特拉姆庄园的仆人。

“晚安，鲁廷小姐——晚安，小姐——你要知道，我可不是故意惹你的。”

他大摇大摆地走了，穿过草地，很快消失在树林中。

“还好，他被我们吓住了。”

“这个下人太没礼貌了。”我说道。

“我讨厌他。汤姆·德赖弗[1]可比他好多了——汤姆从不管闲事儿，只是天天喝得醉醺醺的，一个老酒鬼。这个野蛮的‘钉子头’——我真的很讨厌他——他可能是威根[2]人，一点儿也不叫人待见——他还经常打梅格——就是刚才那个我叫她‘美女’的女孩。梅格比他强多了。听，他在吹口哨呢。”

“我确实听到森林里有口哨声。”

“一定是他在唤狗！你从这边爬上来。”沿着倾斜的树干，我们爬到了一棵大胡桃树上。我们伸长脑袋、瞪大眼睛，朝着口哨传来的方向望去。本以为会看到一群凶猛的猎犬，结果什么也没看到，虚惊一场。

“虽然这个家伙很鲁莽，我觉得他不会这么干，应该不会！”

“那个不让我们过栅栏，长得黑黑的女孩儿是他的女儿？”

“是的，就是梅格——‘美女’是她刚出生时，我给她起的名字。那时我管他爸叫‘野兽’，现在改叫‘钉子头’，叫她还是‘美女’。那是出去的路。”

“过来，坐在这里。你可以画了。”刚从树上下来，她就要我画画。

“恐怕我现在不在状态。可能连一条直线都画不好。我的手在发抖。”

“你能行，莫德。”米莉满怀期待地看着我，诚恳地说道。想到她为了给我取纸和笔，跑了那么远的路，我不忍心让她失望。

“好吧，米莉，让我试试。如果画不好，你也不要笑话我。过来，坐在我的旁边。我会告诉你为什么先画这，再画那。来，你先看看我是怎样画树木和河流的。对了，这支铅笔太硬了，不适合画浅色的线条。我们必须从头开始。在尝试画这样的真实景物前，应该先学习临摹。米

1 巴特拉姆庄园的仆人。
2 威根（Wigan）：英国兰开夏郡的一个产煤小镇。居民大多是处于社会底层的挖煤工人。※

莉，如果你想学的话，我愿意把我所知道的全都教给你，尽管我知道得也不多。我们可以一起画素描，比一比谁画得好。”

米莉非常开心，急着让我教她。她兴高采烈地坐在我的身边，对我又是亲又是抱，我俩差点儿从石头上一起滚下去。她的热情开朗感染了我，我和她一起开心地笑了起来。我开始画画了。

“噢！天啊！那是谁？”我从画板上抬起头来，看到不远处有一个瘦削的身影。那人穿着一件休闲常礼服[1]，正小心翼翼地穿过断桥，朝我们走来。

今天还真是奇事多多啊！米莉马上认出了他。这位绅士便是行事有些古怪的卡利斯布洛克先生，一年前刚刚接手这个农场。他独自一人生活，对待穷人非常好。他是多年来唯一一位到访巴特拉姆的绅士。他在接手农场后再次来访，无疑是冲着这里的清净，因为巴特拉姆从来就不怎么热情好客。在这里，一点儿不用担心会碰到镇上的其他人。

他拄着一根粗粗的手杖，穿着一件短款狩猎装，迈着悠闲、轻快的步伐，穿过桥上的灌木丛，向我们这边走来。他头上戴的那顶宽沿毡帽可比那个恶魔迪肯·霍克斯的帽子精致多了。

“我猜，他是去看望老斯诺登的。”米莉说道，听声音既有点儿害怕，又有点儿好奇。对于米莉这个乡巴佬来说，尽管她勇猛如虎，[2]当看到这位文质彬彬的绅士时，还是有些望而却步。

“希望他没有看到我们。”米莉低声说道，心存侥幸。

可他看到我们了。他停下脚步，脱帽致意，辗然而笑，露出珍珠般亮白的牙齿，招呼道：

“天气真好，鲁廷小姐。”

一听到他这样称呼，我马上抬起头来。他摘下帽子，朝我鞠了一躬，接着又转向米莉，问道：

“鲁廷先生最近可好？这个问题好像有点儿多余。您看上去这么开心，他肯定一切都很好。能不能麻烦您转告他，我之前提到的那本书还要过个一两天才能到。等书一到，我马上寄给他或者亲自给他送去。”

1　常礼服（morning dress）：又叫晨礼服，是男士在白天，特别是在户外，迎送贵宾或举行典礼时穿的服装。

2　语出《旧约·士师记》15：15。※

我和米莉一起站起身来。面对绅士提出的请求，她满脸涨得通红，眼睛瞪得溜圆，一句话也说不出来。或许是为了缓和气氛，他追加了一句话：

“祝他事事顺利！”

米莉还是没有回答。尽管我也有点儿害羞，但情急之下，脱口而出道：

“我叔叔鲁廷先生，一切都很好，谢谢您的关心！”说完，脸刷地一下红了。

“噢，请允许我冒昧问一句，您是来自诺尔的鲁廷小姐吗？如果我冒昧介绍自己，您会不会觉得我很无礼？我是卡利斯布洛克。很荣幸在我很小的时候就认识了您的父亲。他对我非常友善。还是希望您能原谅我的无礼。我的朋友诺利斯是您的亲戚吧？她非常有魅力！”

“噢，当然。她非常可爱！”我不假思索地说道，转而又为自己过于直白而感到脸红。

他友善地笑了笑，好像挺喜欢我这样。他接着说道：

“您知道，不管我心里也这样想，却不敢这样说。说实话，我也有同感。她既有趣又善良，而且保养得很好，看上去还像一个小姑娘。你用词很准确。”他马上话锋一转，继续说道，“我经常站在这里，回过头去看那座美丽的老桥。您发现了吗——看得出您是一个艺术家——灰色的桥身上有一些奇怪的图案。如果仔细端详，可以看得出是红色和黄色的十字架。”

“嗯，确实。我们正在观察这些奇怪的图案呢——是吧，米莉？”

米莉看着我，随声附和了一句“是的”。样子惊慌得就像抢劫时，被抓了现行一样。

“是的，您肯定发现了。您还选择了这么特别的风景来作画。”他说道，“虽然暴风雨来临之前会更好，但现在的景色已经很不错了。”

他稍微停顿了一下，突然说道：“您熟悉这个地方吗？”

“不熟悉，非常陌生——这是我第一次来这里。不过，我觉得这个地方还是蛮漂亮的。”

“等您待得时间久了，您会爱上这里的——这里简直就是艺术家的天堂。在下虽自知文笔不佳，但无论走到哪里，都会随身揣着这本小册子。”他谦虚地笑了笑，拿出一个薄薄的笔记本，“您看，这是一本备忘录。我喜欢四处走走。倘若遇到此般美景，我便会把它记录下来，主要靠的是笔头儿。我姐姐说，这是一本只有我自己才能看得懂的秘籍。尽管如此，我会试着给您看上两页——因为这个地方非常值得一去。”一页纸突然被风吹了起来，他大声笑道：“噢，不！这就是‘猫与小提琴’，一家非常别致的小酒馆。有一次，我在那里喝到了非常棒的麦芽酒。”

听到他的这一席话，米莉显得有些心神不宁，欲言又止的样子。看她半天也没说出一个字，我的注意力被另外一幅有趣的涂鸦所吸引。

“我再跟您介绍几个近一点的地方吧——无论乘车还是步行，都很方便。”

除了他一开始推荐的那个地方外，他又继续翻了两三页，翻到了一张刚刚上色的素描。画的是堂妹家的那座老房子，真是美轮美奂。每到一个地方，他都留有着不一样的叙述和评论。

卡利斯布洛克先生一边跟我聊天，一边准备把小册子放回衣袋。这时，他突然想到了可怜的米莉。她看上去有些闷闷不乐。当他把小册子拿给米莉看时，她很开心，但显然是误会了人家的意思。看见她正准备把它当成礼物，放进自己的口袋，我急忙轻声提醒她道——

“米莉，看完了就还给人家吧。”

应卡利斯布洛克先生的请求，我让他看了一下，我还没有完成的那座桥的素描。正当他用眼睛测量画的间隔和比例时，米莉面带愠色地对我耳语道：

“为什么要还回去?”

“他只是借给你看一下而已。”我轻声说道。

“借给我看一下——等你看完后才借给我看一下！我才不要看一下呢。”她怒火中烧，越说越气，“拿好了，小姑娘，你还给他吧——我不稀罕。”说着，她把那本子扔到我手上，气得向后退了一步。

“我和妹妹非常感谢您。”我笑着替她把本子还了回去。卡利斯布洛克先生接过本子，笑着说道：

“鲁廷小姐，早知道您画得这么好，我就不会把自己的信手涂鸦拿出来献丑了。你知道，这些并不是我最好的作品。诺利斯夫人知道，我可以画得更好——比这要好很多。我个人是这么觉得的。”

他又为他所谓的鲁莽无礼，好生一通道歉后才离开。我感到很开心、很荣幸。

在我看来，卡利斯布洛克先生顶多二十九或三十岁，英俊潇洒——眼睛迷人，牙齿洁白，还有那棕色的皮肤——他外形高贵，举止优雅。他的聪明睿智也深深地吸引着我。我感觉——这是个秘密——从他开口跟我说话的那一刻起，他就对我有意思。这绝不是自吹自擂。在我翻看他的素描时，他一直在看我，而且以为我没注意到。他急于让我认可他的画，还跟我套近乎说认识诺利斯夫人。对于他的讨好，我还是挺买账的。卡利斯布洛克——爸爸生前提到过这个名字吗？我记不清了。父亲一直不怎么和我聊天，想必没有提起过。

第10章

二楼的房间

沉溺于对卡利斯布洛克先生的遐想之中，我竟对米莉的沉默浑然不觉。直到踏上归途，我才发现她有些不对劲儿。

“如果那幅素描画得很真实，那座庄园一定很美。距离我们这里远吗？”

“也就两英里吧。”

“米莉，你生气了？”见她声色俱厉，我急忙问道。

“生气了。我怎么能不生气呢？”

“你生的什么气？为什么？”

“呵呵，理由多了去了！为什么那个卡利斯布洛克从头到尾都在跟你讨论他的画，他去过的地方，还有他的朋友，简直把我当作空气！猪都比他有礼貌。”

“亲爱的米莉，你忘了吗？他试图跟你说话的，是你不搭理人家。”我劝慰她道。

“也许是吧。我不像那些淑女们会讲话，人们都笑话我。我穿得就像一个小丑。真丢脸！上周日在教堂里波莉·夏夫——一个淑女——嘲笑我。我真想让她知道我的感受。我知道自己在人们眼里是个怪物。真丢脸！真丢脸！我也不想这样，这不是我的错。”

可怜的米莉突然大哭起来。她跺着脚，把脸埋进小短裙里，掀起裙摆遮住泪眼。我从未见过哭得如此伤心的人。

“我根本听不懂他在说什么。”米莉用裙子蒙住脸，跺着脚哭喊道，“你却知道他说的每一个字。我为什么这么笨？真丢脸——丢脸！噢，噢，噢！真丢脸！”

“亲爱的米莉，那是因为我们在讨论绘画。你没学过当然听不懂了。我会教你的。学会后你就能听懂了。”

“所有人都笑话我——包括你，莫德。虽然你尽力克制，但有时候还是忍不住笑话我。我不怪你，我知道我是个怪人，但我也没办法啊。真丢脸！”

“亲爱的米莉，请听我说。如果你愿意，我向你保证，我会把我所知道的关于音乐和绘画的知识毫无保留地教给你。长期以来你太孤单了。另外，正如你所说的，淑女们全都谈吐不凡，与众不同。”

“是啊，像‘当家的’、卡利斯布洛克这样的绅士也是如此。而我呢，跟猪八戒听天书一样，在你们中间活像一个大傻瓜。我都快要崩溃了！真丢脸！真的很丢脸，你是知道的，真丢脸！”

“米莉，如果你愿意，我可以教你。我会对你知无不言，言无不尽。而且我还要给你做一条漂亮的裙子。”

听到我这样说话，她才抬起头来，瞪着一双圆圆的大眼睛，可怜巴巴地望着我，抽抽搭搭，满脸泪痕。

“我想要一条长裙子——就像你穿的那件。”她呜咽着说道。

“米莉，现在不准哭了。如果你愿意，你也可以像其他淑女一样。你一定可以做到的。到时候，大家都会夸奖你，你要相信我。只要你愿意竭尽全力，排除万难，不说怪话，不做怪事，就像其他人一样，我会替你打理一切。米莉，你很聪明而且很漂亮。”

可怜的小米莉破涕为笑，但转眼间又摇了摇头，把小脑袋耷拉了下去。

“不行，不行，莫德。我害怕自己做不到。”这件事说起来容易，但做起来的确挺困难。

米莉很聪明，学东西很快。倘若不说方言，改掉一些口头禅，再注意注意音调，完全可以做到谈吐得体，关键是她能否自我克制，勤勉刻苦。无论如何，我都会尽我所能，全力以赴，绝不打退堂鼓。

可怜的米莉！她心存感激，热情满满，带着一种虚心受教与叛逆不驯的矛盾心情，开始了自我改造之路。

在回去的路上，米莉再次表现出对“美女”梅格的敌意，并试图强行翻过栅栏。在我的一再坚持下，才绕过木栅栏，沿着河边原路返回，为此还招来了“美女”梅格的耻笑。当时，“美女”梅格正隔着栅栏门和一位身材瘦小的年轻男子聊天。那个年轻人穿着粗布衣裳，戴着一顶难看的兔皮帽子，手撑下巴，斜倚在门栓上。一看到我们，脸色腼腆，扭过头去。

事实上，从那以后，每次我们路过，“美女”梅格都表现出一副嘲笑、轻蔑的神情。

我想，要不是我提醒米莉要做一个淑女，两人又得开战了。

“快看那边，‘钉子头’正鬼鬼祟祟地往磨坊那边走呢。他假装没有看见我们，是怕我们向‘当家的’告状。他心里很清楚，‘当家的’不会同意他把你拦在门外的。我讨厌‘钉子头’。一年前，我想骑牛，就是他拼命阻拦。”

我觉得，“钉子头”肯定还做过比这些更过分的事儿。毫无疑问，米莉需要一次脱胎换骨的改变。让我欣慰的是，她自己也意识到了这一点。她决心变得和其他人一样。这不是出于一时的自尊心受挫和心存妒忌，而是真正发自肺腑的恳切愿望。

我还没有仔细参观过巴特拉姆庄园这座老房子。我甚至连这座房子到底有多大都不清楚。宽大的走廊一侧有好多个房间。每个房间都窗户紧闭，门也大都上了锁。看到我们贸然闯入房间，老“拉穆尔”很生气。房间里漆黑一片，什么也看不到，但米莉不敢打开窗户。这并非因为她突然想起了《蓝胡子》[1]里的可怕场景，而是因为塞拉斯叔叔下过命令，房间里的东西都不许碰。塞拉斯叔叔表面看上去温文尔雅，彬彬有礼，但实际上，性情狂暴，令人生畏。这着实让我吃了一惊。

在这座老房子里，半截门[2]随处可见。在长长的过道和宽大的走廊里，这种半截门有几扇还上了锁，一方面可能是为了把过道隔开，另一方面也可能是为了不让人们到处乱走。我在诺尔从来没见过。也许其他老房子也是这样的吧。房门很高，我和米莉只有跳起来，才能看到房门

---

1 《蓝胡子》（*Blue beard*）：法国诗人夏尔·佩罗（Charles Perrault）创作的童话，也是主人公的名字。蓝胡子告诉他第七任妻子，城堡下面最小的那个房间绝对不可以打开。在强烈的好奇心驱使下，她打开了那个房间，发现房间里面血流满地，吊挂著蓝胡子前几任妻子的尸体。※

2 半截门（hatches）：和普通的门没太大差别，只是门板顶端比正常门要矮一小块儿。※

另外一侧的情况。

米莉说，走后面的楼梯，可以上楼。于是，我们俩摸着黑上了楼，楼梯又窄又陡。楼上的房间低矮简陋。尽管看不到庭院，倒能俯瞰一些美丽风景。长廊尽头有一个房间。窗户对着一个由房子内墙围成的方形庭院。庭院面积不大，好像是用来采光和通风的。

我用手帕把窗户玻璃擦拭干净，向外望去。四周的屋顶又陡又高，墙面污浊不堪，黑乎乎的。窗户上落满尘垢，窗台上苔藓遍布，杂草丛生。一扇拱形门通往庭院，上面也已布满尘土。庭院地面潮湿，长满杂草，人迹罕至。我凝视着那个漆黑阴森的地方，毛骨悚然，不寒而栗。

“这是二楼——下面是个院子。”我自言自语道。

“莫德，你害怕什么？你看起来就像见到了鬼似的。”米莉来到窗前，从我的肩膀上探头朝外看去。

“米莉，我突然想起了那件可怕的事情。”

“什么事情，莫德？你想起了什么？”米莉神情很严肃。

“查克先生就是在二楼的某个房间——或许就是这一间，不，肯定是这一间——自杀的。你看，墙壁上的镶板都掉下来了。”

我环顾四周，房间的角落漆黑一片。

“查克！——他怎么了？——谁是查克？”米莉问道。

“怎么，你没听说过？”

“没有！”她回答说，“你说他自杀了，是上吊还是开枪？”

“他是在这座大房子里的某个房间里割喉自尽的——就是这个房间——因为担心凶手可能从某个秘密通道进入房间，你爸爸还把护墙板拆下来检查过。你看，这个房间的护墙板就显然曾被拆下来过。”

“嗯，太可怕了！割断自己的喉咙，那得需要多大的勇气啊。换做我，我宁愿照头来一枪。真佩服那些割喉自尽的家伙。必须割得足够深才行。”

“好了，好了，亲爱的米莉，求求你不要再说了。天不早了，该走了。”我对米莉说道。

“喂，快来看！地板上有一大片黑乎乎的东西。好像是血迹。”米莉趴在地上，用手比划出大致的轮廓给我看。

“别闹了，米莉。光线那么暗，漆黑一团，就是地板上有血迹也看不到。别胡思乱想了。或许根本就不是这个房间。”

“肯定就是这个房间。你别走——快来看！”

“我们明天早上再来。要是你没看错的话，白天来看得更清楚。走吧。”我心中愈发恐惧起来。

正当我们准备离开时，老“拉穆尔”恰好站在门口，伸着头向里张望。她头戴一顶高高的帽子，面色蜡黄。

“啊！你怎么来了？”米莉尖声叫道。和我一样，她也被这位不速之客吓了一跳。

“我还没问你呢。你们怎么跑这里来了，小姐？”

“我们想看看，查克先生是在什么地方自杀的。”米莉回答说。

“查克这个恶魔！”老“拉穆尔”表情诡异，咬牙切齿，满脸都是轻蔑与愤怒，令人难以琢磨，“不是这个房间。你们赶紧出来。你爸爸要是知道，你带着莫德小姐在家里到处乱窜，他一定会不高兴的。”

尽管她批评米莉时声色俱厉，但我从她身边经过时，她还是恭恭敬敬地朝我鞠了一躬，然后将整个房间上下打量了一番，“嘭”地一声关上房门，上了锁。

“查克的事你是听谁说的？完全是一派胡言。你是在吓唬莫德小姐吧（边说边悄悄向我使眼色）。什么鬼魂，全是胡扯！”

“你说错了。是莫德告诉我的。当然，我根本不相信世上有鬼。要是我相信的话，也应该只有鬼才能吓到我吧。”米莉笑了笑。

老仆人把钥匙塞进口袋，生气地噘着嘴，一脸尴尬。

之后，谁也没再说话。分手时，老“拉穆尔”悄悄地对我说：“米莉这孩子心眼不坏，就是爱调皮捣蛋。她太野了——粗鲁——没教养。”一边说着，一边朝楼梯扶手那边的米莉点了点头，然后向我鞠了一躬，转身朝塞拉斯叔叔的房间走去。

“老爸今晚很奇怪，”我们坐下来喝茶时，米莉说道，“你也从来没有见过他这个样子，是不是？”

“米莉，我不太明白你的意思，你说得再清楚一些。你不会是在说他生病了吧？希望不是这样。”

“好吧！我不知道该怎么说。有时候他变得非常奇怪——让人觉得他快要死了，也就再撑个两三天吧，整天就像一个昏厥的老妇人那样坐着。唉，他身体状况太糟糕了！”

“那种状态下他还清醒吗？”我急忙问道，心中十分忐忑。

“我不知道，应该没什么大问题。他虽然昏昏沉沉，还不至于没了性命。这一点我能肯定。老‘拉穆尔’知道得更清楚。他发病时，我很少进他的房间，除非有人来叫我。有时，他一苏醒过来就要见这个、见那个，让人摸不着头脑。有一天，他派人到磨坊把‘钉子头’叫来。等到‘钉子头’来了，老爸只是盯着他看了一两分钟，便摆手让他出去。就像小孩子一样，经常犯迷糊。”

上楼的时候，如果老“拉穆尔”在楼梯扶手旁向我们吹口哨，示意我们小声点儿，或者塞拉斯叔叔的房间里有人来回走动的声音，我就知道，他又犯病了。

我很少看见他。他有时高兴了，就和我们一起吃早餐。这大概能够持续一个星期。然后，我们的生活就再次恢复老样子。

忘了说说诺利斯夫人来信这件事了。她虽然有事脱不开身，但知道我很喜欢这里的宁静生活，也就放心了许多。她答应我，很快亲自给塞拉斯叔叔写信，希望能够来巴特拉姆庄园看望我。

诺利斯夫人计划在埃尔沃斯顿过圣诞节，而埃尔沃斯顿距离巴特拉姆庄园只有区区六英里的路程，可谓近在咫尺。

她还说，她打算邀请可怜的米莉和我一起去埃尔沃斯顿。突然间，我想起了帅气的奥克利上尉，想象着他见到米莉时脸上的诧异之情。想到这里，越发觉得自己改造米莉的责任重大。

第11章

神秘的马车

经常有人问我，为什么老是戴着一枚小小的绿松石戒指。在外人看来，这枚戒指不怎么值钱，无法与我身上佩戴的其他首饰相媲美。对我来说，这枚戒指是一个异常贵重的纪念品。自从得到它的那天起，我就一直戴在手上。

“小姑娘，你说我该给你取个什么名字呢?”一天早上，米莉兴高采烈地冲进我的房间，大声喊道。

“我有名字，米莉。”

“不行，你必须有个绰号，像其他人一样。”

“我不要绰号，米莉。”

“不，必须要。叫‘裙撑女士’，怎么样?”

“不怎么样。”

“你必须要一个。”

“我不要。”

“必须要，小姑娘。”

“我不要。”

“你必须答应。”

“我不答应。”

“你会答应的。”米莉说着，面露愠色。

也许是我的语气激怒了她。米莉故病复犯，变得野蛮粗鲁起来。这让我非常反感。

“你做梦。”我心平气和地说道。

“那就走着瞧。我要给你起一个非常难听的绰号。”

我轻蔑地看了她一眼，笑了笑。

“你就是个荡妇，贱人，笨蛋。”她满嘴脏话，脸颊涨得通红。

我还是轻蔑地笑了笑。

“我见你一次，扇你一次。”

她用力拍了拍裙摆，怒气冲冲地朝我逼近，俨然一副要与我动手的架势。

我只是高傲地对她行了个礼，便走出了房间，去了塞拉斯叔叔的书房。恰巧那天早上，我们要在那里吃早餐。

在饭桌上，我们彼此没有搭理对方。

那天，我们也没有一起散步。接下来一连几天都是这个样子。

傍晚时分，我正一个人坐在房间里发呆，米莉进来了。她两眼通红，看上去一副闷闷不乐的样子。

“姐姐，你把手给我。”不等我回答，她便抓起我的手，狠狠地朝自己脸上打了一巴掌。这一巴掌打下去，震得我的手生疼，声音响得可以听到回音。还没等我缓过神来，她就跑出去了。

我叫她，她也不理我。她在前面跑，我在后面追。在走廊岔口，她不见了。

喝茶时，我没有看见她。一直到上床睡觉时，我都没有看见她。正当我睡得香甜时，忽然听到有人叫我。我睁开眼睛一看，是米莉。她满脸泪花。

“莫德姐姐，你会原谅我吗？你再也不会喜欢我了，对吗？是的，我知道你不会了。我是一个粗人。我也不愿意这样，真丢脸！这是一块班伯里夹心饼[1]，是我让人去城里买的。这是太妃糖，你吃吗？还有这枚小戒指，不如你自己的首饰漂亮。看在可怜的米莉之前对你还不错的分上，原谅我。明天吃早饭时，如果你把这个戒指戴在手上，就表示你愿意与我和好；如果没戴，我就再也不会打扰你了。我可能会自己淹死自己。这样，你就再也看不到惹人讨厌的米莉了。”

她没有再作停留，丢下半睡半醒的我，逃走了。我看见她肩上披着

---

1 班伯里夹心饼（Banbury cake）：一种圆形的饼状带馅糕点。因为产于英国班伯里市而得此名。

衬裙，赤着脚跑出房间，还以为是在做梦。

她把蜡烛留在了我的床边，把那个小礼物放在了我身边的被单上。要不是因为我害怕有小妖精，就出去追她了。我赤着脚，站在床边，亲吻着那枚小小的戒指，然后戴在了手上。我将一直戴着它，永远不会摘下。我躺在床上，期盼着天赶快亮。米莉那张苍白而又写满悔恨的脸，在我眼前久久挥之不去。我为处理这个问题时方式不当而感到后悔。应该受到责备是我，而不是米莉。

直到第二天的早餐时间，我才见到了米莉。当着塞拉斯叔叔的面，我也不好说什么。他老人家沉默寡言，令人生畏。我们坐在一张巨大的餐桌旁。在监护人冷漠的注视下，我只能小声说些客套话。每当米莉抬高嗓门，塞拉斯叔叔都会皱起眉头，首先用他苍白纤细的手指堵住耳朵，好像正在忍受剧烈的头痛似的，然后耸耸肩，凄然一笑。我发现，只要塞拉斯叔叔不开口说话——这种情况并不常见——在场的人都不敢出声。

坐在对面的米莉，看到我把那枚戒指戴在了手上，顿时倒吸了一口气，说了声“噢”，同时瞪大眼睛，嘴巴圆张，看起来非常高兴。她身子动了动，好像要跳起来一样，然后嘴唇紧咬，脸部微颤，好像有所恳求似的看着我。转眼间，她双眼噙满泪水，顺着脸颊流了下来。

其实，我比她更加难过。我既想哭又想笑，很想亲吻她。

米莉用力抱着我，把脸深深地埋在我的裙间，哽咽着说道：

“你来之前，我好孤单。你对我那么好，我却像一个混蛋一样。我再也不随便给你起绰号了。我只叫你莫德。我亲爱的莫德。”

“米莉，你可以给我取绰号。‘裙撑女士’，你就叫我‘裙撑女士’吧，或者任何你喜欢的名字。你一定要这样叫我。”我像米莉一样哭诉着，用尽全力抱着她，几乎都站立不稳了。

从此以后，我和米莉更加亲密了。

寒冬将至，白天越来越短，夜晚越来越长。我们常常围着火炉，聊些巴特拉姆庄园的琐事儿。塞拉斯叔叔经常犯病，起初我很害怕。后来，看到米莉并不在意，渐渐地，我也习以为常了。

有一天，塞拉斯叔叔又觉得“不对劲儿”了。他派人叫我去见他。我看到他时，吓得说不出话来。

他蜷缩在一张大大的躺椅上，身上裹着白布。如果没有老“拉穆尔”站在旁边伺候他，我还以为他死了。老“拉穆尔”对塞拉斯叔叔犯病时的各种症状，都了如指掌。

她冲着我挤眉弄眼，似乎在向我暗示什么。最后，我听她低声说道：

“小姐，在他开口前，你先不要出声。过一会儿，他就能清醒一些了。”看他的脸色，就像犯病时被捆绑起来的癫痫病患者一样，只是不像他们那样抽搐罢了。他皱着眉，像个白痴一样傻笑着，还微微翻着白眼儿。

突然，他打了个哆嗦，随即睁大了眼睛，眨巴了眨巴，然后，看着我，神情茫然地，最后，慢慢挤出一丝微弱的笑容：

“啊！是你，奥斯汀的女儿。好吧，亲爱的，我现在很难——我明天再跟你说——第二天——这是，神经痛之类的——折磨啊——告诉她。”

说完，他又缩成一团，躺回到椅子上。那副难受的样子，简直难以形容。随后，他的脸上再次呈现出那种可怕的神情。

“小姐，我们走吧。他改主意了。或许，他今天一个整天都不会再和你说话了。”老“拉穆尔”再次低声说道。

我们悄悄走出了房间。我非常震惊，一句话也说不上来。事实上，他看起来快要死了。我一激动就把这种想法告诉了老“拉穆尔”。她将往常待我的礼貌抛在一边，嘲弄般“咯咯”地笑了起来。

“快要死了？他就像圣保罗[1]，每天看上去都是一副半死不活的样子。他已经这样很久了。”

我看着她，非常害怕。她根本不在乎我的感受，嘴里不停地嘟哝着，话里话外全是讽刺。我本来打算马上离开，但是出于恐惧，还是停下了脚步。

“他有生命危险吗？是不是应该请个医生给他看看？”我小声问她。

---

1 圣保罗（Saint Paul）：基督教圣徒保罗。耶稣死后，其教徒被视为异教徒遭受迫害。保罗一度是基督教的反对者，后来成为基督教的最有影响的、强有力的拥护者。据记载，保罗被罗马暴君尼禄逮捕，于公元68年被斩首处死。参阅本书导言第六部分注释。※

“上帝保佑！医生早就知道这一切，小姐。”老拉穆尔的脸上闪过一丝令人不寒而栗的嘲弄。

“这种病一旦发作，可致人瘫痪。我们不能老是听天由命，任凭他自己去扛。”

“不必为他担心。他根本不是发病，也谈不上恶化，只是有时不太清醒。十几年来都是如此。医生非常清楚。”老“拉穆尔”非常固执，“如果你对此大惊小怪，他反而会生气的。”

当天晚上，我就把这件事情告诉了玛丽·坎斯。

“小姐，还是您亲自找医生谈谈吧。很可能是吸食鸦片过多的缘故。”玛丽这样对我说。

后来，我经常和医生们谈论此事，但从未听他们说起过，吸食鸦片过量会导致这些症状。不过，有一点可以肯定，塞拉斯叔叔的鸦片用量的确很大。他有时抱怨说，是神经痛逼迫他不得不用这种药物。时至今日，我也不知道究竟是什么原因导致他周期性出现这种症状。

那天晚上，我躺在床上，塞拉斯叔叔痛苦的样子一直在我脑中萦绕。来到巴特拉姆之后，我的睡眠质量一直很好。一天的大部分时间都在进行户外运动，晚上自然睡得好。可那天晚上我紧张得要命，久久不能入睡。午夜两点钟过后，我隐隐约约听到了马车的声音。

玛丽·坎斯就睡在我的身边，我一点儿也不感到害怕。我从床上爬起来，从窗户里向外窥看。我看见一辆驿车[1]正向院子驶来，于是心跳开始加速。车夫停下马车，里面乘坐之人打开了前窗。

在车中乘坐之人的指引下，车夫缓缓将马车停在了大厅门前。台阶上站着一个人，正在等着迎接他们。那人好像是老“拉穆尔”，但我不能确定。门旁栏杆上挂着一盏灯笼，马车上的灯也在亮着。夜实在是太黑了。

我还看见车夫从马车里拖出来一个大包和一个旅行箱，从车顶上卸下一个大箱子，并把它们搬进了大厅。

为了看得清楚一些，我把脸紧紧贴在窗户的玻璃上。嘴里呼出的热气，把刚刚擦好的玻璃又弄得模糊不清了。我隐约看到一个高大的人

1 驿车（post-chaise）：一种旅行用的马车。每到一个驿站，马车或马都可以重新租用。

影，身穿斗篷，下了马车，快步走进房子，但没看清楚是男是女。

我心跳加快，立刻得出结论——叔叔病情恶化，很可能已经奄奄一息。他们把医生请来了。

毕竟夜色已深，万籁俱寂，稍稍有些风吹草动，就会听到声响。我原以为能够听到医生上楼和进入叔叔房间的声音，然而，我足足听了五分钟，什么声音也没有听到。等我转头去看马车时，发现马车已经不见了。

我浑身发冷，很想把玛丽叫醒，让她去打听打听到底是怎么一回事儿。我确信，塞拉斯叔叔这次病情很严重，迫切想知道医生会怎么说。然而，去把一个睡得香甜的人叫醒，实在是有些于心不忍。我重新躺回床上，一边留意着外边的动静，一边猜想事情的始末，直至昏然入睡。

第二天早上，像往常一样，我尚未梳洗打扮，米莉就跑来了。

“塞拉斯叔叔怎么样了？”我迫不及待地问道。

“老‘拉穆尔’说他还是不太舒服，但没有昨天那么呆滞了。”她回答道。

“没请医生来吗？”

“请医生了？奇怪！老‘拉穆尔’怎么没跟我说呢。”

“我只是问问。”

“我不知道有没有请医生，”她回答道，“你怎么突然问起这个？”

“昨晚两三点钟来过一辆马车。”

“啊，你听谁说的？”米莉突然来了兴趣。

“我亲眼所见。米莉，我还看见一个人，应该是个医生。他下车后，进了房子。”

“瞎猜，我的大小姐！谁会去请医生呢？绝对不是医生。说说看，那人长什么样？”米莉问道。

“个子很高，披着斗篷，但不知是男是女。”

“绝对不是医生，也不是我想到的那个人。我会查清楚的。很有可能是科摩罗。”米莉大声说道，手指有节奏地敲打着桌面。

就在这时，传来了敲门声。

“请进！”我回答说。

老“拉穆尔”走了进来，行了个礼。

“我是来告诉坎斯小姐，她的早餐已经准备好了。”这位老仆人说道。

“坐马车来的人是谁，‘拉穆尔’?”米莉问道。

“什么马车?”老太婆气急败坏地问道，声音尖酸刻薄。

“昨晚两点多，家里来了一辆马车。”米莉继续说道。

“胡说，绝对是胡说!”老“拉穆尔”大声叫喊道，“自从莫德小姐来后，家里就再也没有来过什么马车。”

她竟敢用这样粗俗的语气对米莉说话。这个仆人胆子也太大了!

“没错儿，是来了一辆马车。我猜，一定是科摩罗来了。”米莉似乎已经对老“拉穆尔”的无礼习以为常了。

“又在胡说八道。和刚才说的一样不靠谱。”这个丑老太婆布满皱纹的那张脸已经变成了橘黄色。

“当着我的面，你不能用这种语气对米莉讲话。”我非常生气，“我亲眼看到马车停在了大厅门前。你不用欺骗我们。我不允许你如此放肆无礼。还需要我再重复一遍吗?如果你不听，我就去告诉叔叔。”

听到我这样讲话，老妇人的脸红了。她看着我，双唇紧闭，眼神迷茫，脸上露出痛苦的神情。她拼命抑制自己心中的愤怒，强作欢颜。

“小姐，我无意冒犯。我们德比郡的人说话都是这个味儿。小姐，真的是无意冒犯。希望没有给您造成困扰。”她礼貌地说道。

“我都忘记通知你了，米莉小姐，主人叫你现在过去。”

米莉一听，赶紧向叔叔的房间跑去，老“拉穆尔”紧随其后。

第12章

拜尔利来访

吃早饭时，米莉跑过来找我，两眼又红又肿，还抽抽搭搭的。一定是刚刚大哭过一场。她坐在那里，一声不吭。

“米莉，叔叔的病情严重了？”我非常担忧。

“不，他很好。”米莉一脸的愤怒。

“那你怎么了，亲爱的？”

“可恶的老巫婆！因为我说，昨天晚上坐着驿车来的人是科摩罗，她就向‘当家的’告我的状。”

“谁是科摩罗？”我问道。

“唉，我本可以告诉你的，但现在实在是不敢了。我要是胆敢给你说，老爸就会立即送我去法国的一所学校。如果真是那样，他们都不得好死。”

“叔叔为何这么做呢？”我感到不可思议。

“她在说谎。”

“谁？”。

“老‘拉穆尔’，还能有谁。她向老爸告我时，老爸非常严肃地问她，昨晚是不是有人或者马车来过，她发誓说绝对没有。你能确定吗，莫德？你真的看见有人来过，还是在做梦？”

“不是做梦，米莉。我告诉你的，都是我亲眼看见的。”

“无论我怎么解释，‘当家的’就是不相信。他非常生我的气，还威胁要把我送去法国。希望他只是说说而已。我讨厌法国——真的讨厌，非常讨厌。关于马车或者和它有关的东西，只要我再多说一个字，他们就会送我去法国。”

我对科摩罗非常好奇，但是，米莉不敢告诉我他是谁。再说，昨天晚上所发生的事，她还不如我知道得多呢。

有一天，在我正要下楼时，居然看到了拜尔利先生。当时，我就站在走廊的一角。而他正穿过大厅，走进叔叔的房间。他头戴帽子，手里拿着文件。

他没有看见我。我下楼后，发现米莉在大厅里等我。

“拜尔利先生来了。”我说。

“就是那个身材很瘦，脸膛尖尖，穿着闪闪发亮的黑色外套，刚刚上楼的家伙吗？”米莉问道。

“是的。他去了叔叔的房间。”

“昨天晚上的那个人没准儿是他。或许，他已经住在这儿好久了。毕竟房子太大了，我们很难碰到他。”

这个想法在我的脑海中一闪而过，但马上就被我否定了。我所看到的那个人影，绝对不是拜尔利先生。

我们没有找到任何与那个身影有关的线索，百无聊赖，决定去桥边涂鸦。栅栏门还是一如既往地锁着。米莉要我爬过去，我没有同意。而是像往常一样，我们沿着河岸走，绕过了木栅栏。

我们正在画画，忽然看到一个人影。他肤色黝黑，头发乌黑，已经褪去颜色的红色外套破破烂烂。他就像教堂过道两边摆放的纪念品雕像，一动不动，在树林中怒视着我们。等我们再次看他时，已经消失不见了。

那天天气还算暖和，在这寒冷的冬季实属难得。然而，身穿披风的我们在保持一个姿势画上十几分钟后就冻得撑不住了。回家经过一片树林时，我们听到有人在大喊大叫，声音中充满了愤怒，好像是在训斥什么人。随后，我们就看见那个“扎米埃尔”正用棍子打他女儿，其中有一下打在了头上。“美女”梅格只跑出一小段距离，恶毒的森林魔鬼就拔腿追了上去，一边破口大骂，一边挥舞着他手里的棍棒。

看到这一幕，我十分愤怒，先是震惊得说不出话来，紧接着便尖叫起来。

“你这个畜生！你怎么可以这样对待一个可怜的小女孩呢？”

“美女”梅格趁机赶紧向前跑了几步，然后停下脚步，转过身来，看着我们以及她的父亲。只见她双眼微闭，脸颊抽搐，似乎在极力控制自己不哭出来。她的太阳穴鲜血直流。

“老爸，你看这里。”她笑声怪异，浑身颤抖，举起了她沾满鲜血的手。

“钉子头”可能是觉得丢了面子，更加愤怒，小声骂了一句，便挥舞着棍子向他的女儿走去。我们的叫喊声迫使他停了下来。

“我会把你的暴行报告给叔叔的。可怜的小女孩!”

“梅格，他要是再打你，你就打他。晚上趁他睡着了，偷偷把他的假腿扔到河里去。”

“我会以牙还牙，找你们算账的!”他恶狠狠地发誓说，“你们分明是在鼓动她打自己的老子！给我小心点儿!”

他晃了晃脑袋，脸色阴沉，两眼盯着米莉，而且挥了挥他手中的棍子。

“冷静，米莉!”我小声说道。米莉已经拉开架势，准备迎战了。我反复跟那个“扎米埃尔”老头儿强调，一回到家我就向叔叔告状，让叔叔知道他是如何欺负一个可怜的小女孩的。

“那她会感谢你的。怪不得她敢给你们开门。”他厉声说道。

“她没有给我们开门。我们是沿着河岸，绕路走的。”米莉大声说道。

我看他非常生气，觉得再和他理论下去意义不大，于是决定等以后再说。突然，他转身离开了，大声叫喊道：

“塞拉斯不会听你的。”他边说边打了个响指。

梅格站在那里一动没动，用手擦拭着血迹，在往围裙上擦之前，还看了看。

“可怜的孩子，”我安慰她说，“你不要哭。我会把你的遭遇告诉叔叔的。”

她根本没哭，抬起头来，斜着眼睛看着我们。我想，她可能不太高兴。

“吃个苹果吧。”我们出来时，拿了几个苹果放在篮子里。这是巴特拉姆的特产，很好吃。

我不知道可不可以靠近她。“美女”和“钉子头”都太野蛮了。最后，我把苹果滚到了她的脚边。

她仍然用那种眼神看着我们，一脚踢开了滚到脚边的苹果，然后，用围裙擦了擦太阳穴和前额，一句话也没说，转身走开了。

“可怜的小东西！她一定生活得很悲惨。这些人太奇怪、太令人讨厌了！”

回到家，老“拉穆尔”正站在楼梯口等我。她态度谦恭，礼貌地告诉我，叔叔要见我。

难道是因为我看见了那辆夜间来过的神秘马车？尽管塞拉斯叔叔很文雅，但是他身上有种说不上的气质让人害怕。他常常盯着我看，就像审讯犯人一样，没有比这更令人讨厌的了。

我也无从知道他会以什么状态见我。一想起上次见他的情景，我就毛骨悚然。

我惴惴不安地走进了叔叔的房间，但很快就放松了下来。塞拉斯叔叔看起来很健康，就像第一次见他一样，穿着随意但很帅气。

拜尔利先生正坐在叔叔身边的桌子旁整理文件。他的粗俗和叔叔的文雅形成了鲜明的对比，不过倒让我感到安心！我走近他时，他略带担忧地看着我。要不是我跟他打招呼，他好像都不记得我们在巴特拉姆庄园已经见过面。他站起身来和我打了个招呼，虽然还是像往常一样粗俗、生硬，但让我感到了几分亲近、真诚及友好。

叔叔站起身来，面色苍白，神态庄严。他穿着一件宽松的伦勃朗式黑色天鹅绒外套，看上去既温和、仁慈，又神秘、深邃，让人捉摸不透！

“她很好，这不需要我再说什么了吧。拜尔利先生，这些盛开的百合和玫瑰可以告诉你，巴特拉姆的空气有多么好。她只待这么短时间就得回去，我甚至觉得有些遗憾。我希望，最好不要减少她游玩的时间。巴特拉姆的冬天鲜花绚丽夺目，田野香气弥漫，这都是上帝的恩赐。看到它们，我感到心情愉悦。”

“鲁廷小姐，乡间的环境可真是养人啊。小姑娘吃饭香是件好事。从我上次见到你到现在，你肯定吃了不少牛羊肉。”拜尔利先生说道。

这几句意味深长的话语让我陷入了沉默。当时，场面很尴尬。

“拜尔利先生，作为阿斯克勒庇俄斯[1]的信徒，你肯定赞同我的看法——健康第一，然后才是有所成就。这块土地是接受良好教育的最佳选择。莫德，我们必须逐步认识这个世界。对我来说，如果身体健康一些，则更能体会到这种无法言说的幸福。尽管年轻时有些自负和愚蠢，但那些日子着实令人满足。若能再回到从前，一定别有一番滋味儿。你记得肖利厄[2]美妙的诗句吗？

Désert, aimable solitude,
Séjour du calme et de la paix,
Asile où n'entrèrent jamais
Le tumulte et l'inquiétude.[3]

“我不敢说关怀与伤感从未进入过这座森林堡垒。感谢上帝，战乱和纷争则从未降临到这里！”

拜尔利先生瘦削的脸上闪过一丝疑虑。还没等塞拉斯叔叔把“从未”这个单词说完，他便插言道：

“忘记问了。您把钱存在哪家银行了？”

“哦！朗伯德街[4]的巴特利特和霍尔银行[5]。”塞拉斯叔叔简短地回答道。

拜尔利先生立刻记录下来。他脸上的表情仿佛在说：“你可不能背着我干什么事情。”

我注意到，塞拉斯叔叔用他那极富洞察力的眼睛盯着我看了一会儿，好像是在观察，我是否被拜尔利先生的突然提问惊了神。几乎于此同时，拜尔利先生将纸张塞进他的大口袋里，起身离开了。

拜尔利先生走后，我觉得向叔叔抱怨迪肯·霍克斯的最好时机到

---

1 阿斯克勒庇俄斯（Aesculapius）：古希腊的“医神”。※
2 肖利厄（Chaulieu，1639—1720）：法国诗人。
3 法文：“荒烟蔓草，自在独处，宁静和平庇护之所。躁动，焦虑，从未降临。”语出肖利厄的诗作《1710 年的苏尔·丰特纳》（1757）第一节。塞拉斯引用肖利厄优美的古典田园主义诗歌，旨在美化巴特拉姆庄园荒凉颓废、无人管理的状况。※
4 朗伯德街（Lombard-street）：伦敦金融中心。
5 巴特利特和霍尔银行（Bartlet and Hall）：作者虚构的两家银行。

了。看到塞拉斯叔叔站了起来，我犹豫了一下，说道：

“叔叔，我可以给您说一下，我遇到的一件事情吗？”

“当然可以，孩子。”他的两只眼睛紧紧盯着我。我觉得，他肯定是以为我要说那辆马车的事儿。

于是，我向叔叔诉说了一个小时以前，发生在风车森林的那件让我和米莉都感到震惊的事情。

“亲爱的孩子，你是知道的，他们都是粗人。他们的观念和我们不一样。在他们看来，年轻人必须受到惩罚。在我们看来是过于严厉了。干涉别人家庭的内部矛盾是不可取的，以后最好不要再管这种闲事了。”

“叔叔，他用很粗的棍子狠狠打他女儿的脑袋，打得女儿鲜血直流。”

“哦？”叔叔声音很冷。

“直到我和米莉警告他说，我们要向您报告，他才停手。否则，他还会继续打的。如果您不说说他，早晚有一天那女孩会丢掉性命的。”

“你说什么？你这孩子想多了。他们那些人根本不把头破血流当作什么严重的事情。”塞拉斯叔叔仍旧态度很冷淡。

“叔叔，这种行为不是可怕的暴行吗？”

“是暴行。你要知道，他们非常野蛮。他们一贯这样残忍。”

我感到非常失望。本以为像塞拉斯叔叔这么文雅的人，一定会对这种暴行加以指责和干涉。事实上，他却一直在为那个恶棍——迪肯·霍克斯——辩护。

“他对我和米莉也很没礼貌。”我继续说道。

“哦，对你没礼貌，那可不行。我会找他的。亲爱的，还有别的事吗？”

“没有了。”

“霍克斯尽管长相不怎么样，言谈举止有些粗俗，但是很能干。他是一个诚实的人，一位好父亲——品行端正——他是一块未经雕琢的璞玉，从来不会为了进入上流社会而去刻意改变自己。我敢说，他肯定自我感觉已经对你非常有礼貌了，我们要多体谅体谅他。”

塞拉斯叔叔用他瘦削苍老的手摸了摸我的头顶，亲吻了一下我的额头。

他接着说道："我们要学会体谅、宽容他人。《圣经》上怎么说的来着？你们不要评判别人，免得被别人评判。[1]你爸爸一直奉行这一箴言——品行高贵，令人敬畏——我也一直在努力这样做。啊，亲爱的奥斯汀，我们的差距太大了。我远远落后于你。你走了——我的榜样——关心我的人走了。你长眠于地下，而我还要继续承受压力，沿着黑暗、阴冷、陡峭的道路踽踽独行。"

O nuit, nuit douloureuse！ O toi, tardive aurore！
Viens-tu？ vas-tu venir？ es-tu bien loin encore？[2]

叔叔重复着舍尼埃[3]的这几句诗，眼睛上翻，一只手高高举着，说不出的悲痛与疲惫。他一屁股坐到椅子上，双眼紧闭，沉默不语。过了一会儿，他拿出带着香味的手帕迅速擦了擦眼睛，看着我，和蔼地说道：

"孩子，你还有事吗？"

"没有了，叔叔。谢谢您跟我谈霍克斯的事情。他肯定不是故意那样不讲礼貌的。我真的害怕他。我和米莉散步时，他偷偷躲在一旁，让我们很不舒服。"

"孩子，我能理解。我会处理的。你要记住，在巴特拉姆庄园，任何人都不可以困扰到我亲爱的侄女。她的监护人——她的亲人，塞拉斯·鲁廷能够为她处理好一切。"

他对我笑了笑，并告诉我，走的时候轻轻把门带上。

事后我才知道，拜尔利先生那天并没有住在巴特拉姆庄园，而是在费尔特拉姆的一个小旅馆里过的夜，然后直接去了伦敦。

我和米莉两个人在楼梯上相遇。她上楼，我下楼。她说："你那长相难看的拜尔利先生坐着马车走了。"

我去了客厅，那是一个小房间。到了那儿我才发现，米莉搞错了。

1 语出《新约·马太福音》7：1。※
2 法文："啊，黑夜，痛苦的黑夜！啊，黎明，遥远的黎明！你来了吗？你究竟是来了还是仍在远方？"语出自安德烈·舍尼埃的诗作《爱人》第四部分 B.Z.II. i—2。※
3 舍尼埃（Chenier，1762—1794）：法国诗人，美学家。※

拜尔利先生根本就没走。他头戴帽子，手戴一副羊毛手套，身穿一件牛津灰[1]旧外套，扣子一直扣到下巴，非常完美地凸显了他修长的身材。他坐在窗户旁边，翻看我从叔叔书房里借来的一本书。他的黑色皮包就放在桌子上。

那是斯威登堡写的一本关于来世的书，名字叫做《天堂与地狱》[2]。

看到我进来，他合上书本，并未脱帽致意，而是朝我这边走了两步，靴子踩在地上“吱吱”作响。他快速向门口瞥了一眼，说道：

“很高兴能够单独和您见面——非常高兴。”

他看起来神情十分紧张。

---

1 牛津灰（Oxford grey）：中度灰色至深灰色。

2 《天堂与地狱》（*Heaven and Hell*）：原作为拉丁文 *De Caelo et Ejus Mirabilibus et de inferno. Ex Auditis et Visis*，发表于 1758 年。20 年后，即 1778 年，译成英文。参阅本书第一卷第 3 章 49 页注释 1。

第13章

真诚的朋友

“我马上就走——我——我很想知道，”他又朝门口瞥了一眼，“你真的觉得住在这里很好吗？”

“很好！”我不假思索地说。

“只有你的堂妹陪伴你？”他看了一眼大厅里只能坐两个人的桌子。

“嗯。和米莉在一起很开心。”

“那就好。你叔叔没有给你请家教。你要知道，学习绘画、唱歌或者其他东西，最好有个老师教。但你没有，这是事实，对吗？”

“是的。叔叔说，身体健康才是最重要的。”

“这话听上去倒也在理。供你专用的马车和马匹还没有到位，也不知道还要拖到什么时候。”

“我也说不准。这个您不用担心。我觉得步行挺好的。”

“你步行去教堂？”

“是的。塞拉斯叔叔说，他的马车需要更换一个新的轮子。”

“唉，像你这样大户人家的小姐，哪有出门不坐马车的道理？有马骑吗？”

我摇了摇头。

“你叔叔对你的成长投入太少了。”

我想起了爸爸立下的遗嘱。玛丽·坎斯经常抱怨说：“我们一年这么多车马费，他一周却舍不得花上一个英镑。”

我低下头，没有再说什么。

拜尔利医生那双乌黑锐利的眼睛又朝门口瞥了一眼。

"他对你好吗?"

"很好。他对我很和善，非常疼爱我。"

"他为何不花些时间陪陪你呢?你和他一起吃过饭，喝过茶，聊过天吗?你能经常见到他吗?"

"他身体不好，动不动就昏迷，大多时候精神恍恍惚惚的，挺可怜的。希望您能够体谅体谅他。"

"可能是他年轻时，折腾得太厉害了。我看到瓶子里装有鸦片——他的用量过大。"

"您为什么这样认为呢，拜尔利医生?"

"事实就是这样。吸食鸦片超过一定的量，人就会感到精神恍惚。你根本想不到那些家伙的鸦片用量究竟有多大。读读《一个鸦片吸食者的自白》[1]吧。我知道两个病例。他们的鸦片用量，都大大超过了该书作者托马斯·德·昆西的用量。啊哈，你不知道吧?"看到我迷惑不解的样子，他微微一笑。

"他得的是什么病?"我问道。

"啐!我也说不太清楚。有可能是神经与大脑方面的疾病。这些天天沉溺于声色犬马的人，没有什么追求，最终把自己的身体搞垮，为自己所做的坏事付出惨痛的代价。你说他对你很和善，拿你当个宝儿。他却把你交给仆人们照顾，天天只让你跟着堂妹玩。仆人们都听你差遣吗?"

"他们都不怎么听我的。有个仆人叫霍克斯。他有一个女儿，父女俩都很粗鲁。霍克斯有时还滥用职权，说是叔叔让他们看着我和堂妹两人，不让我俩进入他们看管的那个地方。这绝对是瞎说。今天，我在叔叔面前，说他们怎么怎么不好的时候，他根本没说是他同意的。"

"哪个地方?"拜尔利医生马上询问道。

我尽可能详细地向他描述了那个地方。

"从这儿能够看得见吗?"他从窗户里向外探出脑袋。

"哦，不能。"

---

1 《一个鸦片吸食者的自白》(*Confessions of an English Opium Eater*)：英国散文家、批评家托马斯·德·昆西(1785—1859)的代表作(1822)，描写的是作者吸食鸦片后所产生的狂热幻觉。※

等拜尔利医生将此事记在记事本上后，我继续说道：

“一定是霍克斯故意不让我们进。这个粗暴无礼、桀骜不驯的家伙。”

“那个经常进出你叔叔房间的仆人是谁？”

“哦，是老‘拉穆尔’。”我脱口而出，都忘记了那是米莉给她起的绰号。

“她对你客气吗？”

“这个老太婆一点儿礼貌都没有，很难相处，为人也不怎么厚道。我曾经亲耳听到过她咒骂别人。”

“听起来这几位都不怎么样啊，”拜尔利医生说，“只要有一个不好，其他人也会跟着慢慢学坏的。你看，我正在读这篇文章。”他打开斯威登堡的著作《天堂与地狱》，翻到其中的一页，用手指着，给我读了几句。我现在只能记住个大概。具体是怎么说的，已经忘记了。

“其他仆人呢？他们对你好吗？”他继续问道。

“我很少见到其他仆人。对了，还有老‘鸡杂’，那个管家，瘦得只剩下一把骨头了，整天戳戳这弄弄那的。每次放衣服时都在自言自语，一个人傻笑，好像天塌下来都跟他无关一样。”

“这房间装修得不如鲁廷先生那间好。他是否说过给你置办一些家具，把屋子装饰得漂亮一点？肯定没有，他不会想得这么周到的！”

沉默了一小会儿，拜尔利医生又不自觉地看了看门口，然后小心翼翼地低声说道：

“你没有再考虑考虑？我是说让你叔叔放弃监护权？一次被拒绝没关系。你一定能够说服他，除非——除非他就是不讲道理。你应该为自己考虑考虑。鲁廷小姐，可以的话，你最好还是尽快离开这里。”

“我从来没有这样想过。住在这里挺好的，至少比我预想的要好很多。我也很喜欢米莉妹妹。”

“你在这里住了多长时间了？”

我告诉他有两三个月了。

“你见过你那位堂兄吗——那位年轻绅士？”

“没有。”

“嗯！你觉得孤单吗？”

“你是知道的。除了莫妮卡表姐，没有什么人来看我。”

拜尔利医生两眼一直看着他那双皱皱巴巴的鞋面，用脚轻轻地拍打着地面。

“是啊，住在这里一来寂寞，二来坏人很多。如果换成其他地方，或许你能开心一些——比如说和诺利斯夫人住在一起，对吗？”

“呃，那是当然了。不过，住在这里也挺好。这段日子我过得很快乐。叔叔待我非常和善。只要我跟他说有什么事情让我不开心了，他都会尽力去解决。这一点儿让我挺感动的。”

“嗯。无论怎么讲，这个地方对你来说绝对不是最佳选择。”看到我突然一脸的紧张，他继续说道，“当然了，虽然你叔叔对你很好，但你要知道，他连自己都快照顾不了了。你最好再考虑考虑。这是我的联系方式——伦敦考文特花园国王街十七号，医学博士汉斯·伊曼纽尔·拜尔利——千万别弄丢了。”他把写有自己地址的一页纸，从记事本上撕了下来。

“我的马车现在就停在门口，你一定要，务必要（他看了看手表）认真考虑考虑。这张纸不要到处乱放，千万不要让其他人看到。你最好把它写到你衣橱门的里侧，别写我的名字——记住——只写地址，然后把纸烧掉。对了，坎斯和你一起住吗？”

“是的。”我终于能够给他一个满意的回答。

“千万把她留在你的身边。如果他们想把她从你身边支走，肯定没好事。你千万不能同意。到时候给我一点儿暗示，我就会明白。诺利斯夫人说话直率，从不拐弯抹角。凡是她的来信，最好一读完就立马烧掉。我不宜在此久留。记住我说的话，用别针把地址刻在你衣橱门的里面，把纸烧掉，不要留下任何痕迹。再见！哎呀，差点儿把你的书给带走了。”

我们握了握手。他拿起雨伞、旅行包和一个金属盒子匆匆离开了。不一会儿我就听到了他乘马车离开的声音。

目送着他渐渐走远，我叹了口气。

拜尔利医生虽然长得不怎么好看，言行也不太文雅，但绝对称得上一位真心待我的朋友。他渐渐远去，高大的椴树挡住了我的视线，也把巴特拉姆挡在了整个世界的外面。拜尔利医生的马车，还有放在马车顶上的旅行包，一起从我的视线中消失了。我叹了口气，内心焦虑不已。道路两旁的大树渐渐缩成了一个小点儿。此时此刻，我感到好像被遗弃了一样，孤独无助。一低头，看到手里的那张纸，拜尔利医生的地址再次映入眼帘。

我把它紧紧贴在胸前，悄悄跑上楼，唯恐碰到那个老“拉穆尔”又站在楼梯口，通知我去叔叔那里。在叔叔面前，我一定会露馅儿的。

没有被人发现。我悄悄溜进房间，关上房门，遵照拜尔利医生的吩咐，一边听着门外的动静，一边用剪刀在衣橱门里面刻下他的地址。我非常紧张，害怕这段时间会有人来敲门。谢天谢地，没有人来。我划了根火柴，把纸烧掉了。

这是我第一次体会到守护秘密的不容易。一方面，我向来比较脆弱，容易紧张不安。有好几次都差点儿被人看出心中藏有秘密；另一方面，我也会因为表里不一而经常自责。每当诚实的玛丽·坎斯靠近衣橱，或者善良的米莉翻我的衣橱时，我都会恐惧不安。如果能够大胆地指着那些刻字说：“看，这是拜尔利医生在伦敦的地址，是我用剪刀刻上的。刻字时，我特别担心，唯恐别人——包括你们俩——突然闯进来。我小心翼翼守护着这个秘密。每当有人向衣橱里张望，我都会颤栗不安，即便是一些正直善良的人。现在你们知道了这一切，能够原谅我对你们有所隐瞒吗？”我愿意付出任何代价。

然而，我始终下不了决心将实情和盘托出，也不想把刻字毁掉。实际上，我一直就是一个反复无常、优柔寡断的人。只有在必须做决定的一刹那，我才会变得果断、勇敢。

“小姐，昨天晚上有人出了庄园。”一天早上，玛丽·坎斯神秘兮兮地对我说道，“大约两点钟吧。我牙疼得睡不着，下楼去取红辣椒。怕你醒来时，看到屋里漆黑而害怕，我点着了一根蜡烛。回楼上时——我正好穿过大厅——听到走廊尽头传来了马喷鼻息声和短促的窃窃低语声。我向窗外看去，看到一辆两匹马拉的马车。有个人从马车顶部拽下一只箱子，并从车厢里拉出来一个旅行箱和一个包裹。同车夫说话的人好像是老怀亚特，也就是米莉小姐口中的老‘拉穆尔’。”

“玛丽，是谁上了马车？”我问。

“小姐，我没看到。因为牙疼得厉害，天又冷得要命，而且我也不知道他们究竟会聊到什么时候，就回屋睡觉了。小姐，你必须查明真相。他们肯定在做什么见不得人的事儿，就像您上个星期看到的那辆马车一样。我讨厌他们做事偷偷摸摸。老怀亚特肯定说谎了，不是吗？她已经那么老了，没几天活头了。到了这把年纪还满嘴胡话，真是太可怕了。”

米莉和我一样好奇，但是没有一点儿头绪。我们一致认为，离开的那个人就是那天我碰巧遇见的那位。这次马车停在了侧门，就在院子左侧的一个角落，很显然是从后门离开的。

还有一点也能够印证昨晚所发生的事情。让人恼火的是，玛丽·坎斯没能等到看清楚是谁，就回去睡觉了。我们三人一致同意对这件事保密。不过，我觉得玛丽的好奇心越来越强，对她能否坚守住这这份秘密，我有些怀疑。

冬日白天阳光明媚，天空灰白；晚上长夜漫漫，繁星点点。大家坐在温暖舒适的屋子里，围着炉火，说说闲话，讲讲故事，时不时地读上几页书，或者在风景秀丽的巴特拉姆河边，心情愉快地散散步。我很少去想什么危险或者不幸的事情。就连与拜尔利医生的谈话所造成的不安和疑虑也渐渐平息下来。

听说莫妮卡表姐来到了她的乡下住所，我喜出望外。埃尔沃斯顿和巴特拉姆两家通过信件往来，正在协商重新建立友好关系。

这一天终于来了。莫妮卡表姐突然出现在客厅，站在了我的面前。她身穿宽松的外套，头戴软布帽子，笑容灿烂，浑身上下散发着德比郡山区特有的那种味道。我们就像久别重逢的老同学。在我眼里，莫妮卡表姐永远都是一个小女生。

我俩一见面就紧紧地拥抱在了一起。亲吻、问候过后，我们笑着坐下来。她说道：

“你根本不知道，我是经过怎样的一番思想斗争后，才决定来看你的。我这个不喜欢写信的人，接连给塞拉斯写了五封信，而且没有说一句冒犯他的话！你们的男管家人很好！我很想知道他为什么老是站在台阶上？他是斯特勒尔布勒格[1]？是神仙？还是幽灵？你叔叔是怎么把他

---

1 斯特勒尔布勒格（Struldbrug）：《格列佛游记》中虚构的出生之后永不死亡的人。※

找来的？他肯定参加过所有的万圣节集会，中了通灵咒的某种巫术。你未来的丈夫可不能像他这样。我希望，他会在某个夜晚从烟囱里飞走，消失在烟雾中。他是我一生中所见过的最值得尊敬的小人物。是他代表你叔叔来接的我。和他站在一块儿，我就像赫伯女神[1]一样年轻。亲爱的，这位是？你是谁？”

她指的是可怜的米莉。此时，米莉正站在壁炉架的角落里，瞪着一双圆圆的眼睛，鼓着腮帮子，惊恐地盯着眼前这位陌生的女人。

“我差点儿给忘了，”我惊呼道，“亲爱的米莉，这位是诺利斯夫人。你也要喊表姐。”

“你就是米莉森特。亲爱的，很高兴见到你。”莫妮卡表姐赶忙站起身，亲切地拉起米莉的手，亲吻了她的双颊，并轻轻拍了拍她的小脑袋。

我不得不说，和我初次见她相比，米莉现在漂亮多了。她的裙子比以前长了至少四分之一。虽说是乡下人，可穿戴一点儿不土气，不再显得怪异离群。

1 赫伯女神（Hebe）：宙斯的女儿。希腊神话中司青春的女神，是年轻、活力的代名词。※

第14章

唇枪与舌剑

莫妮卡表姐满面春风。她把手搭在米莉肩上，两眼看着她，说道："我们一定会成为好朋友的。我在德比郡是出了名的'疯女人'，经常语出惊人，没有人敢惹我——这辈子恐怕是改不了了。"

"咱俩可能半斤八两吧。我想……"可怜的米莉脸都憋红了，费了好大力气才说出话来。她有些不知所措，欲言又止。

"有什么好想的？亲爱的，听我的，千万不要等想好了再说，这是胆小鬼的行为。先说后想，我就是这样。说实话，我甚至说完了也不想。你这位冷血的莫德姐姐向来是不想不说，我就看不惯。我很想知道，你们那个说皮克特语[1]和古英语的史前[2]管家什么时候回来？我敢说，就算是你父亲也不可能马上理解他说的话。亲爱的米莉，你们管家回来后，一准儿会请我吃块阿尔弗雷德大帝烤的蛋糕，让我喝盛放在颅骨杯里的丹麦啤酒。[3]但是，我已经饿坏了，等不及了。你还是先给我拿点儿面包和黄油垫垫吧。"

莫妮卡表姐很快吃起了黄油和面包，但仍然没有堵住她的嘴——

"姑娘们，如果塞拉斯同意，你们愿意去我埃尔沃斯顿的家住上一段时间吗？"

1　皮克特语（Pict）：古时被布立吞人和罗马人赶到苏格兰东部及北部定居的大不列颠人，他们说的语言即皮克特语。

2　史前（pre-Adamite）：字面意思是亚当之前，《圣经》中认为人类历史始于亚当、夏娃，亚当之前即史前之意。

3　传说阿尔弗雷德大帝（849—899）在躲避丹麦人时烤焦了一些蛋糕。颅骨杯，象征着维京人饮敌人血以复仇的习惯。※

"亲爱的，太棒了！"我激动万分，冲着表姐又是抱又是亲，"我五分钟后就可以出发。米莉，你呢？"

可怜的米莉，衣服没有几件，应该更快就能收拾好。听闻此言，她有点儿不知所措，悄悄在我耳边说道：

"莫德，我最漂亮的裙子送去洗衣工那里熨烫了，一周后才能拿回来。"

"她说什么？"诺利斯夫人问道。

"她恐怕去不了。"我很沮丧。

可怜的米莉直勾勾地盯着诺利斯夫人，不假思索地说道："我有一大堆衣服还没洗呢！"

"到底是什么原因啊？莫德表妹，她什么意思？"莫妮卡表姐问道。

"她要穿的衣服，还没从洗衣工那里取回来呢。"我回答道。就在这时，老管家走了进来，告诉诺利斯夫人，主人已准备好见她了。主人身体状况不佳，还得麻烦诺利斯夫人去楼上他的房间见他。

莫妮卡表姐马上站起身来。走到门口，回头冲我们喊道："走啊，姑娘们。"

"不，夫人，您一个人去。主人觉得人多太吵，稍后再请她们上去。"

我开始欣赏这个老"鸡杂"了。他确实很能干。

莫妮卡表姐大笑着说道："好吧，或许我和塞拉斯先生先聊聊，你们再上去更好。"说完，她便跟随管家走了。

后来，诺利斯夫人把那次 *tête-à-tête*[1] 的内容亲口告诉了我。

"亲爱的，当我看见他时，"她说道，"我简直不敢相信自己的眼睛。他满头白发，面无血色，目露凶光，笑起来像个死人一样。我上次见他时，他还一头乌发，穿着入时，打扮得像个十足的英国绅士，诺尔画中人的风味犹存，令人为之倾倒。然而，此时此刻他却像个幽灵一般！这是巫术还是精神错乱使然？我百思不得其解，让我一度以为自己也疯了。他面容可憎，张口就对我说：

"'莫妮卡，你变了。'

"他说话的声音虽然亲切，温柔，但听起来却让人感到难以忍受。

---

1 法语：亲密的交谈。

曾经有人告诉我说，有一种琉璃制的长笛，笛声让人心烦意乱。一听到他的声音，我就立刻想起这种笛子。

"'塞拉斯，我确实变了。'我回敬道，'毫无疑问，你也变了很多。'

"'你上次光临寒舍，已是五百年前的事了。岁月不饶人啊。'

"他还是一贯嘲讽的语气，以为我还是他记忆中那个莽撞无礼的轻佻女子。没错儿，江山易改，本性难移。他可别指望从我莫妮卡·诺利斯口里得到夸奖。

"'的确已经很久了。但不是我的错儿。'

"'亲爱的，不是你的错儿。人的天性如此。人啊，天生擅于模仿。大人物排挤我，无名小卒就跟着排挤我。人为刀俎，我为鱼肉，只能任人宰割。众人如饿狼饥虎般扑向我，一点点将我啃噬干净。亲爱的莫妮卡，你是他们中的一员。我不怪你。欺负别人总好过被人欺负。你是刀俎，我是鱼肉。'

"'塞拉斯，我来，不是和你吵架的。听着，你我都一把年纪了，没有必要互掐了，就让我们相逢一笑泯恩仇，让恩怨归于天地间。如果做不到，那至少你要让我消停消停吧。'

"'个人恩怨我早已抛于脑后，天地可鉴。然而，有些事情是不可原谅的。我的孩子们为此前途尽毁。也许仁慈的上帝还能给我机会，让我改邪归正，重新做人。你看看我那可怜的一双儿女——教育，社交，对他们来说，一切都为时已晚——我的孩子们已经前程尽毁。'

"'这又不是我造成的。我怎么听你话里有话，'我说道，'你别忘了，奥斯汀授予你这套房子的使用权时，你曾承诺过，不会侵犯我在埃尔沃斯顿的权利。如果你是这个意思的话，这就是我的回答。'

"'我只是实话实说。'他老奸巨猾，笑着说道。

"'你是说为了惹怒我，你不惜放弃这座房子的使用权？'

"'就算我是那么想的，谁说我必须为此放弃自己的权利？我亲爱的哥哥在遗嘱中，授予我巴特拉姆庄园的终身使用权时，根本没有附加任何你所谓的离谱的条件。'

"塞拉斯又在动歪脑筋。他在威胁我。他的报复心太重了。他惹不起我的丈夫哈里·诺利斯，这一点我和他都心知肚明。我告诉他，他的威胁对我根本不起作用。我心平气和，就像我现在跟你说话一样。

“‘好吧，莫妮卡，’他说，‘公平地讲，你没有做错什么。我可能是被那个顽固不化的老头子[1]附了身。一想到我的孩子们，想到他们过去遭受的虐待，还有现在的痛苦和耻辱，我愤怒至极，简直就要疯了。刚才一瞬间，愤怒如同电流一般[2]穿过我的身体。我心灰意冷，雄心不再。对于一个年老体衰，天天在鬼门关徘徊的人来说，赢得了整个世界又能如何。我们握手言和吧。这一次，我主动要求停战，我愿意忘记并原谅你过去的一切。’

“天知道他葫芦里卖的是什么药。我不知道他是故意演给我看的，还是脑子里就是这样想的。事实上，我都没有搞清楚这件事情的来龙去脉。虽然这不是我的风格，但是，亲爱的，我很高兴我能够保持冷静，没有和他吵起来。”

轮到我们了。塞拉斯叔叔把我们叫到跟前，言谈举止都与往常无异，而莫妮卡表姐却脸色凝重，目光灼灼。明眼人一看就知道，刚才发生了不愉快的事情。

塞拉斯叔叔先是习惯性地对巴特拉姆的新鲜空气和自由自在的生活环境大唱颂歌，并让我谈了谈感想。然后，他把米莉叫到跟前，温柔地亲吻了她，微笑中带着几分哀伤。最后，他转向莫妮卡表姐，说道：

“这是我的女儿米莉。噢，对了！你们在楼下见过了。你很喜欢她吧？正如我跟她姐姐莫德说的一样，尽管我不是谢里丹笔下的那个塔伯利爵士，但她绝对是个十足的霍登小姐[3]。米莉，我说得对吗？亲爱的，从你一出生，你就一直住在这座偏僻的庄园内，接受巴特拉姆文明的熏陶。你的一切都要归功于巴特拉姆文明。它虽然无形，但是坚不可摧。所以，你要感激铸造这一文明的人们，无论他们是有心还是无意。当然，你最该感激的人是你表姐，诺利斯夫人。对吗，莫妮卡？米莉，快来向诺利斯夫人说句感谢的话。”

“塞拉斯，这就是你说的休战。”诺利斯夫人语气平静但不乏犀利，

---

1 老头子（old man）：此处指亚当。※

2 在英国作家玛丽·雪莱的小说《弗兰肯斯坦》（1818）中，科学家弗兰肯斯从停尸房等处获得不同人体的器官和组织，拼合成一个完整的人体，然后借助电流使其拥有生命。※

3 塔伯利爵士（Sir Tunbelly）、霍登小姐（Miss Hoyden）：《斯卡伯乐之行》（谢里丹，1884）中的人物。他们住在一所偏僻的老宅子里，女儿霍登小姐从不出门，也不请朋友来家里做客，并在家中接受教育。※

“塞拉斯·鲁廷，我知道你就是想激怒我，让我在孩子们面前失态，说一些让你我都追悔莫及的话。”

“莫妮[1]，不过是开几句玩笑，你怎么当真了。你想想看，如果我在路边发现你被劫匪欺辱，不但不救你，还用脚踩在你的喉咙上，朝你的脸上吐口水，你会怎么想？行了，就此打住吧。为什么我要说这些呢？只是想强调我已经宽恕你了。姑娘们，你们看，尽管诺利斯夫人和我是亲戚，但长久以来彼此疏远。现如今，我们不计前嫌，握手言和！”

“好吧，就按照你说的做。从此停止一切讽刺挖苦！”

说着，他们的手握在了一起。松开后，塞拉斯叔叔冷笑着拍了拍自己的手。

沉默了片刻，他继续说道：“亲爱的莫妮卡，我非常希望你能够在此留宿一晚，但我真的没有空床给你住。即便有，恐怕你也住不习惯。”

诺利斯夫人向叔叔提出，邀请米莉和我去她在埃尔沃斯顿的家中做客。他笑容满面，表示不胜感激。然而，我发现，叔叔几次三番地盯着莫妮卡表姐看，一副若有所思、疑神疑鬼的样子。

不知什么原因，他那天说什么也不同意我和米莉去。过了一段时间，他才欣然答应。

无论如何，这个提议至少当天没有得到叔叔批准。莫妮卡表姐很有教养。她岔开这个话题，说道：

“亲爱的米莉，你能戴上帽子，陪我到院子里逛逛吗？塞拉斯，可以吗？我想和我的新朋友聊一聊。”

“莫妮，院子常年疏于打理，恐怕又要让你失望了。一个穷光蛋的游乐场只能交给大自然，听其发落。不过，只要有树木、山坡、岩石和洼地，即便不去精心打理，也能形成别致的景观。”

莫妮卡表姐告诉我们，有条横穿院子的小路可以通向她停放马车的地方。我们送她到马车跟前，然后她乘马车回家。莫妮卡表姐与塞拉斯叔叔吻别时，两个人都表现得很冷淡。

“好了，姑娘们！”走过草地后，诺利斯夫人问我们，“你们怎么想？他会同意你们来吗？会还是不会？我说不准。不过，亲爱的，”她

---

1 莫妮（Monnie）：“莫妮卡”的昵称。

对米莉说，“他应该让你见识一下外面的世界。你不能整天待在巴特拉姆的山谷和丛林里。尽管你和它们一样，自然、美丽，却难免沦为井底之蛙，目光短浅。米莉，你哥哥呢？他应该比你大吧？”

“我不知道他去哪了。他比我大六岁多点儿。”

几只苍鹭停落在河边。米莉一挥手，惊得它们飞上了青天。这时，莫妮卡表姐悄悄地对我说：

“我听说他入伍了，要去印度。这对他来说也许是最好的选择。我希望这一切都是真的。你见过他吗？”

“没有。”

“好吧。他走对你来说并不是什么损失。我听拜尔利医生讲，达德利就是一个恶少。亲爱的，你告诉我，塞拉斯对你好吗？”

“好啊。今天你也看到了，他一直对我很温和，只是不能经常见到他。可以说，几乎见不到他。”

她又问道：“你喜欢这里的人和这样的生活吗？”

“我很喜欢我现在的生活，这里的人都很好。只是有一位名叫怀亚特的老太婆，脾气暴躁，整天神秘兮兮的，还尽说瞎话，我们都不喜欢她。她不是个坏人——玛丽·坎斯也这么说——你知道，这才是关键。另外，风车森林里住着霍克斯父女，野蛮劲儿十足。叔叔说，他们并不是故意那个样子的。他们实在太粗鲁了，令人讨厌。除去这几个人，我很少见到其他人。前一段时间，有人深更半夜来访，并留宿了好几天，米莉和我都不知道是谁。玛丽·坎斯在凌晨两点钟看到庄园侧门停了一辆马车。”

莫妮卡表姐一听来了兴趣。她停下脚步，转过身来，一手拉着我的胳膊，一边提问，一边听我讲，一副若有所思的样子。

“应该不是什么好事。”我说道。

“是啊，八成没什么好事。”莫妮卡表姐声音很低沉。

这时，米莉走了过来，喊我们抬头看苍鹭。莫妮卡表姐望着飞翔的苍鹭，微笑着对米莉表示感谢。然而，她马上又安静下来，陷入了沉思。

“你一定要来找我。你们两个都要来。”她突然说道，“我一定会想办法让你们来的。”

又是一阵沉默，米莉跑去了桥边，想看看那条灰鳟鱼在不在水里。莫妮卡表姐一脸严肃，语气低沉地说道：

“莫德，你没有看到什么可怕的东西吧？亲爱的，别紧张。”她笑了笑，但笑得很勉强，“我指的不是什么惊心动魄的事情。事实上，也谈不上可怕。我不知道该怎么说。我的意思是没有什么让你感到心烦或者不舒服的事情吧？”

“那倒没有。不过，查克先生遇害的那个房间挺瘆人的。”

“啊！你进去看过了？我也想去看一看。你的卧室在那间屋子附近？”

“离得远着呢。我的房间在它下面一层，朝阳的那面。拜尔利医生向我透露过一些情况，但我总觉得他有些保留。不瞒你说，他走后有一段时间，我心里疙疙瘩瘩的。除了这个，我真没有什么害怕的。你怎么想起来问我这个？”

“莫德，你不是害怕那些幽灵和匪徒之类的东西嘛。我就是想知道你过得好不好，有没有烦心事。既然刚才你提到了，我就多嘴问了几句。放心吧，我没别的意思。”突然，她话锋一转，说道，“莫德，我觉得你应该认真考虑一下拜尔利医生说的话。你来找我的时候，要做好留在埃尔沃斯顿的准备。”刚才还云淡风轻，转眼间就疾风劲雨了。

“莫妮卡表姐，这能行吗？你和拜尔利医生都把事情说得很糟糕，但总是闪烁其词，不愿直言相告，害得我常常为此焦虑不安，备受煎熬。莫妮卡表姐，你就不能跟我说实话吗？”

“亲爱的，这个地方偏僻、冷清，我不喜欢。我曾经尝试着去喜欢它，但我做不到，永远做不到。而且，你叔叔行事古怪。他也许是个——诺尔的那个牧师助理怎么称呼他来着？——思想先进的基督徒。如果真是这样，他做事就会有所顾忌。如果他秉性难改，做事肆无忌惮，那么你来这里无异羊入虎口。亲爱的莫德，你必须明白，你只是他手中的一个棋子，我们有必要对他保持警惕。”

莫妮卡表姐突然停顿了一下，看着我，好像意识到自己说得太多了。

“你是知道的，尽管塞拉斯以前自私、轻狂，说不定现在已经好多了。我确实对现在的他不太了解。我相信，经过一番认真考虑后，你会同意我和拜尔利医生的意见，离开这个是非之地的。”

看来，我试图把莫妮卡表姐心中隐藏的秘密套出来的努力是彻底白费了。

“我希望很快在埃尔沃斯顿见到你。我会想办法让塞拉斯尽快同意的。瞧他那个不情愿的劲儿。”

“他之所以这样做，会不会是为了争取一些时间，想在米莉动身之前给她添置些衣物呢？”

“我也不太清楚，但愿如此吧。”

莫妮卡表姐走后，那种难以言状的焦虑和不安又再次向我袭来。说到满意这里的生活，也确实是我的肺腑之言。在诺尔时，我就已经习惯了这样的孤独。

第15章

初见达德利

这段时间，我的信件往来并不频繁，大约每隔两周，我才收到腊斯克女士的一封来信。她英语不好，常常错字连篇。她向我汇报小狗和马儿的近况，聊些村里的八卦，发泄一下对克莱先生上一次布道的不满之情，介绍一下异教徒所遭受的苛刻待遇[1]，顺便表达一下对玛丽·坎斯的喜爱以及对我的美好祝愿。有时活泼开朗的莫妮卡表姐也会来信。最近几天，我收到了一封非常特别的匿名信。信中摘抄了一首赞美诗——应该是拜伦[2]的作品。我不禁好奇，是谁这么无聊，写这封信给我呢？

一个月后，我再次收到了此人的来信，好像出自一个军人之手。信中有几首民谣风格的小诗，略带一些哀怨色彩。他在信中这样写道，他之所以活着，完全是为了让我高兴。他在面临死亡时，只会想到我一个人。他还说，他今生别无他求，只求当战争的风暴来临时，我能够看着“倒下的橡树[3]”而“潸然泪下”。我看得出这是一语双关。写信人希望我，既能感受到他对我的浓浓爱意，亦可想象到他在战场上英勇杀敌的飒爽英姿。我非常感动，再也无法将这个秘密深埋于心底。有一天，我和米莉在栗树下散步时，向她诉说了这份小小的浪漫。我和米莉一致认为，写信人一定正身处硝烟弥漫的前线战场。

我们很难从塞拉斯叔叔经常阅读的《泰晤士报》或者《晨邮报》

1 腊斯克女士一直致力于教育莫德要保持对卫理公会派教徒、浸礼会教徒以及斯威登堡教徒的敌意。这也是19世纪40年代至60年代英国各种教派之间一触即发的紧张氛围的标志之一。※

2 拜伦（Byron，1788—1824）：英国著名浪漫主义诗人。※

3 在西方文化中，橡树是力量的象征。此处“倒下的橡树”是一个双关语，暗指军人战死沙场。

上，获得我们需要的信息，以理解这些小诗中出现的一些可怕的表述。米莉想到了一位家住费尔特拉姆的民兵预备役[1]军士。他知道现役军人所驻扎的营地。通过他的各种关系我们得知，奥克利上尉所在的军团要在英格兰待两年，这着实让我松了口气。

一天夜里，我被老“拉穆尔”叫到了叔叔的房间。我清楚地记得，他枕着枕头，有气无力地躺在椅子上微笑着，眼神诡异，泛着白光。

“亲爱的莫德，今晚我很不舒服。请原谅我不能坐起来。”

我非常礼貌地安慰了他几句。

“是的，我的确值得同情。亲爱的，你要知道，光同情是没用的。”他喃喃说道，语气有些急躁，“我叫你来，是为了让你见见你的堂兄，我的儿子。达德利，站起来。”

直到这时我才注意到，炉火另一边的躺椅上坐着一个人。听到叔叔喊他，慢慢站起身来。他看上去四肢疲惫，动作僵硬，好像在外面奔波了一整天。我屏住呼吸，看着眼前这位年轻人，心里非常震惊。毫无疑问，他就是我和鲁吉耶女士在斯卡斯代尔教堂附近遇到的那个人。在诺尔的养兔场，和一群恶棍吓唬我们的那个人也是他。

当时，我害怕极了。就算是看到魔鬼，我也不会如此惊恐和难以置信。

当我再次把目光转向叔叔时，他已经不再看我，而是将其苍白的脸转向了那个年轻人。他嘴角挂着一丝微笑，对于儿子的欣赏宠溺之情溢于言表。然而，我对这个堂兄除了憎恶之外，再无其他感觉。

“孩子，你过来。”叔叔说道，“不用太拘谨了。这是你的妹妹莫德——你是不是该对她说点什么？”

“你好，小姐！”他腼腆地咧嘴一笑。

“小姐！不，不。这儿没有什么小姐。”叔叔急忙说道，“她是莫德，你是达德利。都是我不好。该把米莉也叫来。莫德妹妹很乐意和你握手的。来啊，年轻的绅士，看你的了，好好表现表现。”

“莫德，你好！”说着，他努力向我靠近，并伸出手来，“小姐，欢迎你来到巴特拉姆。”

---

1 民兵预备役（militia）：由社区征募的志愿军队，每年必须集训 28 天。※

“亲吻你的妹妹啊，先生！你的绅士风度哪里去了？你是我亲生的吗？再这样，我可就不认你这个儿子了。”叔叔大声喊道，比刚才精神了许多。

他腼腆地咧嘴笑着，笨拙地抓起我的手就把脸向上凑。看到他马上就要吻上了，我情急之下后退了两步。他猛地一怔，站住了。

见此情景，塞拉斯叔叔气急败坏，大笑起来。

“好了，这样就可以了。在我们那个年代，堂兄妹见面绝不会表现得像陌生人一样。也许是我错了。你们年轻人都在学习美国佬的含蓄。对你们来说，老套的英式寒暄太不文明了。”

“我，我以前见过他。是在——”说到这里，我停住了。

叔叔惊奇地看着我，眉头紧皱：

“啊，这是怎么回事？你从来没有给我说起过。达德利，你们见过？”

“我从来没有见过她。”达德利回答说。

“不会吧！莫德，你告诉我，这究竟是怎么回事？”塞拉斯叔叔冷冷地说道。

“我以前确实见过这位绅士。”我支支吾吾地说。

“你确定是我吗，女士？”

“没错儿——就是你。叔叔，我确实见过他。”

“亲爱的，在什么地方？我想，应该不是在诺尔。亲爱的奥斯汀很少邀请我们去诺尔做客。”

在提及已故的恩人哥哥时，他并未表现出丝毫的感激之情。此时此刻，我已无暇顾及这些。

“我看见——”我实在无法叫出堂哥这个称呼，“我见过他。叔叔，就是你儿子——准确地说，我第一次见他是在斯卡斯代尔教堂，第二次是在诺尔的养兔场。就是我们的猎场看守人被打的那天夜里。”

“达德利，这你怎么解释？”塞拉斯叔叔问道。

“我一没去过这两个地方，二没见过这位小姐。我发誓。请您相信我。”他面不改色，自信满满，搞得我就像出庭的证人冤枉了被告人一样。

“莫德，你刚才说见过他时，好像不是那么坚决。所以，对于他的极力否认我并不吃惊。这当中显然存在误会。你不能冤枉他。我的儿子从不说谎——你完全可以相信他。你没有去过那些地方，是吗?”

“我倒是希望去过——”这个堂哥的语气更加强硬了。

“那就好。作为一位绅士，尽管是个贫穷的绅士，你的名誉和言辞都会让你妹妹感到满意的。亲爱的，我说得对吗？我向你保证，他是一位绅士。我从来没有听他说过谎。”

于是，达德利·鲁廷开始发誓，说他从来没有见过我，也没去过我说的那些地方。“自从我断奶后——”

“好了，够了。如果你们不愿意像堂兄妹那样亲吻，那就握握手吧。”叔叔打断了他。

我非常不情愿地伸出了手。

“达德利，你该去吃晚饭了。晚安，亲爱的孩子。”他笑着示意他离开卧室。

“他是一位优秀的年轻人，诚实、善良、勇敢。在英格兰，每个父亲都会夸赞自己的儿子长得像阿波罗[1]一样。他身材匀称，相貌堂堂，所欠缺的只是礼貌和规矩。倘若能够在军营里锻炼上一两年，好好磨砺磨砺，那就再好不过了。只可惜他已超龄，不能参军了。我敢断言，经历过类似军营的训练后，他一定会成为一位名副其实的英国绅士。”

塞拉斯叔叔的一席话，听得我一脸愕然。我可没有在这个乡巴佬身上发现丝毫亮点。叔叔乐观，非常盲目，令人难以置信。

我低下头，生怕他看出我心怀不满，而再次质问我。塞拉斯叔叔可能把我的这种举动当成了少女的娇羞。他没有继续追问。

达德利·鲁廷拒不承认见过我，也不承认曾经去过我说的那些地方，而且面不改色心不跳，这让我不由得开始怀疑自己是不是认错人了。我甚至都不敢确定，我在斯卡斯代尔教堂碰到的那个人和我在诺尔遇到的那个人，是否是同一个人。况且，时间过去那么久了，会不会是我记错了？或许他和我记忆中的那个人只是长得有些相似而已。

---

1 阿波罗（Apollo）：希腊神话中太阳和医药之神，常常与天赐的理性之光联系在一起。在古罗马诗人奥维德的诗中则是一个代表性欲的人物。塞拉斯叔叔之所以作此比较，是基于达德利那结实的身材。或许在他的心目中，达德利就是一座经典的阿波罗雕塑。※

塞拉斯叔叔本以为在他大夸特夸儿子多么优秀时，我会随声附和几句。万万没有想到，我只是报以沉默，这使他非常不快。他沉默了一会儿，说道：

“我这一辈子阅人无数。我敢肯定，达德利天生就是一块英国绅士材料。当然，我也不瞎——他还要加以磨炼，还需要经过一两年的培养，积极的自我批评以及社交场合的锻炼。我只是说，他是这块料。”

接着，又是一阵沉默。

“孩子，请你告诉我，那个教堂叫什么名字？”

“斯卡斯代尔教堂。”我回答道。

“哦。在斯卡斯代尔教堂和诺尔，都发生了些什么？”

我把事情的经过从头到尾讲了一遍。

“亲爱的莫德，你在斯卡斯代尔教堂的险遇，听起来并非我想象中的那么糟糕。”塞拉斯叔叔冷笑着说，“如果他真的是整个事件的始作俑者，我不知道他为什么不敢承认。换做我的话，我一定会大大方方地承认的。你在诺尔养兔场的险遇，也不是什么大不了的事情。不过是两三个醉酒小伙子，况且还有位女士陪伴着你。只要有她在，肯定出不了什么大事。年轻人高兴了喝点儿酒是常事，喝多了，发生点儿争执，也没什么大惊小怪的。四十年前，我年少轻狂的时候，也干过这事儿。”

塞拉斯叔叔在手帕上倒了点儿古龙水，擦了擦太阳穴。

“如果真的是我儿子干的，他一定会马上承认的。我太了解他了。他巴不得吹嘘一番。他从不说谎。如果你了解他，你也会这么说的。”

说完，塞拉斯叔叔向后一躺，倒了一些古龙水在手上，点头向我告别，并低声道了句“晚安”。

“达德利回来了。”我刚刚走进大厅，米莉一把拽住我的胳膊，悄悄地对我说，“我讨厌他。他什么都不让着我。他向‘当家的’要钱，要多少给多少。我连一分钱都甭想。太不公平了！”

由此看来，塞拉斯叔叔的一双儿女感情并不好。

我很好奇，便向米莉打听有关达德利的情况。米莉东一榔头西一棒槌地说了很多。她告诉我，她很害怕他。他是一个“长得又丑，脾气又坏的家伙”，是“唯一一个敢顶撞‘当家的’的人”。当然，“他也害怕‘当家的’”。听到这些，我更加讨厌他了。

我听说，他喜欢在外面乱跑，每次待在巴特拉姆的时间，最长不会超过一到两周。这让我松了口气。

“他是个赶时髦的家伙，经常在利物浦、伯明翰一带游荡，有时也去伦敦。有时还会抽时间去找‘美女’梅格聊聊。‘当家的’担心他会娶‘美女’梅格为妻，这完全是不可能的事情。‘美女’梅格才不会受他哄骗。她喜欢的人是汤姆·布赖斯。”米莉认为，达德利不想为她挨巴掌。“他还去风车森林找‘钉子头’抽烟。他们是费尔特拉姆俱乐部的成员，常常在一个叫‘翼之羽’的地方会面。”米莉还说，他是一个“不可多得的好猎手”，在法官面前，公然支持非法狩猎，但他们拿他没办法。“‘当家的’说，那是因为他们嫉妒我们血统好。除了那些自命不凡的乡绅外，好多人都喜欢达德利。尽管他在家里行为有些反叛，在外面还是一个挺阳光的帅小伙儿。另外，‘当家的’还说，他将来会成为一名议员。”

第二天早晨，我们正在吃早餐。达德利用烟斗敲了敲窗户。米莉管它叫“陶制长烟斗”，就和《巴纳比·拉奇》[1]一书的插图中，乔·威利特嘴里叼的那种弯曲的长烟管一样。他摘下呢帽，放在胸前，向我们点头致意，随后把帽子一扔，用脚一踢，再次接住，动作十分滑稽。米莉禁不住大笑起来，大声喊道：

“是新学的吗？”

只要一看见达德利，我就会产生一种莫名其妙的自信，觉得他就是我在诺尔见过的那个人。

我心里清楚，他这一系列的滑稽表演，都是为了给我留个好印象。然而，我却完全不为之所动。跟米莉聊了几句后，他继续表演，先是把烟斗摔成碎片，接着把碎片放在鼻尖，让它滑到下巴，最后他猛地抽动一下面部肌肉，将碎片吞进嘴里，假装嚼碎。他模仿得惟妙惟肖。米莉看得入迷了。

---

1 《巴纳比·拉奇》(*Barnaby Rudge*)：狄更斯的作品（1841），由哈波特·布朗配图。哈波特·布朗还为本书作者约瑟夫·谢里登·勒·法努的小说《托勒夫·奥布莱恩上校的命运》作图。※

第16章

小丑达德利

令我高兴的是，达德利那天没有再来纠缠我。不过，好景不长，仅仅隔了一天，米莉就跑来告诉我，因为对我不够热情，堂兄被叔叔叫去训了一顿。

“爸爸冲他劈头盖脸就是一顿臭骂，话语虽然不多但非常严厉。他一句话也没敢说，只好自己生闷气，把我吓坏了，都不敢抬头看。他们聊了很多，但我没太听懂。听到‘当家的’命令我出去时，我就高兴地离开了。至于他们之后说了什么，我就不知道了。”

米莉对于发生在诺尔养兔场和斯卡斯代尔教堂的事情毫不知情，而我本人对于当时达德利是否在场也是将信将疑、摇摆不定。然而，一种紧张情绪一直萦绕在我的心头，似乎有个声音坚定地对我说，制造那些可怕场景的主角就是达德利。

说来也怪，与第一次见到他时那种确定无疑的感觉相比，我现在开始怀疑自己是否记错了，甚至怀疑这一切都是我主观臆想出来的。但是，达德利·鲁廷和我记忆中的那个混蛋的确有相似之处。我对这一点很有把握。

关于塞拉斯叔叔训斥他的主要原因，米莉的理解是正确的。从那以后，达德利来我这里的次数频繁多了。

他腼腆、笨拙、自负、鲁莽——就是一个让人无法忍受的乡巴佬。尽管有时他也会脸红、结巴，但在我的面前，从来不这样。他那沾沾自喜的样子和自作多情的眼神，令我作呕。

我一直想告诉他，我非常讨厌他，却又担心他不肯相信。或许，他认为“女士们”口是心非，喜欢装模作样。我尽最大努力，避免跟他对视或者讲话。如果实在躲不开，就想尽一切办法尽早结束。说句公道话，他对我们的日常活动似乎不感兴趣，强行加入进来，也不那么自在。

由于心存成见，我很难做到客观描述达德利·鲁廷的长相。经过一番苦苦挣扎，我勉强承认他容貌俊秀。他浅色头发，浅色胡须，脸色红润，一双蓝眼睛炯炯有神。尽管有点儿发福，身材还算不错。从这个角度来说，叔叔的说法也不无道理。如果达德利能够像绅士一样彬彬有礼，绝对可以算得上一位美男子。

他腼腆、鲁莽，油头滑脑却笨手笨脚。一言一行虽然说不上粗野，但距离高雅却差得很远。俊秀的容貌难敌不雅的举止。比起容貌丑陋，举止粗俗更让我难以接受。他的穿着打扮，行为举止，就连走路的动作，都散发着一股俗气，使他匀称的身材和堂堂的容貌大打折扣。除了上述不满，我还时不时地想起在诺尔的险遇。这么一说，想必你也不难理解，为什么当他挑逗我时，我心中会产生厌恶与愤怒相互交织的情绪了。

在我面前，他变得不再那么拘束，渐渐自在、自信起来。当然，他的自在和自信丝毫没有改变他行为举止的粗俗不堪。

有一天，我和米莉正在吃午饭，他走了进来。他跳起来向后做了个旋转，一屁股坐在餐柜上，咧嘴一笑，向后蹬了蹬脚后跟，朝我抛了个媚眼。

“达德利，一起吃点儿吧？”米莉问道。

“不了，姑娘们。我就看着你们吃，也许会陪你们小酌一杯。”

他从口袋里掏出一瓶酒，自己找了一个大玻璃杯和醒酒器[1]，调制了一杯浓郁的白兰地。说话之余，不时地嘬上一小口。

“‘当家的’带着牧师助理来了。”他笑着说道，“我很想陪他们说说话，但我连一个小时都坚持不了。他们像往常一样做祷告、读《圣经》。哈哈！老怀亚特说，时间不会太久。奥斯汀伯伯已经过世了，再祈祷也

---

1 醒酒器（decanter）：亦作醒酒瓶或醒酒壶，是一种饮用新发酵葡萄酒时所用的器皿。其作用是让酒与空气接触，让酒的香气充分发挥，并让酒里的沉淀物分离开。醒酒器的形状一般是长颈大肚子。

没什么用了。”

“呸！真不害臊，你这个罪孽深重之人！”米莉大笑着说道，“五年来，他一次教堂都没有去过。只顾着和女人幽会了。莫德，我说得对不对？”

达德利把呢帽扣在胸前，嘴咬着帽檐，微笑着，含情脉脉地望着我。

很可能他觉得这个样子挺有魅力的吧。

“米莉，有什么好笑的。你怎么笑得出来？”我说道。

“难道让我哭吗？”

“我只是让你不要笑。”

“我倒是希望能够有个人为我哭泣。”达德利一边看着我，一边说道，满以为我会因为他在乎我的眼泪而感到荣幸。

我根本不可能为他而哭。我静静地靠在椅子上，翻看着沃尔特·司各特[1]的诗集。这是我和米莉的睡前读物。

他谈及自己父亲时的不屑，挑逗我时的轻佻，还有谈论宗教时的不恭，所有这一切大大增加了我对他的厌恶之感。

“牧师都是慢性子——磨叽得要命。又得让我等上大半天。即便是这一小会儿，我也能走出三里路——见鬼！”他一边说，一边低着头来回走着，好像在计算这段时间他能够走多远，“为什么不在星期日读《圣经》、做祷告呢？米莉，你去看看‘当家的’完事了没有？快点儿。我可没工夫在这里等上大半天。”

米莉已经习惯了对哥哥言听计从。当她从我身边走过时，眨了眨眼睛，小声对我说：

“他没钱花了。”

达德利看着米莉，吹着口哨，一只脚像钟摆一样甩来甩去。

“我说，小姐，管一个成年男士花钱这么严，真是太过分了。我哪怕花上一个先令都得找他要。最要命的是，还必须告诉他要钱干什么用。”

我说：“或许叔叔认为，你应该自己赚钱花。”

1　参阅本书前言注释。※

“我倒想知道，现如今的小伙子们该怎么赚钱。你肯定没有见过一个绅士自己开店吧。不过，我很快就会有钱了。到那时候，就再也不用伸手找他要了。遗嘱执行人欠我一大笔钱。他们肯定会把钱给我，只是时间早晚的问题。”

当他提到我父亲的遗嘱执行人时，我并没有多加评论。

“莫德，听我说，当我拿到那些钱，我知道该给谁买礼物。小姑娘，我心里一清二楚。”

这个可恶的家伙故意慢吞吞地拖长调子，向我抛了个媚眼。他还真是自我感觉良好。

非常不幸的是，我是那种爱脸红的人。往往越想表现得不动声色，反而越容易脸红。此时此刻，我又不自觉地脸颊发红，额头发热。

他似乎觉察到了我的这种变化，而且被他误读成了娇羞。我怀揣着满腔的蔑视和愤慨，却不知该怎么向他表明。

达德利·鲁廷领会错了我的意思，温柔地笑了起来。真是让人无法忍受。

“作为报答，我必须做点什么。你知道，我非常敬重敬你的父亲。你不会让我违背‘当家的’发布的命令吧？是的，你不会的，对吗？”

我瞪了他一眼，意思是希望他不要胡来。然而，我的脸再一次不争气地变红了，而且这一次比刚才红得更厉害了。

“我才不在乎世俗的眼光呢，”他充满激情地大声喊道，“莫德，你真的很漂亮。那天你叔叔让我亲吻你时，我也不知道当时自己中了什么邪。真该死！你现在应该不会拒绝我了吧。尽管你脸红了，我还是要亲吻你。”

他从餐柜上跳下来，大摇大摆地朝我走来。他一脸坏笑，伸出了胳膊。我愤怒地站起身来，躲开了。

“真该死！你竟敢反抗我！”他坏笑着说。

“来吧，莫德，你很善良，不是吗？这是我们的义务。是‘当家的’要我们亲吻的，不是吗？”

“不，不，先生。你不要靠近我！不然的话，我就喊人了。”

我开始大声呼喊米莉的名字。

“喊也没用！你自己根本不了解自己。”他粗鲁地说道，“你这样吵闹是没有用的。别喊了，好不好？没有人敢伤害你，不是吗？我又不是坏人。”

他一气之下，转身离开了房间。

尽管这是叔叔的意思，但我觉得自己并没什么错儿。在我看来，强行发生亲密行为的企图就是暴行。

米莉进来时，我正一个人坐在那儿生闷气。我决定去找叔叔说一说，但是牧师助理还没走。等到牧师助理走了，我的气已消了一大半，对叔叔的畏怯之情再次涌上心头。我想，他会对我说，这只不过是堂兄跟我开的一个玩笑。而且，我相信，堂兄也会接受教训，下次应该不会再这样子冒犯我了。米莉也赞同我的意见。于是，我便决定不再追究这件事。就让它过去吧。

让我欣慰的是，达德利不再来烦我了。即便偶尔碰到，也是一副闷闷不乐的样子，很少和我说话。听米莉说，他很快就要离开巴特拉姆了，我高兴极了。

塞拉斯叔叔整日靠颂读《圣经》来获取慰藉。尽管他自己已经改邪归正，从以前的酒色之徒变成了如今的正人君子。然而，看到自己的儿子成为了托尼·伦普金[1]那样的人，恐怕他也高兴不起来吧。达德利在父亲眼中先天条件极佳，但却无法改变他是一个乡巴佬的这一事实。

当我尝试着去回忆塞拉斯叔叔的样子时，一位满头银发的老人便浮现在我的眼前。直到今天，我仍然对他知之甚少。

我慢慢体会到，玛丽·坎斯对塞拉斯叔叔的评价是正确的。他是一个“吹毛求疵”的人，还有一点儿自私和急躁。为了滋补身子，他喝红酒，炖蹄髈，吃丘鹬，从利物浦进口成箱的海龟。凡是对身体有益的他都吃。他对烹饪的要求极为苛刻，对咖啡的味道和纯度要求很高。

他谈吐优雅，嗓音优美，措辞生动，流畅自如，但却又冷若冰霜，言谈之中不时流露出浓郁的宗教思想。他到底是真情流露还是假意造作，我真的搞不明白。

他眼神泛着异样的光芒，就像是月光照在抛光的金属上泛起的那种

1 托尼·伦普金（Tony Lumpkin）：巧舌如簧的乡巴佬。出自奥利弗·戈德史密斯（Oliver Goldsmith）的小说《屈身求爱》（*She Stoops to Conquer*）（1773）。※

光泽。这是我能够想到的最贴切的比喻了，但总觉得还是形容得不够到位。它一会儿刺目耀眼，一会儿又黯淡无神。每当看到他的眼神，我就会想起托马斯·穆尔[1]写的一首诗歌：

啊，死者！啊，死者！是你们发出的光背叛了你们，
是你们那冰冷闪烁的眼神，尽管你们像生者一样苟活。

这种眼神，我从来没有在别人的眼睛里看到过。它在生存与死亡、理智与疯狂之间徘徊，像一团鬼火，令人不敢直视。

就连他对子女们的态度也让我感到费解。有时，他愿意与他们坦诚相见；有时，他好像又很讨厌他们。他一方面感叹自己命不久矣，一方面又渴望能够多活几天。

啊！塞拉斯叔叔，那个昔日的风云人物，他那可怕的形象总是在我的脑海中挥之不去。他那苍白的脸上总是带着轻蔑和痛苦的神情！他仿佛是我在隐多珥女巫指引下看到的一个幽灵。[2]

在达德利离开巴特拉姆之前，诺利斯夫人给我寄来一封短笺，上面写道——

亲爱的莫德，我已经给塞拉斯写了信，为你和米莉求情。他应该没有理由拒绝我。我相信，很快就可以在埃尔沃斯顿见到你们了。你们至少可以在我这里待上一周。我迫不及待地想要马上见到你。最近来访的客人都很无聊。你的到来肯定让我高兴。麻烦你向米莉转达我的问候。如果她不陪你来，我是不会原谅她的。

爱你的表姐
莫妮卡·诺利斯

1 托马斯·穆尔（Thomas Moore，1779—1852）：爱尔兰杰出的爱国主义诗人。※
2 语出《旧约·撒母耳记上篇》28：7—25：扫罗（以色列第一位国王）向隐多珥的一位女巫求教。这位女巫便从地狱中召唤出了撒母耳（希伯来先知）。※

尽管我和米莉想出了很多劝说塞拉斯叔叔同意的理由，比如，这样可以增加米莉结识上流社会同性朋友的机会，但我们还是担心他会拒绝表姐的邀请。

快到十二点的时候，叔叔派人来叫我们过去。万幸的是，他终于同意了，而且还祝我们玩得愉快。

第17章

埃尔沃斯顿

第二天，我和米莉动身前往埃尔沃斯顿。在菲尔特拉姆主干道的两旁，店铺商号鳞次栉比。其中有一家，名叫“翼之羽”。我们经过该店时，碰巧看到堂哥和一个马夫模样的人站在店门口抽烟。我下意识地往后一躲，米莉却把头探出了窗外。

“他可真会搞笑。”她笑着说道，“你看，他用大拇指顶着鼻尖儿，小手指头翘得老高。他经常这样逗老怀亚特——也就是‘拉穆尔’。他肯定是在讲什么有趣的事情。你看，站在他对面的吉姆·爵雷特，手拿烟斗，笑得前仰后合。”

“米莉，我真的希望没有看到他。这是一个不祥的预兆。他看上去一副生气的模样。我敢说，他一定是在心里咒骂咱们呢。”我说道。

“不，不，你不了解达德利。在他不高兴的时候，他是不会逗别人笑的。他肯定没有生气，只是作作样子而已。”

一路上风光旖旎。马车驶进了一个狭窄的山谷。只见山谷中林木繁茂，藤蔓丛生，岩石遍布。一条小溪穿过山谷，水流叮咚作响。可怜的米莉！看到如此美丽的风景欣喜不已，却不知该如何表达。我认为，欣赏自然风景的能力不是天生的，而是后天培养的。有识之士眼中的美妙，是粗俗之辈无法看到的。然而，米莉却是一个例外，她能够与我共赏美景，分享心情。

穿过一片美丽的荒野，我们进入了另一个树木繁茂的山谷。这是我们第一次看到莫妮卡表姐家的尖顶房子。这座英伦府邸美丽大气，四周古木环绕，看上去历史悠久，饱经风霜。它仿佛在对我们说：“快进来，欢迎你们的到来。两百年来，一个家族在这里生存繁衍，我见证了几代人的生老病死、喜怒哀乐。他们的朋友，也是我的朋友。你们会在这里尽享欢笑，忘却忧伤。当然，像其他的朋友一样，你们最终也会离去，然后又会有新的朋友到来。当然，我也难逃大自然的法则，慢慢衰老消亡。”

这时，可怜的米莉变得格外紧张。她语无伦次地向我描述着她的心情。我一边提醒她注意自己的形象和言辞，一边忍不住笑了起来。

值得一提的是，在某些方面，米莉已经有了很大进步。比如，她的裙子，虽然不是非常时髦，但不再那么可笑。我告诉她，讲话要低声细语，笑不露齿。至于其他方面，她跟在我身边耳濡目染，假以时日肯定会有所提高。

我们到达莫妮卡表姐家时，她碰巧有事暂时外出。她已经为我和米莉安排好了一间双人卧室，善良的玛丽·坎斯住在我们旁边的化妆间。[1]我们非常满意。

我们刚刚开始梳洗，莫妮卡表姐就进来了。她神采飞扬，非常开心。冲着我和米莉又是抱又是亲，以示欢迎。她本以为，塞拉斯叔叔会找各种借口或耍花招不让我们来。就像以前她对我谈起我亲爱的父亲一样，她向米莉如实道出了她本人对塞拉斯叔叔的看法。

“我真的没有想到，他会这么痛快地放你们来。如果他死活不同意，你们插上翅膀也来不了。他好像会施巫术一样。亲爱的，我指的是你爸爸，塞拉斯。你老实告诉我，他是不是不太喜欢迈克尔·司各特？”

“我从来没有见过这个人，”米莉回答道，“至少我个人这么认为。”看到我们笑了，她又补充道，“我听着有点像卖雪貂的老迈克尔·多布斯，或许你指的是他？”

“莫德，你和米莉不是一直在读沃尔特·司各特的诗吗？为什么她连迈克尔·司各特都不知道？亲爱的，迈克尔·司各特是个巫师，是《最后一个游吟诗人的歌》中的一个人物。沃尔特·司各特满头银发，长眠地下已经多年。人们读他的书，只会感受到他对生活的愤怒。亲爱

1　坎斯陪伴莫德和米莉两姐妹到了埃尔沃斯顿。当她们回家时，却又在门口迎接（参阅本书第二卷 19 章）。作者行文前后矛盾，可能是出于疏忽，也可能是坎斯先回到了巴特拉姆，而文中没有交代。※

的，这一方面他跟你父亲很像。我的朋友跟我说，这礼拜有人在菲尔特拉姆看到你哥哥达德利了，又是抽烟又是喝酒的。他在家住了多久？没几天吧，嗯？说到这我想起来了，亲爱的莫德，他向你求爱了吗？嗯，这也是意料之中的事儿。对了，说到求爱，那个鲁莽的家伙查尔斯·奥克利没有再写信联系你吧？”

“确实写了。”米莉插话道。我只好承认收到了两封信，但不知道是谁寄来的。其实，我不想让莫妮卡表姐知道那两封信的事。都怪米莉多嘴。

“好吧，亲爱的莫德，我已经告诉过你一万次了，别理他。亲爱的，他是个赌徒，而且债务缠身。我曾经发誓，再也不帮他还债。你不知道我有多傻，我简直就是搬起石头砸自己的脚。他要是能够找到一个特有钱的妻子，我可就省心多了。我听人说，他曾对一位曼彻斯特的老姑娘大献殷勤。那女人很有钱。她有个哥哥，是一个非常大的纽扣制造商。”

这些话真是一针见血。

“亲爱的，别担心。你比她有钱，也比她年轻，毫无疑问，你肯定是他的第一人选。我敢打包票，他抄给你的那些小诗，跟福斯塔夫[1]的情书一样，一定也寄给了那个老姑娘。”

我笑了笑，但那个纽扣制造商的妹妹却成了我的一个心结。早知道奥克利上尉是这样的人，我一定对他嗤之以鼻。我要把握好分寸，千万不能丢了面子。

莫妮卡表姐一边喋喋不休，一边给米莉梳妆打扮。不得不承认，她的确是个称职的“女仆”。她用手指勾了勾米莉的下巴，洋洋得意地说道：

“米莉小姐，可以了。快照照镜子。你可真是个美人胚子。”

米莉看着镜子中的自己，害羞得涨红了脸，愈发显得美丽动人。

米莉的确很漂亮。她头发浓密，眼睛湛蓝。虽然略显丰腴，但圆润得恰到好处。穿上合体的裙子后，她个子显得也高了。

“米莉，多笑笑，你的牙齿很好看——非常好看。如果你是我的女儿，或者假如你父亲哪天把你送给了我，我一定把你打扮得漂漂亮亮。

---

1 福斯塔夫（Falstaff）：莎士比亚《温莎的风流娘们儿》中的人物。他同时追求福特夫人和佩奇夫人。※

当然，即便现在还没有把你送给我，亲爱的，我也会好好打扮你。”

然后，我们下了楼。莫妮卡表姐牵着我俩的手，进了客厅。

此时，窗帘已经拉上了，整个客厅只有壁炉里闪烁着微弱的火光。

“这两位美人儿是我的表妹。”诺利斯夫人介绍我们说，“这位是诺尔的鲁廷小姐，我叫她莫德。这位是米莉森特·鲁廷小姐，塞拉斯的女儿，我喊她米莉。”

话音刚落，一位眉清目秀的女士放下手中的画册，站起身来，微笑着与我们握手致意。她个头儿没有我高，面孔很和善。

她三十出头的样子，安静、温顺，很有教养，富有魅力，绝对不是一个徒有其表的摩登女郎。她似乎对我和米莉都很关切。莫妮卡表姐叫她玛丽，有时候也喊她波莉。这是我目前所知道的关于她的情况。

时间一分一秒过去了，大家聊得很愉快。直到中间休息的铃声响起来，我们才跑回自己的房间。

门一关上，可怜的米莉就来到我的面前，问道：“我没有说错话吧？”

“没有。米莉，你表现得很好。”

“我看起来像是个傻瓜，对不对？”她还是穷追不舍。

“米莉，你看起来非常可爱，一点儿也不像傻瓜。”

“我一直在观察，她们和我平常说话的方式很不一样。我一定好好学。不过万事开头难。你就表现得非常好。”

我们再次回到客厅时，大家伙儿已经聊得热火朝天了。

我看到了镇上的一名医生，忘记什么名字了。他个子不高，头发花白，鼻梁高挺，脸色发红，两颊坑坑洼洼的，灰色的眼睛透着精明。此时，他和玛丽聊得甚欢。莫妮卡表姐走了过去。

米莉凑到我的耳边，小声说：

“卡利斯布洛克先生。”

米莉说得没错儿。那位把手肘支在壁炉架上和诺利斯夫人聊天的绅士正是我们在风车森林见过的那个人。他也认出了我们，朝我们笑了笑。

“我正要告诉诺利斯夫人，我在风车森林的奇遇呢。我就是在那儿有幸结识了您，鲁廷小姐。我觉得，再没有比这更美好的事情了。”

然后，他开始叙述整个事情的经过。所言不乏溢美之词，但基本属实。

莫妮卡表姐惊呼道："多么美妙的邂逅啊！可她从来没有和我提起过。她对自己的浪漫奇缘总是秘而不宣，不像您如此慷慨。依波利，哦，我知道了，要不是在河的对岸，看到这两位美丽的小姐，恐怕你就不会沿着窄窄的矮墙，跨过那条河流，去看望一个生病的老太婆了吧。"

"您这是说的什么话！我既不会隐藏我那毫无功利心的仁慈，也不同意给我的名誉如此大的褒奖。"卡利斯布洛克先生大声说道，"一个慷慨施舍的人一定会说，一个慈善家在行善时是不会考虑能否得到回报的，就像天使一样！"

诺利斯夫人反驳道："善良的哈伯德大妈[1]正遭受腰痛折磨，而天使们却在路上忙着与漂亮姑娘插科打诨，连大妈一眼没见就原路折回了。"

"哎，请说话客观点儿，"他笑着回答道，"我第二天不是去看她了吗？"

"您去了！第二天您还是沿着同一条路线去的。恐怕是为了再去见见那个漂亮姑娘——结果只见到了哈伯德大妈。"

"难道就没有人愿意站出来，帮帮我这个被冤枉的行善之人吗？"卡利斯布洛克先生恳求道。

"我相信，"那个玛丽小姐说道，"莫妮卡说的每个字都千真万确。"

"如果你们都这样认为，我才是那个最需要帮助的人，不是吗？所谓的真相才是最具杀伤力的中伤。我确实觉得自己被冤枉得够呛。"

这时候，晚宴开始了。一位牧师从阴暗处走了出来。他身材矮小，头发梳成了中分，脸颊微红，面相温和。

这个小个子男人和米莉坐在一起，而卡利斯布洛克先生则和我坐在一起。剩下的座位是如何安排的，我记不清楚了。

那是我们在埃尔沃斯顿第一次参加晚宴，心情非常愉快。大家你一言、我一语——只要有诺利斯夫人在，就一定不会冷场。卡利斯布洛克先生谈笑风生，十分幽默。在桌子对面，那位身材矮小、两颊绯红的牧师正在和米莉低声闲聊。米莉听从了我的建议，有意压低了嗓门。我几

1 参阅本书第二卷第 6 章注释。

乎一个字都没听到。

那天晚上，我们坐在壁炉旁聊天，莫妮卡表姐走了过来。我对她说道：

“我正在跟米莉说她给人的印象如何呢。很明显，那个可爱的矮个子牧师已经被她迷住了。我敢说，下礼拜天，做礼拜时，他一定会反复诵念所罗门的智慧箴言。[1]”

“没错儿。”诺利斯夫人附和道，“他可能会从《箴言》里找出类似‘得到贤妻就是得到好处，也是蒙了耶和华的恩惠’[2]的句子呢。倘若娶了米莉，真是捡了一个宝贝。他是哈里·彼得莱鹏先生的二儿子，家世很好。除了教堂给他九十镑年薪外，还有些额外收入。我想，恐怕再也找不出第二个如此温顺善良的小个子丈夫了。我还发现，莫德小姐似乎也对这件事很感兴趣呢。”

我涨红了脸，笑了笑。莫妮卡表姐突然话锋一转，说道：

“不知道塞拉斯最近过得怎么样——希望他没生气，也没犯病。米莉，我听人说，你哥哥达德利去印度还是什么地方当兵了。完全是胡扯。他还是像从前一样活跃在人们的视线之中。他打算干点什么呢？莫德，按照你父亲的遗嘱，他现在也有些钱了。他肯定不想继续游手好闲，整天和那些偷猎者、赌徒鬼混在一起，度过余生吧。他应该去澳大利亚，就像托马斯·斯万[3]那样——据说，他去那儿赚了一大笔钱后就回家了。你哥哥要是那块料儿，那才是他该干的事儿。他可能做不到——他在外面玩惯了，身边还有一帮狐朋狗友——不出一两年，他就会把钱财挥霍一空。塞拉斯曾给拜尔利先生写过一封信，信中要求拜尔利先生从奥斯汀的遗产中拿出一千六百英镑给他，说他要拿那些钱替达德利还债。这件事可能连达德利自己都不知道。他要是在这里继续鬼混下去，不出一年就会身无分文。他在范·达尔曼岛[4]的时候，我给过他五十镑。米莉，我关心他绝对不比你少。说实话，我从未看见，他在英格兰做过什么正经生意。”

---

1 根据所罗门的智慧箴言（对于犹太人和新教徒来说是违反教规的），智慧是指上帝女性的化身。※

2 语出《旧约·箴言》18：22。※

3 托马斯·斯万（Thomas Swain）：作者虚构的一个人物。

4 范·达尔曼岛（Van Diemen's Land）：澳大利亚联邦最小的州，后更名为塔斯马尼亚岛。※

听到诺利斯夫人这样评价达德利，米莉惊讶得目瞪口呆。

“米莉，你回到巴特拉姆后不要提这事。否则的话，塞拉斯就再也不会让你来见我了。他不喜欢我什么都跟你说，但我总是忍不住。你一定要答应我。你要比我更藏得住话儿才行。人们听说达德利手头有钱了，纷纷找他要账。拜尔利先生听人说，达德利在风车森林砍伐橡树，靠卖木材、树皮赚钱。他还在那里开了个煤窑烧制木炭，雇佣了一个兰开夏郡的伙计帮忙——那人好像叫什么霍克。”

“嗯，霍克斯——迪肯·霍克斯，就是‘钉子头’，莫德知道。”米莉说道。

“拜尔利先生专门给丹弗斯先生写信说了这事，说你哥哥品行不端。你哥哥的这些行为，不管是砍伐树木，把木材和树皮拿去卖钱，还是把柳树等其他树木烧成木炭，都属于浪费资源。拜尔利先生正准备采取措施，加以制止。”

“我想，这就是撤走放在栅栏那儿的梯子，并让‘美女’梅格挡在那里，不让我们进去的原因。怪不得我老看见那边冒烟呢。”米莉分析道。

莫妮卡表姐饶有兴趣地听着，默默地点了点头。

听到这件事，我非常震惊，简直难以置信。诺利斯夫人好像看出了我的惊讶之感，急忙说道：

“在亲耳听到塞拉斯亲口承认之前，我们还不能妄下结论。他也许是无意为之，也可能是被授权这么做的。”

“我同意。他也许被授权砍伐巴特拉姆庄园的树木。不管怎样，他肯定以为自己有这个权利。”我随声附和道。

事实上，我不愿意承认，自己对塞拉斯叔叔的怀疑。那些传言就像我脚下的万丈深渊，让我不敢俯视。

莫妮卡表姐忽然问道，“莫德，马匹和马车给你备齐了吗？”

“再过几周就能搞定了。达德利向我保证过——”

莫妮卡表姐笑着摇了摇头：

“是啊，莫德，他总说快了，快了。可是，到什么时候才能兑现呢。他也有可能对你说，其实坐敞篷车也不赖。”

莫妮卡表姐干笑了几声：

“好了，亲爱的姑娘们，你们一定累坏了，晚安！明天上午九点一刻，准时吃早餐。我知道，这对你们来说并不算太早。”

她亲吻了我们，微笑着离开了。

她走后，我郁闷了好大一阵儿。刚才光顾着听她讲，那些坏人是如何在风车森林为非作歹了，都忘了问问今晚宾客们的具体情况了。

“那个玛丽是什么人？”米莉问道。

“听莫妮卡表姐说，她已经订婚了。我好像听到那位医生喊她玛丽小姐。我本来想问问诺利斯夫人这个玛丽的情况的，可她喋喋不休讲了一大堆，把我给说忘了。不过，我们明天还有时间打听。我还是挺喜欢她的。”

米莉说，“我觉得，她的订婚对象应该是卡利斯布洛克先生。”

“你确定？”忽然，我想起喝完茶后，他在她身边坐了一刻来钟。两个人低语了好大一会儿，关系很亲密的样子，便又问道：“你有什么根据吗？”

“嗯，我听见她喊他‘亲爱的’，而且还喊他的教名，就像诺利斯夫人喊他一样——依波利，如果我没听错的话——我还看见，玛丽上楼的时候，他还偷偷亲了她一下。”

我笑了出来。

“好吧，米莉。”我说道，“其实我也有所察觉，只怕是捕风捉影。如果你真的看到他们在楼梯上接吻了，那就确凿无疑了。”

“我真的看到了，小姑娘。”

“你不要这样称呼我。”

“好吧，那就叫你莫德。我那会儿正背对着他们，他们以为我看不到。我是用眼睛的余光瞥到的，就像现在我看你一样。”

我又笑了起来，心中却是说不出的难过——我感到很失望，很受伤。我连妆都没卸，站在镜子前面，强装欢颜。

“莫德——莫德——变化无常的莫德！啊，在你心里，奥克利上尉的位置刚刚被卡利斯布洛克先生所占据，却发现人家卡利斯布洛克先生已经订婚了——哎呀！真丢脸！”虽然心里怒火中烧，我却只能强作欢颜。为了掩饰自己对于卡利斯布洛克先生的好感，我随口哼了一段轻快的小调，并努力回想奥克利上尉吸引我的地方。然而，不知什么原因，我发现自己已经想不起来，奥克利上尉有什么吸引我的地方了。

第18章

最后的时刻

由于在巴特拉姆养成了早起的习惯，第二天早上，我和米莉最先下了楼。莫妮卡表姐一来，我们就打起了嘴仗。

“哈！你明明知道，玛丽小姐是卡利斯布洛克先生的未婚妻，还硬把我跟他往一块儿扯。”我故意嗔怪她，“你太不够意思了！”

“你这是听谁说的？”诺利斯夫人笑着问道。

“秃子头上的虱子——明摆着的。”

“你也没有跟卡利斯布洛克先生怎么怎么呀。不是吗，莫德？”

“当然没有。不过，差点儿上了你的当。你这个坏女人！既然我们已经知道这事儿了，你就跟我们说说吧。告诉我，玛丽的全名叫什么？”

“没想到，你们这两个巴特拉姆来的丫头片子，竟然如此狡猾！好吧，看来我是瞒不住了，告诉你们吧。不过，我很想知道，你们是怎么看出来的。”

“你必须先告诉我们。”我坚持道。

“那是当然。就是你不问，我也会告诉你的。她就是玛丽·卡利斯布洛克小姐。”诺利斯夫人说。

“原来她和卡利斯布洛克先生是一家人。”

“当然了！是谁告诉你，他叫卡利斯布洛克的？”莫妮卡表姐问道。

“我们在风车森林见到他时，是米莉告诉我的。”

“谁告诉你的，米莉？”

“‘拉穆尔’。”米莉回答道，一双蓝眼睛瞪得溜儿圆。

"'爱'[1]？你什么意思？"诺利斯夫人大声叫喊道。这回该轮到她吃惊了。

"我说的是老怀亚特，是她告诉我的。还有'当家的'。"

"没人问你这个。"我打断了她。

诺利斯夫人急忙问道，"你是说你爸爸？"

"嗯，爸爸告诉她，她又告诉了我。"

"塞拉斯是怎么知道的？"诺利斯夫人嘴里嘟囔着，又像是在自言自语，"我从来没有跟他说起过卡利斯布洛克啊。昨天，他一进房间，就认出了你们，你们也认出了他。好吧，现在跟我说说，你们怎么知道他和玛丽小姐是一对儿的？"

米莉再次重复了一遍她的证据。诺利斯夫人先是莫名其妙地大笑了一通，然后说道：

"他们这个样子，还真容易让人产生误会啊！不过，他们活该。听着，我可从来没这么说过！"

"嗯，我们替你保密。"

"你们两个小家伙还挺鬼呢。"诺利斯夫人说道，"看来什么事都逃不过你俩的法眼。"

"早上好！但愿你们昨晚都休息得很好。"玛丽小姐和卡利斯布洛克先生此时刚好从暖房[2]里走出来，莫妮卡表姐冲着他们喊道，"要是你们知道，有人一直在盯着你们，恐怕就睡不好啦。由于你们自己的疏忽，这两位可爱的小侦探发现了你们两人的秘密。他们可是全凭自己的聪明才智，发现你们俩是一对儿的。我向你们保证，不是我告的密，是你们自己把自己出卖了。你们俩在沙发上亲密地聊天，亲切地称呼彼此的教名，还在楼梯上亲吻，而这一切恰好被一个聪明的小侦探看到了。虽然当时她背对着你们，但对你俩的一举一动可是了然于心。你们就这样一不小心成为了《晨邮报》上恋情被曝光的男女主角，还是赶紧招了吧。"

莫妮卡表姐怎么会这样子说话呢。我和米莉大惑不解，气氛顿时变

---

1 英文中，人名 L'Amour（汉语音译为"拉穆尔"）与单词 Love（汉语意思是"爱"）发音非常相似，而且法文"l'amour"就是"爱"的意思。

2 暖房（conservatory）：用来保护观赏植物的建筑，直到 19 世纪才成为花园内专门培育过冬植物的地方。

得尴尬起来。紧接着，莫妮卡表姐用一种幽默的方式，轻松将其化解。我认为，她处理得十分妥当。

“小侦探们，恐怕这次要让你们失望了。现在，我正式宣布，卡利斯布洛克先生就是依波利勋爵，是玛丽小姐的弟弟。之前没有跟你们把话说清楚，是我的错儿。你们两个小鬼头儿长大后，可以做专职红娘啊！”

“即便这只是个误会，能够因为鲁廷小姐而成为话题的男主角，我感觉非常荣幸！”卡利斯布洛克先生说道。

就这样，我们闲谈了一会儿，聊得很愉快。经过这件事后，我们变得亲密了许多。

总的来说，在莫妮卡表姐的埃尔沃斯顿家中做客的那段日子，是我有生以来过得最快乐的时光。大家不仅在家中和睦友善，其乐融融，而且外出游玩也很愉快——有时骑马，有时坐车——去郊外欣赏大自然的美景。晚上呢，有时听听音乐，有时看看书，有时兴致勃勃地聊聊天。时不时有客人来这儿小住一两天，也不断有邻里乡亲过来串门。其中有一位个子高高的乡下老太太温特夫人，虽然年事已高，却总能给大家带来欢乐。她经常穿着厚厚的、饰有蕾丝的绸质衣服，圆圆的一张小脸，待人非常和善——虽然现在人老珠黄，年轻时一定很漂亮。她对镇上的每户人家都了如指掌，常常给我们讲述父辈们的奇闻佚事，谈起男男女女之间的恩恩怨怨也是如数家珍。讽刺政治选举的文章和墓志铭上的文字，她可以信手拈来，甚至能够准确地描述过去发生在大马路上的抢劫案，以及主犯受审后案情的进展，等等。最重要的是，她还给我们讲述，在村子里的什么地方可以看到什么样的妖魔鬼怪。据说有个幽灵邮递员，每逢周三晚上，沿着老旧的马路在摩尔街上游荡。还有一个又老又胖的幽灵，穿着紫色丝绒外套。一到午夜，就出现在旧法院的弓形窗户上。他脸膛宽大，拄着拐杖，怒目而视。不过，那个旧法院在 1803 年已经拆掉了。

你根本想象不到，我们在那里度过的每一个夜晚是多么愉快！米莉妹妹进步很大。善良的莫妮卡表姐给塞拉斯叔叔写了封信，想挽留我们多住些日子。我们每天都在盼望巴特拉姆的回信，心情焦急而忐忑。

塞拉斯叔叔终于回信了。大家一定很好奇，信上究竟写了些什么。

现在，我把它读一下：

亲爱的诺利斯夫人——对于您善意的提议，我表示赞成（最多再住一个星期，不能超过两个星期）。得知孩子们在你那里过得很愉快，我感到非常开心。我绝不会像斯特恩的小说所描写的那样，限制她们的自由，让她们高呼："我出不去！我出不去！"[1]她们可以随意出去，愿意去哪儿就去哪儿。事实也是这样。我不是狱卒，关不住别人，却关住了自己。我一直觉得年轻人最缺乏的是自由。我的首要原则是给人自由。无论德育还是智育，自我教育始终是最主要的方式。实现自我教育的前提是不设限制。我不仅在理论上有这样的认识，在实践上也是一以贯之。就让她们照你说的多住一周吧。接她们回来的马车会在周二，也就是七号，到达埃尔沃斯顿。在她们回来之前，我会因为孤寂而悲伤。我恳求并祈祷，希望她们在你家住的时间不要再延长。看到这里，你可能会发笑。即使她们在家，我的身体状况也不容许我跟她们相处太久。大诗人肖利厄曾经这样说过——原文我忘记了，只记得大意——"虽然被森林环绕，无法突围（他在小巷和迷宫中追逐他喜爱的仙女）——但你的歌声，你的话语，你的欢笑，虽飘渺遥远，却令我神往。我能想象到你那迷人的笑容，绯红的脸颊，飘舞的秀发，还有象牙一样白嫩的双脚。所以，我悲伤却又快乐，孤独却又有你为伴。"这段文字也道出了我的心声。

我还有一个请求，请您提醒她们，不要忘记对我的承诺。生命之册[2]——生命之源——需要我们日夜汲取，否则我们的精神之花就会枯萎。

愿上帝赐福于您。告诉我的女儿和侄女，我非常爱她们。我是永远爱她们的亲人。

塞拉斯·鲁廷

1 语出英国小说家斯特恩（Lawrence Sterne）1768 年创作的小说《一缕芳魂》（*A Sentimental Journey*）。原文是一只八哥对主人公约里克（Yorick）说的话。※

2 生命之册（The Book of Life）：一份记载获得永生的信徒的名单。语出《新约·腓立比书》和《新约·启示录》。

莫妮卡表姐淘气地笑着说：

“女士们，塞拉斯不仅提到了肖利厄，还传播了福音。[1]小巷里的打油诗人肖利厄，身在‘死亡荫谷’[2]中的塞拉斯。好一个两面派！一边嘴里说着给你们自由，一边又坚决要求你们一周内回去，好像特别有理似的。可怜的塞拉斯，这么大年纪了，他的信仰似乎并不适合他。”

比起他的人，我确实更喜欢他的信。我一直在努力，不把他往坏处想。莫妮卡表姐也知道这一点。倘若当时我不在场，她对他的评价要比这苛刻百倍。

过了一两天，当我们沐浴着冬日的阳光，围坐在餐桌前，高高兴兴地吃早饭时，莫妮卡表姐突然大声喊道：

“我差点儿忘记告诉你们了。查尔斯·奥克利来信说，他周三来。我真不希望他来。可怜的查理！他和战友们相处得很好，一切都很顺利。我非常好奇，他们这些人是怎么拿到医生开的病假证明的。”

周三——太巧了！我们正好在他来的前一天离开。我努力装作一副若无其事的样子。诺利斯夫人、玛丽小姐和米莉三人正聊得火热，没有人注意到我。尽管如此，我感觉自己的脸颊又开始红了起来。我想起身离开房间，却又担心这样做只会变得更糟。如果时间能够倒流，我倒宁愿刚才耳朵被堵上了。我甚至宁愿现在就从窗子里跳下去，也不愿意听到那件事。

我感觉，依波利勋爵已经注意到我的异常表现了。玛丽小姐严肃的目光也在我的脸颊上逗留了一会儿。我只要一有心事，脸颊就会变红——我确实因为奥克利上尉分神了。我在生莫妮卡表姐的气。她明明知道我有脸红的毛病，明明知道我因拘于礼节，不能起身离开，明明知道我正面对着窗户，明明知道有两个人一直在盯着我，却还在这个节骨眼上说起她的侄子。我也生自己的气——真的生气——刚才依波利勋爵给我添茶，我不让，还对人家爱理不理的。现在却口渴得要命。当然，

1 此处为矛盾修辞法，意指塞拉斯将放荡不羁的诗人和《圣经》的福音书放在一起谈论。※

2 语出《旧约·诗篇》23：4：我虽然行过死亡荫谷，也不怕遭害，因你与我同在。你的杖，你的竿，都在安慰我。※

我知道这样做，非常无礼、愚蠢。后来，我从卧室的窗户里，看到莫妮卡表姐和玛丽小姐正坐在客厅窗外的花丛中谈论着什么。直觉告诉我，她们肯定是在议论我刚才脸红这件事儿。于是，我走到了镜子跟前。

“这张不争气的脸，”我对着镜子低声咆哮着，气得直跺脚，并给了自己一记响亮的耳光，“我不能下楼——我快要哭了——我今天就回巴特拉姆。我总是不争气地脸红。我恨不得那个令人恶心的奥克利上尉，现在立即沉到海底，再也不要出现。”

很有可能，我已经对依波利勋爵萌生情愫。如果奥克利上尉来时，我还没有离开，我一定会用最粗鲁无礼的态度对待他。

尽管有这样一个小插曲，但总的来说，我们在埃尔沃斯顿的最后几天，过得还是蛮愉快的。我们几个人朝夕相处，虽然时间不长，但关系却变得格外亲密。

当然了，一个清醒理智的贵族小姐是不会过多关注一个陌生男性的，除非她对这位男性有了爱意。无可否认，我想更多了解一下依波利勋爵。

现在，这位富态的“贵族”就坐在客厅的石桌旁边。他身穿一件红黄相间的外套，很有魅力。我有很多次机会，可以上前跟他打招呼，却总是鼓不起勇气。

上前跟他打个招呼，用不了几分钟。然而，对于一个情场新手来讲，这区区几分钟却要冒遭遇尴尬的风险。有一天，四下无人，我决定鼓起勇气试一试。我的心紧张得“怦怦”直跳，使出吃奶的劲儿才挤出“唉”这个音。就在这时，我听到门外有脚步声。透过房门开着的一道小缝，原来是诺利斯夫人。值得庆幸的是，她停在门口没有进来，只是把手放在了门把上。我合上书，就像蓝胡子夫人听到她丈夫的脚步声而吓得关上门一样，[1]急忙溜回到房间的一个角落里。直到被诺利斯夫人找到时，我慌乱的心情还没有平静下来。

要是换做其他话题，我一定毫不犹豫地向莫妮卡表姐取经求教。遇到这种事情，也不知道是什么原因，我就立刻变成了一个傻瓜。我对自己一点儿信心也没有，唯恐再犯了脸红的毛病。如果让她感觉我情绪失

---

1 参阅法国诗人夏尔·佩罗（Charles Perrault）的童话故事《蓝胡子》。

控，举止怪异，她一定会误认为，我的心已经完全属于依波利勋爵了。

刚才就是因为太冲动，差点儿被他看出自己的想法。经过这次教训，我再也不敢靠近这位富态的“贵族”了。他虽然心中藏着爱意却不对我倾诉，太残忍了。

我急于求解，却又无所适从。要不是莫妮卡表姐及时把我从这种状态中解救出来，恐怕我早就离开这里，跑回巴特拉姆了。

临行前的那天晚上，莫妮卡表姐来我们房间聊天。最后离开时，还不忘八卦一番。“你觉得依波利勋爵这人怎么样？”她问我道。

“他很聪明，有涵养，而且很有幽默感，有时候也表现出忧郁的一面——有时我们聊着聊着，他却突然伤感起来。不过，他很快又会恢复正常。”

“原来是这样啊，可怜的依波利勋爵！他在五个月前刚刚失去了弟弟，现在正一点儿一点儿从悲伤的情绪中走出来。他们兄弟俩关系很好。依波利勋爵是个哲学家——一个圣凯文[1]般的人物。他可能会打一辈子光棍。”

“他的姐姐玛丽小姐很有魅力。她还要我保证给她写信呢。”我故意转移话题，目的是想让莫妮卡表姐知道，我对依波利勋爵本人不感兴趣。

“是啊，她非常爱依波利勋爵。他来这里买下农庄，是不想待在那个伤心的地方。换换环境对他来说是有好处的。他自己也说很喜欢这儿。自从来到这儿后心情好多了。他化名卡利斯布洛克，担心万一人们知道了他的地位，一定会争抢着去拜访他。那么，他很快又会被应酬缠身，只得另谋清净了。米莉，在莫德来你家之前，你在巴特拉姆见过他吗？”

是的，依波利勋爵拜访过塞拉斯叔叔。

“他觉得，既然选择了这个地方，而且两家又住得这么近，就不能不去拜访一下塞拉斯。塞拉斯见到他很吃惊，对他也很感兴趣。他对依波利勋爵的评价——米莉，你不要生气——可比对那个一包坏心眼的达德利高多了。塞拉斯说，砍伐树木会导致山体滑坡。为什么这种后果还

---

1 圣凯文（Saint Kevin）：爱尔兰圣人，独身和厌女症的象征。※

没有出现呢？那是因为有个聪明人在那儿看着呢。有些人就是有这种本事，能够让事情顺着他希望的方向发展。我们还是聊点别的吧。我猜，你们今后还会在巴特拉姆遇见依波利勋爵。我觉得，他很喜欢 you[1]。”

You？是指米莉和我，还是仅仅指我？

愉快的埃尔沃斯顿之行就这样结束了。基于莫妮卡表姐的老谋深算和精心安排，那个矮个子牧师已经被米莉深深迷住了。他性情温和，做事沉稳，关心穷人疾苦，这既是他从事神职工作应该做的，也是他最吸引米莉的地方。另外，米莉读过的书虽然不多，但恰恰也是关于神学的。所以，他在神学方面的学识，也为他加分很多。晚上睡觉时，米莉迫不及待地与我分享属于他们俩的许多事情，有争吵，也有悄悄话，把我给逗乐了。米莉说，他坐在一张长长的软椅上，用手拍打着跷起的二郎腿，温柔地望着她，一边微笑，一边点头。米莉对他的崇拜以及他对米莉的爱慕与日俱增。我们都称他为米莉的忏悔神父。

就在我们返回巴特拉姆的那一天，矮个子牧师与我们共进午餐。他把米莉叫了出去，送给她一本小书。书的封面是中世纪风格，而且价格不菲。他向米莉大致介绍了书的内容。米莉看到扉页上写着一行小字，“诚心献给米莉森特·鲁廷小姐，1844 年 12 月 1 日”。这行字的后面附有一封短信，内容很肉麻。他羞红了脸，目光低垂，腼腆地笑着。

已经是十二月份了。我们坐上马车时，太阳开始落山了。

依波利勋爵把他的胳膊肘支在马车窗户上，对我说道：

“鲁廷小姐，我实在不知道应该怎么做。没有对方的陪伴，我们都会感到孤独的。我一定会去巴特拉姆庄园找你的。”

对我来说，这恐怕是世界上最动听的话语了。

他的手还搭在马车窗边上。悲伤的斯普里格·彼得莱鹏神父站在大门的台阶上，强作欢颜。车夫皮鞭一抽，马车很快就驶离了林荫大道，在黑暗中向巴特拉姆奔去。这个充满欢声笑语的地方，离我们越来越远了。

一路上我们都没有说话。米莉把那本小书放在膝盖上。尽管光线很暗，看不清字迹，仍然时时看看那位“忠诚的祝福者”写给她的那

1　英文单词：“你”或“你们”。莫德不明白莫妮卡表姐在此使用这个单词的具体所指，故有下文所语。

封信。

我们到达巴特拉姆时，天已经黑了。我听到，看门人老克罗尔吩咐马夫，进大门时尽量不要发出声音，理由既令人费解又令人吃惊——他认为，我叔叔“已经死了”。

听闻此言，我大惊失色，赶忙停下马车，向看门人打听情况。

塞拉斯叔叔昨天又“犯病”了：“直到今天早上还没清醒过来，医生来过两次了，现在还没走呢。”

“他好些了吗？”我的声音不住地打颤。

“我也不清楚，小姐。他在仁慈的上帝怀里躺了两个多小时了，可能现在已经在天堂了。”

“快走，快点儿！”我对车夫喊道，“米莉，别害怕，老天啊，希望一切安好！”

我们在路上又耽搁了一会儿。我的心开始往下沉，几乎不对塞拉斯叔叔抱有希望了。一位上了年纪的矮个子佣人颤颤巍巍地走到马车跟前，告诉我们说：

“塞拉斯叔叔已在死神门口徘徊了好几个小时，生命垂危。听医生说，他‘也许能够挺过来’。”

“医生在哪儿？”

“在主人房间。三个小时前刚给主人抽了血。”

我浑身发抖，心跳不已，差点儿连楼都爬不上去了。然而，米莉并不像我这般恐惧。

第19章

真心换真心

玛丽·坎斯站在楼梯顶部，手里举着蜡烛，脸色憔悴，连声向我们问好。再次见到她，我很高兴。

“欢迎回来，小姐，希望你一切安好。”

“我们很好。你好吗，玛丽？噢！快说说塞拉斯叔叔怎么样了？”

“小姐，今天早上听医生说，他昏迷过去了。我们都以为他不行了。现如今情况好多了，可以开口说话了，但身体很虚弱。医生从他胳膊上抽了好多血。抽血时我在场。我在旁边端着盆子。我一整天都在给老怀亚特做助手。”

“他现在好多了——真的好多了吗？”我问道。

“嗯，医生说他好多了，能开口说话了。医生还说，他要是睡着了，就把他的绷带解开，给他继续放血，直到清醒为止。我和老怀亚特都认为，这样下去他肯定难逃一死。他身上的血都快流干了。如果你看过那个盛血的盆子，你也会这么想的，小姐。”

我都快要晕倒了，实在不想去看那个盆子。我坐在楼梯上，喝了口水。坎斯又往我脸上喷洒了一些，我才缓过劲儿来。

叔叔病危，米莉受到的打击一定比我大。尽管叔叔对她并不怎么好，她还是爱着叔叔。无论如何，叔叔是她的父亲，而且她是一个重感情的人。然而，我却比她更紧张、更不淡定。我总是这样，特别敏感，容易被情绪所控制。等我终于有了力气，站起身来时，我对米莉说的第一句话就是：

“走，我们去看看叔叔。”

我们走进他的起居室，只见桌子上摆放着一个堆满蜡脂的烛台。上面插着的蜡烛像比萨斜塔[1]一样，朝一边倾斜着，蜡油几乎全都滴落在了桌子上。借着黯淡的烛光，我疾步穿过起居室，一心想要尽快见到叔叔本人。

叔叔卧室的门在壁炉旁边，半开着，我伸头朝里面看去。

老怀亚特皮肤惨白，像个幽灵似的，在离床铺不远的阴影处，穿着拖鞋走来走去。医生身材矮胖，秃头顶，大肚子。卧室和起居室的壁炉是相通的。医生背对着壁炉站着，眼睛看着床幔中躺着的病人，一脸倦容。

从我这个角度看过去，床头靠墙，床尾正对着壁炉，床幔低垂。

医生看见我，可能觉得我是一个有身份的人，把他背在身后的双手拿到了身前，向我郑重地鞠了一躬，低声自我介绍说，他是约克斯医生，然后接过老怀亚特手中的蜡烛，去了趟叔叔的书房。回来后，他又跟我鞠了一躬，态度非常恭敬。

我很快发现，这位约克斯医生非常自大，而且爱献殷勤。我想找一位更专业的医生，一位能快点治好叔叔疾病的医生。

“小姐，是昏迷，昏迷。鲁廷小姐，你叔叔当时属于重度昏迷，病情非常危急。要不是我采取非常疗法，给他大量放血，他早就不行了。还好，这个方法很有效。他身体真好——不是一般地好，遗憾的是他不好好珍惜。我不得不说，他的不良嗜好对他的身体造成了严重伤害。我会尽最大努力进行治疗。”约克斯医生耸了耸肩。

“还要做些什么？比如，给房间通通风、换换气？这病实在太棘手了。”我惊叫道。

他笑着摇了摇头，说道：

“不用。鲁廷小姐，你叔叔没有生病。他中毒了——你懂我的意思吧。”看到我一脸吃惊的样子，他继续说道，“他服用鸦片过量，已经成瘾了。他喝鸦片酒，把鸦片掺水服用。最要命的是，他还服用做成药锭的鸦片。这个习惯，你也知道，一旦养成很难戒除。我见过服用鸦片多

1　比萨斜塔（the tower of Pisa）意大利比萨大教堂的独立式钟楼，位于比萨城大教堂后面，从地基到塔顶高58.36米。1774年首次发现倾斜。

的，也见过服得少的，但都不会超过人体的极限。这也正是我一直告诫你叔叔的。他完全不能把握这个度——他靠眼力和感觉来掂量用量。鲁廷小姐，不用我说你也知道，这完全是毫无顾忌地任意服用。你肯定也知道，鸦片是一种毒药，会让人上瘾。尽管服用一定数量的鸦片不会危及生命，但它仍然是毒药，是会害死人的。他也一度因为害怕死亡而减少过用量，但很快又恢复了原样。他可以戒掉鸦片——当然，这是完全有可能的——也可能过量食用。我认为，这次并不严重。今天有幸结识你们两位小姐，我很高兴。无论仆人多么能干，他们毕竟能力有限。如果他病情再次发作——当然这种可能性不大——我会告诉你们一些具体的症状以及相应的应对措施。”

给我们讲完症状和应对措施后，他嘱咐我们说，凌晨两三点钟，他会再过来一趟。在此之前，我和米莉至少要留下一个人在房间里守护病人。要是塞拉斯叔叔再度陷入昏迷，可就麻烦了。

我和米莉坐在炉火旁，守护着塞拉斯叔叔，连大气都不敢喘。塞拉斯叔叔躺在床上一动不动，就像死了一样。我害怕极了。

“难道他想毒死自己？”

要是他的处境果真像诺利斯夫人所说的那样糟糕，出此下策也不是没有可能。我听说，他所在的教会有许多怪异而且疯狂的教义。

大约每隔一个小时，他都会呻吟一声或者咂咂嘴巴。他在干什么？——在祈祷吗？谁能猜得出，那个绑着白色布条的脑袋究竟在想些什么呢？

我瞥了他一眼。他体型瘦长，穿着白色睡衣，身上盖着被单，纤细的胳膊露在外面，上面还缠着绷带。只见他双眼紧闭，嘴唇紧锁，额头上缠着一块用水和醋浸湿的白布，直挺挺地躺在床上，如同一具尸体。

房间里笼罩着死亡的阴影。我们继续守夜。可怜的米莉实在是困得睁不开眼了。老怀亚特主动提出接替米莉，和我一起守夜。

我一点儿也不喜欢这个戴着高高帽子的老太婆，但她好歹能够熬夜。从凌晨一点钟开始，我和老怀亚特一起守夜。

“达德利·鲁廷先生没在家？”我小声问老怀亚特。

“他昨晚跑去科鲁普顿看拳击赛去了。比赛今天上午结束。”

“派人去叫他了吗？”

“没有。”

“为什么？”

“他是不会因为这件事而放弃观看比赛的。”这个丑陋的老女人咧嘴一笑。

“那他什么时候回来？”

“需要钱的时候自然就会回来。”

接着，又是一阵沉默。我又一次想到了塞拉斯叔叔自杀的可能性。这位不幸的老人又呢喃了两句，还叹了口气。

接下来的一个小时，他一直很安静。老怀亚特说，蜡烛快要烧完了。她得去楼下拿几支蜡烛来。

“隔壁房间有蜡烛。”我害怕她把我一个人丢在这儿。

“小姐，我可不敢用其他蜡。他只用烛用蜡。”老女人嘴里嘟囔道。

“我们多加点儿炭，让壁炉烧得旺一点儿，就不用点蜡烛了。”

“他的房间不能不点蜡烛。”老怀亚特非常固执。她蹒跚着走出了房间。我听到她从隔壁房间里取了蜡烛，把门关上，走了。

午夜两点，在巴特拉姆这个又大又破的宅子里，独自一个人守着一个生命垂危的老人，我害怕得要命！

我拨了拨壁炉里的木炭。炭火很小，没有火苗。我站起身来，把手搁在壁炉台上，努力想一些快乐的事情。然而，一切努力都是徒劳，我开始变得焦躁不安起来。

塞拉斯叔叔一动不动地躺在那里。我竭力使自己不去想外面那些漆黑的房间和走廊，并不停地安慰自己，老怀亚特马上就回来了。

壁炉台上挂着一面镜子。如果是在平时，我一定会照照镜子，消磨时光。可现在，我却连一眼都不敢看。壁炉台上摆放着一本厚厚的小开本《圣经》，书背倚着镜子，我尽可能专注地读了起来。我正读得入神，意外发现书里夹着两三张奇怪的纸条，其中一张大约四分之一码长，上面印着字，空白处写着一些名字和日期。其他几张都是乱涂乱画，最下面几个别扭生硬的圆体字，是我堂哥的签名“达德利·鲁廷”。当我把这几张纸折好放回原处时，也不知道什么原因，我就感觉身后有什么东西在动。房间里寂静无声，我背对着塞拉斯叔叔的床铺，下意识地朝镜子里面看了一眼，立刻被看到的东西惊呆了。

塞拉斯叔叔身穿白色长袍，从床尾下来，三步并作两步走到我的身后，跟鬼一样，没有发出任何声响。他面目狰狞，冲着我一个劲儿傻笑。他个子很高但瘦得出奇，额头上缠着白色绷带。他那缠着绷带的胳膊前一秒还僵硬地垂在身体两侧，现在却飞快地越过我的肩膀，一把抢过我手中的《圣经》，然后在我耳边低语道："那蛇引诱她，她就吃下了苹果。"[1] 他停顿了片刻，然后慢慢地向最远的那扇窗户走去，好像在欣赏午夜的景色。

房间里冷得很，叔叔好像完全感觉不到。他脸上挂着狰狞的微笑，朝窗外看了几分钟，然后深深叹了一口气。他重新坐回到床边，四肢僵硬，脸上仍然是那副痛苦的表情。

大约一个小时过后，老怀亚特回来了。我看着她那张干瘪的老脸，比见到情人还要高兴。

既然塞拉斯叔叔已经从深度昏迷中苏醒了过来，我便决定回我的房间。一进到房间，我就再也控制不住自己的情绪，歇斯底里地哭了好大一会儿。善良的玛丽·坎斯陪伴着我。

只要一闭上眼睛，脑海中就立马浮现出，我在镜子里看到的塞拉斯叔叔的那张脸。巴特拉姆的神秘又一次把我包围起来。

第二天早上，医生告诉我们，塞拉斯叔叔已经脱离了生命危险，但身体依然十分虚弱。我和米莉去看望了他。下午散步时又碰到了约克斯医生，他正沿着林中小路，向风车森林方向走去。

他向我们问好，并用手杖指着梅格家方向，说道："我去看看那个可怜的小女孩。她叫霍克，还是霍克斯来着？"

"莫德！'美女'生病了！"米莉喊道。

"对了，我的患者名单上有她的名字，"医生看了看记事本，说道，"是霍克斯。"

"她得了什么病？"

"风湿热。"

"传染吗？"

"就跟缺了根胳膊断了条腿一样，不会传染的。鲁廷小姐。"他笑

1 语出《旧约·创世记》3：13。※

着说。

医生走后，我和米莉就商量着去霍克斯家，看看梅格的病情怎么样了。事实上，我们俩只不过想找个散步的去处，根本不是真心关心病人。

一路上树木繁茂。走了一段崎岖的山路，我们终于看到了一排尖顶农舍。院子里站着一个仆人，是一个风湿病很严重的老太婆。她把耳朵凑过来，极力想听清楚我们在说什么。我们只好提高嗓门儿，大声问她，梅格的病怎么样了。她告诉我们，声音小了，她听不见。她还说："等医生出来后，你们问问他吧。"

我们透过农舍边上一个小房间的房门，能够看到梅格房间里面，还能够听到她的呻吟声和医生的说话声。

"米莉，站在这里能够看到医生出来。咱们就在这里等吧。"

我们站在门口的石头上，等候医生。我听着梅格痛苦的呻吟声，心想："她到底怎么了？"

米莉说："那不是'钉子头'吗？我看见他就心烦。"

这时，老霍克斯拄着拐杖，步履蹒跚地穿过那凹凸不平的院子，来到我们面前。他身穿破旧的红色外套，黝黑的脸上神色冷峻，充满敌意，显然是不欢迎我们。他用手碰了碰帽檐，算是跟我们打了个招呼[1]，接着又挠了挠头。

"听说，你姑娘似乎病得很厉害？"我问道。

"是的。和她妈一样，又要花我一大笔钱了。""钉子头"回答说。

"可怜的梅格。她住得舒服吗？"

"嗯，舒服得很呐，我保证——至少比我住的舒服多了。"

"她什么时候得病的？"我问道。

"大概是——星期六。我向济贫院[2]申请救济金，他们不给——真可恶！跟着塞拉斯，只能勉强填饱肚子，实在没有闲钱给孩子治病。唉！她的病要是再好不了，我只能放弃治疗了。看看济贫院的那些家伙们怎

---

1 在英国，人们遇见熟悉的人会用手触摸帽檐表示打招呼。

2 英国自维多利亚时期以来为穷人提供工作和弱者提供生计的机构。20 世纪，英国建立福利国家。社会福利政策和社会保障制度逐步取代了济贫院制度。※

么办!”

我说:“那位医生看病不是不要钱吗?”

“钱是不要,但病也治不好。见鬼去吧!哈哈!那个又老又聋的女佣人什么忙也帮不上,一周的工钱还要十八便士。梅格呢,就知道给老子添乱。他们都把我当猴儿耍,还以为我什么都不知道?哼!咱们走着瞧。”

他一边说,一边在窗台上鼓捣他的烟草叶子。

“人跟马一样,若是一点儿用都没有,你说,还要他干吗?”说到这儿,他把烟叶塞进烟斗,用拐杖戳了戳那个背对他站着,正喃喃自语的女仆人,要她把烟给他点上。

“别指望她给你出力,就好比这没有点着的烟斗不可能冒烟一样。”他把烟斗微微举高,用拇指敲着烟斗。

“也许我能帮上忙呢。”我想了想,说道。

“也许吧。”他回答道。

这时,那个女仆人把一个燃烧的纸卷递给他。他接过来,点着了烟斗,又冲着我摸了摸帽檐,吐着烟圈儿走开了,就像启程的航船烟囱冒着烟雾一样。

原来,他走过来,只是为了把烟点着,并不是想看看女儿的病情怎么样了。

医生出来了。

“我们等您好久了。医生,可怜的梅格现在好些了吗?”

“她的病情很重,主要是因为没有得到及时医治,耽搁了。她父亲说,他没钱送她去医院。”

“那个可怜的老妇人耳朵不太好。而她父亲呢,脾气又坏又吝啬!我想为梅格雇佣一个护士,照顾到病好为止。麻烦您找一个好的护士。钱,我出。只要她能尽快康复,我愿意解囊相助。”

事情就这样确定下来。就像大多数医生一样,约克斯医生非常亲切。他答应从菲尔特拉姆找个业务能力强的护士来。他把迪肯叫到院子门口,把我们刚才的决定告诉了他。我和米莉走到梅格屋子门口,问道:“我们可以进来吗?”

无人应答。没有应答就是默许。我们走进房间,一看她那憔悴的脸色，就知道她病得很重。我们给她整了整被褥，把房间的蜡烛吹灭，然后，又做了一些我们力所能及的事情——都是为了减轻她的病痛。然而，无论我们问她什么，她都一言不发，也没说声“谢谢”。要不是看到她满腹疑惑地看了我们几眼，我还以为，她根本就没有感觉到我们的存在。

梅格病得不轻，我们每天都去看望她。她有时候愿意回答我们的问题，有时候不愿意。她非常善于察言观色，但并不友好，总是一副心事重重的样子。人们总是希望自己的善行能够得到感激。有时候，我也会感到很纠结，不知道该不该继续帮助这个不懂感恩的孩子。米莉也抱怨了好多次，最后忍无可忍，不愿再跟我一块儿去看望可怜的“美女”了。

梅格的病情日益好转，渐渐恢复了青春的活力。有一天，我站在她的小床旁边，对她说：“好梅格，我觉得你应该谢谢米莉小姐。”

“我不会感谢她的。”“美女”倔强地说。

“随你吧。我只是提醒你。你真应该谢谢她。”

就在听我说话的时候，她轻轻抓起我放在床边的手，和我十指紧扣。还没等我反应过来，她一把拉过我的手，捧在手心，热烈地亲吻着，一遍又一遍，边吻边哭，泪如泉涌。

我想把手抽出来，但她用力抓住不放，继续边吻边哭。

“可怜的梅格，你有话要对我说吗？”我问道。

“没有什么可说的，小姐。”她流着泪，吻着我的手，突然开口说道，“我不会感谢米莉小姐。她根本就不想帮我。你才是真心帮助我的人。昨天夜里，我一个人嚎啕大哭。我想起爸爸打我的那天，你给我苹果吃，我却将它一脚踢开。你那么善良，而我却这么坏。小姐，如果你打我，我是不会还手的。你比我的父母对我都好。小姐，我愿意为你去死。我都没脸见你了。”

一切都始料未及，我也跟着哭了起来。我紧紧拥抱着可怜的梅格。

我不知道她都遭遇了些什么不幸的事情，在这之后也没有打听过。她跟我说话时，语气那样卑微，当然绝非卑躬屈膝——是她表达对我尊敬的一种方式。非常奇怪的是，她竟引以为豪。我一点儿也不怀疑她对我的真心。她愿意为我赴汤蹈火，绝对不会欺骗我、背叛我。

我已不再年少。我也有自己的悲伤，再多财富也赶不走的悲伤。现在回想起来，在我的生命长河中，有几道明亮耀眼的光芒闪耀其中。这些光芒不会被财富的光辉所掩盖，只有最简单、最善良的事物才能与之相媲美。所有名与利，随着时间的流逝和空间的变换，最终都会烟消云散。只有那些以爱为初衷的纯真与善良才是永恒不变的。

第三卷

第1章

依波利勋爵

就在这个时候，依波利勋爵不期而至。得知塞拉斯叔叔身体状况好转，可以见客人了，他才来的。见到依波利勋爵，我非常高兴。“我先上楼见见塞拉斯先生。要是他同意，我就把玛丽姐的那封长信，拿给您和米莉森特小姐看看。我先把差事办完，速去速回！”

他话音未落，一向行事谨慎的老管家回来传话说，塞拉斯叔叔同意见他。于是，他便将大衣和手杖留在客厅，一个人上楼去了。——他很快就回来！——原本死气沉沉的客厅，顿时平添了几分生气。

“米莉，依你看，依波利勋爵会不会跟叔叔说起偷砍木材的事？莫妮卡表姐嘱咐过我们。他可千万别提它。”

米莉回答道：“我也是这么想的。真希望他能和我们多待一会儿。要是他真的说了，‘当家的’一定会赶他走的。我们再想见他，就不太容易了。”

“亲爱的米莉，你说得很对！ 他这人脾气好，很讨人喜欢。”

“他喜欢你，真的。”

“米莉，我们两个他都喜欢。在埃尔沃斯顿时，他就和你聊得很投机，还时不时地邀请你唱那两支好听的兰开夏郡歌谣。”我继续说道，“就当你站在教堂窗户那边，和斯普里格·彼得莱鹏神父做礼拜、商讨问题时……”

“莫德，你给我闭嘴！他用着我的《圣经》[1]和《教理问答》[2]，却对我

1 《旧约》(*Old Testament*)和《新约》(*New Testament*)合称《圣经》(*The Bible*)。作者此处选用 Testament 一词，没有明确说明是《旧约》还是《新约》，故笼统译为《圣经》。

2 《教理问答》(Catechism)：用问答形式介绍基督教教义并带有答案的手册。

爱理不理。这又怎么解释？实话对你说吧，我非常讨厌他，也不喜欢那个莫妮卡表姐。一群笨蛋！别再狡辩了，依波利勋爵喜欢的人是你，你自己最清楚。贱货！”

“事情不是你想的那样。你不要瞎说！你才是贱货呢！除了我的亲人，我才不在乎谁喜不喜欢我呢。要是你喜欢，把他送给你好了！”

正当我们争吵不休，气氛异常紧张的时候，依波利勋爵回来了。速度之快超出了我们的预料。

与以前相比，米莉的言行举止的确改好了很多，但还是不太行，骨子里仍留有德比郡挤奶女工的一些臭毛病。就在依波利勋爵进门的一瞬间，她还使劲拧了我胳膊一把。

“我拒绝接受你的礼物，”看着勋爵疑惑不解的样子，讨厌的米莉说道，“事实上，你压根儿也不愿意送给我。”

刹那间，我的脸一下子就红到了耳朵根子——再没有什么比这更让人害臊的了。我爱脸红，而且经常这样，这是我的一大缺点。有人曾经对我说，我脸蛋儿红红的时候，非常好看，红脸蛋儿特别配我。我知道这是真话！我觉得，全世界都亏欠我。这也算是给我的一点儿小小补偿吧。

“你俩不分伯仲，都有道理。”依波利勋爵不明所以，随口说道，“真不知道该赞赏谁了——是赠与者的慷慨？还是拒绝者的雅量？”

米莉说：“我原本是一片好心，你怎么就不明白呢？我都快忍不住要亲口告诉他了。”

我愤怒地瞪了她一眼，对勋爵说：“可惜您刚才没有亲耳听到。但凡明白人都能看得出，米莉一个人讲瞎话，能够顶得上二十个女人！”

“顶得上二十个女人？这真是莫大的荣誉！我就喜欢听瞎话。应该感激讲瞎话的女人才对。没有她们，恐怕地球都转不动了！”

“谢谢你，依波利勋爵！”米莉高兴了起来。在埃尔沃斯顿，有依波利勋爵陪伴的那段时间，米莉说话淡定、从容。接着，她又对我说，“莫德小姐，我警告你，你要是再这么无礼下去，我可真的收下了。到时候，你可别后悔！”

“我不后悔。我现在想问问依波利勋爵，叔叔的身体状况如何？自打他生病以来，我和米莉还没有见过他。”

“有所好转，但还是很虚弱。我这差事肯定不能让他感到高兴，还是推迟几天再说吧。要是你同意，我这就给拜尔利先生写信，让他把会面时间推迟几天。”

我马上同意了，并向依波利勋爵表示感谢。我觉得世间无情，人尽贪婪。要是我能做主，永远都不要再提那事。然而，依照依波利勋爵的说法，拜尔利先生是在按照父亲的遗嘱行事，代表的是父亲的意愿，我无权干涉。多么希望塞拉斯叔叔也能明白这个道理！

“我和玛丽姐姐回格兰奇了。距离你们这儿，比埃尔沃斯顿还要近一些。目前和街坊邻居还不太熟悉。不过，我们已是邻居了。玛丽想让诺利斯夫人定个时间，来我家做客。——她也该来看看我们了——到时候你们也一定来啊！大家聚一聚，该有多好啊！我已经把对您说过的那些东西，比如西班牙雕刻、威尼斯弥撒书等，通通拿到新家来了。您喜欢的东西，我会牢记在心的。您和米莉森特·鲁廷小姐一定要来！对了，差点忘了说了，老是听您抱怨这里图书不多，玛丽打算把自己的藏书拿出来和您一起分享，而且全部都是新书。等您的书读完了，可以和她交换着看。”

哪个女孩子爱憎分明、表里如一？尽管和其他人相比，我已经够坦诚了，但也不是永远都实话实说。事实上，女孩子的口是心非和有所保留，很难掩盖事情的真相。尤其对待男女感情问题，我们一向颇为敏感，警惕性很高，往往装出一副若无其事的样子。如果聪明一点儿，周遭琐事多多留意、处处提防，处理起来会比较得心应手。然而，对于儿女情长，女孩们的第六感觉往往不太灵敏。更多时候，往往是等到已被人发现，才察觉自己不单单是坠入爱河，恐怕已经深陷其中，难以自拔了。

玛丽小姐的确很善良，但她是不是别有用心？整整一箱书半小时后就送上门来，难道这背后就没半点儿别的隐情？那时候流动图书馆可不像今天这样风靡流行、随处可见。有这种图书馆的地方凤毛麟角。

那天夜里，巴特拉姆出奇地美——月光明亮、柔和，就连那根门柱以及那辆独轮车也格外招人喜爱。谁知第二天却飘来一片乌云，这美好的一切，就全都看不到了——达德利回来了。

“准是回来要钱的。”米莉说，“今天上午他还和‘当家的’吵了一架。”

午餐时分，达德利坐在餐桌前的一把椅子上，耷拉着脸，一边吃，一边找事儿。一会儿嫌饭菜不香，一会儿说米莉不好，总之，看什么都不顺眼。然而，他饭菜却一点儿也没少吃。自从米莉进入饭厅，他就没有停止抱怨。他对米莉恶声恶气，对我却和声细语，嗓音压得很低，似乎怕被别人听到。

“‘当家的’说他身无分文！这老家伙成天蹲在家里，天知道他是怎么把钱挥霍完的！我没钱活不下去——他是知道的。除非我理由充分，受托人一个子儿都不会给我——他也知道！该死的！那个拜尔利说，他还不能确定事情是否可以就此了结。要是果真如此，他绝对不会亏待我。——这个‘当家的’全知道，但他仍旧分文不给！我有账单要付。妈的，律师都写信催我了。不是我说他，他就是这副德性，一心只想着自己，从来不关心别人，就连自己的亲生骨肉也不管不问。我要把他的藏书和珠宝通通卖掉！——这都是他自找的！”

眼前这位原本和蔼可亲的年轻人怨气冲天。他用手托着下巴，胳膊肘撑在桌子上，浓密的络腮胡须淹没了手指。他瞪着一双大眼，嘴里咕咕哝哝，好像是牧师在念祷告词，只不过内容不同罢了。

“莫德，”他身子突然向后一歪，靠在了椅背上。五官清秀的他此时一脸愁容，痛苦地说道，“你说，他是不是太过分了？”

我本以为他会向我伸手要钱，但是没有。

“我从来没过上几天像样的日子——那种高品质的生活。我可不想靠怜悯过日子。但日子确实是没法过了，我才说他太过分了。真的是太过分了。莫德，你来评评理？”

我不明白到底是怎么个太过分了。我回答说：

“嗯，是不应该这样。”

我觉得，附和他到这种地步已经足够了。我不想再听他唠叨下去，于是起身准备离开。

“没错儿，就是不应该这样。莫德，我就知道你会这么说的。你很善良——真的——从你那漂亮的脸蛋儿上就能看得出来。我很喜欢你，真的很喜欢。你是我见过的最漂亮的女孩儿。无论是在利物浦还是在伦敦，再没有比你更漂亮的女孩子了——全世界都没有。”

他抓住我的手，试图搂住我的腰。我们初次见面时，他也曾经这样试过，但被我躲过去了。

“先生，请你放尊重一点儿！”我一边愤怒地大声叫喊，一边奋力挣脱。

“莫德姑娘，我并不想冒犯你，也不想伤害你。你不要害怕！我们可是堂兄妹，我怎么会伤害你呢？绝对不会！我不会做傻事儿，不会的！”

根本没有等到他絮叨完，我就溜了出来，一句话没说，也没有感到丝毫紧张不安。“莫德，你回来！我说姑娘，你有什么好怕的啊？好姑娘，你回来！快回来！”听到他在身后大声喊叫，我愈发有了成就感。

一天，我和米莉朝着风车森林（可能是叔叔下了命令，禁止我们入内）的方向散步时，看到了梅格。她站在院子里，扔洒谷物，饲喂家禽。自她生病后，我这是头一回在室外看到她。

“梅格，身体好些了吗？你可以下床走动了，真为你高兴。不过，还是多休息休息的好。”

我们站在栅栏外面，栅栏的小门儿关着，梅格就站在离我们不远的地方。她低着头，一边继续用谷物和土豆皮喂鸡，一边低声说道：

“我爸爸不在旁边吧？您看看四周。要是他在，就和我说一声。”

我没有看到身穿褪色工装的迪肯。

梅格这才抬起头来——她枯瘦如柴，脸色苍白，眼神凝重而机警。她小声说道：

“不是我不想和您说话，而是生怕被爸爸看到。我现在好多了，您不用再为我担心了。爸爸把我看得很紧，生怕我向您泄露了秘密。也许他还会让我向您借钱。之前以我生病为名借您的钱，大部分都花在了费尔特拉姆的那些破事上。我挨他打骂是家常便饭。莫德小姐，日后有机会，我一定会报答您的。”

有一天，天气晴朗，但气温依旧很低。我和米莉沿着牧人放羊的山坡走得正欢，突然碰到了达德利·鲁廷。这次的不期而遇非常不愉快。事情是这样的：我们正在散步。他带着狗，拿着枪，驾着轻便双轮马车，沿着小路向荒野疾驶。一看到我们，他便立马放慢速度，漫不经心地向我点了点头，把嘴上叼着的那根短柄烟嘴拿在手里，对着米莉大声说道：

“米莉，‘当家的’正到处找你呢。他跟我说，要是看见你，就让你赶紧回去。想必是赏你钱呢。趁他高兴，你最好赶紧回去，除非你不想要了。”

说完，他又点了点头，显然是对他的诡计感到满意。紧接着，叼上烟嘴，驾着马车，驶过小山坡，一溜烟儿不见了。

我答应米莉，等她回来再继续向前走。她兴高采烈地跑了回去。我感到有点儿疲惫，四处寻找可以坐下来休息的地方。

米莉走后不到五分钟，我就听见有脚步声。有人向我走来。我抬起头，四下张望，发现刚才那辆轻便双轮马车就停在附近，马儿正悠闲地啃着嫩草，而达德利·鲁廷则距离我只有几步之遥。

“莫德，瞧瞧你，为什么这么烦我呢？我想，倒不如回来亲自问问你，我到底怎么惹你了？我没做错什么啊？——有做错什么吗？”

“我没有生气！更没有这么说！好了吧！”我虽然十分气愤，嘴上强硬，但心中有些恐慌。直觉告诉我，骗米莉回家是他的诡计。我们上了他的当了。

“莫德，你没生气，那是再好不过了。我很想知道，你为什么那么怕我？我可从来不无故打人，更别说伤害一个女孩子了。而且，莫德，我非常喜欢你，又怎能忍心伤害你呢？我的小姑奶奶，你可是我的妹妹啊！堂兄妹应该相亲相爱才是。这不是明摆着的道理嘛！”

“我没什么可解释的——也不需要解释什么。我对你已经很友好了！”我急忙说道。

“友好？那才奇了怪了！莫德，你连手都不和我握，这算哪门子友好？我又是发誓，又是哭诉，这还不够吗？你为何这么喜欢折磨我这个可怜虫呢？你就像一只气急败坏的小猫，可我还是那么喜欢你，没错吧？你可是德比郡最漂亮的姑娘。为你赴汤蹈火，我都在所不惜！”

接着，他便开始发誓，以示诚意。

“你行行好，赶着你的马车，赶快走吧！”我气冲冲地说道。

“又来了！你就不能好好说话吗？要是换作别人，我早就不耐烦了，说不定就直接上前吻你了。不过，我可不是那种人。我事事都依着你、宠着你，而你却不领情儿。莫德，你究竟想怎样？”

“先生，我已经说得够清楚了。我想一个人静一静。你说了半天废话，我已经听够了！先生，求求您了，您该去哪就去哪吧！”

“莫德，只要你喜欢，我什么都会去做——否则不得好死——倒是你，能不能对我好点儿？就像堂兄妹那样！我到底做错了什么，惹你这么生气？你要是在埃尔夫斯顿听人说，我另有心仪的姑娘，那完全是胡说八道。不过，因为我为人耿直，就算我穷得叮当响，也会有不少姑娘喜欢我。”

“先生，要不是听你亲口说，我还真没有看出你为人耿直。你刚才还耍弄了一个卑鄙的小伎俩。这种会面简直荒唐可笑、令人作呕！”

“为了能和你单独聊聊，就算把米莉那个傻瓜打发回家，又有何妨？我的小姑奶奶，你别对我这么苛刻。我不是说了嘛，我愿意为你做任何事儿。”

“用不着！”我回答说。

“你是说让我离开这里？好，我走，我走！我知道，走之前，你一定不会像堂兄妹那样跟我友好吻别的！算了，姑娘，你也别生气了，我不会强求的。不过你要记住，我真的很喜欢你。等你心情好些了，我再回来找你。再见，莫德，我会让你喜欢上我的！”

说完，他叼起烟嘴，驾上马车，很快又消失在荒野之中。我总算松了口气。

第2章

情敌的疯狂

我快步往回走，达德利那张丑恶的嘴脸在我的脑海中挥之不去。进门时，碰巧遇到米莉。她手里拿着我的一封信，是邮差刚刚送来的。

“米莉，又是诗。这人可真行！”我拆开信封，打开一看，首先映入眼帘的就是“奥克利上尉”——这次不是诗，是散文。

看到这几个字，感觉怪怪的，好像是一封求婚信。我来不及仔细考虑，继续往下看信。这封信与之前收到的两封字迹相同，内容部分类似。

“奥克利上尉向鲁廷小姐致以诚挚的问候！我将在费尔特拉姆停留数日，不知能否有幸去巴特拉姆庄园看看。一来看望姑妈，二来拜访时时刻刻惦念于心的老相识，重温一下昔日旧情——也许这个机会再合适不过的了。希望鲁廷小姐能够原谅我冒昧的请求。回信请寄至费尔特拉姆的霍尔旅馆。”

“他可真能兜圈子！要是拿定主意来看你，直接过来不就得了？他这种人就爱发表长篇大论，不是吗？”米莉边说边拿过信去，又读了一遍。

看完后，米莉说道：“莫德，其实他还是挺有礼貌的，对吧？”她觉得这封信写得挺好的。

我一直觉得自己不够精明，不太懂人情世故——事实上完全不懂，在需要作出抉择时，常常举棋不定。

要不要给这个仪表堂堂却又傻乎乎的家伙回信呢？要是回的话，又该怎么说呢？毫无疑问，一旦回信，他一定会再次来信，我又得回，他又会写……他的热情只会有增无减。难道这是一个圈套？表面上尊重我，和我客客气气，实则通过信件，暗中传情？我虽涉世不深，但一想到自己可能会成为他的傀儡，便觉得事情可能远非回信那么简单，于是回答说：

“情书这东西，对于没见过世面的小姑娘也许管用，我才不吃这一套呢。要是你爸爸发现，我未经他允许就和一个男士通信、见面，他老人家会怎么想？倘若他真想见我，他可以——可以（说实话，我还真不知道他该怎么做）——找个时间，去拜访一下莫妮卡表姐。总之，他不能置我于尴尬境地。莫妮卡表姐也会这么说的。依我看，他这个人既卑劣又粗俗。”

我做决定，向来不经过深思熟虑。心若止水时，我往往优柔寡断；情绪激动时，我反倒能干脆利落地作出决定。

“我要把这封信拿给叔叔看。他一定会教给我，应该怎么做。”说着，我便加快脚步，走进家中。

米莉说，塞拉斯叔叔病得很重，谁都不能见，就连她想见他一面都不行。我猜她不反对这位年轻军官的请求，相反，还颇为期待。

“你这不是没事找事吗？我敢打赌，你不欢迎奥克利上尉来访，一定是看上了依波利勋爵。”

“米莉，你别瞎说！我从来不会骗人，你是知道的！依波利勋爵和这事儿一点儿关系都没有，你应该比谁都清楚！”

我很生气，没有再和米莉多说一个字。想不到房子如此之大。大门至叔叔房间的距离远超出了我的想象。一路上我都无法平静，直至踏进大厅，看到老怀亚特那张尖酸刻薄的脸，才渐渐平息下来。一想到奥克利上尉谦辞背后的稳操胜券之感，气就不打一处来。没错儿，肯定是这样。想到这里，我毅然决然，轻轻敲了几下叔叔的房门。

“小姐，又有什么事？”这位老怨妇——怀亚特——朝我吼了一声，一只干瘪的手抓着门的把手。

“我想见叔叔。就一小会儿。”

“他太累啦。一整天都没说话了。”

“叔叔不是病了，是累了？”

“昨天晚上，他的情况糟糕透了。”老太婆绷着脸，怒目而视。好像这一切都是我引起的。

“哦！真让人难过，我毫不知情。”

“只有我这个老太婆知道。就连米莉——他自己的亲生闺女——也从不过问！”

“因为身体虚弱吗？还是有其他原因？”

“肯定有其他原因。总有一天他会病倒的。除了我这个老太婆，没有人关心他的死活。”

“要是叔叔好些的话，请把这封信交给他。告诉他，我在门外等他。”

她不太情愿地点了点头，嘴里咕哝了几句，关上了房门。过了几分钟，房门开了。

“进来吧。”老怀亚特说。于是，我便走了进去。

经受了一夜的痛苦折磨，塞拉斯叔叔全身瘫软在沙发上。他身穿一件已经掉了颜色的黄色睡袍，一头长长的白发垂落到地上，苍白的脸上露出了吓人的微笑——我不敢正眼看他。他瘦长的胳膊放在身体两侧，手指不时地微微一动，蘸点儿玻璃杯子中的古龙水，涂抹在太阳穴和额头上。

“好孩子！我的乖侄女！”他嘴里咕哝着，“上帝保佑——你的坦诚会保证你的安全，也会让我安心。来，坐下，和我说说这个奥克利上尉是谁？你们什么时候认识的？他多大年纪？家庭经济状况如何？他有什么想法？他提到的那个姑妈又是谁？”

针对他的诸多问题，我把自己的所知所想一五一十全都交待了。

“怀亚特，把我的白药水[1]拿过来。”他说话时声音微弱，但语气却依然强硬，“过会儿我给他回信。目前，我还不能会客。再说，你还尚未成年，不方便接触这些年轻的军官。好了，出去吧！上帝保佑你。”

怀亚特正往酒杯里滴“白”药水，满屋子里弥漫着一股酒精味儿。终于可以离开这里了。这里的人、这里的 *mise en scène*[2] 都是那么古怪、离奇。

“喂，米莉，”在大厅里碰见米莉时，我对她说，“叔叔答应给他回

---

1 白药水（the white drops）：指鸦片酊。※

2 法语：戏剧舞台的布局。莫德在此借用戏剧的演绎作为隐喻。※

信了。”

有时，我也在想，米莉说的究竟有没有道理。如果倒回几个月前，我又会怎么办呢？

第二天，我们在风车森林果真遇见了奥克利上尉。有趣的是，邂逅[1]的地点就在那座危桥附近——我曾经在这里画过素描，并大获依波利勋爵的赞赏。和奥克利上尉的会面是一场意外的惊喜，高兴得竟然忘记了心中的不愉快。我跟他友好地打了声招呼。接下来的简短交谈也很愉快，之前的怨恨之气早已烟消云散。

相互问候过后，便是他的一番恭维：

“我收到了塞拉斯·鲁廷先生的来信，但不是邀请信！他语气不太温和，一定误以为我是个粗俗无礼的家伙。他说，不想让我踏进他的卧室半步——我也从未奢求过。与您相识已是我莫大的荣幸。和那些关心您幸福的人一样，我还是有资格享有这份荣幸的。除此之外，别无他求。”

“您要知道，我叔叔——塞拉斯·鲁廷先生——是我的监护人。这是我的堂妹，他的女儿。”

这个时候要表现得高傲一些，我就是这样做的。奥克利上尉摘下帽子，向米莉鞠躬问好。

“一定是我愚钝无礼。鲁廷先生完全有这个权利。事实上，我原以为能够有幸与您保持这份亲近的关系。啊……啊……这里的风景可真美！费尔特拉姆风景旖旎，而巴特拉姆庄园——我敢说——是它最美的地方。我都忍不住想在这里多住些日子。还有树木……你们家的树木大不一样，为常春藤所缠绕，即便是冬天美丽也丝毫不减。有人说这常春藤糟蹋树木，可在你们庄园，分明是为树木添彩嘛。我只有十天休假，不知如何安排才是，希望您能给我出出主意。鲁廷小姐，我该做些什么呢？”

“我算是这世界上最不擅长做计划的人了。即便是我自己的事情，都感觉很棘手。或许您可以去威尔士或苏格兰爬爬山。有些山在冬天也很别致！您觉得怎么样呢？”

---

1 邂逅（rencontre）：偶然碰面。莫德暗示这次碰面其实是一场“蓄意的偶然”。※

“我还是偏爱费尔特拉姆，希望您不要介意。这株漂亮的植物叫什么名字？”

“我们管它叫‘莫德的桃金娘’。[1] 是莫德栽的。开花的时候非常漂亮。”米莉回答说。

上次埃尔沃斯顿之行，我们俩均受益匪浅。

“哦，是您种的？”他看着我，温柔地说道，“我可以摘下……一片……一片叶子吗？”

我还没来得及回答，他已经迫不及待地折断了一小枝。

“没错儿，带着花蕾格外好看。米莉，这些花蕾非常漂亮，不是吗？如果不介意，那就送给您吧，留作纪念。”

我实在是于心不忍。可能他也有所察觉，看我的眼神有些奇怪。我故意装作若无其事的样子，或许这样能够减少他的些许疑虑。

眼前的这位先生，就在昨晚还令我讨厌至极，我还恶语向之。奇怪的是，如今我却对他客客气气，接受了他拐弯抹角的含沙射影。读者们——尤其是女性读者——也许会说：能别提那些荒唐事儿吗？能别再扯东扯西，而且还自相矛盾吗？我想说的是，巴特拉姆实属偏僻的荒蛮之地。这里虽然风景如画，但是人迹罕至，更别说能够遇到奥克利上尉这类人物。女人是感性动物，要是和男性一样刚强，性别差异就不会那么大了。

我的那些小情绪，早已烟消云散，就像鹦鹉、小狗和豚鼠。一旦死去，很难重生。让我得意的是，在这位彬彬有礼的奥克利上尉面前，我冷静自若，言谈举止落落大方。当我们一起漫步于这片荒凉却又俊美的土地上时，他俨然已将我视为他的俘虏，也许还时不时地思考着他未来的计划——等到有朝一日拥有了巴特拉姆，该如何开发这块土地，或者该如何加以美化。

我们正饶有兴致地聊着，突然，米莉用胳膊肘戳了我一下，悄声说道：“看那儿！”

顺着她指的方向望去，原来是讨厌的堂哥达德利，穿着一条显眼的条

---

1 桃金娘（myrtle）：一种种子植物。花红白相映，花期较长，4—5 个月，四季常青，具有良好的绿化、美化效果。

纹灯笼裤[1]——米莉管它叫“混混装”，大摇大摆朝我们走来。我想，米莉一定会觉得她哥哥丢人现眼，我也这么认为。接下来会发生什么，天晓得。

这位英俊的奥克利上尉一定是将达德利误以为这里的仆人了，继续同我们交谈着。达德利怒气冲冲，跟我和米莉连声招呼都没有打，便对着举止端庄的奥克利上尉嚷道：

“这位先生，你是不是走错地方了？赶紧走人！”

达德利脸色苍白，一副盛气凌人的样子。

“抱歉，我可以先跟他谈谈吗？”上尉礼貌地对我们说道。

“别磨叽！她们肯定同意。现在是你我之间的事了！你说，是不是走错地方了？”

“先生，我不明白您的意思，”奥克利上尉轻蔑地回答道，“您是故意找麻烦吗？如果是，我倒乐意奉陪！但是不要当着女士们的面，我们另外找个地方。”

“我的意思是，你从哪里来，就滚回哪里去！你最好自己先掂量掂量！要不然，老子就教训教训你！”

“别让他们打起来。”米莉悄悄对我说，“他打不过达德利。”

我看见老迪肯·霍克斯正倚在栅栏上，咧着嘴直笑。

“霍克斯先生，”我拉着米莉朝他走去。虽然希望不大，仍向他恳求道，“请您帮忙劝劝架，别让他们打起来。”

“然后，我再被他俩揍一顿？小姐，还是算了吧。”迪肯淡然一笑。

“先生，您是什么人？”上尉一改之前温和的语气，厉声问道。

“还是让我来说说你是谁吧！你名叫奥克利，暂时住在霍尔旅馆。我们家‘当家的’昨天晚上给你写了封信，不准你来这里！你只不过是一个吃了上顿无下顿的上尉[2]，却想好事来这里讨老婆，况且……”

奥克利上尉顿时满脸通红。还没等达德利把话说完，他的一只拳头已抡向了达德利那长得还算标致的五官上。

不知怎地——不知是哪个邪恶的女巫念了什么魔咒，[3]只听到一下击

---

1 灯笼裤（pegtops）：形似陀螺，腰宽裤腿窄。1858—1865 年间风靡于西方。※

2 此处用来嘲弄领取半薪的奥克利上尉。※

3 语出苏格兰著名诗人罗伯特·彭斯（Robert Burns，1759—1796）的《汤姆·奥桑特》。※

打的声音，奥克利上尉便倒在了草地上，满嘴是血。

“这滋味怎么样啊？”一旁看热闹的迪肯吼叫起来。

奥克利上尉没有去捡掉在地上的帽子，立刻爬了起来，看上去非常恼怒，再次把拳头抡向达德利。达德利镇定自若，灵活地来回躲闪。又一次击打，这次是二连击——宛如邮递员急切的敲门声——奥克利上尉又一次倒在了地上。

“打扁他的鼻子！”迪肯一边大笑，一边叫嚷。

“米莉，走吧，我不太舒服。”我说。

“达德利，赶快住手！你会把他打死的！”米莉大声叫喊着。

此时此刻，奥克利上尉鼻子、嘴里全是血，一只眼睛也在滴血，胸前衬衣上一大块血渍。他仍然拒不服输，再次冲向了达德利。

我头晕脑涨，恐惧得要命，马上就要哭出来了，急忙转过身去。

“打断那个找打的地儿！”迪肯喜出望外，再次吼叫道。

“迟早会被达德利打断的！”米莉嚷道。后来我才意识到，她指的是奥克利上尉笔挺的鼻梁。

“来吧，小矬子！”奥克利上尉的确比达德利高大很多。

又一记猛拳，奥克利上尉第三次倒在了地上。

“哇噻！又尝到啦！”迪肯大声喊道，“继续打，打他同一个地方——它的根儿[1]！——那滋味儿他还没有尝够！”

我浑身颤抖，只想赶紧离开。就在这时，奥克利上尉嘶叫喊道：

“你……你该去做职业拳击手！我打不过你。”

“早就警告过你了。不给你点儿颜色看看，你不知道本少爷的厉害。”达德利叫嚣道。

“身为绅士的儿子，你……你理应以绅士的方式和我对决。”

奥克利上尉话音未落，达德利和迪肯便哈哈大笑起来。

“向上校传达我对他的敬意。照镜子时，看看你的鼻子，你就知道该怎么做了。千万别忘了，地上还有你的那几颗大牙呢。”

就这样，奥克利上尉被达德利嘲笑一番，狼狈地逃走了。

1　此处意指奥德利上尉的牙齿和牙龈。尽管奥德利上尉被打得满地找牙，迪肯还不断地鼓动达德利，不要停手，继续打。※

第3章

职责的履行

非常不愿意看到的那一幕，终究还是深深地印在了我的脑海里。当时那种局促不定、惶恐不安的感受，没有经历过的人是无法体会的。

那场对决，使我不由自主地改变了对涉事者的看法。举止优雅的奥克利上尉在双方对决中一败涂地，竟被一个比他矮小很多的人狠狠教训了一番，这极大地影响了我对优雅的理解。奥克利上尉受了伤，有失体面。我想，男人在自己心仪的女孩面前丢了面子，这种事情，倘若换作其他女孩，也是不会轻易忘记的。不过，虽然奥克利上尉的牙齿和鼻子的确伤得不轻，让人心疼，但米莉的尖叫和担忧有些过分了。

人们常说，勇敢的胜利者能够激发女性的仰慕之情。可以肯定的是，这一次两人的对决给我的感受却正好相反。达德利·鲁廷让我想到的是凶残暴虐、冷酷无情。他的胜利带给我的是对他的惧怕，进一步降低了他在我心目中的地位。

从那以后，我整日忧心忡忡，害怕叔叔突然找我，让我就与奥克利上尉会面一事，向他作出解释。我是清白的，只不过这次会面似乎让人有所怀疑。然而，叔叔并没有当面向我提出质疑。或许他相信我。或许他认为，女人都是谎话精，不愿为此劳心伤神。两者相比，我更倾向于第二种解释。

这位勇敢的战士不知从哪里搞来一笔钱。第二天一早，达德利便带着他的一伙人花天酒地去了——米莉猜，他们准是去了伍尔弗汉普顿[1]。

1　伍尔弗汉普顿（Wolverhampton）：英格兰中西部的一个城市。

就在这一天，拜尔利医生来了。

我和米莉从我房间的窗户里，看见他下了马车，进了院子。

车夫样子清瘦，满头金黄色头发，留着一小撮金黄色胡子。拜尔利医生下了马车，还是那套黑色西服，依旧崭新但不合身。

好久不见，他现如今一脸愁容，苍老了很多。他并没有直接进入塞拉斯叔叔的房间。比我好奇心更重的米莉后来打探到，原来是老管家告诉拜尔利医生，塞拉斯叔叔身体欠佳，不能会客。于是，拜尔利医生就给叔叔写了张便条。叔叔看到后，立刻给予回复，说五分钟后和拜尔利医生见面。

我和米莉都在猜测，叔叔葫芦里卖的什么药。过了不到五分钟，玛丽·坎斯进来了。

“小姐，怀亚特让我告诉您，鲁廷先生现在要见您。”

一走进房间，我看见叔叔身前摆着一张书桌。见我进来，他便抬起了头。屋子里的气氛非常凝重，我感到了一种前所未有的煎熬。

“亲爱的，让你来，”他一边温和地说着，一边用他那瘦削惨白的手拉起我的手，轻柔地握着，“是因为我不想对你有所隐瞒。作为你的监护人，我想让你知道所有涉及你切身利益的事儿。我亲爱的侄女，我相信，你一定会因为我的坦诚而感激我的！哦，正好这位先生也来了。亲爱的，你坐下吧。”

拜尔利医生向前走了几步，似乎想跟叔叔握手。然而，叔叔表情严肃，一脸清高，不紧不慢地朝他鞠了一躬。拜尔利医生无奈地笑了笑，表情有些悲凉。想不到面对叔叔的傲慢自大，拜尔利医生竟表现得如此镇定、从容。

“小姐，近来可好？”他伸出手来向我问候，好像突然才想起来似的，“先生，我还是先坐下吧。”他在桌子前面的椅子上坐了下来，跷着二郎腿。

叔叔又鞠了一个躬。

“先生，您应该知道我今天过来的目的。您想让鲁廷小姐留在这里吗？”拜尔利医生问道。

“先生，是我叫她来的。”叔叔用温和却带嘲讽的语调回答，薄薄的嘴唇上泛起一丝微笑，眉毛上挑，满是轻蔑，“亲爱的莫德，这位先生是在暗示，我抢了你的东西。不可思议！毫无疑问，对于你，我没什么好隐瞒的。他发表见解的时候，我希望你也在场。拜尔利医生，我称之为‘抢劫’，应该没错吧？”

“难道不是吗？”

拜尔利医生认为，这是他的权利，丝毫不涉及个人情面问题。

“将他人之物据为己有，为己所用，就是‘抢劫’，至少是‘盗窃’。”

就在拜尔利医生说出这些不太好听的词语时，我看到塞拉斯叔叔的嘴唇、眼皮和那瘦弱的脸颊都在抽搐，就像是三叉神经痛[1]在发作。不过，叔叔在赌桌上早已学会了克制。他耸耸肩，冷笑了一声，意味深长地瞥了我一眼。

“先生，您刚才在便条里提到了‘滥用土地’[2]，是吧？”

“是的，滥用土地——据我所知，有人在风车森林里进行砍伐树木、销售木材、树皮、烧制木炭等一系列不法活动。”拜尔利医生平静的语调中，略带一丝难过，就好像他是从报纸上看到这一则消息的。

“您雇的侦探？还是间谍？——还是用我可怜哥哥的钱收买了我的仆人？真是高明！”

“先生，都不是。”

叔叔嗤笑了一声。

“先生，目前我还没有掌握确凿的证据，但调查这件事是我的权利。我有责任保护这位涉世不深的小姐，以免她受到欺骗。”

“被他自己的亲叔叔欺骗？”

“我指的是任何人。”拜尔利先生的坚定，让我心生敬意。

“您今天来，想必已经有了定论。”叔叔含沙射影地冷笑道。

“我已经把这个案子报告给了格林德斯警官。不过，这些大人物[3]的回复通常没有那么快。”

“这么说，你还没有定论？”叔叔笑道。

---

1 三叉神经痛（tic-douloureux）：发生在三叉神经支配区域内的一种反复发作的短暂性、阵发性剧痛，发作时多数伴有面肌抽搐。※

2 滥用土地（waste）：承租人对于不动产的任何未经授权而使保有物受到毁坏或者破坏的行为。※

3 大人物（bigwigs）：法院法官、律师等高级公务人员。他们执行公务时都头戴假发（wig）。※

“我想，我的律师应该一清二楚了。我没有必要走形式，再过问一次。”

“话是这么说。不过，您还是走个形式吧。聪明绝顶的医生和愚昧无知的律师都在猜忌我了。我说医生，您这分明是当着我的面，告诫我的侄女，她的亲叔叔一直都在欺骗她！”

拜尔利医生说话的时候，叔叔靠着椅背，轻蔑地瞧着他的脑袋。

“先生，我并没有那么说，只是从事实的角度进行分析罢了。我是说，无论有意与否，您正在非法行使一项权力，致使这块地产资源枯竭，而您却从中获取收益。这样的结果对这位小姐来说不公平。”

“听出来了，我就是个不折不扣的大骗子，您就是这个意思。上帝啊，我已经完全不是从前的我了。”经过一番考虑，塞拉斯叔叔从容地说道，“拜尔利医生，我完全有能力推翻你的观点，或至少可以尝试一下。对我来说，不是太难。”

“先生，您打算怎么办？”拜尔利医生问道。这位老先生表情严肃，满脸涨红。想必心中已经激起了千层浪。虽然语调平和，表情却有些激动。

“我只想捍卫我的权利。”叔叔面无表情地嘀咕道，“不像您，我没有太多的想法。”

“先生，您是觉得，我来这里是有意找您麻烦吧。要是这样的话，那您就大错特错了。我不喜欢给人添麻烦——天生就不喜欢。可是，先生，您难道没有看到我的难处吗？既不希望得罪人，又得履行应尽的职责。”

叔叔又鞠了一躬，并报以微笑。

“小姐，这位苏格兰管家是我从您其中的一处地产——托金顿[1]带来的。如果您允许的话，我们就去那片森林看看，了解了解情况。当然，前提是您认同您叔叔的行为构成‘滥用土地’罪，并就这一行为提请法律诉讼。”

“恕我直言，您和您的苏格兰管家不应该插手此事。请记住，我既没有否认什么，也没有承认什么。在我有生之年，无论发生什么事，希

1 托金顿（Tolkingden）：作者虚构的地名。

望您再也不要走进这个房间，不要再踏入巴特拉姆庄园。”

说着，叔叔站起身来，嘴角一咧，眉头一皱，意思是这次会面到此结束。

“再见，塞拉斯先生。”拜尔利医生神情忧郁，若有所思。他迟疑片刻，对我说道，“小姐，可以去大厅谈谈吗？”

“不要去！”塞拉斯叔叔怒吼一声，眼里闪过一道白光。

一阵沉默。

“莫德，坐在那儿别动。”

又是一阵沉默。

“您要是有什么话要对我侄女说，就在这里讲。”

拜尔利医生转向我，脸色阴沉，表情难看，露出了一丝为难之情。

“小姐，我只是想说，只要您需要，我愿意随时为您效劳。多保重！就这些。”

他犹豫了一下，再次用刚才那种表情看着我，言犹未尽。最后，他只是重复了一句：

“小姐，就这些。”

“拜尔利医生，您走之前不和我握个手吗？”我边说，边快步向他走去。

他没有一丝微笑，依旧是一脸愁容，好像还有话要说，却又迟疑不定，不知道是说还是不说。他用冰冷的手牵起我的手，缓缓地上下摆动了几次。他的眼神凝重而不安，无意间落在了叔叔的脸上——

“小姐，再见。”

塞拉斯叔叔迅速躲避开拜尔利先生的目光，看着窗外，表情非常古怪。

过了一会儿，拜尔利先生松开我的手，叹了口气，突然又向我点了点头，接着便离开了房间。我听到了一位挚友离去的脚步声，声音无比凄凉。我感到非常失落。

“引领我们不被诱惑。远离诱惑，尊崇上帝永恒的权威。”

拜尔利先生离开五分钟后，叔叔说了这么一句玄妙深奥的话。

“莫德，之所以不让他来，是因为他的无知、傲慢实在是让我忍无可忍。另外，我还听到一些有关他的负面消息。至于他所谓的权利，我当然清楚。亲爱的侄女，作为你的监护人，我是多么地谨小慎微。当我离开这个世界后，你就会明白，尽管我面对着资金匮乏的巨大压力，承受着挥霍光阴的惩罚，我也没有越权半步。你就会明白，在无数个焦虑不安的日日夜夜，我是如何凭借主赐予我的力量与慈悲，保持着内心的那份纯洁。”

“这个世界，”他停顿片刻，继续说道，“不相信人会改变。它忘不掉人的过去，也不相信人会变好。这个论断既残忍又荒谬！与那些恶意中伤我的人相比，我可以用更凶狠、更恶毒的语言来形容过去的我——鲁莽的败家子，心中无神的放荡者。那是过去的我，现在的我才是真正的我。如果我对这个世界不再抱有任何希望，世上的人们恐怕就要遭殃了。正因为心怀希望，我这样的罪人才能得以拯救。”

接着，他又神神叨叨地大侃了一通。也许是信仰斯威登堡教的缘故，他总有一些奇怪的想法。他那些象征性的表达，让我困惑不解。我只记得，他在谈及大洪水[1]和玛拉河[2]时说道：“水洒到了身上，我湿透了[3]。”他停顿了一下，紧接着往太阳穴和额头上涂抹古龙水。也许，这就是“水洒到了身上”。

随后，他即刻变得神清气爽。他叹了一口气，微微一笑，继续谈论拜尔利医生：

“据我所知，拜尔利医生十分狡猾，嗜钱如命。他出身贫寒，收入微薄，却靠我那可怜哥哥的遗嘱，狠狠捞了一笔，正是从你应得的钱财里扣除的。他 nolo episcopari[4]，以受托人的身份，利用各种机会来接近你的巨额财产。作为一个有远见的斯威登堡教徒，他这招儿可真不赖。这人势必大有可为！如果想打我的主意，那他就失算了。不过，钱，以他受托人的身份，还是有得赚的。他在走一步险棋。他是像拉撒路[5]那

---

1 大洪水（deluge）：参见《圣经·创世记》7：17。在这场上帝制造的消灭恶人的大洪水中，诺亚方舟救了诺亚和各种陆地上的生物。※

2 玛拉河（waters of Mara）：《圣经·出埃及记》中苦泉水的名字。《圣经·出埃及记》15：23——当摩西和以色列人到了玛拉，发现那里的泉水是苦的，不能喝。※

3 语出《旧约·以西结书》36：25：“我用清水洒在你们身上，你们就洁净了。我要洁净你们，使你们脱离一切污秽，弃掉一切神灵。”※

4 拉丁语：执行教皇（或主教）职务，装出教皇（或主教）的神气。此处意为“自以为是”，“自命不凡”。※

5 拉撒路（Larazus）：《新约·路加福音》16：19 记载的一个满身生疮、历尽苦难的乞丐，死后进入了天堂。

样，最终被天使带到了亚伯拉罕的怀抱[1]，还是像财主[2]那样，葬身于地狱，等着瞧好了。”

话刚至此，塞拉斯叔叔突然变得疲惫不堪，身体猛地倒在了椅子上。他脸色惨白，瘦削的脸庞泛着汗珠，看上去马上就要昏过去似的，吓得我大声呼喊怀亚特。然而，他很快又缓了过来。他皱着眉头，笑容古怪，朝我点了点头，然后摆手示意，让我离开。

1 亚伯拉罕的怀抱（Abraham's bosom）：无罪孽者死后的安息之所，天国，天堂，极乐世界。语出《圣经·路加福音》16：22。※

2 财主（dives）：《新约·路加福音》16：19 中记载的财主，富翁。※

第4章

达德利求婚

那天，叔叔虽有发病的迹象，但终究没有发作。老怀亚特絮叨说，叔叔并无大碍，但我依旧心有余悸。尽管叔叔一直挖苦、责难拜尔利医生，说他怎么怎么不好，但在我看来，他是一位非常值得信任的挚友。我一直习惯于依赖他人，此时此刻，热心能干的拜尔利医生却被迫一走了之。诸多难以言表的焦虑和恐慌萦绕在我的心头。我的心一下子沉到了谷底。

幸好，我还有热情可敬的表姐莫妮卡与和蔼可信的朋友依波利勋爵。过了不到一周，玛丽小姐便来信邀请我和米莉去格兰奇[1]看望诺利斯夫人。她说，为了说服塞拉斯叔叔答应她的请求，一同寄来的，还有诺利斯夫人和依波利勋爵共同写给塞拉斯叔叔的一封信。下午时分，塞拉斯叔叔派人通知我去他的房间。

“玛丽·卡利斯布洛克小姐邀请你和米莉一起去看望莫妮卡·诺利斯。你收到来信了吗?”刚一坐下，叔叔立刻问我道。得到我的确认后，他接着说道：

“莫德·鲁廷，我一直都是坦诚待你，希望你也一样坦诚待我。你现在给我老实交待，诺利斯夫人背地里说过我坏话吗?”

我大吃一惊，一时间哑口无言，傻傻地盯着他那凶狠冰冷的目光，脸火辣辣的。

“是的，莫德，你听到过!”

1　格兰奇（Grange）：作者虚构的地名。

我没有吭声，低下了头。

“我明白了。不过，应该由你亲自回答才对！你听没听到过？”

我顿时感觉喉咙一阵发痒，不得不清了几下嗓子。

“我想想。”最终我还是开了口。

“好好想想！”他的语气盛气凌人。

屋子里一时间寂静下来。那一刻，我真希望待在此地的人不是我。

“莫德，你不会欺骗自己的监护人，对吧？这个问题很简单，况且我已经知道答案了。说吧。再问你一次，诺利斯夫人背地里说过我坏话吗？”

“诺利斯夫人，”我回答说，“说话非常随意，经常开玩笑，不过……”

看到叔叔满脸愠色，我接着说道，“对您所做的一些事情，她确实表示过不太赞同。”

“得啦，莫德。”他声音低沉而严厉，“难道她没有向你告我的密？——那她应该还在酝酿当中。就像前几天那个准备充分、带着尖牙利爪而来的医生（拜尔利医生）一样——她一定说过，我在砍伐风车森林的树木，在欺骗你，对吗？”

“她是这样说过。可是，她还说，也许是您不明权限，不是有意这么做的。”

“得了，得了。莫德。你别再替她打掩护了。我早晚会知道的。她时常当着你的面诋毁我，有没有？”

我再次低下了头。

“有还是没有？”

“嗯……可能有吧……是，有。”我支支吾吾地说道，哭了起来。

“好了，别哭了。可能吓着你了。她是否对米莉也说过同样的话？我重申一次，真相我都知道——支吾搪塞是没有用的。说吧！”

我啜泣着，终究还是说了实话。

“你坐在那儿等着。我现在就给诺利斯夫人写信。”

他低头开始写回信，脸色阴沉，笑容狰狞，我都不敢看他。最后，他把写好的信，摊开在我的面前，说道：

“亲爱的，读读吧。”

信是这么写的：

亲爱的诺利斯夫人，

非常荣幸收到您和依波利勋爵的来信——请求我准许女儿和侄女接受玛丽小姐的邀请。我深知您一向对我没有什么好感，也知道您总在我女儿和侄女面前诋毁我。因此，虽然您此次语气谦逊，令我颇感诧异，我也只能断然拒绝。我会采取一切可能的手段，阻止您直接或间接中伤我，破坏我在女儿和侄女心中的威信。

被您中伤的人　塞拉斯·鲁廷

我愣住了，这明明是要把我和莫妮卡表姐隔离开来。我该怎么办？看着叔叔那张没有表情的脸，我紧握双拳，大哭起来。

他根本不予理睬，叠好信纸，封好信封，又开始给依波利勋爵写回信。

写好后，他再次摆放在我的面前，让我从头到尾读上一遍。在这封信中，叔叔作了一点儿说明，说女儿和侄女非常乐意接受此次邀请，但他不能允许，具体缘由在给诺利斯夫人的回信中，已经解释过了。

"莫德，你看，我对待你多么坦诚。"他一边说，一边挥了挥我刚刚读过的那封信，装进信封，"你也应该对我坦诚一些。"

谈话刚一结束，我便跑去找米莉。她听我说完，非常失望，大哭了起来。就这样，我们俩一起抱头痛哭。事实上，让我难过的缘由绝非仅此一个。

我坐下来，心中五味杂陈，开始给诺利斯夫人写信。我在信中恳求她与叔叔言归于好。我告诉她，叔叔一直坦诚待我，给我看了他的回信，还主动让我参与他和拜尔利医生的谈话。面对拜尔利医生的指责，叔叔丝毫没有愧疚之意，反而自信得很。我劝她要往好的方面去想，认真考虑一下我目前"被隔离"的处境，与叔叔和解。"请您想想，"我写道，"我才十九岁，还要再跟塞拉斯叔叔生活两年，两年啊！"写这封信时，我感到无比绝望。与商人签署破产文件时的心情相比，只能是有过之而无不及。

神的血管中流动的灵液[1]，能够使神的伤口很快自行愈合。年轻人的伤痛就如同神的伤口。我和米莉彼此相互安慰，第二天又开始散步、谈心、看书，完全将此事抛到了九霄云外。

我要帮助米莉克服“咯咯笑”的毛病，便和她玩扮演杜波利勋爵和潘格劳斯博士[2]的游戏，两个人乐在其中。对于命运，我虽然有所屈服，但心底仍然存在着一丝希望——残酷无情的塞拉斯叔叔慢慢会变得温和、宽厚起来。好心的莫妮卡表姐则会通过感化叔叔，而最终取得胜利。

好在这一段时间达德利不在。俗话说，“好景不长”。一天早上，我正在房间一边手头织着东西，一边脑子想着事情。正当想到不愉快的事情时，堂哥达德利走了进来。

“我又回来啦！我的大小姐，近来可好？见到你非常高兴，真的！莫德，这个世界上，再也没有比我更想见到你的人了。”

“请您放开我的手！您这样，我没法干活儿。”我没好气地对他怒吼道，希望能够以此浇灭他的满腔热情。

“那就依你，我可不想惹你不开心。莫德，我去了趟伍尔弗汉普顿，在那里划了船，向别人借了马和狗，然后又跑去了利明顿，险些摔断脖子。莫德，就算我摔断了脖子，你也不会在乎，是吧？也可能只在乎那么一丁点儿。”他温柔地说道。我默不作声。

“我只不过离开了一周多点儿，可感觉就像是过了半年。莫德，知道这是为什么吗？”

“您见过您父亲和米莉了吗？”我冷冰冰地问道。

“他们得靠后站。莫德，先别管他们。我最想见的人是你，朝思暮想的人也是你。小姑娘，我可满脑子里都是你啊。”

“您应该先去见见您的父亲。您不是说，离开家有一段时间了吗？不去先看叔叔，就是不孝。”我扯着嗓子喊道。

“你让我去，我就去。莫德，只要能够和你在一起，你让我做什么，

1 灵液（ichor）：希腊神话中流淌在诸神血管中的液体。※

2 杜波利勋爵（Lord Duberly）、潘格劳斯博士（Doctor Pangloss）：《法定继承人》（*The Heir at Law*，Colman the Younger，1797）中的两个角色。其中，潘格劳斯博士是以《憨第德》（*Candide*，Voltaire，1758）中那个有名的乐天派命名的。※

我就做什么。”

“赶紧走开，”我脸颊因急躁而发烫，“就是我让您做的唯一一件事。”

“天哪！莫德，你该不是脸——红——了吧？”达德利故意把声调拉长，咧嘴笑着，一副令人厌恶的样子。

“你太坏了！”我气得直跺脚。

“你们女孩子，真是让人捉摸不透。莫德，你觉得我是在逗你玩吗？所以你才生我的气。你肯定是这么想的。你这个小傻瓜，我刚从伍尔弗汉普顿回来，你却把我拒之门外。你太不够意思了。”

“先生，您的意思我不明白。请您走开！”

“莫德，不是跟你说了吗？离开你，是我万万不能接受的。你可能觉得我不够成熟，没错儿。但我能够把那些高高大大的家伙们，打得落花流水——他的誓言太不温柔了——那天你也看到了。莫德，你可千万别生气。我那天的确是有点儿吃醋。不管怎么说，我打赢了。只有在你面前，我才表现得不够成熟。”

“赶紧走吧。难道您没有别的事情可做，没有其他的人要见？先生，您为什么就不能让我一个人清静一会儿呢？”

“莫德，我做不到啊。这就是原因。为什么你每次见我脾气都这么大？为什么？真搞不明白。”

“米莉怎么还不来。”我边说边向门口张望。

“听着，我们不妨打开天窗说亮话。我喜欢你，远远胜过其他女孩。你漂亮端庄，无人能比！希望你能够接受我。我虽然没有很多积蓄——原有的一点儿积蓄，已被父亲挥霍得差不多了——现如今处境窘迫。可我人品好啊！你要是想找个相貌英俊的小伙儿做丈夫，而且愿意为你赴汤蹈火，那个人就在眼前。”

“我说先生，您这是什么意思？”我惊慌失措，站起身来叫喊道。

“我的意思是，要是你肯嫁给我，我会给你想要的一切，让你过上无忧无虑的生活，而且绝不会对你说半句脏话。”

“您这分明是在求婚！”这几个字似呓语般从我嘴里蹦了出来。

我站起身来，走到椅子后面，双手扶着椅背，两眼紧盯着达德利。当时，自己愚蠢至极！

“你真是个好姑娘，不会拒绝我的。”这个讨厌的家伙一边说，一边单膝跪在我面前的椅子上，试图用胳膊搂住我的脖子。

我勃然大怒，猛然向后一退：“先生，您好大胆子！是我的言行还是我的表情给了您如此放肆的勇气？你粗鲁、蛮横、愚蠢，内心肮脏。我一点儿也不喜欢您。我这就去找叔叔。您休想阻拦我！”

我和别人讲话时，言辞从来没有如此犀利。

他看起来有些受挫——手臂依旧张开着，一动不动。我怒气冲冲，快步从他身边走过。

仅仅追赶了一两步，他便停住了，开始连声咒骂自己。有很多脏话我从未听到过。我气不打一处来，走得飞快，也就来不及理解那些脏话的含义。我快步走到叔叔门前，还没有整理好思绪，就已经敲响了叔叔的房门。

“进来。”叔叔的声音微弱但很清晰，夹带着一丝怒气。

我走进去，站到他的面前。

“叔叔，刚才您的宝贝儿子羞辱我！”

我气喘吁吁，满脸滚烫。他盯着我看了足足有几秒钟，眼神黯然，但充满了好奇。

“羞辱你？”他重复道，“上帝啊！这太不可思议了！”

塞拉斯叔叔总喜欢借用《圣经》里的话。这句话，从早年放荡不羁的他的嘴里说出来，倒是别有一番味道。

“怎么会呢？”他继续说道，“我的孩子，达德利怎么可能羞辱你呢？你太激动了。坐下，跟我好好说说，到底是怎么回事。我还不知道达德利回来了呢。”

“我——他——那就是羞辱。他心里非常清楚——明明知道我不喜欢他，还向我求婚。”

“哦——哦——哦！”叔叔故意拖长了声调。意思很明显，他觉得我有些小题大做了。

他身体后倾，靠在椅背上，好奇地打量起我来。这次他笑了起来，反而让我感到有些害怕。他长着一张巫婆的脸，老是带着一丝让人看不懂的表情，看起来很邪恶的样子。

“就这个？他向你正式求婚了？！”

“是的，他向我求婚了。”

当我冷静下来，反倒感到有点儿不安了。在别人看来，这或许真的算不上什么大事。

我敢说，我的心思，叔叔一定猜出了几分，要不然不会依旧带有笑意。他这样对我说道：

“亲爱的莫德，你的激烈反应是不是有点太不近人情了？你不是有个忠诚的朋友吗？我指的是你的镜子。建议你去咨询一下它。这个小子还年轻，为人处世方面嫩得很。他是坠入情网啦——陷得还很深——

Aimer c'est craindre, et craindre c'est souffrir.[1]

“就是这种痛，迫使他做出如此无奈之举。这个傻瓜虽然鲁莽了一些，但他也渴望爱情啊。出言不逊，那是因为他年轻单纯、痛苦不堪。所以，千万不要对他太苛刻了。”

---

1 法语：爱就会怕，怕就会痛。（此语出处已不可考）※

第5章

叔叔的规劝

“可是，”叔叔突然又开口了，可能又有了新的想法，“他真的有你说的那么愚蠢么？亲爱的莫德，你不妨再考虑考虑。”见我要开口反驳，他马上继续说道，“不，不，你听我说。你自以为讨厌他，根本不考虑他的感受。有这样一部戏剧，可怜的谢里丹[1]——一个有趣的家伙！像他这样优秀的家伙已经死光了——就是他借马勒普太太[2]之口这样说，‘刚开始时有些厌恶，可到最后却截然相反。’这听起来好像一个笑话。说到婚姻，相信我，的确如此。谢里丹和奥格尔小姐[3]就是一个很好的例子。初次见面时，奥格尔小姐对谢里丹印象并不好。然而，仅仅过了几个月，一切都变了。她已经是非他不嫁了。”

见我又要开口，他用微笑，示意我保持安静：

“记住我的话：你所拥有的财富，足以使你成为这个世界上最幸福的人，而且赋予了你一个特权，那就是，你可以只为爱情而结婚。在英格兰，财富能够与你匹敌的人寥寥无几。要是达德利在其他方面都合格，对你而言，他的贫穷并不是问题。他内秀外粗，像许多贵族子弟一样喜欢体育运动，过于迷恋拳击、赛马这些东西。这是他最大的缺点。不过，我年轻时，也有不少贵族子弟喜欢体育运动，比如拳

---

1 谢里丹（Sheridan，1751—1816）：参阅本书导言注释。

2 马勒普太太（Mrs. Malaprop）：谢里丹《情敌》（*The Rivals*）中的人物。Malapropism（文字误用）一词正是因她而得名。她和莎士比亚喜剧《无事生非》（*Much Ado About Nothing*）中的道格勃里（Dogberry）警长一样，总是误用词语的形式和意思，还自以为很聪明。这句话的意思是：事实上，很多人在婚姻刚刚开始时并不怎么喜欢另一方。※

3 奥格尔小姐（Miss Ogle）：谢里丹的第二任妻子埃丝特·奥格尔（Esther Ogle）。※

击、摔跤、骑马等等。他们言语粗俗，举止粗鲁——都是后来才开始遵守礼仪，变得儒雅的。有个叫纽盖特[1]的贵族子弟，一开始喜欢的东西，根本拿不上台面，并因此而穷困潦倒。后来，他厌倦了他喜欢的东西，最终成为参议院中最优雅、最有教养的人物之一。可怜的纽盖特，他现在已经去世了！我可以在我的朋友中举出五十个这样的例子。最初，都像达德利一样，不务正业，但后来，都变成了像纽盖特一样的人。"

这时，传来了敲门声，是达德利。他把脑袋探了进来——我一点儿也看不出来，他将来能够变得富有教养，温文尔雅。

"我的好儿子，"他父亲眉开眼笑地说，"我们正在谈论你呢，但是不想让你听到。你还是另找时间再来吧。"

达德利站在门口踌躇不定，情绪烦躁。直到他父亲又看了他一眼，他才悻悻地离开了。

"亲爱的，你要记住，我的儿子达德利非常像年轻时的我，有点儿鲁莽，但品性不坏——不屈不挠的勇气、崇高的荣誉感——最重要的是，他的血管里流淌着鲁廷家族的血液——这是英格兰最纯正的血统。"

叔叔一边说，一边身子向前靠了靠，下意识地用消瘦的手，轻轻拍打了几下胸口，表情凝重而忧郁。我沉思了片刻，叔叔又开始说话了。由于我还没有缓过神来，以至于错过了前面的几句：

"……亲爱的，我不希望我的儿子离开这个家——如果你坚持拒绝他的求婚，他就必须离开。我的顾虑就在这里。我恳求你，两个星期之后再做决定。到那个时候，无论你作出了什么决定，我都接受。在这之前，你听我的，一个字也不要说。"

那天晚上，叔叔和达德利密谈了很久。我猜测，叔叔在向达德利传授如何揣摩女人的心理。从第二天开始，每天早餐时间，在我的餐盘旁边都摆放着一束鲜花。巴特拉姆四周全是沙漠，一定是达德利费了很大气力才弄到的。过了几天，又有人匿名送来一只绿颜色鹦鹉和一个镀金鸟笼，附带的便条上面，写有收件人的名字"鲁廷小姐（诺尔），巴特拉姆庄园"和"鹦鹉喂养指南"。便条的最下端还写着一行字——非常

1　纽盖特（Newgate）：由伦敦的一个监狱衍生出来的绰号。※

显眼——“这只鸟儿名叫莫德。”

我总是把花留在桌布上，也就是我发现它的地方——而那只鸟，我则送给米莉养了。在约定好的两周时间里，达德利既没有在午餐时间出现过，也没有在我们吃早餐时把脑袋从窗户里探进来。有一天，他身穿猎装，手拿帽子，在大厅把我拦住。他满怀期待地说道：

“小姐，过去是我不好，不应该对你那样说话。我很抱歉，请你原谅——我是认真的，真的。”

我实在不知道该说什么好，只好沉下脸，绕过他，继续往前走。

我和米莉散步时，也碰到过他几次，就站在离我们不远的地方，但他从未试图加入我们。有一次，我们离得实在是太近了，不打招呼都说不过去了。他停下脚步，但没有说话，只是摘下帽子向我示意，气氛很尴尬。虽然没有靠近我，但又像是故意在远处向我展示他的彬彬有礼。他打开牛棚，冲着狗吹了吹口哨，让它们跟着进去，把牛赶了出来，然后就离开了。在这段路上，我们遇到他的次数比他向我求婚之前增加了很多。我觉得，他是假装与我偶遇，故意让我看到他做的那些事儿。

我和米莉真的讨论过他频繁出现的原因。尽管她社会经验有限，但完全能够看得出，她哥哥是多么的浅薄。

两周时间过得飞快。讨厌也好，畏缩也罢，该来的终究会来，并且来的速度很快。我这两周一直没有见过塞拉斯叔叔。上次我与叔叔见面时，叔叔的举止比以往任何时候都要滑稽，言谈相对轻松很多。读者读后，可能也会感到奇怪。两周后的今天，天空阴沉。我心中有种不祥的预感。我坐在米莉的房间里，等候叔叔的传唤。

突然，窗外乌云密布，大雨倾盆。一想到尚未进行的谈话，我禁不住用手按住狂跳的心脏，自言自语道：“如果我像鸽子一样有双翅膀，就可通过逃跑，得以解脱了。”[1]

就在那时，我听到了鹦鹉“叽叽喳喳”的叫声。四处一望，原来是那只关在镀金鸟笼子里的绿色鹦鹉，便想起了便条上写的那行字：“这

---

1 语出《旧约·诗篇》55：4—6：“死的惊惶降临我身。怕的战兢归到我身，惊恐漫过我。我说，如果有双鸽子一样的翅膀，我就飞走，得享安息。”此处象征绝望时发出的呼喊。莫德用“逃跑”替换了“飞”。※

只鸟儿名叫莫德。”

“可怜的鸟儿！”我感叹道，“米莉，我敢说，它一定很想出去。你难道不想打开那个残忍的鸟笼，让这只可怜的鸟儿飞走么?”

“老爷要见莫德小姐。”半掩的门外传来了老怀亚特那令人讨厌的声音。

我默不作声，跟在老怀亚特的身后，就像是一个将要接受手术的病人，心中压力巨大，惶恐不安。

走进叔叔的房间时，心脏跳得非常快，几乎都要说不出话来了。叔叔站起身来，高大的身躯竖立在我的面前。我结结巴巴地向他问候了一声。

他瞥了一眼老怀亚特，眼神中透着愤怒和凶狠，非常傲慢地用瘦削的手指指了指门。怀亚特马上转身出去，并带上了房门。屋子里就剩下了我们俩人。

“坐下吧。”他指着一个座位，对我说道。

“谢谢叔叔，我还是站着吧。”

他也没有坐下——头发花白的脑袋低垂着，眼睛闪烁着奇怪的光芒——用手指按着桌子。

“看到大厅里的行李了吗? 都打好包了，准备寄走了。”

我已经看到了。我和米莉还看过挂在行李箱把手以及枪袋上的卡片。上面写着——“达德利·鲁廷先生，多佛转巴黎”。

“我老了——做决定时容易焦虑。那就由你来帮我消除焦虑吧。我的儿子今天是愉快地留下，还是难过地离开? 快给我答案吧。”

“我真的不知道。”

虽然结结巴巴，语无伦次，毫无逻辑，但我还是清楚地表达了我的意思——我的决定不变。我说话的时候，叔叔的嘴唇更加苍白，目光更加锐利。

听我把话说完，叔叔长长叹了一口气，眼睛看看右边，又看看左边，似乎很无助又似乎很苦恼。他低声说道：

“天意啊！”

这时，我觉得他快要昏厥过去了——脸色由苍白变成了土色——似乎忘记了我的存在。他坐在椅子上，两眼盯着他灰白的双手，眼神中满是绝望。

我看着他，好像是我害了这个老人。他依然盯着他的双手，目光呆滞，一脸愁容。

“我可以走了么，叔叔？”我鼓足勇气，低声乞求道。

“走？”他突然抬起头来，目光冰冷，犹如闪电般将我刺透，似乎要一口把我整个吞掉。

“走？——哦！——啊——好的——好的，莫德——走吧。在可怜的达德利走之前，我得去看看他。”他好像在自言自语。

我心惊胆战，赶紧溜出了房间，生怕他会反悔，不让我离开。

老怀亚特一直在门外来回走动，手里拿着一块抹布，假装擦拭雕花门框上的灰尘。我从她身边经过时，看到她眉头紧皱，双眼越过她皱巴巴的手臂，向我投来质疑的目光。米莉一直在等我，看到我出来，立刻跑了过来。我关门时，听到叔叔在喊达德利的名字。达德利可能就在隔壁的房间里等候呢。我和米莉赶紧跑进了我的卧室。也许是出于本能反应，我大哭起来。哭泣的同时，我的焦虑也得到了缓解。

过了一会儿，我们从窗户里看到了达德利。他脸色苍白，上了一辆马车，车顶上放着他的行李。他要离开巴特拉姆，去遥远的地方了！

我长长地松了一口气！达德利终于走了！我解脱了！

当天晚上，我和米莉在她的房间里喝茶。室外，咆哮的暴风雨几乎要掀翻屋顶。室内，温暖的炉火与摇曳的烛光交相辉映。我喜欢夜晚胜过白天，因为夜晚比白天更加惬意。我喜欢室内胜过室外，因为室内比室外更加安全。

我和米莉聊得正欢，突然听到有人敲门。还没有等我们作出回应，老怀亚特已经走了进来。她双眼瞪着我们，一只黝黑的手握着门把手，对米莉说：

“米莉小姐，你爸爸找你。”

“叔叔生病了？”我问道。

她没有回答我，而是对着米莉说：

“达德利少爷走后大约两个钟头，老爷就开始感到不舒服了。他可能快要死了。可怜的老爷！看到达德利少爷下着大雨离开，我也很伤心。可怜的老爷！没有他，这个家就完了。麻烦来了！麻烦来了！”

她一边说着，一边向我投来憎恨的目光。很显然，我就是她所谓“麻烦”的根源。这个家里的所有“麻烦”，都是我一个人造成的。

这个可憎的老女人对我充满了敌意，让我很不舒服。

“我得走了。莫德，希望你能跟我一起去，我一个人害怕。”米莉恳求道。

“当然可以，米莉。”我回答说，“我陪你去。”我嘴上虽然这么说，心里却是一百个不情愿。

我们一起去了。老怀亚特提醒我们，不要弄出声响。

我们穿过叔叔的起居室——就是在这里，叔叔和我进行了简短却重要的一次谈话。就是在这里，他和他唯一的儿子进行告别——走进了里面的卧室。

壁炉中的炭火一点儿不旺。一盏灯放在靠近床的地面上，光线昏暗。老怀亚特低声告诫我们，说话声音不能太大，也不要靠叔叔太近，除非病人叫我们过去或者看到他有疲劳的迹象——这是医生刚才交待过的。

我和米莉在炉边坐下后，老怀亚特就走了。屋子里很安静，可以清楚地听到叔叔的呼吸声。我们时而低语，时而沉默，这种状态大约持续了半个多小时。后来，沉默的时间越来越长，米莉便睡着了。

虽然她努力保持清醒，我也尽量和她一直说话，但无济于事。她已经困得不行了。现在，这间屋子里，就我一个人还算清醒。

我既紧张又气愤。紧张的是，我想起了上次守夜时的情景。气愤的是，我想起了厚颜无耻的达德利向我求婚的模样，以及叔叔对其求婚一事所表现出来的莫名其妙的纵容。要是不想起这些事情，我的心情肯定会好很多。

我还想起了莫妮卡表姐以及依波利勋爵。就在这时，我发现，门口好像有一张可怕的人脸，正向屋子里面张望，其恐怖程度超出了我的想象力。我只能看到这张脸的四分之三——其他部分藏在门后——以及几根手指。那张脸一直盯着塞拉斯叔叔的睡床，在昏暗的灯光下，看起来更像一个青灰色的面具，而且眼睛是苍白色的。

我经常因为看到光线与家具形成的幻影而受到惊吓。此时此刻，虽然心里非常害怕，我还是弯着腰，慢慢向前移动。我想弄清楚，这张可怕的人脸是否也是幻影。结果令我大吃一惊。我敢肯定，那是鲁吉耶女士的脸。

我一边哭，一边使劲摇晃米莉的身体，想把她从睡梦中叫醒。

“快看！快看！”我大声喊道。忽然，那个幻影抑或是错觉消失不见了。

我躲在米莉的身后，使劲儿抓住她的胳膊。“米莉！米莉！米莉！”我就像个白痴，大声呼喊着米莉的名字。

米莉什么也没有看到。她迅速爬起身，把我抱紧。我们两人抱成一团，蜷缩在叔叔卧室的一个角落里。

我还在大声地呼喊个不停，“米莉！米莉！米莉！”当时，我能做的也只有这些。

“什么东西——它在哪儿——你看到什么了？”米莉大声喊道。她不知道我害怕的原因，只是紧紧依偎着我，我也紧紧贴靠着她。

“它还会来的，会来的！天啊！”

“什么——它是什么，莫德？”

“一张脸！一张脸！”我哭喊道，“米莉！米莉！米莉！”

我们听到有轻微的脚步声，在向敞开的房门靠近。恐慌当中，我们飞奔到了叔叔的床边，那里有灯光。直至听到老怀亚特的声音，看到老怀亚特本人，我们才安下心来。

我飞也似的跑回我的房间，脸色苍白，几乎昏厥过去。“米莉，”我说，“天黑以后，任何人都别想让我再去叔叔的房间。”

“亲爱的莫德，为什么？你究竟看到了什么？”米莉问我道。

“哦，我不能！不能！米莉，我不能！别再问了。那个房间有鬼。太可怕了！”

“是查克么？”米莉回过头来，小声问我。她也吓坏了。

“不是，不是——不要问了，比他还要可怕！”一阵儿大哭过后，我终于松了口气。整个晚上，尽管玛丽·坎斯一直坐在我的身边，米莉睡在我的身边，我却一直大喊大叫，最后服用了挥发盐[1]才熬过了那个可怕的夜晚，再一次看到了上帝赐予的阳光。

1 挥发盐（salvolatile）：一种安神药。※

第二天一大早，约克斯医生来给叔叔看病，顺便也给我看了看。他详细询问了我的睡眠和饮食情况，问我昨晚吃了什么。他认为，我精神过度兴奋。他对鬼魂说的蔑视让我安心了许多。他嘱咐我，早上不要喝茶，吃些巧克力，再喝点儿波特啤酒[1]，就能忘掉所有可怕的事情。他向我保证，只要按照他说的去做，就再也看不到鬼魂了。

1 波特啤酒（porter）：一种使用焙烤麦芽酿制的黑啤酒。

第6章

再见，米莉！

没过几天，我的病情便有了明显好转。约克斯医生对于鬼魂说的蔑视，让我开始怀疑自己是不是真的看见鬼了。说实话，我对那天看到的幻象（姑且这样说吧）、它出现的房间以及有关它的一切，依然怀有一种难以名状的恐惧。我只好尽可能不再去想这些东西。

巴特拉姆庄园的确有些诡异。这样一个荒僻之地，很容易让人联想到一些可怕的事情。它也有美好的一面：黎明时分，呼吸着新鲜空气，做做晨练，让人倍感神清气爽。

对我来说，巴特拉姆庄园是个伤心之地。如果我是那可怜的基督徒，巴特拉姆庄园就是我通往天国路上，必须穿过的死亡荫谷。[1]

一天，米莉快步跑进客厅，脸色苍白，泪流满面，二话不说，一把搂住我的脖子，大哭起来。

“怎么了，米莉？发生什么事了？亲爱的，到底怎么回事？”我也被她吓哭了，紧紧地抱着她。

“哦！莫德，亲爱的莫德，爸爸要把我送走。”

“送走？天啊！去哪里？把你送走，让我一个人留在这穷乡僻壤。就算吓不死，也会伤心死的！他难道不知道吗？哦！不——不，你一定是弄错了。”

---

1 此处典出英国著名作家约翰·班扬（John Bunyan）的《天路历程》(*The Pilgrim's Progress*，1678)：死亡荫谷（the Valley of the Shadow of Death）是基督徒（Christian）通往天国的必经之地。最早出自《旧约·诗篇》23：4。※

“莫德，是去法国——我真的要走了。约克斯夫人后天去伦敦。爸爸要我和她一起走。爸爸说，法国的那个学校会派一位老太婆到伦敦接我。然后，由她带我去法国。”

“哦——呵——呵——呵——呵——哦——哦——哦！”可怜的米莉大声哭喊着，紧紧地搂抱着我，把头伏在我的肩膀上，像摔跤手那样使劲地摇晃我，样子痛苦极了。

“除了去埃尔沃斯顿，我从来没有离开过家。但那次有你陪伴。莫德，我爱你——胜过巴特拉姆——胜过其他一切。爸爸要是强行把我送走，莫德，我就死给他看。”

和可怜的米莉一样，我痛苦得快要疯了。我们俩哭了足足有一个小时——时而站立——时而徘徊——起了坐，坐了起，互相依偎在彼此的肩上——当米莉从口袋里拿手绢时，一张纸条随之带了出来，掉在地上。她马上想起来了，这是叔叔写给我的。便条大意如下：

> 我谨此告知我亲爱的侄女，即被监护人，我的计划。米莉将去法国一所著名的寄宿学校学习，下周四出发。三个月后，如果她不喜欢待在那里，可以再回来。如果她觉得那里各方面条件都不错，就把你也送过去。等我把手头琐事处理完，再把你们接回巴特拉姆。我向你保证，你和米莉分开的时间不会超过三个月。我现在不能见你，故写此便条。祝生活愉快！
>
> 于巴特拉姆，星期二
>
> 附言：要是你想告诉莫妮卡·诺利斯，我不反对。记住，告诉她事情的大概即可，不必一五一十地全部讲给她听。

就像律师研读新出台的议会法案[1]一样，我们仔细阅读了这张便条，心里好受了许多。毕竟分别时间不长，最多三个月。叔叔的决定虽然突然、专横，但总的来说，还是可以接受的。

---

1 议会法案（act of parliament）：议会是英国的最高立法机关。议会提出对法律进行修改。议会通过的法律称为法案（act）。

读完塞拉斯叔叔写给我的那张便条，我们激动的情绪渐渐平静下来，相约通过书信保持联系。倘若果真是个“不错的地方”，我们就去法国相聚。逛逛异国的大街小巷，看看异国的风景和面孔，想必也很有趣！不一会儿，我们的悲伤就被吵闹和兴奋所取代了。

一眨眼的工夫，星期四就到了——让人欢喜，让人忧愁——喜的是对未来的期待，愁的是两人的别离。我和米莉拥抱良久，依依不舍，一直走到风车森林尽头的大门口，才挥泪告别。约克斯夫人早就在那里等候了。谈到乘火车时，米莉表现得非常兴奋，同时又流露出一些恐惧。想必她从来没有去过伦敦这种大地方。

我望着渐渐远去的米莉。她把头从窗户里探出来，不停地向我挥手。到了拐弯地方，老岑树枝繁叶茂，遮住了米莉，遮住了车厢，遮住了所有的一切。我双眼再一次噙满泪水，转身向回走去。忠诚的玛丽·坎斯紧紧跟在我的身后。

“小姐，不要太伤心了。时间过得很快。三个月，转眼就过去。”她笑着安慰我。

我破涕而笑，亲了亲她，进了大门。

大门半敞半闭，门后站着一个男孩，身穿粗布衣服，手里拿着钥匙，正在等候我们回来。记得第一次遇见“美女”梅格的那个早上，我看见那位年轻的女战士[1]就是在跟他说话。走近他时，我又仔细地把他上下打量了一番。只见他鼻子高挺，脸颊消瘦，面色暗黄，眼神羞怯。他可能对此有所察觉，立刻关上门，上好锁，低下头，徒手拔那长势茂密的蓟花。他一直背对着我们，似乎有意躲避我的目光。

感觉这男孩儿好面熟。于是，我问玛丽·坎斯：

“你以前见过这个小男孩么，玛丽？”

“小姐，他为你叔叔饲养狩猎场的猎物，应该也会在花园里帮帮忙。”

“他叫什么名字？”

“大家都叫他汤姆。小姐。”

“汤姆，”我便这样叫他，“汤姆，你过来一下。”

1　古希腊女战士亚马逊族（Amazon）：传说中的女战士族。她们金发碧眼、身材高大、能骑善射。

汤姆转过身，慢慢腾腾地走了过来。他笨拙地摘下头上那顶皱皱巴巴的兔皮帽，以示尊重。单凭这一点，他就比巴特拉姆庄园里的那些人懂礼貌。

“你的全名是汤姆什么，小兄弟？”我问他道。

“汤姆·布赖斯，小姐。”

“汤姆·布赖斯，我们以前见过面吗？”我立即追问。记得一个夜深人静的晚上，在诺尔的养兔场。当我路过一辆马车时，马车车夫死死地盯着我看，看得我有些毛骨悚然。汤姆和那个车夫长得非常像。

“也许吧，小姐。”他低下头，看了看鞋子的扣子，镇定自若地回答道。

“你的赶车技术怎么样——很好吗？”

“我能和小伙伴们一块儿犁地。”

“汤姆，你去过诺尔么？”

汤姆傻乎乎地张着嘴，“呃”，他嘴里咕哝了一声。

“给，汤姆，这是半个克朗。[1]”

他接了过去。

“太好了！”汤姆点点头，两眼直勾勾地盯着那枚银币。

我不知道，他是说这枚硬币太好了，他太幸运了，还是说我太慷慨了。

“汤姆，现在可以告诉我了吧。”

“可能去过吧。小姐，去什么地方我从来不记——不记。”

汤姆说这话时，好像还经过了一番深思熟虑。他把银币抛向空中，然后用手接住，再扔向空中。接连做了两三次。他聚精会神地盯着它看，就像一个热爱真理的人，在努力回忆着事情的真相。

“你好好想想吧。汤姆，想好了告诉我，或许我们会成为朋友。你过去有没有赶着一辆马车去过诺尔？车上坐着一位小姐，应该还有几位绅士。他们在草地上举行午餐聚会，最后和狩猎场的看守人吵了起来。汤姆，你好好想想。我以我的名义担保，这既不会给你带来什么麻烦，我也不会亏待你。”

汤姆默不作声。他又将银币向空中抛了两次，张着大嘴，看着在空

1　克朗（Crown）：是英国旧币，1 克朗等于现在的 25 个便士。

中旋转的银币，抓到手里，扔进口袋，目不斜视，神情茫然，回答道：

“小姐，我从小到大就没有赶过马车。您所说的诺尔[1]也许我去过，但我不敢肯定。我很少离开德比郡，只去过沃里克郡[2]的集市三次，坐的是火车，不是马车，还去过约克郡[3]两次。”

“你确定么，汤姆？”

“确定，小姐。”

接着，他又笨拙地向我鞠了个躬，转身去驱赶跑过来的几头公牛。我们的对话到此告一段落。

我不太擅长辨人识人，常常举棋不定。我曾经十分肯定，在斯卡斯代尔教堂碰到的那个坏蛋就是达德利，但现在又越来越不相信自己的判断了。倘若把认人看作一场赌博，借用赌博爱好者的话来说，就得看准了再“下注”，没必要固执己见。然而，大量的不确定因素堆积起来，就会让我感到不安。接下来的这个不确定因素，让我越发感到不安了。

回家途中，我看到一捆捆橡树树干、树枝整齐有序地堆放在路边。树皮已被剥落，树干经过了漂白处理，有的还被加工成了四方形状，上面标有红色的大写字母和罗马数字。八成是要拿去卖掉。唉！我情不自禁地叹了口气，倒不是因为觉得塞拉斯叔叔做错了什么，只是希望他能够接受律师的忠告。三百年前，这里就有巴特拉姆庄园。鲁廷家族在这些大树下狩猎，世世代代生活在这里！

我在其中的一个树干上坐了下来，一副无精打采的样子。玛丽·坎斯则在漫无目的地闲逛。就在这时，梅格·霍克斯提着篮子走了过来。

“嘘！别说话，也别看我——爸爸在盯着我呢！下次有机会再和你说。”她匆忙和我打了个招呼，脚步没停，头也没抬。

“下次”是什么时候？好吧，也许她很快就会回来。鉴于她话没说完，就匆匆走了，我决定再等等，看看究竟会发生什么事情。

过了一会儿，我向四周看了看，看到了迪肯·霍克斯——米莉一直叫他“钉子头”——手里拿着一把斧头，趾高气扬地在木材中间走来

---

1 您所说的诺尔（Knowl，ye ca't）：一种方言变体，相当于 Knowl，you call it。作者暗示了汤姆的狡猾。※

2 沃里克郡（Warwick）：英国地名，位于英格兰中部。

3 约克郡（York）：英国地名，位于英格兰东北部，是英国的“纺织之乡”以及重要的农业之乡。

走去。

看到我在看他，他悻悻地用手扶了扶帽子，喃喃自语着从我身边走过。从他的表情上可以看得出来，他显然对我来风车森林的动机，感到疑惑不解。

梅格又出现了。和上次一样，梅格既没有放慢脚步，也没有抬头看我。只是趁着“钉子头”在和玛丽·坎斯说话的当口，说了一句：

“千万不要跟达德利少爷单独在一起。”

听到她说这话，我非常惊讶，很想继续追问下去，但很快就冷静了下来。也许她下次路过时，会向我说明原因。然而，她再也没有对我多说一个字。“钉子头”不断向我投来狐疑的目光，我都设法避开了。

她说得模棱两可，肯定话中有话，我百思不得其解。接下来的日子里，我整日忧心忡忡，茶饭不思，夜不能寐。事实上，我在巴特拉姆庄园一直就没过上几天舒心日子。

米莉走了十天了，我也忍受了十天的孤独。今天，塞拉斯叔叔派人找我去他的房间。

就在老怀亚特站在门口，含糊不清地向我传达叔叔旨意的那一刻，我的心跌到了谷底。天色渐晚——这个时候心情压抑的人们最容易感到焦虑——冷灰色光线越来越黯淡，直至最终被黑暗吞噬——蜡烛一根根点燃，宁静的夜晚降临了。

落日的余晖依稀可见，镶嵌在厚厚的云层中，恰似峡谷中细长的河流。叔叔的起居室里点着两支蜡烛，一支放在桌子上，另一支搁在壁炉上，百叶窗帘敞开着。塞拉斯叔叔瘦高的身躯蜷缩在壁炉前，手扶着壁炉架，烛光恰好落在他低垂的头颅上，轻轻地抚摸着他的白发。他好像在看壁炉中燃烧的火焰，看着炭灰一点儿一点儿积聚，恰似一尊孤苦凄凉的艺术雕像。

我已经在桌子旁边站了好大一会儿，看他似乎没有发觉，便壮着胆子轻轻喊了一声：“叔叔！”

“啊，嗯。莫德，我的好孩子——我的好孩子。”

他转过身来，手里拿着蜡烛，脸色苍白，嘴角上扬，看起来非常痛苦。与以前相比，他的腿脚开始变得不灵便了，走起路来速度也迟缓了许多。

“坐吧。莫德，坐那儿。”

我坐在他指给我的那把椅子上。

“在我感到痛苦和孤独的时候，莫德，我像召唤神灵般地呼唤着你，然后你就出现了。”

他双手扶在桌子上，弯着腰看着我，自己并没有坐下。我依然默不作声，等候他继续讲话。

在昏暗烛光的映照下，他挺直身子，双手合十，抬头上望，一副无比虔诚的神态。他说道：

“感谢主！没错儿，我没有被抛弃。”

接着，又是一阵沉默。他一边盯着我看，一边自言自语，好像在努力思考着什么。

“我的守护天使！——我的守护天使！莫德，你可怜可怜我吧。”他突然对我说道，“听我说，就一小会儿。听听一个上了年纪的孤苦老人——你的监护人——你的叔叔——恳求你的人——对你的请求。我曾下决心不再和你谈此事。我发现我错了，还是说出来吧。我的自尊心作祟——仅仅因为自尊心。”

我感觉脸上正在失去血色。在他停顿不语时，又顿时涨红起来。

“我痛苦极了——近乎绝望。我还有什么——还有什么？财富使出了浑身解数把我抛进尘土之中，再用车轮将我碾压。世人犹如暴徒一般将我驱逐，肆意践踏我的尸骸，到头来落得个遍体鳞伤，体无完肤，只有无尽的孤独与我为伴。可这并非我的错儿，莫德——我没做错什么。虽然我曾经悔恨过无数次，可我现在不再后悔。人们路过巴特拉姆，看着荒芜的土地和毫无生气的烟囱，一定会这么想：像我这样一个高傲之人，竟然沦落到如此境地。事实上，我所遭受的痛苦远远超出他们的想象。你眼前这个患肺结核的老家伙——老癫痫患者——一身毛病的老鬼，尽管过错累累，罪孽深重，仍然心中存有希望——我的儿子虽然少不经事，但不失男子汉气概——他是鲁廷家族最后一个男丁。我失去他了？莫德，他的命运——我的命运——还有米莉的命运——都在等待你的判决。这个年轻小伙子对你一往情深。他是那么爱你——那么痴情——鲁廷，英格兰最高贵的血统——他又是这个家族的最后一个男人。我要是失去了他，就会变得一无所有，过不了几个月，我就得进棺材了。莫德，我当着你的面恳求你——需要我下跪么?”

他双拳紧握，眼睛盯着我，眼角闪过一丝希望，整个身体都倾向了我。我既震惊又痛苦，一时说不出话来。

“哦，叔叔！叔叔!”因为太过激动，我忍不住放声大哭起来。

他见我情绪如此激动，依旧不动声色地看着我。虽然看到我倍感无助，仍然继续向我施压：

“你看到了我的焦虑，也看到了我的痛苦和恐惧。莫德，我知道你是个善良的孩子。你要是依然深爱着你的父亲，你就可怜可怜你父亲的弟弟我吧。你不会说‘不’，对吗?”

“哦！我不得不——我不得不——我必须说‘不’。哦！叔叔，看在上帝的分上，您就饶了我吧。别再问我——别再逼我！我不能——我真的不能答应您的请求。”

“我投降了，莫德——我投降了。亲爱的，我不会再逼你。你自己好好想想吧。先别急着回答我——别，别回答，莫德。”

他一边说，一边抬起他那瘦削的手，示意我安静下来。

“好了，莫德，够了。我待你一向坦诚，今天也毫不例外，也许是有些过分了。尽管这样有些残忍，你也应该明白我心里的苦楚和无奈。”

塞拉斯叔叔说着进了卧室，把门一带，声音不大，却颇为有力，随即里面隐约传出了一阵哭声。

我飞也似的跑回自己的卧室，跪倒在地上，感谢上帝赐予我力量，让我如此坚定不移，简直令我不敢相信!

塞拉斯叔叔替讨厌的堂哥求情，这让我苦不堪言。他的强硬态度已经成为我一个无法解开的心结——他或许会自杀。每天清晨，当我得知他依然健在时，才能松下一口气。在与叔叔的那次谈话中，我心惊肉跳，感觉天旋地转，如同即将纵身于悬崖之下。想不到自己在那种时刻依然能够坚定不移。至今回想起来，依旧觉得难以置信。

第7章

萨拉·玛蒂尔达

和叔叔上次见面后，过了一段时间。有一天，我坐在屋子里，望着窗外，一副怅然若失的样子，心情十分压抑。好在还有玛丽·坎斯陪我——无论是在屋子里待着，还是到外面走走，她都始终不离我左右。这时，突然传来一阵女人歇斯底里的吵闹声，夹杂着激烈的撕扯声，撕心裂肺的哭泣声。看来这女人火气很大。

我不知出了什么事，连忙站起身，向大门口望去。

“上帝保佑！”老实巴交的玛丽·坎斯嘴巴半张，眼睛瞪得溜圆，和我看着同一个方向。

“玛丽——玛丽，出什么事了？”

“好像有人在吵架？我也不确定声音是从哪里来的。”坎斯喘着粗气说道。

“我要——我要——我要见她！我只要见她！哦——呼——呼——呼——哦——哦——诺尔的莫德·鲁廷小姐！诺尔的鲁廷小姐！呼——呼——呼——呼——哦！”

我感到紧张不安，却又困惑不解：“怎么回事？”

声音越来越近。老管家正在极力劝阻一个悲伤的女子。

“我要见她！”她又说了一遍，接着便是对我的一番辱骂。我忍无可忍，火冒三丈。不做亏心事，不怕鬼敲门！竟敢在我叔叔家——在我的房子里——用污言秽语来辱骂我？！

“小姐，您可千万别出去！”坎斯央求道，“她也许是喝多了。”

我非常恼火，把门推开，大喊一声：

“我就是诺尔的鲁廷小姐。谁要见我？”

原来是一个年轻姑娘，一头乌黑披肩长发，皮肤白里透红。她来势汹汹，在大厅里哭着嚷着，挣扎着要上台阶，最后索性连外套都脱掉不要了。可怜的老管家（米莉管他叫“杂碎”）跟在她的身后，又是规劝又是恳求，都无济于事。

我定睛一看，不禁大吃一惊。这个女子我在诺尔的兔场曾经见过。当时，她坐在一辆马车里。与那时相比，她消瘦了很多，着装却淑女了不少，可以说完全判若两人，令人不可思议。或许她们只是看上去有几分相似。想到此，我甚至开始认为，这也许只是我自己的胡乱猜测。我脑子很乱，打了个冷战。

眼前的这位年轻女子——在我看来，更像是酒吧女招待或者陪酒女郎——她一看到我，把眼泪一擦，一副愤怒的样子。嘴里噼里啪啦乱说一通，说得我一头雾水——她絮絮叨叨，语无伦次，情绪非常激动，想必已经失去了理智——事实并非如此。哪怕她能够给我一秒钟的思考时间，我也许能够早一点儿明白她的意思。当我最后得知，她误以为我要夺走她的“合法丈夫”，至少是她的“合法丈夫”打算娶我时，我实在是忍无可忍了，一气之下骂了她几句。骂的什么内容记不得了，只记得她立刻变得规矩了不少。她从口袋里掏出一张脏兮兮的报纸，指着一段用红色双实线标出的文字让我看。这是一份六个星期前出版的《兰开夏郡报》，已经破旧不堪。我记得很清楚，报纸上留有圆形容器底部的印迹。那污迹不是咖啡就是黑啤留下的。原来是一则婚讯。报纸的印刷时间比婚礼举行的时间晚了至少一年。具体内容如下——

> 婚讯——时间：18××年8月7日，星期二，新郎达德利·R·鲁廷先生（德比郡巴特拉姆庄园塞拉斯·鲁廷先生的独子和继承人）与新娘萨拉·玛蒂尔达（兰开夏郡维干约翰·曼格尔斯先生的二女儿），在亚瑟·休斯牧师的见证下，在莱瑟维格教堂举办了结婚仪式。

看到这则消息，我一开始感到非常诧异，随后变得开心无比，正合我意。想必我内心的喜悦已经浮现在了脸上——这名年轻女子疑惑不解地看着我——我说道：

“这可不是一件小事儿。你得去见见塞拉斯·鲁廷先生。他肯定对此一无所知。走，我带你去见他。”

“他不可能不知道——我敢肯定。”她跟在我身后，自我吹嘘着，身上的廉价丝绸“沙沙”作响。

我们进屋时，塞拉斯叔叔正坐在沙发上，翻阅《两世界杂志》[1]。看见我们来了，便合上杂志，抬起头来。

“什么事？”他冷冷地问了一句。

“这位女士带来了一份报纸。上面报道的一条重要消息与我们家有关。”我回答道。

叔叔站起身来，将眼前的这位陌生女子，从头到脚仔细打量了一番。

“又是诽谤我的？”他伸手把报纸夺了过去。

“不是。是一则婚讯，叔叔。”

“不会是莫妮卡吧？”他手拿报纸说道，“哼，一股烟酒味儿。”说着，往上面洒了点古龙水。

他举着报纸，既嫌弃又好奇，像刚才一样，又哼了一声。

他读完报纸，脸色立即由苍白变为铁青，抬头端详了该女子片刻。她似乎被叔叔异样的神色吓到了。

他问道：“你就是这报纸上说的新娘萨拉·玛蒂尔达·曼格尔斯？”那种语调，与其说有些颤抖，不如说带着一丝轻蔑。

萨拉·玛蒂尔达作了肯定回答。

“我儿子并没有走远。前几天我还给他写过信，要他尽快结束旅行，赶紧回来。那是几天前——几天前——几天前来着。”他慢条斯理地重复道，思绪似乎已经游离到千里之外的地方了。

叔叔按了按铃，老怀亚特走了进来。她一直在叔叔房外溜达，随时听候叔叔的吩咐。

“赶紧把我儿子找回来！要是不在屋里，就叫哈里去马厩看看。要是马厩也没有，就到别处找找。布莱斯是个机灵的家伙。他知道去哪里

---

1 《两世界杂志》(*Revue des Deux Mondes*)：法国一份重要的文史哲杂志，创刊于 1825 年。※

找达德利。如果是在菲尔特拉姆或者在其他较远的地方，就让布莱斯带着匹马，达德利会骑马。让他赶紧回来，一分钟也不能耽搁。”

在等候达德利回来的大约一刻钟的时间里，塞拉斯叔叔表现得彬彬有礼，对这位女子非常客气，让她好一个不自在，反倒有些害羞。这样也好，至少他不会再听到她在楼梯口的悲号、谩骂。

在这期间，塞拉斯叔叔似乎早已把我们忘记，忘记了他读的杂志，忘记了他周围的一切。他靠在沙发一角，耷拉着脑袋，表情阴郁、严肃，十分可怕，吓得我都不敢看他。

终于听到了达德利那厚底皮靴踏在橡木地板上的脚步声，还隐隐约约听到他在客厅外与老怀亚特的谈话声。

他万万想不到，会有一位不速之客。一看见他进来，那位姑娘就立刻站起身来，紧接着一阵嚎啕大哭。她哭喊道：

“哦，达德利，达德利！——哦，达德利，是你么？哦，达德利，我是你可怜的萨拉！你的合法妻子呀！”

萨拉·玛蒂尔达哭成了泪人，脸颊好像那雷阵雨拍打的玻璃窗。她一面滔滔不绝，一面紧紧抓着达德利的胳膊，好似握了个手摇泵，不停上下摆动。达德利一脸茫然，不知所措，呆呆地站在那里。他先是看了看他父亲，接着又偷偷瞥了我一眼，然后低下头去，面红耳赤。然而，没过多久，他又抬起头来，看看他的父亲。塞拉斯叔叔依旧是刚才那副模样，表情忧郁、严肃，令人生畏。

达德利突然缓过神来，就像是刚刚被噪音吵醒一样，猛地一抖身子，把萨拉·玛蒂尔达甩到了椅子上，并低声咒骂起来。他刚才一直压抑着的怒火，就这样彻底释放了出来。他的反应的确有些过激了。

“先生，从你刚才的神情举止来看，我已经猜个八九不离十了。”叔叔突然对达德利说道，“女士，你安静会儿，好吗？这位年轻女士就是曼格尔斯先生的女儿萨拉·玛蒂尔达？”

“我不知道。”达德利匆忙回答说。

“现如今，她已经成为了你的妻子？”

“她成为了我的妻子？”达德利非常不自然地重复道。

“没错儿。先生，这个问题不难回答。”

在此期间，萨拉不停插话。为了制止她，叔叔废了不少口舌。

“这么说，她已经说了我是她的丈夫，是吗？”达德利问道。

“先生，她是你的妻子么？”

“她想得倒美。”达德利一屁股坐在椅子上，趾高气扬地回答说。

“先生，那你是怎么想的？”塞拉斯叔叔追问道。

“我能怎么想？”达德利不耐烦地回答说。

“这么说，是真的了？”叔叔把报纸递给了他。

“他们是在想尽千方百计，好让所有人都信以为真。”

“不要兜圈子。我们都不是傻子。如果不是真的，这份报纸作何解释？回答我！”

“谁否认了？没错儿——是真的！”

“千真万确！我早知道他会承认的。”年轻女人歇斯底里地尖叫道，诡异地大笑起来。

“闭嘴，好吗？”达德利咆哮道，非常恼火。

“哦，达德利，达德利，亲爱的！我做错了什么？”

“你毁了我！——这还不够吗？！”

“哦！不，不，不，达德利，你知道我不会的。我不会——不会害你的，达德利。不会，不会，不会的！”

达德利把头一扭，朝她咧了咧嘴，呵斥道：

“你给我住嘴！”

“哦，达德利，你别生气。亲爱的，我不想惹你生气。我不会害你的，不会。”

“这已经不重要了。你和你家人合起伙来欺骗我。现在把我弄到手了——你满意了？！”

“原来如此。女士，我敢说，你和达德利一定会很幸福的。”塞拉斯叔叔冷笑道。

达德利一言不发，只顾自个儿生闷气。

达德利这个混球！他竟然早已跟眼前这位女子结婚了！就在前几天，他还央求我嫁给他！

我敢肯定，叔叔和我一样，对这桩婚事全然不知。这等骇人听闻之事是达德利一个人干的。叔叔根本没有参与。

“看来我得恭喜你啦！好小子，娶了这样一位野蛮女子，和你很般配嘛！”

“彼此彼此！”达德利话里有话。

面对如此奚落，叔叔怒不可遏，立马站起身来，从头到脚颤抖个不停。我从来没见过叔叔这副样子——好像哥特式建筑交叉拱顶[1]上的魔鬼雕像——恰似猴子抓狂时的模样。只见他用一只瘦削的手，拎起黑檀木手杖，在空中一阵哆嗦。

“你要是敢动我一根毫毛，我非把你揍扁不可！不信，你就试试看！”达德利怒吼道。他举手抬肩，摆出了打奥克利上尉的那个姿势。

那画面一瞬间定格在我的脑海。我大脑顿时一片空白，吓得尖叫起来。叔叔不愧是身经百战的老兵，懂得如何以沉着的语调掩饰内心的狂躁，以微笑掩盖内心的怒火，方寸丝毫未乱。他转过头来，对我说道——

“他知道自己在说什么吗？”

“我不知道我在说什么。你怎么教训我都成。”达德利“噗嗤”一声冷笑道，额头青筋凸起，满脸依旧涨红，颤颤巍巍地坐下了。

“哦，可以教训？谢谢！”塞拉斯叔叔冷笑道。他把头缓缓转向我，又是一阵冷笑。

“最好不要太过分！”

“好，既然你同意了，那我就说了。先生，我好像记得英格兰世家旺族中并没有曼格尔斯。我这样说，丝毫没有冒犯这位年轻女士的意思。我相信，你选择她，主要是因为她的美德和优雅。”

萨拉·玛蒂尔达并没有明白叔叔恭维话语的弦外之音，尽管情绪激动，还是行了屈膝礼。她擦了擦眼泪，笑着说道：

“您人真好！”

“我非常期望，她手上能够有点儿钱，否则的话，你们俩拿什么过日子。你人不勤快，又爱酗酒惹事，既干不了猎场看守的工作，也开不了小饭馆。你们最好赶紧找个地方安顿下来。今晚就走吧。好啦，达德利·鲁廷先生，你和你的夫人现在可以走了。”

塞拉斯叔叔站起身来，向他们礼节性地鞠了一躬，面带讥笑，颤抖

1 交叉拱顶（groinings）：中世纪哥特教堂多为交叉拱顶，拱顶交叉的地方雕刻有魔鬼的面孔。※

着用手指了指房门。

“走吧？！”达德利气得咬牙切齿，“瞧你干的好事！”

萨拉似乎还没有明白过来，一脸茫然，站在门口向我们行礼，道别。

“走啊！”达德利大吼一声，着实把萨拉吓了一跳。他迈开大步，头也不回地走出了房间。

“莫德，我该如何是好？这个混蛋——蠢货！我们早晚毁在他的手里！我最后的希望破灭了——彻底破灭了，再也无法挽回了。”

他若有所思，颤抖的双手在空空的壁炉台上来回摸索，似乎在寻找什么。

“叔叔，我希望——我希望——我能帮上忙。或许我可以？”

他转过身来看着我，眼神像老鹰一样犀利。

“或许能够帮上忙。”他慢慢重复了一遍，“是的，或许能够帮上忙。”他又重复了一次，“让我们——让我们——让我们想想——那个——家伙——我的头！”

“叔叔，您不舒服吗？”

“哦！我没事儿。我们晚上再谈——我会派人去叫你。”

我去隔壁房间找到了怀亚特，让她赶紧去看看叔叔，便迅速溜走了。这样做显然有些自私。然而，一想到他病情发作时的样子，我就感到毛骨悚然，而且非常害怕一个人待在那儿。

带上叔叔房门的时候，我听到楼梯口传来了达德利的声音。他正和萨拉激烈地争吵。我既不想被达德利和萨拉——达德利夫人（她就是这么自我称呼的）——看到，又不想回到叔叔房间，只好躲在门框后面（巴特拉姆庄园的墙壁很厚，门深深地嵌进墙里）。只听达德利怒吼道：

“你赶紧给我滚！我是不会跟你回去的！”

“哦！达德利，亲爱的，我做错了什么——我做错了什么——你这么讨厌我？”

“做错了什么？你这个成事不足败事有余的蠢货！你——你让我失去了继承权！都是因为你！——该死的，这下你满意了？！”

他们走下楼梯，达德利刺耳的责骂声和萨拉的啜泣声由近及远。玛丽·坎斯胆战心惊地对我说，她在门口看到达德利像往干草棚里扔干草一样，把萨拉扔进了马车，自己则站在马车外面，把头伸进车窗，不停地责骂她，直到马车离开。

“他一准是在教训她。可怜的人呐！他摇头晃脑，把手伸进窗户，朝她脸上就是一拳。达德利这个人，什么坏事都能做得出来。萨拉哭得像个孩子似的，手帕都湿透了。离开那会儿，还没忘记回头向达德利挥手道别——可怜的人呐——她还那么年轻！真可惜。唉！小姐，这就是我常常庆幸自己没有结婚的原因。您看看，不知有多少女人想要嫁个丈夫！可是到头来真正幸福的又有几对？这个世界真是奇怪。这年头，不结婚倒是一个不错的选择。”

第8章

女孩与恶狼

那天晚上，因为想要找本书看，我便去了和米莉以前共用的那个客厅，是玛丽·坎斯陪我一起去的。客厅的门开着一道缝，朝里面望去，眼前的一幕着实让我吃了一惊：壁炉边上的蜡烛光线非常微弱，空气中则弥漫着烟草和白兰地的气味。

我的小书桌被拖到了壁炉旁边，上面摆放着烟斗、白兰地和一个空杯子。原来是达德利。只见他坐在桌子前面，一只脚踩在护栏上，胳膊肘撑着膝盖，手托着脑袋。他在默默地流泪，一边用手揉搓着眼睛，一边抱怨命运的不公。他背对着房门，没有发现我们。

我和玛丽蹑手蹑脚地离开了，留下他一个人在那里暗自伤感。我颇为好奇的是，他天天说走，怎么还在这里。

大厅里，老"杂碎"正在忙着给他收拾行李。他小声跟我说，达德利今晚就要坐火车走了，不知道要去哪里。听到这个消息，我非常高兴。

过了大约半个小时，玛丽·坎斯又出去打探了一番。在门厅里，她听老怀亚特说，达德利刚刚出发，去赶火车了。

上帝保佑，终于解脱了！恶魔走后，整座房子都明亮起来，心情也变得舒畅起来。我静静地坐在房间里，那些有惊无险的场景开始在脑海里回放起来。想到我坚决拒绝叔叔的请求，想到我经受的种种磨难，虽然至今心有余悸，但我平生头一次怀有了虔诚的感恩之心。倘若我当时稍稍软弱一点儿，那么现在痛苦的人就是我——必定无疑。我年龄小，易冲动，老是患得患失。无论大事小事，都喜欢意气用事。所谓的"意气用事”，如今在我看来，确实有些荒唐可笑。达德利打爹骂妹，无恶不作。即便如此，要是他继续对我穷追不舍，要是叔叔执意要我同意，想必我早已做出妥协，束手就擒了——不是没有可能。就像那些关押在监狱里的德国罪犯[1]，年复一年遭受折磨：拷问，回答或沉默；再拷问，回答或沉默；再拷问，回答或沉默……直至精疲力竭，最后索性认罪，走向绞刑架。当我得知达德利事实上已经结婚，从此可以摆脱其死缠烂打时，年幼、胆怯而且父母早亡的我如释重负。这种感觉，读者应该不难理解。

那天晚上，我见到了塞拉斯叔叔。尽管心里害怕他，但也很同情他。我很想让他知道，我是多么想帮他，只要他肯告诉我该怎么做。其实，类似的话之前早已说过，只是现如今想帮他的愿望更加强烈了。他变得精神了许多，神情也不再阴郁，不再呆滞，腰板直直地坐在椅子上。在听我说话时，他又俨然一副若有所思的样子。

我语无伦次，大脑一片空白。在他面前，我总是紧张。有时我甚至怀疑，他可能在施展一种类似催眠术的魔力，不费吹灰之力就可以操控我。

这种紧张感有时会变成一种恐慌。塞拉斯叔叔优雅、温和，我却害怕他，真是莫名其妙。事实上，这根本不是因为什么催眠术，而是另有原因。他的品行谈不上高尚，性情也不够温和，只是因为久经沙场，言行举止沉稳、老练而已。直觉告诉我，没有什么可以影响到塞拉斯叔叔，就连同情心和亲情也无济于事。他刻意让自己的言语去迎合他人的道德体系，就像鬼魂试图变成人的模样一样。在我看来，他对欲望的沉溺导致其人性的终结。透过他的外表，我偶尔能够窥见他的内心世界，但始终无法理解那个世界。

他从不使用言语嘲讽善意或者高尚——哪怕他最尖刻的话语，也没有达到嘲讽的地步。我老是觉得，他那不可捉摸的本性本身，就是对善意和高尚的一种嘲讽。倘若他是一个魔鬼，那他比歌德笔下那个喋喋不休的默菲斯托菲里斯[2]还要厉害很多——拥有我们人类的容貌和体态，

---

1 德国是传统的大陆法系国家（英国则为传统的英美法系国家）。此处提到的对德国罪犯的审讯，是长期以来人们对大陆法系刑事审讯制度的成见，即经常会在审讯时使用严刑逼供。※

2 默菲斯托菲里斯（Mephistopheles）：《浮士德》（*Faust*，1832）中的恶魔，可变成不同的模样（比如，旅行学生、西班牙贵族），诱人堕落。它玩世不恭，却不失冷静、深沉、诙谐和机智。※

却将自己的本性深藏不露。虽然他待我一向态度温和，说话口吻也颇为亲切，说得直白一点儿，他就像东方传说中的沙漠地精，常常化成友善的人类模样，在远处召唤着掉队的商旅，呼喊着他们的名字，把他们带向一条不归路。既然如此，是不是他所有的善意只是表象，里面却裹藏着比坟墓更加阴冷、可怕的本性？

“莫德，你非常高尚，就像天使，竟然同情我这个破产绝望的老头子。我担心你会半路退缩。不瞒你说，要是手头没有两万磅，我根本逃不出这破产的泥潭！”

“退缩？！怎么会呢？我一定帮您。会有办法的。”

“这就够了。我年轻善良的守护神，这就够了。就算你不退缩，我也会退缩的。我不能让你做出这样的牺牲。对我来说，解脱了又能怎样？我就是一个倒在地上，遍体鳞伤的可怜鬼，头上还带有五十处致命伤口[1]。就算你治好了其中一处，又有什么用呢？还是让我自生自灭吧。留着你的钱，去拯救那些更有希望存活的家伙们吧。”

“我会帮您的，一定会。我不会眼睁睁看着您受苦。”我坚持道。

“好了，亲爱的莫德，你的心意我领了——好了，你的同情和善意让我非常欣慰，但我现在不能接受。你走吧，救死扶伤的天使。要是你愿意，我们改天再谈。晚安。”

就这样，我离开了叔叔的房间。

我后来听人说，那天晚上，叔叔和费尔特拉姆的一个律师聊了一整夜。他们绞尽脑汁不想让我参与此事。没用的，他们是在白费力气。在这件事情上，我不能袖手旁观。

我有信心可以帮到他。尽管这笔钱是一个不小的数目，对我而言，又算得了什么？我可以把这笔钱送给他，而且丝毫不会感到有什么损失。

我拿起一本四开的彩印书，是我从诺尔带来的。由于过于兴奋，始终无法入睡，我便打开了它，一页页地翻看着，满脑子想的却是塞拉斯叔叔和我想给他的那笔钱。

---

1 语出莎士比亚的戏剧《麦克白》第三幕，第四场，第 79—80 行：“可现在他们又回来了／回来时头上带有二十处致命伤痕。”

书中有一幅彩色插图，引起了我的注意。在一片茫茫的大森林里，一个穿着瑞士服饰的小女孩，正在惊恐地奔跑着。她一边跑，一边从挎着的篮子里拿出肉来丢向身后——身后有一群恶狼正在追赶她。

故事的内容是这样的：一个小女孩从市场采购食物回来，路上被一群饿狼追赶。她以最快的速度奔跑着，并不时地将篮子里的食物，一块一块丢向身后，让饿狼们争斗、吞食，以拖延它们追赶的时间，这才幸免于难。

我被这幅插图深深吸引住了。只见树木高大挺拔，枝干粗壮，交错相映，投下阴森可怕的影子。那个可怜的小女孩，为了能够活命而疯狂奔跑，并不时地回头张望，神色惊恐万状。还有那只跑在最前面的灰白色的野狼，满嘴利牙、凶猛无比。它是狼群的头目，带领着整个狼群。这让我想起了我和米莉之前常去的风车森林。想起了范·代克[1]宫廷画作选集中的那幅《贝里塞赫》[2]——或许，这两幅看似毫不相干的画作之间会有一些潜在的联系。我把身体向椅背靠了靠，从桌子上拿过一个信封，上面写着一行看似荒唐无用的文字：“£20,000. *Date Obolum Belisario*！”[3]这是那幅画的拉丁文名字。父亲告诉过它的英文读法，我就写在信封上了。这样做，一来是为了记住画的名字，二来是我对画中贝里塞赫的悲惨命运深表同情，因而又想到了同样处境的塞拉斯叔叔。我把这个信封放在翻开的书页上，注意力再次落在了那幅插图上：一路狂奔的小女孩、紧追不舍的狼群、诱骗狼群的食物。这时，从壁炉那边传来一声低语，像是在说“放飞贝里塞赫的利齿”，我非常惊奇。

“你说什么？”我把头迅速转向玛丽·坎斯。

玛丽放下手中的活儿，从壁炉旁边站起身来，皱着眉头看着我，眼神里充满了疑惑不解。

“刚才你在说什么？是你在说话吗？”我一把抓住她的胳膊，把自己也吓了一大跳。

“没说什么，小姐。我什么也没说。”

---

1 范·代克（van Dyke，1599—1641）：佛兰德斯画家，英国国王查理一世时期的英国宫廷首席画家。※

2 《贝里塞赫》（*Belisarius*）：全名《乞讨者贝里塞赫》。贝里塞赫（约505—565），东罗马帝国统帅。君士坦丁大帝忌恨他的战功和威望，挖掉了他的双目，使他沦为沿街乞讨的老人。

3 拉丁文：《乞讨者贝里塞赫》，两万英镑。

毫无疑问，不是幻觉。我敢肯定，只要这个声音再次出现，我绝对能够从上千种声音中把它准确分辨出来。

那天晚上，我心烦意乱，时睡时醒。早晨一醒来，叔叔就派人来喊我。

那一天，塞拉斯叔叔有些反常，对待我的态度来了个一百八十度大转弯。他和颜悦色、笑容可掬，表现出一副唯我是从的样子，让我感到非常不适应。从此以后，我开始感觉他对我有些半信半疑，似乎还莫名其妙地夹杂着些许厌恶和恐惧。究竟是什么原因让我有这样的感觉？——是梦境？是声音？还是幻觉？——当他觉得我没有看他时，他阴沉的目光便会在我身上逗留片刻。当我看他时，他的目光便会落回到他眼前的书本上。他和我说话时，我要是不看着他，还以为他在大声朗读书上的文字呢。

我们之间并不存在什么过节。塞拉斯叔叔一向待我友善。然而，他躲避我的目光，却是一个不争的事实。这表明他对我有了戒心，但绝不是出于厌恶——他心里应该清楚，我很想帮他——难道是出于惭愧？难道是出于恐惧？

"我昨晚一夜没睡。"他说，"我想了一整夜，结果就是——莫德，我不能接受你的慷慨帮助。"

"我很难过。"我是诚心诚意的。

"我知道，亲爱的侄女。谢谢你的好意！我有很多难言之隐，不能接受你的帮助。不能。我不想被人误解。我的名誉不能因此而受到损害。"

"叔叔，不会的。这不关您的事儿，是我自愿的。"

"莫德，我知道你是一片好心。但——问题是——上升到道德层面——我就会从此背上利用你的罪名，陷入无尽的责骂声中。唉！这个世界充满了太多诋毁和诽谤，不是你的真心真意能够对付的。莫德，你年龄还小，涉世未深。我理应帮你分担一些财产管理上的事务——有人称之为'黄鼠狼给鸡拜年'——但在我看来，这是一份不容推卸的责任。然而，谁会相信我？没有人——没错儿——一个都没有。因此，我不得不断然拒绝承担这份责任。三周后，我会在这座房子里等着接受处罚。"

我不知道，叔叔口中说的"处罚"指的是什么。我读过两部恐怖小说，熟悉里面人物的悲惨遭遇。我想，“处罚”应该涉及法律规定的一些骇人听闻的酷刑。

“哦，叔叔，我——哦，先生！——您是不会让它发生的，对吗？人们会怎么说我？况且——米莉——还有这一切，没有您，会变成什么样子呢？！”

“没用的——你帮不上忙。莫德，你听我说，虽然不知道确切时间，处罚[1]终究会来。我想，顶多也就两周多一点吧。出于对你未来成长的考虑，你需要马上离开。一切我都已经安排妥当。你去法国，找米莉。我好有时间处理手头的问题。我想，你应该给你表姐诺利斯夫人写封信。她这人虽然做事不太靠谱，但心肠还是不错的。莫德，你能捎带着说一句，叔叔对你一直很好么？”

“您一直都对我很好！”我大声说道。

“你还可以说点别的。比如，当你主动为我提供帮助时，我选择做出自我牺牲。”他继续说道，“我现在所做的一切是为了你。你告诉她，我正考虑放弃对你的监护权——我感觉有愧于她。等眼前这些烦心事儿处理完毕，我会努力跟她言归于好，希望最终可以将监护权转交给她。你也可以跟她说，声誉对我来说已经不再那么重要了。我的儿子因为一场婚姻而自毁前程。忘记告诉你了，达德利暂时住在费尔特拉姆。今天早上，他还给我寄来一封信，说想要跟我见一面。这应该是我们父子的最后一次见面了。以后不再见面，也不再通信。”

这位老人好像压抑着内心巨大的悲痛，不断用手帕擦拭着眼睛。

“他和他的妻子打算办移民，希望越快越好。”他非常痛苦，继续说道，“莫德，当初是我纵容了他对你的追求。虽然时间不长，可如今想来后悔不已。要是当初我能够再好好想想，就像我昨天晚上那样，我是绝不会容忍他那样做的。我就像个苦行僧，整天待在这个房间里，足不出户，而且随着我年纪的增大和希望的破灭，视野渐渐不再开阔，思想也越发跟不上时代的发展。我理应多考虑一下你的想法，但我却没有。现在说它已经无济于事了，亲爱的莫德，我恳求你，这件事就让它永远过去吧。是我不对。叔叔真诚恳求你的原谅。”

---

1 处罚（Execution）：此处意指根据法律规定，查封或扣押物品。

这段时间，我一直想给莫妮卡表姐写封信，把这件烦心事儿告诉她。值得高兴的是，这件事终于在昨天告一段落。如此一来，我就可以无所顾忌地接受叔叔的请求了。毕竟，他已经妥协了这么多。作为回报，我也应该做出一些让步。

“我希望在我死后，莫妮卡会继续善待我的米莉。”

他又沉思了一会儿。

“莫德，你要把我刚才说的话，告诉诺利斯夫人。等信写好后，最好拿过来让我看一下，以免产生不必要的误解。还有，莫德，别忘了在信里说一说，我一直对你很好。要是莫妮卡能够知道，我从来没有慢待过我的被监护人，我也就心满意足了。”

他把话说完，便让我离开了。回去之后，我按照塞拉斯叔叔的要求，立马提笔给莫妮卡表姐写了一封信。我还对他的品德大加赞赏了一番，说他既温和体贴又慈祥和蔼。信写好后，我拿去给叔叔看。他称赞我绝顶聪明，说我完全传达了他的意思，还因为我对他的溢美之词深表谢意。

第9章

无耻的要求

一天，我和玛丽·坎斯散步回来。刚进门厅，便看见达德利站在楼梯口的门廊里。我大吃一惊，感到浑身不舒服。只见他一身出行打扮——头戴一顶“烟囱帽”，脖子上围着一条花里胡哨的围巾，皱巴巴地堆在下巴底下，身上穿的白色外套污迹斑斑，塞在口袋里的小皮帽耷拉在外面。他应该是刚刚从叔叔的房间里出来。一看见我，他禁不住倒退了几步，肩膀倚墙站着，就像陈列在博物馆里的一具木乃伊。

看到他似乎在有意躲避着我，我假装有话要对玛丽说，希望他能够借此机会赶紧走开。

然而，刹那间他似乎改变了主意。等我转过头来再看他时，发现他手中拿着帽子，朝我们走了过来。他站在门厅中央，眉头紧皱，脸色暗淡，情绪低落，好像是受到了什么惊吓。

“小姐，你听我说——有件事我必须要说——完全是为了你好。”

我既不喜欢跟他说话，也没有兴趣听他啰嗦，但又不好意思拒绝他，只好硬着头皮走到他跟前，对他说了一句：“你我之间没有什么好说的。”然后，转身对着玛丽喊道，“坎斯，你在栏杆那里等我。”

这位堂兄就像喝多了酒的醉汉，面红耳赤，说话声音浑浊不清，再加上那条花哨俗气的大围巾，显得脸色更加阴沉。他虽然情绪低落，却莫名其妙地对我恭敬起来。这多少让我感觉舒服了一些。

“小姐，我现在是进退两难。”他一边说，一边用脚搓着橡木地板，“我就像一个——傻子。我和他们不是一类人。我既能够捍卫自己的利益，也能够捍卫自己人的利益，你能看得出来么？我和他们绝对不是一类人——见鬼，绝对不是！”

达德利讲这番话时，情绪很激动，好像压抑着极大的怒火。说话时，他竭力避免与我对视——眼睛在地上扫来扫去，整个人看起来垂头丧气。

他一只手捻弄着沙黄色的络腮胡子——由于用力过猛，整张脸都变形了——另一只手在膝盖上揉搓着自己的帽子。

“楼上的那个老家伙简直是疯了。他根本不知道自己在说些什么。这本来是一桩再平常不过的买卖，却弄得我进退两难。真搞不懂他是怎么想的。要是由着他的性子，就会把事情搞得一团糟。他和那些律师都一个德行，都他妈的尖酸刻薄。妈的！他算个屁！拜尔利给我写信，说我得不到半点儿遗产，说什么这是阿切尔和斯莱的指示，还说我已答应把这笔财产送给别人了——一派胡言！我好像是签了个什么东西来着——真的签了——碰巧，那天晚上手头儿有点儿紧。他们也用不着拿这种把戏来坑骗一位绅士吧。太不像话了！这事儿没完，绝不能就这么被他们给耍了，我得讨个说法。我的话是有点儿多，但我也不能任凭他们宰割啊。我和他们根本不是一类人，我会证明给你叔叔看的。”

这时，在楼梯口等我的玛丽·坎斯故意咳嗽了几声，提醒我该走了。

“我听不懂你在说什么。”我严肃地说，“我要上楼了。”

“你别急着走啊。我的大小姐，听我再说最后一句。我和萨利·曼格尔斯就要乘‘西缪号’去澳大利亚了，五号就走。今天晚上，我就得去利物浦和她会合，然——然后，万能的上帝啊，你就再也见不到我了。莫德，临走前，我真想帮你一把。告诉你吧，你要是能给我写份保证书，把你打算给你叔叔的那两万镑给我，我就把你带出巴特拉姆，让你和你的表姐莫妮卡团聚。你想去哪里，我就送你去哪里。”

“带我离开巴特拉姆——要两万镑?！离开我的监护人?！我说先生，您大概是忘了吧，”我越说越生气，“只要我想见我的表姐——诺利斯夫人——随时都可以。”

“好吧，也许是吧。”他一边说，一边用他那尖尖的靴子头，刮擦着地板上的一小片纸屑，一副闷闷不乐的样子。

“也许是吧？ 先生，事实就是这样。想想你之前是怎么对我的——用尽所有卑鄙的伎俩，背着你的妻子向我求婚。你厚颜无耻到了什么地步。”

我有些激动，转身就要走开。

“站住！”他一把抓住我的手腕，“我本不想惹你生气，可你并不知道自己的处境，就知道嘴硬。你能不能理智点儿，成熟点儿，说话的时候动动脑子——见鬼——整天像一个乳臭未干的小毛孩儿，只会哭闹。知道我在说什么吗？我可以带你离开这儿，送到你表姐那里。你想去哪儿都行，只要把钱给我。”

这是他第一次正视我，眼睛眯眯着，情绪非常激动。

“钱？”我对他的鄙夷之心油然而生。

“对，钱——两万镑——就要这些。干不干？”他一副胜券在握的样子。

“你想都别想！”

我面颊涨红，边说边用力跺脚。

哪怕他能让我对他有一点儿好感，我也会帮他。虽然不会给他那么多，但也不会太少。可他竟然提出如此卑劣的要求！把我当成什么了？把我带到莫妮卡表姐那里，让她做我的监护人？他凭什么这么做？他一定是把我当成小孩子了。他自以为是的臭毛病只会增加我对他的反感。

“这么说，你是不打算给我了？”他皱着眉头，低着脑袋，咬牙切齿，好像在咀嚼一团烟草。

“当然不了，先生！”

“那你就自己留着花吧！”他说话时，眼睛看着地面，灰头土脸，闷闷不乐。

我怒气冲冲地回到玛丽·坎斯身边。当我穿过门厅的雕花橡木拱廊，回头看他时，他已经走远了，身影若隐若现，最后消失在暮色之中。我至今还记得，他一动不动地站在门厅中央——他最后一次和我说话的地方——眼睛没有看我而是呆呆地望着地板，就像是输了一场赌局，而且输得倾家荡产——整个人心灰意冷、绝望无比。上楼时，我只字未提。回到房间后，我才开始回想刚才与达德利的碰面。要是我同意了他无耻的要求，想必现在已坐上他的狗拉车，穿过费尔特拉姆，去埃尔沃斯顿了。作为车夫，他背对着我，挤眉弄眼，洋洋得意——一下车，我付给他两万英镑。我偷偷跑到诺利斯夫人那里，受其监护。塞拉斯叔叔得知此事，一定会暴跳如雷。不是所有人都能像托尼·伦普金[1]那样，无需幽默和机敏，只需凭借厚颜无耻，便可想出如此令人吃惊的恶作剧。

“小姐，喝点儿茶吧。”玛丽·坎斯小声问道。

“太过分了！”我大吼一声，气得直跺脚，“对不起，亲爱的坎斯，我不是在说你。我现在不想喝茶。”

我再次陷入了沉思，脑海里很快冒出了一连串的想法——达德利的提议不仅愚蠢卑劣，而且是对塞拉斯叔叔的极大不孝。他能否就此作罢？也许他会抢先一步，歪曲事实，然后将一切罪责推诿与我？

我越想越气，一时冲动，便跑到了塞拉斯叔叔的房间，把刚才发生的事情一五一十说了一遍。在这期间，叔叔眼皮都没抬，只是清了几次嗓子，像是要说点儿什么。他始终面带微笑，眉毛上扬，让我颇为不解。听完我的汇报，他只是拉长语调“哼”了一声，就像一个会使用语言的人，只能通过吹口哨来表达惊讶和蔑视。他想要说点儿什么，话到嘴边却又咽下，再一次保持了沉默。其实，我看得出，塞拉斯叔叔心里忐忑不安。他从座位上站起身来，穿着拖鞋，在屋子里踱来踱去，前后总共开关了两三个抽屉，翻阅了一些书籍和文件，好像找到了他要找的东西。他拿起一份手稿里面的几张活页纸，背对着我，漫不经心地读了起来。他又一次清了清嗓子，终于开口说话了——

“上帝啊，简直搞不懂那个傻瓜是怎么想的！”

“他一定是把我当成笨蛋了。”我说道。

“一定是的。他天天待在马厩里，和那些马匹、马夫混在一起。要我说，他和那个半驴半马的怪物没什么两样——非驴非马，是驴和马的结合体。”

说到这里，他笑了。只不过这笑声少了往日的冷嘲热讽，却多了一丝凄惨悲凉。他依然背对着我，翻看着那几张活页纸。

---

1 托尼·伦普金（Tony Lumpkin）：爱尔兰著名剧作家奥利弗·歌德史密斯的喜剧《屈身求爱》（*She Stoops to Conquer*，1991）中的角色。他欺骗他母亲和一些游人，谎称带他们去进行一次长途旅行。实际上，车子只是围着房子绕了一圈。※

“他没有把他的意思跟你讲明白。但是，他垂涎你的那笔财产，倒是明摆着的事实。我们是父子，我太了解他了。”

他又开始大笑起来，越来越不像他本人。

“关于你要去看你莫妮卡表姐这件事，我跟那个傻瓜提起过。我倒真的希望这样做。你可以去——亲爱的莫德，除非你不愿意。当然啦，我们还要得到你莫妮卡表姐的邀请。我相信，不会再等很长时间。你给她写了那封信，她会邀请你去的。那么，你就可以跟她长期住在一起了。亲爱的侄女，我越想越觉得，我这里确实不是你的久留之地。你莫妮卡表姐家应该是你最好的去处。我心里真是这么想的。莫德，你的那封信打开了我和诺利斯夫人重归于好的大门。”

我真该走过去亲亲他的手——他道出了我心中最想拥有的未来——然而，一种难以名状的感觉涌上心头，似怀疑，似恐慌，让我不寒而栗。

“莫德，”叔叔接着说道，“一想到那个混账东西给你出的馊主意，我就放心不下，生怕它会变成现实——怕他连夜把你送到埃尔沃斯顿。你们一起逃离我的监护。莫德，要是他果真把你诱骗到了埃尔沃斯顿，那该如何是好？一想到这个问题，我就感到焦虑。等你到了我这把年纪，就能体会到了。”

他停顿了一下。

“亲爱的，我很清楚，要是他承认和他妻子的婚姻合法，”看到我惊讶的表情，他接着说，“就不会有这种念想了。不过，这种事儿他是不会承认的。他以为自己能够擅作主张——我怀疑，他是想借此机会向你证明，他能够帮助你离开巴特拉姆。不管怎么样，你不要再听那个混账东西的鬼话了。从今晚开始，我跟他没有任何关系了。只要咱们爷俩住在这里，就不允许他再踏进巴特拉姆半步。”

塞拉斯叔叔把他看了很长时间的活页纸放了回去。当他再次走回来，站在那里，歪着头微笑时，我能看得出他内心狂躁不已——他的太阳穴上鼓出了一道粗粗的青筋儿——每当他情绪激动时，这道青筋儿就会愈发凸显——在他苍白色皮肤的映衬下，活像一根打了结的蓝线。

“只要咱爷俩能够像现在这样彼此信任，世上的一切诋毁与欺诈就奈何不了我们。上帝保佑你，亲爱的莫德！听了你的话，我感到很苦恼，非常苦恼。但转念一想，也没什么大不了的。反正他要走了，过不了几天，就要远走高飞了。明天一早，我就发布命令：在他离开之前，不准他再回巴特拉姆。晚安，我的好侄女，谢谢你！”

于是，我又回到了玛丽·坎斯的身边。总的来说，心情与以前相比的确有所好转。然而，脑海里还是不断浮现出一些奇怪的画面，莫名其妙的焦虑感时时刻刻困扰着我。唯有祈求万能的上帝才能将其驱散。

第二天，我竟然收到了米莉的来信。信是用生硬的法语写的，讲的都是些生活琐事儿，有些地方晦涩难懂。她跟我说，那个地方有多么多么好，并对她的室友们作了一番评论，还高度赞扬了几位修女。尽管米莉的法语有些蹩脚，读起来远不如英文朗朗上口，我还是能够看得出，米莉非常喜欢那个地方。她在信中还说，她非常想念我。

这封信是由修道院院长寄给塞拉斯叔叔的。信封上既没有写明地址，也没有加盖邮戳。米莉的住处，我仍然不得而知。

信封上只有塞拉斯叔叔用铅笔写的一行字：“写完回信通知我。我会马上转交。——塞拉斯·鲁廷”。

没用多长时间，我就把回信交到了叔叔手上。就在把信交给他的那一天，塞拉斯叔叔向我解释了，对我隐瞒米莉地址的缘由。

“亲爱的莫德，为了不让你趟这浑水，我才对你有所隐瞒。不告诉你米莉的住处，完全是为了你好。再过几个星期，你就和米莉见面了。过不了多久，我也去找你们，我们全家在那里团聚。在这场暴风雨过去之前，除了我的律师，没人能够找到我。我猜，你也不愿意掺和进来吧。”

塞拉斯叔叔所言极是，考虑得很周全，我欣然接受。

在此期间，我还收到了莫妮卡表姐的一封来信。尽管表姐和我相距仅仅七英里，她的来信洋洋洒洒、热情洋溢。她在信中讲述了很多趣闻八卦，还表达了对米莉的好感以及对我的深深关爱之情。

与此同时，还有一件喜事悄然而至。《利物浦报》刊登了一则消息，说“西缪号”轮船即将起航前往澳大利亚的墨尔本。船上有来自巴特拉姆庄园的达德利·鲁廷先生及其夫人等。

我终于松了一口气——我很快就要自由了——我将进行一次旅行，与米莉在法国重逢。然后，与莫妮卡表姐住在一起，幸福地度过我的少年时光。

也许你会说，我从此就能够振作起来，恢复往日的平静。事实上，情况并非如此。人的焦虑好比一层层隔膜，剥开表皮——最外面的那层，通常被认为是灵魂与上帝之间唯一的隔膜——却发现又多了一层新的隔膜。从物理学上讲，声音的传播需要媒介。同样道理，灵魂与自然界的沟通同样需要媒介。要实现与自然界中的光和空气进行接触，就得剥开这“一层层隔膜”。

究竟又出了什么问题？也许你会说是我自己瞎想——杞人忧天。塞拉斯叔叔的那张脸时不时地萦绕于我的脑海：满面皱纹、笑容苍白，目光冷峻而且老是躲躲闪闪。

有时候，我甚至认为，塞拉斯叔叔有些精神不太正常。他脸上一闪而过的怪异表情令我疑惑不解。尤其让人难以置信的是，他的笑意中，似乎还带有一丝对我的歉意与恐惧。

我想，也许他是出于自责——纵容达德利向我求婚，并在我不愿意的情况下还极力设法促成——而有意降低了自己的身份和地位；亦或许是他觉得自己失去了我对他的尊敬。

这一切终究只是我的个人猜测。无论是黑夜还是白日，他那张苍白的脸庞一直萦绕在我的心头，挥之不去。他的眼神暗藏着一股杀气。

第10章

寻找查克的尸骸

无论如何，我终于解脱了，心里别提有多高兴了。现如今，达德利·鲁廷夫妇正乘坐“西缪号”在大海上乘风破浪呢。他们的目的地是遥远的澳大利亚。我把报道这则消息的《利物浦报》小心存放起来，觉得心情烦闷时，就把它拿出来读一读。这如同绅士娶了脾气暴躁的女人，感到无可奈何时，就躲到壁橱里，一遍遍翻看结婚协议。

有一天，天灰蒙蒙的，下着雨夹雪。与冷清的会客厅相比，我的房间要热闹很多——我有善良的玛丽·坎斯作伴。

炉火烧得正旺。看一看身旁的玛丽·坎斯，瞥一眼自己喜欢的那条新闻，想一想很快就能见到我亲爱的莫妮卡表姐，还有那讨人喜爱的米莉妹妹，我立刻精神抖擞起来。

“老怀亚特饱受风湿病折磨，几乎卧床不起。她已经顾不上看管我了。既然如此，我该趁机到楼上查看查看，找找壁橱内有没有查克先生的遗物。”我说道。

“哎呀，天呐，莫德小姐，您可千万不要吓我!”善良的老坎斯嚷道。她停下手里的针线活儿，抬起满头银发的脑袋，眼睛瞪得溜圆溜圆。

查克先生及其自杀的传言，我听得多了，现在都能用它来吓唬老坎斯了。

“我哪里也不去，就在这楼上楼下溜达溜达。我是认真的。如果碰巧发现他住过的那个房间，那就再好不过了。我觉得自己很像《森林传奇》[1]里的阿德莱德[2]——在夜里，沿着林中荒无人烟的漫漫长路，愉快地徒步旅行。这本书，昨天晚上我还读给你听过。"

"我陪您一起去，小姐？"

"不用。坎斯，你待在屋里，看着炉火别灭了，再沏上点儿茶。也许我很快就会回来。"我拿起围巾缠在头上——颇有修道士范，偷偷上楼去了。

我并没有像《森林传奇》的作者安·拉德克里夫女士那样，周密细致地规划我的线路，而是走到哪儿算哪儿，打算把所有房间、走廊和门厅通通逛一遍。值得一提的是，我在长廊尽头发现了一扇门，看上去很长时间没有打开过了。这引起了我的好奇心。门上有两个锈迹斑斑的螺栓——显然是后来胡乱拧上去的——上面满是灰尘。我没费力气就把它们拽了出来。我记得很清楚，锁孔里插着一把生锈的钥匙，钥匙柄已经弯曲了。我试着拧了几下，没能转动。我的好奇心愈发强烈。我本想回去找坎斯来帮我一下，转念一想，也许门没有上锁。于是，我顺手一推，门就开了。诡异的是，呈现在我眼前的并不是一间屋子，而是一个地道入口。右手边拐角处，还有一个岔口。里面光线昏暗，尽头漆黑一片。

我开始仔细回想，自己已经走出来多远，掂量自己能否在慌乱中，准确记起回程的路线，并萌生了返回的念头。

然而，有关查克先生的传闻，已经在脑子里根深蒂固。我抬头看着前方。这是一条狭长的走廊，悄悄隐身于黑暗之中。对我而言，它就像是一个通往陷阱的入口，令我望而却步。

最终，我还是鼓起了勇气，继续前进。我推开旁边的一扇门，进入了一个大厅。只见角落里堆放着几只鸟笼子，锈迹斑斑，挂满了蜘蛛网。除此之外，别无他物。这间屋子里装着壁板，壁板上长满了白色霉菌。透过窗户向外望去，杂草丛生，一片荒芜——我从其他房间的窗户里，看到的也是这番景象。我又推开了一扇门，走进了另一间屋子。屋子不大，同样阴暗潮湿。窗棂上布满灰尘。外面的景色，只能模模糊糊

---

1 《森林传奇》(*Romance of the Forest*)：英国哥特小说女作家 AnnWard Radcliffe（1764—1823）的成名作。

2 阿德莱德（Adelaide）：《森林传奇》（1791）中的一个漂亮女孩儿。

地看到一点儿。这简直就是一间牢房。就在这时，忽然听到房门“咯吱”一声，我的心一下子提到了嗓子眼儿。我看着它，一动不动，等待着查克先生或什么鬼怪，从半开的房门中进来。也不知是从哪里来的勇气，战胜了我的胆怯——我径直走向门外，仔细看了看黑暗中的走廊，然后松了口气。

还有最后一个房间——就在我的对面。房门紧闭，阴气沉沉。我走过去，推开门，向前迈了一步——鲁吉耶女士瘦削高大的身躯，出现在了我的面前。

我顿时傻了眼。

我当时的感受，就好比一个疲惫不堪的游客掀开被子准备睡觉，却发现被窝里趴着一只蝎子，而且有过之而无不及。

她坐在一把破椅子上，围着一条老式围巾，光着脚，踩在一个瓷盆里。一副若有所思的神情，使她看起来更加憔悴。她的假发向后拢着，露出脑门上的道道皱纹，脸庞愈显凹陷，丑陋的五官更加凸显。我愣在那里，目不转睛地注视着这个邪恶的魔鬼。过了一会儿，她回过头来，瞅了瞅我，眉头紧锁，表情严肃，俨然一副魔鬼相。

这样的会面，超出我们两人所料，着实让我们都吃了一惊。看样子她应该猜不出我到底在想什么。不过，她很快便回过神来，爆发出一阵刺耳的笑声，紧接着便用她那鼻音很重的方言，肆无忌惮地哼唱了起来，一边伸出兰花指，甩着身上破旧的裙子，赤着脚跳起舞来。她的脚湿湿的，在地板上踩出了一串串印子。

我终于缓过神来，深深吸了一口气。最终，还是她先开了口：

“啊，亲爱的莫德，太意外了！我激动得连话儿都不会说了。能够再次见到你——真高兴——太高兴了。你也和我一样吧。瞧瞧你那张小脸蛋儿。啊！没错儿，你这可爱的小家伙儿！可怜的老师又来了！你做梦也不会想到吧？”

“鲁吉耶女士，我还以为你去了法国呢。”我有些闷闷不乐。

“亲爱的莫德，我是去了法国，这不刚刚回来嘛！你叔叔写信给院长，说是要找个人，陪同某位小姐去法国——那个小姐就是你喽。莫德，我就是为这事儿大老远从法国赶回来的。”

“鲁吉耶女士，我们什么时候走？”

“这我不太清楚。不过那个老女人——她叫什么来着？”

“怀亚特。”我告诉她。

“哦！对，怀亚特。她说，少说也得两三个星期吧。亲爱的莫德，是谁带你到这个破地方来的？”她谄媚地问道。

“我自己，”我回答得很干脆，“我是碰巧来到这儿的。我真搞不明白，您为什么藏在这里？”想到她以前对付我的那些卑鄙伎俩，我不由得怒火中烧。

“我的大小姐，我可没藏啊。”鲁吉耶女士反驳道，“我是严格按照你叔叔的命令做事的。那个怀亚特说，塞拉斯·鲁廷先生担心被债权人骚扰，要求所有事情都必须秘密完成。我之所以住在这里，目的就是为了不让他们发现。我必须听从主子的吩咐，对吧？”

“你住在这里多长时间了？”我声音里依然饱含怒气。

“大约一个星期了吧。这地方实在是糟糕透了！真高兴见到你，莫德！你这个可爱的小傻瓜，我一个人住在这里太孤单了！”

“你不可能高兴，鲁吉耶女士。你不喜欢我——从来都没有喜欢过。”我气愤地驳斥她道。

“不，我高兴，千真万确。亲爱的小傻瓜，你不知道，我是多么想回来继续做你的老师。我们相互理解吧。小姐，你觉得我不喜欢你，就连芝麻粒大点儿的事儿，你都会去书房，找你那可怜的父亲告我的状。我常常为我之前的诸多过失懊悔不已。我以前老想找到拜尔利医生的信件，总觉得他想抢夺你的财产。我的小莫德，如果真的找到了，我一定告诉你。我这样做愚蠢吗？你去告我的状，我从来没有怨恨过。真的没有，一点儿也没有。相反，我是你的守护神——那个词怎么说来着？——守护天使——对，就是它。你觉得我在说谎？亲爱的，老师绝无戏言。就算有，也是善意的谎言。”

说完，她咧开嘴奸笑起来，连大牙花子都露了出来，眼神怨恨、冷漠。

“不对，”我说道，“我太了解你了。鲁吉耶女士——你恨我。”

“噢！多么难听的字眼！太让人震惊了！丢死人了！我这个可怜的女人关爱朋友，宽恕敌人，从来没有恨过什么人。你看，我比以前更开心、更愉快了，不是吗？可有些人就不一样了——一直不开心——他们非常不幸。我每次回来都会发现，他们要么死的死，伤的伤，要么日子过得不怎么样。”她耸了耸肩，轻蔑地笑了一声。

顷刻间，一股恐惧感涌上了我的心头，浇灭了积聚在我心中的怒火。我一时间不知道该说什么。

“亲爱的莫德，你认为我恨你，也不难理解。奥斯汀·鲁廷活着的时候，你就不喜欢我——从来没有喜欢过。鉴于师生关系，我向你透露个秘密吧：我这人比较爱面子——一直都是这样。学生背地里议论老师，也见怪不怪。莫德，难道我不是一直都对你很好吗？你想想，我是骂你多还是宠你多？和其他人一样，我也是个爱面子的人。要我一直默默忍受你的非难也很难。我所做的一切，纯粹是为了你好。就算是偶尔犯犯糊涂，那也情有可原，不是吗？你倒好，却在暗地里监视我——啊！还到鲁廷先生那里诋毁我。天呐！这是什么世道！”

“鲁吉耶女士，我不想再提这件事，也不会和你辩解。我暂且相信，你住在这里的原因。就像你说的那样，我们会结伴去法国。不过，在这座房子里，我们还是少见面为好！”

“这个我可不敢保证，亲爱的小东西。听人说，自从来到这个地方，你的教育被忽略了，或者说完全荒废掉了。你不能做个没头没脑的小动物。你和我，必须按照塞拉斯·鲁廷先生的指示去做，随时听从他的安排才是。”

鲁吉耶女士边说边穿上长筒袜，蹬上靴子。不然的话，她只好光着脚，去那老式厕所了。我不知道自己为什么能跟她啰嗦这么久，但我知道，我们时常会做出一些与自己的想法相差悬殊的举动。就像那些英明的将军们——他们本想在前线指挥战斗，不料却参与到了战争中去了。我莫名其妙地卷入了这场对话。想到这里，不仅多了几分气愤，而且多了几分恐慌，不过倒是极力掩饰住了。

“我父亲就是听了我的话，才把你解雇的。我相信叔叔也会这么做的。你根本不适合陪伴我。要是塞拉斯叔叔知道，之前发生的事情，绝不会让你踏进这座房子半步的——绝对不会！”

“天呐！太丢人了！你真是这么想的吗，亲爱的莫德？”她一边叫嚷着，一边对着镜子整理自己的假发。从镜子的一角，我看到了她半张诡秘的笑脸。她还冲着镜子里的自己，抛了一个媚眼儿。

“我就是这样想的。鲁吉耶女士，你应该心知肚明。”

“或许吧——等着瞧好了。不过，并不是每个人都像你这么冷酷，亲爱的小骗子。”

“不准你那样叫我！”我气得浑身发抖。

“该怎么叫？亲爱的小家伙儿？”

“小骗子——你这分明是在侮辱我。”

“为什么，我傻得冒泡儿的小莫德？小淘气怎么样？这种称呼多得是了。我只是开个玩笑，图个乐呵儿，你不要当真。”

“你不是在开玩笑——你从不开玩笑——你在生气，你恨我。”我愤愤地叫喊道。

“噢，呸，——这叫什么话！我亲爱的小家伙儿，难道你没发现吗？你太缺乏教养了！你太傲慢了。小姑娘，得学会乖巧、懂事才行。让我来教教你——哈哈哈！我会让你温顺乖巧起来的。你太傲慢了，亲爱的小家伙儿。”

“我绝不会像在诺尔时那样傻了。”我说道，“你甭想吓唬我。我会把全部真相都告诉塞拉斯叔叔的。”

“好啊。也许这样最好。”她语气冷冰冰地，带着些许挑衅。

“你以为我不敢？”

“你敢，你敢。”

“那你就去听听塞拉斯叔叔的感想吧。”

“确实应该去听听，亲爱的。”她假装带着一丝悔意。

“再见，鲁吉耶女士！”

“要去找鲁廷先生吗？——好极了！”

我心中愈发焦虑不安，没有搭理她，匆匆走出了那个房间。然后，沿着昏暗的过道，拐进了右手边的长廊。还没走到一半，就听到背后传来急促、沉重的脚步声。

“我已经准备好了，亲爱的，我陪你去。”鲁吉耶女士就像幽灵一般，紧紧跟着我，笑着说道。

我仅仅回了她一句“很好”，便和她一起大步向前走。一路上因为走错地方而停顿了好几次。最后，终于来到了叔叔的房门前。

走进房间，只见塞拉斯叔叔面无表情，眼神异样。他先是看着我，自言自语了一小会儿，然后瞪了鲁吉耶女士一眼，大声怒吼道：

“怎么了？”

“莫德·鲁廷小姐会向您解释的。”鲁吉耶女士就像一艘甘愿沉入海底的船只，毕恭毕敬地回答说。

“又怎么了，亲爱的？”他问了我一句，语气冷冷的，满是讽刺。

我一时情绪紧张，竟然语无伦次起来，但还是说出了心中想说的话：

“鲁吉耶女士，你怎么能这样做？不管你承不承认，你都应受到谴责。”

意想不到的是，鲁吉耶女士竟然厚着脸皮予以全盘否认，说这种事情简直无法容忍。她又是哭嚎，又是拍手，郑重其事地要求我收回刚才所说的话，还她一个公道。我非常吃惊，先是看了她一会儿，然后对着叔叔说，我所说的每个字都是事实。

“听着，亲爱的孩子，既然鲁吉耶女士不承认，我该怎么办？我老啦，脑子不好使啦。鲁吉耶女士是米莉那边的 *superioress*[1] 推荐给我们的。她非常能干。亲爱的侄女，这一定是个误会。”

我继续辩解。他好像根本就听不进去。

“亲爱的莫德，我知道你不会说谎，但年轻人容易上当受骗。毫无疑问，一定是你当时很紧张，头脑不清醒，才会觉得发生了那样的事儿。德——德——”

“德·拉·鲁吉耶夫人。”我提醒他说。

“对的，谢谢——德·拉·鲁吉耶夫人——她是经过别人推荐，才来到这里的——极力否认此事。亲爱的，这应该是个误会。”

误会？难以接受！我非常清楚整个过程的来龙去脉，并从头到尾向他一五一十做了描述。这个古怪多疑的老人竟然不分青红皂白，全部予以否认。无论我怎么辩解，都无济于事。我得到的回应，只是更加严厉的否决。我就像是在朝着空气挥舞拳头。我的话，他根本没有放在心上。他只是一味傻笑，一副匪夷所思的神情。

在我辩解时，塞拉斯叔叔时而拍拍我的头，温和地笑一笑，时而摇

1 法语：女修道院院长。※

摇他自己的头。鲁吉耶女士呢，她一边眼泪如洪水般涌出，以证明她的无辜，一边又轻声低语着，为了让我尽快改变主意而祈祷。我感觉自己几乎要崩溃了。

“好啦，亲爱的莫德。我们都知道啦。我相信，这是你的错觉。德·拉·鲁吉耶夫人陪伴你顶多三四个星期。你要学会自我克制，理智一点儿——你也知道，我现在有多难受。叔叔求求你，不要再火上浇油了。我相信，要是你敞开胸怀和她相处，一定十分愉快。”

“我给小姐提个建议，”鲁吉耶女士飞快擦干眼泪，“趁着我在，你要好好学习。不过，我觉得，她似乎对学习并不怎么感兴趣。”

“她还用法语，说一些恶毒的脏话，威胁我。比如，*de faire baiser le babouin à moi*[1]。我不知道是什么意思，但我知道，她非常讨厌我！”我激动地说道。

“冷静——冷静！”叔叔被逗笑了，似乎又很同情我，“冷静点儿，亲爱的。”

鲁吉耶女士举起两只大手，抬起狡黠的双眼，泪眼汪汪——她的眼泪说来就来——以再次证明自己的清白——并声称，如此邪恶的话语，她从来没有听说过。

“你看，亲爱的，一定是你听错了。年轻人听错话是常有的事儿。趁着鲁吉耶女士在我们家的这段时间，你要好好地提高一下自己的法语。你跟她待在一起的时间越多越好。”

“我明白了，鲁廷先生。您的意思是，我应该重新开始给小姐上课了。”鲁吉耶女士问道。

“当然。多用法语和莫德小姐交流。”他转身看着我说，“亲爱的，我这么坚持，都是为了你。等你到了法国，听懂他们说的话，就会感激我了。亲爱的莫德——别说了，什么也别说了——走吧。再见，女士！”

塞拉斯叔叔有些不耐烦了。他摆了摆手，示意我们离开。我又气又怕，回到房间，把门一关，决定不再多看德·拉·鲁吉耶夫人一眼。

---

1 法语：“让我去亲吻猴子”。可能是句暗语，出处已不可考。※

第11章

卑劣的伎俩

窗外天空阴沉，雪花如羽毛般夹着细雨飘落。我站在窗前，思忖着刚才所发生的一切。一股莫名的失落感涌上心头，于是扑倒在床，恸哭起来。

善良的玛丽·坎斯陪伴在我的身边，苍白的脸上写满了关切。

“噢，玛丽，玛丽，她来了——那个可怕的女人——德·拉·鲁吉耶又回来做我的老师了。叔叔固执己见，对其所作所为不管不问。我怎么这么倒霉啊？为什么这种事情偏偏让我摊上呢？啊，玛丽，玛丽，我该怎么办？难道就无法摆脱这个阴险可怕的女人了吗？”

玛丽竭尽全力安慰我。她说，是我太高看她了。她不过是个家庭教师——我也不再是个小孩了——她不敢怎么着我。她即使骗得了叔叔一时，也骗不过叔叔一世。

最终，还是玛丽·坎斯的话警醒了我。也许真的是自己太把那个女人当回事了。即便如此，我脑海里还是经常出现她的模样，令我恐惧不已，寝食不安。

过了一会儿，突然响起了敲门声。只见德·拉·鲁吉耶身着一身便装，走了进来。由于天已放晴，她来邀请我出去散步。

鲁吉耶女士一见玛丽·坎斯，先是问候，紧接着便是一通赞美，并拉起理查德森先生[1]所说的那只“温顺乖巧的手”，温柔地握在手心里。

玛丽哭丧着脸，很不情愿地忍受着这一切，样子十分可怜。

1　理查德森（Richardson，1689—1761）：英国作家，书信体小说集大成者。※

“亲爱的玛丽·坎斯，泡点儿茶喝好吗？等我们散步回来，我要把我的冒险经历，通通讲给你和莫德小姐听，保证你们听后会捧腹大笑。猜我怎么着了？我呀，差点儿就结婚啦，就差那么一丁点儿！”说完，便使劲摇晃着玛丽·坎斯的肩膀，发出了一阵刺耳的笑声。

我很不高兴，谢绝了鲁吉耶女士的提议，也没有起身送她。她一离开，我便对玛丽说，只要她去，我就不去。

年轻人的强行自我约束，往往仅仅是一时兴起。自那之后，德·拉·鲁吉耶表现得十分平易近人，总有讲不完的故事——当然，大部分纯属子虚乌有。在那种沉闷的环境下，听听倒也蛮有趣的。她还帮着整理床铺，干些杂活儿，似乎已经洗心革面。玛丽·坎斯已经开始对她有所好感。我也渐渐地有所动摇，先是听她说，后来渐渐也和她聊天了。

总的来说，这种状态总比永远对峙下去要好。尽管她满嘴八卦不断，言谈举止也颇为友善，我依然对她心存忌惮。她根本无法赢得我的信任。

她似乎对巴特拉姆庄园很感兴趣。每当我谈起它，她总是静静地在听。我把达德利的事情，全都告诉了她。因此，只要一有“西缪号”客轮的新闻，她就读给我听。她时常用铅笔在米莉那本破旧不堪的小地图集上，描画“西缪号”的航线，从这个地点到那个地点，并在每个地点都标上了轮船抵达的日期。了解到达德利的航行轨迹，我非常高兴。她似乎为此很得意。她还不时地计算一下达德利与我们之间的距离——“之前，他距离我们二百六十英里，上一次是五百英里，这次是八百英里——好，很好，太好了——他最好能够赶快 Promener[1] 遥远的彼岸。那样的话，他距离我们就有一万二千英里了。”说到这里，她狂妄地放声大笑起来。

她的笑声虽然难听了一点儿，但是，一想到与那可恶的堂哥达德利之间隔着无边的大海，我心里就无比舒坦。

现如今，我与鲁吉耶女士的关系非常微妙。她似乎已经把嘲讽、威胁别人的毛病改掉了，变得亲切、友善起来。不过，这一切蒙骗不了

1 法语：到达。

我——她已让我从骨子里感到惧怕——我对她的看法，不会有任何改变。因此，当她要坐火车，去塔德卡斯特[1]采购我们的旅行所需时，我十分高兴。这样一来，我和善良的玛丽·坎斯就可以借机外出散步了。

我想去费尔特拉姆买点儿东西，玛丽·坎斯陪我一同前往。走到大门口却发现大门是锁着的。钥匙插在锁孔里，但我转不动，于是换玛丽试一试。这时，老克劳尔匆忙咽下满嘴的饭，从旁边那个幽暗的小木屋里走了出来。我想，没有人喜欢他那张大长脸——沟壑纵横、污秽不堪，胡须也不刮，还满是猜忌。他怒视着玛丽，好像我根本不存在似的。他用手背抹了抹嘴巴，大吼一声：

“住手！”

“克劳尔先生，请把门打开。”玛丽停止了开锁。

克劳尔又用手抹了一下嘴巴，踉踉跄跄地走向大门，嘴里还嘟囔着什么。他把钥匙从锁孔里拔出来，放进外衣口袋，然后嘟嘟囔囔、踉踉跄跄地回去了。他满脸的不高兴，但对那把锁的质量还是十分满意的。

“给我们开开门吧。”玛丽说。

克劳尔没有回答。

“莫德小姐想去镇上买东西。”玛丽继续说道。

“想的东西多呢，哪能事事都依着你们？”他抬腿进了小屋。

“请你把门打开。”我忍不住走上前去。

他把门敞开了一半，摸了摸帽子，好像上面有什么东西似的。

“不行，小姐。没有主人的允许，谁也不行。”

“就连我和我的女仆也不行？”

“小姐，这不能怪我。”他说，“我不敢违反规定。没有主人的允许，任何人都不准从这里出去。”

说完，他便关上了屋门。

我和玛丽傻站在那儿，干瞪眼儿。这是我第二次通行受阻。第一次是和米莉在风车森林的木栅栏那儿。不过，克劳尔所依据的规定，对我根本不管用，这一点我敢肯定。跟塞拉斯叔叔打声招呼，便能搞定。于是，我向玛丽提议，去风车森林散步——这可是我最喜欢做的事儿。

---

1 塔德卡斯特（Tadcaster）：英国北约克郡塞尔比区下属的地方行政区。

路过迪肯家的农场时，我朝里面看了看，心想或许能看到“美人”梅格。我确实看见她了。她就站在门口，先是默默地望着我们，接着便躲进了树荫里。大概是想避人耳目，免得被人发现吧。我们又往前走了一段路，看到她正沿着农场后面的小路，朝着与我们相反的方向跑去——果然不出所料。

“嗯，梅格在躲避我们！”我心中暗想。

我和玛丽·坎斯在树林中走着，一直走到风车森林——看到那扇低矮的拱形门开着，我们便走了进去。里面是一个圆形地下室，光线微弱。就在这时，头顶上的木板发出一阵急促的“咯吱”声。我抬头一看，发现天窗外有一只脚，随后就消失不见了。

当一种生物让我们喜爱或害怕到极点时，大脑无意识的直觉简直可以媲美比较解剖学的判断。有时候单凭一个胳膊肘、一缕胡须、一个指关节，就能立刻构想出一个完整的生物体。这种本能的直觉瞬间产生，却又准确无比！

我目不转睛地盯着梯子顶部，那个走动的身影。它渐行渐远，最后消逝在阁楼门外的黑暗中。“噢，玛丽，你说我看到了什么？”我半天才缓过神来，低声对玛丽说，“走，玛丽——快走！”

这时，迪肯·霍克斯从阁楼门缝后面，露出了他那张黝黑阴沉的脸，正凭借他那条还算听使唤的腿，沿着梯子慢慢往下挪动。当头部与阁楼底部齐平时，他用手摸了摸帽子，算是和我打了声招呼，然后锁上了天窗。

接着，他又用手摸了摸帽子，上下打量了我一会儿，把钥匙放进了口袋。

“小姐，工人们把面粉放在这里太久了。真是不好保管！我得跟塞拉斯先生说说，把这事赶紧解决了。”

这时，他已经下了梯子，正站在破旧的瓷砖地板上。他再一次用手摸了摸帽子，说道：

“小姐，我要锁门了！”

我又低声重复了一遍刚才那句话：“走，玛丽——快走！”

我挽住她的胳膊，匆匆往外走。

“玛丽，我有点儿头晕。”我说，“走快点儿。没有人跟着我们吧？”

“没有，小姐。那个瘸子正在锁门。”

“再快点儿。”又走了一段路，我又问道，“再看看后面有没有人跟着我们。”

“没有人，小姐。”她回答道，“霍克斯正在往他口袋里塞钥匙。他在看我们呢！”

“玛丽，你没有看到？”

“看到什么，小姐？”玛丽想要停下脚步。

“快点儿走，玛丽。千万别停下。我们会被发现的。”我小声催促她快走。

“小姐，你看到什么了？”

“达德利先生。”我声音压得很低，吓得头也不敢回，心中忐忑不安。

“天呀，小姐！”玛丽说话的语调，充满了惊讶与怀疑。很明显，她以为我是在做梦。

“玛丽，这是真的。当我们走进那个可怕的屋子——那个昏暗的圆形地下室时——我看到了他的一只脚，就在梯子上。玛丽，是他的脚，绝对没错儿。你要相信我。他人藏在这里，根本就没上那条船。完全是一场骗局——太无耻——太可怕了！吓死我了。看在老天的分上，你回头看看，告诉我都看到了什么。”

“什么也没有，小姐。”玛丽也小声回答道，“只有那个瘸腿儿老家伙一个人站在大门旁边。”

“没别人？”

“没有，小姐。”

穿过木栅栏护围的大门时，也没发现有人跟着我们。然而，一直等到进入栗树园旁边的灌木丛里，我才松了口气，开始琢磨那只脚的主人——我相信我的直觉，那就是达德利的脚——他在隐藏自己。他没有跟踪我们。我不用担心。

我们在绿草丛生的小路上，不紧不慢地走着，谁也没有说话。这时，我听到后面有人叫我——我对此非常肯定——尽管玛丽没有听到。

总共喊叫了两三声。我满腹疑惑，朝树丛周围望去。就在离我不到十码远的地方，我看到了“美人”梅格。她一个人站在灌木丛中。

我依旧记得她那黝黑的皮肤，白皙的牙齿，以及那双纯洁无瑕的眼睛。她看着我们，同时抬起一只手，放在耳边，像是在听远处的声音。

“美人”向我招手，示意我过去。她神色焦虑，急急忙忙朝我走近了两三步。

“她不能过来，”我刚刚走过去，“美人”梅格就用手指着玛丽·坎斯，连忙低声说道。

“你让她坐在旁边的树桩上。跟她说，要是看到有人过来，就大声喊你。嘱咐完她，你赶紧跑回来。”说完，她示意我赶快去办。

当我安排妥当回来时，发现她脸色非常苍白。

“你病了吗，梅格？”我问道。

“没事儿。我很好。听着，小姐，我必须马上告诉你。她一喊，你就赶快跑回去。要是我父亲打我，你也别管。他很可能会把我打死。嘘！”

她顿了一下，歪着头，朝玛丽那边看了一眼，小声说道：

“小姐，你要记住，我跟你说的话，一定要保密，这辈子都不能说出去。记住我的话。”

“绝对不会。你说吧。”

“你看见达德利了吗？”

“我看到他爬梯子了。”

“在磨坊里？嗯，就是他！他根本没有离开塔德卡斯特。这些日子，他一直待在费尔特拉姆。”

现在轮到我脸色惨白了。我的猜测得到了证实。

第12章

无奈的反抗

“他绝对不是什么好人，不是——噢，小姐，莫德小姐！我必须告诉你，他和爸爸——小姐，别忘了你答应过我，不会告诉任何人——还在磨坊里一块儿抽烟聊天，好像在密谋一次秘密行动。爸爸不知道我在偷看。布赖斯告诉我说，他确定那个人就是达德利。这下可坏了，要出大事儿啦！小姐，我觉得，这事儿一定与你有关。没有吓到你吧，莫德小姐？”

我突然感觉有点儿头眩目晕，不过，很快就镇定了下来。

“还好，梅格。看在老天的分上，继续说。塞拉斯叔叔知道他在这里吗？”

“小姐，他们是一伙的。布赖斯说，星期二晚上十一点到凌晨一点，他们像贼一样进进出出，生怕被你看见。”

“这种事，布赖斯怎么会知道？”一股寒气从我脚底直冲头顶——我的脸一定苍白极了——说话语气倒还平静。

“小姐，布赖斯说，他看见达德利哭丧着脸，对我爸爸说：‘我根本不想弄成这个样子，但不这样做又不行。’爸爸对他说：‘没有人想这样。老家伙就站在你的身后，拿着叉子对着你，你不能停手啊。’然后，他看到了布赖斯，就对他吼道：‘站在那儿愣着干吗？还不赶快把那儿匹马，送到铁匠那里。去啊！’达德利往下压了压帽舌，遮住眉毛，又说了一句：‘真希望当时上了西缪号，就不用为这事儿发愁了。’布赖斯就听到这些。他害怕得罪我爸爸和达德利。达德利可是个吃人不吐骨头的主儿。要是惹急了他，他和爸爸就会以偷猎者的罪名，把布赖斯交给法庭，送进监狱。”

“他凭什么认为，那件事与我有关？”

“嘘！”梅格好像听到了什么动静，其实并没有任何声响，“我不能说——我们都有危险，小姐。我不知道——他就是这么想的。我也这么认为。现在看来你也是这种看法。”

“梅格，我要离开巴特拉姆。”

“不行。”

“不行？！你什么意思，姑娘？”

“他们是不会放你走的。大门紧锁，还有狗——听布赖斯说，都是些凶残的猎狗。记住，千万别想逃走这事儿。趁早儿打消这个念头吧。”

“我告诉你该怎么办。你先给那个在埃尔沃斯顿的夫人写封信，我会叫布赖斯把信送出去——这家伙野归野，有时还会使点儿坏，可他喜欢我，听我的。我爸爸明天回磨坊磨面。你一点钟左右来这里——要是看到风车在转——我和布赖斯就会在这里和你会合。达德利还和一个法国佬儿不知在嘀咕什么。你要小心点儿。记住，今天这件事，你我都要装作不知道。布赖斯对我很好，他不会说出去的。我得走了，小姐。在他们面前，你可千万不要露出马脚。上帝守护你！上帝保佑你！”

还没等我把话说完，小姑娘就开溜了，一边摇着头，一边夸张地比划着，让我别出声。

我当时对于这件事的反应，至今让我无法理解。与忍耐力一样，潜力也是人类与生俱来的。只有到了关键时刻，人真的被逼急了，才能发挥出意想不到的潜力。听完梅格告诉我的这个消息，一种新的恐惧笼罩着我。我必须努力表现得和往常一样，该说就说，该笑就笑——现在回想起来，我对自己当时的镇定自若感到有些不可思议，甚至有些后怕。

就在回家的路上，我碰到了鲁吉耶女士，但装作什么事情都没有发生——像往常一样，听她喋喋不休，看她一个小时的采购成果，和她有说有笑，一切都是逢场作戏。

那天夜里，屋子里只剩下我和玛丽·坎斯两个人，我把门上了锁，然后双手紧握，在房间里来回踱步，时而看看地板，时而瞅瞅墙面，时而望望天花板，感到非常无助。我不敢把这件事告诉老玛丽。一着不慎，满盘皆输——后果不堪设想。就这样折腾了一宿。

见我这个样子，玛丽吓得不知所措。我安慰她说，我只是不太舒服——心里有些不安。她便向我保证，无论是对于达德利的猜疑，还是我们与梅格·霍克斯的见面，她绝不会向任何人透露半句。

那天晚上的情形依旧历历在目。夜深了，我们各自上床睡觉。老实的玛丽鼾声均匀，睡得正香。我坐起身来，看着窗外院子里的狼狗，心里惶恐不已，浑身颤抖不止。我时不时做做祷告，享受片刻的宁静，期待可以小憩一会儿——我无法真正静下心来。我的神经无时无刻不在紧绷着；时而狂躁不安，想要歇斯底里地尖叫一通。这个不眠之夜终于熬了过去，迎来了宁静的清晨。我的心情尽管有所缓和，但依旧很差。鲁吉耶女士一大早便过来找我。她喜欢购物。我脑子里突然萌生了一个想法，漫不经心地跟她说道：

“鲁吉耶女士，您昨天出去购物，真让我羡慕。在去法国之前，我还想再买些东西。今天，我们一起再去趟费尔特拉姆怎么样？”

她没有吭声，斜着眼睛看着我。见我并没有躲避，她回答说：

“我很乐意。”她看着我，好像觉得我有点儿反常，“什么时候去，亲爱的莫德？一点钟怎么样？这个时间挺合适。”

我表示同意。她再次缄默不语。

自己看起来是否一副漫不经心的样子？我确实不得而知，但在这度日如年的时期，感觉自己有些超乎寻常。如今回想起来，还为自己当时所表现出来的超常自制力感到惊奇。

但愿鲁吉耶女士没有收到不让我出门的命令，这样，她就可以带我到费尔特拉姆，为我打掩护。

一旦到了费尔特拉姆，我就设法自由活动，然后去找莫妮卡表姐。等再回到巴特拉姆，就没人敢欺负我了。这一切能否成为现实？想到这里，一股焦虑之感油然而生。

噢，巴特拉姆庄园！这么多高墙，令人无法逾越！列祖列宗啊，是谁这么狠心建造了这些高墙，将我囚禁于此？

我突然想给诺利斯夫人写封信。如果在费尔特拉姆逃跑不成，一切就全指望它了。我锁上房门，写道：

噢，亲爱的表姐，正如你害怕时渴望得到慰藉一样，此刻我非常需要你的慰藉。快来帮帮我吧！达德利根本就没有走，就躲在附近。这是一场骗局。他们骗我说，他已经坐上“西缪号”轮船离开了，而且还登了报。鲁吉耶女士也住在这里！塞拉斯叔叔非要她陪着我。我已经走投无路了。我逃不出去——这里四面高墙，犹如监狱，而且监狱长的眼睛死死地盯着我。他们还养了不少猎狗——没错儿，有好几只！大门也上了锁。上帝保佑！现如今我不知何去何从，应该相信谁。最令我害怕的还是塞拉斯叔叔。要是知道了他们的计划，我还能好过些，哪怕是最坏的结果我也能承受。亲爱的表姐，你要是爱我，可怜我，就帮帮我。尽快带我离开这里！噢，亲爱的，看在上帝的分上，带我走吧！

你担惊受怕的表妹，

莫德

于巴特拉姆

我小心翼翼把信装好，仿佛这封无声无息的信函，能够穿破它的腊衣，[1] 穿过所有的房间和通道，向寂静的巴特拉姆宣告我的恐惧与绝望。

老坎斯在我衣服上缝了几个上辈人常用的大口袋——准会让莫妮卡表姐见笑。不过，这种老掉牙的东西很有用。把信藏在里面，不容易被发现。这封信让我有种负罪感。它直接道出了我的恐惧，同时也揭示了我的虚伪。最后，我把信藏好，打开门，装出一副若无其事的样子，等候着鲁吉耶女士的到来。

“我得先向鲁廷先生请示一下。去费尔特拉姆必须征得他的同意。我想，他会同意的。他也有话跟你说。”

我和鲁吉耶女士一起走进了叔叔的房间。他靠在沙发上，背对着我们，银白色的长发顺着沙发垂了下来。

“亲爱的莫德，我本想让你去趟费尔特拉姆，帮我办几件事儿。”

口袋里的信一瞬间不再那么沉重了。我的心“咚咚”直跳。

---

1 语出自莎士比亚《哈姆雷特》第一章 48 场。哈姆雷特对其父亲的魂魄说：“请告诉我您神圣的尸骨……是如何冲破包裹您的蜡衣。”此处暗指获得重生。※

“但是，我突然想起来，费尔特拉姆今天有集市，人多杂乱不安全。你还是等明天再去吧。可以让鲁吉耶女士帮你先买点儿急需品。”

鲁吉耶女士点了点头，表示默许，又朝我虚伪地笑了笑。

塞拉斯叔叔直起身子，坐在沙发上，面容枯槁，发白如雪。

“今天，又有一条关于那个混账东西的报道。”他微笑着将一张报纸放在面前，“报道再次提到了那艘船。你猜它已航行多远了？”

他语调低沉，略带伤感，一双眼睛紧紧盯着我，脸上的笑容让我好不自在。

“猜猜看，达德利已经走了多远了？”他用手掌盖住那则所谓的报道，“猜猜看！”

我甚至认为，这戏剧性的一幕，是在为我揭露达德利的真正去处做铺垫。

“照着远的距离去猜！”他补充说道。

听到这里，我顿感脸色煞白，但只好继续装傻。叔叔便把那一两行文字，大声读了出来——那艘轮船所在的经纬度。为了能在米莉的地图集里找到那个位置，鲁吉耶女士还在记事本上做了记录。

忘记当时是怎样的一种情形了，只是觉得塞拉斯叔叔，自始至终都在关注着我的表情——他一无所获。于是，他示意我们离开。

鲁吉耶女士喜欢购物，尤其是拿别人的钱购物。她吃过午饭，梳洗打扮了一番，便去做我梦寐以求的事儿——带上我的钱，去为我买东西。如此一来，我也可以轻轻松松去栗树园，赴梅格之约了。

鲁吉耶女士刚刚离开，我便催促玛丽·坎斯，赶紧把我的东西收拾好。我们走侧门。这样，塞拉斯叔叔在他的房间就看不到我们了。走了一段路，我看到了远处的老风车——它在转动——心中有说不出的高兴。

终于到达了栗树园。我把玛丽派到老地方站岗放哨。站在那里可以将通往风车森林的小路尽收眼底。要是发现有人过来，她就大喊一声：“我找到了！”

我在昨天和梅格·霍克斯见面的地方，停下了脚步，躲在树下四处张望。看到梅格时，我的心开始“咚咚”地跳个不停。

第13章

汤姆·布赖斯

“小姐，快走。”“美人”梅格脸色苍白，小声说道，“他——汤姆·布赖斯——就躲在附近。”

她推开光秃秃的灌木枝条，在前面带路。我们很快见到了汤姆。这位年轻人体型瘦削，身穿一件短外套，脚蹬一双长筒靴，打扮得像个猎人或马夫——也可能两者都是。他坐在一个低矮的树枝上，肩膀倚着树干，帽子挂在树枝上。

“不用起来，你坐着吧。”看他准备起身，梅格说道，“莫德小姐，如果你同意，他一定能把信送到。对吧，小伙儿？”

“是的，没问题。”他伸出手来。

“汤姆·布赖斯，你不会骗我吧？”

“不会。”汤姆和梅格几乎异口同声。

“汤姆，你老实讲——你当真不会出卖我？”我还是有些不放心。

“绝对不会。”

这个毛头小子皱了皱鼻子，嘴角露出一丝不满的神情。我们见面的这一段时间，他几乎没怎么说话，只是懒洋洋地坐在一旁暗自发笑，就像大人在倾听孩子说的俏皮话——饶有讽刺意味。

在我看来，这小伙儿年纪不大，不像坏人。只是在听我说话时，给人一种事不关己、高高挂起的感觉，让我感觉不太舒服。

我别无选择，只能找他帮忙。

“听着，汤姆·布赖斯，这事关重大。”

“她说得一点儿不错，汤姆·布赖斯。”梅格为我佐证。

“汤姆，这是一个英镑。”我把硬币连同信件，一齐放到他的手中，“你必须把信交给埃尔沃斯顿的诺利斯夫人。知道埃尔沃斯顿吧？”

“小姐，他知道。对吧，小伙子？”

“是的。”

“那好。汤姆，如果你照我的话去做，只要我活着，绝不会亏待你。”

“听到了吗，小伙子？”

“嗯，”汤姆回答说，“听到了。”

“汤姆，你能把信送到吗？”

“是的，我能。”他站起身来，用手指来回翻转着信件，就像是在欣赏一件古玩。

“汤姆·布赖斯，”我对他说，“你只能把这封信，交给埃尔沃斯顿的诺利斯夫人。如果做不到，你不妨直说，把信还给我，那镑钱还是你的。你必须向我保证，不要告诉任何人我让你送信这事儿。”

我第一次看到汤姆脸上露出了严肃的表情。他用食指和拇指捻着那封信的一角，一副猎人准备射击时的神情。

“小姐，我不想 *chouce*[1] 您，但我也得为自己想想。我听说，所有信件寄出之前，都要先送到塞拉斯先生那里检查。他一个一个打开查看——乐此不疲。一旦被他发现，那我可就完了。具体会受到什么惩罚，我也说不上。”

“汤姆，我以人格担保，到时候我会想办法救你的。”我急切地说。

“要是真的出了什么差错，恐怕您也自身难保吧。”汤姆嘲讽道，“我没说不送，但仅此一次，下不为例我不会再为别人冒险。”

“汤姆，”我灵机一动，“你把信还给我，带我离开巴特拉姆，去埃尔沃斯顿——汤姆，对你而言，这是最好的选择。”

为了逃离巴特拉姆，我甚至可怜到恳求这个粗鲁的乡下人的地步。我拽着他的衣袖，以一种哀求的眼神看着他。

无济于事。汤姆·布赖斯更加得意忘形起来。他把头扭向一边儿，对着树根直咧嘴，好像是在努力克制自己，不让自己大笑出来。

“小姐，没人愿意冒这个险。他们可不好对付。我不想挨打，更不

---

1 土耳其俚语：也写作 chouse，词典义为“欺骗、诈骗”。※

想丢了饭碗。小姐，我没有让您不高兴的意思，也希望您没有不高兴。当着梅格的面，我也只能说，我一定尽力，但不敢保证。”

说完，汤姆·布赖斯站起身来，若有所思地看着风车森林：

“小姐，送信这件事，不要对任何人讲。”

“你要去哪里，汤姆？”梅格感到有些不安。

“不用你操心，小姑娘。”他朝树林中走去，不一会儿就消失不见了。

“没错儿——他去山后的牧羊场了。我们就是从那边过来的。小姐，你先回家吧——从侧门进去——我在这里坐一会儿再走。再见，小姐。别紧张，就当什么事儿都没发生。嘘！”

远处传来一声呼喊。

“是我爸爸！”她喃喃低语，脸色煞白，把一只晒伤的手放在耳朵边上，仔细地倾听着那个声音。

“他不是喊的我，是在喊戴维，”她长叹了一声，勉强挤出一丝微笑，“赶紧走吧。”

我匆匆叫上玛丽·坎斯，在茂密树林的掩护下，蹑手蹑脚返回了住处。为了不让风车森林那边的人看到，我们听从了梅格的建议，走的是侧门。我们俩就像小偷一样，悄悄爬上楼梯，穿过走廊，回到房间。我屁股还没有坐稳，就开始估算这件事情的后果。

好在鲁吉耶女士还没有回来。她每次回来，总是先来看看我。此时此刻，屋内和我离开前一模一样——这说明，在我外出的这段时间，她没有来过。

奇怪的是，等她回来时，我却获得了一种意想不到的慰藉。她给我带来了诺利斯夫人的来信——恰似从自由欢乐的外部世界，照射进来的一缕阳光。

鲁吉耶女士一走，我便迫不及待地拆开信封，读了起来：

> 亲爱的莫德，一想到马上就能和你见面，我太高兴了。前不久，我收到了可怜的塞拉斯的来信——之所以说他可怜，是因为我很同情他目前的处境。我认为，他的确很坦诚——至少依波利勋爵也这么认为——他刚好得知此事。信的内容着实感动了我，

大大改变了我之前对他的一些看法。等我们见面时，我再详细说给你听。最令我高兴的是，他想让我承担起一份责任——照顾你。亲爱的姑娘，我唯恐操之过急会让他反悔。而且，过急接手这份责任也显得有些不太人道。他恳求我务必去趟巴特拉姆，住上一夜，并保证让我住得舒舒服服。只要能够和你畅谈一夜就可以了。至于其他，我什么都不在乎。

塞拉斯对我说了他目前的困境。他说，奥斯汀帮了倒忙，让他雪上加霜。他不能眼睁睁看着自己的一切毁于一旦。他计划让你两周内动身去法国，并迫切希望我能在这之前，去巴特拉姆见你一面。我本来打算让你来我这里。他似乎想送你去法国。对你来说，无论是来埃尔沃斯顿，还是去法国都不错。他让我下星期尽早过去。听他的意思，好像是想让我多住些日子。我太开心了。亲爱的莫德，计划不如变化快，顺其自然吧。我现在反倒开始觉得，事情会好起来的，最终一定会如我们所愿。记得，德塔列朗[1]曾对等待这一天赋大加赞赏。亲爱的莫德，一想到这些，我便浑身有使不完的劲儿。

爱你的表姐莫妮卡

莫妮卡表姐的来信，给我带来了一丝希望。恰似发生月全食时，在黑暗即将吞噬一切的最后几分钟，存留在大地上的那一线光芒。然而，任凭我努力地往乐观处去想，这一丝希望，都与确凿无疑的糟糕现实相矛盾。这些零零散散的事实，汇成了一个巨大而混乱的漩涡，使我对表姐信中所说内容感到怀疑。

为什么鲁吉耶女士突然出现在这里？为什么达德利躲藏在磨坊里？为什么梅格·霍克斯感到紧张不安，让她的情人为我冒险？所有这些事实表明：塞拉斯叔叔和达德利正在想法除掉我。

我时而沉浸于这些可怕的事实之中，时而读一读莫妮卡表姐的来信。一读到来信，顿觉心生暖意，心情放松，内心的恐惧便如清晨时分的梦魇随之消失。尽管逃离巴特拉姆是我的一时冲动，决定让汤姆·布

1　德塔列朗（Talleyrand，1754—1838）：曾连续六届担任法国外交部长。※

赖斯替我送信，我毫无悔意。

那天晚上，鲁吉耶女士邀请我喝茶，我没有拒绝。那个时候，我必须尽量和每个人都友好相处，哪怕心里一万个不愿意。鲁吉耶女士兴致勃勃，空气中弥漫着白兰地的香气。

她跟我讲起那天清晨去费尔特拉姆时，利兹维斯夫人，一位好心人[1]，也就是那个绸缎商人，是如何赞美她的，那位跟踪狂[2]——这么说，明摆着是想吊我胃口，让我追问她——也就是店里的新领班，是如何目不转睛看她的。我想，或许是因为人家怀疑她偷了烈酒或手套之类的东西。她说话的同时，嘴角上扬，邪恶的眼珠子瞪得溜圆，随着她的想象力高速运转。她的脸上洋溢着"烈酒"带给她的愉悦，嘴里胡乱哼唱着法国小曲儿，兴奋过头的结果便是胡吹海捧——这是她的一贯作风——她向我保证，我很快就会拥有自己的马匹和马车。

"我会说服你叔叔的。我们可是老交情了。"她说话时瞥了我一眼。她的眼神让我害怕，尽管不知其是何用意。

我不能理解，为什么耶洗别[3]们对待可怕的真相总喜欢含沙射影。尽管这对她们有害无益，但她们的确如此。难道女人们的好胜欲胜过了羞耻心，使得她们将自身的堕落视为魅力无穷？难道女人们宁可选择憎恨，也不选择冷漠？宁愿背负女巫的恶名，也不愿显得无足轻重？她们故意打着父亲生病这类幌子，让那些心地单纯的街坊邻居们心生恐慌。我想，愤世嫉俗的鲁吉耶女士便是如此——给别人带来痛苦，自己却乐在其中，以满足她的虚荣心。

次日清晨，塞拉斯叔叔派人喊我去见他。他坐在桌子旁边，像往常一样面带微笑，简单地用法语跟我打了声招呼，指了指对面的椅子要我坐下。

"多远来着，我都忘了。"他一边说，一边将报纸放在桌子上，"你猜，达德利他们昨天走了多少路？"

"应该是一千一百英里。"

---

1 好心人（good crayature）：此处鲁吉耶女士发音不标准，应为 good creature。

2 跟踪狂（ansom faylow）：此处鲁吉耶女士发音不标准，应为 ansom fallow。

3 耶洗别（Jezebels）：以色列王亚哈的妻子（参阅《旧约·列王纪上》19：1—2，21：5—14 以及《旧约·列王纪下》9：30—37），残忍、无耻、放荡。此处是指鲁吉耶女士。※

“完全正确。”他停顿了一下，继续说道，“我一直在给你的委托人依波利勋爵写信。我的意思是说，亲爱的莫德——这样的一个特殊安排，目前看起来最为妥当。——临走前，我想听听你的看法——我斗胆问你一句，你觉得我善良、体贴、宽容——可以这样说吗？”

我表示赞同。我又能说什么呢？

“说这里条件不好，生活艰苦。你同意吗？”

我再次表示赞同。

“你这个不中用的叔叔就是穷了点儿。当然，这你也能理解。其他方面倒也没有做错什么。我说得没错儿，是吗，亲爱的莫德？”

我又一次表示赞同。

在这期间，他一直摆弄着衣服口袋里的几张纸。

“很好。我就希望你这么说，”他自言自语道，“我就希望你这么说。”

顷刻间，他脸色突变，暴跳如雷，犹如妖魔附身：

“那么，这个，你又作何解释？”他发出雷鸣般的吼声，将一封信摊开，重重地摔在桌子上。赫然正是我寄给诺利斯夫人的那封信！

我顿时哑口无言，手足无措地看着他，直至他的身影一片模糊。然而，他的声音，犹如丧钟一般，依然回荡在我的耳边：

“你这个小骗子！你用什么把戏收买了我的仆人，让他心甘情愿把这封信交到诺利斯夫人手上？我倒想好好听听。”

我眼前仍旧一片黑暗，直至声音也变得模糊不清，变成“嗡嗡”声，最后渐渐消失于无声。

我想，当时我一定大发脾气了。

醒来的时候，头发、面部、脖子和衣服都湿漉漉的。我浑然不知自己身在何处。只是依稀记得，父亲生病了，我还跟他说过话。塞拉斯叔叔站在窗前，表情阴郁，一言不发。鲁吉耶女士坐在我的旁边。一瓶开着的乙醚——塞拉斯叔叔用它提神——搁在我面前的桌子上。

“是谁——谁生病了——有人死了吗？”我大声叫喊道，然后，开始放声大哭起来，许久才缓过气来。等我完全恢复过来时，发现已被送回了自己的房间。

第14章

表姐的马车

次日恰逢星期日。清晨，我穿着睡衣躺在床上，四肢酸痛，感觉就像是患了严重的风寒病。不想说话，不愿抬头，无精打采，毫无生气。昨天，在塞拉斯叔叔房间所发生的一切，我已浑然不知，似乎父亲也在场，还参与了谈话——我记不得他是怎么——参与进来的。

我四肢无力，根本没有心思来整理这团乱麻，只是面向墙壁，时而长吁时而短叹。

好在玛丽·坎斯一直陪在我的身边——让我感到一丝欣慰——即便不想和她说话。我浑身乏力，是死是活，已经无暇顾及。

身在埃尔沃斯顿的莫妮卡表姐，对我目前的处境全然不知。今天早晨，她还邀请玛丽·卡利斯布洛克小姐和依波利勋爵一同驾车，先去费尔特拉姆教堂，然后来巴特拉姆拜访我们。

下午两点左右，他们一行人抵达了巴特拉姆。等随从喂饱马匹，三人继续行进。老"杂碎"给叔叔汇报，说诺利斯夫人等三位客人在客厅等候。德·拉·鲁吉耶女士刚好在叔叔的房间里，听到汇报，立即在叔叔耳边低语了几句。叔叔随即发话道：

"莫德·鲁廷小姐出门去了。要是诺利斯夫人肯赏光到楼上来看我，我会很高兴的。顺便说一句，我的身体不是太好。"

鲁吉耶女士扯住老"杂碎"的衣领，在他耳边低声叮嘱道：

"把诺利斯夫人从后面的楼梯领上来——切记，走后面楼梯。"

随后，鲁吉耶女士踮起脚尖，缓缓挪向我的房间。看她样子——用玛丽·坎斯的话来说——就像是要上绞刑场。

她一进房门，便左观右看起来。当她看到玛丽·坎斯也在房间时，脸上露出了满意的神情。她用钥匙锁好房门，向玛丽·坎斯小声询问起我的情况，然后蹑手蹑脚走到窗前，向外张望。过了一会儿，她拉上窗帘，退后几步，来到了我的床前，轻声对我寒暄了几句。她移移房间里的这个，动动房间里的那个，最后偷偷把钥匙拔出来，装进了自己的口袋。

她的举止很诡异，而这一切都被玛丽·坎斯看在眼里。只见她“腾”地一下从椅子上站起来，指着门锁，一双蓝色小眼睛直勾勾地盯着鲁吉耶女士，小声直言道：“您为什么不留下钥匙？”

“噢，当然可以。玛丽·坎斯，锁上最好。塞拉斯非常生小姐的气，难道你没有看出来？现在小姐肯定害怕见他。当他前来看望小姐时，我们可以说，小姐还是不太舒服，或小姐还在睡觉，他就会早点儿离开，避免不必要的麻烦。”

她们说话声音很小，我没有听到。虽然玛丽不太相信，鲁吉耶女士真的关心我是否会被吓到，而且怀疑她有其他动机，但是考虑到她口中所谓的原因，听上去有些道理，还是勉强同意了。

鲁吉耶女士不安地在房门外面徘徊。接下来所发生的一切，是诺利斯夫人后来告诉我的——

我们非常失望。当然，我也很乐意见到塞拉斯。你们的管家带我上楼时，走的是另一条路线，和上次不大一样——我对巴特拉姆不太熟悉，不敢确定。我只知道，他们带我穿过他的卧室——我从来没有进去过——到了会客厅，在那里见到了他。

他见到我似乎很高兴，微笑着迎上前来——我一直不喜欢他的笑容——伸出双手和我握手，在我的记忆中可谓史无前例。他对我说道：

“亲爱的，亲爱的莫妮卡，欢迎，欢迎——终于见到想要见到的人了！我整日焦虑万分，身体状况也不见好转。快坐下。”

他吟诵了几行法文诗句，赞美了我一番。

“莫德呢？”我问道。

“这会儿应该走在半路上吧。”塞拉斯说，“我劝她去埃尔沃斯顿逛逛，似乎这样能够让她开心点儿。我猜，她可能按照我说的去做了。”

“真可恶！”听到这里，我忍不住大叫了一声。

“可怜的莫德也一定很失望。你可以再找时间来看她，安慰安慰她——既然你来了，我当然应该好好招待你。要是这能表明，我们已言归于好，莫妮卡，我会更高兴的。你同意吗？”

“当然，当然。应邀前来贵府，我也很高兴。我还要谢谢你呢，塞拉斯。”

“谢什么？”

“谢谢你愿意将莫德交给我来照顾。”

“莫妮卡，你听我说，我可从来没有想过让你感激我。”

塞拉斯又要开始客套了。

“我确实感激——非常感激。塞拉斯，理应谢谢你。”

“莫妮卡，你的好意我心领了。我现在终于明白了，只有爱才能够让我们幸福。圣保罗选择爱[1]多么正确啊！——这是一条真理。亲爱的莫妮卡，爱，永世长存！爱，神圣高尚！爱是幸福的——它源自幸福，也带来幸福。”

我一向不愿听别人传经布道，但还是耐着性子听他说完，然后淡淡地回应了他一句：

“亲爱的塞拉斯，你愿意让我什么时候再来呢？”

“越早越好。”

“玛丽女士和依波利勋爵周二上午走。如果你周二合适的话，我周二下午来好了。”

“亲爱的莫妮卡，我早该对敌人的计划有所察觉。我很羞愧。不过，现在已经无所谓了。律师告诉我，执行令在三周内——不可能——应该不会送到。明天早上我再问问他，好让你早点儿确

1 语出《新约·哥林多前书》13：13：“如今常存的有信、有望，有爱，其中最大的是爱。”莫妮卡转述时用的是希腊语 agape。※

定个日子。倘若能够确保有两周的时间，我会通知你，你就可以决定了。”

然后，他问我今天是和谁一起来的，并对不能亲自下去迎接，表示歉意，还邀请我们留下来吃午餐。他边说，边耸了耸肩膀，脸上露出雷文斯伍德[1]式的微笑。我谢绝了，告诉他，同伴们在下面等着我呢。我必须马上走。

我问他道，莫德是否很快就能回来？

“五点钟之前回不来。”他说，我们或许会在回埃尔沃斯顿的路上遇到，但是不敢确定，因为莫德可能会临时起意，去干别的事情。

言穷意尽，接下来便是煽情的告别。过去听人说，他干过许多坏事儿，我还不信，现在终于相信了。他说起假话来如此自然——也不知哪个坏女人曾经欺骗过他——我对他只有佩服的份儿。

我在床上躺着，鲁吉耶女士则在地板上踱来踱去，一会儿喃喃自语，一会儿和坎斯说话。我突然开口，把她俩吓了一大跳：

“谁的马车？”

“什么马车，亲爱的？”坎斯的耳朵不如我的好用。

鲁吉耶女士偷偷从窗子里向外张望。

“是约克斯医生。他是来看你叔叔的，亲爱的。”她欺骗我道。

“我听到有女人说话的声音。”我坐起身来。

“亲爱的，就医生自己。”鲁吉耶女士急忙说道，“他是来看你叔叔的。他正在下马车呢。”她假装在看医生下车。

“马车走了！”我叫了起来。

“是的，走了。”她立刻随声附和。

她没有发现，这时我已经从床上爬了起来，目光越过她的肩膀，看着窗外。

---

1 雷文斯伍德（Ravenswood）：沃尔特·司各特爵士的小说《拉马摩尔的新娘》（1875）中的一个人物，有些忧郁、孤寂，还有些拜伦式的悲观。※

“是诺利斯夫人！”我尖声叫道，抓住窗框想把它推上去，但没能打开。于是，我大声呼喊：

“莫妮卡表姐，我在这儿！天呐，莫妮卡表姐——莫妮卡表姐！”

“你疯了。小姐——回去！”鲁吉耶女士用力把我往回拽。

眼睁睁地看着离开巴特拉姆的希望从我手边溜走。绝望至极，一股莫名的力量喷涌而出。我一把将她推开，冲到窗前，疯狂地捶打着窗户，高声喊道：

“救救我——救救我！这儿，这儿，莫妮卡，我在这儿！表姐，表姐，快来救我！”

鲁吉耶女士抓住我的手腕，却未能阻止我拼命捶打窗户。窗户玻璃碎了。我不停地怒吼，想要叫住马车。这个法国女人气得脸色发紫，恨不得杀了我。

看着快速驶离的马车，看着莫妮卡表姐戴在头上的礼帽。她在和坐在她对面的人说话。绝望之中的我无所畏惧，发了疯似的大喊起来：

“噢，噢，噢！”我痛苦而又无望地拼命叫喊着，挣扎着。鲁吉耶女士非常愤怒，使出浑身力气硬是把我给拽了回来。她把我死死按压在床上，气喘吁吁地怒视着我。

我已经六神无主。

我依旧记得玛丽·坎斯当时的表情——既恐惧又惊讶——她看看我，再看看背对着她的鲁吉耶女士，大声叫道：

“你怎么了，莫德小姐？怎么了，亲爱的？”然后，她愤怒地转向鲁吉耶女士，奋力帮我把手腕挣脱出来，“你怎么能伤害一个孩子？放开她——放开她！”

“我会放开她的。玛丽·坎斯，你这个老糊涂！她疯了，完全失去理智了。”

“噢，玛丽，快让马车停下！”我大声喊道。

玛丽向外看去。马车早已跑远了。

“你怎么不让马车停下？”鲁吉耶女士对我冷嘲热讽，“叫住车夫啊。他人呢？切！*elle a le cerveau mal timbré*[1]。”

---

1 法语：她神志不清啦。※

“噢，玛丽，玛丽，马车走了——走了吗？一点儿都看不到了吗？”我叫嚷着冲向窗户，把脸贴到玻璃上，向外张望——车马早已没了踪影——于是，转过身来怒视着鲁吉耶女士：

“噢，你这个蛇蝎心肠的毒妇！为什么害我？你能捞到什么好处？”

“*Par bleu！ ma chère*，[1]你慢点儿说！玛丽·坎斯，你难道没有看到吗？那就是医生的马车。是约克斯太太和她那些调皮捣蛋的孩子。孩子们趴在窗户上，仰着头向外看。小姐衣冠不整，不停地敲打窗户，太不像话了！玛丽·坎斯，你不这样认为吗？”

我坐在床边哭泣，内心绝望无比，根本没有心情与她理论。噢！为何营救近在咫尺，却又始终无法触及？想到这里，泪流不止。我闭上眼睛，双手合十，做起了祷告，语无伦次地向上天倾诉起我的痛苦和绝望。不去想鲁吉耶女士，不去想玛丽·坎斯，不去想任何人。

“想不到你这么傻。真是个 *enfant gaté*[2]！亲爱的小家伙儿，你莫名其妙地乱说一通，行为如此怪异，究竟想表达什么意思？穿成这样站在窗口，给马车里的人看，又是为什么呢？”

“是诺利斯夫人——莫妮卡表姐。噢，诺利斯夫人！你走了——走了——你走了！”

“如果是诺利斯夫人的马车，得有车夫和仆人才对。且不说里面坐着的那位年轻绅士是谁，诺利斯夫人的马车可比医生的马车破旧很多。”

“无所谓了——一切都结束了。噢，莫妮卡表姐，你可怜的莫德——她该何去何从？难道没有指望了吗？”

那天夜里，鲁吉耶女士又来看我，像往常那样表情严肃。见我一脸失落，和她离开前一个样子，便开口说道：

“莫德，有个消息，但不知道真假。”

我抬起头，看着她，听她继续说下去。

“伦敦律师来信了，是个坏消息。”

“噢！”我的口气明显带着几分事不关己。

“亲爱的莫德，如果事情果真如此，我们必须马上离开。你和我一

---

1 法语：老天爷！亲爱的。※

2 法语：被宠坏的小孩。※

起前往米莉·鲁廷小姐那儿。啊，*La belle*[1] 法国！你肯定喜欢！那儿的姑娘善良得叫你无法想象。他们都爱我。你会喜欢那儿的。我们一定会过得愉快。”

“什么时候？”我问道。

“不知道。今晚刚到的古龙水我得带上一箱。你叔叔看完信后，只说了一句话——‘鲁吉耶女士，大难临头了！我的侄女必须做好准备。’

‘为什么，先生？’我接连问了两次，他都没有回答。肯定摊上 *un procès*[2] 了。他们毁了他。亲爱的，我们必须尽快离开这个是非之地。我高兴极了。这里对我来说，无异于 *un cimètiere*[3]！”

“没错儿。我愿意离开这里。”我坐了起来。眼窝凹陷的我，长长舒了一口气，对她的憎恨似乎转瞬即逝，取而代之的是——身心疲惫。

“我会寻找借口再去他的房间，尽量多打听点儿消息。半小时以后，我再来找你。”

说完，鲁吉耶女士就离开了。半个小时过去了，她却没有回来。我迫切希望离开巴特拉姆。自从米莉走后，我感觉自己终日被恶魔缠身。只要能够解脱——不论以何种方式——对我而言，都是一大恩赐。

半小时过去两个了，半小时过去三个了，迟迟不见鲁吉耶女士回来。我开始焦躁不安起来。想到她很可能频繁进出塞拉斯叔叔的房间，便让玛丽·坎斯去门厅找她。

玛丽回来告诉我，她见到了老怀亚特。听老怀亚特说，鲁吉耶女士已经上床睡觉半小时了。

---

1 法语：美丽的。
2 法语：官司。※
3 法语：坟墓。※

第15章

再见，玛丽！

“玛丽，”我说道，“我很想知道，鲁吉耶女士还会说些什么。她明明知道我现在的处境，却不赶快来告诉我。你听到她说什么了吗？”

“我什么也没听到，莫德小姐。”她站起身，朝我走了过来。

“她说，我们很快就会去法国，可能再也不回来了。”

“老天保佑！小姐，要真那样，就太好了！”玛丽很兴奋，“不过，去法国也不是说说这么简单。真希望不是空欢喜一场。”

“玛丽，拿根蜡烛来。你去楼上找鲁吉耶女士问问。有天晚上，我碰巧知道了，她住哪一个房间。”

“怀亚特不会让我上去的。”

“玛丽，她不敢。你就说，是我让你去的。弄不明白，我睡不着。”

“她的房间在哪个方向，小姐？”玛丽问道。

“大概是在这个方向。”我指给她看，“怎么说呢？你上楼后，沿左边的走廊直走，到交叉口处左拐，再过四五个房间就到了。到时候你喊她一声，她肯定能够听到。不难找。”

“小姐，她能给我说吗？——她可不是个省油的灯。”

“把我跟你说的，全都告诉她。或许当她得知，你和我知道得一样多后，会告诉你的——除非，她打定主意和我对着干。要是她就是不肯说，你就让她来我这里一趟。亲爱的玛丽，试试吧。最好能够成功。”

“小姐，我走了。您一个人能行吗？”玛丽点亮蜡烛，似乎有些不安。

“又有什么办法呢。玛丽，快去吧。只要能够早一天离开这里，叫我干啥都行。这提心吊胆的日子，我真是受够了。”

“如果看到老怀亚特，我就马上回来。等她走了，再去。”玛丽说道，“不管怎么样，我会去的。小姐，安神药和滴剂都给你准备好了。”

玛丽不无担忧地看了我一眼，轻手轻脚出去了。她没有马上回来，看来已经按照我指给她的路线，顺利上楼去了。

玛丽刚走，我心中的焦虑就立刻被孤独和不安所取代，而且愈来愈严重。我甚至开始怀疑自己疯了。我把自己裹在被子里，蜷缩在床头的一个角落里，背靠着墙，把被子拨开一道缝，向外窥视着。

突然，门轻轻开了。

“谁?”我大声喊道，内心恐惧到了极点。

“是我，小姐。”玛丽·坎斯低声回答。我顿时感到有种说不出的轻松。玛丽悄悄溜进房间，顺手把门锁上。她手中的蜡烛闪闪发光，脸色却黯然异常。

我一步跨到玛丽身边，双手紧紧抱着她。

“玛丽，你看起来很害怕。天啊，出什么事了?”我尖声叫道。

“小姐，我没事儿。”玛丽的声音虚弱无力，“没什么大事儿。”

“看看你的脸色。究竟是怎么回事儿?”

“小姐，我只是有点儿头晕。我还是坐下说吧。”

玛丽坐在我的床边。

“小姐，你赶快上床，当心感冒。上床后，我再告诉你。没什么大事儿。”

我上了床，看着玛丽一脸的惊恐，自己也害怕起来。

“玛丽，看在老天的分上，赶快告诉我，究竟怎么了?”

玛丽又一次安慰我说：“没什么大事儿。”接着，她东一句、西一句地给我讲起了事情的经过——

从我房间出去后，一带上门，玛丽就把蜡烛举过头顶，环视大厅，发现空无一人，便迅速走上楼梯。沿着左边的走廊一直向前走。走到交叉路口，她犹豫了一会儿，认真想了想我给她说的方向，然后拐入了右侧的通道。[1]

1 玛丽显然没有按照莫德小姐指示的方向走。※

走廊两侧都有房间。玛丽忘记问我，鲁吉耶女士的房间是在哪一边了。她随机打开了几个房间。其中一个里面有只蝙蝠，把她吓了一大跳，还差点儿把蜡烛扑灭。走了一会儿，她停下脚步，感觉自己孤身一人，便打起了退堂鼓。又走过几个房间后，她仿佛听到了鲁吉耶女士说话的声音。

她敲了敲门，无人应答。因为听到了鲁吉耶女士的说话声，她便推门而入。

壁炉架上点着一支蜡烛，窗边的提灯也亮着。鲁吉耶女士坐在壁炉旁边，正跟什么人聊得热火朝天。她面朝窗户，整个窗框几乎被卸了下来，只有一个角支撑在那里。迪肯·霍克斯，那个瘸腿扎米埃尔，正用一只手扶着它。还有一个人，身穿工装站在那儿，腋下夹着一包工具，样子像是一个玻璃安装工，正是达德利·鲁廷。讲到这里，玛丽不禁打了个冷颤。

“就是他，小姐，千真万确！见我进来，他们三双眼睛一齐盯着我，都没有说话。我不知道该如何是好。我装作除了鲁吉耶女士之外，不认识其他两人。我恭恭敬敬地对她说，‘夫人，能到大厅来一下吗？我有几句话要跟您说。’达德利先生背对着我，假装在看窗外。我自始至终都在看鲁吉耶女士。她挡在我和那两人中间，向我走来。她边走边说：‘他们在帮我修理窗户的玻璃，玛丽。’我们一起出了房间。

“来到大厅，她从我手中接过蜡烛，举到耳根儿后面——这样能够照全我的脸——从上到下，把我仔仔细细打量了一番。紧接着，又用她那难听的方言说了一遍——房间的窗户坏了，请人来修修。

“看到达德利先生，真把我给吓坏了。我做梦都没想到。但我没有露出一点儿破绽，真不知道当时是怎么做到的。鲁吉耶女士看我的眼神真可谓邪恶，我却始终没有退缩，表现得非常沉着、冷静。她这么狡猾，一定会怀疑，我是否当真相信她的鬼话。接着，我就把小姐的话转告给她。她说，目前还没有得到什么消息。依她看，我们待在这里的日子不会很长了。她还说，半个小时后，她要去给您叔叔送汤。要是有什么消息，会及时告诉您的。”

我问玛丽，她能否确定，穿工装的人就是达德利，她回答说：

“小姐，我发誓，就是达德利。绝对错不了。”

那天夜里，我最不希望发生的事情，就是鲁吉耶女士的来访。一想到她一会儿就要来，我便浑身颤抖不止。谁知道她会跟谁一起来呢？

当时的情形可以想象：达德利看到玛丽，起初是惊讶，等到回过神来，立马转过身去，显然是不想被玛丽认出来。迪肯·霍克斯则瞠目结舌地盯着玛丽。壁炉架上的烛光在空气中摇曳，提灯里的蜡烛也忽明忽暗。他们两人只能寄希望于那微弱的烛光，帮他们躲过一劫，不被识破吧。

那个恶魔——霍克斯——来这里做什么？为什么达德利也在？他们三个凑在一起，是不是一个噩耗？我反复考虑着，玛丽描述的每个细节，苦思冥想，却始终不得其解。再没有什么比反复考虑一件不祥之事，更令人痛苦了。

你完全可以想象，那个夜晚对我而言是何等煎熬，真可谓度时如年。门外稍微有点儿风吹草动，我的心就会跟着“怦怦”直跳。

黎明终于来临，柔和的光线，让我紧张的神经多少有些放松。鲁吉耶女士一大早就来到了我的房间。她对玛丽找她一事只字未提，只是静静地两眼看着我。或许，她在等我开口。见我没问她什么，就暂且把那个话题搁置不谈了。

她来的目的只有一个，就是想跟我说，她什么消息都没得到。待一会儿，她要去给叔叔准备巧克力糕点，然后再回来看我。如果得到什么消息，一定告诉我。

没过多久，响起了敲门声，是怀亚特来喊玛丽去叔叔的房间。玛丽回来的时候红光满面，告诉我说，赶紧起床梳妆打扮一下。然后，直接去叔叔的房间。半小时后启程去法国。

真是个振奋人心的好消息。我又惊又喜，像打了鸡血似的跳下床来，跑向洗漱间。亲爱的玛丽忙着给我收拾行李，不时地问我要带什么，不带什么。

玛丽也会和我一起去法国吗？塞拉斯叔叔未作表态。他的沉默，让我开始担心玛丽会被留在这里。不过即便分开，也不会太久，这一点儿我敢肯定。马上就要见到米莉了。跟她分开后才发现，我比以前更喜欢她了。无论将来如何，一想到终于能够离开巴特拉姆这个鬼地方，远离这幽灵出没的不祥之地，心中便有一种说不出的快慰。

离出发还有半个小时，我去跟塞拉斯叔叔道别。老怀亚特戴着那顶散发着酸臭气味的高帽，正站在客厅门口。等我进去后，她就把门关上了。

鲁吉耶女士戴着厚厚的黑色面纱，整装待发。塞拉斯叔叔面容憔悴，神色凝重、严肃。看到我来了，他站起身来，没有和我握手，只是把身体略向前倾，算是向我鞠了个躬，好像不太情愿。他倚在公文箱上，一只手撑着佝偻的身躯。浓密的眉毛下——如今已皱缩成了道道沟壑——一双幽蓝的眼睛紧紧盯着我。

“到了法国，你就和我的女儿暂住小旅店吧。鲁吉耶女士陪着你们。”叔叔就像是在向他的秘书传达指示，语气单调生硬，带有停顿，很有节奏感，“一周之后，玛丽可能会随我过去，也可能她自己单独去。今晚就在伦敦过夜吧。明晚再去多佛，然后，乘邮轮去法国。你现在就给莫妮卡·诺利斯夫人写信。先给我看看，再寄出去。明天，你再从伦敦写信给她。告诉她，你走了多远路程。不在多佛写信给她，是因为一到多佛，就得立即乘船赶路，没有时间。在事情了结之前，你不能从法国给她写信，这事关我的安全问题，居住地址不能透露。任何消息，都必须让我的律师阿彻和斯雷转告她。我相信，用不了多久，我们就会回来的。请把你在伦敦写的那封信，交给鲁吉耶女士查看，以确保里面没有诋毁我名誉的内容。”

他的话听起来非常刺耳，在我耳边“嗡嗡”直响。我还是按照他的吩咐，开始给莫妮卡表姐写信。

我刚一坐下，他便说道：“写吧，用你自己的话，把我的意思表达出来。今天上午‘即将到来的’危机已告一段落——注意这个词。”他替我拼写出来，继续说道，“得知今天下午或明天还要待在这里，迫使我不得不把计划提前。今天就把你送去法国。由一位侍从陪同前去，”鲁吉耶女士显得有些不太自在，也许觉得有损其尊严，“是一位侍从，”他又强调了一遍，非常刺耳，“你想带，可以带，我不反对。需要说明的是，这里的条件虽然不是很好，但也没有亏待你。就这些。你有十五分钟的时间。开始写吧。”

我乖乖地提笔写信。我高兴极了，根本无暇理会叔叔的无理与霸道。换作以前，非得与他理论一番不可。如他所愿，我在规定的时间内写好了信函，并交与他审阅。他把信和信封放在桌子上，说道：

“请记住，鲁吉耶女士不只是你的侍从。她有权决定行程上的所有细节，负责支付旅途所需要的一切费用。你要无条件听她指挥。马车正在大厅门口等着你们呢。”

他又鞠了一躬，面无表情，继续说道：“祝一路顺风，旅途愉快！”在走出房间的那一刻，我感觉如释重负，心中却多了一种莫名的忧郁。

我后来得知，塞拉斯叔叔也写了一封信，连同我的那封，一起寄给了诺利斯夫人。他在信上是这么说的：小莫德跟我说，她已将我们的行动计划写信告诉了你。因为情况突然有变，我们不得不暂时分开一段时间。莫德到达法国后，与米莉一起暂住小旅店。我住在她们附近，直到这场风波平息。为了安全起见，我特意在信封上省去了地址。过不了多久，你就会收到她们的来信，兴许你还会从我这里了解到她们的情况。我们的莫德是今天上午出发的。来不及让她去埃尔沃斯顿，我深表愧疚。不过，即将开始的新生活、新事物，也能让她欢呼雀跃。

亲爱的老玛丽·坎斯正在门口等我。

“莫德小姐，让我也跟您一起去吧？”

我抱住她，大哭起来。

“看来我是去不成了。”玛丽十分难过，“小姐，打您生下来，我还没有离开过您呢。”

善良的老玛丽也和我一起哭了起来。

“玛丽·坎斯，过不几天，你就会跟来的。”鲁吉耶女士劝说道，“你傻不傻啊。不就两三天嘛。哎呀！有什么好哭的，跟个小丫头似的。”

跟玛丽作最后道别时，她好像有些魂不附体。面对这突如其来的分别，她有些不知所措。瘦小的老管家站在台阶上，颤颤巍巍地向我们郑重地鞠了一躬。鲁吉耶女士通过敞开的窗子，对着车夫大声喊叫，让他加快速度。我们必须在十九分钟内到达车站。就这样，我们出发了。老城的铁栅栏渐行渐远，还有那参天大树，雄伟壮丽的古老别墅……眼前的一切都离我远去。一股强烈的情感油然而生，悲喜交加，喜忧参半。我不禁陷入了沉思。是不是我对住在这所房子里的家人过于苛刻？是不是我的疑心太重？叔叔怒气冲冲是否情有可原？我还有机会和亲爱的米莉·鲁廷一起，嬉戏于这片原始而又美丽的树林吗？我把目光再次投向了巴特拉姆——亲爱的玛丽依然站在那里，目送着我们。眼泪再一次夺眶而出。我把手伸出窗外，挥舞手帕跟她告别。巴特拉姆庄园的围墙已从我的视线中消失了。马车在丛林密布，崎岖不平、陡峭险峻的山谷里急速穿梭。当又一条道路出现时，我再一次回望巴特拉姆——连绵的树林、高耸的烟囱，连同途经的山坡、山谷，都已化作了雾蒙蒙的一片。再过几分钟，我们就要到达车站了。

第16章

拒绝鲁吉耶

站在月台等候火车时，我把目光又一次投向了巴特拉姆——远方的那片郁郁葱葱的高地。遥远的天际，晴空万里，群山连绵。山的那边有我可爱的故乡——诺尔，有我死去的爸爸、妈妈，还有我难以忘怀的童年。一切如此美好。坐在身旁的那位女巫却令我兴致全无。

小小年纪第一次去伦敦，本该欣喜若狂、兴奋无比才是。可当坐在我身旁的那位“护花使者”用她苍白的手抓着我时，我却怎么也高兴不起来。她的话在我耳边回响，似乎在向我暗示什么。我听不明白，心里非常恐惧。我们驱车穿过伦敦，来到伦敦西区[1]，街上灯火通明。心中的沮丧很快便消失得无影无踪，取而代之的则是新鲜、好奇。我把头探出窗外，满怀期待。鲁吉耶女士也不顾旅途劳顿，兴致勃勃地给我介绍着这座城市。她对伦敦了如指掌。对她来说，伦敦就是一本看过百遍的美丽画册。

“亲爱的莫德，那边是尤思顿广场[2]、罗素广场[3]。这边是牛津街[4]——秣市街[5]。你看，这里有个歌剧院——女王剧院。瞧，停满了马车……”最后，我们来到一条狭窄的街道——她告诉我，我们已经离

---

1 伦敦西区（London's westend）：英国戏剧界代名词。它与纽约百老汇（Broadway）齐名，为世界两大戏剧中心。

2 尤思顿广场（Euston Square）：伦敦地铁站，在尤思顿路和高尔街的拐角处、伦敦大学的北面。

3 罗素广场（Russell Square）：伦敦布卢姆斯伯里的一个花园广场，它靠近伦敦大学和大英博物馆。

4 牛津街（Oxford Street）：世界著名的购物天堂。

5 秣市街（Haymarket）：伦敦秣市市场街道，也指伦敦的秣市剧院，始建于1720年。

开了皮卡迪利大街[1]——这是一个私人住宅——在我看来——倒像是一家庭旅馆——我很高兴，今晚能够好好地睡一觉了。

坐了一路火车，风尘仆仆，精疲力竭，兴许还有些着凉，我觉得眼睛胀痛无比。女房东一边走在前面带路，一边唠叨着这所房子及其主人的陈年旧事，都是些老生常谈。房子原来的主人是位显赫的贵族，每年教宗[2]施教时都会占用其装饰精美的客厅……我默默走上楼梯，进入房间，是个双人间。鲁吉耶女士和我住在一起。

我本想一个人住，清静清静。因为过于疲惫，也就没心思计较了。

一杯茶下肚，鲁吉耶女士恢复了活力，再次喋喋不休起来，还唱起歌来。直到看见我在打盹儿，才放我去睡觉。她说，她要去街道对面，看望"她亲爱的老朋友圣埃卢瓦夫人。必须马上就去，不能有丝毫耽搁"。

她说什么，做什么，我一点儿也不关心。只要不再烦我就行。我很快睡着了。

不知过了多久，好像是在梦中，我看到，鲁吉耶女士在房间里一边晃悠，一边脱衣服。

次日清晨，她在床上用餐，我一个人独享客厅，舒适自在。她的陪伴让我感到厌烦。我开始考虑，怎么才能让我的旅途舒服一些。

女房东抽出了宝贵的五分钟跟我交谈。她谈到了修女和修道院，也谈到了她与鲁吉耶女士的交情。我听她说，她以前从事的工作是，送年轻小姐去欧洲大陆读书，很赚钱。起初，我不太明白她为什么跟我说这个。后来，转念一想，也许是她误认为，我要去修道院做修女吧。

房东走后，我无精打采地看着窗外，马车不少，但行人不多——这条大街相对比较安静，根本不像是通往市中心的一条主干道。

我觉得，我根本不像个年轻少女。面对外面的花花世界，我竟完全不为之所动，宁愿待在死气沉沉的屋子里，也不愿到外面看看从未见过的喧闹街道、华丽宅邸。

---

1 皮卡迪利大街（Piccadilly）：以其时髦的商店、俱乐部、旅馆和住宅著称。

2 教宗：在天主教中，享有最高立法权、司法权和司牧权以及任命众位主教的权利。教宗同时也是圣伯多禄大教堂及浪特拉大殿的坐堂主教。因为穿戴白衣白帽，又称白衣主教。

直到下午一点钟，鲁吉耶女士才过来找我。看到我情绪低落，便没有强迫我陪她出去。没有我的拖累，想必她会更开心。

那天夜里，我们两人坐在屋内喝茶。她净说一些古怪离奇的话——有些话当时觉得莫名其妙——但是，接下来所发生的事情使我明白，那些话显然有着独特的含义。

有好几次，她用邪恶的目光扫视着我，似乎想说什么。

这是她的不同常人之处。她一有心事，面部就会露出邪恶的表情，而不会像其他人那样精神恍惚、神情忧伤。她干涩的嘴唇，紧紧抿在一起，嘴角向下耷拉着，脸色严肃、目光阴沉。最后，她突然开口说道：

“莫德小姐，你就没有感激过我吗？”

“我倒是希望有过，鲁吉耶女士。”

“那么，你会怎样表达你的感激之情？比方说，有人心甘情愿为你冒险，你也愿意为他做出牺牲吗？”

一语惊醒梦中人。我突然觉得，她是在向我暗示梅格·霍克斯。尽管梅格的情人汤姆·布赖斯胆小怕事，但是，对于梅格的忠诚，我从来没有怀疑过。我立刻警觉起来。

“感谢上天，这种事情是不会发生的。鲁吉耶女士，你说呢？”

“你想去——比如法国的某个小旅馆——那样的地方吗？你难道不希望有其他更好的安排吗？”

“我当然希望。空谈这些干吗？又实现不了。”

“亲爱的小家伙，你知道，我说的其他‘更好的安排’指的是什么吗？”鲁吉耶女士问道，“我的意思是，你更愿意去诺利斯夫人那里吗？”

“叔叔可没有这个意思。除非他同意。”

“亲爱的，他永远不会同意。”

“他已经同意了——虽然要等到他把事情办完，想必不会拖得很久。”

“哈！他办不完了。”

“不管怎样，我想去法国。米莉在那里过得很开心，我也会喜欢那里的。只要离开巴特拉姆，我就很满意了。”

“你叔叔还会把你带回去的。”鲁吉耶女士冷冷地说。

“他自己回不回巴特拉姆还是个问题。”我说。

“啊!”鲁吉耶女士拖长鼻音道,“亲爱的莫德小姐,倘若你以为我恨你,那就大错特错了。我不但不恨你,相反,我还非常关心你——的确如此,我向你保证,小家伙。”

鲁吉耶女士把她的大手放到我的手背上,手关节因为冻疮已经变了形。我抬起头,看着她的脸。她没有笑。相反,和以前一样,嘴唇紧抿,嘴角耷拉着。她注视着我,目光阴沉,眉头紧锁。

过去,一看到她那副狰狞的面容,我就难以忍受。现如今,看到她这副眼神呆滞、表情阴郁的面孔,我更是恐惧无比。

“我要是把你送到诺利斯夫人那里,由她来照料你,你又会为可怜的我做些什么呢?”这个邪恶的老巫婆说道。

听了这番话,我大吃一惊。倘若在两天前,她向我提出这样的条件,我或许会答应分一半财产给她。现在情况不同了。我不再绝望。从汤姆·布赖斯那里得到的教训历历在目。而且,她是我最无法信任的一个。看着眼前这个魔鬼,这个叛徒,我慢慢说道:

“鲁吉耶女士,你是在向我暗示,我的监护人并不可信。我应该尽早逃离他的监护。而且,你很愿意帮我。你是这个意思吗?”

我又将问题甩给了她。在反问她时,我目不转睛地观察着她的表情。她张口结舌,眼神异样。后来,该神情在我脑海里萦绕了许久。我们静静地坐着,相对而视,似乎都为对方的目光所吸引。

她双唇紧闭,脸色严肃起来。她愤恨地说道:

“莫德小姐,你这个小东西不但滑头,而且很坏。”

“鲁吉耶女士,聪明并不等于狡猾,讲事实也不等于很坏。”

“这么说,我们两个坐在这张小桌子旁边,就像在通过下棋决定胜负,看谁能够将死对方——聪明的小家伙,是不是?”

“我不会让你的诡计得逞的。”我回答道。

鲁吉耶女士站起身来,用手擦了擦嘴。这个样子像极了我睡梦中见过的某个恶人。

“你想害我!”我突然冒出这样一句话,全然不知自己在说些什么。

“我若想害你,那也是你罪有应得。亲爱的,你太狡猾了,或者说,你太愚蠢了。”

这时，响起了敲门声。

“进来。”我暗暗松了一口气。

进来的是一个女仆。

“小姐，有您一封……”她把信递给了我。

“给我！”鲁吉耶女士大吼一声，一把夺了过去。

我看到了叔叔的笔迹，还有费尔特拉姆的邮戳。

她拆开信封，读了起来。信的内容不多，只有寥寥数语。她仅仅瞥了几眼就翻到了信的背面——什么也没有，又瞧了瞧信封里面——也没有其他东西。她的视线再次落到了刚才读过的那些文字上。

鲁吉耶女士把信折叠起来，用指甲沿着折痕，用力划了一下，看着我，目光飘忽不定。

“你真是个忘恩负义的小东西。我是鲁廷先生雇来的，当然要忠诚于他。不跟你磨嘴皮子了。拿去，你自己看吧。”她把信扔到我面前。信上只写着这样几个字：

巴特拉姆

1845年1月30日

亲爱的夫人，

今晚乘坐八点半的火车去<u>多佛</u>，很好。住的地方已经安排好了。

谨启

塞拉斯·鲁廷

说不出这封短信的哪个地方让我感到害怕。“多佛”这个词无缘无故被加上了一条下划线，难道这样做另有隐情？想到此，我不禁有些毛骨悚然。

“为什么在‘多佛’这个词下面划上横线？”我问道。

“小傻瓜，我怎么知道你叔叔脑子里在想什么？”

“鲁吉耶女士，难道就没有什么特殊含义吗？”

“你怎么会这么说？”她回答道，“究竟是你傻，还是我傻？！”

她按了按铃，向女房东要账单结账。我在房间里匆忙收拾行李。

“行李箱不用你管，随后有人送到。走吧，亲爱的——我们只剩下半个小时的时间了。”

鲁吉耶女士遇事急躁。看到门口有一辆出租马车，她便催促我赶紧上车。听天由命吧。于是，我上了马车，把身子向座位后背一靠。她一边上车，一边与房东告别，声音刺耳。她身上穿的黑色披风随风摆动，就像是乌鸦在对着它的猎物扇动翅膀，进行示威。尽管天色尚早，我已是疲惫不堪，昏昏欲睡。

等她上了车，我们便出发了。街上灯火通明，不少商铺仍在营业。空气中弥漫着汽油的味道。的士、巴士、马车你来我往，川流不息，各种声音响彻整条大街。我身心俱疲，情绪低落，没有心思欣赏窗外的景色。鲁吉耶女士却是截然相反，一路上把头探出窗外，直到我们抵达火车站。

在站台上，鲁吉耶女士要我负责照看她的箱子和我的包。

“其他箱子呢？”我问道。

“在另外一辆马车上，由布茨负责看管。这两样东西，必须随身携带。”

带着我的包和鲁吉耶女士的箱子，我们走进一节车厢。鲁吉耶女士站在车厢门口。我想，她是在凭借她高大的身体、刺耳的声音，来吓退居心不良的“入侵者”吧。

铃声终于响了起来，火车准备开动了。她坐到自己的位置上。车门“啪”地一关，汽笛长鸣，我们出发了。

第17章

熟悉的卧室

那天晚上，我几乎一直没睡。事实上，我晚上睡不着觉，已经有很长一段时间了。难道有人在我的茶里加了什么东西？那天晚上没有月亮，乌云在聚集，很快就把星星遮住了，大地一片黑暗。鲁吉耶女士身披小毛毯，静静地坐着，陷入了沉思。我像她一样，裹着毯子，坐在车厢里。鲁吉耶女士以为我睡着了，偷偷从口袋里掏出一个皮制酒囊，小酌起来。车厢里顿时充满了白兰地的芳香。

睡意悄然来袭。一开始我还奋力抵挡，后来不知不觉睡着了。

不知过了多久，鲁吉耶女士把我从睡梦中叫醒。她已经把行李整理好了。我们下了车。天空还是一片漆黑，看不见半点儿星光。借着墙壁上两只煤气灯发出的光亮，我们沿着月台向前走。穿过月台尽头的一个小门，又朝着不远处的一辆马车走去。搬运工肩扛箱子，手拿毯子，紧紧跟在我们后面。在这期间，我一直处于半梦半醒的状态。

鲁吉耶女士这次一反常态，竟然给了搬运工一些小费。我们借着马车上昏暗的灯光，爬进去，坐了下来。

“继续赶路。”鲁吉耶女士大喊一声，“咯噔”一声关上窗户。我们完全被黑暗和沉默包围了。这倒为我思考问题，创造了一个绝佳的氛围。

刚才的睡眠并没有让我恢复体力。我身体发热，四肢乏力，昏昏欲睡，却又睡不着。

我静静地坐着，时不时打打瞌睡，偶尔想象一下，多佛到底是一个什么样的地方，根本无心去问鲁吉耶女士什么问题。我向后靠了靠身子，看着灯光下灰色的篱笆在眼前掠过，消失在黑暗之中。

我们驶离了主干道，在一个十字路口的右侧停了下来。

“下车开门。大门没锁。”鲁吉耶女士从窗户里对着车夫大声喊道。

我想，我们刚才经过的一定是一扇大门。等马车重新跑动起来时，鲁吉耶女士大声叫道：“住的地方，马上就到了。”

我又打起了瞌睡。醒来的时候，发现车子已经停住了。鲁吉耶女士站在低矮的台阶上，正在付钱给车夫。她一个人连箱子加其他，拖了进去。我太累了，顾不上管行李了。

我下了马车，看了看四周。除了墙上和过道里的灯光外，什么也看不见。

我们走进门厅，鲁吉耶女士关上大门。我听见她用钥匙锁门的声音。四周一片黑暗。

“鲁吉耶女士，灯在哪里——怎么没人呢？”此时此刻，我比任何时候都清醒。

“现在才三点多呢，小傻瓜。不过，这里一直都备着灯具的。”鲁吉耶女士摸索了一阵子，划着火柴，点亮了一根蜡烛。

这是一个石板铺地的大厅。大厅右边是一道拱门，左边是长长的走廊。走廊也铺着石板，一眼看不到头儿。大厅右边的一角，有一道蜿蜒的楼梯，宽度勉强容得下拖着箱子的鲁吉耶女士通过。此刻，她正沿着这条楼梯往上爬呢。

“亲爱的小傻瓜，拿着你的包过来。不用管毛毯，放在那里好了。”

“我们这是去哪里？怎么一个人都没有！”我边说，边好奇地四处张望。这家旅馆真是奇怪。

“没关系。这里的人我都认识。我每次住这家旅馆，他们都为我准备同一个房间。跟我来。”

鲁吉耶女士举着蜡烛，顺着楼梯向上爬。楼梯既陡且长。走到二层，我们拐进了一条既荒凉而且脏兮兮的走廊。一路上没有听到一丁点儿声音，也没有看见一个人影，连一盏油灯也没有。

“是这里，就是这里，这就是我的房间。进来吧，我亲爱的莫德。”

我走了进去。房间很大，也很高，但是破旧不堪，阴森森的。里面有一张高高的大床。床的四周有四根帷柱，床尾靠近窗户，上面挂着深绿色长毛绒或天鹅绒质地的窗帘，看起来就像落满灰尘的幕布。剩下的几件家具破旧不堪，一条开了线的方形旧毯子，铺在床边的地板上。房间空荡荡、脏兮兮的，给人一种寒冷且闭塞的感觉，好似闲置很久了。壁炉里面和底部有些儿煤渣。羊脂蜡发出的光线晦暗不明。这一切，都让我感觉不舒服。

鲁吉耶女士把蜡烛放在壁炉架上，锁上门，把钥匙放进口袋里。

“我经常住这家旅馆。”她朝我眨了眨眼睛，然后，打了个长长的哈欠，尽显疲惫与放松，一下子瘫在了椅子上。

“终于到了！”她说，“我很开心。莫德小姐，这是你的床。我的在更衣室。”

鲁吉耶女士拿起蜡烛在前面走，我在后面跟着。一张破旧的弹力床，一把椅子，还有一张桌子，便是房间里的所有家具了。这与其说是一个更衣室，倒不如说更像一个储物间。除了我们进来时走的那扇门，再无其他出口。回到房间，我已经疲惫不已，坐在床边直打哈欠。

“行李一到，立即通知我。”我说道。

“嗯，一定会的。”她的眼睛死死盯着，她正在开拆箱子。

尽管对我来说，这张床毫不诱人，但我还是渴望尽快躺在上面。不过，无论多累多困，还是先要洗漱。洗漱完毕，我拿出用来辟邪的别针，用它裹着封蜡的针头，虔诚地扎了扎我的长枕头，然后，躺了下来。

什么也逃不过鲁吉耶女士的一双眼睛。

“亲爱的小傻瓜，你手里拿的什么？”她走了过来，仔细端详着这根吉卜赛女孩所说的魔针，样子就像一只刚刚停靠在床单上的小瓢虫。

“没什么——据说它有某种魔法而已——并不可信。鲁吉耶女士，我要睡觉了。”

鲁吉耶女士看上去毫无困意。她又看了别针一眼，捻了一下食指和拇指，似乎挺满意。然后，她躲在椅子后面，摆弄起在伦敦购买的东西——丝绸裙子、披肩、一种当时很流行的带花边的头饰，还有其他物件。

鲁吉耶女士虚荣自负，在家是一个泼妇，在外则是一个女帽模特。壁炉架上有一个一英尺见方的镜子。她对着镜子摆弄衣服，试穿效果。

一张阴险的脸上堆满了怪异的傻笑，令人讨厌。

我非常明白，一旦让她发现我对她不满，就会有意想不到的麻烦。因此，我只好默默忍受。当我进入熟睡状态时，脑海里还有她那可怕的样子：她用食指和拇指捻着一条灰色丝绸制作的花彩，上面带有桃红色条纹。她一边照着壁炉架子上的镜子，一边回头朝我微笑。

第二天早上，我醒来后，猛地坐了起来，脑海里一片空白。过了一会儿，才慢慢回想起来。

“鲁吉耶女士，还来得及吗？”

“你是说整理行李吗？”她乐得手舞足蹈，脸上依旧挂着虚假的微笑，“当然了，他们会通知我们的。还要再等两个小时。”

“从窗子能看到大海吗？”

“不能，亲爱的小傻瓜。不过，到时候会让你看到的。”

“我想起床。”

“时间还早呢，亲爱的莫德小姐。你太累了，你确定身体恢复好了？”

“嗯。至少能够起床了。起床走走，可能会更好。”

“你不用着急。不用考虑行李的事情。你叔叔让我酌情安排。”

“有水吗？”

“他们会给送来的。”

“鲁吉耶女士，拉一下铃吧。”

她轻快地拉了一下。后来，我才知道铃并没有响。

“我的吉卜赛别针哪去了？”我的心情莫名其妙地低落下去。

“哦，那个红色针头的小别针？可能是掉在地上了。你起床后会找到的。”

我怀疑是鲁吉耶女士为了刁难我故意拿走的。她以前老爱干这种事。弄丢了这枚小别针，我心里别提有多沮丧了。我在床上找来找去，把铺盖翻了个底儿朝天，里里外外全找了，也没有找到。最后，我决定不找了。

“太讨厌了！”我哭喊道，“偷走它的人，就是想惹我生气。”

我就像一个傻子一样，趴在床上哭了起来，既生气又沮丧。

过了一会儿，我渐渐冷静下来，觉得还有希望找到它。如果是鲁吉耶女士偷的，它肯定还会出现的。但是，别针的消失就像是一个什么征兆，困扰着我。

“亲爱的小傻瓜，恐怕你身体还是不太舒服吧。丢失一个别针，就这样大惊小怪。怎么还有你种人！你不喜欢坐在床上吃早餐吗？”

鲁吉耶女士为了让我接受她的意见，费了很多口舌。最后，我决定，表面上和她维持良好的关系，否则的话，在随后的旅途中，她找我麻烦轻而易举。哪怕到达目的地后，她也可能加害于我。我静静地说道：

“好的，鲁吉耶女士，我知道，这样表现不太雅观。但是，我已经小心保存那只小别针很长时间了，我很喜欢它。现在把它弄丢了，虽然不能像你那样开怀大笑，至少也没必要像刚才那样悲痛欲绝。我要穿衣，起床。”

“我觉得，你还是多休息一会儿得好。”鲁吉耶女士回答说。当她看到我已经开始起床，又说道：“那就随你便吧。”

我很快就穿好了衣服，问道：“窗外的景色好看吗？”

“不好看。”

我看着窗外。只见一个用一块块石头围成的四方庭院，阴暗沉闷。我所在的窗户就在这个院子上面。看着看着，我忽然觉得这里似曾相识。

“这家旅馆，”我非常困惑，“这真的是一家旅馆吗？为什么它就像是——巴特拉姆庄园的一个院子！”

鲁吉耶女士轻轻拍打着双手，在地板上来了一个优美的快滑步[1]，鼻孔里发出鹦鹉尖叫一样的大笑声：“亲爱的莫德小姐，你不感到很奇妙吗？”

我彻底糊涂了，只能傻傻地东看看，西瞧瞧，一句话也说不出来。看到我这副模样，鲁吉耶女士继续大笑起来。

“就是在巴特拉姆庄园！”我大为吃惊，“这究竟是怎么回事儿？”

她没有回答，只是尖笑，跳着她最擅长的瓦尔普吉斯之夜[2]。

---

1 快滑步（chasse）：一只脚拖在另一只脚后面形成的滑步。※

2 瓦尔普吉斯之夜（Walpurgis）：著名芭蕾舞剧，音乐中的《浮士德》。

“一定是搞错了——是吗？这到底是怎么回事儿？”

“巴特拉姆跟多佛非常相似。”

我一屁股坐了下来，看看窗外又深又黑的院子，陷入了沉默之中，努力思考着所发生的一切。

“鲁吉耶女士，也许我叔叔对你的忠诚和智慧非常满意。但你这样做，一是乱花他的钱，二是根本没有遵守他的命令。”

“哈哈！没关系。他会原谅我的。”她大声笑道。

她说话的语气让我非常害怕，心里隐隐感觉到一种无法抵御的危险。我开始觉得，这正是那个马基亚维利[1]般阴险狡诈的雇主，命令她干的。

“难道这一切都是我叔叔的主意？”

“我这样说过吗？”

“没有。我还不能确定，你的话里是否还有别的意思。为什么带我回到这里来？要弄这鬼把戏目的何在？我早晚会知道的。我叔叔是一个绅士，而且我们还有血缘关系。他不可能做出这么卑鄙的事情来。”

“呸！真是一派胡言！亲爱的莫德小姐，你这个小傻瓜也不想想，发生了那么多事，你叔叔怎么可能不改变计划？他时刻都有坐牢的危险。小傻瓜，你不会懂那么多的。吃完早餐后，去和鲁廷先生聊聊，就会知道他是怎么想的了。快点儿穿好衣服，我给你准备早餐。”

我无法理解其目的何在。他们为什么欺骗我？太无耻了！如果他们早就打算把我留在这里，为什么先假装让我动身去法国，然后又秘密把我送回到这间既不舒服又很荒凉的房间，还与查克先生自杀的房间同在一个楼层？这个房间连可以俯瞰前院的窗户都没有。窗外只有一个长满杂草的庭院，看起来就像城市里面荒废的教堂墓地，其他什么也看不到。

“我可以去我自己的房间吗？”我问道。

“亲爱的小傻瓜，今天不行。那样做会打乱安排的。你就将就两天吧。”

“玛丽·坎斯在哪？”

1 马基亚维利（Machiavelli，1469—1527）：意大利政论家，代表作《君主论》。※

“玛丽·坎斯！——她跟我们去法国啦？”鲁吉耶女士用爱尔兰话说道。她真是自相矛盾。

“这几天会去什么地方，做些什么事情，他们也不太确定。我去拿早餐。你暂时一个人待会儿。”

鲁吉耶女士边说边走出门去。我听到了她用钥匙锁门的声音。

第18章

勇敢的梅格

我推了推门，发现自己被锁在了房间里。没有经历过失去人身自由的人，是无法体会我当时的愤怒、恐惧心情的。

透过锁眼，我看到钥匙还插在锁上，于是一边高声呼喊鲁吉耶女士，一边用力摇晃着坚硬的橡木门。然而，任凭我用手砸，用脚踢，都是白费力气。

我冲到隔壁的房间，一时忘记了（如果我确实曾经注意到的话）那间房子并没有通往走廊的门。我就像冒险小说中的囚徒一样[1]，既生气又困惑，转身去查看窗户。

我发现了囚徒经常面对的东西——封锁窗子的一根根铁条！我非常恐惧。这些铁条紧紧地镶嵌在橡木窗框里。每根铁条都被细密地用螺丝固定住，窗子无法打开。这间卧室已被改装成一间囚室——一丝希望闪过我的脑海——或许这座大房子里的每个窗子都是这样固定住的！事实并非如此。在这座大房子里，没有几个房间的窗子是这样密封的。

刹那间，我感到心烦意乱。然而，我很清楚，此时此刻，必须好好控制自己的情绪。

我站到椅子上，仔细查看窗子，发现有好几处崭新的凿痕，窗框上的螺丝也像是新换的。涂抹在凿痕和螺丝上的一层颜料，也是刚刚涂抹上去的。

---

1 莫德知道自己的行为欠考虑，是下意识的。这是标准的对后期哥特小说的免责声明。参见英国最后一部经典哥特小说《流浪者梅莫斯》（查尔斯·马杜林，1820）第22章，伊西多尔说过几乎相同的话语。※

就在我仔细观察的时候，听到了钥匙在锁眼中转动的细微声响。鲁吉耶女士悄然靠近，脚步如猫儿般轻盈，几乎不可耳闻。她是存心吓唬我。

她悄悄溜进房间，快速把门锁上，脸上还带着阴险的假笑。

鲁吉耶女士进入房间时，我已经回到了房间中央，与她四目相对。

“鲁吉耶女士，你为何锁上门？”我问道。

“嘘！”她举起宽大的手掌，捏了捏她自己的脸，冲着走廊的方向，给我使了一个眼色。

“嘘！安静一点儿好吗？小傻瓜，我马上就把一切全都告诉你。”

她把耳朵贴在房门上，好像在倾听着什么。

“现在可以给你说了，*ma chère*[1]。刚刚来了几个法警！另有一个和他们一样粗俗无礼的家伙，正在给家具列清单呢。我们可不能让这些人进来，亲爱的莫德小姐。”

“你把钥匙留在门锁上了，”我反驳道，“你这不是不让他们进来，而是要把我关在里面。”

“我把钥匙忘在门上了？”鲁吉耶女士高举双手，表情慌张，看上去好像很诚实。我差点儿就相信了她。

骗人是这个女人的天性，虽然经常让我感到困惑，但很少能够得逞。

“莫德，最近发生的事情太多、太复杂，都把我给弄糊涂了。”

“为什么用铁条把窗户封死？”我低声责问道，语气非常严厉。

“封了四十多年了。当时，菲利普·艾尔默先生搬到这里来住，准备把这个房间用作育婴室。封死窗户，是为了防止孩子通过窗子爬出去。”

“这些铁条是刚刚安上的——螺丝和凿痕都是崭新的。”

“真——的吗！”她拖着长音，一脸的不相信，“他们就是这么告诉我的！我看看！”

鲁吉耶女士站在椅子上，好奇地仔细查看着。她根本不认为，铁条是最近才安装上去的。

---

1 法语：我亲爱的。

事实就摆在眼前，她却视而不见，太气人了。

“鲁吉耶女士，你老实说，这些凿痕和螺丝是四十年以前的东西吗?”

“小傻瓜，这我怎么知道?管它是四十年还是十四年。呸!我们还有重要的事情要考虑。用铁条、螺栓、锁还有钥匙来对付那些恶棍们!我很开心。这样一来，他们想进也进不来了!”

这时，有人敲门。鲁吉耶女士带着鼻音回答道:“马上来。”她打开房门，鬼鬼祟祟地把头伸出门外。

“哦，没关系。你走吧。没什么事了，走吧。”

“是谁啊?”我高声叫喊道。

“闭嘴，赶紧走开!”她对来人说道，口气专横。来人的声音，我好像在什么地方听到过。

鲁吉耶女士又溜了出去，把房门锁上。然而，这次她很快就回来了，手上还端着一个放有早餐的托盘。

她可能以为我试图逃走。说实话，当时我还真没有那样的想法。她把托盘放在靠近门口的地板上，把房门上了锁。

我仅仅喝了点儿茶，鲁吉耶女士却狼吞虎咽地吃了很多。她显然对我没有丝毫同情之心，胃口很好。吃饭时，她一言不发，这很不寻常。刚吃完饭，她便提出再出去打探打探，看看塞拉斯叔叔是否已经被捕。

“万一可怜的老绅士真的进了你们所说的‘号子’[1]，我们该去哪里呢?我亲爱的莫德小姐——去诺尔还是去埃尔沃斯顿?你必须做出决定。”

紧接着她就消失了，并像之前那样锁上了门。她有个习惯，总是将我锁在屋内，而把钥匙留在锁上。旧习难改，这一次，她又把钥匙留在了锁上。

我心情沉重，简单地洗漱了一下。我一直在考虑，鲁吉耶女士的话到底有多少是真，多少是假(倘若她还有半句真话)。透过窗户，我看着昏暗的天空，心中在想，那个刺客如何能够攀爬到这样高的地方，悄无声息地进入，而且完全没有吵醒熟睡中的赌徒查克呢?这时，我又想

1 号子(stone jug):英语俚语，意思是“监狱”。※

到窗户上的那些铁条，觉得自己真是愚蠢，竟然会反对那些安全措施。

我努力让自己把心静下来，心想，如果能够住在前面的房间该有多好？至少窗外的景色能够减少一些阴郁之感。

我站在窗边，感到非常恐惧。这时，大厅里传来了一阵急促的脚步声，还有钥匙在门锁里转动的声音。我又惊又怕。

由于惊慌，我蜷缩到房间的一个角落里，眼睛死死盯着房门。房门打开了一条缝，一头黑发的梅格·霍克斯把脑袋伸了进来。

“啊，梅格！”我大声喊道，“感谢老天！”

“我就知道是你，莫德小姐。小姐，我害怕。”

磨坊主的女儿脸色发白，眼睛好像有些红肿。

“啊，梅格！我的天啊，这都是怎么回事啊？”

“我不敢进来。我爸爸把走廊交叉口的门锁上了，留下我一个人看守。他们以为，我不关心你和他们之间的事情。我不知道全部真相，但是比鲁吉耶女士知道的多。他们嫌她酗酒、喜欢争吵，不可靠，所以什么都不愿意告诉她。爸爸和达德利在磨坊里的谈话，我也听到了一些。他们以为，我进进出出，没有在意他们说什么，但我把他们的话联系起来，多少也明白了一些事情。小姐，不要吃这里的东西。你把这个藏起来。虽然颜色变黑了，但还能吃！”说着，她从围裙底下，拿出一块干裂的面包，“记住，只喝罐子里的水——那是干净的泉水。”

“哦，梅格！我懂你的意思。”

“哎，小姐，我担心，他们正在想办法弄死你。等天黑以后，我就去找你的朋友。我现在不敢去。我会到埃勒斯顿[1]找你表姐，把她带到这里来。小姐，你振作点儿，不要灰心。梅格·霍克斯与你共生死。你比我爹妈对我都好。”她抱住我的腰，把头埋在我的裙子里，“亲爱的，我会为你献出我的生命。如果他们胆敢伤害你，我就自杀。”

她很快冷静了下来：

“小姐。”梅格用她惯常的语气说道，“你千万别冒险逃跑——他们会杀了你的——千万别逃跑。把一切交给我来做。相信我，凌晨两三点前，不会出什么事。在那之前，我就把你表姐找来了。别害怕，勇敢

---

1 埃勒斯顿（Ellerston）：梅格·霍克斯情急之下说错了地名。应该是埃尔沃斯顿（Elverston）。

点儿！”

“嘘！”她可能听到了向这边走来的脚步声，或其他声音。

她快速将门轻轻关上，苍白的脸消失在门外，钥匙在锁眼里转了转。

“美女”梅格虽然语言粗俗，声音轻柔，几近耳语，可她刚才说的话，却比神谕女祭司[1]的预言都令我发狂。我敢说，梅格一定不会想到，她说的话对我如此重要。我的神情越发紧张起来，浑身都变得僵硬了。她一定不会想到，她说的每一个字，就像烈火一样，在我脑海中燃烧。她给我的警告，清晰、明确。我敢说，这种直言相告，就像外科医生下刀一样，干净利落，比拖泥带水，模糊其词的折磨更容易让我接受。鲁吉耶女士离开很长一段时间了。我在窗户旁边坐了下来，努力想象着自己可怕的处境。尽管景象十分可怕，但我不能不想，就像我们有时面对恐怖的景象，却移不开视线——被砍掉的一颗颗头颅，熊熊烈火中的幢幢房屋——就像一场噩梦。我坐在窗户下面向外张望，朝着对面的建筑物眨巴眼睛，就像一个想要看清楚一个物体，却怎么也看不清楚的人。我手抱着头，嘴里嘟囔着：

“哦，不会的，不会的——哦，不会的！——不可能！——不会这样的！”鲁吉耶女士回来时，正好看到我这副窘态。

在死亡阴影下，恐惧会以各种各样的形式呈现。对于黑暗的恐惧，有时会被外界的声音打破，或被外界的景象驱散。阵阵强烈恐惧之后，往往是无力感和崩溃感。在这漫长的一段时间中，痛苦变成了困倦，困倦变成了狂乱。有时候，我都不知道自己是如何在这困境中，保持理智而没有发疯的。

鲁吉耶女士锁上门，自在地忙活着自己的事情，对我不理不睬。她一边带着鼻音哼唱着法国小曲儿，一边借着日光欣赏自己买的丝绸制品，脸上一副得意的笑容。我突然意识到，天色已经昏暗下来。我看了看手表，四点钟。四点钟！五点的时候，天就黑了——再过一个小时，夜晚就要降临了。

“鲁吉耶女士，几点了？已是傍晚了吗？”我把手放在额头上，装

1　神谕女祭司（the pythoness）：德尔斐阿波罗神殿的女祭司，擅长预言。※

出一副茫然困惑的样子。

“刚刚四点。刚才我上楼时，差五分钟四点。”她坐在窗户边上，把针织花边拿到自己眼前，仔细查看着，丝毫没有受到我问话的影响。

“啊，鲁吉耶女士！我好害怕。”我大声叫道，声音里满是疯狂与哀求。我紧紧抓着她的胳膊，看着她，好像遭遇沉船而仰头恳求上苍的人，注视着她那双无情的眼睛。她紧紧盯着我的脸，似乎也感到害怕了。她把我的手，从她胳膊上甩开，非常生气地说：“小傻瓜，你怎么了？”

“鲁吉耶女士，救救我！——啊，救救我！——救救我，鲁吉耶女士！”我紧紧拽着她的裙子，发疯似的不住哀求，声音里充满了惊恐。我看着她的眼睛。黑暗中，鲁吉耶女士就像阿特洛波斯女神。

“你让我救你？！救你！*niaiserie*[1]！”

“啊，鲁吉耶女士！啊，亲爱的鲁吉耶女士！看在上帝的分上，帮我度过这一关吧——我会终生感激你的——我会的——鲁吉耶女士，我一定会的！啊，救我！救我！救救我！”

我紧紧抓着她，好像她就是能够帮助我脱险的守护天使。

“小傻瓜，谁说你现在处境危险的？”鲁吉耶女士低下头，看着我，眼神幽暗，就像女巫一样。

“是的，鲁吉耶女士——我的处境的确非常危险！啊，鲁吉耶女士，你就为我想想——可怜可怜我！没有人可以帮我——只有你和上帝了！”

鲁吉耶女士看着我，一副鄙夷的神情。

“嗯，或许吧——我怎么跟你说呢？或许你叔叔疯了——或许你疯了。你一直与我为敌——我为什么要救你呢？”

我抓住她的手，再次苦苦恳求了一番。对她诉说我对死亡的恐惧。

“我不相信你，小莫德。你这个小无赖——*petite traîtresse*[2]！好好想想你是怎么对待我的。你想方设法把我毁掉——你跟诺尔家中那些邪恶的家仆，一起密谋毁掉我——现在又要我来救你！你从来不听我的话，

1 法语：愚昧无知，笨蛋。
2 法语：小叛徒。

对我一点儿不仁慈——你就像恶狼一样，把我从你家赶走。现在，又来求我救你？呸！”

这一声“呸”拖着长长的鼻音，充满鄙夷，就像一阵雷鸣在我耳边炸响。

“我看，你一定是疯了，*petite insolente*[1]！我若救你，结果就像野兔去救追捕自己的猎狗，就像明明能够逃走却爱上 *oiseleur*[2] 的鸟儿，完全是自取灭亡。我不能救你，也不应该救你。你自作自受。躺在床上，想想别的办法吧。”

1 法语：你这傲慢的小家伙。※
2 法语：捕鸟人。※

第19章

醇香葡萄酒

我并没有在床上躺着，而是揉搓着双手，在房间里走来走去。整个人心烦意乱，绝望透顶。最后，我浑身像散了架似的跪倒在床边，不停地颤抖，口中发出一阵阵呻吟。我双手紧握，放在胸前，抬头看着天空，心中充满了恐惧，就连祈祷也无法安静下来。鲁吉耶女士虽然心里很明白，他们做的许多坏事都是针对我的，然而，就像梅格·霍克斯所言，她也并非知晓全部的秘密。

恐惧就像间歇性发作的病魔一样，一波一波向我袭来。在第一波退去的一瞬间，我满脑子都是梅格·霍克斯。在去埃尔沃斯顿的路上，有一小段上坡路。路两边栽种着茂盛的白蜡树，中间是石阶。虽然在这条路上走过好多次，但我并没对其特别留意。而现在，它仿佛就在我的眼前。在斑驳昏暗的月光下，梅格·霍克斯背对着我，在这段上坡路上奋力攀爬，却始终不能前进一步。这幅画面，在我脑海中反复出现，令我万分焦虑，急躁不安。

我坐在床边，环视着整个房间，怅然若失。等到脑海中梅格·霍克斯的画面消失后，鲁吉耶女士的样子又占据了我的思绪。她的一些古怪举止让我感到疑惑不解——有时候，她嘴里嘟嘟囔囔的；有时候，她又吐吐舌头；有时候，她还噘着个大嘴巴。

她回到自己的房间，十分钟后又回来了。只见她目光闪烁、脸庞绯红，容光焕发，浑身散发着一种独特的香味。毫无疑问，她刚才又去喝医生给她开的“良药”[1]了。

---

1 这里指鲁吉耶女士又去喝酒了。在第一卷第6章中，鲁吉耶女士偷喝白兰地被抓住后，曾对奥斯汀·鲁廷先生狡辩说，她喝白兰地是为了治病，为此还出示了医生开的药方。此处莫德这么说有讽刺之意。

自她离开我的房间后，我就一直没有动过。

她走到房间中央，看着我，目光灼灼，眼神就像野兽一般凶猛。

“你们家有太多秘密了。你们鲁廷家族的人——奸诈狡猾得很，我讨厌你们这样的人。我保证，等我见到塞拉斯·鲁廷，一定问问他到底在搞什么鬼。我听怀亚特说，达德利先生今晚就要走。他应该告诉我事情的全部，否则，我就会 *echec et mat aussi vrai que je vis.*[1]”

鲁吉耶女士一直在唠叨个不停，而我仿佛又一次看见梅格·霍克斯走在通往埃尔沃斯顿的崎岖道路上。她一直奋力攀爬，但前进速度却异常缓慢。我只能默默为她祈祷。我内心非常挣扎，一方面祈祷她能尽快安全到达，一方面又觉得所有祈祷都是徒劳。就像我刚才梦到的那样，梅格很难及时赶到埃尔沃斯顿。想到这里，我心里痛苦极了。

鲁吉耶女士又一次从她的房间跑了回来，但这次脾气变得很坏。她在屋子里转过来转过去，昂首阔步，无论碰到什么，都是连推带踢。屋里仅有的几件家具被她弄得到处都是，空瓶子“当当”直响。她嘴巴里不停地咕哝着，时不时地还用法语骂上几句。突然，她一个转身，满脸怒气地走出了房门。我想，她大概已经觉察出，自己并没有完全获得塞拉斯叔叔的信任。她根本就不知道，他们针对我制定的计划。

时间一分一秒过去了，救我的人还没有出现。我仍然被囚禁着。我到现在还记着当时的状态：身体冰凉，浑身发抖。

突然，从远处传来了令人恐惧的声音。它压抑、悸动、刺耳，穿透了我的耳膜。“啊，梅格！”——“啊，莫妮卡表姐！”——“啊，你们快来！上帝啊，发发慈悲！主啊，发发慈悲！”我想，或许那是鲁吉耶女士的咆哮声，或许是塞拉斯叔叔的声音，又或许是——仁慈的上帝！——是我的朋友们来了。我站起身来，竖起耳朵，仔细倾听着，身体也因为激动而颤抖着，根本分不清这声音到底是假象还是事实。我站在房门旁边，房门仿佛自动打开了一样，肯定是鲁吉耶女士忘记上锁了。这一次，她走得太匆忙了。前方走廊的门上也插着钥匙，同样也是开着的。我急忙逃离了房间，不知不觉来到了叔叔房间外大厅的楼梯口处。我听到叔叔房间里，有人压低声音的说话声。我把手搭在楼梯的扶

---

1 法语：让（他）和我一样，一直活在挫败中。※

手上，脚站在第一个台阶上，借着透过窗子照射进来的昏暗灯光，我看到一个硕大的身影，正一步一步往上爬。突然，从房间内传来一个声音——“嘘，别出声！”——我吓了一跳，后退了几步。就在那一瞬间，我坚信，自己听到的是，从塞拉斯叔叔的房间里传来的诺利斯夫人的声音。

我不知道自己是怎么进入叔叔的房间的，感觉自己就像一个幽灵，我都被我自己的样子吓坏了。

诺利斯夫人不在那里——房间里只有鲁吉耶女士和塞拉斯叔叔两个人。

我永远忘不了塞拉斯叔叔的那个眼神。看到我这个不速之客，他仿佛也和我一样害怕。

我想，当时我一定很像一个刚刚从坟墓里爬起来的野鬼。

他轻声喊道：“那是什么？从哪里来的？”

“死亡！死亡！”我非常害怕，轻声回答道。

“她说什么？——什么意思？”塞拉斯叔叔回过神来，看着鲁吉耶女士，极具讥讽性地冷笑着，“你不听我的吩咐，让她在房子里乱跑。你知罪吗？”

“死亡！死亡！为了我和你，向上帝祈祷吧！”我低声吟诵着。

塞拉斯叔叔再一次注视着我，就像看着一个陌生人。几秒钟过后，他仿佛恢复了往日的冷静。他语气严厉、冰冷，对我说道：

“我的侄女，你的想象力也太丰富了吧。似乎精神有点儿不正常——你需要看医生了。”

“叔叔，可怜可怜我吧！叔叔，您是好人，心地善良！您不能——你不能——不能这样对我！叔叔，想想您的哥哥，他对你那么好！他在天上看着你我，看着我们呢。哦！叔叔，救我——救我！——我把财产都给您。我向上帝祈祷，保佑您——我不会忘记您的善良与仁慈。请不要让我一直活在痛苦、焦虑之中。如果我必须去死，看在上帝的分上，您现在就杀了我吧！”

他依旧用严厉、冰冷的语气回答说：“侄女，你一直精神不太正常。我都开始担心，你已经疯了。”

“噢！叔叔——哎呀——是吗？我疯了吗？”

“我希望不是。如果你想享受你应得的权利，就要像个正常人一样。”

他极力压制着内心的暴躁，用手指着我，对鲁吉耶女士说道：

“这究竟是怎么回事？——她怎么在这里？”

鲁吉耶女士喋喋不休地说着什么。对我来说，全都是刺耳的噪音。我的所有注意力都集中在塞拉斯叔叔身上。我的生死完全取决于他。现在，我就站在他的面前，内心充满了祈求。

那个夜晚可怕极了。我看着那些人，他们或满脸微笑或眉头紧锁。他们的身体是由烟雾或闪闪发光的水汽做成的。我伸手触摸时，手穿透了他们的身体，里面全是邪恶的灵魂。

塞拉斯叔叔对我说：“我对你没有什么恶意。”第一次，他的情绪如此躁动不安，“鲁吉耶女士告诉过你，给你更换房间的原因了——你跟她说了执法人员的事情了，是吗？”他回头愤怒地质问鲁吉耶女士。在我们说话期间，鲁吉耶女士一直在抱怨。她那颤抖的鼻音，就像在给我们伴奏一样。她确实对我说了，就在几个小时之前。现在回想起来，似有似无，更像是在一个月或更久之前听到的。

“你不能在这个房子里到处乱跑，不——能。房子里到处都是执法人员。现在——够了，回你自己的房间。莫德，不要让我发火。你一直是个听话的孩子。”

为了让我安静下来，当他说最后一句话时，塞拉斯叔叔试图对我微笑，声音也软得有些发颤，但依然掩盖不住他脸上的怒容。他的微笑如此僵硬，如同死尸一般扭曲不堪。他的声音尽管软了下来，在我听来，却更加暴虐：

“就这样吧。鲁吉耶女士，她会乖乖跟你走的。如果需要我的帮助，你就说一声。千万不要再让这种事情发生了。”

“走吧，莫德，我的朋友。”鲁吉耶女士一把抓住我，但没有弄疼我。

就这样，我跟着她走了。你怀疑我，如同怀疑那些接受绞刑的人。他们顺从地经过候刑室[1]，走上绞刑架。因为狱警给他们固定绳子，整理帽子，并礼貌地挥手向他们告别，他们还要感谢狱警。你想没想过，他们为什么不拼命反抗，而是最终选择了投降？

---

1 候刑室（press-room）：犯人接受绞刑前作短暂停留的房间。※

我就像梦游一样，跟着鲁吉耶女士回到了楼上。快到我的房间时，我加快了步伐。进入房间后，我下意识地走到窗子跟前，向黑黑的窗外望去。一轮微微发光的新月，倒挂在夜雾蒙蒙的天空上。在这漆黑的夜晚，越过陡峭的屋顶，月儿散发着上帝神秘的圣光。对我来说，天空的乌云好似一位无情的目击者，用它那双明亮的眼睛蔑视地看着我，好像在嘲笑我遭受的痛苦和无用的祈祷。

我转身坐下，双手托腮。突然，我坐直了身子。塞拉斯叔叔那杂乱无章的房间，第一次清晰地出现在了我的脑海里：他的旅行包和几只黑色箱子堆放在桌子旁边，还有书桌、衣帽架、雨伞、外套、地毯、围巾——这些都在暗示，他即将外出远行。房间里的一切非常详尽、清晰地浮现我的脑海中，就像是刻在了我的视网膜上一样。我十分好奇："他什么时候走，去多久？他会把我带走，送到疯人院去吗？"

"我——我疯了吗？"我开始思考这个问题，"这到底是个梦，还是真实发生的事情？"

记得乘火车时，我曾经遇到过一个彬彬有礼的男士。他身材瘦高，头发有些花白，穿着一件黑天鹅绒马甲。他来到我们车厢后，还和我聊了几句。我清楚地记得，鲁吉耶女士低声对他说了些什么。他挑了一下眉毛，看了我一眼，含糊不清地说了一声"哎呀"，就再也没有答理过我，只是和鲁吉耶女士说话。到了下一站，他拿着帽子和旅行箱去了另外一个车厢。现在想想，鲁吉耶女士是不是对他说，我是个疯子？

太可怕了！鲁吉耶女士一直和我在一起。这些可怕的线索都来自于我异乎寻常的感觉——所有证据就像被绑在滚动的火轮[1]上一样，在我脑海里不断浮现。

有人敲门。

梅格！真的是她吗？不是，是老怀亚特。鲁吉耶女士走出了房间。她们两人窃窃私语了一阵子，好像是在谈论她的房间。

鲁吉耶女士回到房间，手里拿着一个小小的银质托盘。托盘里盛放着一个酒壶和一只玻璃杯。塞拉斯叔叔提供的东西，也能体现他的绅士

1　火轮（a wheel of fire）：参阅《但以理书》第 7 章第 9 节。莫德也有可能是在引用莎士比亚《李尔王》中李尔王对科尔代利亚说的话（第 4 幕第 7 场第 47 行）："你是受到祝福的灵魂，而我却绑在火轮上。"※

风度。

“喝吧，莫德。”她拿起壶盖，酒香扑鼻而来。显然，她非常喜欢。

我不会喝酒。如果我能咽下这东西的话，或许我就喝了——当时，我脑子混乱得很，早忘了梅格的提醒。

鲁吉耶女士突然想起刚才所犯的错误，急忙站起身，拉了拉房门，以确保房门已经锁好。她又从裤子口袋里掏出钥匙，放进胸前的口袋里。

“*Ma chère*[1]，今晚，这房间属于你一个人，我睡楼下。”

鲁吉耶女士把葡萄酒倒进玻璃杯，一饮而尽。

“味道真好——我就是喝不够。你怎么不喝呢？”

我又重复了一遍：“我不会喝酒。”她便自酌自饮起来。

“你真懂事。对我来说，这点儿酒小菜一碟。喝酒，没有什么会不会。”说完，她又继续喝了起来。她喝酒时发出很大的响声，时不时还夹杂着几声疯狂的大笑。具有讽刺意味的是，刚刚说完小菜一碟，她人就已经醉了。

我后来听说，那天早些时候，鲁吉耶女士因为没有被告知，当天晚上我会被连夜送到一个又偏远又安全的地方这件事，而在楼下与塞拉斯叔大闹了一场。她自以为，凭借她为叔叔效力以及手中掌握的证据，应该会得到塞拉斯叔叔的信任以及一笔可观的佣金。事实上，全世界只有塞拉斯叔叔、达德利和霍克斯三个人知道事情的全部真相。因为鲁吉耶女士贪杯而且爱发脾气，塞拉斯叔叔担心，她会坏他的事儿。

虽然当时不知道，但我相信，鲁吉耶女士喝的葡萄酒是被人动过手脚的。我听别人说，她酒量很大，而且喝醉后，除了脸色变红，脾气变臭，不会有其他什么反应。然而，我那天看到的情况是，她喝完不久，就躺在我的床上睡着了。我还以为，她想偷偷观察我，故意装睡的。

大约一个小时过后，我听到楼下院子里传来了“叮叮当当”的声音。我从窗子向外看去，什么也没有看到。“叮当”声一直在响，有时频率很快，有时间隔时间很长。最后，在远处黑乎乎的一堵墙附近，我看到了一个人影。他时而直起身来，时而弯下腰去。因为夜色太黑，我只能看到他的大体轮廓。

1 法语：亲爱的。

突然，我头顶好像炸了个响雷，脑袋“嗡嗡”作响：“他们在给我挖坟墓！”

我开始变得非常狂躁，挥舞着胳膊，在房间里上蹿下跳。过了一会儿，我渐渐冷静下来，感觉就像死刑犯坐着小船，在“叛徒之门”[1]的阴影下漂流。那个时候，我已将烦恼、希望，乃至生命统统抛在脑后了，心中默默向上帝祈祷。

不一会儿，传来一声轻轻的敲门声，接着又是一声，就像邮递员在敲门，声音很轻。我至今不明白，为什么我当时没有做出回应。如果我做了，我的命运就截然不同了。我记得，我就站在地板的中央，两眼紧紧盯着房门。那一刻，我希望门被打开后，进来的是一群我不认识的幽灵。

1 叛徒之门（Traitor's Gate）：在威斯敏斯特，犯人被审判定罪后，都要穿过河边的一道矮门，再去行刑的地方。这道矮门就叫“叛徒之门”。※

第20章

鲁吉耶之死

那个夜晚出奇地静谧、寒冷。蜡烛早已燃尽，屋子里一片漆黑。微弱的月光照射进来，在窗子附近的地板上映出一小块昏黄的地方。好在我的眼睛早已习惯了这种黑暗。我清楚地听到，门外有人在窃窃私语。我知道我处在包围之中，危险降临了。说来奇怪，在这危急关头，我反而感到自己一下子变得果断勇敢、沉着冷静起来。当然，这并不表示我的紧张感消除了。事实上，我的神经一直绷得紧紧的，已经到了无以复加的地步。

我想，可能外面的人不想被我发现，所以行动异常谨慎。再加上地板十分坚固，没有"吱嘎"作响的地方，更有利于他们悄无声息地行动。我敢确定，当时那座老房子里至少还有三个人，他们都是决定我命运的阴谋参与者。他们怀疑我用家具把门顶上了，却不敢用力撞开，以免发出碰撞声或刺耳的声音，从而把我吵醒，引起我的大喊大叫和奋力抵抗。

我呆呆地站着，不敢动弹，也不知道接下来将会发生什么，只是两眼死死地注视着那扇门。

就在这时，头顶上传来了一阵刺耳的摩擦声，比锯东西时发出的声音还要响。而且，还夹杂着一阵阵东西破碎的声音——难以描述。听声音好像是从距离房门最远的那片屋顶上传来的，我便朝着那个方向，悄悄走去。正好那里有一个笨重的旧衣橱，我便藏在它突出来的一角的后面。突然，有个人从房顶轻轻落了下来，脚站在窗沿上。他松开绳子，绳子的另一端拴在他的身上。只见他用手在窗边费力地鼓捣了一小会儿，楔满铁条的窗子便悄无声息地打开了。寒冷的晚风吹了进来。这下我看清楚了，那个人正是达德利·鲁廷。他跪在窗台上，倾听了一会儿，便进入了房间。他还是平常那身行头，穿着那件短小的夹克，只不过头上没戴帽子，走路没有一点儿声响。

我慢慢蜷缩起身子，静静地观察着他的一举一动。他站在那里，似乎犹豫了一会儿，随后从口袋里掏出一件东西。借着月光，我确定他拿的是件工具，看样子像把锤子，锤柄比普通锤子要长，其中一头嵌进了一颗长钉。他鬼鬼祟祟地把它拿到窗边，用手握住，又在空中挥舞了三两下，好像是在为敲打什么做准备。

我一动不动地蜷缩在我的藏身之地，内心出奇地平静。当时，我只有一个信念：咬紧牙关，做好准备。一旦被他发现，就像猛虎一样跟他搏斗。我看到窗台上放着一盏灯，以为他会划根火柴点着，但他没有。他摸着黑，朝着我床铺的位置走去。很显然，他非常熟悉床铺的确切位置。屋子这么暗，他竟然还能看得见屋里的东西，这令我非常诧异。鲁吉耶女士正在沉睡，呼吸声很重。突然，我看到，他弯下腰，用左手捂住她的脸，抡起右臂猛地一击，鲁吉耶女士疼得叫喊起来，而且声音越来越大，最后变成了尖叫，简直就是鬼哭狼嚎。她浑身抽搐，两手不停拍打床铺，两腿奋力挣扎。接着又是重重一击——达德利后退了几步，一动不动地站在那里，喘着粗气。床板和床幔发出的“咯吱咯吱”响声，恰似大树被狂风吹动时，树枝发出的声音。那是鲁吉耶女士垂死挣扎的声音。然后，他回到床边，又一可怕的击打声传来——床上的声音变小了许多——又一击打声传来——更安静了——终于，这场折磨结束了。有那么几秒钟，我感觉自己已被吓晕了。当我听到门外有轻轻的脚步声时，一下子又清醒过来。原来门外还有人！紧接着，那人轻轻地敲了敲门。

“谁？”达德利压低嗓音问到，声音有些嘶哑。

“一个朋友。”

来人用钥匙打开门，进来的正是塞拉斯叔叔。他又高又瘦，皮肤苍白，看上去很孱弱，和高贵的约翰·卫斯理[1]一样，顶着一头银发。他

---

1 约翰·卫斯理（John Wesley，1703—1791）：英国传教士，基督教新教卫理公会创始人。在这里莫德把伪装的圣人卫斯理和邪恶的伪善者塞拉斯进行了类比。※

背对着我，双手距离我的脸非常近，吓得我几乎不敢喘气。我清楚地看到，他苍白枯瘦的双手，因为紧张而在颤抖。他进来后，屋子里就充满了古龙水和酒精的味道。

此时此刻，达德利身体颤抖得就像发疟疾一样。

他歇斯底里地怒吼道："看看，你都让我做了些什么！"

"冷静！"塞拉斯叔叔说道。

"好吧，你这该死的杀人犯！我很愿意为你效劳。"

"听着，达德利，不要激动，一切都结束了。对也罢，错也罢，我们都无力改变了。你一定要冷静。"塞拉斯叔叔温和的语气中透着严厉。

达德利还在低声抱怨。

叔叔劝慰他说："无论最初是谁出的主意，你都是受益人，达德利。"

他停顿了一下，接着说道："我希望刚才发生的事情，没有被别人听到。"

达德利走到窗边，静静地站在那里。

"达德利，你和霍克斯都得出去躲一躲，避避风头。"

"我做得够多了，不会再干了！我多么希望一开始就没有掺和进来。我多么希望我是一个局外人。你和霍克斯自便吧。你们俩都该死！还有这个——"他用尽全力把锤子扔在地上。

"嗨，嗨，理智点儿，达德利，我亲爱的孩子。你的想法很愚蠢，根本没有什么可怕的。你也不想闹出什么乱子吧？"

"哎呀！哎呀！我的天啊！"达德利声音嘶哑，用手掌揉搓着额头。

"好啦，一会儿就好。"叔叔继续劝说着。

"你说，那样做，她感觉不到痛苦。如果我知道她会发出尖叫，我绝对不会那样做。该死的谎言。你这个世界上最该死的恶棍！"

"好啦，达德利！"叔叔声音虽小但语气很严厉，"就算你停手不干，也于事无补，而且只能是你自己悲剧的开始。对你来说，这是一笔很好的交易——对我而言，算不了什么。"

"唉，对你才是最有利的！"达德利咬牙切齿地说，"该死的陈词滥调！"

"在干之前，你就应该想好！"叔叔声音低沉，咆哮道，"只要你离开这里一两年，我就会让你拥有你所想要的一切。”

“打住。别说了，行吗？我知道事已至此，不能回头了。做了这么一件伤天害理的事，你总得让我发泄一下吧，就算我被枪毙了，我也不在乎。”

“打住——快点打住——你总是这样。不要再絮叨了。我们得把那个箱子和袋子弄走。箱子里有珠宝。你看到了吗？要有光亮，该有多好！”

“不，我宁愿这么黑。我能看得见。我真希望没有掺和进来。箱子在这儿。”

塞拉斯叔叔说道：“把它拖到窗户边上。”他朝窗户方向走了几步，这让我终于松了一口气。

在这个可怕的时刻，我很快镇静下来。我很清楚，这种时候，必须做到心思缜密，行动敏捷。我迅速站起身来。后来，我常常这样想，如果那天晚上，我碰巧穿的是丝质衣服而不是羊绒衣服，丝绸的“沙沙”声可能会暴露我的行踪，改变我的命运。

当时，塞拉斯叔叔就站在我和窗子之间。在月光下，他的轮廓很清楚：个子很高，脊背微驼，就连他头上那几根卷发都清晰可见。整个人就像用卡片剪出来的一样。

他指着月光照亮的那一小块地方，对达德利说，“拖到那边。”房门大约开着四分之一。当达德利开始拖鲁吉耶女士那口沉甸甸的箱子时（我的珠宝盒也在里面），我深吸了一口气，内心默默祈祷着，踮着脚尖走出房间，来到了走廊。

我真的不知道该去哪里，便沿着一条又黑又长的长廊疾走。因为害怕发出声响，我不敢跑，而是踮着脚尖走。在这条走廊的尽头，横着一条过道。过道左侧方向的尽头，有一个巨大的窗户。通过窗户，可以看到外边昏暗的夜景。出于本能，我选择了最黑的方向，转身向右边走去。我想快点儿穿过这条又黑又长的过道。万万没有想到，就在我前方三十步左右的地方，从天花板上的缝隙里，洒下一束亮光，着实吓了我一跳。借着这点亮光，我看到一个梯子。因为有凉爽的夜风吹拂在我的脸上，我猜想，天花板上的那个缝隙，应该是一个天窗。梯子通着天窗。迪肯·霍克斯正踩着梯子往下走。尽管他腿有残疾，但行动非常敏捷，敏捷程度远远超出了我的想象。

霍克斯坐在梯子上，紧了紧捆绑他木制假腿的皮带。

我的左边是个门框，没有门。我走了进去，里面是个短短的过道，也就六步长，过道尽头的门是锁着的。

虽然这个地方并不是一个好的藏身之处，但我只好停下脚步。就在这时，“钉子头”提着灯，在靠近我藏身的地方停了下来，用他那长满老茧的食指和大拇指掐掉长长的烛芯，把灯熄灭。他肯定是听了他主人的话，尽量不让别人发现。

他先是站在原地静静听了一会儿，然后，悄悄沿着我刚才穿过的那条长廊走了，并在拐角处转弯，向着刚刚发生谋杀案的房间方向走去。我想，他很快就会发现这桩谋杀案的。通过那个能够在白天照亮这条长廊的大窗子，我可以看到他的身影。一见他转过拐角，我立马继续逃跑。

我沿着楼梯跑下楼去。这个楼梯，跟昨天晚上鲁吉耶女士带我上楼的楼梯很像。我尝试着打开外面的门，却发现它是开着的，这让我万分惊喜。我站在台阶上，呼吸着自由的空气。突然，一个男人一把抓住了我的胳膊。

是汤姆·布赖斯。他以前背叛过我。此刻，他穿着大衣，戴着帽子，正等着用马车载着那对罪犯父子逃之夭夭。

第21章

逃离巴特拉姆

我被抓住了，一切都是徒劳，一切都结束了。

我站在台阶上，面对着汤姆·布赖斯。皎洁的月光照在我的脸上。我浑身发抖，只能勉强站稳，我孤立无助地向他伸出双手，看着他的脸，颤抖的嘴巴只能发出"哦——哦——哦"的呻吟声。

汤姆一直抓着我的胳膊，看到我苍白的面容，好像被我吓到了。

他看起来很野蛮、凶猛。突然，他小声说道：

"别说话"——我根本就没出声——"小姐，他们不会再伤害到你了。赶快上车，我才不听他们指挥呢！"

尽管他说话粗鲁，但这句话对我来说却是天使的声音。我心中一阵狂喜，暗暗感谢上帝，感谢上帝保佑。

不一会儿，汤姆就把我扶上了马车。我刚一上车，马车就开动了——我们小心翼翼穿过院子，几乎没有发出什么声响。等走到草地，才开始飞奔起来，而且越跑越快。马车在草地上疾驰，就像海上摇曳的小船。

汤姆从马车上跳下来，推开没有上锁的大门，然后重新上车，驾着马车驶出了巴特拉姆庄园。我们沿着皇家公路[1]，朝着埃尔沃斯顿方向疾驶。真是谢天谢地！透过马车的窗户，我看到汤姆站着驾驶马车，还时不时回头观望。有人在追我们吗？我双手紧扣，不停地祈祷，看着窗外

1　英国的公路（highway）分为公有和私有两种。在英格兰和威尔士，公有公路被称为"皇家公路（The Queen's Highway）"。

的道路，路边的树木、树篱和尖顶的房舍，一个接一个从我眼前闪过，速度飞快，令人炫目。

接着便是陡峭的山路。山路的右边是高大的白蜡树树篱，中间是供人畜通行的台阶。这就是那天晚上，浮现在我脑海中的梅格·霍克斯奋力攀爬的地方。我非常兴奋。突然，我发现树篱间有个人奔跑着追赶我们。那个人穿过台阶，大声呼喊着布赖斯的名字。

“别——别——别停下！”我尖声叫道。

布赖斯停住了马车。我跪在马车里，双手紧扣。这时，车门打开了，我以为自己被抓住了，但出现在我眼前的人却是梅格·霍克斯。她面如死灰，斗篷盖住了头发，朝马车里面张望。

“哎呀！——哎呀！——哎呀！——感谢上帝！”她尖声叫道，“小姑娘，来握个手。汤姆是个好人！汤姆是个好人！”

我立刻恢复了理智，说道：“梅格，快上来——你一定要和我坐在一起。”

梅格没有推辞。

“抓住我的手。”我伸手去抓她耷拉着的手。

“不行，小姐——我的胳膊断了。”

梅格确实伤得不轻。真可怜！“钉子头”发现她同情我，对她棍棒相加，并把她锁在屋子里。当时，菲尔特拉姆的人们早已进入了梦乡，没有人听到她的呼救声。她最终还是逃了出来。于是，她朝着埃尔沃斯顿一路狂奔。

梅格关上车门，马车又飞也似的跑了起来。

汤姆还是像以前那样保持警惕，不时地向后瞅一眼，有些焦虑不安，生怕有人追赶。突然，他再次停下马车，走到车窗旁边。

我大声叫道：“噢，出什么事了？”

“小姐，那封信不是我交给塞拉斯先生的。是迪肯在我口袋里找到的。事实就是这样。”

“好的，没事儿！——谢谢你——谢天谢地！我们快到埃尔沃斯顿了吗？”

“还有一英里。小姐，请允许我再说一句，那事真的不是我干的。”

“谢谢——谢谢你——你是个好人——我会永远感激你，汤姆！”

马车终于驶到了埃尔沃斯顿。我觉得自己快要疯了。我不知道我是怎么进入大厅的。当看到莫妮卡表姐时，我终于相信自己是在橡树厅内。我站在那儿，伸出双臂，一句话也说不出来，只是尖叫着，冲向她的怀抱。随后发生的许多事情我都记不清了。

结 语

哦，我亲爱的莫妮卡表姐！谢天谢地！你还活着！除了年龄长我几岁，在各个方面，你都活得比我年轻。

我的堂妹米莉，嫁给了牧师斯普里格·彼得莱鹏，生活美满幸福。彼得莱鹏个子不高，但心地善良。只要他们有什么需要，我十分乐意帮助他们。

梅格·霍克斯，孤傲、任性，但重情重义。她嫁给汤姆·布赖斯后，两人执意搬到别处去住，我给予了他们一些金钱上的帮助。听说，他们的小日子过得很红火。梅格经常给我写信。

唉！我亲爱的玛丽·坎斯和腊斯克女士正在慢慢变老。她们还是和我住在一起，也很幸福。至于那位优秀、可靠的牧师拜尔利医生，我花费了很多口舌请求他，他才勉强同意帮我管理德比郡的资产。他无疑是我最合适的人选——时间观念强，吃苦耐劳，心地善良，头脑精明。能够获得他的帮助，我真的非常幸运。

莫妮卡表姐要我遵从医生的建议，赶紧去欧洲大陆静养。她不允许我再提那些可怕的事情。事实上，我也不想再提。但是，那些事情深深地刻在了我的脑海里，已经成为我永久的记忆。

他们的计划确实很歹毒。老怀亚特和管家贾尔斯都没有想到，我竟然会再次回到巴特拉姆。我要是死了，只有四个人知道真相——鲁廷叔叔父子俩、“钉子头”霍克斯，还有鲁吉耶女士。他们为了我的消失，做了非常充分的准备：先是设下圈套，让莫妮卡表姐相信我去了法国，然后把我杀死，秘密埋在巴特拉姆庄园那个幽暗的院子里（就是后来发现鲁吉耶女士尸体的地方），任由野草爬满我的坟丘。最初，人们可能会有所怀疑。然而，一年过后，就很有可能把我忘得一干二净了。

我离开巴特拉姆两年多后，才知道后来发生的事情。一大早，老怀亚特走进了塞拉斯叔叔的房间，看到老主人竟然像往日一样躺在沙发上，她十分惊讶。因为塞拉斯叔叔前天告诉她，达德利要赶次日早上五点去德比的火车。晚上，他要去和达德利作伴。

老怀亚特说："他看上去和平常没有什么不同，只是香水瓶子打翻了，香水洒了一桌子。还有，他已经奄奄一息了。"

老怀亚特发现叔叔快不行的时候，他的身体还温乎。她赶紧让男管家去请约克斯医生。医生说，他死于过量饮用鸦片酒。

我那可怜的叔叔，对于他的信仰，我还能说些什么呢？难道他全都是伪装出来的吗？还是说有那么一点儿真诚？我无法断言。信仰是人类最高层次的情感表达，我不相信他真心信教。或许他对未来[1]充满疑惑，而努力寻找依靠。恶魔用尽种种手段，悄悄吞噬他的心灵。他先是通过正当手段，后来连蒙带骗，想让我嫁给达德利。当他发现自己的计划行不通后，又想杀人灭口，强夺我的财产。可以肯定的是，塞拉斯叔叔也曾觉得自己是个正直的人。如果他真的相信有天堂和地狱，他也想进天堂而不是下地狱。然而，世事难料。有些东西愈难得到，就愈想得到，于是，便有了欲望。

"你若想拥有金、银、宝石、木材、枯枝、干草这些物质财富，就应该光明正大地获得。整个过程都应该袒露于阳光下面，经受种种考验。"[2]人到晚年，已经定型，不再柔软可塑。"不义的，任由他不义。污秽的，任由他污秽。"[3]

达德利失踪了。远在澳大利亚农场的梅格寄来一封信。她这样写道："当地一个小镇上，有个做金子买卖的小伙子，自称科尔布罗克，好像是乘巴特拉姆的采珠船来的。他有一栋十五英尺高的大木屋。听说，里面除了耗子没别的。他面部扭曲，有灼烧的伤疤，没有胡须。上

1 未来（the future）：死后的世界。※
2 语出《新约·哥林多前书》3：12—13。※
3 语出《新约·启示录》22：11。※

帝保佑！我没亲眼见过他。汤姆曾当着他的面，说他就是达德利少爷。那个人听后破口大骂，说汤姆胡说八道。汤姆也不是很确定。要是我看到那个人，一定能够认出，他是不是达德利。唉，管他是不是呢。一切顺其自然吧。”

老霍克斯老奸巨猾，成功掩盖了他们所做的坏事，甚至都瞒过了老怀亚特和男管家贾尔斯。再加上长久以来，笼罩在巴特拉姆庄园的神秘色彩，老霍克斯依旧坚守阵地，没有逃走。

奇怪的是，他自认为，在他们进入那个房间之前，我已经逃走了。同时，他也非常自信，即便他被捕了，也没有证据证明他和谋杀案有关。他会坚决否认自己参与了这件谋杀案。

他们对塞拉斯叔叔的尸体进行了解剖。约克斯医生的结论是，叔叔死于“调配鸦片酒时疏忽大意，导致饮用过量”。

这件谋杀案发生一年后，迪肯·霍克斯因为在兰开夏郡犯下的一宗旧案而被捕，并且受到指控的罪名还很严重。定罪之前，他坦白说，鲁吉耶女士已经被他们杀死了。根据他的交代，警察在巴特拉姆庄园的院子里，挖出了那个法国女人的尸体。在完成必要的法律调查之后，她的尸体被埋在了菲尔特拉姆教堂的墓地里。天网恢恢，疏而不漏。迪肯·霍克斯最终还是进了监狱。

这样一来，我就不用出庭作证了。我对出庭作证非常恐惧，因为还要遭受一次回忆惨痛经历的折磨。

至于达德利是怎么进入我房间的，是拜尔利医生搞明白的。巴特拉姆庄园发生的这次大变故，他是从诺利斯夫人那里听说的。没过多长时间，他就赶到了巴特拉姆庄园，仔细查看了查克先生被杀当晚所住房间的窗户。他发现，有一扇窗户装有坚固的合页，非常隐蔽地安装在木制窗户框架的一边。窗户外侧有一根铁钉固定住另一边。只要把铁钉取下，窗户就能打开。他们就是采取这种方法进入房间的。查克先生自杀案随之真相大白。

我写到这里，感觉呼吸急促，浑身直冒冷汗。我长长地叹了一口气，站起身来，看着室外的景色。抬眼望去，田园山丘绿色怡人，花草树木风中摇曳，鸟语花香——一片自由、详和的景象。我心中的噩梦，顿时化为一股青烟[1]，袅袅散去。我对上帝无限感激。是他那强有力的双手和坚实的臂膀，给予了我极大的慰藉[2]。我低下头来，泪流满面。突然，一个稚嫩的声音把我呼唤，“妈妈！”一张可爱的脸蛋儿，一头光滑如丝的棕色长发，长得和她爸爸一模一样。

“嗯，亲爱的，我们该走了！”

我现在的身份是依波利夫人，丈夫品格高尚。我们深深爱着对方，日子过得非常幸福。过去那个胆怯害羞、一无是处的小姑娘已经成为了孩子的妈妈，并在努力去做一位好妈妈、好妻子。我希望这种生活继续下去。这就是我最后的请求。

伤心的事就不多说了——我享受母爱的时间非常短暂。上帝赐给了我亲爱的人，但很快就把他们带走了。有时候，看着我的小宝贝脸上挂满微笑，我却泪眼盈盈。我能够看得出，她感到诧异的原因。她不明白我为什么流泪。我笑了，身体却在颤抖。我一直在想——爱是如此强烈，生命却是如此脆弱。逝者永逝，真爱永恒。悼念者的痛苦是向逝者传达的一个美好而且崇高的承诺——永远的记忆。透过我的忧愁，我听到了来自天堂的声音：“把它写下来吧。自此以后，主会保佑逝者安息。”[3]

世界是一则寓言——充满了象征——不死的灵魂会以物质的形式出现。请赐予我一双慧眼[4]——去发现那隐藏在人类外表下的美丽天使。我坚信，只要我们愿意，就能听到她们的声音，与她们同行！

---

1 语出自莎士比亚戏剧《暴风雨》第4幕第一场。普洛斯彼罗说，“我们的狂欢已经结束。我们的这些演员原本是一群精灵，现在已经化为轻烟消散了……” ※

2 语出《新约·哥林多后书》1：3。※

3 语出《新约·启示录》14：13。※

4 本段语调非常类似斯威登堡说过的一段话：“……通过人的感知形成的概念，只能理解自然界的事物，不能理解超自然的事物，也就无法理解属灵世界的事物。”（《天堂与地狱》第二版修订，诺布尔译，1851年，第29页，第74节）。关于婴儿死亡和这一属灵现象的联系，莫德的想法受到《天堂与地狱》第329—345节的影响。※

译者后记

终于完工了！历时一年零七个月！

2014 年 5 月，我应上海海事大学吴建国教授和上海电机学院李和庆教授之邀，着手翻译企鹅经典丛书小说 *Uncle Silas*。说实话，这是我第一次整册翻译大部头文学作品，压力很大。时至今日，虽然心中依然惴惴不安，但看着眼前的一本书和一本译稿：书就是爱尔兰小说家 Joseph Sheridan Le Fanu 创作的英文长篇小说 *Uncle Silas*，而译稿则是我和我指导的 2013 级和 2014 级的十名硕士生们共同完成的 *Uncle Silas* 汉语译本，感到非常高兴。

下面，我向同仁、朋友们简单介绍一下翻译目的、翻译原则和翻译过程。

一、翻译目的

作为一个翻译研究工作者，我非常渴望在翻译理论研究方面有所创新，而有所创新具体体现在能够（1）进一步完善现有翻译理论；（2）创造性提出新的翻译理论。

作为一名英语语言文学翻译方向的博士生导师、硕士生导师，我非常渴望在指导学生方面有所成就，而有所成就具体体现在能够（1）帮助我指导的博士生和硕士生，充分将现有翻译理论用于其翻译实践；（2）帮助我指导的博士生乃至硕士生，找到完善现有翻译理论或创造性提出新的翻译理论的有效路径。

众所周知，理论来源于实践，指导实践。无可否认，若想发挥现有翻译理论的指导作用，就必须充分认识、理解现有翻译理论。若想认识、理解现有翻译理论，必须进行翻译实践，在实践中去认识、理解。若想完善现有翻译理论，乃至提出新的翻译理论，更须进行翻译实践，在实践中去完善乃至有新的发现。简言之，只有投身于翻译实践，才能认识、理解现有翻译理论；只有投身于翻译实践，才能完善现有翻译理论，乃至提出新的翻译理论。

因此，我接手此翻译任务的目的在于：第一，通过本翻译实践，引导我的研究生认识、理解现有翻译理论，更好地应用现有翻译理论于翻译实践，形成翻译自信。第二，通过本翻译实践，引导我的研究生找到完善现有翻译理论，乃至提出新的翻译理论，发展理论创新能力的有效路径。

二、翻译原则

毫无疑问，译者翻译必须有一原则在胸。*Uncle Silas* 是一部著名的惊悚怪异小说，里面充满神秘古宅、杀人密室、可怕幽灵、丑恶魔女等惊悚元素。其女主人公 Maud（莫德）出身于富贵人家——诺尔（Knowl）的鲁廷（Ruthym）家族。她年幼丧母，未及成年父亲又因病去世。叔叔塞拉斯（Silas）傲慢自私、狠毒贪婪，而且劣迹斑斑。为了霸占 Maud（莫德）名下的财产，他绞尽脑汁，不择手段。年幼的 Maud（莫德）整日生活在恐惧之中。鉴于此，在本小说翻译之初，我就给参与本书翻译的十名硕士生交代了三条翻译原则：

（1）语言符合汉语“语文习惯”。

（2）语义“不倍本文”。

（3）阅读效果与原文相同或相似。

简言之，“信”、“达”兼备。用钱钟书、严复两位先生的话来讲，“信”是指译文完全保存原作风味，即译文既须语义不倍本文，亦要阅读效果与原文相同或相似。“达”则指译文语言符合汉语语文习惯，不生硬牵强。

毫无疑问，倘若译文生硬牵强，势必无法再现原文的阅读效果，也就不能完全保存原作风味。也就是说，倘若译文不能为“达”，则其“信”必大打折扣。当然，倘若译文不“信”，则其“达”也就没有了意义。而且，倘若译文只传递原文之意，而不能再现原文的阅读效果，也不能称之为“信”。请看下面的 *Uncle Silas* 各章标题原文与译文对照表：

标　号	原文（英文）	第一、二稿	第三稿
第一卷	**Volume Ⅰ**	**第一卷**	**第一卷**
第 1 章	Austin Ruthyn of Knowl and His Daugher	诺尔的奥斯丁·鲁廷和他的女儿	诺尔的鲁廷
第 2 章	Uncle Silas	塞拉斯叔叔	塞拉斯叔叔
第 3 章	A New Face	新面孔	一张新面孔
第 4 章	Madame de la Rougierre	鲁基耶女士	鲁吉耶女士
第 5 章	Sights and Noises	眼见耳闻	传言与事实
第 6 章	A Walk in the Wood	丛林漫步	妈妈的坟地
第 7 章	Church Scarsdale	斯卡斯代尔教堂	斯卡斯代尔
第 8 章	The Smoker	抽烟的人	神秘的烟客
第 9 章	Monica Knollys	莫妮卡·诺里斯	莫妮卡表姐
第 10 章	Lady Knollys Removes a Coverlet	诺里斯夫人扒开了床单	鲁吉耶装病
第 11 章	Lady Knollys Sees the Features	诺里斯夫人发现这个秘密	鲁吉耶之谜
第 12 章	A Curious Conversation	好奇的对话	椭圆形画像
第 13 章	Before and After Breakfast	早饭前后	奥克利上尉
第 14 章	Angry Words	愤怒的话	鲁吉耶告状
第 15 章	A Warnning	一个警告	善意的警告
第 16 章	Doctor Bryerly Looks In	拜尔利医生来访	拜尔利医生

续 表

标 号	原文（英文）	第一、二稿	第三稿
第一卷	Volume Ⅰ	第一卷	第一卷
第 17 章	An Adventure	遇险	归途中遇险
第 18 章	A Midnight Visitor	午夜访客	午夜的书房
第 19 章	Au Revoir	告别	爸爸的嘱托
第 20 章	Austin Ruthyn Sets Out on His Journey	奥斯汀·鲁廷踏上旅途	爸爸去远行
第 21 章	Arrivals	到达	贴心的表姐
第 22 章	Somebody in the Room with the Coffin	和棺材在一起的人	爸爸的棺材
第 23 章	I Talk with Doctor Bryerly	与拜尔利医生的谈话	承诺的兑现
第 24 章	The Opening of the Will	遗嘱揭晓	爸爸的遗嘱
第 25 章	I Hear from Uncle Silas	塞拉斯叔叔的来信	叔叔的来信
第二卷	Volume Ⅱ	第二卷	第二卷
第 1 章	The Story of Uncle Silas	塞拉斯叔叔的故事	叔叔的故事
第 2 章	More about Tom Charke's Suicide	汤姆·查克自杀再探	汤姆·查克
第 3 章	I Am Persuaded	我被说服	艰难的决择
第 4 章	How the Ambassador Fared	使者出访	监护权之争
第 5 章	On the Road	在路上	再见，诺尔！
第 6 章	Bartram-Haugh	巴特拉姆庄园	巴特拉姆庄园
第 7 章	Uncle Silas	塞拉斯叔叔	见到叔叔了
第 8 章	The Windmill Wood	风车森林	梅格·霍克斯
第 9 章	Zamiel	扎米埃尔	迪肯·霍克斯
第 10 章	We Visit a Room in the Second Story	我们参观了二楼的一个房间	二楼的房间

续 表

标　号	原文（英文）	第一、二稿	第三稿
第二卷	Volume Ⅱ	第二卷	第二卷
第 11 章	An Arrival at Dead of Night	亡灵之夜	神秘的马车
第 12 章	Doctor Bryerly Emerges	拜尔利先生来了	拜尔利来访
第 13 章	A Midnight Departure	午夜离别	真诚的朋友
第 14 章	Cousin Monica and Uncle Silas Meet	莫妮卡表姐与塞拉斯叔叔会面	唇枪与舌剑
第 15 章	In Which I Make Another Cousin's Acquaintance	我与堂哥相识	初见达德利
第 16 章	My Cousin Dudley	我与堂哥达德利	小丑达德利
第 17 章	Elverston and Its People	埃尔沃斯顿的人们	埃尔沃斯顿
第 18 章	News at Bartram Gate	巴特拉姆庄园门前的新闻	最后的时刻
第 19 章	A Friend Arises	朋友出现	真心换真心
第三卷	Volume Ⅲ	第三卷	第三卷
第 1 章	A Chapter-Full of Lovers	有情人	依波利勋爵
第 2 章	The Rivals	对决双方	情敌的疯狂
第 3 章	Doctor Bryerly Reappears	拜尔利先生再次现身	职责的履行
第 4 章	Question and Answer	问与答	达德利求婚
第 5 章	An Apparition	幻影	叔叔的规劝
第 6 章	Milly's Farewell	别了，米莉！	再见，米莉！
第 7 章	Sarah Matilda Comes to Light	萨拉·马蒂尔达现身	萨拉·玛蒂尔达
第 8 章	The Picture of a Wolf	狼的化身	女孩与恶狼
第 9 章	An Odd Proposal	奇怪的要求	无耻的要求

续 表

标 号	原文（英文）	第一、二稿	第三稿
第三卷	**Volume Ⅲ**	**第三卷**	**第三卷**
第 10 章	In Search of Mr. Charke's Skeleton	寻找查克先生的骸骨	寻找查克的尸骸
第 11 章	The Foot of Hercules	大力神之脚	卑劣的伎俩
第 12 章	I Conspire	我预谋	无奈的反抗
第 13 章	The Letter	信	汤姆·布赖斯
第 14 章	Lady Knolly's Carriage	诺丽丝小姐的马车	表姐的马车
第 15 章	A Sudden Departure	突然离开	再见，玛丽！
第 16 章	The Journey	旅途	拒绝鲁吉耶
第 17 章	Our Bed-chamber	我们的卧室	熟悉的卧室
第 18 章	A Well-known Face Looks In	一个名人看进来	勇敢的梅格
第 19 章	Spiced Claret	醇香葡萄酒	醇香葡萄酒
第 20 章	The Hour of Death	死亡时刻	鲁吉耶之死
第 21 章	In the Oak Parlour	橡树厅内	逃离巴特拉姆

（*Uncle Silas* 各章标题原文与译文对照表）

比对一下表中的原文与译文，我们不难发现，译文第一、二稿大多为机械的语码转换，“信”、“达”兼备程度低，质量较差。译文第三稿“信”、“达”兼备程度较高，质量较好。

比如，第三卷第 18 章标题原文为 *A Well-known Face Looks in*。译文第一、二稿为“一个名人看进来”。译文第三稿将其改译为“勇敢的梅格”。事实上，本章讲述的是，女主人公莫德（Maud）被塞拉斯（Silas）叔叔软禁后，“钉子头”的女儿梅格（Maggie）冒着被父亲毒打的危险，偷偷跑来探望她一事。此处 Well- known face 指的就是梅格（Maggie）。look in 为“探望”之意。毫无疑问，译文第一、二稿“一个名人看进来”为机械的语码转换，既不“达”，也不“信”，与文章内容牛头不对马嘴，令人啼笑皆非，根本没有起到标题的作用。与其相比，译文第三稿“勇敢的梅格”与文章内容非常贴合，“信”、“达”兼备，真正起到了标题的作用。

三、翻译过程

基于上述翻译目的和翻译原则，我和我指导的十个硕士生开始了本次翻译实践。具体过程如下：

首先，我的三个2013级翻译硕士生开始第一稿翻译。具体来说，薛梅同学翻译第一卷（Volume I）、赵萌同学翻译第二卷（Volume II）、朱孟子同学翻译第三卷（Volume III）。

要求：（1）把不确定如何翻译的部分用红体字标出来。（2）在2014年12月底完成第一稿。

第二，我的六个2014级翻译硕士生（柯媛媛、王雪华、肖凤、于洋、张铁舟和周琳琳）和一个2014级英语语言文学翻译方向硕士生（林娟）在第一稿的基础上进行修订，完成第二稿。

要求：（1）对照原文，逐字逐句研读第一稿：a. 修订第一稿中的红体字部分。修订后的部分加粗，不会修改的部分仍然保持红体字。b. 找出第一稿有问题的译文。修改后用黑体标出，不知如何修改的部分用蓝体字标出。（2）在此期间，每周周一上午十至十二点，来我办公室向我汇报翻译过程中所遇到的问题。边讨论边修改，边实践边学习。（3）在2015年6月底完成第二稿。

第三，我本人对第二稿进行修改，完成第三稿。时间是2015年7月至10月。

第四，再次安排2013级的三个翻译硕士生和2014级六个翻译硕士生、一个英语语言文学翻译方向硕士生对第三稿进行修改，撰写翻译心得。我再根据他们提出的修改意见，完成最后定稿。时间是2015年11月至12月。

需要明确的是，（1）本译本原文为企鹅经典2000年版；（2）译本脚注一部分来自原文注释，一部分来自译者添加的说明。句尾带有※

的脚注，来自原文注释。毋庸讳言，限于翻译水平，无论是正文还是脚注，“达”、“信”兼备程度还有非常大的提升空间。对于译本的不妥或错误之处，敬请读者朋友批评指正。

最后，衷心感谢上海海事大学吴建国教授和上海电机学院李和庆教授的鼎力举荐，感谢上海九久读书人对我的信任，感谢上海九久读书人对于全部译文的审校与增色，感谢我的十个硕士生——柯媛媛、林娟、王雪华、肖凤、薛梅、于洋、张轶舟、赵萌、周琳琳、朱孟子——为此译本的早日完成所付出的巨大努力。真诚希望该译本能够对广大读者有所裨益！

薄振杰

于山东大学（威海）翻译学院

2015 年 12 月